W0024772

Ian Bray, geboren 1954, ist das Pseudonym des deutschen Krimiautors Arnold Küsters. Wenn er sich nicht gerade spannende Mordfälle ausdenkt, ist er als freiberuflicher Journalist im Einsatz. Cornwall wurde vor vielen Jahren zu seinem liebsten Reiseziel, und Cadgwith hat es ihm ganz besonders angetan. Daher verbringt er dort nicht nur regelmäßig seinen Urlaub, sondern verlegt neuerdings auch seine Kriminalfälle in das beschauliche Fischerdorf.

Klippentod in der Presse:
»Ein spannender Schmöker zum Wegträumen, garniert mit genau dosiertem Herzklopfen.« *WDR 4 Bücher*

»Spannend, und mit viel Liebe zu den Figuren erzählt.« *Allgemeine Zeitung*

»Viel Lokalkolorit mit Pub-Besuchen und Folkmusik macht den Krimi zu einem spannenden Urlaubsbegleiter.« *Rheinische Post*

Außerdem von Ian Bray lieferbar:
Klippentod. Ein Cornwall-Krimi

Ian Bray

Klippen Grab

Ein Cornwall-Krimi

PENGUIN VERLAG

Penguin Random House Verlagsgruppe FSC® N001967

1. Auflage 2022

Umschlaggestaltung: bürosüd
Umschlagabbildung: Getty Images/joe daniel price/www.buerosued.de
Gesamtherstellung: GGP Media GmbH, Pößneck
Printed in Germany
ISBN 978-3-328-10679-1
www.penguin-verlag.de

Fisher keels lie still as daylight dies / And dusk enfolds them as they take their nap / Old cottages stand guard with watchful eyes / Whilst seagulls cover everything in crap!!

Jan Morgan

And shall Trelawny live? / And shall Trelawny die? / Here's twenty thousand Cornish men / Will know the reason why!

Trelawny

Figuren und Handlung sind frei erfunden. Ähnlichkeiten mit lebenden oder verstorbenen Personen wären damit rein zufällig. Die im Buch beschriebenen Handlungsorte entsprechen weitgehend den tatsächlichen Gegebenheiten. Abweichungen sind allein der Fantasie des Autors geschuldet.

I.

Die Luft flirrte. Das Auto stand am Rand der schmalen Straße, die Scheiben heruntergelassen. Er blieb stehen und sah hinein. Auf dem Rücksitz bemerkte er zwischen zerlesenen Zeitschriften eine leere Mineralwasserflasche. Der Wagen stand da, als habe ihn die Fahrt hierher erschöpft. Nein, er stand dort wie tot.

Jede Bewegung war zu viel. Simon Jenkins wandte langsam den Blick ab. Er wusste nicht genau, was ihn erwartete. In die dichte Weißdornhecke gegenüber war eine breite Einfahrt geschnitten. Er zögerte kurz und überquerte dann die Straße. Als er den breiten Hof betrat, stieß er auf scheinbar wahllos abgestellte Kisten und Kästen, unterschiedlich groß. Die meisten von ihnen enthielten Metallschrott in allen denkbaren Formen. Zwischen den Behältern wucherten Gras und andere Pflanzen.

Er blieb nahe des Zugangs stehen und nahm jedes Detail in sich auf. Rechts neben dem Haus lehnten weiße Säcke mit blauem Aufdruck an den Resten einer Feldhaubitze. Der graue Putz des eingeschossigen Baus wurde nahezu vollständig von Efeuranken verdeckt. Vor der Tür standen zwei verwaiste Plastikstühle. Von dort waren es nur wenige Schritte bis zu einem Seecontainer. Seine Flügeltür stand weit offen.

Links von sich erkannte er in dem Durcheinander ein dünnbeiniges Metallgestell. Vorsichtig bahnte sich Jenkins seinen Weg an dem geschweißten Rahmen vorbei. Er bemerkte an der oberen Querstange Hängevorrichtungen, die aussahen wie die soliden Haken in einer Metzgerei. Über dem Hof lag der Geruch aus altem Öl, Rost und Hitze.

Es war immer noch früher Nachmittag. Der Himmel über dem Lizard war von einem intensiven monochromen Blau, wie so oft zu dieser Jahreszeit. Aber er spürte, dass heute etwas anders war. Sein Blick wanderte vom Himmel zurück zum Seecontainer – ein Wal aus Stahlblech, der mit offenem Maul stumm und gefräßig auf den nächsten Fang wartete.

Dann wusste Jenkins, was ihn störte. Es war die Stille. Das Leben fehlte. Keine Zikaden, kein Rotkehlchen, das in der Hecke raschelte, kein Zwitschern der Feldlärchen, die üblicherweise um diese Tageszeit über den Feldern standen. Diese Ruhe war ebenso beklemmend wie die Sommerhitze.

Die Anstrengung der letzten Stunde hatte ihn abgelenkt. Er hätte mehr trinken sollen, denn nun hatte er Durst und schwitzte. Er verdrängte den Gedanken und nahm weiter jedes Detail, jede Kleinigkeit in sich auf – eine Routine, die sich über Jahre an zahlreichen Tatorten eingeschliffen hatte und doch jedes Mal neu war.

Als er den Fuß in den Seecontainer setzte, fielen ihm zuerst ihre Augen auf: groß, weit aufgerissen, der Blick starr nach vorne gerichtet, so als habe sie gerade erst in einen furchterregenden Abgrund geschaut. Auffällig war auch die Nase. Sie war kräftig, mit breitem Rücken, aber gerade. Die anmutig geschwungenen Lippen waren für seinen Geschmack eine Spur zu grell geschminkt. Um den Hals trug sie eine dreireihige Kette aus dicken Perlen. Den Kopf schmückte eine Art Krone oder Diadem. Das etwas plump wirkende Schmuckstück hielt ein weißes Tuch, das die braunen Locken weitgehend bedeckte. Dem Körper fehlten die Unterarme, die Beine waren nicht mehr als Stümpfe. Der Torso war in ein Kleid gehüllt, das im Unbestimmten endete. Weiße Rüschen am grünen, mit gezackten Goldstreifen verzierten Oberteil bedeckten züchtig den Ausschnitt des leblosen Körpers. Das Kleid war im unteren Bereich dunkelblau.

Die Frau war mittleren Alters und machte einen kräftigen Eindruck, trotz ihrer sichtbaren Verstümmelung. Der Torso stand aufrecht, ein wenig vorgebeugt. Die ungewöhnliche Haltung wurde durch einen breiten Gurt gesichert, der an der Innenwand des Containers befestigt war.

Jenkins ließ die Szene auf sich wirken und stützte sich dabei mit beiden Händen auf seinen Gehstock. Der Anblick ließ in ihm eine geradezu absurde Vorstellung aufkommen. Der Torso wirkte, als sei in der Anordnung des Körpers ein Moment des Aufbruchs eingefroren.

Er hatte erst vor knapp einer Stunde den Tipp bekommen und sich umgehend zu Fuß auf den Weg gemacht. Da die Zeit drängte, hatte er nicht auf Luke und seinen Pick-up warten wollen. Die Wegstrecke zwischen seinem Cottage, das nicht ganz in der Mitte des Dorfes lag, und diesem Hof an der Straße nach Lizard war unerwartet anstrengend gewesen. Er hatte wieder einmal vergessen, dass die Straße stetig anstieg. Zum Glück hatte er bei seinem Aufbruch an die Medikamente gedacht und seine mittägliche Dosis eingenommen. Daher war er nun zumindest frei von Schmerzen. Seit fast vier Wochen hatte sein Leben eine andere Qualität. Sein Neurologe hatte ihm endlich Tabletten mit einem anderen Wirkstoff verschrieben, und die waren deutlich effektiver als die bisherigen Schmerzmittel.

Jenkins ließ den Blick auf dem Gesicht der Frau ruhen. Ihre fast schwarzen Augen ließen ihn nicht los. Darin lagen Schmerz, unerfüllte Sehnsucht und Erfahrung. Ihr Blick und die markanten Gesichtszüge erinnerten ihn an jemanden. So sehr er sich auch konzentrierte, er kam nicht darauf. Langsam umrundete er den Torso. Er würde schon noch auf den Namen kommen.

Ein Geräusch ließ ihn herumfahren.

»Oh, du bist tatsächlich früh dran.« Hinter ihm stand eine schlanke Frau mittleren Alters in ausgewaschenen Jeans und heller Bluse. In der einen Hand hielt sie einen Becher Tee und in der anderen eine Zigarette. »Ich hoffe, ich habe dich nicht zu sehr erschreckt.« Sie grüßte mit dem Becher in seine Richtung und warf mit einem entschuldigenden Lächeln ihr dunkelblondes Haar zurück.

»Hallo. Nein, Sarah. Ich wollte mir die Figuren in aller Ruhe anschauen, bevor hier gleich die Menschenhorden einfallen.« Er lächelte zurück. Er kannte Sarah Stephens seit seinem Umzug nach Cadgwith. Sie arbeitete wie er als Künstlerin und war mit einem Partner seit Monaten mit der Restaurierung der Galionsfiguren beschäftigt gewesen.

»Die gute Kalliope. Ist sie nicht schön?« Sarah trank einen kräftigen Schluck und trat näher. Als sähe sie sie zum ersten Mal, ruhte ihr Blick bewundernd auf der Figur. »Wir sind tatsächlich eben erst mit unserer Arbeit fertig geworden.« Sie hob die Schultern, so als müsse sie sich bei Jenkins erneut entschuldigen.

»Ihr habt wirklich Großartiges vollbracht.« Er deutete eine Verbeugung an. Dem mächtigen Torso sah man die Witterungseinflüsse durch die Jahrhunderte und die Zerstörungen durch Holzwurmfraß kaum noch an. Die Konturen ließen wieder das Werkzeug des Schnitzers erahnen. Die Farben waren frisch und kräftig und hatten dennoch nicht den kitschigen Touch von Jahrmarktfiguren.

Jenkins wandte sich ab, denn in diesem Augenblick trat ein Mann aus dem Haus. Er war groß und hatte eine kräftige Statur. Auch er trug einen Becher Tee mit sich. Gelassen lächelnd hob er die freie Hand.

»Ian Henn kennst du ja.« Sie zog an ihrer Zigarette und schüttelte den Kopf. »Horden? Keine Ahnung, was uns gleich erwartet.« Sie drehte Jenkins für einen Augenblick keck ihr Hinterteil zu. In einer Gesäßtasche steckte ein Notizheft. »Ich habe mir ein paar Notizen gemacht. Die Leute werden sicher eine Menge Fragen haben.«

Jenkins nickte. »Kalliope also?«

»Yep.« Sarah musterte ihn wie die Geschichtslehrerin ihren Schüler und drückte dann burschikos die Zigarette an ihrer Schuhsohle aus. »Du kennst dich sicher ein bisschen aus in der griechischen Mythologie?« Sie grinste breit, denn sie kannte die Antwort.

»Nicht wirklich, um ehrlich zu sein.«

Die Malerin zückte nachsichtig ihr Notizbuch und schlug es auf. »Also. Kalliope ist eine der, Moment, neun Töchter des Zeus.« Sie legte den Zeigefinger auf die Stelle in ihren Aufzeichnungen. »Sie ist die Muse unter anderem der Wissenschaft, des Saitenspiels und des Epos. Madame gilt als die weiseste der neun Musen.« Sie schaute auf.

»So, aha.«

»Hab ich mir jedenfalls so notiert.« Sie bemerkte Jenkins' zweifelnden Blick und lächelte erneut. »Guck dich doch noch ein wenig um, noch hast du sie für dich allein. Wie du siehst, haben wir noch andere Galionsfiguren im Angebot. Wie wäre es mit unserem stolzen bärtigen Zentauren hier? Geschaffen im Jahr 1842. Ich finde besonders seine Körperhaltung bemerkenswert«, dozierte sie. »Die rechte Hand ruht auf seinem pferdeartigen Unterkörper, die linke geballte Faust auf der Stirn. Oder im anderen Container unsere Aurora. Ich liebe sie. Da ist dann noch der König von Theben, 1855 geschnitzt für die HMS Cadmus. Der Rest ist aber auch nicht ohne. Insgesamt sind es vierzehn.« In ihrer Stimme lag nun der ganze Stolz einer Museumsführerin, die über die Jahre mit dem Objekt ihrer Leidenschaft verschmolzen war.

Jenkins hob eine Augenbraue.

»Wir haben hier natürlich nicht alle vierzehn Figuren restauriert. Es haben mehrere Teams an ihrer Wiederherstellung gearbeitet.« Sie fuhr mit der Hand prüfend über den hölzernen Körper des Zentauren. »Es hat eine Weile gedauert, bis ich die richtigen Farbtöne gefunden habe. Aber nun ist er wieder so schön wie zu seiner Jungfernfahrt.«

»Und warum hat man ausgerechnet Kalliope als Galionsfigur genommen?« Jenkins' Interesse war geweckt. »Die Muse des Saitenspiels?« Er musste lächeln.

»Man nahm an, dass die mythologische Bedeutung der Figuren auf das jeweilige Schiff selbst überging. Sie waren sozusagen die Seele des Schiffs.« Sie hob ihr Notizheft. »Ich habe es extra aufgeschrieben. Man nimmt an, dass etwa zweihundert Figuren die Zeiten überdauert haben. Es galt als schlechtes Karma, sie zu zerstören, wenn die Schiffe ihren Dienst getan hatten und abgewrackt wurden. Es gab diese Figuren massenweise. Sie landeten unter anderem auf Marinestützpunkten, Piers, in Parks. Da auch unsere hier über so viele Jahre Wind und Wetter trotzen mussten, waren sie in einem erbärmlichen Zustand, als wir sie bekommen haben. Sie waren von innen weitgehend verrottet und wurden nur noch durch die Farbe zusammengehalten. Jeder einzelne Torso musste erst vorsichtig von innen ausgehöhlt und anschließend aufwändig stabilisiert werden. Dieser technische Teil war Ians Job. Hat er großartig gemacht.« Sie nickte Ian zu, der ihr Lob, bis auf ein verlegenes Lächeln, unkommentiert ließ. Er nippte stattdessen an seinem Tee.

Jenkins hob anerkennend einen Daumen.

»Jede Figur kann ihre eigene Geschichte erzählen. Und eine ist so spannend wie die andere. HMS Kalliope zum Beispiel war in den frühen 1850er-Jahren in Australien stationiert und wurde im Jahr 1848 in Neuseeland eingesetzt, während der Kriege gegen die Maori, einschließlich des Angriffs auf Ruapekapeka.« Sie grinste. »Ich habe allerdings nicht die geringste Ahnung, worum es dabei ging.«

Er zuckte mit den Schultern. »Jedenfalls nicht sonderlich taktvoll von der Royal Navy, ausgerechnet eine Muse in einen Krieg zu verwickeln.«

Sarah Stephens lachte schallend. »Nun ja, das lag vielleicht daran, dass in der Mythologie Kalliope auch die Richterin war im Streit zwischen Aphrodite und Persephone. Soweit ich weiß, ging es damals um Adonis.« Sie warf ihm einen schelmischen Blick zu. »Die uralte Geschichte der Liebe.«

»Möglich.« Jenkins musste ebenfalls lächeln.

»Tee?« Sie hob den Becher und wandte sich dann an Ian, um ein bestätigendes Kopfnicken zu erhalten. »Wir haben in den letzten anderthalb Jahren bei der Arbeit wahrlich große Mengen davon getrunken. Tee war sozusagen unser wichtigstes Handwerkszeug.«

Stimmen und Lachen näherten sich dem Container.

»Lass gut sein. Ich habe genug gesehen. Außerdem kommen die ersten Neugierigen. War 'ne sehr gute Idee, den Leuten die Chance auf eine Besichtigung zu geben, bevor die alten Schätzchen abtransportiert werden. Die Torsi sind schließlich Teil unserer Geschichte.« Jenkins wandte sich zum Gehen. »Wirklich schön, dass die Galionsfiguren gerettet werden konnten. Sozusagen in letzter Sekunde. Ich muss dich unbedingt wieder einmal in deinem Atelier besuchen.«

»Ach«, winkte sie ab, »es gibt nichts wirklich Neues von mir. Bin kaum zu eigenen Arbeiten gekommen. Aber ich hab ja jetzt wieder mehr Zeit. Kommenden Mittwoch werden meine Schätzchen abgeholt. Demnächst kannst du sie im neuen Museum in Plymouth bestaunen.« Als er beinahe schon an der Einfahrt war, rief sie ihm scherzhaft hinterher: »Torso für Torso kehrt nun sozusagen an den Tatort zurück, Mr. Ex-Detective. Die Galionsfiguren wurden nämlich auch in Plymouth hergestellt.«

II.

Wer vom Rathaus aus die abschüssige Straße hinabsah, streifte mit dem Blick womöglich das Blue Anchor Inn, das mit seiner Steinfassade gelassen und weitgehend unscheinbar seit dem 15. Jahrhundert auf der linken Seite lag. Am Fuß der Coinagehall Street würde der neugierige Blick schließlich auf das leicht deplatziert wirkende Grylls Monument treffen. Gotisch anmutend, war das Monument aus hellem Stein Mitte des 19. Jahrhunderts erbaut worden, zum Andenken an Humphrey Millet Grylls. Der Banker und Anwalt hatte sich seinerzeit während einer Rezession um den Erhalt von 1200 Arbeitsplätzen bemüht, die von einer der größten und reichsten Zinnminen Cornwalls abhängig waren.

Wer den Blick daran vorbei in die Ferne hob, blieb gern an dem grünen Flanken der sanften Erhebungen hängen, in die Helston eingebettet war und die seinen verschlafenen Charakter am Eingang zum Lizard unterstrichen.

Es war ein mitunter trügerisches Bild, denn regelmäßig lag das laute und stetige Knattern von Hubschrauberrotoren in der Luft. Die grau lackierten Helikopter waren zumeist zu Übungsflügen unterwegs und gehörten zur nahen Royal Naval Air Station Culdrose, Europas größter Basis für Hubschrauber.

Von so viel Militärpräsenz unbeeindruckt, plätscherte munter Wasser durch schmale und flache Wasserrinnen, die die Straße links und rechts flankierten. Fußgänger und Motorisierte mussten indes höllisch achtgeben, sich nicht in ihnen zu verfangen. Das Wasser floss in das Kanalsystem der Kleinstadt. Im Sommer erzeugten die Wannen aus Granit die Illusion erfrischender Bachläufe und absoluter Sauberkeit. Ihre Planer mochten eben diese Botschaft im Sinn gehabt haben: Hier bleibt nichts schmutzig in unserem Städtchen.

Die Rinnen waren so etwas wie die entfernten Nichten des Flüsschens Cober, an dem Helston lag und das keine drei Kilometer weiter in südwestlicher Richtung in den Loe Pool mündete.

Bereits ab dem 13. Jahrhundert war gegen Ende des Mittelalters an der Flussmündung eine Sandbank gewachsen. Sie trennte seitdem den Cober vom Meer, mit fatalen Folgen für Helston. Der Stadthafen ging verloren, und damit sank auch die Bedeutung Helstons als Bergwerkstadt.

Die natürliche Verstopfung der ursprünglichen Flussmündung führte andererseits zu einem landschaftlichen Phänomen: Der Cober staute sich auf und wurde zum größten natürlichen Süßwassersee in Cornwall und damit zugleich zu einem begehrten Naherholungsgebiet unweit der Stadt.

Über eine ganz andere Art der Verstopfung zerbrach sich seit geraumer Zeit Collin Dexter den Kopf. Am Morgen hatte er sich noch gut gelaunt und in Erwartung eines unspektakulären Arbeitstages von seinem Lebensgefährten verabschiedet. Sie hatten bei Orangensaft und Toast in seltener Übereinstimmung die letzten Einzelheiten für ihre demnächst anstehende Hochzeit besprochen. Aber seit einigen Stunden war nichts mehr, wie es sein sollte.

Die dauerhafte Konzentration auf die Vorgänge auf seinen Bildschirmen hatte ihn müde gemacht. Er musste gähnen, wandte den Blick von den Überwachungseinheiten ab und massierte sich die Schläfen. Warum passierte das ausgerechnet heute und ausgerechnet in seiner Schicht? Aber es half alles nichts. Einfach so tun, als sei nichts passiert, und die Bewegungen in den Zahlenkolonnen, Daten und Grafiken zu ignorieren, machte die Sache nicht besser. Ganz im Gegenteil. Dexter sah für die kommenden Tage, wenn nicht sogar Wochen, eine Menge Arbeit auf sich und seine Mannschaft zukommen. Er brauchte dringend einen Tee und nahm den Wasserkocher in Betrieb. Dann setzte er sich wieder vor die Bildschirme und scrollte mit der Maus die Seiten rauf und runter. Sie ließen keinen Zweifel. Das Wasser aus den Rinnen lief zwar ab wie üblich, aber irgendetwas stimmte nicht im großen Kanalsystem.

Der zuständige Manager von South West Water nahm seinen Job ernst. Auf solche Situationen war er trainiert und daher bestens vorbereitet. Jedenfalls auf dem Papier. In Wirklichkeit hatte er in den vergangenen Jahren kaum mit Problemen am und im Kanalsystem zu tun gehabt. Nichts, was ihn in irgendeiner Form herausgefordert hätte. Aber das hier hatte eine andere Qualität. Dexter stellte das Radio leiser. Der überdreht fröhliche Kommentator von BBC Radio Cornwall nervte nun doch. Und die Frage nach den besten Hits des Jahres 1974 hätte ihn auch unter normalen Umständen nicht interessiert. Bevor er zum Telefonhörer griff, richtete Dexter seine Krawatte und drückte den Rücken durch. Half ja nichts. Die Fließgeschwindigkeit des Abwassers hatte über einen Zeitraum von zwei Tagen kontinuierlich abgenommen. Irgendetwas schien die Röhren zu verstopfen. Er hoffte inständig, dass es nicht das war, was er befürchtete.

Während er auf die Verbindung wartete, dachte er an Sidmouth in Devon. Er erinnerte sich nur zu gut an die Meldung. 64 Meter lang, so lang wie sechs Busse: Der Fettberg in dem Küstenort war hart wie Beton gewesen und der größte, den man bis dato in einem Abwasserkanal der Grafschaft gefunden hatte. Die Kollegen waren wochenlang mit der Beseitigung beschäftigt gewesen. Er war damals heilfroh gewesen, dass es nicht seinen Abschnitt getroffen hatte. Und nun das.

»Vincent? Gut, dass ich dich erreiche.« Erleichtert lehnte er sich zurück. »Wo steckst du gerade? Was machst du? Okay, das kannst du später noch. Du musst runter und nachsehen, was da los ist. Und nimm Jason mit. Was? Ja, ich weiß, wie warm es heute ist und wie es stinken wird. Hör auf zu jammern und mach dich auf die Socken Vince.«

Seit Tagen schon stand die Hitze wie eine Glocke über der gesamten Grafschaft Cornwall. Sie hatten bei South West Water alle Hände voll zu tun, um die Wasserversorgung im Griff zu behalten. Die Menschen wässerten ihre Gärten und Beete nahezu ununterbrochen. Noch war das Trinkwasser nicht knapp, aber schon wurde darüber spekuliert, wann es rationiert und ein Gießverbot erlassen werden würde. Collin Dexter griff zur Wasserflasche und nahm einen Schluck. Mehr konnte er im Augenblick nicht tun, als Grey in Marsch zu setzen, seinen zuverlässigsten Mann. Das Wasser für den Tee hatte er längst vergessen.

Keine Stunde später stand Wasserwerker Vincent Grey, ausgestattet mit Helm, starker Lampe und dunkelgrüner Wathose, mit einem Seil gesichert am Einstieg. Sein Kollege hatte den Deckel beiseitegeschoben und war ein Stück zur Seite getreten. Mit den Händen tief in der Arbeitshose vergraben und einer dünnen Selbstgedrehten im Mundwinkel beobachtete er, wie Grey seinen Mundschutz höher schob.

»Viel Spaß, Vince.« Jason nahm die Kippe zwischen die Finger und deutete feixend gegen den tiefblauen Himmel. »Wenigstens ist es da unten nicht so heiß.«

Grey brummte ein kurzes »Du mich auch« und drehte

sich mit dem Rücken zum Einstieg. Jason hatte gut reden. Noch. Er würde auf jeden Fall später ebenfalls in den Kanal hinuntersteigen müssen. An dieser Stelle war die Abwasserleitung breit genug, um versetzt hintereinander stehend arbeiten zu können. Über Greys Gesicht huschte ein Lächeln. Wenn sein Kollege eines mehr als ein schales Bier hasste, dann waren es die Ratten, die dort unten auf sie warteten.

Stufe für Stufe tastete er sich in Helstons Unterwelt hinab. Er machte den Job seit mehr als zwanzig Jahren, aber an den Gestank würde er sich nie gewöhnen. Grey lebte aus demselben Grund die meiste Zeit allein. Frauen hielten es nie lange bei ihm aus. Im Gegensatz zu dem Geruch in den Kanälen hatte er sich längst daran gewöhnt. Seine freie Zeit verbrachte er als Fan des Helston Athletic F. C. auf Fußballplätzen oder im Pub. Da störte sich niemand an seinem Job.

Grey blieb am unteren Ende der Leiter stehen. Das Wasser mochte den meisten Dreck wegspülen, aber den Gestank kümmerte das wenig, der krallte sich in die rauen Backsteinwände – und nun auch in die Poren seiner Haut. An solchen Tagen wie heute würde er sich erst umziehen müssen, bevor er sein Feierabendbier im Pub in Auftrag gab.

»Alles okay so weit?«, klang es routinemäßig von oben in die Röhre hinein. Er zog zur Bestätigung zweimal am Sicherungsseil.

Greys Augen mussten sich erst an die Lichtverhältnisse im Kanal gewöhnen. Die feuchte Luft hier unten war schwer. Ohne es wahrzunehmen, hielt er den Atem an. Von der halbrunden gemauerten Decke tropfte in unregelmäßigen Abständen Kondenswasser. Schon nach wenigen Metern spürte er, wie sich die Feuchtigkeit auf seine Jacke legte, so als habe sie lange auf eine Gelegenheit wie diese gewartet. Sein T-Shirt klebte ihm unter der Schutzjacke längst am Rücken. Klammer als hier konnte es auch bei Hochbetrieb in einer Wäscherei nicht sein. Er musste unwillkürlich an seinen Onkel denken. Der hatte als Metzger in einer Schlachterei gearbeitet. Als Kind hatte Grey ihn einmal besuchen dürfen. Vor lauter Schwaden hatte er ihn in dem Schlachthaus kaum erkannt.

Er schob die Erinnerung beiseite, denn er hatte unvermittelt wieder diese Mischung aus tierischen Exkrementen, offenen warmen Leibern und Blut in der Nase. Sein Onkel war längst tot, aber diesen Geruch würde er nie vergessen.

Langsam tastete er sich tiefer in die Dunkelheit hinein. In den Spinnweben, die sich von der Decke zu den Wänden aus Backstein zogen, hingen Tröpfchen wie feiner Nebel im Herbst. Je weiter er watete, umso stärker roch es nach abgestandenem Waschwasser, Fäkalien und faulem Gemüse.

In der Tat, die Fließgeschwindigkeit der Brühe zu seinen Füßen ging gegen Null. Sie staute sich regelrecht. Er wandte sich nach links und setzte vorsichtig einen Schritt nach dem anderen. Jetzt nur nicht ausrutschen. Nach einer kurzen Strecke roch er verdorbenes Bier. Er überschlug in Gedanken die zurückgelegte Entfernung. Demnach musste er nun fast unter dem Helston Cober

Inn sein. Je näher er dem Abwasserrohr des Pubs kam, umso intensiver wurde der säuerliche Gestank nach Pisse und abgestandenem Bier. Überall klebten Reste ranzigen Fetts.

Das Pub hatte keinen guten Ruf. Angeblich verkaufte der Wirt kein ordentliches Bier, legte weder Wert auf Haltbarkeitsdaten noch auf saubere Leitungen. Außer in Tütchen abgepackte Essig- oder Käse-und-Zwiebel-Chips sowie gesalzene Erdnüsse konnte man dort nichts essen, was schmeckte. Jedenfalls erzählten das diejenigen unter seinen Arbeitskollegen, die dem Pub wider besseres Wissen die Treue hielten. Angesichts des Drecks wunderte sich Vincent Grey einmal mehr, warum der Laden nicht schon längst geschlossen hatte.

Je weiter er vordrang, desto mehr wuchsen an den Wänden und auf dem Boden die Ablagerungen aus verkrustetem Fett. Durchzogen von dunklen Schlieren leuchteten sie wachsbleich im Licht seiner Lampe. Greys Ahnung verlagerte sich immer stärker Richtung Fettberg. Sicher nicht so ein riesiger wie damals in London, aber ganz sicher würde seine Beseitigung richtige Drecksarbeit bedeuten.

Das fettige Grauen, hatten die Zeitungen damals reißerisch getitelt. Das fettige Grauen lauerte im Untergrund. Ein Monster-Fettberg von unfassbaren 250 Metern Länge und 130 Tonnen Gewicht blockierte die Londoner Kanalisation. Die Folge davon, dass die Londoner Fette, Öle und Schmiermittel in Waschbecken hinunterspülten und Massen von Feuchttüchern in die Toilette warfen.

Er wusste von einem Kollegen, der einen Kumpel in London hatte, dass Spezialkräfte neun Wochen gebraucht hatten, um tief im Bauch der Metropole den Berg abzubauen. Außerdem war ihm auch das Ding in Sidmouth noch gut in Erinnerung.

Vincent Grey schreckte auf. Keine fünf Meter weiter duckte sich eine Ratte im Kegel des Scheinwerfers und verschwand mit einer blitzschnellen Drehung in die Dunkelheit. Er wusste, sie war nur die Vorhut.

Von oben zog Jason an der Leine. Das Seil straffte sich mehrfach.

Grey antwortete nicht.

III.

»Hier? Bei uns?« Stevyn Collins schüttelte den Kopf. »Der Schatz aus dem Buch? Das Gold der Piraten?« Collins hatte Mühe, ernst zu bleiben. »Das Gold aus *Die Schatzinsel*?«

Diese Touris wurden wohl nie schlau. Was nur fanden sie an diesen alten Geschichten? Egal wo sie herkamen, ob nun von der Insel oder von drüben, jenseits des Kanals. Die meisten von ihnen waren auf der Suche nach dem Abenteuer. Die Glücksjäger wollten den einen Hinweis finden – und sei er noch so klein –, dass der Mythos doch keiner war, sondern Realität. Sie alle kamen mit der naiven Gewissheit in diesen Landstrich, nur in der richtigen Höhle oder Bucht entlang der Küste suchen zu müssen, und sie hatten alle ihre eigene Schatzkarte im Kopf. Und mehr noch: Sie waren sicher, dass es irgendwo den einen gab, der sie ihnen in echten Sand und Felsen übersetzen konnte. Den galt es zu finden, der Rest wäre dann nur noch ein Kinderspiel.

Der pensionierte Kapitän stützte sich mit dem Ellenbogen lässig auf den Tresen und blickte in sein fast leeres Rumglas, als läge dort die Antwort wie glitzernde Dublonen auf dem Grund der See, die kaum hundert Schritte vom Pub entfernt in sanften Wellen in der engen Bucht auslief.

Stevyn Collins nahm einen letzten Schluck, schob das Kinn vor und kratzte ausgiebig seinen dichten Backenbart. »*Der* Robert Louis Stevenson? Der Schriftsteller?« Er drehte das Glas in der Hand, als müsse er ausgiebig nachdenken. Mal sehen, wie weit der Typ neben ihm gehen würde. »Sie fragen am besten Martin. Wenn einer mehr weiß, dann ganz sicher Martin.«

»Auch noch einen?« Jamie Morris hatte verstanden. Er drehte sich zu der Bedienung des Cadgwith Cove Inn um und hob stumm zwei Finger.

Die Frau nickte kaum merklich, dafür aber umso freundlicher, und hielt jeweils ein frisches Glas gegen den Hahn der hinter ihr kopfüber hängenden Flasche Rum & Shrub. Sie kam mit der Arbeit kaum nach. Das Pub füllte sich zusehends mit Touristen und Bewohnern des Küstendorfes. Der stetig wachsende Geräuschpegel spiegelte die Vorfreude auf die dienstägliche Folk Night.

Jamie Morris, der Filmemacher, war erst im Verlauf des Nachmittags aus London in Cadgwith eingetroffen. Die Fahrt hier herunter hatte deutlich länger gedauert als geplant. Die A 30, die von einer westlichen Londoner Vorstadt bis nach Land's End reichte, war seit dem 17. Jahrhundert die Hauptverbindung runter nach Cornwall. Bis Truro war sie an zahlreichen Abschnitten verstopft gewesen. Eine schier endlose und nervende Autofahrt lag also hinter ihm. Und zu allem Übel war er nun im Pub auf einen Ureinwohner getroffen, der in seiner Beschränktheit nur eines im Sinn zu haben schien, nämlich ihn auf seine behäbige Art zu nerven.

Jamie Morris hatte für ein paar Tage oben in Ruan Minor das Häuschen neben dem Lebensmittelladen gemietet. Er müsse »einfach mal raus aus der Tretmühle und was anderes sehen«, hatte er seiner Freundin an einem der selten gewordenen gemeinsamen Abende offenbart. In Wahrheit aber wollte er in diese Gegend, weil er hier Stoff für ein neues Projekt vermutete. Chloe war naturgemäß wenig erfreut gewesen über die Ankündigung, und er hatte sie nur mit Mühe besänftigen können.

Morris war schon längere Zeit und, wenn er ehrlich zu sich selbst war, wenig erfolgreich auf der Suche nach ungewöhnlichen Stoffen, die sich für das Fernsehen eigneten. Ungewöhnlich bedeutete in seinem Sprachgebrauch die ganze Bandbreite zwischen spannend, schräg und aufregend. In erster Linie aber bedeutete »ungewöhnlich« für ihn möglichst viel Geld.

Auch wenn er noch weit vom Rentenalter entfernt war, zählte er in der schnelllebigen Londoner Szene als Urgestein der Medienbranche. Tatsächlich musste er lange überlegen, um sich zu erinnern, wann er seine erste Dokumentation abgeliefert hatte. Buch, Kamera, Schnitt und Produktion – alles aus einer Hand. Seine Firma lief zwar ganz ordentlich, aber das ungeschriebene Gesetz der Branche verlangte, dass der Nachschub an fernsehtauglichen Stoffen nicht abreißen durfte. Im immer rasanter laufenden TV-Geschäft waren die verantwortlichen Redakteure und Senderchefs eh von Geburt an vergesslich.

Gregg, Freund aus Kindertagen und seines Zeichens leitender Bibliothekar im King's College, hatte ihm bei einem ihrer regelmäßigen bierseligen Abende im The Orchard die »total abgefahrene Story« von den kauzigen Schatzsuchern am Ende Cornwalls erzählt. Und dass Stevenson, der Autor der *Schatzinsel*, eines der Dörfer dort unten, Cadgwith, nicht nur gekannt, sondern sich dort auch eine Zeitlang aufgehalten hatte. Jedenfalls sei das die Überzeugung eines schrulligen Heimatforschers. Gregg hatte ihm das mit dem wohligen Unterton eines Bücherwurms erzählt, dem das Studium alter Schriften mehr Sonne ins Herz zauberte, als das ein sonniger Tag im heimischen Garten könnte.

Nach seinen blumigen Schilderungen gab es ganz in der Nähe des Dorfes vier Höhlen, die von Schmugglern genutzt worden waren – und somit den Schluss nahelegten, dass an der Küste immer noch verborgene Schätze lagen, die nur darauf warteten, gehoben zu werden. »Piratengold«, hatte Gregg geraunt, ähnlich dem Schatz aus dem berühmten Roman. Alles vergraben und vergessen. Das Pub in dem Kaff sei auf jeden Fall die Blaupause für Jim Hawkins' Heimstatt gewesen.

Zunächst hatte sich Morris mehr um sein in Knoblauchsoße ertränktes Chicken Kiev gekümmert, als wirklich interessiert zuzuhören. Er hatte Greggs Bericht für eine seiner üblichen mit geheimniskrämerischen Details verzierten Übertreibungen gehalten. Gregg war schon mal kreativer gewesen. Zu den Treffen in ihrem Lieblingspub in Croydon gehörte nämlich traditionell, sich mit möglichst skurrilem Unsinn zu übertreffen.

Aber als Gregg gar nicht mehr aufhörte, von diesen merkwürdigen Fischerleuten zu erzählen, die sich da unten selbst noch im 21. Jahrhundert für die legitimen Nachfahren der Piraten hielten, dazu selbst ständig auf der Suche nach Wracks und Schätzen waren, war er doch neugierig geworden und hatte das Chicken Kiev achtlos zur Seite geschoben. Jim Hawkins, wie lange hatte er den Namen des Helden aus *Die Schatzinsel* nicht mehr gehört? Natürlich hatte er als Junge die Abenteuergeschichte verschlungen. Damals, als er noch nicht an das Abenteuer Mädchen gedacht hatte.

Und nun stand Jamie Morris, müde von der langen Fahrt und doch aufgekratzt, neben einem wahren Prachtexemplar dieser Spezies, von der ihm Gregg mit leuchtenden Augen erzählt hatte. Und dieser »Ureinwohner« kleidete sich dazu noch so, als sei er geradewegs einem Roman von Stevenson entstiegen: dichte Locken, volles rundes Gesicht, Backenbart, ein aus grobem Leinen gewirktes knopfloses Hemd, das über dem stattlichen Bauch spannte, weite Hose. »Stevyn«, hatte er sich vorgestellt, als Morris neben ihn an den Tresen getreten war, um ein Pint zu bestellen.

Morris zwinkerte der Bedienung zu, als sie die beiden gefüllten Rumgläser vor ihm abstellte und kassierte. Mit einem »Cheers, Stevyn. Ich heiße Jamie, bin Filmemacher« hielt er seiner neuen Bekanntschaft ein Glas hin. »Wo finde ich denn diesen Martin?«

Collins zuckte mit den Schultern und ließ Morris' Beruf unkommentiert. »Weiß man bei Nutty nie so genau. Kommt drauf an.«

»Nutty?« Morris nippte an seinem Bier. Er spürte, dass er Hunger hatte. Vielleicht sollte er doch einen halben Hummer mit Pommes ...? Jedenfalls sah der volle Teller verlockend aus, der in diesem Moment an den Tisch neben dem offenen Kamin gebracht wurde.

»Aye. Alle nennen ihn Nutty. Ein bisschen verrückt ist er. Keine Ahnung, wo Nutty sich gerade rumtreibt. Vielleicht hat er 'ne Fuhre zu machen. Fährt Taxi. Übrigens das einzige hier in der Gegend, solltest du Bedarf haben. Davon mal abgesehen, weiß man nie, wo er gerade steckt.«

»Weil?«

»Mehrere Gründe.« Stevyn Collins hielt das Glas erst gegen das Licht und dann genießerisch an die Nase. »Cheers.«

»Aha. Was muss ich mir darunter genau vorstellen?« Das konnte ja heiter werden, wenn er dem Typen jedes Wort aus der Nase ziehen musste. Er schickte ein zappeliges »Bitte« hinterher. Dieser Stevyn war ja der geborene Entertainer.

»Er macht alles Mögliche.«

»Aha.« Den Drink konnte er abschreiben. Stevyn

kam sich wohl sehr witzig vor. Besser, er gönnte dem Eingeborenen eine kleine Pause.

Das Pub unmittelbar am winzigen Naturhafen von Cadgwith war nun bis auf den letzten Platz gefüllt. Sah man einmal von den Musikern ab, die sich auf der Bank gegenüber der Bar niedergelassen hatten, überwogen die Touristen. Lachen, kleine Scherze und entspannte Neugier flogen durch den Raum wie Schwalben auf Nahrungssuche. Die Stimmung war gelöst. Kein Wunder nach dem sonnigen Tag. Der Sommer war nach einem eher holprigen Anfang endgültig in Cornwall vor Anker gegangen. Im Hin und Her der Stimmen identifizierte Morris auch ein paar deutsche und niederländische Sätze.

»Was interessiert dich das eigentlich? *Die Schatzinsel*? Ist doch nur 'n Buch.« Stevyn Collins musterte ihn aus dunklen Augen.

Morris wollte bereits antworten, hielt dann aber inne und wog ab, ob er sich die Mühe nicht sparen konnte. Dann aber siegte die Neugier.

»Stevenson soll damals eine Zeit lang hier in der Gegend unterwegs gewesen sein. Angeblich stimmen ein paar Beschreibungen in dem Roman mit den Gegebenheiten hier perfekt überein. Und es soll hier einen Schatz geben. Von dem könnte Stevenson gehört haben. Sagen meine Quellen. Jedenfalls soll er die Örtlichkeiten und die Erzählungen der Leute hier als Vorlage für seinen Roman genommen haben. Und warum, denke ich mir, sollen sie ihm nicht die Wahrheit gesagt haben? Das mit dem Schatz kann ja stimmen. Ist irgendwo vergraben und wartet auf seinen Finder, um ihn reich zu machen. Die Leute hier waren ja«, er warf Collins einen bedeutungsvollen Blick zu und räusperte sich dann verlegen, »nun ja, Piraten.« Er zog mit dem Zeigefinger die Haut am Auge hinunter. Verschwörerischer ging's nicht. »Es gibt ja hier jede Menge Schatzsucher.«

»Sagt wer? Ich verstehe, dein Mittelsmann in London.« Collins drückte das Kreuz durch und schob den Bauch ein Stück weiter vor.

»Er ist eine zuverlässige Quelle.«

Morris warf einen Blick in den Raum. Es war nun kaum mehr ein Durchkommen. Alle Plätze an den Tischchen und auf der Bank waren belegt. Zwei Gitarristen und ein Banjospieler im Streifenhemd und mit langen grauen Locken, der sich auf der Bank neben den Eingang platziert hatte, stimmten ihre Instrumente. Ein Sänger blätterte durch seine mitgebrachten Texte. Bis zum Beginn der Folk Night konnte es nicht mehr lange dauern.

»Ich möchte meine Quellen und Informanten nicht offenlegen«, sagte Morris und ärgerte sich gleichzeitig über seine gestelzt klingenden Worte, die arrogant wirken mussten. »Ist ja klar«, schob er jovial hinterher.

»Wie gesagt, frag Martin.«

»Wird er heute hier sein?« Morris deutete mit dem Kopf in den Raum.

»Wenn er nicht gerade gebucht ist.« Collins hob sein Glas und grüßte einen Musiker, der sich durch die dicht an dicht stehenden Pubbesucher drängte, um auf der Bank doch noch einen Platz zu ergattern.

Ein Hoffnungsschimmer, immerhin. Morris blähte die Wangen und ließ die Luft langsam entweichen. »Und wo wohnt dieser Nutty?«

»Mit deiner Londoner Ungeduld kommst du hier nicht weit, mein Freund. Wenn die Zeit da ist, ist auch Martin da. In der Regel taucht er erst spät hier auf, auf ein Pint oder zwei. Um den Tag und das Leben zu begießen, sagt er immer. Und um mit ein paar selbst komponierten Liedern die Touristen zu unterhalten.«

In diesem Augenblick wehte vom Eingang ein vielfaches Hallo durch den Raum. Morris wandte sich um. Im Türrahmen stand ein schlanker, rothaariger Mann mit Brille und Sommersprossen, vom Alter her mochte er so um die siebzig sein. Bei sich trug er eine Art Handtasche, schmal und schwarz, und suchte mit den Augen nach einem Platz an dem niedrigen Tischchen, das eigens für die Musiker reserviert war.

Stevyn Collins winkte ihn zu sich und drehte sich dann zu Morris. »Mein alter Freund Brian. Wir kennen uns von Kindesbeinen an. Vielleicht weiß er, wo Martin ist. Brian, darf ich vorstellen? Das ist Jamie. Aus London. Er dreht Filme.« Collins betonte das letzte Wort vielsagend und legte seinem Freund beide Hände auf die Schultern, mit einem spöttischen Blick Richtung Brians Tasche. »Hast du deine Mundharmonikas geputzt?« Er lachte schallend, wobei nicht ganz klar war, ob er über seinen eigenen Witz lachte oder eher über Morris' Anliegen. »Jamie möchte wissen, wo er Nutty finden kann. Hast du eine Ahnung?«

»Hi.« Brian Kernow nickte dem Filmemacher flüchtig zu und sah sich zu den übrigen Musikern um. »Am Vormittag kam er an unserem Haus vorbei. Ich war gerade dabei, die Einkäufe aus dem Wagen zu räumen. Er hat kurz angehalten. Er war auf dem Weg zur Bucht von Poltesco. Hatte seinen Metalldetektor dabei.« Brian versuchte sich auf seinen Freund zu konzentrieren. »Wie immer. Er hat mir erzählt, dass er in der Nacht eine Eingebung hatte, wo er suchen muss. Er sah wirklich sehr zuversichtlich aus. Nutty, halt.«

»Genau darum geht es unserem Freund hier aus der Hauptstadt. Er ist auf der Suche nach einem echten Schatzsucher. Da ist unser Nutty doch genau der Richtige, was?« Er schlug Morris jovial auf die Schulter.

Brian nickte geistesabwesend. Er hatte auf der Bank eine winzige Lücke zwischen zwei Musikern entdeckt. »Klar. Ich setz mich dann mal.« Mit einem »Viel Glück« steuerte er auf den Sitzplatz zu.

»Heute scheint dein Glückstag zu sein. Wenn Nutty wieder eine seiner Eingebungen hatte ...«

Na prima. Morris sah auf die Uhr. Er würde jetzt noch ein Pint kaufen und einen halben Hummer mit Beilagen bestellen. Im Restaurantbereich im Nebenzimmer würde er sicher einen freien Tisch finden. Vorfreude vertrieb seine Müdigkeit. Nicht die schlechteste Art, auf einen schatzsuchenden Taxifahrer zu warten. Und wenn dazu die Musik auch noch gut war ...

»Ich brauch jetzt ein Ale. Du auch?«

Stevyn Collins nickte zufrieden.

IV.

»Ihr Name?« Constable Allan Easterbrook hielt erwartungsvoll den frisch gespitzten Bleistift gezückt. Er bewahrte stets mehrere davon in der Schreibtischschublade auf. Obwohl er in seinem Büro der Devon and Cornwall Police vor einem nigelnagelneuen PC-Bildschirm saß, machte er sich lieber erst einmal handschriftliche Notizen. Das verlieh ihm bei den Rat- und Hilfesuchenden, die ihn in seinem Büro an der Godolphin Road aufsuchten, ein deutlich höheres Maß an Autorität, wie er fand. Die Aufzeichnungen übertrug er dann in aller Ruhe in den PC, wenn die Besucher gegangen waren.

»Bennett. Terry Bennett. Ich ... wir wohnen in Cadgwith.«

»Ich brauche Ihre genaue Anschrift.«

Bennett begann zu schwitzen. Das lag nicht nur an der Hitze draußen. Erst die Fahrt herüber vom Lizard nach Helston, und dann dieser selbstgefällig wirkende Constable. Der machte ihn nervös. Außerdem hielt er sich schon viel zu lange in dem Raum mit den Fahndungsplakaten, behördlichen Aufrufen, den Abzeichen befreundeter Polizeieinheiten und den aufgehängten Mitteilungen und Verordnungen auf. Er konnte Polizeiwachen nicht ausstehen. Der Geruch nach Akten, Putzmitteln, die argwöhnischen Blicke der diensthabenden Constables, die in jedem einen potenziellen Täter sahen, die Enge und die Macht des Staates, die aus jeder Ecke kroch, waren nicht auszuhalten. Er wusste, er würde seinen Fluchtimpuls nicht mehr lange unterdrücken können. Dazu noch die Streifenwagen vor der Wache, der steinerne Schriftzug *County Police* über dem Portal und den beiden spitzen Giebeln. Selbst die drei Palmen vor der grauen Steinfassade von 1902 spiegelten die strenge Staatsmacht wider.

Nein. Die Begegnung mit der Polizei war Bennetts Sache nicht. Ganz und gar nicht. War sie noch nie gewesen. Nicht erst seit dem »Vorfall« in Manchester. Das war lange her, aber er existierte immer noch als dunkles Wabern in seinem Kopf, das stets ohne Vorwarnung wellenartig in Bedrohung umschlug. Wenn er ehrlich war, passierte das an jedem verdammten Tag.

»Ihre Anschrift?«, wiederholte der Constable und klopfte mit dem Bleistift leise auf seinen Notizblock.

Der Rhythmus schien Bennett zu irritieren. »Oh, sorry.« Er nannte Straße und Name seines Anwesens. »Wir wohnen noch nicht allzu lange dort, wissen Sie. Ein echtes Schnäppchen.« Er spreizte sein Gefieder. »Wir werden es demnächst bei einer kleinen Feier ganz offiziell Cadgwith Hall taufen.«

»Und Ihre Frau, Liz Bennett, seit wann ist sie denn nun genau verschwunden?«

»Genau genommen seit drei Tagen.«

Irgendetwas stimmte mit dem Mann nicht. Der Constable nahm unwillkürlich den frisch gespitzten Bleistift in beide Hände. Wie ein Hindernis, über das ein Reiter im Parcours mit seinem Pferd musste. Bennetts Schwitzen hatte deutlich an Intensität zugelegt.

»Sie wirken ein wenig nervös.« Der Constable musterte ihn aufmerksam. »Ist es die Hitze? Soll ich ein Fenster öffnen?«

»Ich vermisse meine Frau, Constable. Da ist es doch nicht verwunderlich, dass man nicht gerade ausgeglichen wirkt, oder? Sind Sie verheiratet, Constable?«

DC Allan Easterbrook überhörte mit dem Anflug eines Lächelns den leicht aggressiven Unterton und die damit einhergehende Unterstellung, keine Ahnung zu haben. »Seit drei Tagen also. Hm.« Nachdem er das notiert hatte, sah er von seinem Schreibblock auf. Bennett stammte garantiert nicht aus der Gegend. Dem Tonfall nach kam er von viel weiter nördlich. Vielleicht der Großraum Manchester. Ein Großcousin lebte dort, der hatte eine ähnliche Sprachfärbung. Bennett machte auf ihn den Eindruck des typischen Neureichen. Ein hochnäsiger Emporkömmling. Easterbrook sortierte ihn in den Finanzsektor ein. Banker oder Finanzmakler, vielleicht auch Unternehmer. Auf alle Fälle gewohnt, Anweisungen zu geben, und mit einem Ton, der keinen Widerspruch duldete. Er freute sich darauf, ihn mit dem nächsten Satz endgültig auf die Palme zu bringen. »Und dann kommen Sie erst jetzt?«

Bennetts Gesicht, ohnehin von Bluthochdruck und der Hitze gezeichnet, lief wie erwartet dunkelrot an. »Heißt es nicht immer, warten Sie ein, zwei Tage, bevor Sie die Polizei informieren?«

Easterbrook nickte. Natürlich ging es immer schön der Reihe nach. Man hatte seine Vorschriften. Ein wunderbares Gerüst nicht nur für den beruflichen Alltag.

Vorschriften waren dazu da, Stress zu vermeiden. Das galt in seiner momentanen Verfassung einmal mehr. Ohne zweites Frühstück vertrug er nicht mal den Anflug von Stress, schon gar nicht an einem Sommertag wie diesem.

»In der Tat, das stimmt. In den allermeisten Fällen gibt es für das Verschwinden eine ganz harmlose Erklärung. Sie glauben ja gar nicht, Mr. Bennett, womit wir es hier …«

»Hören Sie, meine Frau ist verschwunden«, unterbrach Bennett ihn kurzerhand. »Unternehmen Sie endlich etwas.«

»Bitte verstehen Sie mich nicht falsch, aber ist es das erste Mal, dass Ihre Frau über Tage nicht nach Hause gekommen ist?«

»Was erlauben Sie …«

»Kein Grund, laut zu werden, Mr. Bennett. Ich habe nur eine einfache Frage gestellt«, unterbrach ihn der Constable mit erhobener Hand.

»Nun.« Bennett musste sich sichtlich beherrschen. »Sie wissen ja, wie das ist. Mann und Frau sind nicht immer einer Meinung. Was ich sagen will …« Er beugte sich ein wenig vor. »In den vergangenen Jahren hat sich meine Frau die eine oder andere Auszeit gegönnt. Wenn Sie wissen, was ich meine.« Er lehnte sich wieder zurück. »Aber sie ist nach unseren kleinen Streitereien stets in meine Arme zurückgekehrt. Schließlich weiß sie, wo sie hingehört. Und«, nun suchte sein Blick Zustimmung unter Männern, »sie hat dann auch jedes Mal ihre Belohnung bekommen. Einen Blumenstrauß, ein wenig Schmuck. Eine neue Handtasche. Im Grunde sind Frauen doch alle gleich …«

»Aber?«

»Mein Gefühl sagt mir, dass es diesmal anders ist.«

»Sie hatten also einen Streit?«

»Das ist es ja gerade, was mir Sorgen macht. Es gibt keinen Anlass für ihr Verschwinden, nicht den geringsten.«

Easterbrook sah zweifelnd drein.

»Es ist, wie ich es sage.«

»Könnte es einen Anlass geben, der, sagen wir mal, unter Umständen grundsätzlicher Natur ist?« Wie gesagt, alles schön der Reihe nach.

»Was wollen Sie damit andeuten?« Terry Bennetts Stimme vibrierte.

»Nichts.«

»Ich liebe sie. Meine Frau und ich, wir lieben uns, Constable. Liz, also meine Frau, hat sich Dienstagvormittag gut gelaunt von mir verabschiedet. Sie wollte den Sonnenschein nutzen und von Cadgwith Richtung Lizard wandern.«

»Warum dieser Abschnitt des Wanderwegs?«

»Da kommt man schließlich am Housel Bay Hotel an. Von der Terrasse hat man einen schier endlosen Blick auf die See. Bei ruhigem Wetter kann man sogar Seehunde sehen und Delfine. Wunderschön.«

»Ich weiß, ich bin ab und an mit meiner Frau dort, zum Tee. Das Abendessen können wir uns nicht leisten.«

»Wenn Sie das wissen, warum fragen Sie dann? Ich bin nicht gekommen, um mit Ihnen über Cream Tea zu fachsimpeln. Meine Frau ist verschwunden. Und Sie müssen endlich in die Gänge kommen. Ich habe wirklich Angst um Liz.«

Der Constable legte seinen Stift zur Seite und sah zur Uhr. Schon fast dreißig Minuten über seine Frühstückszeit. »Sehen Sie, wir machen in solchen Fällen Folgendes: Ich schicke gleich eine Beschreibung Ihrer Frau raus an alle Kollegen. Wir haben einen Spezialisten für verschwundene Personen, der hält alle Fäden in der Hand. Wir können im Notfall auf Suchhunde zurückgreifen und die Küstenwache einschalten, für den Fall, dass jemand auf den Küstenpfaden vermisst wird. Und es gibt die Coast Watch. Das sind Freiwillige, die ein Auge auf die Küste haben. Wir haben in Exeter einen Polizeihubschrauber stationiert, den können wir, wenn nötig, jederzeit alarmieren. Aber so weit sind wir ja noch nicht. Wir gehen jetzt Stufe für Stufe vor. Sie sehen, wir haben eine Menge Möglichkeiten. Wir werden Ihre Frau finden. Sie geht nicht einfach so verloren.«

Terry Bennett blickte in das rosige, fleischige Gesicht des Constable. »Tun Sie endlich was. Egal was, nur machen – Sie – endlich – Ihren – Job.«

»Bleiben Sie entspannt, Mr. Bennett. Machen Sie sich keine allzu großen Sorgen. Noch ist nichts passiert. Lassen Sie uns mit ein paar Fakten beginnen. Welche Angaben können Sie zu Ihrer Frau machen? Größe? Alter? Besondere Merkmale? Ein Tattoo vielleicht? War an dem Tag etwas anders als sonst? Was hatte Ihre Frau am Tag ihres, ähm, Verschwindens an? Vermissen Sie etwas?

Hat sie ihren Schmuck mitgenommen? Bargeld? Anderes? Was ist Ihnen aufgefallen?«

Detective Constable Easterbrook dachte an seine eigene Frau. Alice war auf Besuch bei ihrer Patentante, die mit einer gebrochenen Hüfte im West Cornwall Hospital in Penzance lag. Er wusste, sollte Alice eines Tages verschwinden, würde für ihn eine Welt zusammenbrechen.

Bennett schien nicht zuzuhören. »Alles war wie immer. Wir haben uns beim Frühstück nett unterhalten, es gab keinen Streit. Bitte, Constable, Sie kümmern sich besser höchstpersönlich.«

Bennett machte mit einem Mal den Eindruck, als sei er in einen Wespenschwarm geraten. Er hatte es plötzlich sehr eilig. Der Constable lächelte ungerührt sein dienstliches Lächeln, während Bennett aufstand und ziemlich unvermittelt den Raum verließ.

Easterbrook griff nach dem batteriebetriebenen Handventilator in seiner Schreibtischschublade, den Alice ihm im vergangenen Herbst zum fünfjährigen Dienstjubiläum geschenkt hatte, und schob seine Notizen beiseite. Das Durcheinander auf dem Schreibtisch und in seinem Kopf gefiel ihm nicht. Also nahm er den Block wieder auf und legte ihn auf den Stapel unbearbeiteter Fälle rechts auf dem Tisch. Er ließ zufrieden den Blick schweifen. DC Allan Easterbrook brauchte jetzt erst einmal eine Abkühlung.

V.

Der Lichtstrahl zitterte, aber er ließ keinen Zweifel. Vincent Grey, langjähriger und erfahrener Mitarbeiter von South West Water, stand vor einem gewaltigen Klumpen ausgehärteten Fetts. Aber der Begriff traf es nicht. Ein *Berg* versperrte ihm den Weg, bedrohlich und braun, ein zusammengebackenes Etwas bestehend aus Frittierfett, Damenbinden, Kondomen, Papier und wer weiß was sonst noch. Trotz seines Mundschutzes konnte er den Ekel, der in ihm aufstieg, nicht in Schach halten.

Heilige Scheiße, das würde eine Menge Kraft und Zeit kosten, den ganzen Dreck aus dem Kanal zu brechen. Ohne Presslufthammer oder Spitzhacke hätten sie nicht die geringste Chance. Aber dieses Fettgebilde war es nicht allein, das ihm explosionsartig heftigen Brechreiz verursachte. Er wollte seine erste, flüchtige Bestandsaufnahme schon beenden, als ihm klar wurde, was er in diesem Dämmerlicht und dem tanzenden Lichtkegel wirklich sah.

Gegen den Berg gedrückt lag etwas.

Etwas Wulstiges, Helles, Teigiges.

Ein menschlicher Körper.

Auf dem Rücken, weiblich. Die Haut war fleckig und grauweiß.

Keine Arme, keine Beine. Ein Torso.

Vincent Grey wollte schreien, aber er konnte nicht.

Ein Berg aus Fett und ein Klumpen Fleisch.

Der Wasserwerker wollte fliehen, weg aus diesem stinkenden Kanal. Er wollte weg aus dieser Umgebung, aus dieser Szene, wollte raus, frische, unschuldige Luft atmen, die Sonne sehen, seinen Kollegen, der oben auf ihn wartete.

Ein schlechter Scherz, durchfuhr es ihn. Jemand hatte eine Schaufensterpuppe entsorgt. Was auch sonst? Kannte man ja. Die Menschen warfen heutzutage alles Mögliche auf den Müll. Wirf es in den Kanal, und es hört auf zu existieren. Selbstbetrug, der aber nicht funktionierte. Alles kam wieder ans Tageslicht, irgendwann. Nichts verschwand auf ewig. Was hatte er nicht schon alles wieder ans Tageslicht befördert: Tampons, Ausweise, Geld, den Kopf und die Innereien eines Hammels. Einmal sogar ein dickes Bündel Pfundnoten. Aber niemals zuvor eine Leiche.

Vincent Grey wollte weg, aber etwas Unbekanntes in ihm zog ihn zu dem Stück Fleisch und Knochen, das mal ein Mensch gewesen war, ein lebendes Wesen voller Gefühle, Lachen, Tränen, Wut und mit Sehnsüchten und Wünschen. Und nun lagen da nur noch die massiv beschädigten Überreste. Das Fett und dieser Klumpen hielten ihn in ihrem Bann. Unwillkürlich machte er einen weiteren Schritt nach vorn.

Wie ein Kind, das aus Angst vor dem verbotenen Horrorfilm im Fernsehen die Augen zu Schlitzen verengt, um einerseits die Handlung verfolgen und andererseits die Augen jederzeit blitzschnell schließen zu können, ließ er den Blick schweifen. Soweit er das beurteilen konnte, ließ der Torso darauf schließen, dass die Frau relativ jung gewesen war, als sie starb, vielleicht etwas über dreißig. Selbst in diesem Zustand und in der schlammigen, stinkenden Umgebung hatten ihre kleinen Brüste etwas absurd Lockendes.

Neben dem Bauchnabel war ein Fleck zu sehen. Nein, kein Fleck. Rot und dennoch nicht rot. Keine offene Wunde – ein Tattoo. Vincent Grey konnte es nicht eindeutig identifizieren. Er wollte nicht noch näher treten, der Gestank war mit einem Mal kaum auszuhalten. Der Fleck war eine kleine aufbrechende Knospe. Eine Rosenknospe.

Nun sah er auch Bissspuren. Wunden, verteilt über den ganzen Torso. Ratten hatten ihn aufgerissen.

Vincent Grey stolperte mehr, als dass er zurück in Richtung Einstieg lief. Dort stützte er sich an der schmierigen Ziegelwand ab und riss den Mundschutz herunter. Er bekam keine Luft mehr und würgte. Noch auf der untersten Stufe der rostigen Eisenleiter erbrach sich der Mitarbeiter von South West Water gegen die feuchte Tunnelwand.

VI.

Morris schob die Sonnenbrille zurück auf den Nasenrücken. Der Abend hatte ihn regelrecht umgehauen. Daran war nicht nur die Musik schuld. Die war für das Kaff überraschend gut gewesen. Vor allem Paul McMinn und sein Billy-Idol-Cover *Plastic Jesus* hatte ihn begeistert. Der Plastikjesus, der auf dem Armaturenbrett eines

Autos wackelte – er musste immer noch schmunzeln bei dem Gedanken. Ewigkeiten nicht mehr gehört, und genauso lange hatte er schon nicht mehr einen Song mitgesungen.

Morris schloss die Augen. Wenn nur die Kopfschmerzen nicht wären. Bier und Rum waren eine unheilige Allianz.

Wie er viel später erfahren hatte – da war er längst nicht mehr nüchtern gewesen und hatte kaum noch geradeaus denken können –, war McMinn der Lokalmatador. Morris hatte ihm erzählt, er sei der beste Freund vom Wirt des The Orchard und könne ihm mit einem Anruf problemlos einen Auftritt in London verschaffen, sozusagen als Start einer wunderbaren Karriere. McMinn hatte nur freundlich genickt und unbeeindruckt sein Pint getrunken. Es stimmte also offenbar, was man sich in der Hauptstadt über die Typen am äußersten südwestlichen Ende Englands erzählte. Schon ziemlich merkwürdige Vögel.

Jamie Morris legte vorsichtig den Kopf in den Nacken und versuchte ein zaghaftes Blinzeln in die Sonne. Das hätte er besser sein lassen. Er brachte den Kopf wieder in die Ausgangsposition. Schön langsam. Nach »last order« und einem Rum als Absacker hatte er mit seinem neuen Kumpel Stevyn Arm in Arm das Cadgwith Cove Inn verlassen. Kein übler Kerl. Gemeinsam waren sie das kurze Stück hinunter zum Hafen gegangen, besser gesagt, gewankt. Wobei Stevyn ihn hatte stützen müssen. Entweder hatte er nicht so viel getrunken, oder der alte Seebär konnte deutlich mehr vertragen als er.

Einsilbig hatten sie nebeneinander die Stille in der Bucht genossen. Die wenigen Wellen plätscherten kaum hörbar, in den umliegenden Häuschen brannte kein Licht. Sie hatten über das »grandiose Leben des Mannes im Mond« philosophiert und ausgiebig den silbernen Streifen bewundert, den die runde Scheibe aus dem schwarzen Himmel auf das ebenso schwarze Wasser warf.

Anschließend hatte sich Stevyn mit einem seligen Kuss auf Morris' Stirn verabschiedet, um dann festzustellen, dass sie beide doch den gleichen Weg hinauf nach Ruan Minor hatten. Was sich für Morris als Glücksfall erwiesen hatte, denn das schmale Sträßchen wurde beinahe ganz von der üppigen Vegetation links und rechts des Weges verschluckt, und außerdem gab es bis zu den ersten Häusern nicht eine einzige Lichtquelle.

Auf dem Heimweg hatte Stevyn ihm dann die Legende erzählt, dass es im Pub spuke. Angeblich lebten in der 300 Jahre alten Schänke die Geister eines alten Fischers und eines Schmugglers. Dafür gäbe es sogar einen Zeugen. Der habe nach dem Schließen der Bar vor dem Pub eine Zigarette geraucht und um das Haus herum Schritte gehört, ohne jemanden zu sehen …

Morris hatte daraufhin tief geschlafen und von wilden Gestalten geträumt, die ihm Hände voll Goldstücke entgegenhielten. Jedes Mal, wenn er danach greifen wollte, lösten sich die glitzernden Dublonen unter dem Gelächter der Piratenwesen in Luft auf.

Erst spät am Vormittag war er aufgestanden und hatte sich nach einer Tasse starkem Tee und einem trockenen Toast auf den Weg ins Dorf gemacht. Ohne die frische Seeluft würde er den Tag über nicht klarkommen.

Nun saß er auf einer Bank auf einem Felsvorsprung oberhalb des Hafens und hatte von dort den besten Blick auf das gemächliche Treiben zu seinen Füßen. Die Bucht lag weitgehend verlassen da. Die kleinen Kutter der wenigen aktiven Fischer waren noch draußen auf See. Ein in die Jahre gekommener Pick-up stand ohne Fahrer und mit offener Fahrertür auf der betonierten Fläche zwischen dem alten Schuppen aus Bruchstein, in dem unter anderem ein Fischhändler seine winzige Theke hatte, und einem ebensolchen grauen Gemäuer, in dem die mit Strom betriebene Winde stand, mit der die Fischerboote nachmittags zurück auf den Strand gezogen wurden.

Ein paar Touristen in Shorts und Sandalen liefen mit gesenkten Köpfen den kurzen steinigen Strand ab, wohl auf der Suche nach besonders geformten Kieseln. Sie folgten einem Urinstinkt, der wohl in den meisten Menschen wach wurde, sobald sie auf Wasser und Strand trafen. Morris erinnerte sich an die Aufenthalte als Kind am Strand von Brighton. Profane und zufällig geformte Steine wurden für den Augenblick unversehens zu Schätzen, die aus dem Urlaub nach Hause mitgenommen werden mussten, um die Erinnerung an den Urlaub zu konservieren.

Morris sah zwei Kinder bis an die Wasserlinie gehen, jedes eine Eistüte in der Hand. Ein paar Dohlen hüpften in gebührendem Abstand neugierig um sie herum. Wie aus Müßiggang zupften die Vögel gelegentlich an einem

Fischtorso, der auf den Kieseln lag. Der Kopf fehlte und der hintere Teil. Auf den Felsvorsprüngen der natürlichen Bucht dösten Silbermöwen. Vom Wasser stieg der Geruch nach Salz und feuchtem Tang bis zu ihm hinauf. Die Sonne versprach einen heißen Tag.

Er drehte den Kopf Richtung Pub, das sich links von ihm hinter dem Maschinenhaus schuldbewusst zu verstecken suchte, als wisse es um Morris' Qualen. Er war unfähig, den Kopf zurückzudrehen. Falsche Bewegung, ganze falsche Bewegung. Ihm wurde übel. Er fragte sich, wie er nur den Weg ins Dorf geschafft hatte. Der Filmemacher stöhnte leise, aber das brachte keine Erleichterung. In seinem Kopf hämmerte irgendwas gegen die Schädelwand, unablässig und mit teuflisch exaktem Beat. Wenigstens half die Brille ein wenig gegen die Sonne, die sich unbarmherzig auf sein Gesicht legte. Nirgendwo auch nur ein Hauch Schatten. Am besten, er setzte sich auf dem Hof des Pubs unters Dach. Kein weiter Weg, aber er würde es nicht hinbekommen. Später vielleicht. Wobei allein der Gedanke ans Pub in seinem Magen Aufruhr verursachte.

Vorsichtig wandte er sich um. Rechts hinter ihm waren Stufen in unregelmäßigen Abständen in die Felsnase geschlagen, die wie eine Wand den Hafen vom steinigen Strandabschnitt trennte. An der schmalen Treppe gab ein rostiges Eisengeländer Halt. Das Ganze wirkte nicht gerade vertrauenerweckend, vor allem nicht in dem Zustand, in dem Morris sich befand. Allerdings hatte er auch nicht die Absicht, über die Treppe auf einen der vorgelagerten Felsen zu steigen. Von dort drang seit seiner Ankunft auf dem Todden, wie die befestigte Felsnase genannt wurde, das fröhliche Hin und Her einer Handvoll Jugendlicher in Neoprenanzügen hinauf. Zu hören war außerdem ein gelegentliches lautes Jauchzen und sattes Platschen, wenn die Jungen und eines der drei Mädchen übermütig ins Wasser sprangen. Cadgwith machte einen friedvollen Eindruck. Morris schloss die Augen. London war mit einem Mal weit weg.

Ein plötzliches Klappern ließ ihn aufhorchen und die Augen öffnen. Keine drei Meter neben ihm baute ein Mann eine Staffelei auf. Neben einem Klappstuhl lehnte eine Umhängetasche, aus der ein Malkasten und eine Palette lugten.

»Sorry. Ich wollte Sie nicht erschrecken.«

Jamie Morris deutete ein Nicken an. Der Mann mit Hut kam ihm bekannt vor. Als er seinen Gehstock an die niedrige Mauer lehnte, die an der schmalsten Stelle der Felsnase als Absturzsicherung diente, wusste er es: Er war einer der Musiker von gestern Abend und hatte auf etwas gespielt, das wie eine Ukulele aussah.

»Ein wunderbarer Tag zum Malen.«

»Hm. Die See zeigt sich wahrlich von ihrer besten Seite«, meinte der Maler mit einem kurzen Blick auf Morris. Dann nahm er einen Pinsel zwischen die Zähne und konzentrierte sich auf die Auswahl der Farben.

Deutlicher ging es nicht. »Ich will Sie nicht stören, sorry.«

»Im Grunde wird die Natur auf ewig ein Rätsel bleiben. Ich denke oft, ich bin ein Sammler dieser Schönheit und ihrer vielen Facetten«, kam es undeutlich zwischen den Zähnen hervor.

Der Typ sprach wohl mit sich selbst. Meine Güte, ein spinnerter Esoteriker und Weltverbesserer. Morris schloss erneut die Augen und beschloss, den Maler zu ignorieren. Er hatte schon genug Kopfschmerzen.

Eine Zeit lang war es tatsächlich still. Zu still, wie Morris fand. Er öffnete die Augen einen Spalt weit. Der Maler hatte sich ganz auf sein Motiv konzentriert und den stummen Mann auf der Bank offensichtlich völlig aus seiner Wahrnehmung ausgeklammert. Mit hoher Konzentration flog der Blick zwischen Leinwand, See und der Farbpalette hin und her.

Schließlich hielt Morris es nicht länger aus. Seine Neugier war stärker.

»Sind Sie hier aus der Gegend?« Er verschränkte die Arme. Vielleicht wusste der Typ ja, wo er diesen Nutty finden könnte.

Der Maler nickte, ohne den Blick von der Leinwand zu nehmen.

»Die Aussicht ist ja wirklich toll.« Er wollte den Mann nicht überfordern, sich langsam an das eigentliche Thema heranarbeiten. Vor allem aber wollte er seinen schmerzenden Schädel nicht überfordern.

Der Maler reagierte nicht, stattdessen maß er mit dem Pinsel den Blickwinkel ab.

Morris seufzte und stand auf. Sofort war das Hämmern wieder da. Langsam näherte er sich der Staffelei. »Maler bewundere ich. Sie haben den besonderen Blick.« Er nickte anerkennend Richtung Leinwand, auf der lediglich erste grobe Umrisse zu erkennen waren. »Ich habe es mal versucht, bin aber kläglich gescheitert. Ich bin sicher, dass es großartig wird.«

Immer noch Schweigen.

»Ist das Meer hier immer so glatt?« Morris deutete über die Bucht hinaus. *Was für eine blöde Frage*, dachte er, aber der Typ machte es ihm mit seiner Einsilbigkeit nicht eben leicht. »Heute ist es auch besonders still, oder?«

Der Maler nickte und blieb stumm.

Am Horizont war ein Containerschiff aufgetaucht, das Richtung Ärmelkanal unterwegs war. Portsmouth, Plymouth oder Rotterdam. Morris entschloss sich zum Frontalangriff. Vermutlich verstand der Maler nur eine klare Ansprache. »Ich suche einen Mann namens Nutty. Können Sie mir vielleicht sagen, wo ich ihn finden kann?«

»Ich habe davon gehört. Ich habe Sie gestern Abend im Pub gesehen. Sie haben lange mit Stevyn gesprochen. Aber nein, ich weiß nicht, wo Martin stecken könnte. Er ist meist an der Küste unterwegs.«

An wen war er denn da geraten? In einem Dorf blieb aber auch nichts unkommentiert. »Er sucht wohl immer noch nach dem Schatz.« Morris' Lachen geriet eine Spur zu sarkastisch. Warum nur fühlte er sich in Gegenwart dieser Eingeborenen immer so verdammt unsicher?

»Nutty, ich meine, Martin Ellis ist überzeugt, dass er auf der richtigen Spur ist.« Damit hatte der Maler wohl alles gesagt, was er zu sagen hatte.

Morris blinzelte gegen die Sonne. Die Temperatur stieg unaufhörlich. Ein paar Meter weiter ließ sich ein

Rabenvogel auf einem Stück Fels nieder. Er duckte sich tief, spreizte seine Flügel, öffnete den Schnabel und begann zu hecheln. Sein schwarzes Gefieder schimmerte an einigen Stellen grünlich.

Er hatte plötzlich das irrwitzige Verlangen nach einem frisch gezapften Bier.

VII.

»Wie gesagt, kein Problem. Also, dann …«

Mary Morgan legte das schnurlose Telefon beiseite und atmete erst einmal tief durch. Ihr Blick ging durch das breite Panoramafenster auf die Bucht hinaus.

Tante Margaret steckte mitten in den Vorbereitungen zur diesjährigen Gartensafari und hatte sich »nur mal eben« über den Stand der Dinge erkundigen wollen. Daraus waren dann vierzig Minuten geworden, angefüllt mit allerlei Tratsch über Bekannte, Bekanntes und weniger Bekanntes in und um Ruan Minor. Unter anderem hatte sie erzählt, dass die Frau von Terry Bennett verschwunden sei, das ganze Dorf rede über nichts anderes.

Mary hatte die Neuigkeit schweigend zur Kenntnis genommen. Zum einen, weil mit »das ganze Dorf« höchstens Margarets Damenkränzchen gemeint sein konnte, zum anderen, weil sie mit Terry Bennett und seiner Frau nicht das Geringste verband. Bennett war ein neureicher Fatzke, der vor einiger Zeit das Anwesen oberhalb ihres Cottages und der Bucht übernommen hatte. Bennett versuchte sie seit seinem Einzug immer wieder zum Verkauf ihres Hauses zu überreden, das ihren Eltern gehört hatte und in dem sie seit etwas mehr als einem Jahr mit Erfolg ein kleines B&B betrieb.

Er hatte das auf verschiedene Weise versucht, mal charmant, dann wieder rüde. Und dann mit dem Hinweis, das Cottage sei im Grunde völlig marode und er würde deutlich über Wert bezahlen, allein weil er sie als Mensch so sehr schätze. Bennett, auf dem Neuen Markt zu Geld gekommen, wie man sich im Dorf erzählte, hatte sich auch immer wieder zu anzüglichen Bemerkungen hinreißen lassen. Offensichtlich hielt er sich und sein Geld für unwiderstehlich.

Tante Margaret hatte ihr Schweigen als Aufforderung verstanden, sich ausführlich darüber auszulassen. Sie lobte mit ihrer leicht näselnden Stimme Bennett über den grünen Klee als Gönner des Ortes und des Verschönerungsvereins. »Ein wahrer Glücksfall für Ruan Minor und Cadgwith.« Weil er ihr und dem Vorstand des Verschönerungsvereins auf einer informellen Sitzung angekündigt hatte, aus Cadgwith ein »schönes Freilichtmuseum zu machen, das den Bewohnern endlich Wohlstand bringt. Mehr als das unproduktive Fischen, das nur noch zur Belustigung der Touris taugt«. Er hatte bereits begonnen, Häuser aufzukaufen, um sie für seine Zwecke zu nutzen. Tante Margaret erzählte es so, als sei sie die kompetente Projektleiterin des Unterfangens.

Mary wusste aus hinter der Hand vorgetragenen Bemerkungen einiger Vorstandsmitglieder, dass Margaret keinen Hehl daraus machte, vor allem, wenn sie mit ihren Freundinnen nach dem Tee bei einem oder zwei

Sherrys saß, dass sie Bennetts Frau für ein »undankbares Subjekt« hielt. Wobei sie den Nachweis ihrer Quelle schuldig blieb.

Margaret hatte ihr freimütig erzählt, dass sie Liz Bennett bisher nur höchst selten zu Gesicht bekommen hatte. Aber das war im Grunde auch nicht nötig, denn Margaret lehnte jeden ab, der nicht Mitglied im – ihrer Meinung nach – wichtigsten Verein des Dorfes war.

Ein anderes, für Margaret noch weitaus wichtigeres Thema war Simon. Sie konnte die ruhige und empathische Art des ehemaligen Polizeibeamten der Londoner Metropolitan Police nicht einordnen. Zu weich, zu uneindeutig, außerdem mit einer Gehbehinderung »geschlagen«. Daher verstand sie auch nicht Marys »Faible für diesen merkwürdigen Mann«. Der sei nun überhaupt nicht als Ehemann geeignet. Simon Jenkins sei von allen Kandidaten – wen auch immer sie im Sinn haben mochte – der denkbar ungeeignetste. Wobei sie auch nicht müde wurde zu betonen, dass Mary schon längst unter der Haube und Mutter glücklicher Kinder sein sollte. Sie würde auch weiterhin alles dafür tun, dass es Mary gut ginge. Das habe sie schließlich Marys Mutter auf dem Totenbett versprochen.

Mary hatte diese Sprüche längst satt. Seit sie aus Deutschland zurück war, versuchte ihre Tante »alles richtig zu machen«, ohne zu ahnen, geschweige denn zu akzeptieren, dass ihre Nichte diese Art Ratschläge weder wollte noch brauchte.

Auch die heutige Tirade hatte Mary weitgehend unkommentiert über sich ergehen lassen, in dem Wissen, dass sie eh keine Chance hatte, Margaret vom Gegenteil zu überzeugen. Außerdem war die »Sache« zwischen ihr und Simon längst nicht so eindeutig, wie ihre Tante vermutete. Aber das stand auf einem anderen Blatt.

Beinahe hätte Margaret dann auch den eigentlichen Grund für ihren Anruf vergessen. Obwohl längst klar war, dass Mary ihren Mangel an einem vorzeigbaren Garten durch besonders viele Scones für das Büfett in der Village Hall kompensieren würde, wollte Margaret noch einmal die Bestätigung, dass ihre Nichte ausreichend Zutaten besorgt und auch den Dorfladen mit den nötigen Flyern zur anstehenden Gartensafari versorgt hatte.

Obwohl ihre Tante ihr den kleinen Dorfladen in Cadgwith schon »so gut wie« überschrieben hatte – jedenfalls ließ sie sich kaum mehr dort hinter der Theke blicken –, spürte sie immer noch eine gewisse Verantwortung für das Geschäft. Mary hegte allerdings den Verdacht, dass es Tante Margaret mehr darum ging, dass die Infoblätter des Vereins an möglichst prominenter Stelle im Laden präsentiert wurden.

In der Küche warf Mary einen Kontrollblick auf die Spülmaschine. Sie würde sie bald ausräumen können. Es war gerade noch genug Zeit, um in den Gästezimmern die Betten zu machen. Ihr B&B war seit dem Frühjahr durchweg belegt. Das war schön, aber sie wusste an manchen Tagen nicht, wie sie die Arbeit schaffen sollte. Wenn die Buchungszahlen weiter stiegen, würde sie sich nach einer Mitarbeiterin umsehen müssen. Das würde zwar am Ende des Tages den Gewinn schmälern, allerdings wäre die Entlastung kaum mit Geld aufzuwiegen. Der Dorfladen wollte ja auch noch betrieben werden. Für vormittags hatte sich eine Frau aus dem Dorf angeboten, die Mary im Internet über die Facebookseite *Ruan Minor Schwarzes Brett* gefunden hatte.

Und dann war da ja auch noch das überaus hübsche Weichholzschränkchen, das in ihrem Schuppen darauf wartete, aufgearbeitet zu werden, um dann eines der Zimmer im ersten Stock zu verschönern. Als gelernte Tischlerin und Restauratorin freute sie sich auf die Arbeit. Die würde aber bedauerlicherweise noch bis zum Herbst warten müssen.

Mary dachte kurz an Simon. Ihm ging es bei der Hitze nicht so gut. Seine Tabletten halfen zwar gegen die Schmerzen im Rücken, machten ihn aber zusätzlich müde. Er hatte ihr versprochen, es langsam angehen zu lassen. Soweit sie wusste, wollte er in diesen Tagen in der Bucht oder an der nahen Teufelspfanne einige Meeresszenen malen. Sie freute sich für ihn. Das Wetter würde das Meer an den tieferen Stellen in sattem Blau erstrahlen lassen. Die Arbeiten würden leicht zu verkaufen sein. Touristen mochten seine Bilder, die sie unter anderem in der kleinen Kunstgalerie *The Crow's Nest* im Hafen kaufen konnten.

Sie schob ihre Gedanken eilig beiseite. Simon wollte am Abend bei ihr vorbeischauen, und bis dahin war noch einiges zu tun. Sie sah sich um. Im Augenblick wusste sie nicht, wo ihr der Kopf stand. Die Betten! Sie würde mit den Betten beginnen, Staub wischen und die Lebensmittelbestände für das Frühstück auffüllen. Bevor sie Suzie im Laden ablösen würde, blieben vielleicht noch ein paar Minuten für ein Glas kalten Apfelsaft auf der Bank vorm Haus.

Mary war gerade dabei, im Laden die neu eingetroffenen Ansichtskarten in die Ständer zu sortieren, als Martin Ellis durch die offen stehende Tür trat und seinen Metalldetektor an der Wand zwischen Theke und Eingang abstellte.

»Kein Wetter für Schätze.« Ellis sah Mary direkt in die Augen. »Bis auf eine Ausnahme.«

Mary lachte. »Was willst du mir damit sagen, Martin Ellis?«

»Seit du wieder in Cadgwith wohnst, ist das Dorf um eine wahre Attraktion reicher.« Er ließ den Blick prüfend über die Auslagen schweifen. »Brauchst du noch ein paar meiner Büchlein?«

»Warum nicht? Die heiße Phase der Touristensaison hat ja gerade erst begonnen. Ja, bring ruhig ein paar Broschüren vorbei.«

Ellis' Räuspern war reinste Empörung. »Broschüren?«

»Ja … nein. Deine Forschungsergebnisse natürlich. Verzeihung.« Martin Ellis war eine Seele von Mensch, liebenswert und überaus hilfsbereit, wenn es aber um seine »Forschungen« ging, verstand er keinen Spaß. Über Jahre hatte er seine Überlegungen, Vermutungen, Thesen und die angeblichen Beweise über die Entstehung des Welterfolgs *Die Schatzinsel* sowie über die Bezüge von Stevensons Roman zum Dorf Cadgwith akribisch und mit viel Enthusiasmus zusammengetragen und daraus eine durchaus wissenschaftlich anmutende Abhandlung verfasst. Es gab niemanden, der seinen Thesen ernsthaft Glauben schenkte – außer vielleicht die Touristen. Und die kauften gerne das dünne Heft, um ihrerseits im Anschluss an die Lektüre auf Schatzsuche zu gehen. Zeitweise traten die Unbekannten in Scharen auf und suchten mit ihren Detektoren die Strände und zugänglichen Höhlen ab – stets in der Hoffnung auf den einen großen Fund.

Aber der vermutete Schatz blieb unauffindbar. Das tat der Goldgräberstimmung keinen Abbruch. Die abenteuerlichen Geschichten, die die glücklosen, aber umso trinkfesteren Schatzsucher abends im Pub zum Besten gaben, versorgten die Legende um die *Schatzinsel* mit immer neuer Nahrung. Martin Ellis stand dann nicht selten lächelnd daneben, mit glänzenden Augen und der einen oder anderen Anekdote, die er als Neuigkeit ausgab.

»Ich war heute früh nach Längerem mal wieder in Kynance Cove. Mir war so, als ob der Schatz mich ruft.« Er räusperte sich erneut. Diesmal war es eher Verlegenheit. »Nun ja. Fehlanzeige.« In seinem Gesicht tauchte unvermittelt Finderstolz auf. »Aber nicht ganz.« Er kramte in der Tasche seiner Arbeitshose und hielt Mary die offene Hand hin. »Am Strand habe ich immerhin das hier gefunden.«

Es waren zwei Schmuckstücke: eine Perlenkette und ein Armband. »Lagen nebeneinander am Strand. Nicht einmal richtig vergraben. Hier, auf dem Armband steht etwas.« Er hielt es hoch und las laut vor: »Your heart is a bloody rose in my soul. Dein Herz ist eine blutige Rose in meiner Seele. Der Verschluss hat den Detektor anschlagen lassen.«

Was für ein merkwürdiger Spruch, dachte Mary. Warum hieß es, dein Herz ist eine blutige Rose? »Vielleicht hat es eine Touristin verloren.«

Ellis verkniff sich ein Lächeln. »Bringt sicher ein paar Pfund. Aus 'ner ollen Schatzkiste ist das jedenfalls nicht. Die Frage ist, ob es echt ist.« Er hob die Schultern und hielt den Kopf ein wenig schief. »Ich kenne da in Helston jemanden. Der kennt sich mit so 'nem Schmuck besser aus als ich.«

»Wer verliert eine Perlenkette und ein Armband gleichzeitig?«, wunderte sich Mary. »Mach doch ein Foto von dem Fund. Ich häng's gerne aus. Man weiß ja nie.«

»Was soll das bringen? Kynance Cove ist doch viel zu weit weg. Das muss schon ein ziemlicher Zufall sein, wenn die Besitzerin in deinen Laden kommt. Nee, nee, ich bring den Schmuck nach Helston.« Er wog seinen Fund in der Hand. »Schwer ist er ja.«

Mary hatte den Eindruck, dass Martin nicht auf den kleinen Zusatzverdienst verzichten wollte. Sie wusste, dass sein Taxigeschäft nicht so lief, wie er sich das wünschte.

»Komischer Spruch auf dem Armband, oder?«

Ellis zuckte mit den Schultern. »'ne Liebeserklärung wird's ja wohl nicht sein? Oder doch? Blutige Rose. Ein teurer Talisman vielleicht? Wo kann man das kaufen? Jedenfalls hab ich so etwas noch nicht gesehen. Dein Herz ist eine blutige Rose in meiner …« Er lauschte dem

Klang seiner eigenen Stimme nach. »Hat bestimmt 'n Künstler angefertigt. Mein Kontakt in Helston wird's wissen.« Er sah Mary fragend an.

»Wer weiß.«

VIII.

Es gab Tage, da machte ihm seine Wirbelsäule weniger zu schaffen. Simon Jenkins stützte sich mit der Hand auf dem Rand einer der blauen Kisten ab, die ineinander gestapelt an der Wand des alten Boots- und Windenschuppens standen. Vorsichtig versuchte er sich zu strecken und zuckte vor Schmerz zusammen. Er hatte am Morgen seine Medikamente nicht eingenommen. Ab und an unterlag er der Versuchung, auf die Arzneimittel zu verzichten, was sich aber in der Regel später am Tag rächte. Er hätte es also besser wissen müssen. Es war der hilflose Versuch, seinem Schicksal entkommen zu wollen. Schon bei der geringsten unachtsamen Bewegung schoss der Schmerz wie flüssiges Blei die Wirbelsäule entlang und erinnerte ihn daran, dass er keine Chance hatte. Sein Körper vergaß nie.

Er bekam kaum noch Luft, versuchte über den Schmerz wegzuatmen und suchte zugleich in seiner Umhängetasche nach den Pillen, die ihm Linderung verschaffen würden. Bei Mary im Laden gegenüber würde er ein Glas Wasser bekommen.

Für einen kurzen Augenblick war die Szene wieder da in seinem Kopf. Simon hatte damals den Unfall knapp überlebt, aber Moira, seine Lebensgefährtin und dazu Kollegin in der Sondereinheit zur Bekämpfung der organisierten Kriminalität der Londoner Met, hatte die Verfolgungsjagd mit dem Leben bezahlt.

Seither war nichts mehr, wie es gewesen war.

Er und Moira hatten bald heiraten wollen, die Vorbereitungen waren schon getroffen. Die Zeremonie in der Kirche von Stow-on-the-Wold in den Cotswolds war bis ins Detail vorbesprochen, die Gäste eingeladen, alles Weitere organisiert. Sie hatten im The Slaughters Country Inn Hotel im winzigen Lower Slaughter feiern wollen, idyllisch am flachen Flüsschen Auge gelegen, mitten im üppigen Grünen und abseits allen Lärms. Moiras Cousins und ihre Freunde aus Schottland hatten sich in ihren traditionellen Kilts angesagt. Es hatte eine echte Bilderbuchhochzeit werden sollen, in einer ebensolchen Bilderbuchlandschaft.

Und dann war ihr Dienstwagen an jenem entsetzlichen Tag in der Kurve einer regennassen Landstraße von der Fahrbahn abgekommen und in Flammen aufgegangen. Moira war vor seinen Augen verbrannt.

Schon in der Klinik war klar, dass er sein Leben lang mit Schmerzen würde leben müssen. Mit den körperlichen und den seelischen Schmerzen. Ohne Medikamente würde er niemals mehr den Alltag bewältigen können. Und er würde auch nicht mehr ohne Gehstock zurechtkommen.

In Cadgwith hatte er nach dem Ausscheiden aus dem aktiven Polizeidienst eine neue Heimat gefunden. Der Umzug war zunächst eine Flucht aus London gewesen, aus seinem bisherigen Leben, und auch der Fluchtversuch aus seinen Erinnerungen.

Schon in der Reha hatte er mit ersten Malversuchen begonnen. Cadgwith war über die Zeit von einem bloßen Zufluchtsort zu seiner zweiten Heimat geworden. Hier konnte er sich in dem angemieteten Häuschen, dessen Anbau er zum Atelier gemacht hatte, als Künstler ungestört weiterentwickeln. Kontakte zu anderen Menschen hatte er zunächst nicht gesucht. Er wollte lediglich über die Beschäftigung mit der Kunst einen neuen Zugang zum Leben finden. Diese Hoffnung hatten die Ärzte ihm mit auf den Weg gegeben – Hoffnung auf ein neues Leben und am Ende auch Zugang zu den Fragen der menschlichen Existenz überhaupt.

Cadgwith war sein Mikrokosmos, in dem er sich frei bewegen konnte und in dem er alles fand, was er brauchte. Sein kleines Paradies. Natürlich hatte er damals bereits gewusst, dass das so nicht stimmte. Dass er nur als Zuschauer einem Schauspiel beiwohnte und dass unter der dünnen Haut des Dorfalltags vieles, auch Unschönes, verborgen lag. Aber er wollte in Cadgwith ein Stück heile Welt sehen, so winzig und zerbrechlich dieser Ausschnitt des Kosmos auch sein mochte.

Die Menschen in Cornwall lebten nach dem Grundsatz »leben und leben lassen«. So ließ es die manchmal allzu glatte Oberfläche des Dorfes zumindest vermuten. Aber das reichte ihm vollkommen. Das Leben hier war ein Spiegel der See in der Bucht: zu Zeiten voller Farben, hellgrün bis dunkelblau, so anschmiegsam wie ein Seidenschal. An manch anderen Tagen dagegen schwer und grau wie Blei, das Anzeichen für Sturm und aufgewühlte See.

Aber das war genau das, was er suchte.

Sogar ein motorgetriebenes Boot hatte er sich angeschafft, das er *Kraken* nannte. In Wahrheit war es nicht viel mehr als eine Nussschale und wurde milde belächelt von den gestandenen Fischern. Wenn er damit jedoch aus dem kleinen Hafen steuerte und von der ruhigen See aufs Dorf sah, fühlte er sich eins mit sich selbst und mit dem Rest des Universums.

Mit den Monaten war er heimisch geworden in Cadgwith und hatte in Luke einen Freund gefunden, auf den er sich jederzeit verlassen konnte. Luke war in Cadgwith geboren und aufgewachsen, dem Ort, den er niemals ohne Not verlassen würde. Die beiden hatten sich bei einem Barbecue am Hafen kennengelernt.

Seither half Luke ihm bei den Dingen, die den Alltag erschwerten. Sei es, dass er zum Arzt nach Penzance, Helston oder Truro musste, oder bei größeren Einkäufen im Supermarkt. Luke war ein bodenständiger, lebenskluger Fischer und hatte einen trockenen Humor, den er gerne und oft unter Beweis stellte. Allerdings war ihm Simons Vergangenheit als Polizist trotz aller Zuneigung an manchen Tagen suspekt bis unheimlich. Aber das lag, wie er schon mal grinsend meinte, vor allem daran, dass er ein Kind Cornwalls war und mit der Muttermilch eine gehörige Portion Skepsis der Ordnungsmacht gegenüber aufgesogen hatte.

Luke hatte mit Kunst und Malerei nicht allzu viel im Sinn, aber er bewunderte Simons Arbeiten auf eine im besten Sinn naive, distanzierte Art, die Jenkins als sehr angenehm empfand.

»Ist dir nicht gut?«

Simon drehte sich um und versuchte dabei möglichst gerade zu stehen. Er hatte sie nicht kommen gehört. »Geht schon wieder.« Er lächelte Mary an. »Schön, dich zu sehen.«

»Hast du deine Tabletten dabei? Du brauchst sicher ein Glas Wasser. Komm.« Der Ton in ihrer sanften Stimme und ihre Haltung duldeten keinen Widerspruch.

Simon war dankbar dafür, dass sie ihn nicht unterfasste. Eine kluge Frau, die wusste, was sie tat, und die wusste, wie beschämend das wirken konnte.

Auf dem kurzen Weg zum Dorfladen betrachtete er Mary von der Seite. Jedes Mal meinte er etwas Neues an ihr zu entdecken, in ihrem Gang, in ihrer Stimme, in ihrem Gesicht. Der Gedanke ließ ihn lächeln, obwohl sein Rücken höllisch schmerzte.

Mary Morgan war nach einem längeren Aufenthalt in Deutschland erst vor gut einem Jahr in ihr Dorf am südwestlichsten Zipfel Cornwalls zurückgekehrt. Das erste Mal waren sie sich begegnet, als Simon ein Paket mit Künstlerfarben in dem kleinen Laden abgeholt hatte, der von den Einwohnern auch als inoffizielle Poststation genutzt wurde. Da er trotz seiner Gehbehinderung häufig auf den Küstenpfaden unterwegs und daher eher selten in seinem Atelier anzutreffen war, deponierten die Boten ihre Lieferungen im Dorfladen, den Mary – neben ihrem B&B – für ihre Tante führte und eines Tages ganz übernehmen würde.

Bereits bei ihrem ersten Aufeinandertreffen hatte er sich zu ihr hingezogen gefühlt, zu ihrer offenen, hemdsärmeligen Art, ihrem feinen Spott und zugleich doch auch tiefgründigen Humor, zu ihrem Blick auf die Welt und das Leben im Allgemeinen, zu ihrem Verständnis von Kunst, ihrem offenen und herzlichen Lachen, den ernsten Gesprächen, zu ihren dunkelblauen Augen, die so perfekt zu dem langen dunklen Haar passten, das sie meist hochgesteckt trug.

Kurz, er hatte sich damals schon in sie verliebt, ohne dass er es bemerkt oder sich eingestanden hätte. Aber auch heute noch tat er sich schwer. Er empfand zwar eine tiefe Zuneigung zu Mary, doch zwischen ihr und ihm stand immer noch seine Erinnerung an Moira, seine große Liebe, die auf entsetzliche Weise unerfüllt bleiben würde.

Vor einem halben Jahr hatte der mysteriöse Tod einer Freundin von Mary sie einander nähergebracht. Die Ermittlungen der Polizei waren, zunächst jedenfalls, schlampig geführt worden, sodass Mary Simon um Hilfe gebeten hatte. Trotz erstem inneren Widerstand hatte er schließlich mit Lukes Hilfe auf eigene Faust ermittelt. Mary war darüber glücklich gewesen, denn sie hatte damals schon geahnt, dass Simon über seinen Schatten hatte springen müssen. Er war Mary dankbar für ihre Zurückhaltung. Der plötzliche Tod seiner Partnerin hatte ihn vollkommen aus der Lebenskurve getragen, so wie Moira mit dem Einsatzwagen der Polizei aus der Todeskurve geschleudert worden war.

Im Laden angekommen, verschwand Mary sogleich

in den Nebenraum und kehrte mit einem Glas Wasser zurück, das sie ihm wortlos reichte.

»Danke. Ich hab's einfach vergessen.« Er schluckte die beiden Tabletten und trank das Glas leer. »Schon ziemlich heiß heute.«

»Zu warm zum Malen, oder?«

Er wäre beinahe widerstandslos in den dunklen Seen ihrer Augen versunken, stattdessen stellte er das Glas auf die Theke. »Du hast recht. Ich wollte auch nur raus aus meinem Häuschen und dachte an den frischen Wind in der Bucht, aber auch dort draußen steht die Luft.«

»Das Wetter ist selbst den Touris zu heiß. Ich werde neues Eis bestellen müssen, meine Vorräte neigen sich dem Ende zu.« Sie deutete mit dem Kopf Richtung Eistruhe. »Wandern will heute niemand. Entweder Eis oder Pub. Oder besser noch beides.« Sie lachte.

Simon nickte. »Es gibt aber immer ein paar Schatzsucher. Die sind unermüdlich.«

»Liegt das uns Briten nicht im Blut?«

»Sir Francis Drake? Oder James Cook?« Nun musste auch er lachen.

»Oder eben unser Robert Louis Stevenson.«

»Der scheint gerade mal wieder Konjunktur zu haben.« Simon erzählte ihr von der Begegnung mit dem Fremden.

»Ein Filmemacher aus London also.«

»Nutty wird am Ende noch berühmt.« Er lächelte und hatte das Gefühl, dass der Schmerz in seinem Rücken ein wenig nachzulassen begann.

»Ja, ja, unser Martin. Da fällt mir ein, er wollte mir einen Schwung seiner Büchlein vorbeibringen.«

»Ich will heute Abend mit dem Boot rausfahren. Willst du nicht mitkommen?« Er sah ihren zögernden Blick. »Eine Stunde vielleicht, unter der Küste. Oder wir fahren rüber nach Porthleven. Jonathon Coudrille spielt mit seinem Trio Gwelhellin im Amélies am Hafen.«

Mary sah zur Uhr. »Ich weiß nicht. Heute kommen neue Gäste. Da werde ich kaum Zeit haben. Außerdem …«

»Du meinst meinen Rücken? Der ist fast wieder ohne Schmerzen. Ganz bestimmt …«

»Schon gut. Vielleicht hast du recht. Ein wenig Abwechslung wird mir guttun. Ich war schon länger nicht mehr auf dem Wasser. Und der Weißwein im Amélies soll sogar genießbar sein. Aber nur ein Glas.« Sie grinste ihn keck an.

Er wusste mittlerweile, dass sie seit ihrer Rückkehr aus Köln ihre eigene Ansicht hatte über die Weine, die ihre Landsleute gemeinhin als »superb« bezeichneten. Simon freute sich. Endlich wieder einmal Zeit, um mit Mary bei einem Glas Wein die Zeit zu vergessen. Er wollte sich gerade verabschieden, um im Hafen nach seinem Boot zu sehen und das Nötige für die Fahrt vorzubereiten, als die Ladentür geöffnet wurde.

»Guten Tag. Mein Name ist Krystian Herman. Ich habe ein Zimmer in Ihrem B&B gebucht. Ein Mann hinten im Hafen sagte mir, dass ich Sie hier finden könnte. Ich weiß, ich bin ein wenig früh dran, aber ich dachte, vielleicht kann ich schon einchecken. Sie haben doch nichts dagegen?« Er sah neugierig zu Simon. »Oder komme ich ungelegen?« Dann warf er einen Blick in den Laden. »Ich kann auch später kommen. Vermutlich können Sie sowieso nicht weg aus Ihrem Laden.«

Mary begrüßte ihren Gast herzlich, auch wenn er in der Tat in mancherlei Hinsicht ungelegen kam. Sie deutete auf sein Gepäck. »Sie haben recht, aber Sie können Ihre Sachen hier unterstellen. Ist ja nicht viel. Leider bin ich noch einige Zeit hier angebunden. Tut mir leid. Machen Sie doch einfach schon mal einen kleinen Spaziergang.«

Nachdem der Mann das Geschäft verlassen hatte, verabschiedete sich auch Simon. Nicht ohne zu betonen, dass er beinahe schon wieder schmerzfrei sei.

IX.

DI Chris Marks nahm die Füße vom Schreibtisch und warf den Bericht des Rechtsmediziners mit Schwung in den Ablagekorb – das Ergebnis jahrelanger Übung und Ausdruck wachsender Gleichgültigkeit, geboren aus Misserfolgen.

Ein weiblicher Torso im Abwasserkanal von Helston hatte noch gefehlt in seiner Sammlung. Nicht, dass er schon Dutzende Morde zu lösen gehabt hätte, eine derart kriminelle Energie gab es in Cornwall nicht – trotz der Piratengene, die die Bewohner dieses Landstrichs angeblich in sich trugen.

Er musterte die Wände. Fünfzehn Jahre waren es nun schon, die er in Helston Dienst tat. Die Raufasertapete war damals frisch gestrichen worden. Er erinnerte sich noch gut an den unschuldigen Geruch, den sein Büro ausströmte, als er es bezog. Ein Versprechen auf die Zukunft. Seither waren die Wände immer gelber geworden.

Er war sozusagen den Spuren der Liebe gefolgt und mit Maggie runter in den Süden gegangen. Maggie hatte einen gut bezahlten Job im Krankenhaus von Penzance angenommen. Physiotherapie und das ganze Zeug. Er war sicher gewesen, die Frau fürs Leben gefunden zu haben. Überaus sportlich und atemberaubend attraktiv. Er hätte ihr stundenlang beim Workout zusehen und auf den straffen Sixpack und die endlos langen Beine starren können.

Die Wohnung in Helston war bezahlbar gewesen, an den Lärm der nahen Air Base hatte er sich schnell gewöhnt. Woran er sich aber nicht hatte gewöhnen können, war, dass Maggie schon bald abends lieber mit den neuen Kollegen ins Fitnessstudio ging, als nach Hause zu kommen. Es hatte dann auch nicht lange gedauert, bis sie ausgezogen war. Sie hatte sich in einen Radiologen verknallt. *Vermutlich vor allem in dessen Waschbrettbauch*, dachte er mit einem Rest Verbitterung, der einfach nicht verschwinden wollte. Jedenfalls war sie Knall auf Fall aus seinem Leben verschwunden. Seither hatte er nichts mehr von ihr gehört. Außer dass sie angeblich zurück nach Whitby gegangen war. Ihr Mann hatte sich dort mit einer radiologischen Praxis selbstständig gemacht und sie hatten zwei Kinder bekommen.

Weil er es nicht besser wusste, hatte er sich in die Arbeit vergraben und beschlossen, in Cornwall zu bleiben. Der Norden war verbrannte Erde. Er hätte es nicht ertragen, Maggie zufällig über den Weg zu laufen, zwei Kinder an der Hand. Was hätten sie sich auch zu sagen gehabt? Wie geht's, wie steht's? Hübsche Kinder hast du. Ganz die Mama. Ach, Elternzeit? Ja, ja, viel zu tun, du weißt ja, das Verbrechen schläft nie.

Marks war zunächst nicht sonderlich erfolgreich gewesen in dem Versuch, die Gedanken an seine Verflossene loszuwerden. Mittlerweile gelang es ihm recht ordentlich.

Aber nun war plötzlich die Erinnerung wieder da. Maggie hatte sich kurz vor ihrem Abgang ein kleines Tattoo neben den Bauchnabel stechen lassen. Im Gegensatz zu ihm hatte sie das aufregend gefunden. Als er den Bericht über die geschundene Leiche auf den Tisch bekommen hatte, war ihm auf den Bildern sofort das Tattoo aufgefallen. Für eine Millisekunde hatte er gedacht, Maggie könnte die Tote sein. Aber dann war der Gedanke ebenso schnell wieder abgetaucht. Neben Bauchnabeln tätowierte Rosen waren wenig originell und sicher massenweise verbreitet. Zudem fiel ihm beim Betrachten der Fotos ein, dass Maggie sich statt einer Rose einen Delfin auf den Unterbauch hatte stechen lassen. Die kalte Sachlichkeit, die von den Aufnahmen ausging, hatte ihn für einen Moment irritiert.

DI Chris Marks schloss die Augen, um sich wieder auf seinen neuen Fall konzentrieren zu können. Die Frau war nicht im Kanal getötet worden. Jemand musste sie mit erheblichem Aufwand dorthin geschafft haben. Was bedeutete, dass er sich der Gefahr ausgesetzt hatte, beim Transport des Torsos beobachtet zu werden. Der

Täter oder die Täter. Angesichts der Enge in dem Kanal und des Gewichts der Leiche war es eher unwahrscheinlich, dass eine Frau die Leiche in den Kanal geschleppt hatte. Der oder die Täter mussten sich entweder absolut sicher gewesen oder extrem abgebrüht sein. Marks vermutete, dass der Torso in einem Transporter bis nahe an den Einstieg gefahren und auf die vorgefundene Weise entsorgt worden war.

Der DI stand auf und trat ans Fenster. Durch die nahezu vollständig herabgelassenen Jalousien konnte er die Hitze spüren. Auf der Straße war nichts zu sehen, kein Auto, geschweige denn ein Fußgänger. Die Stadt schien so regungslos wie ein Scones-Blech im Backofen.

Er sah auf die Uhr. Um diese Zeit lagen die Urlauber und Müßiggänger auf dem weißen Strand von Praa Sands dicht an dicht, ließen sich die Sonne auf den Bauch scheinen oder surften durch die Wellen. Er musste erneut an Maggie denken. Sie hatte auf ihrem Surfbrett so selbstsicher und zugleich verspielt gewirkt wie ein erlebnishungriges Mädchen. In jenem Sommer waren sie bei jeder Gelegenheit zu dem Strand gefahren, der zwischen Helston und Penzance lag und dem ein Hauch Südsee anhing.

Nicht, dass er seit Maggies Auszug keine Frauen mehr gehabt hätte. Im Gegenteil. Aber die Beziehungen waren nie von Dauer gewesen. Sein Job war der Beziehungskiller schlechthin. Nun war er schon längere Zeit wieder solo.

Marks schüttelte sich, als wolle er eine lästige Fliege verscheuchen, und ging zurück zu seinem Schreibtisch. Bei dieser Hitze konnte kein Mensch einen klaren

Gedanken fassen. Der Klimawandel würde sie am Ende noch alle ersticken. Die Menschen drehten doch jetzt schon durch. Oder sie vergaßen völlig ihren Verstand und ihr Verantwortungsgefühl. Vorhin war die Meldung reingekommen, dass ein Mann in Truro sein schlafendes, zwei Jahre altes Kind im Auto gelassen hatte, um zum Friseur zu gehen. Die Kleine war erst nach zwei Stunden per Zufall gefunden worden, dehydriert und ohnmächtig. Die Ärzte würden sie nicht retten können, hieß es.

DI Marks griff nach seiner Wasserflasche, die neben dem PC-Bildschirm stand, und trank einen Schluck. Angewidert stellte er sie neben sich auf den Boden. Warme Plörre. Aber es half alles nichts. Er musste jetzt die Ermittlungen koordinieren.

Die Spurensicherung hatte das komplette Kanalsystem der Stadt nach weiteren Leichenteilen abgesucht, mithilfe der speziellen Kameras von South West Water – in der vagen Hoffnung, dass der Kopf der Toten auftauchen würde oder wenigstens eine Hand. Die Spusi hatte jede Menge Proben genommen und über den Dreck und den Gestank geflucht.

Und sie hatten nichts gefunden.

Marks ging von mindestens zwei Tätern aus. Die Mörder hatten sauber gearbeitet. Niemand hatte in der Nähe des Einstiegs, der am Rand eines Parkplatzes lag, etwas gesehen oder gehört. Bei der Obduktion, die ausnahmsweise einmal schnell durchgeführt worden war, waren weder Spuren von Giften noch von Rauschmitteln gefunden worden. Der Zustand der Leber ließ darauf schließen, dass die Tote Alkohol gewöhnt gewesen war. Der Obduzent hatte einige kleinere Verletzungen im Genitalbereich gesichert, die eher im Zusammenhang mit dem Abtrennen der Beine standen als Anzeichen einer Vergewaltigung waren. Trotz des Zustands hatte der Körper insgesamt gepflegt gewirkt. Was aber nichts heißen musste.

Das war auch schon alles.

Marks warf einen Blick auf die Cannabispflanze, die in der Zimmerecke neben den Fenstern vor sich hin vegetierte. Er hatte wieder einmal vergessen, sie zu gießen. Kollegen hatten ihm den Steckling geschenkt, damit er irgendwann einmal »ernten und mal wieder den Kopf frei bekommen konnte«. Es war sein Geburtstag gewesen, und die Kollegen hatten feixend sein Büro verlassen.

Sie hielten ihn für einen Eigenbrötler, ein Arbeitstier, und dazu unberechenbar, und gingen ihm in der Regel aus dem Weg. Das war ihm ganz recht. Er genoss seine Ruhe und hielt sich ohnehin lieber in seinem Häuschen auf, das am Fuß des Hügels lag, auf dem Helston errichtet worden war, am unteren Ende der Lady Street. Na ja, manchmal hatte er schon noch das Verlangen nach Zerstreuung. Dann fuhr er raus nach Truro. Dort kannte er ein paar Klubs, in denen er eine Bekanntschaft machen konnte, wenn er denn wollte.

Verabredungen nach Dienstschluss ins Pub schlug er dagegen meist aus.

Marks nahm die Akte »Rose«, wie er den Fall in einem Anflug von Romantik genannt hatte, erneut in die Hand. Wie gesagt, das hatte ihm noch gefehlt. Ein

Torso im Abwasser. Als wenn sie hier in Helston nicht schon genug mit dem alltäglichen Kram zu tun hätten.

Mochte der Henker wissen, woher die Tote kam. Marks blätterte durch die wenigen Seiten. Ihr Zahnstatus war unauffällig. Es gab jedenfalls keinen direkten Hinweis, dass sie womöglich aus einem ehemaligen Ostblockland stammte. Wäre ja auch zu einfach gewesen. Allein in und um Helston gab es Dutzende polnischer Servicekräfte, die in den Hotels und B&Bs arbeiteten oder in der Landwirtschaft. Das wäre immerhin ein vielversprechender Ansatz gewesen. Aber so?

Wenn die Tote als Touristin im Land gewesen war, würden sie den Fall möglicherweise niemals ganz aufklären. Er beförderte die Akte erneut mit einem präzisen Wurf in den Korb zurück, gefolgt von einem selbstzufriedenen Grunzen. Auf ihn und seine kleine Mannschaft, die ihm hier in Helston zur Verfügung stand, kam so oder so ein Haufen Arbeit zu. Zu allem Übel sollte die Hitze in den kommenden Tagen noch zunehmen.

Einziger echter Hinweis war die eintätowierte Rosenknospe nahe am Bauchnabel. Eine gute Arbeit, wie der Forensiker gemeint hatte. Das könnte nahelegen, dass die Frau über entsprechende Geldmittel verfügt hatte. Aber auch das war ehrlicherweise kein echter Ansatz für die Ermittlungen. Marks sah auf die Uhr. Es würde heute ein sehr verspätetes Mittagessen werden. Nach etwas Warmem stand ihm nicht der Sinn. Er würde im Blue Anchor ein Sandwich bestellen und ein Pint trinken. Genau das Richtige, um den Lebensgeistern auf die Sprünge zu helfen.

DI Chris Marks nahm mit einem Anflug von Tatendrang die Beine vom Schreibtisch. Und in einer seiner seltenen Anwandlungen von Teamgeist rief er »Easterbrook, Mittagspause, Blue Anchor« in den Nebenraum, aber der Constable antwortete nicht. Marks fiel ein, dass Easterbrook sich um eine Vermisstensache in Cadgwith kümmern wollte.

Die Bewegung seiner trägen Knochen wirkte Wunder. An der Ecke Meneage Street und Coinagehall Street hatte der DI bereits seinen Plan für die kommenden Stunden ausgearbeitet. Ein guter Anfang. Er betrachtete das Touristenpärchen, das vor dem Rathaus eine Karte Helstons studierte, um dann in den Eingang des Heimatmuseums zu verschwinden. *Wenn sie wüssten, was sich quasi unter ihren Füßen abgespielt hat*, dachte Marks mit einem Hauch von Sympathie für die beiden.

Als die Fußgängerampel auf Grün sprang, warf er den Rest seiner Zigarette in den Rinnstein und reckte den Kopf. Dabei bemerkte er auf der gegenüberliegenden Straßenseite in einem der Schaufenster des Immobilienmaklers eine blonde Lockenmähne. Chrissie. Sie war dabei, neue Miet- und Kaufangebote aufzuhängen. Er würde sie noch einmal anrufen, beschloss er mit einem Anflug von Sehnsucht. Ihr Date war zugegebenermaßen etwas unglücklich verlaufen. Marks hoffte, dass sie sich zu ihm umdrehen würde, aber sie tat ihm den Gefallen nicht. Er war kurz versucht, an die Scheibe zu klopfen, unterließ es aber. Anrufen wäre nicht so aufdringlich.

Der Wirt des Blue Anchor begrüßte ihn mit dem kurzen Kopfnicken, das er in seinem schlichten Repertoire von Zuneigungsbekundungen für Stammgäste bereithielt. Das Pub war um diese Zeit nur mäßig besetzt. Ein Touristenpärchen, ein paar Rentner, die am Tresen ihre Zeit bei einem Pint totschlugen. Es war die Zeitspanne zwischen dem Aufräumen der Erinnerungen des vergangenen Abends, Durchputzen, Kontrolle der Bierleitungen und dem Warten auf den Ansturm der abendlichen Gäste.

Marks bestellte ein Sandwich und ein Pint der Hausmarke. Anschließend suchte er sich einen Platz am Fenster. Die Bank war zwar etwas unbequem, dafür hatte er aber die Straße und das Pub gleichzeitig im Blick. Alte Polizistenangewohnheit. Immer den Überblick behalten. Beim Biss in sein Brot bemerkte er das Pärchen von vorhin, das nun mit dem Stadtplan in der Hand Richtung Monument strebte. Ob sie sich wohl auf eine Führung durch das Kanalnetz eingelassen hätten, wenn eine solche angeboten worden wäre?

Marks spülte seinen Bissen mit einem gehörigen Schluck Bier hinunter und schenkte dem Geschehen vor dem alten Pub keine weitere Aufmerksamkeit. Er dachte an Chrissies üppige Lockenmähne. Außerdem hatte er noch einen Job zu erledigen. Er würde nachher im Büro nachschauen, ob die Datenbanken ein paar interessante Ansätze ausspuckten. Und er würde heute früher Dienstschluss machen und auf dem Weg zu seinem Häuschen einen Umweg über den Parkplatz nehmen. Er wollte sich den Einstieg in den Kanal noch einmal genauer ansehen. Vielleicht kam ihm dabei die Eingebung, aus welcher Richtung das mutmaßliche Tatfahrzeug den Parkplatz angefahren hatte.

Easterbrook und die anderen Kollegen würden auf jeden Fall die Anwohner noch einmal intensiver befragen müssen. Das erste Abklappern der Nachbarschaft hatte wenig, um nicht zu sagen gar nichts erbracht. Die Menschen hatten nichts gehört und nichts gesehen, oder sie hatten stumm den Kopf geschüttelt und grußlos die Tür geschlossen. Marks konnte ihnen ihre Haltung nicht verdenken. Wer wollte schon mit einem Mord in Verbindung gebracht werden? Der Alltag war für die meisten schon schwer genug.

Dennoch. Der Einstieg in das Kanalsystem lag in einer Ecke des unübersichtlich auf zwei Ebenen verteilten Parkplatzes am Rande einer winzigen Gewerbeansiedlung, die ihrerseits nahe der Innenstadt lag, und war auf drei Seiten von einem Gebüsch umgeben. Aber man wusste ja nie. Ein später Pubbesucher oder ein Hundebesitzer mochte etwas bemerkt haben. Die Nächte waren derzeit heiß und die meisten Schlafzimmer sicherlich stickig, sodass die Chance nicht schlecht stand, doch noch auf einen unfreiwilligen Augen- und Ohrenzeugen zu treffen.

Die Kollegen würden noch einmal in den Kanal runtermüssen und dabei nicht nur mit Stäben im Dreck stochern. Sie würden mit Metalldetektoren die Kanäle absuchen. Wenn da unten auch nur eine Goldplombe lag, würden sie sie finden. Die Detektoren waren heute High-End-Geräte, deren Sensorik nicht das kleinste Fitzelchen Metall entging. Der National Trust klagte mit schöner Regelmäßigkeit über die zunehmende Zahl selbsternannter Schatzsucher, die an den unwahrscheinlichsten Orten mit den piependen Dingern unterwegs waren und echten Archäologen und Historikern jede Menge Ärger machten. Warum also nicht mal einen Detektor in die Scheiße da unten stecken?

Marks nahm einen großen Schluck von der Pub-Hausmarke. Er würde den Fall schon noch lösen. Wenn sie doch wenigstens den Kopf der Frau finden würden. Apropos. Er holte sein Smartphone hervor und suchte nach Chrissies Nummer. Er hielt das Telefon voller Erwartung ans Ohr und ließ es lange klingeln. Aber sie nahm nicht ab.

X.

Jamie Morris war auf dem Küstenpfad von Cadgwith aus Richtung Poltesco unterwegs. In diesem Abschnitt war der Weg stellenweise kaum fußbreit. Er blieb stehen und schob die Sonnenbrille auf sein Haar. Die Gegend war wahrlich atemberaubend. Der Londoner Filmemacher mit einem geschulten Sinn für Dramatik beugte sich vorsichtig ein klein wenig vor. Er litt zwar nicht unter Höhenangst, aber man konnte ja nie wissen. Ein plötzlicher Schwächeanfall, ein dummes Stolpern, Schwindel, ein unachtsamer Schritt zur Seite, und schon war das Leben vorbei. Die Hecke vor ihm war kaum einen Meter hoch und bot keinen Halt. Und nur ein Schritt von ihm entfernt brach die mit allerlei Büschen und Gräsern bestandene Kante jäh ab.

Unter ihm fielen die Felsen steil in die Tiefe. Nur ein paar Flechtenarten hielten sich auf den schmalen Simsen und gezackten Vorsprüngen des unregelmäßigen Gesteins. Selbst die Möwen, die die Felsen umkreisten, schienen keinen sicheren Halt zu finden. Die dünnen Schaumsäume der Wellen bildeten einen hübschen Kontrast zum Tiefblau des Wassers. Ein Stück weiter östlich hatte die See einen satten türkisfarbenen Ton. Dort musste das Wasser flacher sein und der Boden aus Sand statt aus Gestein bestehen. Morris drängten sich Bilder auf, die er eher mit Pazifikstränden verband. Kein Wunder, dass Stevenson hier zu seiner *Schatzinsel* inspiriert worden war.

Als habe ihm sein Hausarzt ein paar Atemübungen in der freien Natur verschrieben, sog er die Luft tief in die Lunge und deutete mit den Armen ein paar Workout-Übungen an. Ein echtes Paradies. Kein Vergleich zu der stickigen Hitze und den Abgasen in den Häuserschluchten Londons. Am Horizont zog ein Kreuzfahrtschiff gemächlich seine Spur. Vermutlich kam es von Southampton und war vielleicht sogar auf dem Weg nach New York. Ihm wurde mit einem Mal schmerzlich bewusst, dass er schon länger keinen Urlaub mehr gemacht hatte. Er wusste kaum mehr, wie es sich anfühlte, einfach nur an einer Strandbar bei einem Cocktail zu sitzen und dem Leben beim Leben zuzusehen.

Na ja. Morris schob seine Brille zurück. Der nächste Urlaub würde tatsächlich noch warten müssen. Zuerst galt es, Fleisch an die Story über den verrückten Taxifahrer zu bekommen. Wenn es stimmte, dass Ellis sich tief in die Geschichte um *Die Schatzinsel* eingegraben hatte, dazu auch noch »Beweise« für seine »Forschungen« vorzeigen konnte, würde er sicher einen idealen Interviewpartner abgeben. Zumal wenn er, Morris, in seinem Off-Text an ein, zwei geeigneten Stellen durchblicken ließ, dass »Nutty« seinen Spitznamen zu Recht trug.

Er sah die einzelnen Kameraeinstellungen förmlich vor sich: Ellis aufrecht in seinem Boot stehend, auf dem Weg zu einer der Höhlen rund um Cadgwith, Ellis vor einem der markanten Eingänge, die im Hintergrund verheißungsvoll aussahen, Ellis im Pub mit seinen Kumpels, Ellis an seinem Schreibtisch, wenn er denn einen hatte, ansonsten würde er ihm einen hinstellen. Ellis in seinem Taxi, über das Leben allgemein und die Geheimnisse um Stevenson im Besonderen philosophierend, Ellis auf einer Bank auf dem Todden, den Blick vielsagend in die Ferne gerichtet.

Es würde ein langes Interview werden, unterschnitten mit den passenden Bildern, unterlegt mit dramatischer, geheimnisvoller Musik. Das Ganze gewürzt mit viel Lokalkolorit, Statements von Einheimischen, Landschaft, Szenen aus *Schatzinsel*-Kinofilmen, wenn die Rechte nicht zu teuer würden, und abgerundet durch Statements von echten Experten, Literaturwissenschaftlern und Historikern.

Gleich nach der Rückkehr in seine Unterkunft würde er den ersten Entwurf des Drehplans niederschreiben. Und er wusste mit einer plötzlichen Eingebung auch schon, wem er das Exposé anbieten konnte. Bei der BBC saß in der Boulevardredaktion ein Redakteur, der ihm noch einen Gefallen schuldig war. Das wäre ein guter

Anfang. Von da aus würde er den Rest der BBC aufrollen und den Großkopferten ein ordentliches Feature verkaufen.

Morris warf einen Blick zum strahlend blauen Himmel. Er war mit sich und der Welt zufrieden. Allerdings musste er schleunigst aus der prallen Sonne raus.

Als er sich Poltesco näherte und vom South West Coastpath in den Weg zur Carleon-Bucht einbiegen wollte, kam ihm auf der hölzernen Brücke, die über den Bachlauf führte, ein Mann mit einer seltsamen Tasche entgegen. Sie war aus robustem Segeltuch und lang genug für Angelzeug, aber deutlich voluminöser, ähnlich wie ein Seesack.

»Heiß heute.« Morris trat großzügig zur Seite. »Gut, dass das Unterholz ein bisschen Schatten spendet. In der Sonne ist es ja kaum zum Aushalten.«

»Aye. Das ist wahr.« Der Mann nickte und versuchte an dem Filmemacher vorbeizukommen.

»Muss eine große Angel sein. Wohl für Riesenhaie.« Morris machte sich theatralisch dünn und lächelte.

»Mein Metalldetektor«, grummelte der Fremde und war fast an ihm vorbei. »Meine ganz besondere Angel.«

Bei dem Wort »Detektor« horchte Jamie Morris auf. »Sie sind Schatzsucher?«

»Aber keiner von den Idioten, die jeden Sommer hier in Horden einfallen und den Schatz aus der *Schatzinsel* suchen«, brummte der Mann und blieb unschlüssig stehen.

Morris erkannte seine Chance. »Sind Sie vielleicht Martin Ellis?«

Der Mann hob eine Augenbraue. »Und wer will das wissen?«

Morris streckte ihm die Hand entgegen. »Jamie Morris aus London. Ich bin Filmemacher, und ich suche Sie schon eine ganze Weile.«

Ellis schien wenig beeindruckt. »Offenbar ist Ihre Suche gerade erfolgreich zu Ende gegangen.«

»Schön. Sehr schön.« Morris war versucht, sich die Hände zu reiben. »Ich habe einiges mit Ihnen vor. Ich meine natürlich, Sie haben eine tolle Geschichte zu erzählen. Nach allem, was ich gehört habe.«

»So? Habe ich das?«

»Meine Londoner Quelle und auch die Leute hier erzählen die dollsten Sachen. Ich soll Ihnen schöne Grüße von Stevyn bestellen. Habe ihn vor ein paar Tagen im Pub getroffen. Super Typ.« *Jetzt nur nicht noch mehr schleimen*, dachte Morris. Sein Gegenüber schien wenig empfänglich für Schmeicheleien.

»Sie sind ein *Freund* von Stevyn?« Ellis verzog anerkennend die Mundwinkel.

»Na ja, wie man so sagt, wenn man zusammen im Pub ein paar Pint oder Shrubs über den Durst getrunken hat«, wiegelte er ab.

»Ich habe bereits von Ihnen gehört.« Ein einfacher klarer Satz.

Nun war es an Morris, verwundert dreinzuschauen.

»Das Dorf.«

Morris nickte. »Dann wissen Sie ja, was ich vorhabe.«

»Nicht in aller Ausführlichkeit. Stevyn hat lediglich ein paar Andeutungen gemacht.«

»Es wäre schön, wenn ich Ihnen das Ganze ein wenig genauer erklären könnte. Das kann eine ganz große Sache werden – für Sie. Ich habe da nämlich einen BBC-Boss an der Angel, der sehr an einer Geschichte über Sie interessiert ist. Ich habe ihm ein langes Feature angeboten.« Auch wenn es eitel klingen mochte, Morris konnte sich den Zusatz nicht verkneifen: »Der Stoff ist nahezu verkauft.«

»Nahezu? Was springt für mich dabei heraus?« Ellis lehnte nun die Tasche umständlich an das Brückengeländer. In seinem Blick lag eine Mischung aus Lauern, Selbstbewusstsein und Neugier.

»Ähm, nun ja, um ehrlich zu sein, geht es weniger um Geld als vielmehr um Ruhm und Aufmerksamkeit. Wie Ihnen natürlich bekannt sein dürfte, ist die BBC ein seriöser Sender. Wessen Name da genannt wird, gilt als glaubwürdig.« Er machte eine Pause, um die erhoffte Wirkung zu erzielen. »Das kann Ihrem Anliegen nur guttun. Also Ihren intensiven jahrelangen Forschungen.« Morris setzte nach wie ein Vertreter für Staubsauger oder Lebensversicherungen. »Einschaltquoten, nationale, wenn nicht sogar internationale Einschaltquoten. Kann sein, dass Ihnen nach der Ausstrahlung ein Buchverlag einen Vertrag anbietet. Habe ich alles schon erlebt. Die Chancen sind wirklich riesig. Na? Ist das was für Sie?«

Ellis schüttelte den Kopf. »Nee, nicht wirklich. Aber danke für das Angebot.« Er nahm die Tasche wieder an sich.

Meine Güte, was hat der Kerl nur?, dachte Morris. Geld konnte er ihm nicht wirklich bieten. Er hatte zwar tatsächlich den Namen eines einflussreichen BBC-Redakteurs im Kopf, aber sein möglicher Auftraggeber würde ihm den Vogel zeigen, wenn er versuchen würde, für Ellis ein dickes Honorar herauszuschlagen. »Denken Sie an die schier unendlichen Möglichkeiten, die diese einmalige Gelegenheit Ihnen bietet.« Er zögerte, bevor er weitersprach. Das war nun doch sehr gewagt, was ihm gerade durch den Kopf ging. »Stellen Sie sich vor, man könnte auch ganz groß ins Marketing einsteigen. Bücher, Teetassen, Teller mit Ihrem Konterfei, Kugelschreiber, Aufkleber mit Ihrem Namen, Schals mit dem Aufdruck *Schatzfinder*. Oder …«

»Hören Sie auf, Mann, zu viel Aufmerksamkeit ist schlecht fürs Geschäft. Schatzsuchen ist eine Sache der Verschwiegenheit. Ich will nicht, dass noch mehr von den Möchtegern-Archäologen hier mit ihren Detektoren herumtrampeln und unser schönes Cadgwith unsicher machen.« Er lehnte die Tasche wieder gegen das Geländer.

Bingo. Die abgestellte Tasche war das Signal. Er hatte Ellis am Haken. Zumindest klang er nicht mehr so abgeneigt wie noch vor ein paar Minuten. »Wir sollten auf jeden Fall über Ihre Arbeit reden.«

Morris würde Ellis nicht mehr loslassen. Wenn es die Situation erforderte, konnte er sich in eine Geschichte verbeißen wie ein Barrakuda in eine zappelnde Makrele. Das war seit jeher sein Firmenkapital und sein Erfolgsrezept: eine Story erkennen und konsequent ausschlachten. Er würde Ellis nur noch ein wenig anfüttern müssen. »Außerdem hätte der, verzeihen Sie den Ausdruck,

Spott ein Ende. Sie würden im Ort endlich ernst genommen.«

»Spott?« Ellis' Blick verdüsterte sich.

»Na ja, nein, ich meine ...« Morris hätte sich ohrfeigen können. Er deutete mit überbordendem Enthusiasmus auf den eingepackten Detektor. »Heute schon einen Schatz gefunden?«

Ellis zuckte mit den Schultern. »Nee. Bin zu spät los. Komme nicht in die Ecken, wo ich hinwollte.« Seine Miene hellte sich wieder auf.

»Das wäre?« Morris trat einen Schritt näher. Jetzt ganz langsam an der Angelschnur ziehen.

Aber der Fisch wollte noch nicht. Stattdessen hob Ellis erneut eine Augenbraue und schwieg.

»Verstehe. Großes Geheimnis.«

»Anders als in Ihrem Job ist Verschwiegenheit mein größtes Kapital. Muss jeder selbst herausfinden, wo die guten Stellen und Strände sind.« Ellis verschränkte die Arme.

»Verstehe. Ziemlich anstrengender Job, den ganzen Tag mit so einem Gerät durch die Gegend zu laufen. Und dabei nicht zu wissen, ob man erfolgreich sein wird.« Morris deutete auf die Tasche. »Würde ich gerne mal ausprobieren. Echt.«

Ellis zog die Tasche erneut an sich, als habe er Sorge, dass Morris sie ihm wegnehmen könnte.

Morris hob die Hände. »Nur so eine Idee.«

»Geduld. Sie brauchen vor allem Geduld. Über Jahre.«

»Wollen wir nicht einfach Du sagen?« Morris zog die Leine ein wenig straffer.

»Wozu?«

Darauf wusste Morris keine Antwort. Stattdessen wies er auf die verfallenen Gebäude am Wasser. »War eine Fabrik für Serpentin-Gestein, habe ich gelesen. Sehr in Mode im 19. Jahrhundert. Vasen, Schalen, Kaminumfassungen. Schmuckelemente für Wände, Türen und so. Soll viel davon hier hergestellt worden sein. Heute im Antikhandel wahre Schätze.«

Ellis nickte abfällig. »Das ist National-Trust-Touristenkram. Schmuck. Sowieso Geschmackssache.« Er zögerte spürbar, als ob er die Bedeutung seiner Worte erst noch einmal auf ihre Echtheit prüfen müsse. »Ich habe tatsächlich neulich was gefunden.« Er beobachtete Morris' Reaktion auf seine Enthüllung.

Jetzt schön cool bleiben, dachte der Filmemacher. *Nur noch einen Augenblick, dann zappelt der Fisch endgültig im Käscher.* Er beschloss zu schweigen. Das half meistens, um voranzukommen, die Menschen einfach reden lassen. Irgendwann würde sich auch Ellis um Kopf und Kragen reden.

»Also, das war gar nicht weit von hier ...«

Geht doch, dachte der Filmemacher und schwieg weiter.

»Ganz in der Nähe von Kynance Cove.«

Morris schenkte Ellis ein begeistertes Nicken. »Und?«

Ellis sah sich um, als fürchte er Spione. »War nich' viel, 'ne Perlenkette und 'n Armband.«

»Sie klingen nicht gerade begeistert. Aber das ist doch toll, Mar-, äh, Mr. Ellis.«

»Nich' der Schatz, den Sie meinen. Nur Zuchtperlen.

Und das Armband modern, mit 'nem Spruch drauf. Aber immerhin. Wird 'n paar Pfund bringen beim Trödler.«

Morris nickte wissend, so als gehörten die Preisverhandlungen mit einem Trödler zu seinem Alltag.

»Dein Herz ist eine blutige Rose in meiner Seele.«

»Versteh ich nicht.« Morris runzelte die Stirn. Der Typ sprach in Rätseln.

»Dein Herz ist eine blutige Rose in meiner Seele. Steht auf dem Armband.«

»Merkwürdiger Spruch.«

»Ich grüble schon die ganze Zeit. Aber ich kann mir keinen Reim drauf machen. Ist sicher irgendwas mit Romantik.« Ellis sah ihn prüfend an, so als müsse er sicher sein, ihm ein Geheimnis anvertrauen zu können. Erst dann sprach er weiter. »Romantik ist nicht so mein Ding. Seit ich mit meinem Boot abgesoffen bin. Aye. Mein Partner und ich wären beinahe auf See geblieben. Romantik? Das ist was für die Touris, wenn wir im Pub die alten Lieder singen. Aber was erzähle ich das einem Fremden.«

»Immerhin hat sich die Suche gelohnt.« Morris verkniff sich, auf das gerade Gehörte einzugehen.

»Was wissen Sie schon? Die Kette und das Armband sind die Ausbeute von mehr als einem halben Jahr intensiver Suche. Davor war es nur Eisenschrott, das meiste davon aus den Monaten der Vorbereitungen auf die Invasion in der Normandie.«

»Hm.« *Jetzt einfach nur dranbleiben.*

»Aber ich bin hundertprozentig sicher, irgendwo hier liegt der Schatz. Stevenson muss ihm damals ziemlich nahe gekommen sein. Und ich bin sicher, in den Aufzeichnungen des Schotten steckt der entscheidende Hinweis. Ich muss die Stelle nur noch finden. Jemand muss ihm damals etwas erzählt haben. Ein Nachfahre der Piraten vielleicht. Einer, der nicht nur Sprüche klopfte, der aber nicht die Mittel hatte, den Schatz selbst zu heben.«

»Hm.«

Aus Ellis sprudelte es nur so heraus. »Wüsste ich nur, aus welcher Familie dieser Jemand stammte, dann wäre ich längst schon ein Stück weiter. Käme ich doch nur an den Nachlass des Autors heran. Aber als Normalsterblicher hat man keine Chance. Das Zeug liegt sicher verwahrt weit verstreut in Archiven in den USA und in Edinburgh. Im Augenblick hab ich aber selbst für die Reise nach Schottland nicht das Geld. Teufel auch.« Er sah Morris auffordernd an. Gier glitzerte auf. »Wie viel Kohle ist drin für meine Geschichte? Sie haben als Journalist doch die besten Verbindungen zu allen möglichen wichtigen Leuten und Stellen.« Er nickte. »Vielleicht sollten wir uns tatsächlich auf ein Bier im Pub treffen. Dann können wir unsere Informationen austauschen. Aber jetzt muss ich weiter.«

Morris nickte. »Yep. Wir sollten die Unterhaltung unbedingt fortsetzen. Auf ein Pint im Pub? Heute Abend?«

»Kann schon sein.« Ellis nahm übergangslos seine Tasche auf und verschwand grußlos hinter der nächsten Biegung des Weges.

Was für ein schräger Vogel, dachte Morris und blieb noch eine Weile in der Bucht. Er strich um die wenigen

Mauern der alten Fabrik herum und umrundete den Turm, der noch am besten erhalten war. Schließlich suchte er sich einen Platz auf einem der größeren Steine an der Linie, die der angeschwemmte Seetang etwas oberhalb der Wasserkante zog, und starrte auf den Atlantik hinaus, der nun dunkel schimmerte.

XI.

»Noch einen Tee?«

Mary winkte ab. »Wie gesagt, ich muss los. Der Frühstücksplan arbeitet sich nicht von allein ab. Ich wollte dir nur schnell dein Päckchen bringen. Ich bin eigentlich schon viel zu lange hier.« Aber ihr Lächeln verriet, dass sie nicht nur als Paketbotin gekommen war.

»Schön. Ich meine, dass du gekommen bist.« Simon fühlte sich in ihrer Gegenwart immer wieder wie ein Fisch auf dem Trockenen, zappelig und ungelenk. Wenn er gekonnt hätte, wäre er bei ihrer Ankunft an ihr vorbei ins Atelier gestürzt. Dort fühlte er sich sicher und ohne Angst, in ihrer Gegenwart keine Luft mehr zu bekommen.

Dieses Gefühl, nach Luft schnappen zu müssen und wie ein Fisch unversehens auf lebensfeindliches Terrain geworfen zu sein, hatte er in jüngster Zeit öfter. Zunächst hatte er es auf die neuen Medikamente geschoben, aber dann war ihm bewusst geworden, dass es Marys Gegenwart war, die ihn von einem Augenblick auf den anderen so atemlos und unsicher werden ließ. Luke war der

Auslöser für diese Erkenntnis gewesen. Im Pub hatte er ihn beim Bier am Tresen augenzwinkernd angesehen und gemeint, warum er immer noch stumm wie ein Fisch wurde, wenn Mary den Raum betrat. Sein Kumpel hatte ihn dann auffordernd in die Seite gestupst und gemeint, er solle endlich seine Bedenken über Bord werfen und zu seinen Gefühlen stehen.

Mary. Mary. Der Schritt wäre so leicht. *Und er ist doch so schwer*, dachte er, als er sich den Rest Tee eingoss.

»Auf die neuen Linolschnittmesser warte ich nun schon eine ganze Weile. Ich freue mich darauf, endlich meine Ideen umsetzen zu können.«

Den Winter über hatte er sich intensiv mit Linolschnitten beschäftigt und war dabei auf Arbeiten von Jugendstilkünstlern und Expressionisten gestoßen, die ihn sehr inspiriert hatten. Die raue Natur an der Küste würde besonders gut zu der absichtlich grob belassenen Kunstform passen. Die Felswände der Buchten und Küstenstreifen, die tosende Gischt, die windschiefen Hecken und Gehölze hatten förmlich darauf gewartet, von ihm in Linol geschnitten und dann gedruckt zu werden. Aber die ersten Versuche hatten ihn nicht überzeugt. Ihm hatte schlicht das passende Werkzeug gefehlt. Und die Messer, die er dann bestellt hatte, waren von minderer Qualität gewesen.

»Es gibt wunderbare Arbeiten. Zum Beispiel von Roy Lichtenstein oder Picasso. Gerade die deutschen Expressionisten finde ich gut. Ich meine nicht nur Emil Nolde.« In Mary war die Kunsthistorikerin erwacht.

Wie wunderbar, dass er in ihr gleichermaßen eine Kunstliebhaberin wie auch eine Expertin gefunden hatte. Simon nickte. »Eigentlich eher eine Arbeit für den Herbst. Aber ich will vielleicht gleich noch etwas ausprobieren.« Ihm schwebte eine Hafenansicht von Newlyn vor. Sollte sie gelingen, könnte er sie beim nächsten *Newlyn Fish Festival* auf seinem Stand anbieten.

Er bemerkte, dass Mary aufstehen wollte. »Oh nein, das war jetzt keine Aufforderung zu gehen.« Er fühlte sich, als stünde er bis zu den Knöcheln in zwei Fettnäpfchen. »Es ist nur ...«

Mary musste lachen. »Dummkopf. Die Frühstücksliste. Schon vergessen?« Sie stand auf. »Wenn ich mich nicht beeile, werden meine Gäste auf ihr geliebtes Full English Breakfast verzichten müssen.«

»Ich dachte schon.« Simon trank seinen Becher leer. »Warte, ich bring dich zur Tür.« Er griff nach seinem Stock.

»Ich finde allein ...«

In diesem Augenblick klopfte es an der Haustür.

»Erwartest du Besuch?«

Simon schüttelte den Kopf.

Mary drückte leicht seinen Arm. »Wir sehen uns.«

Das hoffe ich doch, dachte er. »Warte, ich komm mit.«

Vor der Tür stand DI Chris Marks, die Hände tief in den Taschen seines Mantels.

»Ist Ihnen nicht warm?« Mary deutete grinsend auf den beigen Stoff. Bevor Marks antworten konnte, drückte sie sich am Ermittler der Polizei Helston vorbei. »Also, bis dann.«

»Ich dachte, ich schau mal vorbei.« Marks nahm die Hände aus den Manteltaschen.

»Tee?« Simon ließ sich nicht anmerken, dass ihn der Besuch überraschte. Seit ihrer letzten Begegnung im Herbst vergangenen Jahres hatten sie keinen Kontakt mehr gehabt.

»Etwas Kühles wär' mir lieber, ehrlich gesagt.«

»Kommen Sie. Gehen Sie doch schon mal vor ins Atelier. Dort ist es etwas kühler.« *Sie kennen sich ja aus*, wollte Jenkins hinterherschicken, verkniff sich den Seitenhieb aber. Er hatte Marks' lächerlichen Auftritt im Herbst in seinem Atelier längst vergessen. Sie würden keine Freunde werden, aber er erkannte an, dass der DI damals nur seinen Job gemacht hatte, wenn auch nicht besonders gut. »Ich hol uns was zu trinken.«

»Was ist mit dem Porträt passiert, das auf der Staffelei da gestanden hat? Diese Frau?« Marks deutete auf die leere Staffelei, als Simon zurück war. »Etwa verkauft? Ich hoffe, zu einem ordentlichen Preis. Für mich war es mit den bunten Farben ja ein wenig schrill. Sagt man das so: schrill? Ich bin ja kein Kunstkenner.« Er bemerkte, dass er das falsche Thema angesprochen hatte. »Über meinem Kamin hängt die Ansicht eines Segelschiffs, habe ich von meinen Eltern übernommen. Vor ein paar Jahren, als sie – na ja, nicht so wichtig.«

Jenkins reichte dem Besucher ein Glas Mineralwasser. Marks schwitzte. »Es ist nicht zu verkaufen.« Mehr wollte er zu Moiras Porträt nicht sagen. Das Bild stand wohlverpackt in seinem Schlafzimmer. Er hatte es nicht aufhängen können, aber er hatte es in seiner Nähe haben wollen.

»Wie geht es Ihnen? Ich wollte einfach mal nach Ihnen sehen. Bin zufällig in der Gegend, und da dachte ich, frag doch mal.«

»Gut. Danke der Nachfrage.« Jenkins deutete auf die beiden Stühle, die an seinem großen Arbeitstisch standen. »Ist nicht aufgeräumt. Wie das so ist in einem Atelier. Ich hoffe, es stört Sie nicht.« Er nahm einen Schluck von seinem Mineralwasser und sah Marks erwartungsvoll an. Der Inspektor war sicher nicht nur gekommen, um sich nach seinem Wohlergehen zu erkundigen.

»Und Luke?«

»Soweit ich weiß, ist er auf der Suche nach einem neuen Netz. In Porthleven soll ein Bekannter ein gebrauchtes verkaufen.« Simon zuckte mit den Schultern. »Ansonsten ist er wie immer guter Dinge. Immer ein Lächeln auf den Lippen. Die Probleme dieser Welt können ihm nichts anhaben. Oder er löst sie auf seine Weise.«

»Echter Fischer.«

»Hm.«

Marks deutete auf den Arbeitstisch. Dort lagen Fotoabzüge von Tintenfischen, mit einer Unterwasserkamera aufgenommen. »Neues Projekt?«

»Mal sehen.« Was wollte Marks wirklich von ihm? »Kann sein, dass ich sie als Vorlage für einen Linolschnitt nutze.«

»Tintenfische stehen selten Modell.« Marks lachte. »Außerdem, wo soll man auch die Staffelei aufstellen?«

Er bemerkte, dass er mit seinem Scherz nicht landen konnte. »Planen Sie eine Ausstellung?«

»In Newlyn. Nächstes Jahr. Kommen Sie vorbei.«

»Das kann passieren, durchaus.« Marks räusperte sich, als müsse er in seiner Kehle erst Platz machen für sein eigentliches Thema. Dennoch hatten seine Sätze einige Kratzer abbekommen und klangen leicht verschwurbelt. »Ich bin nicht einfach so hier, wie Sie sich vielleicht denken können. Wir sind ja eigentlich immer im Dienst.«

Er sagt doch tatsächlich »wir«. Schau mal einer an.

»Wir haben in Helston gerade ein wirklich dickes Ding auf der Agenda. Außerdem noch eine Vermisstenmeldung. Und der Kollege, der sie bearbeiten soll, hat sich mit einer Sommergrippe abgemeldet.« Der DI räusperte sich erneut. »Also, da die Ergebnisse der großen Sache noch nicht vorliegen, dachte ich mir, ich komme selbst nach Cadgwith.« Er sah Jenkins' fragenden Blick. »Die Vermisstensache, nun ja, sie spielt hier«, begann er umständlich, »also, eine Frau ist verschwunden. Ich dachte, kann doch sein, Sie kennen sie und können mir etwas über die Umstände erzählen.« Er machte eine Kunstpause. »Sie sind doch längst einer von denen. Und in einem Dorf kennt doch jeder jeden.«

»Umstände?«

»Wie sie lebt, wie ihr Ehemann drauf ist, was sie hier so umtreibt, ihre Freunde und Bekannte, was die Leute im Dorf über sie erzählen, so was halt. Dürfte Ihnen noch vertraut sein. Wie gesagt, mein Kollege fällt aus. Er war schon auf dem Weg hierher, als er eine Art Schwächeanfall hatte.« Er schüttelte den Kopf.

»Um wen geht es?« Jenkins hatte noch nichts davon gehört, dass jemand aus dem Ort als vermisst galt.

»Liz Bennett. Sie kennen sie doch sicher.«

Simon nickte bedächtig. Liz Bennett also. Kennen war zu viel gesagt, er hatte sie ein paarmal getroffen.

»Und? Was erzählt man sich so über das Ehepaar Bennett, wenn keiner von den beiden im Raum ist?«

Simon musste nicht lange überlegen. »Eigentlich findet Liz Bennett im Dorf nicht statt. Ich wüsste niemanden, der bisher mehr als drei Worte mit ihr gewechselt hat.«

»Keine Gerüchte? Nach dem Motto, er schlägt sie, sie hat einen Lover, so was in der Preisklasse.«

»Seit die Bennetts hier wohnen, kann ich mich an keine Begegnung erinnern, nicht im Pub, kein Bingonachmittag im Gemeindehaus, keine Wohltätigkeitsveranstaltung, keine Ausstellung, nichts.«

»Aber Sie hatten in der Mordsache von vergangenem Herbst doch mit ihr zu tun. Haben Sie damals jedenfalls ausgesagt, wenn ich mich recht entsinne. Ist Ihnen damals irgendetwas aufgefallen, das uns in der Sache weiterhelfen könnte?«

»Nein, da war nichts. Außer dass sie loyal zu ihrem Mann stand und dass sie ein gut gefülltes Glas Weißwein zu schätzen wusste.«

Marks grinste schief. »Eine ganz normale Ehe also?«

»Wenn Sie so wollen.«

»Und ihr Mann? Frauengeschichten? Spieler?«

»Er ist oft im Pub, deutlich öfter jedenfalls als seine Frau. Wenn er einen zu viel hatte, kam er schon mal mit irgendwelchen Geschichten um die Ecke. Ein Aufschneider. Sachen, mit denen er bei seinen Zuhörern Eindruck schinden wollte. Hohles Gewäsch, wenn Sie mich fragen.« Simon zögerte einen Augenblick. »Sie kennen die Untersuchungen damals in Manchester. Die tote Prostituierte. Und dass man ihm und seinen Kumpels nichts nachweisen konnte. Das ist alles, was ich weiß. Außerdem bin ich hier im Dorf nur der Künstler, der seine Ruhe haben will.«

»Guter Tipp damals.« Marks nickte, ohne auf Jenkins' Bemerkung einzugehen. »Wir haben dann ja auch von den Kollegen in Manchester ermitteln lassen. Ich werde mich dort noch einmal melden. Könnte ein neuer Ansatz sein. Ein kleiner zumindest.«

»Sicher.«

»Das dicke Ding in Helston, von dem ich eben sprach …« Der DI sah aus, als sei er der gute Onkel, der Süßigkeiten an eine Schar braver Kinder verteilen will. »Sie wissen, dass ich eigentlich nichts erzählen darf. Aber in Ihrem Fall will ich eine Ausnahme machen – wegen Ihrer beruflichen Vergangenheit. So von … Sie wissen schon.«

Das Wort Kollege würde Marks nie über die Lippen kommen, auch nicht Ex-Kollege, dachte Simon, es war ihm aber auch egal. Er nickte bloß.

»Also, wir sind damit noch nicht an die Presse gegangen.« Dafür, dass er nicht plaudern durfte, schilderte Marks das Auffinden des weiblichen Torsos ziemlich ausführlich.

»Das klingt tatsächlich nach einer großen Sache.« Er war beeindruckt. Selbst in London gehörte ein weiblicher Torso in der Kanalisation nicht zum Alltagsgeschäft eines Detective. Fettberge kamen da schon eher vor. Aber die waren kein Fall für die Metropolitan Police, sondern für die Stadtreinigung und die Gewerbeaufsicht.

»Waren Sie schon mal in einem Abwasserkanal? Stinkt erbärmlich, kann ich Ihnen sagen.« Marks trank gierig einen Schluck. Seinem Gesicht war anzusehen, dass er statt einem Glas Mineralwasser lieber ein Bier wollte.

»Nicht ein Hinweis auf die Identität der Toten?« Simon ging unwillkürlich die Palette der forensischen Möglichkeiten durch: Tattoos, Brustimplantate, Hautauffälligkeiten, frühere Rippen- oder Knochenbrüche, Operationsnarben, Altersanalyse der Knochen, was auch immer. Seine letzte Todesermittlung lag zwar schon lange zurück, aber er spürte, dass in seinem Inneren noch immer ein Rest des Feuereifers glomm, der darauf wartete, aufs Neue angefacht zu werden.

Marks machte ein Gesicht, als fühlte er sich allein schon durch die bloße Existenz des Torsos persönlich beleidigt. »Die Frau ist weiß. Vermutlich Europäerin. Sie hat ein kleines Tattoo neben dem Bauchnabel. Das hat der Täter übersehen. Oder absichtlich nicht herausgeschnitten. Keine Ahnung.« Er atmete hörbar ein angesichts der Arbeit, die sich vor seinem inneren Auge nur noch höher auftürmte. »Wir können derzeit nur auf einen Zufallstreffer hoffen. Allein in England gibt es Hunderte Tattoostudios. Eine Weiße von normaler Statur und Gesundheit – sieht man von der leicht veränderten Leber ab, die auf zu viel Alkohol hindeutet. Die Analyse des Mageninhalts hat nichts Auffälliges ergeben. Jedenfalls war sie am Tag ihres Todes nicht in einem Fünf-Sterne-Laden essen. Reste von Kartoffeln, Gemüse, ein bisschen Hühnchen. Passt zu dem, was gemeinhin in einem Pasty steckt. Die Frau kann Britin gewesen sein, Polin oder auch Deutsche. Mittelschicht, denke ich.« Er sah Jenkins direkt an. »Auffällig sind die Operationsnarben an den Brüsten. Aber da gibt es auch keine Hinweise auf besondere OP-Techniken, geschweige denn Kliniken.«

»Schönheitsoperation? Das kann sich nicht jede Frau leisten.«

Marks zuckte mit den Schultern.

»Vielleicht eine Professionelle?« Jenkins hatte entsprechende Bilder vor Augen und versuchte vergeblich, sie zu verscheuchen. Er beschäftigte sich schon viel zu sehr mit dem Fall.

»Alles möglich.« Marks sah müde aus.

»Die Zeit läuft.« Simon konnte seine Berufserfahrung nicht abschütteln.

»Das Meiste verspreche ich mir von dem Tattoo.«

»Es gibt doch sicher Datenbanken über Tattoos.«

»Das dauert aber.« In Marks' Augen spiegelte sich der aufgestaute Frust eines Polizistenlebens. »Hätten wir nur schon den Kopf.«

»Entweder ein Sadist oder ganz bewusst der Versuch, die Identität und damit den möglichen Täterkreis zu verschleiern. Was ist mit den Auswertungen der Überwachungskameras?«

»Unglücklicherweise liegt der Kanaleinstieg im toten Winkel der Kameras. Und die übrigen CCTVs zeigen nichts Auffälliges. Die üblichen Bewegungen in der Stadt: Touristen, Geschäftsleute, Büroangestellte, Landwirte, Lieferwagen, das Übliche.«

Jenkins nickte. Er wusste nur zu gut, welcher Zeitdruck und welche nervliche Belastung auf die Ermittler einwirkten. Er war froh, mit derlei Problemen nichts mehr zu tun zu haben. Er war zwar gerne Polizist gewesen, und er hatte seine Arbeit bei der Londoner Spezialeinheit geliebt, aber der Unfall und Moiras Tod hatten alles verändert.

»Warum ist die Tote in der Kanalisation gelandet? Wer hat alles Zugang? Nachbarn, Mitarbeiter der Stadtwerke, deren Verwandte, Freunde? Wurde der Ort vielleicht doch nur zufällig ausgewählt? Aber wer schafft eine Leiche ungesehen in den Kanal? Über welches Wissen oder über welche Fähigkeiten muss der oder müssen die Täter verfügen?« Der DI sprach mehr in sein Glas, als dass er seine Überlegungen an Jenkins richtete.

Simon konnte all diese Fragen nicht beantworten und wollte es auch nicht.

»Na ja, ich werd dann mal wieder los.« Marks stellte das Glas ab und stand auf. »Wie geht es eigentlich Mrs. Morgan? Sie ist doch Ihre Freundin?«

Simon hatte längst die Konzentration verloren. Der Besuch strengte ihn an. Dazu seine Schmerzen und die Unruhe, nicht schon längst mit der Arbeit an einem Linolschnitt begonnen zu haben. Seine Antwort fiel dementsprechend kurz aus. »Danke.«

Der Inspektor hob die Augenbrauen. »Grüßen Sie sie von mir. Eine patente Frau. Überaus patent«, schickte er hinterher, mit einem Unterton, den man als süffisant interpretieren könnte.

Nachdem sich DI Marks verabschiedet hatte, ging Simon hinaus in den Garten. Bevor er mit der Arbeit begann, brauchte er einen Augenblick, um auf andere Gedanken zu kommen. Über die Hecke seines kleinen Gartens hinweg konnte er zwischen zwei Häusern hindurch einen kleinen Ausschnitt des Atlantiks erahnen. Dort am Horizont ballten sich Wolken zusammen, die sich langsam über das Blau schoben. Er hoffte auf Regen. Die Vegetation brauchte schon zu lange dringend Wasser. Das kurze Gras an den Böschungen und auf dem felsigen Untergrund war so grau wie altes Stroh.

XII.

»Liz Bennett wird ihren Mann verlassen haben.«

Eine so einfache wie überzeugende Feststellung, die auch Simon teilte. Er nickte. »Eigentlich ein Wunder, dass sie es so lange bei ihm ausgehalten hat.«

»Frauen suchen doch immer das Gute in ihrem Partner. Auch wenn er sie schlecht behandelt. Nenn es Selbstbetrug oder Selbstschutz.«

Simon wusste, dass Mary damit auch das Drama einschloss, zu dem sich die Beziehung zu ihrem Ex-Freund Michael entwickelt hatte. Der Auszug aus der gemeinsamen Wohnung war einer überhasteten Flucht gleichgekommen. Sie hatte Hals über Kopf, nur mit dem Nötigsten in einer Umhängetasche, Köln verlassen. Sie war nicht müde geworden, ihm zu erklären, dass ihr Cadgwith damals wie die rettende Insel vorgekommen war, und das, obwohl sie Jahre zuvor wegen des Gefühls, nicht mehr frei atmen zu können, der Enge des Dorfes hatte entkommen wollen. Sie könne sich heute nicht mehr erklären, warum sie die Beziehung zu ihrem deutschen Freund nicht schon eher beendet hatte.

»Vielleicht hat er sie misshandelt. Häusliche Gewalt? Wenn er sich zu Hause so aufführt, wie er sich im Pub gibt, will ich das nicht ausschließen. Ein ungehobelter Kerl, ein Großkotz dazu, mit wenig Skrupel, dem sicher auch mal die Hand ausrutscht, wenn er einen zu viel getrunken hat.« Simon musste an seine denkwürdigen Begegnungen mit dem Unternehmer denken. Damals wäre es im Pub beinahe zu einer Schlägerei gekommen.

»Ein echtes Ekel.« Mary schien ihn beinahe körperlich zu spüren. »Ich könnte die Frau verstehen. Bei den wenigen Malen, bei denen ich ihr begegnet bin, hatte ich schon Mitleid, ohne dass ich es an einem konkreten Gedanken hätte festmachen können.«

»Nicht unser Thema.« Simon wollte nicht gefühllos erscheinen, aber Liz Bennett war eine erwachsene Frau und trotz finanzieller oder seelischer Abhängigkeit von ihrem Mann für ihr Handeln selbst verantwortlich. Jeden Tag verließen auf der Welt Ehefrauen ihre Männer und umgekehrt. Sicher auch Ausdruck einer immer rastloser agierenden Gesellschaft, deren Mitglieder aus

Angst vor einem geordneten Leben, aus Angst vor dem eigenen Ich und aus Angst davor, den eigenen Ansprüchen oder denen anderer nicht gerecht zu werden, ständig auf der Suche nach sich selbst und dem nächsten Abenteuer waren. Wobei in diesem Sinn Suche und Flucht deckungsgleich waren.

»Was denkst du, Simon?«, fragte Mary über die Schulter, während sie die restlichen Einkäufe, die sie auf dem Bauernmarkt in Mullion und bei Tesco besorgt hatte, für das Frühstücksangebot ihres B&B in den Kühlschrank räumte.

Simon war ihr auf der Zufahrt zu ihrem Cottage begegnet. Er war den Küstenpfad heruntergekommen, den Beutel mit den Malutensilien und die Staffelei umgehängt. Das smaragdgrüne Wasser in der kleinen Bucht nahe Poltesco hatte es ihm angetan, und er hatte zum wiederholten Mal die Farbe und das Glitzern des Wassers im Sonnenlicht einfangen wollen, ebenso wie die winzigen Schaumsprengsel, die den leichten Wellengang verrieten. Keine große Arbeit, gerade passend für die Touristen, die in der kleinen Galerie über dem Fischladen auf der Suche nach einem Urlaubsmitbringsel waren.

»Ich musste gerade an all die Paare denken, die sich in diesem Augenblick und überall auf der Welt trennen, aus Enttäuschung, aus Hass oder aus Langeweile, aus welchem Grund auch immer.« Simon verstummte abrupt, denn ihm wurde bewusst, dass er damit einen sensiblen Bereich ihrer Vergangenheit angesprochen hatte. Mit leichtem Schuldgefühl reichte er ihr den Frühstücksspeck, der noch auf der Anrichte lag.

Aber Mary lächelte bloß und legte das Paket mit dem Speck ins obere Fach des Kühlschranks.

Simon wollte weg von dem heiklen Thema. »Bist du mit den Buchungen zufrieden?«

»Frauen sind komplizierte Wesen, wusstest du das noch nicht?«, neckte sie ihn. Sie sah, dass er rot wurde wie ein Schuljunge. »Ja, ich bin zufrieden. Sehr sogar. In dieser Saison läuft es noch besser als in der vergangenen. So langsam habe ich das Gefühl, die Arbeit im Shop und hier wird zu einer Doppelbelastung, die mir nicht guttut.« Mit einer schwungvollen Bewegung schloss sie die Kühlschranktür und drehte sich zu ihm um. »Aber was hilft alles Jammern? Noch reicht das Geld nicht. Wenn ich mir das Dach so anschaue«, sie warf einen Blick gegen die Zimmerdecke, »dann kommt da demnächst ein dicker Batzen auf mich zu. Es muss dringend gemacht werden.«

»Was ich tun kann, tue ich gerne.« Simon vergaß für den Moment, dass er auf keine Leiter steigen konnte, geschweige denn auf einem Dach arbeiten.

Sie gab ihm einen freundlichen Klaps auf den Arm und drängte sich an ihm vorbei. »Danke. Aber es reicht, wenn Luke mir einen seiner Freunde vermittelt, der sich mit Reetdächern auskennt.« Es sah unternehmungslustig aus, wie sie ihr Haar zurückwarf und am Herd zu hantieren begann. »Ich hoffe, das Dach übersteht diesen Winter noch. Der Ofen könnte auch mal wieder eine Wartung vertragen.«

Simon hätte sie um ein Haar in den Arm genommen, so sehr hatte ihn ihre unbewusste Geste überwältigt.

Aber etwas in seinem Inneren hemmte ihn. Verlegen räuspernd fasste er seinen Gehstock fester. »Du hast natürlich recht. Luke kennt immer die richtigen Leute. Und die machen dir sicher einen guten …«

Es klopfte am Rahmen der Küchentür.

Mary drehte sich um.

»Ah, Krystian. Was kann ich für dich tun?«

Im Türrahmen stand der Pole, mit einem verschmitzten Lächeln im Gesicht.

Mary sprach ihn mit Vornamen an, so wie sie es mit jedem ihrer Gäste tat. Dennoch versetzte ihr unbeschwerter Ton Simon einen kleinen Stich. Wäre nur ihrer beider Beziehung so unbeschwert.

»Eigentlich nichts.« Der polnische Gast sprach ein nahezu akzentfreies Englisch. »Ich habe deine Idee aufgegriffen und war am Strand von Church Cove. Hatte natürlich mein Suchgerät dabei.« Er kramte umständlich in seiner Hosentasche. »Die Gegend heißt zu Recht Dollar Cove.« Er hielt den beiden seine Hand hin, in der drei Münzen glänzten. »Ich hab sie ein bisschen gesäubert, kann aber keine Jahreszahl erkennen. Wenn meine Recherchen stimmen, könnten die Silbermünzen von der spanischen *San Salvador* stammen, die dort 1669 gesunken ist. Die scharfzackigen Felsen so knapp unter der Wasseroberfläche sind wirklich verdammt gefährlich. Damals wie heute.«

»Darf ich?« Mary nahm eine der Münzen in die Hand und betrachtete sie eingehend. »Könnte aber auch vom Wrack der *Rio Nova* sein, vom Sturm im Januar 1787 gegen die Küste gedrückt.« Sie drehte sich zu Simon um.

»Mein Vater hat viel über unsere Küste geforscht. Er kannte sich dort draußen aus wie in seiner Westentasche. Er hat mir viel von den Wracks und von den Schicksalen der vielen Hundert bedauernswerten Geschöpfe erzählt, die vor unserer Küste ertrunken sind.« Sie reichte die Münze an Krystian zurück. »Solche Geldstücke werden immer wieder an den Strand gespült. Du hast Glück gehabt. In der Regel spuckt die See die Münzen im Herbst aus, wenn der Sturm die Wellen gegen die Küste peitscht.« Sie schob ein wenig Landeskunde hinterher. »Auf Cornish heißt der Ort Jangye Ryn.«

Krystians Nicken sah nicht sonderlich interessiert aus. Mit der Geschichte Cornwalls hatte er sich bisher nicht beschäftigt. Ihm fehlte offenbar der Zugang zu historischen Themen.

»Sie sind hierhergekommen, um Antiquitäten zu finden?« Simon gefiel nicht, dass die Schatzsucher, die mit ihren piependen Detektoren die Strände und die Küstenstreifen absuchten, immer mehr wurden. Er hatte mal einen Schweden mit wallender Wikingermähne getroffen, der unumstößlich davon überzeugt war, dass das sagenumwobene Schwert von König Artus, Excalibur, im Sand von Loe Bar Beach nahe Helston zu finden war.

Der Pole steckte die Münzen zurück und hielt ihm die Hand hin. »Krystian. Nein. Ich bin nicht wirklich an versunkenen Schätzen interessiert. Ein Kumpel hat mir den Detektor für meinen Urlaub ausgeliehen. Reiner Spaß.« Der Dunkelhaarige lachte fröhlich. »Ich arbeite als Computerexperte und beschäftige mich höchstens mal in einem meiner PC-Spiele mit der Vergangenheit. Mein Kumpel meinte, mir täte ein wenig Realität gut. Und ich freue mich, dass ich auf eine Gastwirtin getroffen bin, die Deutsch spricht.« Er zwinkerte Mary vertrauensselig zu.

Simon hob eine Augenbraue und erwiderte den Händedruck. »So oder so. So ein Glück werden Sie nicht alle Tage haben.«

»Macht nichts. Mein Andenken habe ich schon – in der Tasche.« Er klopfte auf seine Hosentasche. Er sah Marys fragenden Blick. »Ich wollte euch das nur mal schnell zeigen. Ich bin eigentlich auf dem Weg nach Helston.« Er hob die Hand, um sich zu verabschieden. »Ich freue mich schon aufs Frühstück.«

Simon sah ihm hinterher. »Eine echte Frohnatur.«

»Trotzdem scheinst du ihn nicht zu mögen. Er hat mir erzählt, dass er als Kind nach Deutschland gekommen ist und nicht weit von Köln lebt. Eine nette Begegnung, mit der ich mein etwas eingerostetes Deutsch aufbessern kann.«

Er sah Mary erstaunt an. »Nein. Unsinn.« Er versuchte nicht ins Stottern zu geraten. »Es ist nur ... ich denke, dass sich hier im Augenblick zu viele Glücksritter herumtreiben.«

Mary schob ihn sanft beiseite, um an den Küchenschrank zu gelangen. »Martin hat mir seine neuesten Schätze gezeigt. Nahe Kynance Cove hat er im Sand eine Perlenkette und ein Armband mit einer seltsamen Widmung gefunden.« Sie überlegte einen Augenblick und nahm dabei einen Vorratsbehälter mit Mehl aus dem Schrank. »Irgendwas mit Rose. Dein Herz ist eine blutige Rose in meiner Seele. Oder so ähnlich.«

Simon durchzuckte ein Gedanke, den er nicht zu fassen bekam. »Kein Name?« Eine Rose? Das sollte ihm etwas sagen, aber er wusste nicht, was. Wo war sie ihm schon mal begegnet?

Mary zuckte mit den Schultern. »Nur diese Kette und das Armband. Martin freut sich. Er kennt in Helston einen Trödler, der wird sie ihm sicher abkaufen.«

»Ein paar Pfund zusätzlich kann er gebrauchen.«

»Du könntest mir helfen.« Mary stupste Simon in die Seite. »Tante Margaret hat für Samstag mal wieder eine außerordentliche Sitzung ihres Verschönerungsvereins angesetzt. Zur Teezeit. Dazu möchte sie von mir ein paar meiner ›legendären‹ Scones. Tantchen ist ganz stolz auf mich. Angeblich haben die Damen und Onkel David – du weißt, Schriftführer und einziger Mann im Klub – erst letztens wieder so sehr von meinen Scones geschwärmt. Ich hätte in Köln nichts verlernt. Eine Engländerin mag leben, wo sie will, solange sie das Sconesbacken nicht verlernt, macht sie aus jedem Ort auf der Welt ein Stück England. Tante Margaret kann ja so theatralisch sein.« Bei dem Gedanken musste sie lachen. »In Wirklichkeit will sie nur auf elegante Weise an kostenloses Gebäck kommen. Na ja, soll sie haben.«

»Ich und backen?«

»Du könntest mir zumindest ein wenig beim Backen Gesellschaft leisten.« Mary umrundete ihn mit einem Hüftschwung. »Aber steh mir dabei nicht im Weg. Im Kühlschrank steht Weißwein. Dosenbier ist aus.«

Simon zögerte. Marys geschäftiges Treiben gab ihm ein Gefühl von Geborgenheit. Etwas, was er schon lange vermisst hatte. Auf der anderen Seite ging ihm die Inschrift auf dem Armband nicht aus dem Kopf. »Ich weiß nicht recht. Ich bin heute wohl kein guter Gesprächspartner.« Plötzlich fiel es ihm ein. Marks hatte von einer Rose auf dem Bauch der Toten gesprochen. »Ich muss an die Rose denken.«

»Was ist los?« Mary hatte die Veränderung in seinem Gesicht bemerkt. »Ist Backen dem Herrn Künstler vielleicht zu spießig?«

»Nein, nein, ganz und gar nicht. Es ist nur so: Marks hat von einer Rose auf dem Torso der Unbekannten gesprochen. Neben dem Bauchnabel. Und Martin findet das Armband. Merkwürdiger Zufall, findest du nicht?«

»Ist das nicht ein wenig weit hergeholt? Das Armband, die Rose. Am Ende ist der Torso die verschwundene Liz Bennett.« Sie schlug die Hand vor den Mund. »O Gott, was rede ich da? Das ist ja schrecklich. Wie kann ich so etwas nur denken? Vergiss, was ich gesagt habe. Mary, Mary, du redest dich noch mal um Kopf und Kragen.«

»Es gibt vieles, das zu Anfang nach merkwürdigen Zufällen aussieht. Und dann stellt sich doch heraus, dass scheinbar Unzusammenhängendes in Wahrheit miteinander eng verwoben ist. Ausschließen kann man etwas erst, wenn man es überprüft hat.«

»Du redest schon wie DI Marks. Lass gut sein und gib mir mal die Schüssel dort.« Sie deutete auf die Anrichte. »Liz Bennett sitzt sicher irgendwo gemütlich in einer spanischen Strandbar und genießt ihre neugewonnene Freiheit. Geschieht Bennett recht.« Sie nickte entschlossen. »Soll er sie doch suchen und sich fragen, was er in seiner Ehe falsch gemacht hat. Ach was, so ein Typ wie Bennett kennt keine Gewissensbisse. Ich wünsche seiner Frau jedenfalls alles Gute.«

»Sicher. Sie wird ihre Sachen gepackt und ihn verlassen haben.«

»Überzeugt klingst du nicht, Bulle.«

»Ich glaube einfach nicht an Zufälle.«

»Und was willst du jetzt tun?«

Simon spürte, dass sie versucht war, ihre Hand auf seine Wange zu legen. Aber sie wusste, dass sie ihn damit nur noch verlegener machte.

»Du hast es richtig formuliert: Bulle. Ich kann einfach nicht aus meiner Haut.« Er sah zu seinen Malutensilien, die er an der Küchentür abgestellt hatte. »Ich denke, ich werde Marks anrufen. Das kann nicht schaden. Dann habe ich das Thema aus dem Kopf.«

Mary nickte. »Hau schon ab, Bulle.«

Die Zärtlichkeit in ihren Worten ließ ihn zögern.

»Geh und ruf Marks an.«

Simon nahm Mary in den Arm, um sich zu verabschieden. Die Geste war so hölzern und unbeholfen wie stets. Er fühlte sich wie ein dummer Junge.

»Und morgen will ich mir das Smaragdgrün auf deiner Leinwand anschauen«, rief sie ihm fröhlich hinterher.

Simon war noch nicht ganz am Pub vorbei, als er von hinten angerufen wurde. »Typisch Künstler. Immer mit den Gedanken in den Wolken.«

Er blieb stehen und sah sich um. Luke stand mit einem Pint in der Hand am Eingang zum Vorhof des Pub. So wie er dastand, hätte er auch als Steuermann eines alten Schoners durchgehen können, denn das niedrige Eingangstor zum Hof war aus einem Steuerrad gemacht.

»Ahoi, Käpt'n.« Simon hatte seinen Freund seit einigen Tagen nicht gesehen und freute sich über die unverhoffte Begegnung.

»Wohin des Weges, Wanderer?« Luke kratzte sich den kurz geschorenen Schädel. »Eben habe ich noch zu Garry gesagt, dass du abgetaucht bist. Seit Tagen hat dich niemand mehr gesehen.«

Simon trat auf ihn zu. »Dann hat Garry hinter seinem Tresen nicht genau hingesehen. Ich bin doch dauernd unterwegs. Das Licht ist in diesen Tagen großartig. Genug Arbeit. Die Touris sind ganz verrückt nach kleinen Strand- und Küstenimpressionen. Sattes Grün, wilde Felsen, tiefes Blau und vor allem viel Smaragdgrün.«

»Schon gut. Du klingst wie ein Fischhändler auf dem Jahrmarkt in Falmouth.« Luke trank einen Schluck. »Malen macht Durst, oder?« Er legte den Kopf schief. »Und wie ich dich kenne, hast du noch nichts Ordentliches im Magen. Helen macht dir sicher eine gehörige Portion Fish 'n' Chips.«

Warum eigentlich nicht?, dachte Simon. Der Anruf bei Marks konnte noch warten. Schließlich hing von seinen Überlegungen kein Leben ab. Die Tote war tot, Liz Bennett hin oder her.

Während Garry zwei frische Pint in die Gläser zog, nahm seine Frau die Bestellung auf.

»Hast du gehört? Liz Bennett ist verschwunden.« Helen schob sich eine Locke ihres dunkelbraunen Haares hinters Ohr. »Jedenfalls reden die Leute so.«

»Und was reden die Leute sonst noch so?« Helen hatte ihn mit halblauter Stimme angesprochen und dabei die übrigen Gäste im Blick behalten.

»Dass sie das Ekel endlich satthat.« Sie warf ihrem Mann einen zärtlichen Blick zu und sah Simon fragend an. »Verstehe nicht, was die Frauen an so einem Typen finden. Aber Geld macht wohl sexy, wie es so schön heißt.« Sie sah auf ihren Notizblock. »Also, Schellfisch, Kabeljau oder Scholle? Alles frisch.«

»Nimm Kabeljau«, mischte Luke sich ein. »Und mach ihm 'ne große Portion, Helen. Er sieht aus, als könnte er was Ordentliches zwischen die Rippen gebrauchen.«

»Du bist so gut zu mir«, flachste Simon. Aber sein Freund hatte recht. Seit einiger Zeit schon nahm er ab. Immer wenn er viel zu tun hatte, achtete er nicht aufs Essen. Bei seinem letzten Check im St. Clare's Health Centre in Penzance hatte sein Arzt ein bedenkliches Gesicht gemacht. Bei der Menge an Medikamenten, die er einnehmen müsse, dürfe er nicht noch dünner werden.

Garry stellte den beiden ihr Bier hin. »Die Gesellschaft wird immer brutaler. Ich habe einen Kumpel bei der Polizei in Helston. Offenbar läuft da eine dicke Sache, hat Allan hinter vorgehaltener Hand angedeutet. Irgendwas mit der Kanalisation. Mehr hat er nicht verraten wollen. Grausamer Fund soll es sein.« Er sah Simon erwartungsvoll an.

»Keine Chance, Garry, du weißt, dass ich mit Polizeiarbeit nichts mehr zu tun habe. Außerdem habe ich zur Polizei in Helston keinen Kontakt. Sorry, aber ich weiß wirklich nichts.« Dass DI Marks ihn informiert hatte, musste Garry nicht wissen. Auch wenn der Wirt verschwiegen war, wollte Simon die Gerüchteküche nicht noch weiter anheizen.

Garry gab sich mit der Antwort zufrieden und wandte sich wieder dem Polieren der Pintgläser zu.

Die beiden Freunde suchten sich einen Platz auf der langen Bank, die unter dem breiten Sprossenfenster und den vielen Bildern an der Wand entlanglief. Während Simon auf seine Bestellung wartete, beobachtete er die Gäste. Einheimische sah er nicht. Dazu war es auch noch zu früh, befand er. Den unterschiedlichen Stimmen konnte er entnehmen, dass sie aus den Midlands oder aus Yorkshire kamen, zwischendurch hörte er Sprachbrocken, die er als Dänisch oder Schwedisch einordnete. Müsste er sie beschreiben, würde er die Stimmung als insgesamt sommerlich gelöst bezeichnen. Einige Gäste hatten Rucksäcke neben sich stehen, andere schienen ihre Ferienwohnung gegen den Gastraum des uralten Pubs getauscht zu haben. Im Türrahmen erschien eine vierköpfige Familie mit Hund, die es aber vorzog, in den Gastraum gegenüber auszuweichen, der eher den Charakter eines Restaurants hatte.

»Danke, Helen.« Simons Hungergefühl machte sich angesichts der Portion, die an seinem Platz ankam, nun überdeutlich bemerkbar.

»Hab ich zu viel versprochen? Nee, hab ich nich'.«

Luke lehnte sich zufrieden zurück und nahm einen kräftigen Schluck. »Du weißt also wirklich nicht mehr?«, wechselte er abrupt das Thema.

Simon hob die Schultern, während er mit der Gabel ein großes Stück vom Kabeljaufilet abtrennte. Luke liebte Tratsch und besaß ein untrügliches Gespür für abenteuerliche Geschichten. Besser, er hielt sich zurück, denn Luke konnte selbst ein arges Waschweib sein. Aber der Fischer war Teil des Dorfes und somit auch Teil der verschworenen Gemeinschaft. Eine Eigenschaft, die in diesem Teil Englands deutlich ausgeprägter war als in anderen Gegenden der Insel.

»Ich habe schon davon gehört.« Luke nickte wissend. »Sie sollen einen Torso aus dem Abwasserkanal gezogen haben. Sehr unappetitliche Sache. Teil einer Frauenleiche. Möchte mal wissen, wo der Rest abgeblieben ist. Ich frage mich, wer sich solche Mühe macht und eine Leiche in den Kanal schleppt. Der oder die Täter haben ihr die Beine und Arme abgeschnitten, damit sie durch die Öffnung passt.« Er schüttelte den Kopf. »Aber den Kopf hätte man ihr nicht abschneiden müssen.« Nach einer Pause und einem Blick auf Simons Teller fügte er hinzu: »Also, ich hätte die Leichenteile den Fischen gegeben.«

Simon aß unbekümmert weiter.

»Nee, im Ernst.« Luke ruderte ein wenig zurück, sein Scherz schien ihm doch ein wenig hart zu sein. »Praktischer wäre ein anderer Ablageort gewesen.« Er versuchte es nun mit ein wenig Polizeijargon, aber Simon ließ sich nicht locken.

Eine Zeit lang schwiegen die beiden. Als Simon mit dem Essen fertig war, stand Luke auf und holte ungefragt zwei frische Pint.

»Und Bennetts Frau ist verschwunden.« Simon schob den leeren Teller ein Stück weiter zurück.

Luke beugte sich unvermittelt vor. »Du meinst, der Torso …« Die Frage blieb in der Luft hängen.

»Ich meine gar nichts.«

»Soweit ich gehört habe, soll sie ständig besoffen gewesen sein.«

»Wer sagt das?« Simon schüttelte verständnislos den Kopf.

»Ach, der eine und der andere.«

Simon hob eine Augenbraue.

Für Luke das Zeichen, konkret zu werden. »Na ja, Stevyn und auch andere haben sie zu unterschiedlichsten Gelegenheiten vor ihrem Haus gesehen. Mit einem Glas in der Hand, leicht schwankend, ein bisschen ungepflegt, als sei sie tagelang nicht aus dem Bett gekommen.«

»Sie kann krank gewesen sein und in dem Glas Medizin.«

Nun war Luke empört. Er zog die Beobachtungen seiner Freunde keinesfalls in Zweifel. »Du weißt doch selbst, was Bennett für ein Spinner ist.«

»Nun setz bloß keine weiteren Gerüchte in die Welt, Luke. Es gibt nicht den geringsten Hinweis darauf, dass Liz Bennett umgebracht wurde und der Torso ihrer ist. Mary ist davon überzeugt, dass Liz Bennett ihren Mann verlassen hat. Ich bin übrigens der gleichen Meinung.

Bist du nun zufrieden? Es geht hier ausschließlich um eine kaputte Ehe.«

Luke brummte etwas Unverständliches.

»Ein Tourist hat bei Dollar Cove ein paar Münzen gefunden«, sagte Simon.

An der Bar zählte gerade ein Mann in Shorts und Sandalen und mit deutlichem Sonnenbrand Geldstücke in die Hand der Bedienung. Offenbar kam er noch nicht mit der britischen Währung zurecht.

»Eigentlich noch zu früh im Jahr. Aber die See meint es gerade gut mit den Glücksrittern. Nutty Martin erzählt überall im Dorf herum, dass er Schmuck gefunden hat.« Luke lächelte einer Frau zu, die, mit einem kleinen Kind an der Hand, den Schankraum betreten hatte und sich suchend umsah.

Simon nickte. Sein Stichwort. Er hätte über das Essen fast vergessen, dass er den Inspektor anrufen wollte. »Ich bin dann mal wieder weg.« Er stand auf.

Luke sah ihn erstaunt an. »Bist du auf der Flucht? Ist doch sonst nicht deine Art. Sehen wir uns Samstag?«

»Samstag?« Simon war in Gedanken bereits bei seinem Anruf bei DI Marks.

»Folk Day. Schon vergessen?« Luke schüttelte sichtlich irritiert den Kopf.

»Klar. Sicher. Ich freu mich schon. Bleib ruhig noch sitzen«, kommentierte Simon Lukes Anstalten, ihm zu folgen. »Ich hab es tatsächlich jetzt ein wenig eilig.«

XIII.

Die Mittagshitze war lähmend und hatte im Hafen alles still werden lassen. Von See her ging nicht das kleinste Lüftchen. Der Atlantik hatte sich weit zurückgezogen und leckte träge an der Bucht. Die Möwen hockten mit eingezogenen Köpfen auf ihren Stammplätzen.

Die Musiker drängten sich unter dem Vordach des Pubs. Eine junge Frau in luftiger Bluse stimmte ihre Geige, ein Bassist spielte versonnen einen kurzen Lauf auf seinem Kontrabass, Paul McMinn hatte seine Akustikgitarre griffbereit und sah bei einem Schluck aus seinem Glas vom Hocker voller Erwartung in die Runde. Robin Bates blinzelte durch seine Brille und blies ein paar Töne auf der Tin Whistle. Brian rückte seinen Strohhut zurecht und sortierte seine Bluesharps. Alle warteten auf das Kommando von Dave J. Hearn, den alle nur Dave Windows nannten, weil er als Fensterputzer sein Geld verdiente, wenn er nicht gerade in seinen Noten- und Textblättern nach dem nächsten Song suchte.

Die aktuelle Besetzung der Musiker war an diesem Folk Day, wie auch an allen anderen Folk Days in Cadgwith, ebenso zufällig wie die Schar der Touristen und Einheimischen, die sich im kleinen Innenhof des Cadgwith Cove Inn drängte. Wer Zeit hatte, der kam, Musiker oder Müßiggänger, bereits kurz vor elf Uhr am Vormittag und blieb je nach Laune und Alkoholpegel bis in die Nacht. Die Musiker verzogen sich irgendwann nach drinnen, obwohl alle wussten, dass es dort eng und stickig werden würde.

Simon hatte von seinem schattigen Platz auf einer der überdachten Bänke einen guten Blick auf die Zuhörer, die sich auf der anderen Seite des Hofes in dem Halbrund zusammengefunden hatten, an den wenigen Tischen saßen oder auf Sitzgelegenheiten an der Wand, die den Hof von der Auffahrt hoch nach Ruan Minor trennte. Die meisten hatten ein Bier in der Hand oder ein Glas Weißwein. Zwei Hunde hatten sich unter die Holzbänke in den trügerischen Schatten geflüchtet. Eine Frau wedelte sich mit einem Fächer Luft zu. Simon bezweifelte, dass ihr das wahre Erfrischung bringen würde.

Dave Windows beendete sein Blättern, hob den Kopf und nickte den aufmerksamen Musikern zu. »Cousin Jack.«

Noch bevor der erste Ton erklang, kam auf dem schmalen Asphaltband vor dem Eingang Unruhe auf. Die ersten Mitglieder der Folkloregruppe Morris Dancers sammelten sich und bevölkerten, ihre schwarzen, mit allerlei bunten Bändern und Federn verzierten Hüte schwenkend, nach und nach den Hof. Sie würden in wenigen Minuten mit ihren traditionellen Tänzen beginnen.

Dave Windows nickte dem Kopf der Gruppe zur knappen Begrüßung zu und blieb ansonsten unbeeindruckt. »Also dann: Cousin Jack.«

Das Stück erinnerte an die Bergbautradition Cornwalls und an die Armut der Bevölkerung, deren Schicksal eng mit dem Zinn und dem Kupfer verbunden war.

Ein melancholisches Lied, dessen Refrain von den Umstehenden so ergriffen wie lauthals mitgesungen wurde.

»Where there's a mine or a hole in the ground. That's what I'm heading for that's where I'm bound.« Wo immer es eine Mine gibt oder ein Loch im Boden, dort gehe ich hin, dort liegt meine Bestimmung.

Simon bekam immer noch Gänsehaut bei den Zeilen.

Die Zuhörer hatten am Ende des Songs kaum applaudiert, als aus dem Inneren des Pub ein lautes Klirren zu hören war. Irgendjemand hatte ein Glas oder Ähnliches zu Boden geworfen.

Dann war lautes Rufen und Geschrei zu hören. Simon stand geistesgegenwärtig auf und drängte sich an den Mitmusikern vorbei Richtung Windfang. In der Eile vergaß er seinen Stock.

In der Gaststube bot sich ein merkwürdiges Bild. Terry Bennett und Martin Ellis standen sich mitten im Raum gegenüber wie zwei Boxer. Auf dem Boden lagen die Scherben eines Whiskyglases. Einige Gäste standen um die beiden Männer herum und bildeten so etwas wie eine Arena oder einen Boxring.

Terry Bennett hatte den Kopf eingezogen und die Hände zu Fäusten geballt. Schwankend stierte der Unternehmer Nutty Martin an. Bennett hatte eindeutig zu viel getrunken. Martin Ellis machte ein Gesicht, als habe er gerade einen Geist gesehen. Garry und Helen standen erschrocken hinter der Theke, mehrere Gesichter drängten sich an das wegen der Hitze hochgeschobene Fenster.

Ellis sprach als Erster und zeigte dabei ungläubig auf Bennett. »Er ist völlig übergeschnappt. Ich habe ihn lediglich zu einem Drink eingeladen und von meinem Fund erzählt. Ich wollte meine Freude über die paar Pfund, die ich beim Trödler bekommen habe, mit ihm teilen. Weil ich ihn doch schon ein paar Mal mit meinem Taxi gefahren habe. Ich versteh's nicht. Ich versteh's einfach nicht.«

Bennett schnaufte wie ein Stier während der Corrida. »Das Arschloch hat den Schmuck meiner Frau verkauft. Angeblich hat er ihn gefunden.« Er lachte auf. »Ich suche meine Liz, und *er* hat ihren Schmuck. Wo ist meine Frau, du Saukerl? Wo ist meine Liz? Meine geliebte Liz. Dein Herz ist eine blutige Rose in meiner Seele: Den Spruch habe ich eigens in ein Armband gravieren lassen. Liz liebt Rosen.« Bennetts Blick war für einen Augenblick nach innen gerichtet, dann funkelten seine Augen voller Hass auf sein Gegenüber. »Los, sag! Was hast du mit ihr gemacht?«

Die Blicke der Zuschauer schwankten zwischen Entsetzen und Neugier. Ihnen bot sich ein Schauspiel animalischer Kraft, gepaart mit Rolex und Goldkettchen.

Bevor Bennett sich auf Ellis stürzen konnte, war der Wirt bei ihm und hielt ihn mit beiden Armen zurück.

»Beruhigen Sie sich. Das lässt sich klären.« Simon sah Bennett fest in die Augen und gab Ellis mit einem Kopfnicken das Zeichen, sich zurückzuziehen. In Jenkins' Stimme schwang unversehens die ganze Autorität eines Detective Sergeant mit. Allerdings fühlte er sich zu schwach, um Garry in dem Handgemenge beizustehen. Wie aus dem Nichts tauchte mit einem Mal Luke neben ihm auf, legte seine Hand auf Simons Arm und reichte ihm den Stock.

»Garry schafft das allein.«

Aus einer Ecke wurde der Ruf nach der Polizei laut. Luke drehte sich zu der Frau um, die sich mit kreideweißem Gesicht an ihrem Mann festklammerte, der stocksteif auf einem der niedrigen Stühlchen neben ihr hockte. »Das regeln wir hier unten unter uns. Dazu braucht die Polizei nicht auszurücken.« Er sah den Mann an, der unschlüssig sein Bierglas festhielt. »Außerdem ist ja nichts passiert.«

Simon behielt indessen Bennett im Blick. Der angetrunkene Unternehmer ließ sich nur widerwillig beruhigen.

»Ich will den Schmuck, und ich will wissen, was er mit meiner Frau gemacht hat.« Jetzt, nachdem sein Widerstand gebrochen schien, klang seine Stimme wie das Flehen eines Kindes um die Hilfe seiner Mutter. Garry drückte ihn auf die Bank, von der die Zeugen der Beinahe-Schlägerei aufgesprungen waren.

»Lassen Sie uns das in Ruhe besprechen.« Simon wusste, dass in Bennetts jetziger Verfassung kein sinnvolles Gespräch möglich war. »Sie werden sehen, es gibt für alles eine Erklärung.« Er nickte erneut in Richtung Ellis, der die Aufforderung verstand und nun endgültig den Raum verließ. Dann wandte er sich wieder an Bennett. »Sie gehen jetzt besser nach Hause und schlafen sich aus. Ich komme morgen Vormittag bei Ihnen vorbei, und dann reden wir in aller Ruhe. Die Polizei tut sicher alles, damit Sie Ihre Frau bald wieder in die Arme schließen können.«

Bennett musste die Autorität in Jenkins' Tonfall verstanden haben. Ohne weiter auf die Umstehenden zu achten, verließ er mit eingezogenem Kopf den Schankraum, an dessen niedrigen Deckenbalken Reihen von Schlaufen aus Seil hingen. Als sei das Pub ein schwankendes Schiff, das auf diese Weise auf hoher See der Mannschaft und den Passagieren Halt bot.

»Danke, dass Sie so ruhig geblieben sind.« Der Landlord des historischen Pubs blickte aufmunternd in die Runde. »Ich denke, dass draußen das Programm nun mit den Morris Dancers weitergeht.«

Und als hätten die Folktänzer nur auf Garrys Signal gewartet, schallte vom Vorhof des Pubs die Musik der Dancers, zu der sie ihre rhythmischen Schritte und die traditionelle Choreografie aus genau aufeinander abgestimmten Stockschlägen auf den harten Boden brachten, unterstützt vom hellen Klang der Glöckchen an ihren Hosenbeinen oder Strümpfen.

Nachdem Garry und Helen noch einige Gäste mit Getränken versorgt hatten, leerte sich das Pub zusehends. Simon musste noch ein paar Schulterklopfer und Bemerkungen über die Auswirkungen von zu viel Sonne und zu viel Alkohol über sich ergehen lassen, aber dann gehörte die Aufmerksamkeit der Gäste einzig wieder der Musik und den Musikern des Folk Day.

»Bennett leidet ja wie ein Hund.« Luke grinste. »Geschieht ihm recht. Wer seine Frau so behandelt, muss sich nicht wundern.«

»Ich weiß nicht. Sein heulendes Elend hat einen anderen Grund. Er sieht sich in seiner Macho-Ehre verletzt.

Dass seine Frau ihn so einfach verlässt, passt nicht in sein Weltbild.«

»Seltsam ist es aber schon, dass Martin Schmuck gefunden hat, der offenbar Liz Bennett gehört.«

Simon stieß sich vom Tresen ab, an den er gelehnt hatte. »Nicht unsere Sache. Komm, wir gehen raus. Wie ich gehört habe, soll Damian Wilson heute noch singen und Gitarre spielen. Habe schon ewig nichts mehr von ihm gehört.«

Als sie aus dem Windfang des Pubs traten, schlug ihnen die Hitze, die sich im Innenhof staute, ungebremst entgegen.

Luke sah zum Himmel. »So viel Bier kann ich gar nicht trinken, wie ich allein beim Gedanken an die Sonne ausschwitze. Wohin soll das noch führen? Eine Affenhitze. Ich brauch jetzt noch ein Ale.«

An einen der Pfosten der Überdachung gelehnt, hob Mary ihr Glas und lächelte den beiden zu.

XIV.

Simon Jenkins saß in seiner Küche. In der Nacht nach dem Folk Day hatte ihn sein Rücken nicht schlafen lassen, trotz der Pillen und Tabletten. Die ganze Nacht hatte er sich im Bett hin und her gewälzt, um die Wirbelsäule zu entlasten, jedes Mal von einem Aufstöhnen begleitet. Auch nach dem Aufstehen hatten die Schmerzen nicht nachgelassen. Den Besuch bei Bennett hatte er verschoben. Er hatte nicht einmal die Kraft gehabt, ihn anzurufen.

Nur mit Mühe hatte er sich etwas zu essen gemacht und ohne Appetit hinuntergeschlungen, um sich dann wieder auf das Sofa im Wohnzimmer zu quälen. Die meiste Zeit hatte er im Dunkeln zugebracht, die Jalousien heruntergelassen und ohne Musik. Er hätte nicht das kleinste Geräusch ertragen.

Gegen Abend hatte er einfach die Dosis der Medikamente erhöht. Er wusste, dass er das nicht ohne ärztlichen Rat tun sollte, aber er hatte nicht gewusst, wie er ins Krankenhaus hätte kommen sollen. Luke hatte er nicht fragen können, denn der war mit seiner Frau zu Verwandten nach Bodmin gefahren. Und Mary hatte er nicht fragen wollen. Er lachte stumm auf. Ein trostloses Gefühl. Nun war er bereits den zweiten Tag ein Gefangener seiner Schmerzen. Und er wusste, dass er in diesem Sinn »lebenslang« hatte.

Er sah sich um. Die Dose mit den Teebeuteln stand nur ein paar Schritte von ihm entfernt in der Küche neben dem Toaster auf der breiten Fensterbank. Aber das war in seiner jetzigen Verfassung eine nahezu unüberbrückbare Entfernung.

Er musste aufstehen und gegen die Schmerzen ankämpfen. Sich über den Schmerz hinaus bewegen, das allein konnte ihm helfen, auch in Zukunft beweglich zu bleiben. Das hatten ihm die Ärzte damals bei seiner Entlassung mit auf den Weg gegeben. Allerdings hatten sie dabei stets im Blick gehabt, dass der Schmerz dank der medizinischen Fortschritte erträglich bleiben würde.

Abrupt erhob er sich und sank doch im gleichen Augenblick wieder zurück. Der teuflische Schmerz war einfach stärker. Er würde Geduld haben und warten müssen. Und er musste seine Muskeln entspannen. Er versuchte es mit Atemübungen und dem Versuch, an nichts zu denken. Einatmen und ausatmen – und sonst nichts.

Aber dafür war er nicht geschaffen. Er musste sich bewegen. Und in seinem Kopf kreisten unfreiwillig die Gedanken um Liz Bennett und den Schmuck.

Jenkins dachte erneut an die Teedose und suchte mit den Augen nach seinem Mobiltelefon – bis ihm einfiel, dass er es im Wohnzimmer hatte liegen lassen. Bennett würde also tatsächlich warten müssen.

Sein Blick wanderte unruhig im Zimmer umher. Dann zog er eine der Zeitschriften zu sich, die auf dem Couchtisch lagen, und blätterte lustlos im Katalog eines Anbieters von Künstlerbedarf.

»Darf ich reinkommen?«

Simon fuhr auf. Er musste eingenickt sein. Im Türrahmen stand Terry Bennett. Seine gedrungene Gestalt sah in dieser Umgebung so falsch aus wie ein Dreißigtonner in der engen Kurve der Dorfstraße.

»Darf ich?« Bennett hatte die Hand zu einem erneuten Klopfen gehoben. Es schien ihm nicht sonderlich peinlich, unaufgefordert das Haus betreten zu haben und schnurstracks bis ins Wohnzimmer vorgedrungen zu sein.

Simon fuhr sich mit der Hand über die Augen. Er wollte Bennett jetzt nicht um sich haben. Aber angesichts seines Zustands war es wohl besser so. Dann hätte er die Sache zudem schnell hinter sich. Er unterdrückte den Schmerz, als er sich aufrichtete und aufstand. »Kommen Sie, lassen Sie uns in die Küche gehen.« Dort wies er auf einen freien Stuhl.

Neugierig ließ Bennett den Blick schweifen. Mit dem schnellen und routinierten Blick eines Immobilienmaklers, der bereits einen Käufer für das Objekt im Sinn hatte, nahm er die Umgebung in sich auf. Dass er auch die Medikamentenschachteln wahrnahm, die zu mehreren auf dem Tisch standen, ließ er sich nicht anmerken. Statt Platz zu nehmen, trat er ans Fenster und hob das Kinn.

»Nettes Häuschen. Netter kleiner Garten.«

Simon ließ die Bemerkung unkommentiert.

»Wirklich hübsch. Ließe sich eine Menge draus machen.«

»Was wollen Sie von mir?«

»Ich habe Ihrer Vermieterin vor einiger Zeit schon ein Angebot gemacht. Aber Mrs. Wilkinson will nicht verkaufen.«

»Hören Sie, ich bin weder in der Verfassung noch in der Laune, mit Ihnen über dieses Haus zu sprechen.« Dann stimmte es also, was sich die Leute im Dorf erzählten: Bennett schien immer noch gewillt, aus Cadgwith einen Freizeitpark zu machen. Einige Häuser hatte er bereits aufgekauft. Es waren allein vier, von denen Simon wusste, aber Luke behauptete, dass der Unternehmer schon über deutlich mehr Grundbesitz im Dorf verfügte.

»Alles hat seinen Preis.« Bennett nahm die Blechdose in die Hand, in der Simon die Teebeutel aufbewahrte, sah hinein, roch an der Öffnung und stellte sie achselzuckend zurück an ihren Platz.

»Hören Sie, ich habe versprochen, mich bei Ihnen zu melden. Allerdings geht es mir heute nicht sonderlich gut. Können wir bitte ein anderes Mal reden? Es ist besser, wenn Sie wieder gehen.«

Bennett hob die Hände. »Nun seien Sie doch nicht gleich so garstig.« Er lächelte großzügig. »Die Sache im Pub? Schwamm drüber. Es ist wegen der Gerüchte über meine Pläne, stimmt's?« Er wartete die Antwort nicht ab. »Die Menschen hier mögen ja ehrbare Fischer sein, aber sie sind zugleich auch ein wenig einfältig. Sie müssen lernen, dass sich die Zeit nicht aufhalten lässt. Und auch nicht die gesellschaftliche und die wirtschaftliche Entwicklung.« Er bemerkte Simons Ablehnung. »Aber ich will Sie jetzt nicht mit unabänderlichen Tatsachen langweilen. Die Einzige, die meine Einschätzung teilt, und das im besten Sinn, ist die Tante Ihrer … Ihrer Freundin Mary.« Das Wort *Freundin* war ihm nur schwer über die Lippen gekommen. »Sie unterstützt mit dem Verschönerungsverein voll und ganz meine Pläne. Sie hat die gleichen Visionen von einem blühenden Cadgwith. Die Menschen werden schon noch erkennen, dass sie von meinen Plänen profitieren werden. Der Ort wird eine wahre Gelddruckmaschine sein. Für alle.« Er hob erneut die Hände. »Aber ich bin nicht gekommen, um mit Ihnen über Geschäfte zu reden.« Bennett setzte sich nun doch.

Simon fasste seinen Gehstock fester. Er musste sich dringend wieder hinlegen. »Also?«

»Die Sache ist die«, Bennett rutschte auf dem Stuhl ein Stück vor, »es soll Ihr Schaden nicht sein.« Er zögerte. »Ich will Sie engagieren. Nennen Sie mir Ihren Preis. Ich will meine Frau zurück.«

Um sie weiter wie Dreck zu behandeln und sich groß fühlen zu können, dachte Simon. »Nein. Ich kann Ihnen nicht helfen.«

»Sie waren doch mal Bulle. Und Sie waren verdammt gut in Ihrem Job.«

»Wer sagt das?«

Bennett machte eine wegwerfende Handbewegung. »Kennen Sie nicht. Tut auch nichts zur Sache. Also? Was ist Ihr Preis?«

»Ich bin nicht Ihr Mann.«

»Ich zahle Ihnen jede Summe.« Er sah sich um. »Damit könnten Sie eine Menge verändern.«

»Kein Bedarf.«

»Sie eignen sich hervorragend als Privatdetektiv.« Bennett neigte ihm den Kopf entgegen. »Wie Sie im Herbst die Sache mit den Morden gehandhabt haben.« Er sah Jenkins' erstaunten Blick. »Die beiden Frauen …«

»Gehen Sie. Bitte.« Was maßte Bennett sich an? Seine Schmerzen nahmen ihm beinahe den Atem.

»Kommen Sie, Sie machen einen Fehler, wenn Sie das Geld nicht annehmen. Ich brauche meine Frau zurück, und Sie können sicher eine Aufbesserung Ihrer Finanzen vertragen. Künstler sind doch immer in Geldnot.«

»Mit Ihrem Geld können Sie nicht alles kaufen. Weder Ihre Frau noch mich.« Er musste sich beherrschen, sich nicht auf ihn zu stürzen. Welch ein Arsch.

Bennetts Zähne gruben sich in die Lippe. »Ich will Sie nicht kaufen. Natürlich nicht. Sie haben mich nicht verstanden. Ich will Sie bezahlen. Anständig bezahlen.«

»Nein.«

»Ihr letztes Wort?«

»Mein letztes Wort.«

»Das werden Sie noch bereuen.« Bennett flüsterte nun. Die Zähne hatten deutliche Abdrücke hinterlassen. Sein Gesicht war rot angelaufen. Mühsam erhob er sich von seinem Stuhl, blieb einen Augenblick stehen, und seine Gestalt überragte Simon wie das Zerrbild drohenden Unheils. Dann verschwand er ebenso schnell, wie er aufgetaucht war.

Simon blieb mit krummem Rücken sitzen. Er konnte keinen klaren Gedanken fassen. Der Schmerz saß tief in seinem Kopf. Schließlich schob er sich mit dem Stuhl ein wenig von der Tischkante ab und erhob sich langsam. Er wusste nicht, wie lange er so dagesessen hatte. Jede Sekunde rechnete er damit, dass sich der Schmerz noch tiefer durch die Wirbelsäule brennen würde. Aber die Qual verschonte ihn.

Gegen Abend hatte sich sein Zustand so weit stabilisiert, dass er einen Spaziergang Richtung Dorf wagen konnte. Den Krückstock fest im Griff, ging er den schmalen Pfad zwischen den Häusern entlang, der die Strecke ein wenig abkürzte. Vorsichtig setzte er einen Fuß vor den anderen. Da der Weg weitestgehend unbefestigt war, hatte der Regen kleine Rinnen in den festgestampften Boden gewaschen. Kleine Schottersteine wirkten immer wieder wie Rollen unter seinen Schuhen.

Im Hafen war trotz der Uhrzeit noch reger Betrieb. Die Fischer hatten ihre kleinen Kutter über den Kies weit hinaufgezogen. Die Schiffchen mit ihren bunt angestrichenen Rümpfen, den Fendern und Wimpeln boten den Touristen die perfekte Kulisse für ihren Abendspaziergang. Die Boote standen wie für ein Fotoshooting adrett arrangiert vor dem tiefblauen Abendhimmel und der dunklen See. Ein pittoreskes Bild, das sie nur zu bereitwillig mit ihren Smartphones aufnahmen. Ein Ehepaar war mit seinen beiden Hunden unterwegs, die im Niedrigwasser der Ebbe herumtollten und Stöcke und Bälle wie Schätze apportierten. Eine Frau stand bis zu den Waden im Wasser und telefonierte. Ihre Mimik und ihre Armbewegungen ließen vermuten, dass sie ihrem Zuhörer am anderen Ende der Leitung euphorisch die Szenerie beschrieb. Aber vielleicht verhandelte sie auch nur ein strittiges Thema. Ein einsamer Spaziergänger stand oben auf dem Küstenpfad wie vor einem Landschaftsgemälde. Einige Möwen hatten bereits ihre Schlafplätze auf den umliegenden Dächern und den schmalen Felsvorsprüngen eingenommen.

Die Luft war warm und roch nach Salz und Seetang. Simon atmete sie tief ein und stützte sich auf seinen Stock. Die Felsen machten die Bucht von Cadgwith eng, aber für ihn war dieser Flecken Erde mehr als nur ein Stück Land.

»Ah, der Maler.«

Simon drehte sich um und erkannte den Filmemacher aus London, der winkend auf ihn zukam.

»Ist das nicht eine tolle Stimmung? Dieses tiefe Blau,

das im Sommer immer da ist, kurz bevor die Dämmerung einsetzt. Dann im Hintergrund die ruhige See, dieses kaum hörbare Plätschern, die Felsen, die die Bucht einrahmen wie ein Bild. Die Schiffchen wie Nussschalen. In dieser Szene steckt so viel Kraft und Energie. Mit solch einer Einstellung würde ich gerne meinen Film beginnen.« Er formte die Hände zu einem Rahmen, den er von sich weg hielt, um den richtigen Ausschnitt für seinen Film zu finden. »Im Grunde machen wir das Gleiche. Ich male mit meiner Kamera und halte Bilder für die Ewigkeit fest. Und Sie machen das mit Leinwand und Pinsel.« Er hielt Simon die Hand hin. »Ich glaube, ich habe mich noch gar nicht richtig vorgestellt. Und wenn doch, macht das ja auch nichts. Morris. Meine Freunde nennen mich Jamie.«

Jenkins erwiderte den Gruß. Lieber wäre ihm gewesen, er hätte noch ein paar Minuten länger allein das friedvolle Bild genießen können. Morris hatte den typischen Londoner Akzent und die für die Metropole typische laute Stimme.

»Sie waren in meiner Stadt Polizist, richtig?« Morris rückte an Simon heran. »Ich hab ein bisschen recherchiert«, fügte er hinzu, als er Jenkins' erstaunten Blick sah, »ist ja mein Job. Eine Spezialeinheit, wie ich gehört habe?« Er lachte jovial.

Luke musste im Pub gequatscht haben. Simon nickte bloß.

»Spannender Job. Immer auf Gangsterjagd. Immer Auge in Auge mit dem Verbrechen. Unsere Stadt lässt da, nun ja, keine Wünsche offen.« Morris grinste breit, so als müsse er als intimer Kenner der Stadt einer Gruppe Rentner aus der Provinz die Londoner Sehenswürdigkeiten schmackhaft machen.

Seine distanzlose Art nervte zusehends.

»Sie haben sicher eine Menge erlebt. Sollen wir darüber nicht mal ein Interview führen? Das würde sicher eine feine Geschichte abgeben. Ich kenne eine Reihe Redaktionen, die sich nach Storys wie dieser die Finger lecken. Gerade die Privaten sind scharf auf solche Themen. Erzählen Sie doch mal. Ich bin ein guter Zuhörer. Simon Jenkins, der Mann, der das Verbrechen jagte, packt aus. Ich sehe den Filmtitel förmlich vor mir.«

»Bitte seien Sie mir nicht böse, Jamie, aber ich bin schon lange nicht mehr Polizist. Und ich habe kein Interesse daran, mein Leben im Fernsehen zu erleben.«

Morris ignorierte Simons ablehnende Haltung. »Hätte ich geahnt, dass es in Cornwall so schön ist, wäre ich sicher schon früher hergekommen.« Er plapperte einfach weiter. »Natürlich wusste ich vorher schon, dass es hier ganz nett ist. Aber bisher habe ich immer gedacht, dass Cornwall überläuft vor Touris. Und das brauche ich nicht, das erlebe ich jeden Tag in den verstopften Straßen Londons. Ich habe auch schon Daphne du Mauriers *Die Bucht des Franzosen* und *Das Gasthaus Jamaika* gelesen. Aber das war mir alles zu düster. Spielt ja in den Mooren. Aber so …« Er beschrieb mit der Hand einen weiten Bogen. »Man könnte meinen, die Menschen hier leben in einem Paradies. Ich hab mich heute daran erinnert, dass hier in der Gegend ein Kumpel von früher wohnt. Ich denke, ich werde ihn in den nächsten Tagen mal besuchen. Irgendwo in der Gegend von Newquay. Ist als Produzent zu ’ner Menge Kohle gekommen und muss in ’ner ziemlich exklusiven Hütte wohnen. Ich werde mal seine Adresse googeln.«

Simon ließ den Mann einfach weiterreden. Irgendwann würde er schon noch merken, dass er störte.

»Ich habe einen netten Abend mit Martin im Pub verbracht.« Morris sah Simon von der Seite an, als erwarte er Zustimmung oder zumindest Wohlwollen. »Na ja, wir haben viel geredet – und getrunken.« Er lachte. »Er hat mir viel vom Schatz und von Stevensons Roman erzählt. Dass hier in einer der Höhlen wohl noch Piratenschätze vergraben sind. Er hat mich regelrecht angefixt. Ich werde mich mal auf die Suche begeben. Vielleicht lande ich ja den Fund des Jahrhunderts.« Er lachte. »Martin hat zugesagt, dass ich einen Film über seine Forschungen drehen kann. Gibt natürlich auch ein Honorar für ihn. Soll ja nicht umsonst sein.« Er klang, als hoffte er, dass Jenkins den Wink verstand. »Jedenfalls, ich leih mir mal seinen Detektor aus. Man weiß ja nie. Der Untergrund, gerade in Cornwall, steckt voller Geheimnisse und Überraschungen. Was ich nicht schon an tollen Storys im Pub gehört habe. Sagenhaft. Hier gibt’s wohl einen Rentner, der soll als Jugendlicher mit seinen Kumpels viel in den Höhlen unterwegs gewesen sein, um Reste von Wracks zu bergen, die die Stürme an Land geworfen haben. Und hier arbeitet eine Frau an Torsi. Wirklich. Ist grandios. Diese Gegend steckt voller Mythen. Ich bin sicher, ich könnte gleich mehrere Filme hier drehen.«

»Torsi?« Simon ahnte, was Morris meinte.

»Torsi, Mehrzahl von Torso. Na ja, so Holzdinger. Ohne Beine, jedenfalls. Auch schon mal ohne Arme. Ziemlich groß. Die hingen früher an den Schiffen. Die meisten sind vom Holzwurm zerfressen. Aber sie kriegt die wohl wieder hin. Ist eine Auftragsarbeit für ein Museum.« Er entschuldigte sich mit einem Schulterzucken. »Margaret, die Vorsitzende des Verschönerungsvereins, hat mir davon erzählt. Mit der Restauratorin habe ich über die Torsi noch nicht gesprochen. Will ich aber noch. Ist auch 'ne geile Story.«

»Sie meinen Galionsfiguren?« Er verspürte keine Lust, auch nur ansatzweise mit Morris über Sarahs Arbeit zu sprechen. Er legte einen Finger an den Hut und ließ den Filmemacher einfach stehen.

XV.

DI Marks hatte die Füße auf den Schreibtisch gelegt und blätterte gelangweilt durch die Akte. Gerade einmal zwei Seiten. Nicht viel mehr als eine Notiz. Er hatte seinen behäbigen Constable nach Cadgwith geschickt, um Martin Ellis zu dem gefundenen Schmuck zu befragen. Marks hatte sich nicht besonders viel davon versprochen, ohnehin lag die volle Aufmerksamkeit des Ermittlerteams auf der Aufarbeitung der Hintergründe des Torsofunds und der Auswertung der immer noch ziemlich dünnen Spurenlage.

Detective Constable Allan Easterbrook war genau der

richtige Mann für diese Aufgabe. Ehrlicherweise war er kaum für mehr zu gebrauchen. Nicht zum ersten Mal stellte Marks sich die Frage, wie Easterbrook es durch die Prüfung geschafft hatte. Seine stets sauber angespitzten Bleistifte und die penible Ordnung auf seinem Schreibtisch konnten allein nicht das Erfolgsrezept gewesen sein.

Wie auch immer. In Easterbrooks Bericht über Ellis stand nichts, was Marks nicht schon wusste. Nein, nur diese beiden Schmuckstücke habe er gefunden, sonst nichts. Ja, er sei allein unterwegs gewesen. Ja, er habe bei seinen Touren häufiger das Metallsuchgerät dabei. Ja, er kenne sich hervorragend aus in der Gegend. Ob er denn davon überzeugt sei, eines Tages tatsächlich einen Schatz zu finden? Ja, war die lapidare Antwort.

Die nächste Frage offenbarte Marks, dass der Constable an diesem Punkt der Befragung so etwas wie Interesse an seinem Gegenüber und an dem Thema gefunden hatte: Wo der beste Ort sei, um auf Wertvolles zu stoßen und ob es einen Markt für solche Funde gäbe?

Der DI sah auf die Uhrzeit, zu der die Befragung stattgefunden hatte. Zwischen Anfang und Ende lagen kaum dreißig Minuten.

Wenn Marks sich richtig erinnerte, war Easterbrook dafür einen halben Tag unterwegs gewesen. Von Helston bis Cadgwith waren es gute dreißig Minuten. Rechnete er den Hin- und Rückweg zusammen, war Easterbrook keine zwei Stunden mit dem Fall beschäftigt gewesen. Was hatte der Constable die übrige Zeit gemacht? Marks hatte den Verdacht, dass Allan Easterbrook, Detective Constable Seiner Majestät, im Pub gesessen, ein Pint getrunken und die Zeit für sich hatte arbeiten lassen.

Viel Freude an seinem Ausflug wird er wohl nicht gehabt haben, dachte der DI. Schließlich reagierten die Menschen in diesem Teil Cornwalls sehr allergisch auf alles, was eine Polizeiuniform trug. Die Staatsmacht wurde allzu gerne auf Abstand gehalten. Selbst bei Streit und merkwürdigen »Unglücksfällen« blieben die Menschen lieber unter sich. Die Opfer wurden nicht selten über die Dorfgrenze verfrachtet.

Für alle in Ruan Minor und Cadgwith, wie auch für den gesamten Lizard, galt: Dorfangelegenheiten wurden innerhalb des Dorfes erledigt. Marks war nicht sicher, ob das mit der Vergangenheit der Gegend als Heimat von Piraten zu tun hatte oder ob es dem Pragmatismus der Fischer geschuldet war, die es gewohnt waren, auf sich allein gestellt zu sein – auf See und an Land.

DI Marks gab seine bequeme Sitzhaltung auf und nahm die Beine vom Tisch. Er hatte Terry Bennett für vierzehn Uhr einbestellt. Mehr aus einem Bauchgefühl heraus. Zwischen der tätowierten Rose und dem Spruch auf dem Armband, das offensichtlich Bennetts Frau gehörte und das Ellis bereits versilbert hatte, musste es nicht zwangsläufig eine Verbindung geben. Andererseits galt die alte Ermittlerweisheit: Es gibt bei Mord keine Zufälle. Marks sah auf seine Armbanduhr. Er erwartete zwar wenig von der Befragung, aber vielleicht brachte das Gespräch Unverhofftes. Auf alle Fälle wollte er Terry Bennett zur Identifizierung des Torsos ins Leichenschauhaus bitten.

Der Unternehmer war überpünktlich. Zwei Minuten vor dem vereinbarten Termin klopfte es. Abwartend stand Bennett in der Tür von Marks' Büro.

»Ich bin doch nicht zu spät?«

Bennett hatte sich zurechtgemacht, als habe er mit der Queen eine Verabredung zum Tee. Über einer beigefarbenen Stoffhose trug er ein weißes Hemd und einen blauen Zweireiher mit Goldknöpfen. Dazu braune Budapester. Ein Einstecktuch rundete den Eindruck ab, den die gemusterte Krawatte mit Mühe vorgab. Denn die untersetzte, leicht bullige Figur Bennetts passte nicht ganz zu der Eleganz, die sein Äußeres suggerieren sollte.

Er schwitzte sichtlich. Vor der Hitze des Nachmittags oder vor Aufregung, Marks würde es herausfinden.

»Setzen Sie sich bitte.« Der DI wies freundlich auf den Stuhl vor seinem Schreibtisch und setzte sich ebenfalls. »Schön, dass Sie die Zeit finden.«

»Keine Ursache. Ich erhoffe mir Aufklärung und Hilfe von Ihnen.«

Marks nickte knapp. Bennett tat so, als sei er von der Einbestellung ins Präsidium nicht im Geringsten beeindruckt.

»Gibt es Neuigkeiten? Haben Sie endlich meine Frau gefunden?« Bennett sah sich um. Er hatte die Tür offen gelassen. Auf dem Flur herrschte an diesem Nachmittag rege Betriebsamkeit. Uniformierte gingen vorbei, Akten in den Händen, eine junge Polizistin unterhielt sich mit einem Kollegen. Irgendwo schrillte ein Telefon.

»Warten Sie.« Marks stand auf und schloss die Tür. »Nun sind wir ungestört.« Er setzte sich und lehnte sich in seinem Stuhl zurück. »Sie leben schon lange in Cadgwith? Bevor ich es vergesse und unhöflich wirke: Kann ich Ihnen etwas zu trinken anbieten?«

Bennett winkte ab. »Danke. Gut zwei Jahre.«

»Sie sind von Manchester hierher gezogen. Das war sicher eine gute Entscheidung. Auf dem Lizard ist die Luft deutlich angenehmer als in Manchester. Fußballfan?«

»ManU. Mitglied.« Der Unternehmer nannte den Namen des Klubs, als sei er sein eigenes Gütesiegel.

»Das klingt nach beinhartem Fan. Warum sind Sie umgezogen? So weit weg von Ihrem Stadion?«

»Wir wollten raus aus der Stadt. Vielmehr, meine Frau wollte Luftveränderung.« Bennett beugte sich vor. »Sie wissen ja, wie Frauen sind. Was sie sich in den Kopf gesetzt haben, ziehen sie durch. Da ist man als Gatte machtlos. Andererseits, was macht man nicht alles aus Liebe?« Er lächelte, aber sein Lächeln fand keinen Halt.

Der Verbrüderungsversuch verfing bei Marks nicht. Nicht nur, weil er anderer Ansicht über die Zweisamkeit war. Er kannte Bennetts Akte. »Sie gelten als sehr vermögend.«

»Nun ja.« Bennett machte eine wegwerfende Handbewegung und sah zu Boden, was wohl so etwas wie Bescheidenheit ausdrücken sollte. »Ich hatte, sagen wir es so, zu einigen Gelegenheiten offenbar den richtigen Riecher zur rechten Zeit.«

»Neuer Markt, hörte ich.«

»Wenn Sie das so nennen wollen. Die Zeiten waren damals andere als heute. Wer klug investiert hat, konnte viel Geld verdienen. Und ich war jung und hungrig.« Bei dem Gedanken blitzte ein kurzes Grinsen auf. Dann sah er Marks direkt in die Augen. »Es war sehr viel Geld im Markt. Man musste nur wissen, wie man es aufhebt.«

»Und das Sie nun in ein interessantes Projekt stecken.« Marks beobachtete Bennetts Körpersprache. Die Selbstgefälligkeit war nur gespielt. Seine Unsicherheit und Irritation konnte er nicht verbergen. Genau die Stimmung, die der DI erzeugen wollte. Noch schien Bennett sich einigermaßen im Griff zu haben.

»Sie spielen auf mein Projekt an, aus Cadgwith ein großes Erlebnisdorf zu machen? Ist das also bereits bis zur Polizei in Helston durchgedrungen.« Sein Nicken drückte Selbstbewusstsein aus. »Ich sehe in der Tat ein riesiges Potenzial in der Sache. Zum Nutzen aller. Die Fischer werden endlich wieder eine Zukunft haben und noch mehr als bisher von den Touristen profitieren. Cadgwith wird das kornische Pendant zum Dorf Clovelly in Devon werden. Das kennen Sie sicher. Dort zahlen die Menschen gerne Eintritt, und nicht gerade wenig, um durch die hübsch gepflasterten Sträßchen flanieren zu können. Die weiß gestrichenen Häuschen, die engen steilen Gassen, alles sehr pittoresk. Das kann ich mir auch in Cadgwith vorstellen. Die Zukunft des Dorfes wäre gesichert.« Er zögerte kurz. »Und auch meine.« Bennett versuchte einen bescheiden unterwürfigen Blick.

»Geht's gut voran?«

Bennett antwortete wie alle Investoren und hob ergeben die Hände. »Könnte schneller gehen. Aber einige Häuser habe ich bereits aufkaufen können. Hat mich zwar ’ne Stange Geld gekostet, aber ich bin davon überzeugt, dass das die Zukunft von Cadgwith ist, wie gesagt. Die Dorfbewohner müssen das nur noch begreifen. Einige jedenfalls. Aber ich bin zuversichtlich. Der örtliche Verschönerungsverein hat jedenfalls die Zeichen der Zeit erkannt und unterstützt mich nach Kräften.« Bennett straffte sich. »Aber was erzähle ich da? Ich bin gekommen, weil ich immer noch meine Frau vermisse. Ich hatte mir erhofft, dass Sie mit guten Nachrichten aufwarten können.« Ein vorwurfsvoller Unterton hatte sich in seinen Vortrag eingeschlichen.

»Ich muss Sie leider enttäuschen. Ich kann Ihnen keine gute Nachricht überbringen. Zurzeit nicht.« Er hob bedauernd die Schultern.

»Und warum lassen Sie mich extra kommen? Das hätten Sie mir auch am Telefon mitteilen können.« Bennetts Ton war übergangslos lauter und schärfer geworden. Seine Gesichtsfarbe verriet, dass sein Blutdruck stieg.

Marks blieb unbeeindruckt. Sein Plan entwickelte sich. Irritiere dein Gegenüber, und die Schutzfolie über der Wahrheit bekommt Risse. »Ihre Frau unterstützt Sie dabei?«

»Liz? Was hat das mit meinen Geschäften zu tun? Meine Frau ist verschwunden. Allein darum geht es. Und nicht darum, ob Liz mich in meiner Arbeit unterstützt.«

»Nicht?«

Bennett machte eine herrische Kopfbewegung. »Ja, verdammt, sie unterstützt mich. So wie jede liebende Frau ihren Ehemann unterstützt. Reicht das?«

Bennetts Blutdruck stieg zusehends, nahm Marks mit Genugtuung zur Kenntnis. »Eine Bilderbuchehe, sozusagen.«

»Was wollen Sie von mir? Kommen mir hier mit dämlichen Fragen, die nichts mit dem Verschwinden meiner Frau zu tun haben. Sie stehlen mir stattdessen die Zeit. Was ist mit dem Taxifahrer und dem Armband meiner Frau? Haben Sie wenigstens den schon verhört? Hat er zugegeben, dass er meine Frau bestohlen hat?«

»Martin Ellis hat mit der Sache nichts zu tun. Er hat uns sehr glaubhaft versichert, dass er den Schmuck zufällig gefunden hat. Dass er ihn bereits versetzt hat, ist tragisch. Er hätte ihn bei uns als Fundsache abgeben können, sicher, aber Sie wissen ja, wie das ist mit Fundstücken am Strand …« Er hob bedauernd die geöffneten Hände.

»Nennen Sie mir den Namen des Käufers. Ich werde mir den Schmuck zurückholen. Darauf können Sie sich verlassen.«

Statt darauf einzugehen, stellte Marks die nächste Frage. »Ist Ihre Frau tätowiert?«

Bennett schien nicht recht gehört zu haben. »Wie bitte?«

»Ist Ihre Frau tätowiert?«

»Ich weiß zwar nicht, was Sie das angeht, aber ja, meine Frau hat ein Tattoo. Ist ja nichts dabei, oder?« Bennetts fragender Blick wurde zu einem schiefen Grinsen. »Ich bin in einem Arbeiterviertel groß geworden. Da sind Tattoos völlig normal.«

»Das Motiv?«

Bennett zuckte mit den Schultern. »Nennen Sie mich ruhig einen Romantiker: Rosen. Auf jedem Körperteil eine. Nichts Üppiges oder Billiges. Feine, kleine Blümchen.« Er lächelte süffisant.

»Und am Bauch?«

Bennett lehnte sich entspannt zurück und faltete die Hände über dem Bauch. Ein zufriedener und potenter Großgrundbesitzer. »Klaro. Ich habe immer freie Sicht auf meinen Rosengarten. Wenn Sie verstehen, was ich meine.«

Marks lächelte bloß.

»Was soll eigentlich die Frage? Was soll die ganze Show hier?« Bennett beschrieb mit der Hand einen Kreis. »Stehen Sie auf so was? Unter die Bettdecke anderer Leute gucken? Ich sag Ihnen was: Ich mag's halt so. Erinnert mich an meine Mutter. Sie hat Rosen geliebt.«

Auf dem Flur war in diesem Augenblick ein Klirren zu hören, gefolgt von einem lauten Fluchen. Ein Unglücksrabe hatte offenbar seine Tee- oder Kaffeetasse fallen lassen.

DI Marks öffnete eine Schreibtischschublade und zog eine Mappe heraus. »Das ist ein Bericht meiner Kollegen in Manchester.« Er legte sie vor sich auf den Tisch wie etwas Zerbrechliches.

»Ich verstehe nicht ganz.« Auf Bennetts Stirn standen Schweißperlen.

»Ich glaube allerdings schon.«

»Was ist mit Manchester?« Bennett griff sich mit einer unbewussten Bewegung an den Hemdkragen, als spüre er, dass sich der Hanfknoten zuzog.

Marks schlug die braune Mappe auf und überflog mit hochgezogenen Augenbrauen die erste Seite. Eine unnötige Geste, er kannte den Inhalt. Die Mappe war gestern Mittag aus Manchester eingetroffen, per Kurier. Es hatte ihn bei den Kollegen dort zwar einige Überredungskunst gekostet, aber dann war es doch noch schnell gegangen. Marks hatte die Akte mit nach Hause genommen und am Abend bei einem Curry aus der Mikrowelle und einem Pint aus der Dose gründlich studiert.

»Sie wissen genau, was ich meine.« Marks musterte Bennett eindringlich.

Sein Gegenüber räusperte sich umständlich. »Ach, das. Ja, ich verstehe. Unangenehme Sache. Ich bin da unverschuldet hineingeraten.« Bennett sah, dass Marks etwas sagen wollte, und hob schnell die Hand. »Ich weiß, es war keine Kleinigkeit. Aber ich habe nichts damit zu tun. Wir haben an dem Abend nett zusammengesessen, unsere aktuellen Kontostände begossen. Zusammen mit ein paar hübschen Frauen.« Er breitete die Arme aus. »Ich weiß, was Sie sagen wollen. Aber alle Ermittlungen gegen uns, im Speziellen gegen mich, sind damals eingestellt worden.«

»Für eine Ihrer ›Konferenzteilnehmerinnen‹«, Marks konnte sich den galligen Spott nicht ganz verkneifen, »endete der Abend tödlich. Soll ich Ihnen die Details vorlesen, damit Sie sich erinnern können?« Marks tat so, als suche er die richtige Stelle in den Unterlagen, und sah dann auf. »Die Frau war vierundzwanzig, Studentin. Ein Penner hat sie gefunden. In einer Gasse, zwischen Pisse, Müllsäcken, schimmeligen Pappkartons.«

Bennett schüttelte stumm den Kopf.

»Die Frau wurde nicht nur getötet, sie wurde verstümmelt. Als habe der Täter seine Lust an der Zerstörung ausgelebt.«

Bennetts Stimme war nur noch ein dünner Faden. »Ich habe mit der Sache nichts zu tun. Die Polizei hat uns nichts nachweisen können, weil wir nichts getan haben. Keine Ahnung, wer die Frau getötet hat. Ein schrecklicher Zufall. Sie ist auf dem Heimweg ihrem Mörder in die Arme gelaufen. Was weiß ich?«

»Vielleicht. Der Täter ist immer noch auf freiem Fuß. Wahrscheinlich hat er längst die Gegend verlassen und lebt anderswo. Vielleicht wird er wieder töten.«

Bennett sprang auf. »Vielleicht. Vielleicht. Ich – habe – nichts – damit – zu – tun. Wie oft soll ich das noch sagen?« Bei jeder Betonung geriet er mehr in Rage. »Aber das ist typisch für euch Bullen. Einmal in Verdacht, immer in Verdacht. Das ist doch krank. Statt unbescholtene Bürger zu drangsalieren, sollten Sie besser die wahren Schuldigen suchen.«

»Setzen Sie sich wieder.« In trügerisch ruhigem Ton fuhr Marks fort. »Das ist in der Tat unser Job. Die Schuldigen finden. Und ich bin auch dafür zuständig, dass Ihre Frau gefunden wird.« Er verfolgte aufmerksam, wie sich Bennett widerstrebend hinsetzte.

»Ich möchte gehen.« Bennett zerrte erneut an seiner Krawatte.

»Ich habe Sie herbestellt, weil ich das Verschwinden Ihrer Frau aufklären will und weil ich sicher sein will, das absolut Richtige zu tun.« Marks beugte sich vor.

»Ihre Frau ist vor nun fast einer Woche verschwunden. Das haben Sie bei meinem Kollegen ausgesagt. Sie haben außerdem den gefundenen Schmuck als den Ihrer Frau erkannt. Und Sie haben gerade erklärt, dass Ihre Frau tätowiert ist. Wenn ich Sie richtig verstanden habe, hat Sie Ihnen zuliebe aus Ihrem Körper einen ›Rosengarten‹ gemacht.«

Bennett nickte widerwillig. »Das habe ich Ihnen doch bereits gesagt. Was wollen Sie damit andeuten?« Er lockerte endgültig den Knoten der Krawatte. Seine Anzugjacke hatte jede Form verloren und hing an ihm wie ein feuchter Lappen.

»Ich möchte gar nichts andeuten, Mr. Bennett.« Marks war sich bewusst, dass er Bennett mit seiner nächsten Äußerung aus der Fassung bringen würde. Er hatte lange überlegt, ob er derart rüde vorgehen sollte, hatte sich am Ende dann doch zu diesem Schritt entschlossen. Denn er war mit einer für den Mann überraschenden wie schockierenden Aufforderung verbunden. Aber nur so würde er den Panzer aus Arroganz und Kälte durchbrechen.

Marks lächelte Terry Bennett verbindlich an. »Ich möchte Sie bitten, mir ins Royal Cornwall Hospital zu folgen. Ich möchte, dass Sie einen«, er zögerte einen winzigen Augenblick, »Körper identifizieren. Kein schöner Anblick, gewiss. Aber es muss sein. Alles ganz freiwillig natürlich.« Er zögerte erneut. »Sie werden dort einen Torso zu sehen bekommen, den verstümmelten Körper einer Frau im mittleren Alter. Mit einer Rose.«

Augenblicklich wich die Farbe aus Bennetts Gesicht. »Ich – was …?«

»Zugegeben, in einem solchen informellen Gespräch wie diesem ist das eine eher unkonventionelle Bitte – die Fahrt zu den Kühlschränken der Klinik.« Sein verständnisvolles Nicken war nur angedeutet. Chris Marks verspürte zum ersten Mal seit Monaten Lust auf eine Zigarette. Seit seinem letzten Gesundheitscheck hatte er sich ein Rauchverbot auferlegt. Eine Kippe hätte das Klischee des harten Ermittlers, der sein Gegenüber in die Zange nimmt, sicher verstärkt. Aber für den Moment musste es eben auch so gehen. »Ich hoffe aber, Sie stimmen zu und ich bringe Ihren Zeitplan nicht durcheinander. Aber es ist ja nicht allzu weit. Also?« Sein Ton duldete keinen Widerspruch. »Wenn alles gut geht, sind Sie in zwei Stunden wieder zurück in Cadgwith.« *Oder auch nicht*, fügte er im Stillen hinzu.

Marks stand auf und machte ein Gesicht, als würden sie beide gut gelaunt zu einer lang ersehnten Ausflugstour aufbrechen.

Bennett schwieg und schwitzte.

XVI.

Die Fahrt vom Präsidium zum Krankenhaus verbrachten die beiden schweigend. Terry Bennett hielt den Blick die meiste Zeit nach vorne gerichtet. Nur ab und an wandte er den Kopf und wirkte dabei, als erblicke er die karge Landschaft zwischen Helston und Truro zum ersten Mal. Mit besonderem Interesse beobachtete er die kargen Ruinen einer Zinnmine am Wegesrand.

Marks konnte mit kurzen Seitenblicken auf Bennetts Gesicht erkennen, wie sehr es in seinem Fahrgast arbeitete. Mittlerweile klebten ihm die kurz geschnittenen Haare am Kopf. Auf dem Weg zum Wagen hatte er das Angebot einer Flasche Mineralwasser abgelehnt.

Auch Marks hatte kein Bedürfnis nach einer Unterhaltung, die ohnehin nur Smalltalk sein konnte. Er wollte Bennett weder nach seinen Hobbys fragen noch mit ihm über ManU philosophieren.

Obwohl die Klimaanlage in dem betagten Dienstwagen auf Hochtouren lief, wurde die Hitze mit jedem Kilometer, dem sie sich der Identifizierung des Torsos näherten, unerträglicher.

Ab und an atmete Bennett hörbar ein und aus.

Marks war nicht über Redruth gefahren, sondern hatte von Helston aus die A39 Richtung Falmouth genommen. Bevor es in Truro am Arch Hill im Kreisverkehr geradeaus Richtung Innenstadt ging, bog Marks erwartungsvoll nach links in die A390 ab. Er war seit seiner Jugend Fan des Truro City Football Club und zudem äußerst abergläubisch, wenn es um die Liebe zu seinem Verein ging, der aktuell auf Platz drei der siebten Liga stand. So oft er konnte, fuhr er am Stadion vorbei. Der DI warf einen Blick auf Bennett, der das Stadion mit keinem Blick würdigte. Durch Highertown und am Golfklub vorbei erreichten sie schließlich die Einfahrt zum Royal Cornwall Hospital.

Die Fachabteilungen der Klinik waren auf dem weitläufigen Gelände auf zahlreiche Gebäude verteilt, von denen die meisten hässliche Zweckbauten waren und aus den späten Sechzigern des vergangenen Jahrhunderts stammten. Marks ließ den Landeplatz für die Hubschrauber und die Notaufnahme, vor der abfahrbereit eine Reihe gelber Krankenwagen parkte, links liegen und bog auf den Parkplatz vor dem flachen Gebäude ein, in dem unter anderem die Leichenhalle mit den Kühlkammern und die Abteilung für die Leichenöffnungen untergebracht waren. Er stellte seinen Wagen direkt neben dem großen Transporter der mobilen Krebsvorsorge ab.

Der Himmel war immer noch wolkenlos. Ein steinhartes Blau.

Marks deutete in Richtung Eingang. »Wir werden sicher bereits erwartet.«

Bennett reagierte mit einem ausdruckslosen Seitenblick auf den Hinweis des DI und stieg ohne Umstände aus.

»Warten Sie.« Marks kramte von der Rückbank einige leere Plastikflaschen und Tüten eines Schnellimbisses und eilte dem Unternehmer hinterher. »Wollte ich schon längst entsorgt haben. Aber man kommt ja zu nichts heutzutage.« Sein vertraulicher Plauderton blieb unkommentiert.

Nachdem sie den überdachten Eingang des flachen Baus erreicht hatten, der als Verbindungstrakt zu anderen Abteilungen diente, öffnete sich vor ihnen automatisch die Glastür. Der Inspektor ging zielstrebig auf den Kaffeeautomaten zu, der gegenüber dem Eingang auf durstige Besucher wartete und leutselig »die Kunst des Kaffees« versprach. Wie oft schon war er in den vergangenen Jahren dieser Verlockung erlegen und hatte in viel zu langen Schichten und allzu häufigen, dazu nervenaufreibenden Besuchen in dieser Abteilung den Fehler begangen und einen dieser viel zu heißen Becher mit viel zu schwarzem Kaffee gezogen? Schwungvoll warf er den mitgebrachten Müll in den Papierkorb neben dem Automaten. »So.«

»Wo lang?« Es war der Tonfall eines Mannes, dem eine unangenehme Begegnung bevorstand. Bennett studierte den bunten Übersichtsplan für Patienten und Besucher.

»Diese Richtung.« Marks wies nach rechts in einen breiten und langen Flur, der irgendwo in der Ferne zu enden schien. Die Krankenhausverwaltung hatte sich redlich Mühe gegeben, dem tristen Grau der Wände und des Bodens ein wenig Farbe entgegenzusetzen. Die Hinweisschilder waren in Blau gestaltet und die in regelmäßigen Abständen angebrachten Verbindungstüren in Gelb.

»Ich habe vorsorglich den forensischen Pathologen und sein Team informiert.« Marks beschleunigte seinen Schritt.

Auch ihm machte die Nachmittagshitze zu schaffen. Außerdem hinterließen die wenigen Bilder mit nichtssagenden Motiven, die in scheinbarer Willkür links und rechts aufgehängt waren, bei ihm einen bedrückenden Eindruck, anstatt heiter und optimistisch zu wirken.

Unter dem Kunststoffschild mit den entsprechenden Richtungspfeilen für Trauerfälle, Allgemeine Apotheke und Herzabteilung blieb er stehen und sah kurz auf seine Armbanduhr.

Sollte Bennett den Torso als den verstümmelten Körper seiner Frau identifizieren, wäre er der Tatverdächtige Nummer eins. In diesem Fall würde er ihn vorläufig festnehmen. Würde Bennett den Torso nicht identifizieren, wäre er dennoch nicht aus dem Schneider. Er würde den Unternehmer in dem Fall um eine Haarprobe bitten, um ganz sicherzugehen. So oder so saß Terry Bennett in der Klemme. Vorerst jedenfalls.

»Da wären wir. Waren Sie schon mal in einem Leichenschauhaus?«

Bennett reagierte nicht.

Marks klopfte an und stemmte sich ein wenig gegen die in grüner Farbe gehaltene Feuerschutztür, auf der der Hinweis zu den Öffnungszeiten stand – sowie der überflüssige Kommentar, dass die Tür schwer sei.

Über Bennetts Gesicht schien sich eine dünne Schicht Eis zu legen.

Nach Erledigung der Formalitäten wurden sie von Kevin Hammett begrüßt, dem zuständigen Manager für die Leichenhalle und für Trauerfälle, und zum Sektionssaal geleitet.

»Das ist unsere Post-Mortem-Abteilung. Bitte warten Sie hier. Ich bin gleich zurück.«

Marks kannte den zweckmäßig eingerichteten Raum und den Geruch nach Desinfektionsmitteln nur zu gut. Er hatte diesen Ort in den vergangenen Jahren zu oft aufsuchen müssen. Und immer noch löste die sterile Atmosphäre, die den Tod und die Gewalt in Schach halten sollte, ein Gefühl der eigenen Verletzlichkeit aus.

Aufrecht stand er neben einem der vier Stahltische, die im kalten Licht der Deckenlampen erwartungsvoll glänzten, und spürte den Fluchtimpuls. Er fragte sich, welchen Eindruck die Umgebung wohl auf Bennett machte. Er konnte nur erkennen, dass der Unternehmer den Raum mit den Augen aufmerksam abscannte.

Marks' Blick glitt über die Tische, an deren Kopfenden die schwarzen Kunststoffböckchen für den Kopf auf Kundschaft warteten, über die Fußenden, an denen abgedeckte, jeweils andersfarbige Schüsseln standen, die an Tupperdosen erinnerten, bis hin zu den kräftigen Wasserschläuchen, deren Köpfe wie Pistolengriffe seitlich in den gelochten Blechen der Tischumrandungen steckten. An den Wänden zogen sich Stahlschränke entlang, die in ihren klaren Konturen an Werkbänke erinnerten, darüber eine Reihe verglaster Hängeschränke mit allerlei Utensilien für die Arbeit der Forensiker. Ein großes offenes Stahlregal komplettierte die Einrichtung des in hellem Grau gestrichenen Raums.

Hammett schob eine Bahre in den Raum, deren Gummirollen leise quietschten. Neben Bennett kam er zum Stehen. »Wir haben insgesamt vierundsiebzig Kühlfächer und vier Gefrierräume. Wir sind für eine große Region zuständig. Es gibt viel zu tun. Bei uns landen längst nicht nur Opfer von Gewalttaten.« Er klang, als wolle er sich dafür entschuldigen, dass er nicht auf Anhieb die richtige Leiche gefunden hatte.

»Ein kurzer Blick genügt.« Marks legte seine Hand auf Bennetts Unterarm. »Nicken Sie, wenn wir anfangen können.«

Durch Bennetts Körper lief ein erkennbares Zittern, aber er reagierte nicht sofort. Erst nach einigen tiefen Atemzügen neigte er knapp den Kopf.

Marks nickte Hammett zu, und der Manager hob das Tuch ein wenig an, unter dem der untere Teil des Frauentorsos zum Vorschein kam. Das Licht des Sektionssaals ließ die Konturen scharf hervortreten. Das Fleisch sah grau aus. Die Schnittflächen, die die Stellen markierten, an denen einmal die Beine gesessen hatten, waren blass und von einem ungesunden Rot.

Terry Bennett schwankte, und Marks hatte Sorge, dass er ihm zu viel zugemutet hatte. Aber er fing sich sofort wieder. Bennett wollte sich schon an der Bahre abstützen, zuckte dann aber zurück, als wollte er der Leiche nicht zu nahe kommen. Er seufzte tief und straffte sich.

»Das ist nicht meine Liz.« Er klang so erleichtert, als habe er sich im allerletzten Augenblick vor dem Sturz in einen Abgrund retten können. »Das ist nicht meine Frau.«

»Sicher?«

Terry Bennett nickte entschlossen. Sein Gesicht war bleich. Das kalte Deckenlicht oder die Kälte, die von dem Etwas unter dem Tuch ausging, hatten ihn sichtlich altern lassen. Um seinen Mund zeigten sich tiefe, scharf geschnittene Falten.

Mit einem Wimpernschlag bedeutete Marks Hammett, das Laken wieder über den Torso zu breiten. Schweigend folgte der Manager dem kaum wahrnehmbaren Auftrag. Dann hob er eine Augenbraue. Marks nickte. »Sie können sie zurückbringen.«

Marks und Bennett sahen der hochbeinigen Bahre hinterher, die den Inspektor nicht zum ersten Mal an den Servierwagen eines Etagenkellners erinnerte.

»Lassen Sie uns nach nebenan gehen.« Er schob Bennett aus dem Raum.

Neben dem Sektionssaal war ein Wartebereich für Angehörige eingerichtet. Marks deutete auf einen Polstersessel. »Setzen Sie sich.«

Bevor er der Aufforderung nachkam, musterte Bennett die Umgebung, als erwarte er eine unliebsame Überraschung, auf die er sich besser vorbereiten wollte. Im Bemühen, den Wartenden eine Alternative zu dem grauen und kalten Sektionssaal zu bieten, hatte das Hospital die Sessel in verschiedenen Farben beziehen lassen. Vor einer blau gestrichenen Wand stand ein Sessel mit grüngelbem Polsterstoff, flankiert von einem in Blau. Davor ein rundes Tischchen mit einem kleinen Blumenstrauß. Das Ambiente schaffte es nicht, fröhlich zu wirken. Die nicht mehr ganz frischen Schnittblumen ließen keinen Zweifel, dass alles Leben vergänglich war.

Schließlich setzte sich Bennett und sprach zu den Blumen. »Das ist nicht Liz.«

»Möchte jemand von Ihnen ein Getränk? Tee, Kaffee oder ein Mineralwasser?« Hammett hatte den Kopf durch die Tür gesteckt. Die Eilfertigkeit eines Etagenkellners. »Alles da.«

Als beide verneinten, zog sich der Manager wieder zurück.

»Warum sind Sie sich so sicher?« Marks schlug die Beine übereinander. Bei anderer Gelegenheit hätte er vermutlich seine Beine auf das Tischchen gelegt.

»Die Rose.« Bennett sprach schleppend.

»Was ist damit?«

»Liz' Rose ist größer.«

»Aber sie trägt ihre Rose auch am Bauchnabel?«

»Sie ist größer.«

»Aber die Position ist richtig?«

»Sie ist größer.« Bennett schien Marks' Nachfrage nicht gehört zu haben. Stattdessen war sein Blick starr auf die blaue Wand gerichtet. Er schien dort Dinge zu sehen, von denen Marks nichts ahnen konnte.

»Möchten Sie sich einen Augenblick ausruhen?« Der DI deutete auf die schwarz bezogene Liege auf Rollen, die an der Wand stand.

Ohne aufzuschauen, schüttelte Bennett den Kopf.

»Brauchen Sie eine Pause? Wir können auch an die frische Luft gehen.«

Bennett verneinte erneut.

Er würde ihn nicht festnehmen. Nicht jetzt und nicht heute. Marks hatte den Eindruck, dass der Unternehmer ihm kein Theater vorspielte. Dennoch musste er sicher sein. »Ich muss noch einmal nachfragen. Die Position der Rose ist die gleiche wie bei Ihrer Frau?«

»Ja.« Bennett brachte nur ein Krächzen heraus. »Aber es ist nicht Liz.« Er schlug die Hände vors Gesicht. »Mein Gott, wer tut so etwas nur?«

»Sie sind sich sicher, weil …?«

Bennett sah den Inspektor verständnislos an, als müsse er doch Bescheid wissen. »Der Leberfleck. Liz hat unter der Rose einen großen Leberfleck. Ich habe immer gescherzt, dass die Rose wie eingepflanzt aussieht. Aber da war kein Fleck. Auf dem Torso ist kein Fleck. Die Rose hängt in der Luft.« Bennett suchte in den abgeschnittenen Blumen in der Vase Verbündete. »Meine Rose. Wo ist meine Liz? Wer tut so etwas und schneidet einem Menschen die Arme und die Beine ab?«

»Was soll ich Ihnen darauf antworten?«

»Suchen Sie meine Liz. Bevor ihr das Gleiche passiert wie dieser Frau. Gott sei ihrer armen Seele gnädig.«

Marks hätte sich nicht gewundert, wenn noch ein »Amen« hinterhergekommen wäre. Er sah, wie Bennett die Hände wie zum Gebet faltete. Jetzt, da ihm klar war, dass der Torso nicht zu seiner Frau gehörte, ging in ihm eine sichtbare Veränderung vor. Der arrogante Ausdruck um Mund und Augen war zurückgekehrt. Die fromme Haltung, die er nun zu zeigen versuchte, wirkte gestellt und lächerlich.

»Ich muss Sie dennoch um eine Vergleichsprobe Ihrer Frau bitten.«

Bennett sah ihn ungläubig an.

»Eine Haarbürste oder eine Zahnbürste reichen. Können Sie das bewerkstelligen? Natürlich bitte ich Sie um eine freiwillige Probe. Wir werden Ihre Kooperation zu würdigen wissen.« Marks' Stimme wurde eindringlicher. »Wir müssen sicher sein, dass die Frau da drin im Kühlfach tatsächlich nicht Liz Bennett ist, das müssen Sie verstehen. Wir brauchen zum Beispiel eine Haarprobe, um die DNA isolieren zu können. Sollten wir eine weitere Leiche finden, müssen wir sicher sein, dass es sich dabei nicht um Ihre Frau handelt. Das werden Sie doch sicher verstehen, Mr. Bennett.«

Bennett schüttelte den Kopf, keine ablehnende, sondern eine ungläubige Geste. »Holen Sie sich die verdammte Haarbürste, wenn Ihnen so viel daran liegt. Und suchen Sie endlich meine Frau, verdammt noch mal. Sie vergeuden hier bloß Ihre Zeit, Inspektor.«

Die Rückfahrt nach Helston verlief ebenso schweigend wie die Hinfahrt. Auch das Blau des Himmels war das gleiche. Nur die Hitze war noch unerträglicher geworden.

Aber etwas hatte sich verändert: Bennett schwitzte nicht mehr.

XVII.

Jamie Morris stellte seinen Wagen ab und ging das restliche Stück zu Fuß. Er war länger als erwartet unterwegs gewesen. Über Truro hatte er zunächst die A 39 genommen und war dann irgendwann auf die A 3058 Richtung Quintrell Downs abgebogen. Gute eineinhalb Stunden hatte er gebraucht. Eigentlich ein bisschen zu weit, um unerwartet zu Besuch zu kommen. Aber er hatte sich vorgenommen, seinen alten Kumpel zu überraschen. Und sollte er ihn doch nicht antreffen, würde er den Nachmittag im nahen Newquay verbringen. Ihn trieb nichts außer seiner Neugier, wie es Steve wohl gehen mochte. Morris hatte auf Urlaubsmodus geschaltet. Gar kein so übles Gefühl, wie er zufrieden feststellte.

Sie hatten beide zur gleichen Zeit bei der BBC angefangen. Aber sein Kumpel hatte schon bald die Seite gewechselt und sich als Produzent einen Namen gemacht. Er hatte von Beginn an sehr viel Geld mit seinen Filmen und Projekten verdient, weil er einen exzellenten Riecher für Zeitströmungen und den sensiblen Geschmack des Publikums entwickelt hatte. Ein echtes Glückskind.

Jamie Morris hingegen war ein eher kleiner Filmemacher geblieben, und so hatten sie sich aus den Augen verloren. Er machte zwar gute Filme, wie man ihm bestätigte, aber aus Mangel an Unternehmergeist war er nicht allzu weit über den berühmten Tellerrand hinausgekommen.

Erst vor einem guten Jahr waren sie sich wieder begegnet. Er hatte über Beziehungen eine Karte für eine Gala der BBC ergattern können. Morris schmunzelte bei dem Gedanken. Sally war nicht nur eine Granate im Bett, sie hatte auch die allerbesten Kontakte zu Regisseuren, Drehbuchautoren und Produzenten. Angeblich besaß sie sogar die private Mobilnummer eines Butlers im Buckingham Palace.

Kurz nach der Gala war die Beziehung allerdings auseinander gegangen, weil Sally in den USA eine Rolle in irgendeiner der neuen Netflix-Serien übernommen hatte. Seitdem war Funkstille. Vermutlich spielte sie mittlerweile in einer anderen Liga. Ihm war schon in den Wochen zuvor durch den Kopf gegangen, dass Sally nur mit ihm zusammen gewesen war, weil sie hoffte, seine Kontakte als Sprungbrett nutzen zu können. Was dann ja wohl auch geklappt hatte, wie er nach dem offiziellen Aus mit einem Anflug von Sarkasmus resümierte.

Auf der besagten Gala hatte er dann Steve getroffen, auf dem Klo. Sie hatten beim Händewaschen ein bisschen gequatscht, und sofort war die alte Vertrautheit wieder da gewesen. Stolz hatte er Steve an der Bar »seine« Sally präsentiert. Von diesem Augenblick an hatte Sally ihn links liegen lassen und sich intensiv um ihren neuen Freund Steve gekümmert. Sein alter Kumpel hatte es sich aber nicht nehmen lassen, ihm seine Visitenkarte mit der gönnerhaften Bemerkung zuzustecken: »Wenn du mal Hilfe brauchst oder eine geile Idee für einen Film hast, melde dich einfach bei mir. Wir sollten mal wieder im Pub versacken.«

Nach dem Abend hatte er Sally gegenüber vorsichtig angemerkt, dass er sich wie das fünfte Rad am Wagen gefühlt hatte. Aber sie hatte nur ein achselzuckendes »Du weißt doch, wie das Geschäft läuft, Baby« für ihn übrig. Und ihn mit einem »Wir hatten doch auch ein bisschen Spaß. Das war's doch wert« ein letztes Mal zu sich auf die Couch gezogen.

Als er nun um die Ecke bog, an der die Mauer ein Stück zurücksprang, hob er den Blick. Was er sah, verschlug ihm die Sprache.

Das Haus war nicht einfach ein Haus. Es war ein Landsitz. Jamie war klar gewesen, dass Steve, nach allem was er hin und wieder in den Klatschspalten über ihn las, standesgemäß wohnen würde. Aber so? Alle Achtung. Schon auf der Zufahrt, die ihn immer tiefer in die waldreiche Gegend hineinzog, hatte er geahnt, dass er auf ein großes Anwesen zufuhr.

Die Umgebung, in die der Landsitz eingebettet war, glich eher einer Parkanlage als einem natürlich gewachsenen Grün. Das große, weiß gestrichene Holztor stand einladend offen. Es wurde von alten gemauerten Pfeilern gehalten, die mit Steinkugeln bekrönt waren.

Vom Eingang führte ein gepflegter Weg aus gewalztem Sandsteinsplit zu dem Haus, dessen Entstehungszeit Morris auf mindestens 17. Jahrhundert schätzte. Die Front bestand aus sechs beeindruckenden Giebeln, wovon fünf geschwungen waren, dazu zeigten sich die üblichen Kamine. Die großzügigen Fenster waren von Elementen aus Sandstein eingefasst und bestanden aus zahlreichen, mehr oder weniger kleinen Glasscheiben, die in der Tradition der Baukunst in Blei ausgearbeitet waren. Am rechten Teil der Fassade bahnte sich wilder Wein den Weg zum Dach. Natürlich waren der Rasen gepflegt und die Hecken geschnitten. Der Eingang wurde von in Form gestutzten Koniferen flankiert. Das Haus und der Unterhalt der Anlage mussten ein Vermögen verschlingen.

Als Jamie im Windfang des mächtigen Eingangs stand, kam er sich mit einem Mal wie ein Bittsteller vor. Damit hatte das Haus die beabsichtigte Wirkung erzielt, fuhr es ihm durch den Kopf. Noch bevor er den Türklopfer betätigen konnte, schwang die Tür auf.

»Jamie, alter Knabe. Schön, dich zu sehen.« Steve Carlton schien keineswegs überrascht. Er zog ihn zu einer überschwänglichen Begrüßung an sich und bemerkte dabei Morris' irritierten Blick. »Natürlich wird das Anwesen überwacht. Was denkst du denn? Hat mich eine Stange Geld gekostet, zahlt sich aber hoffentlich aus. Ist manchmal ja recht einsam hier. Und die CCTV-Kameras im Dorf sind auch nicht unbedingt hilfreich, wenn es um meine Hütte geht. Hab dich kommen sehen.«

Morris konnte nur knapp seinen Fluchtimpuls unterdrücken. Er war hier falsch, ganz falsch.

»Nun steh hier nicht so rum. Komm doch endlich rein. Willkommen auf Trerice.« Steve zog seinen Gast ohne weitere Umstände ins Haus. Sie durchquerten einen breiten Flur, der in eine Freitreppe aus dunklem Holz überging, und betraten einen angrenzenden Raum. Vor Morris breitete sich eine regelrechte Halle aus, an deren Wänden ein paar historische Gemälde hingen. »Tee? Oder schon was Stärkeres? Whisky, Gin?«

Morris wollte erst einmal nur einen Tee. Während Carlton sich entschuldigte und verschwand, sah er sich um. Der Raum wurde von einem großen Kamin beherrscht, dessen Umrandung verschwenderisch verziert war und im oberen Bereich die Jahreszahl 1572 trug. Der offene Kamin wurde regelmäßig benutzt, der Feuerstelle nach zu urteilen, in der einige angekohlte Holzscheite lagen.

Vor einem übergroßen Porträt blieb er stehen. Eine Frau sah auf ihn herab. Sie saß schön und aufrecht auf einer Bank, ihr braunes Haar fiel über die linke Schulter und betonte die weiße Haut und die anmutige Halspartie. Das purpurfarbene Kleid, an dessen Dekolleté und Ärmeln Rüschen hervorsahen, ließ auf die Periode des Barock als Entstehungszeit schließen. Über dem eng anliegenden Gewand trug sie einen Überwurf aus blauem Stoff, der großzügig über ihre Schultern und Arme fiel.

»Das ist meine Elisabeth, der gute Geist meines Hauses.« Carlton kam ins Zimmer zurück und trug das Teegeschirr zur Sitzgruppe.

»Elisabeth?«

»Manchmal nenne ich sie auch Lizzy. Wenn ich mit ihr allein bin.« Der Filmproduzent lächelte. »Aber nur dann. Sie ist schön, nicht? In Wahrheit heißt sie anders. Aber ich nenne sie Elisabeth, weil das Haus«, er setzte die zweite Teetasse ab und beschrieb mit der Hand einen Bogen, »ein elisabethanisches Herrenhaus ist. Sagt jedenfalls der National Trust. Hast du die Giebel bemerkt? Im Stil der Holländer. Wenn du willst, führe ich dich herum. Du solltest mal die Ahnengalerie sehen. Wirklich toll. Der National Trust hat das alte Gemäuer und die Gärten wieder chic gemacht.« Carlton goss ihnen ein.

Morris nickte dankend. »Der National Trust?«

»Dachtest du etwa, der Schuppen gehört mir?« Der Produzent lachte amüsiert. »Nee, mein Lieber. So viel Kohle habe ich nun doch nicht. Ich wohne hier zur Miete. Hat den Vorteil, dass ich mich nicht um Renovierungen kümmern muss. Solche Hütten sind ein Fass ohne Boden. Sherry zum Tee?« Er stand ungefragt auf und ging zu einem Eichenschrank, der zu seiner Entstehungszeit sicher nicht als Hausbar gedient hatte.

»Warum nicht?« Morris lehnte sich zurück. Das Designersofa passte perfekt zur historischen Kulisse. »Hier lässt es sich leben.« Er spürte mit einem Mal eine wohlige Trägheit.

»Unbedingt. Bin zwar nicht oft hier, aber ich genieße jede Stunde.« Carlton kam mit zwei gefüllten Gläsern zurück. »Erzähl. Wie ist es dir ergangen? Hättest dich ruhig schon mal eher melden können. Dachte schon, du wolltest nichts mit mir zu tun haben.«

»Ach, du weißt ja, ständig unterwegs auf der Suche nach guten Geschichten. Dass sie auf der Straße liegen, ist ja auch nur ein Gerücht. Es ist anstrengend. Weißt du ja selbst.« Morris wechselte das Thema. Er wollte auf keinen Fall den Eindruck erwecken, ihm gehe es finanziell nicht gut. Er sah hinauf zur Zimmerdecke. »Die Zimmer sind sicher nicht einfach zu beheizen.«

Carlton nickte. »Dafür ist die Miete unschlagbar günstig. Der Trust kann sehr großzügig sein.« Steve beugte sich vor. »Wenn man die richtigen Leute kennt. Für die Denkmalschützer ist der Deal auf jeden Fall ein Geschäft. Wenn so ein Objekt bewohnt ist, verfällt es nicht so schnell.« Er hob das Glas. »Wirklich alt und wirklich gut, Cheers.«

»Cheers.« Morris trank einen Schluck. Der Sherry stieg ihm sofort zu Kopf. Ihm fiel ein, dass er seit der Scheibe Toast am Morgen noch nichts weiter gegessen hatte. »Wirklich guter Stoff.«

»Hast du hier in der Gegend zu tun? Woran arbeitest du gerade? Oder bist du eigens aus London hergekommen, nur um mich zu besuchen? Dann hättest du großes Glück gehabt. Ich habe mich hier für ein paar Wochen verkrochen, um einige private Dinge zu regeln.«

»Ich bin für ein paar Tage in einem Dorf auf dem Lizard untergekommen. Recherche. Ich bin einer super Geschichte auf der Spur. In Cadgwith gibt es einen Typen, der behauptet, Stevenson hätte seine *Schatzinsel* zum Teil dort geschrieben. Es gibt angeblich deutliche Bezüge zwischen der Geografie des Kaffs und den Orten im Roman. Außerdem könnte es in der Gegend einen realen Schatz geben, versteckt in einer der Höhlen dort. Oder an einem der Strände vergraben.«

»Klingt spannend.« Carlton nickte interessiert und trank das Sherryglas leer.

Überzeugt klingst du nicht gerade, dachte Morris. »Es ranken sich die tollsten Geschichten um die Dörfer dort. Und um die vielen Schiffswracks vor der Küste. Der Lizard war jedenfalls über lange Zeit Piratenland. Die Mythen locken auch heute noch alle möglichen Glücksritter an. Sie versuchen mit modernen Detektoren den Schatz zu heben. Ich finde, das gibt eine super Reportage. Allein der Typ ist eine Wucht. Schrullig, wie auch viele andere aus dem Dorf. Ein Schatz an Geschichten, der sich zu heben lohnt.«

»Wenn du Hilfe brauchst …? Ich kenne ein paar einflussreiche Leute in der Branche. Muss ja nicht immer nur die BBC sein.«

Da war wieder dieses unwohle Gefühl. Morris war gar nicht in den Sinn gekommen, Carlton um Unterstützung anzubetteln. In erster Linie war er tatsächlich neugierig auf den alten Kumpel gewesen. »Danke, sehr freundlich. Aber ich habe den Beitrag schon fast verkauft.« Dass das nicht stimmte, musste Carlton nicht wissen.

»Das klingt doch super, Jamie. So kenne ich dich, immer die Nase im Wind und immer eine gute Geschichte unter dem Hemd. Da fällt mir ein, was macht eigentlich diese kleine Blonde? Wie hieß sie gleich? Irgendwas mit

S. Sandy, Sandra? Ich hab's vergessen. Bist du noch mit ihr zusammen? Was? Noch einen Sherry?«

Morris nickte. »Sally. Sie heißt Sally. Nein. Wir sind nicht mehr zusammen. Schon lange nicht mehr. Sie macht jetzt in den USA Karriere.« Absichtlich vermied er das Wort »verlassen«.

»Kluges Mädchen. Habe ich sofort gemerkt.« Er sah seinen alten Kumpel abwartend an. »Jetzt kann ich's dir ja beichten. Wir waren in den Tagen nach jener Nacht, die Gala, du erinnerst dich, ein paarmal im Bett. War 'ne richtig heiße Nummer.«

Morris spürte heiß den Ärger in sich aufsteigen. Dieses Miststück. Aber er winkte gönnerhaft ab. »Geschenkt.«

»Der alte Jamie. Ein echter Gentleman.« Carlton sah auf seine Armbanduhr. »Meine Partnerin müsste längst vom Einkaufen zurück sein. Hast du schon was zu Mittag gehabt? Bleib doch einfach zum Abendessen. Elisabeth wird uns was Feines kochen. Oder wir gehen runter ins Pub. Sie haben da ein paar exzellente Bar Meals.« Er sah Morris' fragenden Blick und lachte schallend. »Es gibt außer ihr«, er deutete auf das Barockporträt, »noch eine Elisabeth in meinem Leben. Ich bin so stolz und glücklich wie noch nie zuvor. Wir haben eine wunderbare Zeit. Ja«, er klatschte in die Hände, als dulde er keinen Widerspruch, »du bleibst über Nacht. Platz ist in dem alten Gemäuer genug. Du musst Elisabeth kennenlernen. Unbedingt.«

Was soll's, dachte er. Vielleicht war die Idee ja gar nicht so dumm, Carlton anzuzapfen. Konnte nicht schaden. Vor allem nicht, wenn er an seinen Kontostand dachte. Stolz konnte er sich längst nicht mehr leisten. Und wenn der Typ auf dem Sofa gegenüber ein Goldesel war, würde er seinen Teil davon abhaben wollen. So gesehen war Steve Carlton auch so etwas wie eine Truhe voller glitzernder Dublonen. »Ich bin dabei.«

»Wusst ich's doch. Immer noch der Alte. Gehst immer noch keinem Whisky aus dem Weg. Ich habe da einen besonders feinen Stoff aus einer winzigen Destille droben in Perthshire. Du wirst ihn lieben.« Er stand auf und machte sich an seiner Hausbar zu schaffen. Mit zwei Whiskygläsern kam er zurück. »Schau dir diese Farbe an. Zum Niederknien. Und erst der Abgang.« Er roch an seinem Glas und sog genießerisch den Duft ein. »Mit einer mindestens ebenso tollen Geschichte, in der sogar Frank Costello eine Rolle spielt. Du weißt, wer das ist? Er war in den Dreißigern Mafiaboss in New York. Zu der Story gehört auch der Untergang eines Schiffes, den Bauch voll mit diesem Whisky, auf dem Weg nach Amerika.«

Das also war aus Carlton geworden: ein vermögender Produzent, der das Image eines zufriedenen Landadligen pflegte, mit einem standesgemäßen Tweedjackett, Siegelring und einem kultivierten Sinn für ausgefallenen Whisky.

Morris musste an den anderen Steve Carlton denken, den jungen Filmemacher mit Sinn für Gerechtigkeit und Visionen. Den politisch links stehenden Steve, mit dem er aus Solidarität mit der Republik Irland nach Nordirland gereist war, um sich dort im Belfaster Untergrund mit Mitgliedern und Sympathisanten der IRA zu treffen.

Ein naives Unterfangen, wie sich damals vor Ort schnell herausgestellt hatte.

Das einzig Greifbare, im wahrsten Sinn des Wortes, war eine Schlägerei in einem Pub in einem der Außenbezirke gewesen, die wie aus dem Nichts ausgebrochen war. In sie waren, wie sich später herausstellte, Anhänger der IRA verwickelt. Steve und er waren zwar nur unbeteiligte Zeugen gewesen, wurden aber dennoch erkennungsdienstlich behandelt. Gegen Ende der Befragung war es eng geworden, denn die Polizei hatte Hinweise bekommen, dass sie sich in der Stadt nicht als Touristen aufhielten, sondern Kontakt zur IRA suchten. Morris konnte sich bis heute nicht erklären, woher diese Informationen gekommen waren. Vermutlich hatte ein Spitzel sie verpfiffen.

Steve hatte sie dann mit irgendeiner kruden Erklärung aus der Situation herausgehauen. Jedenfalls waren sie heilfroh gewesen, als sie endlich das Revier verlassen konnten. Anschließend hatten sie sich in ihrer Unterkunft mit Whisky volllaufen lassen. Zurück in London, waren sie eine kurze Zeit lang die Stars jeder Party gewesen.

»Erinnerst du dich noch an Belfast?« Jamie schwenkte sein Glas und betrachtete die goldgelbe Flüssigkeit.

»Klar, Mann.« Carlton hob seinen Tumbler. »Wir haben die Bullen ganz schön eingeseift.« Er lachte und trank einen Schluck.

»Wir hatten eher die Hosen voll.« Auch Jamie lachte.

»Erinnere mich nicht daran.« Carlton nickte nachdenklich. »Ich hätte fast gekotzt vor Angst.«

»Hast du auch.« Morris grinste, nahm einen großen Schluck und nickte dann anerkennend. Feiner Stoff. »Gekotzt hast du im B&B. Der Whisky ist uns damals nicht bekommen. Ganz anders als dieses Zeug hier.«

»Ich krieg jetzt noch Kopfschmerzen. Aber die beiden süßen Anhalterinnen, die wir auf der Rückfahrt mitgenommen haben, sind mir noch in guter Erinnerung.«

»Und die Rückbank war so eng.« Er kicherte.

Den Rest des Nachmittags verbrachten sie mit ähnlichen Geschichten aus ihrer gemeinsamen Zeit in London. Beinahe war es wieder wie früher. Am frühen Abend schließlich erschien Carltons Partnerin Elisabeth. Mit vollendeter Höflichkeit begrüßte sie Morris und entschuldigte sich für ihre Verspätung.

Sein Kumpel hatte nicht übertrieben. Sie mochte etwa gleich alt sein wie Steve. Ihre schmalen Gesichtszüge passten zu ihrer schlanken Figur und ließen eine sensible Persönlichkeit vermuten. Überrascht stellte Morris eine gewisse Ähnlichkeit mit dem Porträt an der Wand fest. Ihre Haut war weiß wie Milch oder Perlmutt, beinahe durchscheinend, die Augen grün. Anders als die Frau auf dem Ölgemälde trug sie ihr dunkelbraunes Haar kurz geschnitten. Die helle Bluse hatte sie nach der aktuellen Mode am Gürtel in die Jeans gesteckt. Sie hätte einem der Lifestylemagazine entsprungen sein können, die er von den Zeitungsregalen bei Sainsbury's oder Tesco kannte.

Eine kultivierte Erscheinung mit einem Repertoire an Themen, die nichts mit dem üblichen oberflächlichen Smalltalk gemein hatten. Morris fand, dass sein alter

Kumpel die richtige Wahl getroffen hatte. Sie passte zu Trerice.

Wo und wie er sie kennengelernt hatte, daraus machte Steve allerdings ein »kleines Geheimnis«. Morris erlag nicht der Verlockung nachzuhaken. Den Gefallen wollte er ihm dann doch nicht tun. Sollte er doch aufschneiden.

Am Ende landeten sie zu dritt in der alten und riesigen Küche von Trerice, in der Steve ihnen gebackene Bohnen auf Toast zubereitete – in Erinnerung an die Zeit, als sie noch von der Hand in den Mund hatten leben müssen, hatte er fröhlich gemeint. Dabei hatte er völlig nüchtern gewirkt, obwohl Steve genauso viel Whisky getrunken hatte wie Jamie. Mit Elisabeth war er schnell beim Du gelandet. Sie war eine unkomplizierte und unprätentiöse Gastgeberin. Ab und an hatte sie Bemerkungen und Sprüche auf Lager, die darauf schließen ließen, dass sie ihre Kindheit und Jugend eher in einem Arbeiterviertel zugebracht hatte als in einem behüteten Zuhause. Dieser Gegensatz zwischen kultivierter Erscheinung und derben Sprüchen machte sie zu einer interessanten Frau. Er konnte sich gut vorstellen, warum Steve sie so faszinierend fand.

Er hatte zwar insgeheim auf ein anderes Abendessen gehofft, etwas mondäner und der Umgebung angemessen, aber am Ende war es ihm egal gewesen. Elisabeths schlagkräftiger Humor hatte ihn satt gemacht. Und er war da längst nicht mehr nüchtern. Steve musste einen unerschöpflichen Vorrat an schottischem Whisky haben, er ließ sich jedenfalls nicht lumpen und zauberte immer wieder neue Schätze aus seinem Schrank hervor. Seine Freundin blieb bei Weißwein, hörte meist zu und beobachtete amüsiert die beiden »großen Jungs« dabei, wie sie sich gegenseitig mit Anekdoten und Erinnerungen zu überbieten suchten.

Allerdings machte sie nach dem Essen mit einem Mal einen müden, Morris meinte sogar erschöpften Eindruck. Zugleich hatte er das Gefühl, dass sie ihn aufmerksam beobachtete. Irgendwann an diesem Abend zog sie sich zurück, nicht ohne die Bemerkung, dass sie sich auf das gemeinsame Frühstück freue.

Steve geleitete sie hinaus und kam nach einigen Minuten mit einer vollen Flasche zurück. Jamie hielt zwar seine Hand über das Glas, aber das ließ Steve nicht gelten. Nachdem er den »wirklich letzten« Schluck getrunken hatte, war er zu Bett gegangen. Besser gesagt, Steve hatte ihn beim Aufstehen stützen müssen und ihm die Treppe hinaufgeholfen. An der Tür zum Gästezimmer hatte er sich mit einem vielsagenden Blick verabschiedet.

»Wundere dich nicht über die Geräusche, Jamie. Hier geht ein Geist um. Angeblich treibt seit vierhundert Jahren ein Nachfahre des fünften Sir John Arundel sein Unwesen.« Er schlug Morris auf die Schulter. »Ich glaube eher, es ist meine Liz, meine schöne Lizzy. Hast du ihren Blick gesehen, mit dem sie dich von der Wand aus verfolgt? Huhu. Gute Nacht.«

XVIII.

Mary betrachtete den Ständer mit den neuen, stimmungsvollen Schwarz-Weiß-Karten. Sie mochte diese Art Ansichten, denn sie unterschieden sich auf angenehme Weise vom üblichen Kitsch. Seit sie für den Laden verantwortlich war, hatte sie das Angebot deutlich verändert. Die roten Telefonhäuschen aus Plastik waren ebenso aus den Regalen verschwunden wie die lächerlichen Bobby-Figuren.

»Ist das nicht ein wunderschöner Morgen?«

Mary fuhr herum. Sie war so sehr in ihre Arbeit vertieft, dass sie Terry Bennett nicht bemerkt hatte, der plötzlich hinter ihr stand.

»Ich wollte Sie nicht erschrecken, schöne Frau. Der Tag ist viel zu schade, um bei solch strahlendem Sonnenschein schlechte Laune zu haben.« Bennett schien jedoch den Schreck in ihren Augen zu genießen. »Wenn ich mir die Feststellung erlauben darf, verehrte Nachbarin, dann strahlt Ihre Schönheit mit der Sonne um die Wette. Und ich weiß schon jetzt, wer am Ende des Tages siegt. Sie wird auch an diesem Tag keine Chance haben.«

Ihr drehte sich buchstäblich der Magen um. Bennett und seine verschwiemelte Art, auf Frauen zuzugehen, hatte ihr gerade noch gefehlt. Mary trat hinter den Tresen und machte Bennett damit klar, dass sie ihn im besten Fall als Kunden betrachtete. Mit verschränkten Armen wartete sie ab. »Was kann ich für Sie tun?«

»Nun, ich möchte mich erst einmal nur umsehen. Wurde höchste Zeit. Ich war ja noch nie in Ihrem Laden. Dabei hat mir Ihre Tante so viel davon erzählt.« Hätte er gesagt *Ich war noch nie in Ihrem Schlafzimmer*, hätte es genauso geklungen.

Sie machte wortlos eine auffordernde Handbewegung Richtung Regale und hoffte auf weitere Kundschaft, um nicht länger allein mit ihm im Raum zu sein.

Bennett betrachtete ausgiebig die Waren in den Regalen, nahm willkürlich einen der Wanderführer in die Hand, blätterte flüchtig darin und stellte ihn zurück. Er ließ den Ständer mit den Karten sich wie ein Karussell drehen, nahm drei verschiedene Motive heraus, drehte den Ständer weiter und wandte sich dann den Tageszeitungen zu, die in einem Fach neben der Theke auf Leser warteten. Die Schlagzeilen der Daily Mail schienen es ihm besonders angetan zu haben.

»Sie haben sicher von der Leiche in Helston gehört? Schlimme Sache.«

Mary runzelte die Stirn.

»Die Frau im Kanal. Wie grausam muss jemand sein, um einem Menschen den Kopf abzuschneiden?« Er sprach so beiläufig, als ginge es um die Wettervorhersage für die kommenden Tage.

»Sie möchten die drei Karten?«

»Einer meiner Kumpels oben in Manchester hat am Wochenende Geburtstag. Ich denke, da ist ein kurzer Gruß angemessen. Die Leute schreiben ja wieder mehr Postkarten, habe ich gehört. Sehr zur Freude der Royal Mail.« Er blinzelte ihr zu. »Sie haben sicher auch die passenden Briefmarken.« Er sah sie unverwandt an und versuchte ihre Augen zu halten.

»Normale Post?« Sie drehte sich zur Kasse um, in der sie die Briefmarken verwahrte.

»Ich will auch Liz' Nichte schreiben, sie wohnt oben in Yorkshire. Sie hat ja eine enge Beziehung zu ihrer Tante. Whitby. Kennen Sie Whitby? Hübsches Örtchen. Und Sie kennen sicher die Story, dass Bram Stoker dort an *Dracula* gearbeitet hat.« Er formte die Hände zu Krallen und hob sie mit einer spielerischen Geste. »Gruselig, nicht? Da haben wir es mit unserem Stevenson hier schon deutlich besser. Wenn sich herausstellt, dass die *Schatzinsel* tatsächlich hier angesiedelt ist, dann wäre das für den Tourismus eine Goldgrube. Ich kann Martin Ellis nur unterstützen bei seinen Forschungen.«

Nun wurde es Mary zu viel. »Haben Sie nicht erst vor ein paar Tagen Streit mit ihm gehabt und behauptet, er habe Ihrer Frau etwas angetan? Es ging um Schmuck, soweit ich gehört habe.«

»Sie haben davon gehört. So, so. Aber das ist ja klar. Wie sagt man so schön? In einem Dorf bleibt nichts verborgen. Was erzählen die Leute denn so? Sie sitzen ja direkt an der Quelle. So ein Geschäft ist ja die reinste Informationsbörse. Nun?«

Mary ließ sich nicht beirren. »Sie haben völlig falsche Vorstellungen. Ich weiß nur das, was man so hört. Das war nicht wirklich schmeichelhaft für Sie. Aber es geht mich auch nichts an.« Sie hatte nicht vor, mit Bennett über die Gerüchte zu sprechen, die mittlerweile, je nach Alkoholpegel des Sprechers, darin gipfelten, Bennett habe möglicherweise seine Frau umgebracht und irgendwo an der Küste vergraben. Oder sie gar als Torso in den Kanal in Helston geworfen.

»Was erzählt man sich wirklich über mich und meine Liz?«

»Wie gesagt, mich gehen Ihr Leben und Ihre Probleme nichts an. Wollen Sie die Daily Mail dazu?«

Bennett zog die Tageszeitung zu sich und warf sie gemeinsam mit den Karten auf den Tresen. Seine Augen verrieten, dass er die Wendung des Gesprächs und den darin versteckten Vorwurf nicht erwartet hatte. »Ich kann ihm nicht böse sein. Das hat sich alles geklärt. Ich werde mich bei ihm entschuldigen. Er hat ja nicht wissen können, dass der Schmuck meiner Frau gehört. Ich war nur sauer, dass er schon nicht mehr in seinem Besitz ist.«

Sie nannte ihm den Preis für die Karten und die Briefmarken. Draußen vor dem Laden stand eine Familie mit zwei Kindern und schien sich zu beraten, ob sie zwei Wasserpistolen kaufen sollte oder nicht. Mary versuchte sie kraft ihrer Gedanken in den Laden zu lotsen.

Bennett hatte ihren Blick bemerkt. »Ich freue mich, dass wir hier in unserem Cadgwith einen derart gut sortierten Laden haben mit einer ebenso hübschen wie geschäftstüchtigen Verkäuferin. Ihre Tante Margaret hat recht. Der Laden hat mit Ihnen eine großartige Zukunft. Und wenn Sie einmal Hilfe brauchen …« Er lächelte sie mit intensivem Blick von unten herauf an und ließ den Rest des Angebots im Unklaren.

»Ich komme schon zurecht.«

»Sie sind eine patente Frau. Schön und stark. Sie werden schon wissen, wann es Zeit ist, um Hilfe zu bitten.« Er bezahlte seinen Einkauf. »Sagen Sie, bevor ich gehe, vielleicht kann ich Ihre Hilfe gebrauchen. Sie sind doch mit Jenkins liiert. Sie wissen nicht zufällig, wo er steckt? Ich muss ihn etwas fragen, aber ich kann ihn nirgends auftreiben. In seinem Cottage ist er nicht, auch nicht im Pub oder im Hafen. Dabei wäre mein Anliegen tatsächlich äußerst dringend.«

Sie hatte nun endgültig genug von ihm. »Das kann ich Ihnen nicht beantworten. Mr. Jenkins ist Herr über seine Zeit. Er ist gerne draußen in der Natur und malt. Vielleicht ist er aber auch mit seinem Freund raus zum Fischen gefahren. Oder er ist irgendwo anders.« Sie zuckte mit den Schultern. »Ich muss Sie bitten, sich anderswo zu erkundigen. Ich bin nicht der richtige Ansprechpartner für Sie.«

»Ich hatte mir so etwas schon gedacht. Aber nichts für ungut. Ich werde ihn schon noch auftreiben.« Abrupt drehte Bennett sich um und verließ das Geschäft.

XIX.

Jamie Morris schlenderte über den Parkplatz. Wenn er die Gerüchte im Pub richtig deutete, musste der Einstieg in das Kanalnetz ganz in der Nähe sein. Unauffällig sah er sich an den Rändern der Parkfläche um. Angeblich verdeckten ein paar Büsche den schmalen Zugang. Zufällige Beobachter sollten ihn für einen Müßiggänger halten, einen Flaneur und Touristen, der gerade zu seiner ausgedehnten Tour zu den Sehenswürdigkeiten der Kleinstadt aufgebrochen war.

Die Nachricht, dass in einem der Kanäle eine Leiche gefunden worden war, hatte längst auch den Weg nach Cadgwith gefunden. Er hatte den Erzählungen und wilden Spekulationen gelauscht, ohne einen Kommentar abzugeben. Dabei war seine Neugierde längst angefacht. Der Filmemacher in ihm hatte eine Geschichte gewittert, die sich leicht verkaufen ließ. Nichts, was er Steve anbieten würde, das war für einen Produzenten wie ihn doch nur Kleinkram. Wenn er an seinen Besuch auf Trerice dachte, bekam er immer noch Kopfschmerzen.

Zunächst hatte er offiziell bei der Polizei nachfragen wollen, dann aber entschieden, zunächst auf eigene Faust dem Gerede nachzugehen. Mit ein wenig mehr Hintergrund oder sogar Indizien könnte er den Ermittlern sicher etwas Konkretes entlocken.

Der Eingang lag tatsächlich versteckt hinter dichtem Buschwerk. Morris sah sich um. Die Einstiegsluke war verschlossen. Kein Hinweis darauf, dass hier eine Leiche deponiert gewesen sein könnte. Es roch modrig. Auf dem trotz der Sommerhitze feuchten Boden fanden sich keine sichtbaren Spuren. Er schob den Fuß über den schrundigen Untergrund. Keine Kondome, nicht einmal Kippen. Die Spurensicherung hatte alles fein säuberlich eingetütet und mitgenommen.

Was hatte er denn zu finden gehofft? Enttäuscht kehrte er zu seinem Wagen zurück. Andererseits hatte er keine Lust, nach Cadgwith zurückzufahren. Er würde später am Strand mit dem geliehenen Detektor ein bisschen auf Spurensuche gehen. Er hatte Ellis am Morgen am Hafen getroffen und nur kurz mit ihm gesprochen. Denn da hatte er sich bereits zu dem Kurztrip nach Helston entschlossen. Außerdem hatte Ellis offenbar jemanden zum Quatschen gesucht.

Morris machte kurz vor seinem Auto kehrt. Ein kühles Bier im Pub konnte jetzt nicht schaden. Außerdem hatte er Hunger. Er nahm den Weg, der vom Parkplatz aus zu einem überbauten Durchgang führte, der auf die Hauptstraße mündete. Das asphaltierte Stück war schmal und hatte fast den Charakter eines Hofes. Es wurde von kleinen Läden gesäumt, in denen unter anderem Tiernahrung oder Eisen- und Haushaltswaren angeboten wurden.

Ihm ein Stück voraus ging eine Frau mit der großen Tasche eines Supermarkts. Sie bewegte sich nur langsam. Er ließ sich ein wenig zurückfallen. Die Art, wie sie ging, war auffällig, fast schlurfend. Ihr Äußeres ließ darauf schließen, dass sie obdachlos war. Ihre Kleidung war abgetragen, das Haar hatte schon länger kein Shampoo mehr gesehen. Trotz der Hitze trug sie einen fleckigen Mantel. Sie blieb an einem Papierkorb stehen und begann mit einem Stecken nach Verwertbarem zu wühlen. Offenbar fand sie nichts. Im Gegenteil. Nachdem sie den Stock umständlich an den Papierkorb gelehnt hatte, zog sie aus einer der Manteltaschen einen flachen Gegenstand, betrachtete ihn kurz und warf ihn dann achselzuckend in die Korböffnung. Kopfschüttelnd und etwas vor sich hin brummelnd, zog sie weiter.

Dass es Menschen gab, die von weggeworfenen Essensresten in Papierkörben lebten, konnte er jeden Tag in London erleben. Dass aber eines dieser bedauernswerten Geschöpfe auf der Schattenseite des Überflusses selbst etwas in einen Abfallkorb warf, war für ihn neu. Entsprechend neugierig warf Morris einen Blick in die Tonne.

Auf den ersten Blick sah er in der dunklen Kammer nichts. Dann aber nahm er das Aufblitzen einer Reflexion wahr. Mit einem Seitenblick und der Hoffnung, dass ihm niemand zusah, fischte er ein Mobiltelefon ans Tageslicht. Ein relativ neues Smartphone, stellte er erstaunt fest. Allerdings war es unbrauchbar. Das Display war gesplittert, so als sei es mit Gewalt zerstört worden.

Morris war in Urlaubslaune. Warum sich nicht treiben lassen? An jeder Ecke des Lebens wartete das Abenteuer. Warum nicht auch in Helston? Er hatte doch genug Zeit. Er überlegte nicht lange und steckte das Telefon ein. Vielleicht fand sich ja ein Laden, der solche Telefone reparierte. Er war bereits am Durchgang, als er anhielt. So ein Unsinn, schalt er sich. Was sollte er mit dem Ding? Selbst wenn es sich reparieren ließ, welchen Kick erhoffte er sich? Und zu welchem Preis? Das Smartphone war bestimmt irreparabel zerstört. Vermutlich hatte die Frau ihrem sicheren Instinkt nachgegeben und es deshalb entsorgt. Amüsiert über seine eigene Einfalt kehrte er um und warf das Smartphone zurück in den Abfalleimer. Sollte wer anders sich darum kümmern. Morris wischte sich die Hände kurz an den Hosenbeinen ab und setzte seinen Weg fort.

Schon von Weitem sah er das Schild des Blue Anchor. Die Aussicht auf ein Pint ließ ihn unvermittelt eine Melodie pfeifen. Er würde den Nachmittag auf sich zukommen lassen. Zur Not konnte er den Bus zurück nach Ruan Minor nehmen. Und nach Schätzen suchen konnte er auch morgen noch. Wenn er es recht bedachte, konnte er ruhig noch ein paar Tage dranhängen. In London wurde er nicht erwartet. Und sein Kontostand würde das schon noch verkraften.

Im Pub war um diese Zeit wenig los. Lediglich am Tresen standen ein paar Männer und unterhielten sich. Morris kaufte sich ein Pint der Hausmarke und setzte sich an einen Tisch nahe der Bar. Das Bier schmeckte frisch und auf angenehme Art anders. Einmal mehr bedauerte er, dass die britische Tradition der lokal geführten Pubs immer mehr verschwand. Die Systemgastronomie hatte auch diesen Zweig längst fest im Griff und war unermüdlich bemüht, auch den letzten Pub auf Linie zu bringen. Alte Häuser wurden geschlossen, das Individuelle und damit Unverwechselbare und Charmante verschwand. Stattdessen zog eine Pseudoromantik in die alten Gemäuer, die selbst die Touristen fragwürdig fanden.

Das Blue Anchor war eine der wenigen Ausnahmen. Die Räume waren zwar nicht spektakulär, dafür das Bier hausgemacht. Morris warf einen Blick auf das Schild, der pubeigene Veranstaltungskalender, neben dem ein ebenso handgeschriebenes Brett mit dem Speisenangebot hing. Neben den üblichen Bingo- und Karaokeabenden wurde Livemusik angekündigt. Der

Filmemacher entschloss sich, den einen oder anderen Abend hier vorbeizuschauen.

Er lehnte sich in der Bank zurück und schloss die Augen. Viel hatte er bisher in Cadgwith nicht erreicht, wenn er ehrlich war. Er hatte sich von der Recherchereise Konkreteres für seine geplante Dokumentation erhofft. Ellis und der skurrile pensionierte Kapitän waren ja ganz unterhaltsam, und der ehemalige Bulle und jetzige Lebenskünstler mit seinem Faktotum Luke auch. Aber er vermisste den richtigen Impuls für seine Arbeit. Er hatte sich zwar schon eine ganze Reihe Aufzeichnungen gemacht, Ideen zu Papier gebracht, sie wieder verworfen und neu begonnen, aber der zündende Funke war noch nicht übergesprungen.

Stevensons *Schatzinsel* mochte ja in Teilen in der Gegend entstanden sein, die Strände und Höhlen waren düster und verschwiegen und ließen sich gut in Szene setzen. Den einen oder anderen O-Ton würde er sicher auch bekommen, aber ihm fehlte noch das wirklich Geheimnisvolle. Vielleicht sollte er sich noch eingehender mit Ellis beschäftigen oder im Dorf nach weiteren Gesprächspartnern suchen. Ihm fiel die Frau ein, die sich um die Restaurierung von Galionsfiguren kümmerte. Er machte sich eine mentale Notiz, sie am nächsten Tag aufzusuchen.

Das Dorf war voller schräger und ungewöhnlicher Gestalten, die gewiss alle eine Geschichte zu erzählen hatten. Aber wie sollte er sie in Verbindung mit der Schatzsuche bringen, die angeblich alle im Dorf antrieb und auch so viele Enthusiasten anlockte?

Morris seufzte. Vermutlich gab es überhaupt keine Schätze zu finden. Außer vielleicht ein bisschen Schrott aus einem der Wracks vor der Küste. Nicht weit vom Naturhafen von Cadgwith lag angeblich ein mit Zement beladener Frachter, der für den Wiederaufbau San Franciscos nach dem großen Erdbeben von 1906 bestimmt gewesen war. Er lachte auf. Zement. Ein besonders harter Schatz.

Aber egal. Er würde eben weitersuchen. Aufgeben war nicht seine Sache. Wenn es am Ende Ellis nicht war, irgendwo würde er schon noch den passenden Informanten finden. Alles eine Frage der Zeit und der konzentrierten Suche. Am Ende wäre es wieder der berühmte Zufall, der ihn in die richtige Richtung schob.

Ja, er würde noch ein paar Tage dranhängen. Wegen der fehlenden Rechercheergebnisse, vor allem aber, weil er sich so entspannt fühlte wie schon lange nicht mehr. Er würde nicht auf ewig in diesem Landstrich leben können, dazu gingen die Uhren hier unten dann doch zu langsam und waren die Menschen Fremden gegenüber zu verschlossen. Aber für eine längere Auszeit war die Halbinsel The Lizard mit ihren Dörfchen, dem Städtchen Helston und der unaufgeregten Landschaft genau richtig.

»Ich kann euch sagen, ich habe den Geruch immer noch in der Nase. Echt.«

Die Stimmen an der Bar waren lauter geworden. Der Mann, der den »Geruch noch immer roch«, hob gerade sein Glas und trank einen Schluck. Die Geste sollte dem Satz eine besondere Bedeutung geben.

»Erzähl das doch noch mal. Wie bist du auf sie gestoßen?« Sein Nebenmann hob ebenfalls das Glas und trank. Vermutlich wollte er damit ausdrücken, dass er mit seinem Kumpel fühlte.

»Ihr müsst euch vorstellen«, der Sprecher sah die drei Zuhörer an der Theke und auch den Wirt nacheinander an, um sich ihrer Aufmerksamkeit zu versichern, »dass man die Hand nicht vor Augen sieht. Wenn ich meine Stirnlampe nicht hätte! Außerdem musst du dich sichern. Wegen der Gase und wegen des rutschigen Bodens. Ich habe mal einen Kollegen gehabt, der ist im Dunkeln ausgerutscht und der Länge nach hingeschlagen. Dabei hat er jede Menge von dem Dreck geschluckt. Wenn ihr wüsstet, was da alles herumschwimmt.« Der Redner hatte seinen Spaß an den Gesichtern der Zuhörer, die sich bei der Vorstellung, was dem armen Kerl Widerliches passiert sein musste, mitfühlend verzogen.

»Was interessiert uns der Kerl, Vince. Komm zum Thema. Was hast du im Licht deiner Lampe gesehen?«

Jamie Morris hörte interessiert zu. Dieser Vince musste in irgendeiner Höhle etwas Interessantes entdeckt haben. Vielleicht war das der Zufall, auf den er die ganze Zeit gewartet hatte. Morris nahm einen tiefen Schluck und konzentrierte sich.

Der Mann tat so, als suche er nach den richtigen Worten. Seiner Kleidung nach zu urteilen, war er ein Arbeiter, jemand, der entweder eine späte Mittagspause machte oder früh mit Kumpels den Feierabend genoss. Der Mann hatte ein sympathisches, offenes Gesicht, Bürstenhaarschnitt, kräftige tätowierte Oberarme, große

Hände. Der Arbeiter hatte sicherlich einmal einen athletischen Körper gehabt, seine Figur wurde aber längst von einem deutlich sichtbaren Bauch dominiert. Zu viele fettige Fritten und zu viel Bier, urteilte Morris.

»Jedenfalls stank es dort unten heftiger als sonst. Ich bin ein paar Meter den Gang entlang. Überall Ratten, versteht ihr. Aber das ist ja nichts Besonderes. Ich behaupte, auf jeden Einwohner Helstons kommt mindestens eine Ratte.«

»Vince«, mahnte sein Nachbar, dem Äußeren nach ein Gärtner oder Straßenfeger.

Vince nahm noch einen tiefen Schluck, leerte damit sein Glas und hielt es dem Wirt hin. Der nickte wortlos und nahm ein unbenutztes aus dem Regal hinter sich.

»Habt ihr schon mal einen Fettberg gesehen? So einen richtig großen? Hart wie Beton. In diesen Ungetümen ist alles verbacken, Reste von Fish 'n' Chips, Ohrenstäbchen, Scheiße und was weiß ich nicht noch alles.«

»Meine Güte«, entfuhr es dem Wirt, der das volle Glas auf den Tresen stellte.

»Deshalb war ich da unten. Da steckt ein Fettberg im Kanal. So groß, das habt ihr noch nicht gesehen.« Der Arbeiter hob sein Glas. Mit Genugtuung nahm er zur Kenntnis, dass er nun die volle Aufmerksamkeit seiner Zuhörer genoss. »Eigentlich dürfte ich euch nichts erzählen. Die Bullen haben mir das verboten. Was ich jetzt erzähle, erzähle ich nur euch. Und ihr müsst versprechen dichtzuhalten. Das könnte mich meinen Job kosten, wenn rauskommt, dass ihr es von mir habt.«

Einhelliges Nicken.

»Und weiter?«, kam es von einem Mann in einem grauen Anzug, offenbar ein Angestellter. Genauso gut konnte er aber auch der Leiter des örtlichen Museums sein. Unter seinem Jackett trug er doch tatsächlich einen Strickpullover.

»Die Menschen spülen und werfen ja alles Mögliche in den Kanal. Aber dass sie eine Leiche in unserem schönen alten Backsteinkanal versenken, mein Gott, so was habe ich in meinem ganzen Leben noch nicht erlebt. Geschweige denn, dass ich das jemals noch einmal erleben möchte. Nee, Jungs, mir reicht das für den Rest meines Lebens. Nicht nur dass ich den Gestank nicht loswerde, ich sehe auch Nacht für Nacht diesen Körper.«

Atemlose Stille. Morris hatte das leere Glas vergessen, das er immer noch in Händen hielt. Jetzt nur ja nichts verpassen.

»Ihr habt alle schon eine nackte Frau gesehen – hoffe ich. Auch du, Ron.« Vince griente in Richtung des Anzugträgers und wurde augenblicklich ernst. »Aber ich wette, ihr habt noch nie eine nackte Frau ohne Arme und Beine gesehen. Und ohne Kopf. So war das.« Er nickte und trank einen großen Schluck. Er wusste, dass seine Kumpels die Schilderung erst einmal verdauen mussten.

»Verzeihen Sie, dass ich Sie so einfach anspreche.« Morris sah den Arbeiter an, der ihm gerade die beste Steilvorlage geliefert hatte, die er in den vergangenen Jahren bekommen hatte, und hielt gleichzeitig dem Wirt sein Glas hin. »Ich war unfreiwillig Zeuge Ihrer Unterhaltung. Darf ich Sie etwas fragen?«

Vince sah den Unbekannten argwöhnisch an. »Hm?«

»Wissen Sie, ich mache gerade in der Nähe Urlaub. Na ja, ein bisschen Arbeit ist auch dabei. Jedenfalls, im Dorfpub dort habe ich merkwürdigerweise die gleiche Geschichte gehört. In Ihrem Kanal hier in Helston ist ein Torso gefunden worden.«

Der Arbeiter Vince schwieg abwartend.

»Und Sie haben die Tote gefunden?«

»Wer will das wissen?«

»Oh, Entschuldigung. Morris. Jamie. Meine Freunde nennen mich Jamie. Aus London.« Seinen Beruf wollte er vorerst nicht nennen. Die meisten Menschen wurden augenblicklich verschlossen, wenn sie es mit einem Journalisten zu tun hatten.

»London? Aha. Warum wollen Sie das wissen?«

»Ach, ich höre einfach nur gerne aufregende Geschichten. Und ihr Augenzeugenbericht klingt spannend. Ich hoffe, es stört sie nicht, dass ich zugehört habe.« Morris setzte sein gewinnendstes Lächeln auf.

»Sie müssen sich verhört haben, Mr. Morris.«

Er hatte es gewusst. *Vince wird einsilbig, weil er Journalisten nicht mag.* Er versuchte mit einem erneuten Lächeln zu verhindern, dass sein Gegenüber ihn für einen überheblichen Großstädter hielt. »Aber Sie haben doch gerade erzählt, dass ...«

»Ich mag es nicht, wenn man mich belauscht. Und ich mag euch Londoner nicht.«

»Oh, ich wollte Sie gewiss nicht beleidigen. Es ist nur, im Pub in meinem Urlaubsort erzählen sie wie gesagt die gleiche Geschichte. Und allein die fand ich schon faszinierend. Dass ich hier genau den Mann treffe, der die Tote gefunden hat, das grenzt schon fast an Vorsehung.« Morris war bewusst, dass er herumeierte.

»So. Vorsehung also?«

»Nennen Sie es so.«

»Ist doch nicht so schlimm, wenn er es mitgekriegt hat«, mischte sich der Anzugträger ein. »Ich wundere mich sowieso, dass die Polizei noch nicht damit an die Öffentlichkeit gegangen ist.«

»Sie will natürlich erst einmal in Ruhe ermitteln«, bedankte sich Morris bei dem Mann für dessen unerwartete Unterstützung.

»Wird so sein.« Der Wirt nickte und begann damit, Gläser zu polieren.

»Und wenn es so wäre? Sind Sie nun zufrieden?«

Morris spürte, dass er den richtigen Moment erwischt hatte, mit den Männern ins Gespräch zu kommen. »Darf ich Ihnen ein Bier ausgeben? Also, ich muss heute nicht mehr fahren.«

Eine halbe Stunde später saßen alle an Morris' Tisch, und der Filmemacher kannte alle Details. Sie waren außerdem längst zum Du übergegangen.

»Wie gesagt, warum die Bullen den Fall so unter der Decke halten, ist mir ein Rätsel. Sie müssten doch längst öffentlich nach dem Täter fahnden.«

»Ich bin sicher, Vince, dass sie längst eine Spur haben und den Täter nicht unnötig aufscheuchen wollen.«

»Du scheinst dich ja gut auszukennen, was die Arbeit der Bullen betrifft.« Der Kanalarbeiter der South West Water verzog anerkennend den Mund.

Jetzt war für Morris der Augenblick gekommen. Endlich. »Klar, ich hab schon jede Menge Polizeigeschichten gemacht. Ich bin schließlich Journalist. Ich drehe Filme.«

Nun war in der Männerrunde das Misstrauen endgültig der Neugier gewichen.

»Filme? Aber keine Pornos, was?« Auf Vinces Gesicht hatte sich vom Alkohol eine leichte Röte ausgebreitet. »Ron würde so'n Filmchen guttun. Was, Ron? Ein bisschen Nachhilfe kann nicht schaden. Hey! Filme! Hollywood.« Der Arbeiter lachte wiehernd.

Der Angesprochene schüttelte stumm den Kopf.

»Ich bin immer auf der Suche nach einer geilen Story. Nach so einer, wie du sie auf der Pfanne hast, Vince.« Morris prostete ihm zu.

»Und was hast du davon? Damit verdienst du dein Geld? Krass.« Er warf sich in die Brust. »Ich kenne mich ein bisschen aus in der Branche. Na ja. Auf dem Geburtstag meiner kleinen Nichte Olivia habe ich mit meinem neuen Smartphone ein paar Clips gedreht. Was die Telefone heutzutage alles draufhaben, Mann. Und vor ein paar Wochen habe ich auf der A 30 Richtung Exeter bei Launceston einen brennenden Truck gefilmt und der BBC angeboten. Dachte, sie könnten mir dafür ein paar Kröten rüberschieben. Aber die Idioten haben den Clip nicht haben wollen.«

»Jede gute Story lässt sich verkaufen. Und das ist eine gute Story, das könnt ihr mir glauben. Erzähl mal ein bisschen mehr. Ich war eben zufällig am Kanaleinstieg. Aber da war nichts mehr.«

Vince nickte. »Nachdem die Bullen abgezogen waren, haben wir erst einmal gründlich sauber gemacht. Mann, war mein Chef sauer. Angeblich sollen wir die Fläche alle zwei Tage sauber halten.« Er warf einen kurzen Seitenblick auf seinen Kumpel Ron. »Der Einstieg ist ein beliebter Ort für alle, die eine schnelle Nummer schieben wollen.«

»Hat die Polizei irgendetwas zur Identität der Toten gesagt?«

»Mann, was stellst du dir vor? Das war keine der üblichen Leichen. Der Frau fehlten Arme und Beine und ...« Bei dem Gedanken schüttelte er sich. »Wie gesagt, der Kopf fehlte. Hast du das schon mal gesehen? Wie glatt abrasiert. Wie geht das? Einen Kopf abschneiden? Da muss ein großes scharfes Messer im Einsatz gewesen sein.« Vince deutete mit den Händen an, was er für »groß« hielt. Dann setzte er die Hand an die Kehle. »Ab. Einfach so.«

Morris wollte keine Zeit verlieren. »Was haben die Bullen ... was hat die Polizei dich gefragt?«

Vince zuckte mit den Schultern. »Wir waren ja zu zweit. Nix Berauschendes haben sie gefragt. Das Übliche halt. Ob mir sonst noch was aufgefallen ist. Ob am Einstieg etwas auffällig war, ob ich was gefunden habe. So was, was Bullen eben so fragen. Ausweis, Scheckkarten, Mobiltelefon. Aber, hey, was soll ich da unten finden, in dem ganzen Dreck? Außerdem hat man die Frau nackt da abgeladen.« Vince sah Ron direkt ins Gesicht, in dem auch nach dem mehrmaligen Schildern der Umstände immer noch ungläubiges Staunen und der blanke Schrecken stand. »Abgeladen haben sie die Frau.

Armes Ding. Einfach weggeworfen wie ein Stück faules Fleisch.«

»Würdest du noch mal mit mir da runtergehen?« Morris wusste spätestens jetzt, dass er seine Story gefunden hatte. Dagegen war die Stevenson-Story rührseliger Kram. Der konnte warten. Ellis würde ihm schon nicht weglaufen, der angebliche Schatz sowieso nicht.

»In den Kanal? Da runter?« Vince sah Morris von oben bis unten an. »Mann, das ist verboten. Zivilisten haben da unten nichts verloren. Das ist viel zu gefährlich. Was ist, wenn du dich verletzt? Oder dir 'ne Infektion holst und anschließend South West Water auf Schadenersatz verklagst? Nee, nee. Mein Chef reißt mir den Arsch auf, wenn er davon erfährt.«

»Muss er ja nicht.« Morris drehte sich zur Bar um. »Ich spendier 'ne Runde.«

»Wie soll das gehen?«

»Ihr haltet alle die Schnauze. Und ich zahle.«

»Du zahlst?«

»Yep.«

»Wie viel?«

»Du wirst dich anschließend nicht beklagen.«

»So kannst du nicht da runter, mit deinen feinen Klamotten. Deine Arbeitsklamotten musst du schon selber mitbringen. Wellies und 'ne Taschenlampe. Überhaupt, was willst du da unten?«

»Recherche. Ich will den Ort auf mich wirken lassen. Ich habe schon eine Idee für die Reportage. Ein großartiger Gegensatz: das beschauliche Helston oben und im Untergrund Dunkelheit und der blanke Horror.«

»Der Mann hat's drauf, was? Gummistiefel und Lampe – coole Kombination.« Vince hob sein Glas. »Eins nehme ich noch. Zu Hause wartet Mama.« Er warf Ron einen vielsagenden Blick zu. »Und was hast du noch so vor, Ronnie? Mama beim Stricken zusehen?« Er lachte meckernd.

Ron sah ihn stumm an. In seinem Gesicht konnte Morris die hilflose Wut erkennen, immer als Opfer für Vinces dumme Sprüche herhalten zu müssen. Morris war froh, dass er vorsorglich seine Kameraausrüstung aus London mitgebracht hatte.

XX.

»Ich hätte mir denken können, dass ich Sie hier finde. Die Teufelspfanne ist wahrlich ein wunderbares Motiv für einen Maler oder Fotografen. Dieser Felsenbogen, durch den das Meer wie durch ein Tor in diese fast runde Einbuchtung der Klippen schwappt – sehr pittoresk. Wirklich.« Er nickte Simon zu. »Auch wenn ich nicht so wirken mag, ich habe 'ne Menge für Kunst übrig. Wirklich.« Er setzte hinzu: »Ich sollte Sie noch mal in Ihrem Atelier aufsuchen. Als Kunde. Ich kann mir vorstellen, dass ich ein Seestück bei Ihnen in Auftrag gebe. Etwas Großes.« Er beschrieb mit den Händen, was er unter groß verstand. »Über eine ganze Wand. So als würde der Betrachter mitten auf einem Strand stehen. Wellen, Gischt, dunkles Blau, Sonnenuntergang und das ganze Zeug.« Er nickte erneut, berauscht von seinen eigenen Gedanken.

»Ich wiederhole mich gerne. Ich glaube nicht, dass ich der Richtige dafür bin.«

»Ach, kommen Sie, Simon. Ich darf Sie doch Simon nennen? Ich höre nur das Beste über Ihre Kunst. Wirklich großes Kino.«

Simon trat einen Schritt zurück und warf einen abschätzenden Blick auf seine Arbeit. Irgendetwas stimmte nicht. War es die Perspektive, oder waren es Licht und Schatten, die nicht zueinanderpassten?

»Ach, kommen Sie. Ich bin sicher, dass Sie etwas Wunderbares zustande bringen werden.« Er trat neben die Staffelei und machte ein Gesicht, als würde er mit Sachverstand auf die Szene auf der Leinwand blicken. »Also, ich find's großartig. Wissen Sie was? Ich kaufe es. So wie es ist.«

»Nein. Es ist noch nicht fertig. Außerdem ist das Bild eine Auftragsarbeit.«

»Na, sehen Sie, ich wusste doch, dass Sie Aufträge annehmen.« Er nickte. »Geld spielt keine Rolle. Und wenn es eine Frage der Zeit ist, auch kein Problem. Sie haben völlig freie Hand. Wenn das Bild fertig ist, ist es fertig. Vielleicht habe ich auch etwas übertrieben. Es muss ja nicht gleich über die ganze Wand gehen. Hauptsache, es ist ein echter Jenkins. Und ich bin sicher, dass meine Frau es …« Bennett brach ab.

»Sie ist wieder zurück? Das freut mich für Sie.« Simon widmete sich wieder seiner Leinwand und tupfte dunkles Grün auf eine Stelle unterhalb der Abbruchkante. So bekam das Bild an dieser Stelle schon deutlich mehr Tiefe. Er würde den Übergang zwischen der brodelnden

See und dem Kessel, der ein Relikt einer eingestürzten Höhle war, deutlicher betonen müssen.

»Nein.« Bennett sah auf die See hinaus. Dabei wurden seine Augen zu schmalen Schlitzen, so als könne er sie nicht auf den Horizont fixieren. »Ich habe nach wie vor keine Spur. Die Polizei in Helston ist ein unfähiger Haufen. Sie behaupten, Liz stehe ganz oben auf ihrer Liste, aber ich traue denen nicht.«

»Sie müssen Geduld haben.« Simon versuchte eine Mischung aus Grün und Schiefer. »Nutzen Sie die Zeit und erkundigen Sie sich noch einmal bei ihren Freunden, Bekannten, suchen sie ihre Verwandten auf. Vielleicht hat sie sich mittlerweile bei einem von ihnen gemeldet. Menschen brauchen schon mal eine Auszeit von ihrem Alltag. Dabei vergessen sie allzu schnell, dass sie damit Unruhe und Sorge auslösen. Sie tun das meist unbeabsichtigt.«

»Wollen Sie damit sagen, ich soll das Ganze hinnehmen und abwarten?« Bennett schob mit der Fußspitze einen Stein von sich weg. »Auf keinen Fall. Ich brauche meine Frau um mich herum. Sie ist wichtig in meinem Leben.«

Simon kommentierte die Aussage nicht, die wie ein versteckter Hilferuf klang. Er hatte Bennett bereits unmissverständlich seine Haltung klargemacht.

»Sie haben viel Erfahrung. Sie haben in London zu den Besten gehört. Sie wissen, dass ich mich erkundigt habe. Wenn jemand meine Frau finden kann, sind Sie das.« Er zögerte. »Wenn Sie es nicht tun wollen, dann … Sie haben doch sicher noch jede Menge Kontakte. Tun

Sie mir den Gefallen und zapfen Sie sie an. Ich brauche lediglich einen kleinen Hinweis. Den Rest erledige ich dann schon.«

Er spürte, wie Bennetts Worte eine Unruhe in ihm auslösten, ein Kribbeln im Nacken, das nichts Gutes verhieß. Bennetts angebliche Verzweiflung klang eher wie ein aufziehendes Unheil. Welchen Rest wollte er »erledigen«?

»Ich kann Ihnen nicht helfen.«

»Sie wollen mir nicht helfen.«

»Ich habe Ihnen bereits deutlich gemacht, dass die Polizei zuständig ist. Ich bin nicht länger Teil dieses Systems.«

»Sie wollen mir nicht helfen, weil Ihre Freundin mich hasst. Das ist der Grund. Weil ich ihr angeblich zu nahe trete mit meinem Angebot. Dabei will ich nur, dass es dem Dorf gut geht. Und damit auch Ihrer Freundin.« Der Unternehmer klang wie ein bockiges, verzogenes Kind, das vor lauter Egoismus die Wahrheit nicht sehen will.

Simon sagte nichts. Stattdessen wischte er den aufgetragenen Farbton aus Grün und schieferfarbenem Grau vorsichtig mit einem Lappen von der Leinwand. Heute war nicht sein Tag. Bennetts Penetranz trug ihren Teil dazu bei.

»Wenn Sie mir nicht helf…«

»Ein großartiger Tag.«

Die beiden drehten sich um. Jamie Morris stand vor ihnen, die Hände in den Taschen seiner Jeans.

»Diese Luft und die frische Brise. Der Sommer könnte

nicht vollkommener sein.« Er trat einen Schritt näher. »Habe ich Sie in Ihrer Konzentration gestört? Sie machen so ein ernstes Gesicht.« Er wies auf die Staffelei.

Morris' dick aufgetragene Unbekümmertheit verfehlte ihr Ziel. Bennett wandte sich zum Gehen.

Der Filmemacher sah sich genötigt, die angespannte Situation zu entschärfen. »So eine wunderbare Landschaft. So herrlich unberührt. Man könnte fast meinen, jungfräulich. Und kaum eine halbe Stunde entfernt hält ein grausames Verbrechen die Polizei in Atem.« Er trat einen Schritt näher und nahm die Hände aus den Hosentaschen. »Das muss man sich mal vorstellen: ein Torso in der Kanalisation. Eine weibliche Leiche. Einen spannenderen Gegensatz kann man sich als Journalist und Filmemacher nicht vorstellen.«

Plapperte der Filmemacher lediglich Gerüchte nach, oder hatte er handfeste Informationen von der Polizei? So wie Simon Marks einschätzte, war das Erstere der Fall. Morris erschien ihm wie ein Aufschneider, der sich gerne in Szene setzte, um sich bei seinen Gesprächspartnern wichtigzumachen.

»Hab schon ein paar geile Bilder im Kasten.« Der Filmemacher grinste selbstgefällig. »Nicht vom Torso, natürlich. Noch nicht.« Er hob theatralisch die Hände. »Ich hab im Pub in Helston ein paar Leute getroffen, die mich in den Untergrund mitgenommen haben. Zweibeinige Kanalratten sozusagen. Stinkt erbärmlich dort unten. Könnte ich nie im Leben arbeiten, dort unten. Aber das trübe Licht, die Wände, Spinnweben und das ganze Zeug kommen im Filmmaterial super rüber. Ich bin dran an der Sache. Ich brauche jetzt nur noch ein paar O-Töne, und fertig ist die Story.«

»Vielleicht können Sie mir bei einer Sache helfen.« Bennett hatte interessiert zugehört.

»Bei einer Sache?« Morris wippte neugierig auf den Fersen.

»Wir sollten das bei einem Bier besprechen.« Bennett warf einen spöttischen Seitenblick zu Jenkins. »Wir halten den Maler sowieso nur von seiner Arbeit ab.«

»Ich möchte in der Tat die Arbeit gerne zu Ende bringen, wenn es Ihnen nichts ausmacht.«

Terry Bennett nickte gönnerhaft und zog Morris mit sich. »Um diese Uhrzeit ist es auf der Terrasse des Pubs noch auszuhalten.«

Die beiden hatten Simon kaum allein gelassen, da hatte er sie auch schon vergessen. Da hatten sich zwei getroffen, die sich in nichts nachstanden, was ihr machohaftes und überhebliches Getue betraf. Sollten sie sich im Pub doch gegenseitig in die Tasche lügen.

Er hingegen freute sich auf den Abend mit Mary. Sie hatten sich nach langer Zeit wieder einmal zum Essen verabredet. Mary wollte ein neues Rezept an ihm ausprobieren, er sollte für den Weißwein sorgen.

Er packte die Malutensilien zusammen. Es wurde ihm langsam zu heiß. Außerdem hatte das Wasser während der Störung durch Bennett und Morris die Farbe gewechselt. Er würde ein anderes Mal zurückkommen und das Bild beenden.

Auf dem Weg zu seinem Cottage begegnete er dem Polen. Krystian stand an der Telefonzelle und machte mit seinem Smartphone Fotos von den Hummerkörben, die auf der Begrenzungsmauer zur schmalen Straße gestapelt waren. Der Anblick schien ihn zu faszinieren, denn er fotografierte die mit Seepocken besetzten Nylonkörbe aus verschiedenen Blickwinkeln.

Simon passierte Marys Gast, ohne ihn anzusprechen. Der Pole bemerkte ihn nicht.

XXI.

»Sie arbeiten also für die BBC.« Bennett kam mit zwei Pint an die Bank und setzte sich Morris gegenüber.

»Sagen Sie Jamie zu mir. Danke für das Ale.« Er hob das Glas und prostete seinem Gegenüber zu.

»Terry.« Er hielt Morris die Hand hin.

»Ich habe schon von Ihnen gehört.« Morris trank einen Schluck.

»Wie meinen Sie das?«, argwöhnte Bennett.

»Nun, Sie sind ein erfolgreicher Investor. Einer, für den der Neue Markt damals zum richtigen Zeitpunkt kam.«

Bennett setzte sich in Positur. Morris schien noch nichts von seiner verschwundenen Frau gehört zu haben. »Man sagt mir nach, meine Stärke sei es, zum richtigen Zeitpunkt die Nase im Wind zu haben.« Sein selbstgefälliges Lachen schepperte über den Holztisch. »Es stimmt. Die Zeit damals war günstig. Die Börse explodierte förmlich. Jeden Tag drängten neue Ideen mit neuen Aktien in den Markt. Und ich hatte noch nie

Angst vor dem Risiko. Ich habe meinen Schnitt gemacht und meine Netze mit einem dicken Fang, so würden es die Fischer hier sagen, eingeholt.« Er trank von seinem Ale. »Wenn man zudem die richtigen Leute kennt, ist der Rest kaum mehr als ein bisschen Handwerk. Mir geht es nicht schlecht, ja, das kann man so sagen.«

»Das wäre dann genau mein Thema: die Folgen des Neuen Marktes. Eine Menge Leute haben später alles wieder verloren, weil sie den Hals nicht vollgekriegt haben. Aber was ist aus dem ganzen Geld geworden, das Visionäre wie Sie verdient haben? Der Spur des Geldes folgen, heißt es doch so schön, wenn man über …« Er sah, dass sich Bennetts Miene verdüsterte. »Nicht dass wir uns jetzt missverstehen, es geht mir nicht um irgendeine Enthüllungsstory. Davon bin ich weit entfernt. Aber es ist doch so: Es gibt eine wunderbare Story über einen Mann und seine Visionen zu erzählen, der mit seinem guten Geld seinen Teil zur wirtschaftlichen Entwicklung einer ganzen Region beitragen will.«

»Sie meinen …?«

»Ich finde es genial, dass sie aus dem Kaff hier eine Art Museumsdorf machen wollen. So was braucht Cornwall, die Grafschaft hängt der Entwicklung im Land sowieso seit Jahren hinterher.«

»Sie wollen darüber einen Film drehen?«

»Ein Feature. Ich könnte mir auch einen Kinofilm vorstellen.« Morris' Fantasie ging mit ihm durch. »Könnte auch etwas für eine Netflix-Serie sein. Stoff gibt es doch genug: die Verhandlungen mit den zuständigen Behörden, die Verhandlungen mit den Einwohnern hier – die sind so schön einfältig, die Pläne, die beginnende Umsetzung. Es gibt sicher auch Gegner des Projekts, Engstirnige, die Ewiggestrigen.«

Bennett nickte.

»Der Kampf, sie zu überzeugen«, fuhr Morris fort. »Da steckt viel dramatisches Potenzial drin. Man kann eine Liebesgeschichte einbauen oder sogar ein Verbrechen.«

Bennett hob die Hand. »Moment, Moment. Ich habe ein durchaus ernsthaftes Interesse an dem Projekt, das ich CC nenne: Cornish Clovelly.« Er sah das Stirnrunzeln des Filmemachers. »Clovelly. Das Fischerdorf oben an der Nordostküste, Devon.«

Morris nickte. »Klar, weiß ich doch.«

»Die Leute sollen hier wie in einem lebendigen Museum leben. Die Besucher zahlen Eintritt, um ein wenig von dem ursprünglichen und einfachen Leben der Menschen in Cornwall zu erleben.«

»Eben.«

»Da passt kein Drama und keine Liebesschnulze rein.«

Morris witterte Ablehnung und schob sofort hinterher: »Ließe sich aber wunderbar verkaufen. Die Menschen lieben Schnulzen. Denken Sie nur, wenn der Film in den Kinos laufen wird, das ist kostenlose Werbung, die ist durch nichts zu toppen. Sie werden über Nacht berühmt, das Dorf wird berühmt, und damit wird Ihre Kasse ordentlich klingeln.«

Bennett schüttelte den Kopf. »Das wird nicht gehen. Ich muss sehr behutsam vorgehen. Ich weiß ja nicht, was Sie schon gehört haben, aber es gibt längst nicht nur Befürworter meiner Pläne. Es gibt Kritiker, die sich nicht ›wie Affen im Zoo‹ begaffen lassen wollen. Und es gibt Hartleibige, die nicht verkaufen wollen. Die kleine Kratzbürste zum Beispiel, die den Dorfladen führt. Nein, ich denke, das Ganze ist noch zu früh.«

Morris setzte nach. Wenn er sich einmal in ein Thema verbissen hatte, war er kaum noch zu stoppen. »Aber das ist doch großartig: Eine hübsche Frau verteidigt ihr Häuschen. Das ist eine filmreife Nummer. Da haben wir doch schon den Aufhänger. Ich sag ja immer, die besten Geschichten liegen auf der Straße. Man muss sie nur erkennen und aufnehmen.«

»Gleich ein ganzer Kinofilm?« Bennett klang, als erschiene ihm die Idee längst nicht mehr so abwegig wie zu Beginn ihres Gesprächs. »Ich kann in der Tat gute Presse gebrauchen. Der Werbeeffekt wäre unbezahlbar.«

»Ich hole uns noch zwei Bier. Dabei lässt sich besser Pläne schmieden. Oder was Stärkeres?« Morris erhob sich.

»Ein Ale reicht vollkommen.« Bennett hob abwehrend die Hand.

Der Filmemacher deutete auf dem Weg ins Pub in den kleinen Vorhof. »Allein das ist doch schon die perfekte Kulisse und eine schöne Szene.« Eine winzige Arena. Die eng stehende Mauer strahlte so viel Hitze ab, dass es selbst unter dem schattigen Vordach zu warm wurde und sich die Frauen Luft zufächelten, als säßen sie nicht vor dem Cadgwith Cove Inn, sondern auf den heißen Rängen einer Stierkampfarena. Am Nebentisch hatte ein Pärchen Platz genommen, das sich über seine Getränke hinweg anschwieg und jeder für sich auf den Handys daddelte. Er war froh, im Pub ein wenig Schatten zu finden.

»Here we are.« Morris setzte schwungvoll die Biere ab und nahm Platz. »Ich denk an eine Mischung aus Doku und Spielhandlung. Ist gerade ziemlich angesagt.«

»Ich weiß nicht recht. Das Ganze ist doch sehr aufwändig. Ab und an werden hier im Hafen schon mal Szenen gedreht. Das ist schon eine Menge Material, was die jedes Mal da auffahren.«

»Ach.« Morris winkte ab. »Das ist nicht wirklich ein großes Problem. Ich habe da meine Connections. Die besten Verbindungen ins Filmbusiness. Da kannste Gift drauf nehmen.«

»Wenn du meinst.«

»Ja, das meine ich. Für die Spielhandlung gibt es geeignete Schauspieler. Ich habe da schon was im Kopf. Lass mich mal machen.« Er dachte an Sally. Vielleicht hätte sie ja Interesse an dem Job – und an einem Wiedersehen mit ihm. Er würde sich erkundigen, was sie derzeit so trieb. Vielleicht, wenn sie erführe, dass Steve … »Wir sollten eher einen Spielfilm drehen, keine Doku mit einer aufgesetzt wirkenden Spielhandlung, wenn ich es recht überlege. Und es sollte eine Liebesgeschichte sein, die lässt sich in diesem Rahmen besser verkaufen als ein Krimi. Das klingt zu arg nach blutiger Auseinandersetzung und könnte deinen Plänen eher schaden.« Er nickte wie zur eigenen Bestätigung. »So machen wir es. Eine Liebesschnulze wie bei Pilcher. Das füllt die Kasse.

Junge Frau verliebt sich in einen Mann, der hier im Dorf auftaucht. Er zieht in ein kleines Häuschen, die Basisstation für sein Projekt. Sie kämpft gegen die Pläne, aus dem Dorf ein Museum zu machen, und kennt den mysteriösen Investor nicht, der dahintersteckt und sich von seinen Anwälten vertreten lässt. Er gibt sich nicht zu erkennen. Als die beiden sich verloben wollen, rückt er mit der Wahrheit raus und – bäm! Sie verlässt ihn. Nur durch Zufall kommen sie wieder zusammen, die Details müssen noch ausgearbeitet werden, und am Ende ist sie stolze Mitbesitzerin eines ganzen Dorfes. Na, wie klingt das?«

»Ziemlich abenteuerlich, wenn du mich fragst.« Bennett lachte. »Aber so absurd das Ganze klingt, du hast eine Art an dir, die mich beeindruckt. Eine Mischung aus durchgeknallt und Visionär. Genauso einer war ich selbst, damals im Neuen Markt. Als es jeden neuen Tag darum ging, Kunden für Investitionen zu gewinnen.«

»Denk nur daran, was das am Ende für dich bedeutet. Du und dein CC werden in aller Munde sein. Die Besucher werden das Dorf überrollen. Jeder will hier gewesen sein. Wir machen aus Cadgwith einen Wallfahrtsort.«

»Wir?« Bennett klang amüsiert.

»Habe ich wir gesagt? Ich meine natürlich du. Du machst dieses Kaff unsterblich.« Meine Güte, war Bennett eitel.

Mittlerweile saß das Pärchen am Nachbartisch vor einer großen Portion Meeresfrüchte. Der Typ hinter der Theke hatte ihnen je eine Riesenkrabbe mit Pommes frites gebracht. Mit sichtlichem Genuss machten sie sich über das Essen her.

»Wie soll das gehen? Einen Haken hat das Ganze: Ich will in einen Kinofilm kein Geld investieren. Woher soll die Kohle kommen? Das ist die alles entscheidende Frage, lieber Jamie.«

Morris warf einen kurzen Blick auf das Schalentier, trank einen großen Schluck, setzte sich dann zurecht und drückte den Rücken durch. »Zufälligerweise habe ich gerade einen alten Kumpel von mir besucht. Er wohnt auf Trerice. Wir kennen uns aus den gemeinsamen Anfängen in London. Er ist heute ein einflussreicher Produzent und hat eine ganze Reihe international erfolgreicher Kinoschinken produziert. Er wird von meinem, äh, unserem Projekt begeistert sein. Der Rest ist dann nur noch Sache der Anwälte und Banken. Ich will ja nicht übertreiben, aber ich bin mir fast sicher, dass er die Kohle zusammenbringen wird. Auch hat er Zugriff auf sehr interessante Schauspieler. Du wirst sehen.«

»Aha.«

»Keine Sorge. Er ist ein echt Großer der Branche. Du solltest ihn mal in seinem Wohnzimmer erleben. Sechzehntes Jahrhundert. Also, das Wohnzimmer.« Morris lachte eine Spur übertrieben. »Standesgemäß. Trerice hat sogar einen Hausgeist. Und Elisabeth. Die hängt an der Wand.«

»Hausgeist?«

»Irgendein Nachfahre des Erbauers. Keine Ahnung, warum er dort spukt. Unerfüllte Liebe, Mord, Intrigen, was weiß ich. Du solltest ihn mal kennenlernen, also, meinen Kumpel Steve. Und seine bezaubernde Lebensgefährtin. Die heißt wie die Dame an der Wand. Elisabeth. Er nennt sie liebevoll Liz. Also, das Porträt und seine Freundin. Witziger Zufall, nicht?«

Bennett verzog den Mund zu einem dünnen Lächeln.

»Da fällt mir ein. Seine Liz kommt von hier. Das wird uns die Sache mit der Finanzierung sicher erleichtern.« Morris beugte sich vor und senkte die Stimme. »Die beiden werden dir gefallen. Wir haben an dem Abend dermaßen gesoffen, Steve und ich. Ich war so voll, dass mich selbst der Geist nicht gestört hätte, wäre er aufgetaucht.« Bei dem Gedanken schüttelte er den Kopf. »Der alte Steve, saufen konnte er früher schon. Und einen Schlag bei den Weibern hatte der, alter Schwede.« Er stutzte. »Geht es dir nicht gut? Du siehst aus, als sei dir der Leibhaftige erschienen. Du bist ja weiß wie die Wand. Soll ich dir ein Glas Wasser holen? Dir bekommt die Hitze sicher nicht. Warte.«

Als Morris mit dem Glas Wasser zurückkam, war Bennetts Platz leer.

»Ihrem Kumpel geht es wohl nicht gut.« Der Mann am Nebentisch schob sich genüsslich ein letztes Frittenstäbchen in den Mund. »Ist auch viel zu heiß heute. Da geht der Alkohol direkt in die Birne.« Er hob sein Glas, unterdrückte ein Rülpsen und prostete seiner Begleiterin zu.

XXII.

»So kühl.« Sie beobachtete, wie der Tropfen am beschlagenen Glas herabrann. »Genau das Richtige heute.« Sie ließ den Wein ein wenig kreisen. »Wo hast du den aufgetrieben?« Mary nahm einen kleinen Schluck und sah hinauf zum abendlichen Blau des Himmels, dessen Ränder bereits in ein dünnes Orange übergingen. Die Luft war noch warm. Unten im Hafen waren einige Gestalten zu erkennen, die nahe an der Wasserlinie standen. Zwei Hunde rannten hinter einem Tennisball her, den ihr Herrchen immer wieder über den Kies oder ins Wasser warf.

Simon lächelte ein wenig verlegen. »Um ehrlich zu sein, den hat Luke besorgt. Sainsbury's. War im Angebot. Ich hatte ein wenig Sorgen, dass er dir nicht schmeckt.«

»Unsinn.« Sie stellte das Glas ab und sah Simon erwartungsvoll an. »Nun, wie war dein Tag?«

Simon betrachtete das Geschirr, das auf dem kleinen Tisch vor Marys Cottage stand und von einem ausgedehnten Abendessen zeugte. Er erzählte ihr von seiner Begegnung mit Bennett und dem Filmemacher oben auf den Klippen. Davon, dass sich in den beiden so etwas wie verwandte Seelen getroffen hatten. Und davon, dass er im Augenblick kaum zum konzentrierten Arbeiten kam, er aber schon mehrfach von der Betreiberin der kleinen Galerie um Nachschub gebeten worden war.

»Das ist doch prima. Das Geschäft läuft also.«

»Wie du sagst, es ist ein Geschäft. Ich würde mich viel lieber um wirklich Künstlerisches kümmern. Aber dazu fehlt mir die Zeit. Außerdem muss ich ja von etwas leben.« Er lächelte schief.

»Aber geht das nicht allen Künstlern so? Der Kommerz ist der Motor und der Boden für die wahre Kunst?«

»Schon. Aber mir fehlt gerade etwas die Balance. Und damit meine ich nicht meinen Gehstock«, setzte Simon mit dem Versuch eines Kalauers hinzu. Dann relativierte er den Satz: »Dummer Scherz, ich weiß.« Er trank einen Schluck Wein.

Mary überhörte die letzte Bemerkung. Simon neigte nicht zu Selbstmitleid. »Vielleicht brauchst du nur ein wenig Abwechslung. Oder ein paar Inspirationen? Was hältst du davon, wenn wir nach St. Ives in die Tate fahren? Der Ort ist immer gut für kreative Ideen.« Sie sah sein Zögern. »Ich war schon länger nicht mehr dort. Erst die Tate Galerie und dann das Atelier und der Garten von Barbara Hepworth.«

»Hm.«

»Ich liebe ihre Skulpturen. Sie sind so voller Energie. Diese Linien, diese Sinnlichkeit in den Formen, fast wie lebende Wesen. Dabei der Welt entrückt, losgelöst von Konventionen, völlig frei schwebend und doch mit unserer Welt verbunden. Ihre Körper sind frei von Gliedmaßen wie Arme und Beine, und doch erscheinen sie als ganz.« Mary hielt ihr Glas, ohne daraus zu trinken, und sah über die Bucht auf die See hinaus. Sie lag ruhig da, nahezu bewegungslos, als würde sie auf etwas warten. Auf der Himmelspalette mischte sich eine Spur Grau in das tiefe Blau. Erste Sterne zeigten sich. Schon bald würde die Milchstraße in ihrer ganzen Pracht zu sehen sein.

»Woran denkst du gerade?«

»Du erinnerst mich mit deiner Bemerkung über Barbara Hepworth an den Torso in Helston.« Simons Satz zerstörte die Idylle, als sei klirrend ein Spiegel zersprungen.

»Oh. Und ich dachte, ich könnte dich ein wenig auf andere Gedanken bringen.« Sie stellte das Glas ab. »Ich weiß, dass dich der Frauenkörper mehr beschäftigt, als du nach außen hin zeigst.«

»Das stimmt. Ich frage mich, ob die Spurensicherung DNA-verwertbares Material gefunden hat, das auf einen möglichen Täterkreis hindeutet.« Er sah Mary an. »Du hast recht. Ich kann nicht abschalten. Mir geht die Frau nicht aus dem Kopf. Unter welch grausamen Umständen sie gestorben ist und derart zugerichtet wurde. Ich kann nur hoffen, dass sie bereits tot war, als man ihren Körper auf diese Weise entstellt hat.«

»Sagst du nicht immer: Meine Zeit bei der Polizei ist vorbei, und die Verantwortung haben nun andere?«

»Und du sagst immer: einmal Bulle, immer Bulle.« Er lächelte sie vorsichtig an.

»Touché.« Mary griff über den Tisch nach seiner Hand, drückte sie und gab sie wieder frei. »Aber du kannst nichts tun.«

Simon nickte. Er spürte eine plötzliche Müdigkeit. »Ich wünschte, ich könnte es.«

»Mir geht Liz Bennett nicht aus dem Kopf.« In Marys Blick lag eine Bitte.

Simon versuchte vergeblich ein gleichgültiges Gesicht zu machen. »Sie wird wieder auftauchen.«

Mary rückte sich auf ihrem Stuhl zurecht, als würde sie eine Aussage machen wollen. »Ich habe in den vergangenen Tagen einiges über die Ehe der Bennetts gehört. Du weißt, dass Sheila seit einiger Zeit bei ihnen sauber macht.«

Simon hob abwartend eine Augenbraue. Stimmt, davon hatte er gehört.

»Wenn du mich fragst, hat sie ihn verlassen, weil sie ihn und seine Gewaltausbrüche nicht mehr ertragen konnte. Sheila hat erzählt, dass sie oft streiten, und das auf eine Weise, die ihr Angst macht. Sie hat einmal gehört, dass sie ihn angeschrien hat, sie fühle sich wie eingemauert. Bennett vermisst seine Frau nicht, weil er sie liebt, sondern weil er es nicht erträgt, verlassen worden zu sein.«

Das hatte Simon auch schon gedacht.

»Ich mache mir ernsthaft Sorgen, dass er ihr etwas antut, wenn er sie findet«, sagte Mary.

Simon wollte schon den Kopf schütteln, aber sie ließ nicht locker.

»Ich muss immerzu an das denken, was du mir über seine Zeit in Manchester erzählt hast. Dass man dort in einem Seitenweg eine Prostituierte gefunden hat, aufgeschlitzt. Und dass der Fall bis heute nicht geklärt ist. Dass sie Bennett und seiner Männerrunde nichts haben nachweisen können. Was, wenn er in den Fall dort verwickelt ist? Wer einmal mordet, wird auch ein zweites Mal nicht davor zurückschrecken.« Sie sah seinen zweifelnden Blick. »Deine eigenen Worte.«

Er hob sein Glas und betrachtete es nachdenklich.

»Marks war doch bei dir. Das hat doch etwas zu bedeuten. Sie nehmen die Sache ernst. Sonst hätte er sich nicht herbemüht.«

»Keine Ahnung. Vielleicht wollte er nur mal auf den Busch klopfen, um herauszufinden, ob ich mich schon wieder in einen seiner Fälle einmische.«

»Und? Wirst du?«

»Auf keinen Fall.«

»So, so«, neckte sie ihn.

»Luke hätte seinen Spaß.«

»Und du auch, Bulle.«

»Ich möchte nicht mehr darüber sprechen.«

»Schon gut. Ich wollte dich nicht ärgern.«

»Tust du nicht.«

»Na, dann ist's ja gut.«

Sie saßen noch eine ganze Weile vor Marys Cottage und hingen jeder für sich ihren Gedanken nach. Auch so eine Stimmung, die er nicht mehr missen mochte. Sie schwiegen und verstanden sich doch. Ab und an nahm Mary die Flasche Weißwein aus dem Weinkühler und goss ihnen nach.

Sie erzählten noch eine Weile über Martin Ellis' Lust an der *Schatzinsel* und seine fixe Idee, dass das Buch in dieser Bucht seine Wurzeln hatte. Und von den Wracks, die wie Torsi auf dem Grund der See auf ihre Erlösung warteten, der endgültigen Auflösung und dem Einswerden mit dem Wasser.

Die Luft war noch lange warm, und der Mond warf verschwenderisch Glitzer auf das Wasser. Ein friedfertiges Bild. Und doch hatte das Gespräch über den Torso und über Bennett ein paar Kratzer auf der Leinwand hinterlassen.

Spät verabschiedete sich Simon. Mary räumte das Geschirr weg und blieb anschließend noch bis tief in die Nacht vor ihrem Haus sitzen.

XXIII.

»Hast du das gehört?« Sie setzte sich im Bett auf.

»Hm?« Steve hatte Mühe aufzuwachen.

»Steve, da ist jemand.« Sie zog an seinem Schlafshirt.

»Du hast sicher schlecht geträumt. Das wird nur eines der alten Dielenbretter sein. Schlaf weiter.«

»Steve.«

»Oder unser Hausgeist«, murmelte er.

»Da waren Schritte.«

»Sag ich doch, unser Hausgeist«, murmelte er und schlug einen unbeschwerten Ton an.

»Steve.« Sie rüttelte an seiner Schulter.

»Schon gut, Liebes.« Er setzte sich auf. »Wo ist der Feind? Wen soll ich besiegen, Mylady?«

»Ich habe Angst.«

»Ich schaue nach.« Er beugte sich zu ihr und gab ihr einen Kuss. »Und keine Angst. In einem alten Gemäuer knackt, knarzt oder raschelt immer irgendetwas. Du wirst dich schon noch dran gewöhnen.«

»Pass bitte auf.«

»Keine Sorge, Liz. Im Flur steht mein Golfbag. Da stecken jede Menge Waffen drin. Fürchte dich also nicht.« Seine Zuversicht erreichte sie nicht.

»Du nimmst mich nicht ernst.«

Steve Carlton nahm auf dem Weg zur Treppe ein Eisen aus der Golftasche. Liz war ein liebevoller Mensch, aber voller Ängste. Das war aber auch kein Wunder, nach allem, was sie hatte durchmachen müssen.

Ohne Licht zu machen, tastete er sich die breite Holztreppe hinunter. Er setzte die Füße vorsichtig auf die Stufen, um ein Knarzen zu vermeiden.

Unten rüttelte er behutsam an der Haustür. Natürlich war sie verschlossen. Aber er wollte nicht ungerecht sein und ging weiter. In der Dunkelheit durchquerte er die Halle, um die Fenster in den Zimmern des Untergeschosses zu kontrollieren. In diesen Räumen brauchte er kein Licht. Durch die kleinen Glasscheiben fiel das Mondlicht in feinem Silber wie ein weiches Laken üppig über die Einrichtung. Im Wohnzimmer warf er einen Blick auf das Porträt. Durch den Lichteinfall sah es aus, als würde ein feines Lächeln um Elisabeths Lippen spielen. Und der Fall des Umhangs erschien noch geschmeidiger.

Steve blieb einen Augenblick stehen. Wäre sie nicht nur eine Frau auf einem alten Ölschinken, dann wäre Liz die ideale Besetzung für die weibliche Hauptrolle in seinem nächsten Filmprojekt. Er und sein Drehbuchschreiber wollten die Geschichte von Königin Viktoria ganz neu erzählen. Und zugleich die Viktorianische Zeit ordentlich entstauben. Er wollte den Zuschauern einen tiefen Einblick hinter die offizielle Kulisse jener Epoche bieten. Jedenfalls wie er sie verstand.

Das Viktorianische Zeitalter als Ära zügelloser Vergnügungen. Steve Carlton musste lächeln bei dem Gedanken. Das würde ein Spaß werden. Er sah bereits die Schlagzeilen in den Boulevardblättern vor sich und die pikierten Kommentare der selbsternannten Kenner des Hofes.

Er zwinkerte der Porträtierten verschwörerisch zu und machte sich auf den Weg in die Küche.

Vor der Tür machte er Halt. War da tatsächlich ein Geräusch gewesen? Es hatte sich so angehört, als sei jemand gegen einen der Töpfe gestoßen, die stets auf dem Herd standen. Ein leises, kaum vernehmbares Scheppern. Carlton fasste den Golfschläger fester. Er spürte mit einem Mal den Schweiß in seiner Hand. Seine Nackenhaare stellten sich auf.

Er wartete ab, aber es blieb still. Eine Katze konnte es nicht gewesen sein. Die gab es auf Trerice nicht. Jedenfalls nicht in der Nähe der Küche. Es konnte allenfalls eine Maus auf der Suche nach Essbarem gewesen sein. Zum wiederholten Mal nahm er sich vor, den National Trust aufzufordern, endlich dafür zu sorgen, dass vor allem die Tür zum Keller und die Haustür abgedichtet wurden. Denkmalschutz hin oder her.

Er hielt den Atem an, aber er hörte keine weiteren Geräusche. Schließlich öffnete er mit einem entschlossenen Ruck die Tür zur Küche und schaltete im gleichen Moment das Deckenlicht an.

Nichts. Die Gerätschaften an der Wand, die Pfannen, Löffel, der Ofen, selbst der Kühlschrank schienen ihn erstaunt anzusehen, warum um alles in der Welt er ihre Nachtruhe störte.

Carlton atmete hörbar aus und sah sich genauer um. Da er selten bis nie in die Küche kam, hätte er nicht sagen können, ob etwas anders war als sonst. Allerdings stand die Tür zum kleinen Flur für die Dienstboten offen, von dem auch der Zugang zu den Kellerräumen abging.

Ein plötzliches Geräusch ließ ihn herumfahren und abwehrend den Golfschläger heben.

»Ich habe es im Bett nicht mehr ausgehalten.«

Liz stand vor ihm. Langsam ließ er das Eisen sinken.

»Es ist nichts, Schatz. Alles ist ruhig. Es ist niemand hier. Ich checke morgen die Kamerabilder.«

»Aber die Tür steht offen.« Sie wies in die Richtung.

»Die Köchin wird vergessen haben, sie zu schließen.«

»Die offene Tür macht mir Angst.« Sie wich ein Stück zurück.

»Schon gut, Liz, ich sehe nach.« Carlton lehnte das Eisen gegen den Tisch und trat in den Flur. Nachdem er das Licht eingeschaltet hatte, ging er in das Gewölbe hinunter. Dort war es kühl, und es roch muffig. Es war ein großer Keller mit mehreren Räumen. Er kontrollierte jeden von ihnen. Niemand war dort unten. Carlton rüttelte an der Tür, von der Steinstufen nach draußen führten. Sie war unverschlossen. Vorsichtig warf er einen Blick über die Außentreppe. Sie lag verlassen da. Die obersten Stufen wurden vom Mondlicht beleuchtet.

Kopfschüttelnd und erleichtert, schloss er die mächtige Holztür ab, ging zurück in die Küche und löschte hinter sich die Lichter.

»Die Köchin wird auch vergessen haben, die Kellertür nach außen zu …« Er blieb abrupt stehen.

Liz stand mitten in der Küche. In ihrem Nachthemd und auf ihren nackten Füßen sah sie aus wie das vielbeschworene Gespenst von Trerice. In ihrer Hand hielt sie ein blitzendes Messer.

»Es fehlt eins.«

»Woher weißt du das?« Er ging auf sie zu und nahm ihr das Messer ab. »Du hast mich vielleicht erschreckt.«

»Ich habe zufällig heute Morgen mit der Köchin darüber gesprochen, dass die Messer dringend geschärft werden müssen. Sie hat darum gebeten, die sieben Messer zum Scherenschleifer ins Dorf zu bringen. Da waren sie noch vollzählig. Mir ist aufgefallen, dass das Tranchiermesser nicht mehr im Messerblock steckt.«

Carlton legte das Messer auf die Anrichte und zog seine Freundin an sich. »Die Köchin wird das Messer sicher irgendwo liegen gelassen und vergessen haben. Die gute Mrs. Fisher ist auch nicht mehr die Jüngste. Und du hast mir einen Schrecken eingejagt. Ich habe gerade schon gedacht, du willst auf mich losgehen.« Er vergrub seinen Kopf in ihren Haaren. »Wie du da auf deinen nackten Füßen stehst, mit dem Messer in der Hand – Mann, das macht mich vielleicht an.« Er küsste ihre Halsbeuge und ließ seine Hände unter ihr Nachthemd wandern.

»Steve!« Liz begann zu zittern.

Carlton drückte sie mit seinem massigen Körper hart gegen die Kante des mächtigen Küchentischs und schob seine Hand zwischen ihre Beine.

Sie stöhnte auf und drängte sich ihm entgegen.

»Wusste ich's doch.« Sein Murmeln ging in ein Stöhnen über. Als er seine Shorts mit einer Hand herunterzog, spürte er, dass Liz' Körper sich mit einem Mal versteifte. Im nächsten Augenblick schrie sie auf.

Er interpretierte ihr Entsetzen als Erregung und fuhr fort.

Sie stieß ihn von sich. »Da. Am Fenster. Da war ein Gesicht.«

Er verstand erst nicht. »Ein Gesicht?«

»Ein Gesicht. Ja. Eine schwarze Kapuze und ein Gesicht.«

Carlton richtete sich auf. »Was redest du da?« Er sah sich zum Fenster um. »Da ist kein Gesicht.« Er drehte sich wieder zu Liz um und versuchte sie zu küssen. »Komm.«

Sie hielt ihn auf Abstand. »Ich habe ein Gesicht gesehen. Ich habe die Augen nicht sehen können, aber da war ein Gesicht.«

Er ließ von ihr ab. »Ich sollte das in diesem Haus nicht sagen, aber du siehst Gespenster, Liz«, versuchte er einen Scherz.

»Ich weiß, was ich gesehen habe. Und was ich gesehen habe, macht mir Angst.« Ihr Tonfall ließ keinen Zweifel.

»Schon gut.« Er hob die Hände. »Ich sehe nach.«

Auf dem Weg zur Haustür schaltete Carlton die Außenbeleuchtung ein. Unmittelbar wurden der schmale Vorplatz und die Rasenflächen in gleißendes Licht getaucht. Die beiden in Form geschnittenen Lebensbäume links und rechts des Hauptweges warfen lange Schatten. Die steinernen Wächter weiter hinten an den Treppenstufen lagen im Schatten der Nacht.

In den Büschen, die die hohen Sandsteinmauern flankierten, die zu beiden Seiten diesen Teil des Grundstücks absicherten, regte sich nichts. Die warme Luft stand, der Himmel war immer noch sternenklar. Er suchte mit den Augen den nach geometrischen Regeln angelegten Garten ab, aber er konnte nichts Ungewöhnliches erkennen. Auf nackten Füßen ging er ein Stück über den festen feinkörnigen Sandsteinsplit und suchte den Boden ab. Keine Fußspuren, keine weggeworfene Zigarettenkippe. Der Gärtner hatte am Abend ganze Arbeit geleistet.

Zurück im Haus, wartete Liz bereits am Lichtschalter.

»Vergiss es einfach. Da war sicher nur ein Spinner, der mal sehen wollte, wie es sich in einem Herrenhaus so lebt. Er wird ein bisschen Spaß gehabt haben.« Er zwinkerte ihr zu. »Ein Einbrecher war er sicher nicht. Der hätte sich nicht am Fenster gezeigt.«

»Steve, ich habe Angst.«

»Psst, Liebes, du brauchst wirklich keine Angst zu haben. Deine Nerven haben in den vergangenen Monaten viel gelitten. Ich verstehe das.« Er legte ihr zärtlich einen Finger auf den Mund und nahm sie in den Arm. »Uns kann hier nichts passieren. Komm, wir gehen wieder zu Bett. Du holst dir sonst noch was, die Fliesen sind für deine nackten Füße viel zu kalt.«

»Warum war im Keller die Außentür nicht abgeschlossen? Was, wenn der Unbekannte die offene Tür gefunden hat?«

»Hat er nicht.« Er gab ihr einen Kuss auf die Stirn und schob sie sanft Richtung Treppe. Als er ihren Widerstand spürte, fügte er hinzu: »Ich werde jeden Abend die Schlösser kontrollieren. Versprochen. Und ich werde morgen die Köchin nach dem fehlenden Messer fragen. Und die Kameras überprüfen.«

XXIV.

»Ich dachte mir, könnte nicht schaden, ruf ihn doch einfach mal an. Einen schönen Gruß aus der Heimat wollte ich schicken. Nicht mehr, aber auch nicht weniger.« Die Stimme am anderen Ende der Leitung gab ein meckerndes Lachen von sich.

Terry Bennetts Nackenhaare stellten sich auf. »Das ist nicht dein Ernst.« Seine Handflächen schwitzten so stark, dass ihm um ein Haar das Smartphone aus der Hand gerutscht wäre.

»Natürlich ist das mein Ernst.« Die Stimme hatte jede Spur Freundlichkeit verloren. »Hattest du gedacht, die Sache sei mit deinem Umzug erledigt?« Die Stimme gluckste vergnügt. »Du bist wie das Kind, das die Augen hinter der Hand versteckt und meint, so sieht es niemand. Das ist doch dumm, findest du nicht?«

Bennett hatte in der Tat gehofft, dass die Sache in Manchester ein für alle Mal erledigt sei. Auch wenn er tief in seinem Inneren geahnt hatte, dass das nicht stimmte. Einen Mord konnte niemand vergessen. In den ersten Wochen und noch nach Monaten in Cadgwith hatte er Blut und Wasser geschwitzt, wenn das Telefon läutete. Er war jedes Mal in Panik geraten, wenn er im Pub auf Typen getroffen war, die *er* geschickt haben könnte.

Um sich abzulenken, hatte er sich in die fixe Idee mit dem Museumsdorf verbissen. Er war in der ersten Zeit so sehr damit beschäftigt gewesen, dass er am Ende tatsächlich selbst geglaubt hatte, aus dem Kaff ein zweites Clovelly machen zu können. Aber er hatte natürlich die Rechnung ohne Keith Stone gemacht.

In Manchester war Keith so etwas wie ein stiller Teilhaber gewesen. Er hatte seine riskanten Börsengeschäfte finanziert und hatte nicht gefragt, woher er die Kohle hatte. Es war ja auch alles gut gegangen. Der Neue Markt war absurd gewesen, die Broker verrückt und die Gewinnspannen unfassbar groß – wenn man zur rechten Zeit investierte und wieder verkaufte. Und das hatte er nahezu perfekt beherrscht. Dabei hatte er völlig aus dem Blick verloren, dass er mit dem Feuer spielte. Nicht, was die Börse und die Aktienblase betraf, sehr wohl aber seinen sogenannten Teilhaber Keith, der ihn mit jedem neuen Geschäft und mit jeder größeren Gewinnerwartung fester an sich gebunden hatte. Und damit auch an seine dunklen Geschäfte.

Der Tod der Nutte war damals nicht viel mehr als ein Kollateralschaden gewesen. Jedenfalls hatte Keith es so bezeichnet, als er das Messer an seinem Jackenärmel abgewischt und ihn auf eine »letzte Linie« eingeladen hatte.

Sie waren an jenem Abend zu fünft im gut besuchten Vergnügungsviertel von Manchester unterwegs gewesen. Der Tag an der Börse war besonders erfolgreich verlaufen. Von einem Pub aus hatte er kurz Liz angerufen und angekündigt, dass er noch mit Geschäftsfreunden unterwegs sei und es spät werden würde. Kurz darauf hatte er sich mit Keith von den anderen abgesetzt. Spät in der Nacht hatte er dann neben Liz gelegen und geheult wie ein kleines Kind. Erzählt hatte er ihr nichts, aber sie hatte sich mit jedem Tag mehr zusammengereimt.

Sie hatten die geldgeile Nutte in die dunkle Seitenstraße gedrängt und nacheinander gehabt. Er konnte sich daran erinnern, dass sie hübsch gewesen war, langes blondes Haar, blaue Augen, schlank, ein Rock, dessen Bezeichnung Mini stark untertrieben war. Sie hatte sich als freiberufliche »Escortdame« ihr Studium finanziert. Keith und er waren derart zugedröhnt gewesen, dass ihm das blitzende Messer als einzig logische Konsequenz erschienen war, die schreiende Frau zum Schweigen zu bringen.

Er hatte damals wenig später die Stadt verlassen und war mit Liz nach Cornwall gezogen. Neu anfangen, das Rattenrennen um immer mehr Kohle beenden, hatte er ihr erklärt.

»Du schuldest mir noch was, Terryboy«, sagte die Stimme am Telefon.

»Ich wüsste nicht …«

»Lass es mich so sagen: Das bedauernswerte Etwas im Kanal in Helston ist eine kleine Aufmerksamkeit für dich. Erinnerst du dich noch, wie die Blonde erst gequiekt und dann geschrien hat? Und welchen Spaß du gehabt hast, als das Blut so weit spritzte?«

»Wer ist ...?«

»Die Frau im Abwasserkanal? Kennst du nicht. Unwichtig. Sie war zur richtigen Zeit am richtigen Ort. Eine nutzlose Bitch weniger. Niemand wird sie vermissen.« Das Lachen kam blechern durch die Leitung.

»Warum Helston, warum jetzt?« Bennett hatte das Gefühl, keine Luft mehr zu bekommen. Zu allem Übel stand er gerade in diesem Augenblick auf dem großen Parkplatz der Stadt und nur wenige Schritte von dem Ort entfernt, an dem das Opfer abgeladen worden war.

Keith schlug einen Plauderton an. »Ach, nenn es Fügung. Ich war gerade in der Gegend und dachte mir, du könntest sicher ein wenig Spaß gebrauchen. Das Leben da unten in Cornwall ist nicht gerade abwechslungsreich. Ich weiß aus Erfahrung, wie die Bullen ticken. Sie werden alle Möglichkeiten durchspielen, alle ungeklärten Fälle im Vereinigten Königreich wieder aufmachen und recherchieren. Dabei werden sie irgendwann auf die Sache in Manchester stoßen und eins und eins zusammenzählen. Ich hatte Spaß dabei, ihnen ein kleines Rätsel aufzugeben.« Er verstellte seine Stimme und wollte wohl wie ein Ermittler klingen. »Huhuhu, wie grausam. Wer hat den Torso dorthin gebracht? Und warum? Was hat das mit der Gegend hier zu tun? Was bedeutet die kleine Rose? Huhu.« Die Stimme klang jetzt wieder normal. »Solche Gelegenheiten hat man heutzutage viel zu selten. Es war jedenfalls big fun, Terryboy. Und? Waren sie schon bei dir? Natürlich waren sie schon bei dir. Aber keine Angst, sie werden nichts finden, was auf dich hindeutet.« Der Anrufer machte eine kleine Pause. »Bist du noch da? Ich höre dich nicht mehr, Terry. Sei beruhigt, mein Lieber, ich will dir keinen Mord anhängen. Das ist nicht meine Absicht.«

»Was willst du?«

»Ich habe tatsächlich lange überlegt, wie ich es anstellen soll: erstens dich aufschrecken, und zweitens derart, dass du mir aus der Hand frisst.«

»Es gibt keine Verbindung zwischen mir und dem Mord in Manchester.« Bennetts Versuch, selbstbewusst zu klingen, ging völlig daneben.

»So, meinst du? Du hast deine Jacke vergessen. Erinnerst du dich? Die, die voller Blut war, weil die Kleine so gespritzt hat. Ich habe sie dir abgenommen und versprochen, sie zu entsorgen. Aber ich hatte schon damals Besseres mit ihr vor. Du kannst sie haben, allerdings wirst du sie reinigen lassen müssen. Und ich weiß nicht, ob die Flecken nach der langen Zeit noch rausgehen.«

»Warum jetzt?«

»Nun, sagen wir mal so: Ich brauche dringend einen cleveren Finanzmanager. Meine Geschäfte laufen in letzter Zeit nicht mehr ganz so gut. Und da habe ich an den alten Terryboy gedacht. Der Mann mit den besten Ideen und den dicksten Gewinnen. Na, was meinst du? Deine Jacke gegen ein paar Anlagetipps. Die müssen allerdings funktionieren, sonst …«

»Keith, hör zu, bitte.« Bennetts Hemd war längst durchgeschwitzt. Er saß immer noch bei geschlossenen Autofenstern in der brütenden Hitze auf diesem verfluchten Parkplatz. Einige Passanten, die mit ihren Einkäufen auf dem Weg zu ihren Autos waren, hatten ihn schon irritiert gemustert.

»Nein. Jetzt hörst du mir zu. Das kann doch nicht so schwer sein. Du hast einen scharfen Börsenverstand. Mir ist egal, wie du an die Kohle kommst. Wie heißt das? Cum-Ex? Keine Ahnung. Ich weiß nur, dass das 'ne Maschine zum Gelddrucken ist. Ist auch egal. Irgendwas in der Art. Du wirst schon wissen, wie du erst an die Kohle und dann an die Jacke kommst.«

Diese Scheißjacke. Das war damals schon bei den Bullen Thema gewesen. Denen hatte er aber glaubhaft versichern können, dass er sie in einem der Pubs vergessen hatte und zu besoffen gewesen war, um sich an das Lokal zu erinnern. Die Recherchen der Polizei waren vergebens gewesen. Niemand erinnerte sich, kein Wirt, keine der meist jungen und oft genug gleichgültigen Thekenkräfte. Nirgends war eine Jacke hängen geblieben, und auch die Männerrunde war in jenen Sommerwochen eine von vielen gewesen. Keine, die man in Erinnerung behielt. Die Jacke wird sich wohl jemand anders geschnappt haben, hieß es am Ende vonseiten der Ermittler.

»Keith?«

»Was sagt eigentlich deine Frau dazu?«

»Sie ist verschwunden.«

Ein Lachen. »Erzähl mir keine Märchen. Ich werde die Süße schon nicht anrühren.« Es blieb einen Augenblick still in der Leitung. »Oder hast du …? Nein, Terry, du hast sie doch nicht etwa …? Ja, ja, wer einmal Blut geleckt hat, sag ich immer.«

»Bist du bescheuert? Liz ist verschwunden. Ich brauche ihre Unterschrift. Das ist alles. Sie kann danach abhauen mit wem sie will. Aber ich brauche ihre Unterschrift. Ich bring sie doch nicht einfach um.«

»Sag niemals nie.« Wieder dieses meckernde Lachen, das in einen eisigen Tonfall überging. »Und halte mich nie mehr für bescheuert. Und überhaupt, was ist das für ein Ton?«

Bennett ließ das Fenster auf der Fahrerseite herunter. »Hör zu. Ich bin eigentlich schon lange aus dem Geschäft raus. Das geht alles nicht so schnell. Außerdem ist es gerade nicht so günstig. Liz, du verstehst.« Er merkte selbst, dass er schwach klang.

»Ach, der liebe Terryboy hat solche Sehnsucht nach seiner Liz? Sucht sie im ganzen Land.« Keith klang süffisant und abwertend. »Du steigst wieder bei mir ein, oder ich mach dich fertig. Hast du vergessen, wer dich reich gemacht hat? Einen Keith Stone lässt man nicht einfach im Stich. Du hast noch eine dicke Rechnung offen, und jetzt ist Zahltag. Ich erwarte von dir, dass du hier aufläufst. Dann wird es wieder wie in den alten Tagen, versprochen. Ich habe gerade einen besonders feinen Stoff auf dem Tisch. Deine Kreditkarte wird sich freuen, endlich wieder eine Linie ziehen zu können, Terry.«

»Ich will sehen, was sich machen lässt. Obwohl, der Aktienmarkt ist im Moment nicht gerade das Maß der

Dinge. Ich brauche Zeit, Keith. Und ich muss erst Liz finden.« Die Angst schnürte ihm die Luft ab. Die Erleichterung darüber, Keith in Manchester zurückgelassen und in Cadgwith neu angefangen zu haben, schlug in nackte Angst um.

»Du musst gar nichts, außer deinem alten Kumpel Keith wieder auf die Beine helfen. Wird nicht dein Schaden sein. Du willst doch dieses Kaff kaufen, wie man hört.«

Woher wusste das Arschloch das? »Wo bist du?« Er sah sich suchend um, als erwarte er Keith in seinem Rücken.

»Wegen der Nutte am Fettberg? Cleveres Bürschchen. Aber nicht clever genug. Du weißt, ich habe meine Leute für solche Arbeiten. Und ich kann jeden Augenblick ein Stück näher an dein Leben heranrücken.« Er klang mit einem Mal bedauernd. »Die Jungs haben vielleicht ein bisschen übertrieben. Sie hätten ihr die Arme und Beine lassen sollen. Aber sie arbeiten hart für mich und hatten sich ein bisschen Spaß verdient. Ich erzähl dir mal was: Ich war meinem Kumpel in London noch einen Gefallen schuldig. Ihm war die Frau im Weg. Kennst ja solche Geschichten. Erst sind sie ganz heiß auf den Typen, dann sehen sie nur die Kohle, und dann nerven sie nur noch. So wie die Polin. Hatte wohl gedacht, sie könnte sich ihre Zukunft vergolden, wenn sie sich an Hans ranhängt. Du erinnerst dich doch an Hans? Hans Lehmann. Wir haben ihn mal in London getroffen. Jedenfalls ist es um die kleine Polin nicht schade. Also, Schwamm drüber. Aber was erzähle ich da die ganze Zeit? Ich bin echt in Quasselstimmung. Bin ich immer, wenn ich gute Laune habe. Wann sehe ich dich?«

»Liz …«

»Ich will ja kein Unmensch sein, Terryboy. Ich habe heute meinen großzügigen Tag. Sieh zu, dass du deine Alte findest und sie unterschreibt, was auch immer sie zu unterschreiben hat. Ich hoffe, es nützt dir was. Und dann bewegst du gefälligst deinen Arsch hier rauf.«

»Okay, Keith. Verstehe. Gut. Danke. Machen wir so.« Die Hitze ließ in fast ohnmächtig werden. »Ich weiß auch schon, wo ich sie finde. Gib mir noch ein paar Tage.«

In Bennett arbeitete es bereits fieberhaft. Er konnte Keith nicht trauen. Aber das war jetzt egal. Nur mal angenommen, er könnte mit ihm an die sogenannten alten Zeiten anknüpfen, dann rückten seine Pläne für Cadgwith in der Tat in greifbare Nähe.

»Ein paar Tage? Geht es nicht ein wenig präziser, Terry? Aber ich will ja kein Unmensch sein. Belassen wir es bei diesem Zeitfenster: ein paar Tage. Ich melde mich wieder bei dir. Und hör endlich auf, so zu schwitzen.« Er lachte laut. Dann klickte es in der Leitung.

Bennett starrte lange die Nummer auf dem Display an und legte den Kopf aufs Lenkrad. Bis gestern hatte er sein Leben im Griff gehabt. Noch in der Nacht war er fest entschlossen gewesen, die Kontrolle nicht aus der Hand zu geben. Er hatte einen Plan gefasst, nun aber war der Horror zu ihm zurückgekehrt – hier in diesem heißen Auto auf diesem gottverdammten heißen Parkplatz in Helston.

Er musste umdisponieren. Er würde auch diese Herausforderung annehmen und meistern. Fuck. Schließlich war er nicht Terryboy, sondern der coolste Analyst und Investor der Insel. In London hatten sie voller Bewunderung von seinen Erfolgen geflüstert, Kollegen hatten sich an ihn rangeschmissen und von seinem Wissen profitieren wollen. Selbst Spieler von ManU hatten seine Mobilnummer. In Manchester war er der König gewesen. Nun gut, vielleicht von Keiths Gnaden, aber das tat nichts zur Sache. Nicht mehr. Und schon gar nicht auf diesem Parkplatz in Helston. Er lachte sich Mut zu, aber es klang viel zu dünn und hatte nichts mit Zuversicht zu tun.

Er riss die Fahrertür auf, weil er plötzlich keine Luft mehr bekam. So mussten sich die Opfer der chinesischen Triaden fühlen, wenn sie in einen Container mit feinen Federn oder Asche gesteckt wurden.

Scheiße. Keith war ein mieses Arschloch. Um ihn würde er sich auch noch kümmern. Erst Liz und ihr Stecher und dann ein paar Fingerübungen an der Börse. Am Ende würde es wieder so sein wie früher. Und irgendwann würde dieses Dorf am Ende der Welt ihm gehören.

Er brauchte jetzt dringend etwas zu trinken. Er griff in seine Hemdtasche, aber da war nichts mehr.

XXV.

DI Marks sah, wie Jamie Morris mit einer Tageszeitung unter dem Arm aus dem Dorfladen kam. Bevor er weiterging, blieb er kurz stehen und schob seine Sonnenbrille aufs Haar. Weiter hinten bog gerade ein kleiner LKW um die Kurve am Pub und hielt auf dem Hafengelände.

»Mr. Morris? Haben Sie einen Augenblick für mich?«

Das passt ja ausgezeichnet, dachte DI Marks mit einem Lächeln. Wäre die Suche nach Verdächtigen doch nur alle Tage so unkompliziert.

»Ja?« Morris schaute den Mann mit dem Bauchansatz unter dem offenen Staubmantel reserviert an.

»DI Marks, Devon and Cornwall Police, Helston.« Marks hielt ihm seinen Ausweis entgegen.

»Ich verstehe nicht ganz.« Morris sah sich um. Er wirkte, als suche er einen Fluchtweg.

»Keine Sorge. Ich habe lediglich eine paar Fragen an Sie.« Marks machte einen Schritt auf ihn zu. Vielleicht wäre es doch besser gewesen, er hätte Constable Easterbrook mitgebracht.

»Fragen?« Morris schob die Tageszeitung unschlüssig in seine linke Armbeuge.

»Ja. Ich würde das ungern auf der Straße besprechen.« Marks deutete auf das Pub. »Setzen wir uns in den Hof?«

Der Filmemacher nickte zögernd. »Ich wollte eigentlich …« Er brach ab.

»Es dauert sicher nicht lange.«

Auf dem kurzen Stück zum Pub wichen sie einer munteren Gruppe Wanderer aus, die den Weg von Ruan Minor aus in den Ort genommen hatte und zielstrebig das Dorf durchquerte. Beige Tropenhüte, kurzärmlige Hemden, Shorts, derbe Wanderschuhe, Walking Sticks. Sie schienen eine längere Tour vor sich zu haben. Die Hitze des noch jungen Tages machte ihnen offenbar nichts aus, so zügig schritten sie aus.

»Sie machen Urlaub in Cadgwith?«, fragte Marks, nachdem Morris ein Getränk abgelehnt hatte. Eine Frage, die wie eine Feststellung klang.

»Kann man so sagen. Ich wollte raus aus London. Woher wissen Sie, dass ich hier bin?« Morris zog argwöhnisch die Augenbrauen zusammen.

»Routinearbeit. Sie wollten also einfach mal raus aus dem Moloch?« Marks versuchte, verbindlich zu sein, und nickte freundlich.

»Na ja. Ein bisschen Urlaub und zugleich ein bisschen arbeiten.«

»Ja?«

»Was wissen Sie über mich?«

Marks betrachtete Morris mit der Genauigkeit eines erfahrenen Entomologen. »Dass Sie als Filmemacher arbeiten. Freischaffend. Und schon lange im Geschäft sind.«

»Dann wissen Sie schon das meiste.«

»Und ich weiß, dass sie hier unten auf der Suche nach einer Story sind. Sie wollen etwas über die verrückten Schatzsucher drehen und über die Erben der Piraten.«

Marks beugte sich vor. »Ich habe schon gehört, dass es hier so einen Zausel gibt, der behauptet, dass der Schatz aus der *Schatzinsel* hier noch irgendwo vergraben liegt.«

»Was wollen Sie wirklich von mir? Sie sind doch nicht hergekommen, um mit mir über *Die Schatzinsel* zu philosophieren.« Morris schob die Sonnenbrille auf die Nase und wieder zurück.

»Na ja. In gewissem Maß geht es tatsächlich um einen Schatz. Jedenfalls sehen das manche Menschen so.« Er zog eine Plastikhülle aus der Tasche, in der ein Smartphone steckte. »Schon mal gesehen?«

Morris beugte sich vor. Ein Smartphone, das Display zersprungen. Er erkannte das Gerät sofort, dennoch schüttelte er den Kopf und zuckte mit den Schultern.

»Wie kommen dann Ihre Fingerabdrücke auf das Telefon?«

»Meine Fingerabdrücke?«

»Sie wissen, dass eine Frau aus dem Dorf verschwunden ist?«

»Hab ich im Pub gehört. Ja. Was hat das mit mir zu tun?« Er verschränkte die Arme.

»Dieses Smartphone gehört ihr.«

»Was soll das heißen? Ich verstehe nicht ganz.« Morris legte seine Brille auf den Tisch. »Das ist doch absurd.«

»Wie kommen Ihre Fingerabdrücke auf das Smartphone?«

»Ich kenne das Ding nicht. Und ich kenne die Frau nicht. Meine Fingerabdrücke? Wollen Sie mir etwas unterschieben?«

Marks hob abwehrend die Hand. »Nein. Welche Beziehung haben Sie zu Terry Bennett?«

»Gar keine. Hören Sie …«

»Sie sind zusammen gesehen worden. Hier im Pub. Im vertrauten Gespräch.«

»Was soll das?« Morris machte Anstalten aufzustehen.

»Setzen Sie sich wieder. Kein Grund, sich aufzuregen. Ich stelle nur ein paar einfache Fragen.« DI Marks beugte sich erwartungsvoll vor.

Morris spürte, dass es mit jedem Satz des Inspektors für ihn enger wurde. Leugnen war jetzt schlecht, ganz schlecht. Ein Fingerabdruck war ein scheiß Fingerabdruck. Er langte über den Tisch. »Kann ich noch mal sehen?«

Marks reichte ihm den Beutel.

Der Filmemacher drehte ihn hin und her. »Ich habe es gefunden«, sagte er dann kleinlaut.

»Aha.«

»In Helston. In einem Papierkorb. Auf der Gasse zwischen dem Parkplatz und dem Durchgang zur Coinagehall Street.«

Marks nickte. »Genau dort haben wir es gefunden.«

»Aha.« Morris konnte sich keinen Reim auf das Ganze machen.

»Wir haben die Gegend wegen einer anderen Sache abgesucht.« Marks wollte nicht mehr erklären. »Also, warum haben Sie es in den Papierkorb geworfen?«

»Moment, nicht ganz so schnell. Ich habe es nicht hineingeworfen. Ich habe es gefunden.« Morris ahnte, dass es bei der »anderen Sache« um den Torso gehen musste.

Aber er hielt den Mund, er wollte nicht in noch größere Schwierigkeiten geraten.

»Die Geschichte kaufe ich Ihnen nicht ab.«

»Ich habe es gefunden und eingesteckt. Aus einer Laune heraus. Ich dachte, ich könnte es reparieren lassen. Aber dann habe ich gedacht, was für ein Unsinn, bin zu dem Abfalleimer zurück und habe es wieder hineingeworfen. So wie die Frau vor mir.«

»Wie sah die Frau aus?« Marks glaubte Morris kein Wort. Für ihn lag der Verdacht nahe, dass Bennett und Morris gemeinsame Sache beim Verschwinden der Ehefrau gemacht haben könnten. Warum, das würde er schon noch herausbringen.

»Na ja, wie Penner halt aussehen. Schmutzig, filziges Haar, ungewaschene Kleidung, Plastiktüten.«

Marks zog eine Porträtaufnahme von Liz Bennett hervor. »Ist sie das?«

Morris schüttelte vehement den Kopf. »Natürlich nicht. Das sehen Sie doch selbst. Sieht so eine Obdachlose aus? Wohl kaum, oder? Perlenkette, teure Klamotten, und im Hintergrund diese Ölbilder an der Wand. Nein. Ich möchte jetzt gehen. Ich habe keine Lust auf dieses Verhör.«

Marks nickte. »Dies ist kein Verhör, es ist ein freiwilliges Gespräch zwischen uns beiden. Ich erbitte ein paar Auskünfte. Ein nettes Gespräch, mehr nicht. Sie sind kein Beschuldigter, allenfalls ein Zeuge.«

Morris zögerte. Ein junges Paar hatte den Hof des Pubs betreten und beriet sich. Der Sprache nach kamen sie aus Deutschland. Morris senkte die Stimme. »Ich kann Ihnen nichts anderes sagen, als dass ich das beschissene Telefon gefunden habe. Und dass es diese Pennerin in den Korb versenkt hat.«

»Das werden wir überprüfen. Wollen Sie nicht doch ein Getränk?«

»Nein. Sie haben mir immer noch nicht erklärt, wie Sie an meine Fingerabdrücke gekommen sind.« Durch Marks' Ankündigung, dass er nicht als Beschuldigter befragt wurde, ließ die Anspannung ein wenig nach.

»Die Sache in Belfast. Sie erinnern sich?«

»Bel…?« Stirnrunzeln und Schweigen. Dann: »Ja. Ich erinnere mich. Die Schlägerei.« Morris' Gesicht verdunkelte sich.

»Seither sind Ihre hübschen Fingerabdrücke in unserer Datenbank.«

»Und schon bin ich nicht mehr ganz koscher, oder wie? Wir hatten damals so wenig mit der Schlägerei zu tun wie ich heute mit dem Verschwinden dieser Frau. Der Staat vergisst nicht, richtig?«

»Immerhin war die IRA beteiligt.«

»Ich habe mich schon damals des Verdachts erwehren müssen, in krumme Dinger oder sogar Terrorismus verwickelt zu sein. Ihr seid über die Jahre nicht besser geworden.«

Die Kritik prallte an Marks ab. Er zuckte mit den Schultern. »Sie wollten wissen, woher wir Ihre Fingerabdrücke haben.«

»War's das?«

Marks nickte. »Für den Augenblick. Ich melde mich wieder bei Ihnen. Und danke, dass Sie mir Auskunft gegeben haben.« Er bemühte sich, nicht allzu sarkastisch zu klingen.

Morris stand auf und verließ mit einem kurzen Nicken den Hof.

Eine Stunde später saß Jamie Morris oben in Ruan Minor in dem Gärtchen hinter seinem kleinen Ferienhaus. Seit seiner Rückkehr aus dem Pub beschäftigte ihn die Frage, ob er nicht einen Fehler begangen hatte, dem Bullen nicht zu erzählen, dass er Liz Bennett, die Frau auf dem Foto, bei Steve getroffen hatte. Er hatte bis dato auch nicht gewusst, wer Steve Carltons Partnerin wirklich war, lediglich erzählt bekommen, dass sie »Cadgwith kennt«. Was wäre passiert, wenn er Marks von der Begegnung erzählt hätte? Die Bullen wären auf Trerice aufgetaucht, und Steve hätte vielleicht Ärger am Hals gehabt, weil, er, Morris, nicht die Klappe hatte halten können. Nein, er hatte richtig gehandelt. Hätte er seinen Besuch auf Trerice erwähnt, hätte er alles nur noch komplizierter gemacht.

Weitaus schlimmer noch wäre es, wenn die Boulevards von der Sache Wind bekämen. Er wusste, dass Constables nicht zu den am besten bezahlten Polizisten gehörten und mit dem einen oder anderen Tipp an die Medien ein paar zusätzliche Pfund machten. Das war jedenfalls in London an der Tagesordnung. Er selbst hatte oft genug von diesen Kontakten profitiert.

Steve hätte ihm das niemals verziehen. Schlagzeilen wie *Ehebruch* und *Eifersuchtsdrama auf Trerice*. Oder *Starproduzent Steve Carlton versinkt im Sumpf aus Sex und Eifersucht*. Das waren sicher die harmloseren Schlagzeilen, die sich die Kollegen von den Boulevardblättern einfallen lassen würden.

Er wollte von seinem Freund Geld für das Filmprojekt, da konnte er sich so einen Fehler nicht leisten. Sollte Bennett seine Probleme allein lösen. Er würde sich schön aus allem heraushalten.

Er wollte gerade aufstehen, um sich etwas zum Abendessen zu machen, als sein Mobiltelefon klingelte.

»Morris?«

»Ich bin's. Martin«, klang es mit tiefem Bass an sein Ohr.

»Was gibt's?« Der hatte ihm gerade noch gefehlt.

»Ich habe weiter an meinem Buchprojekt gearbeitet. Ich hab wohl gerade einen Lauf. Du weißt, Stevensons Beschreibungen passen exakt auf die Gegend. Hast du Lust auf ein Bier? Dann erkläre ich dir meine Studienergebnisse. Ich könnte auch ein bisschen Hilfe bei meinem Buch gebrauchen. Ich bin das Schreiben ja nicht so gewohnt wie die Profis.«

Er hatte zwar keine rechte Lust auf *Fachgespräche*, aber nach der Begegnung mit dem Bullen war ein wenig Abwechslung nicht das Schlechteste. »Ich weiß zwar nicht, wie ich dir helfen kann, aber warum nicht?«

Im Pub herrschte sommerlicher Hochbetrieb. Morris musste warten, bis er ein Pint bekam. Er hatte kaum einen ersten Schluck getrunken, als auch schon Martin Ellis auftauchte, in der Hand eine Kladde, in der ein Packen ungeordneter Blätter steckte. Der Taxifahrer wurde von den wenigen Einheimischen mit Hallo begrüßt, und es dauerte eine Zeit, bis er sich mit seinen Unterlagen und einem Bier zu Morris gesellen konnte. »Lass uns nach nebenan gehen. Da ist noch Platz.«

Im Restaurantbereich des Pub saßen nur wenige Gäste beim Essen. Die beiden rutschten auf die Bank neben der Tür zum überdachten Hof.

»Keine wahre Antiquität. Besserer Kitsch.« Ellis deutete auf den Vorderlader, der über der breiten Außentür hing.

»Hätte ich aber vermutet.«

»Siehst du, und genau deshalb sind wir heute Abend hier. Um die Wahrheit von der Legende zu trennen.«

Morris war nur mäßig interessiert, aber im Pub war es immer noch besser als allein in seinem Cottage. »Die Wahrheit? Welch großes Wort.«

»Du wirst sehen. Es passt alles zusammen.« Ellis breitete nahezu andächtig die Papiere vor sich aus – ein Haufen eng beschriebener Blätter, zum Teil fleckig, jede Menge Eselsohren. »Hier.« Er deutete auf eine der Seiten. »Das Cornwall Archeological Team hat bereits in den Achtzigern bei Kennack Sands Hinweise auf Baulichkeiten gefunden, die auf die Beschreibungen in dem Roman passen. Außerdem gibt es alte Briefe, die in Verbindung mit einer Schatzkarte stehen. Zusammen mit überlieferten Erzählungen in einigen hiesigen Familien deutet alles darauf hin, dass die Piraten ihre Schätze hier in der Gegend vergraben haben. Es ist ein Fakt: Cadgwith Cove stimmt überein mit Black Hill Cove in *Die Schatzinsel.*«

»Sprachst du gerade nicht von Fakten?«

»Das sind Fakten. Glaubst du mir nicht?«

»Ich kann das selbst nur schwer überprüfen. Aber allein deine Geschichte ist einen Film wert.«

Ellis stimmte ihm strahlend zu. »Weißt du was? Ich stelle schon mal ein paar Schauspieler zusammen, Laien. Oben in Ruan gibt es eine Truppe aus Theaterleuten«, er setzte bei dem Wort imaginäre An- und Abführungszeichen, »die machen für ein paar Dosen Bier und Pasties sicher gerne mit.«

»Halt, halt, halt. Eins nach dem anderen«, wiegelte Morris ab. »Wir müssen erst noch die wesentlichen Eckpunkte für den Beitrag ausarbeiten und die Locations anschauen.«

Aber Ellis war nicht mehr zu bremsen. »So eine Art Spielhandlung wäre doch cool. Das macht die ganze Geschichte glaubwürdiger. Und authentischer. Meine Idee ...«

Und dann erklärte er Morris in allen Einzelheiten seinen Plan. Der Film könne *Shifting More Sand* heißen, mehr Sand wegräumen. Man könne eine Piratencrew dabei filmen, wie sie auf dem Strand von Gunwhallow ihren Schatz versteckt. Bei Mondlicht natürlich. Viel Text sei nicht nötig, niemand müsse etwas auswendig lernen. Einzige Bedingung: Die Crew müsse wie echte Piraten aussehen, Kopftücher, dunkel geschminkte Gesichter, finsterer Blick. Am Ende ein Lagerfeuer. Sie dürfe natürlich nicht in die Kamera schauen, aber das verstünde sich ja von selbst.

»Die Idee ist nicht so schlecht. Nur die Kosten, Martin.«

Der grinste. »Fünf Dosen Bier für jeden sollten reichen. Ich muss nur wissen, wer Lagerbier trinkt und wer Ale. Das besorg ich dann.«

»Na, dann ist ja das meiste schon geregelt.« Morris lachte. Martin Ellis war ein netter Wirrkopf, das musste man ihm lassen. Und in der Tat, einige kleine Spielszenen konnten das Stück schon ordentlich aufpeppen.

»Sag ich doch, Mann.« Ellis nickte zufrieden und trank sein Pint mit großen Schlucken leer, so als habe ihn nach schwerer Arbeit der Durst übermannt. Bei einem unterdrückten Rülpser wischte er sich den Mund ab.

»Sag mal, was anderes. Bennetts Frau ist verschwunden. Du hast sicher davon gehört?«

»Ich sag dir, die Alte hat ihn sitzen lassen. Hat's bei ihm nicht mehr ausgehalten. Soll ja jede Menge Streit gegeben haben oben in ihrem Haus.« Ellis machte eine Kunstpause. »Erzählen sich die Leute. Zumindest die, die ich mit meinem Taxi herumkutschiere. Wird wohl was dran sein.« Er zuckte mit den Schultern. »Nicht mein Bier. Apropos, ich könnte noch eins vertragen.« Er sah Morris auffordernd an.

»Schon gut, ich geh ja schon. Doom?« Ellis nickte. Morris stand auf und nahm die beiden leeren Gläser mit in den Schankraum. Dort traf er auf Simon Jenkins.

»Ah, der ehemalige Top-Polizist. Oder sollte ich besser Maler sagen? Wo ich Sie gerade treffe: Die Polizei sucht immer noch nach der verschwundenen Frau.«

»Ja.« Jenkins stützte sich auf seinen Gehstock.

»Find ich super spannend. Eine Frau verschwindet spurlos in einer der paradiesischsten Gegenden der Insel.

Das klingt doch gleich nach Grusel, oder? Dazu die furchtbar zugerichtete Leiche in Helston. Echt. Was meinen Sie? Gibt es da einen Zusammenhang? Also, ich glaube nicht an Zufälle.«

»Sie entschuldigen? Da kommt meine Verabredung.« Jenkins hob seinen Stock und wandte sich ab. »Luke, du alter Rumtreiber. Lass uns an die frische Luft gehen. Hier drin wird es mir zu stickig.«

Eitler Fatzke, dachte Morris und nahm die beiden Ales entgegen.

»Zwei frische Schätzchen.« Morris platzierte ein Pint vor Ellis und setzte sich.

»Cheers.« Der Taxifahrer hob umstandslos sein Glas.

»Und? Hast du heute schon neue Schätze gefunden?«

Ellis schüttelte den Kopf. »Die See ist einfach zu ruhig. Im Herbst wird's dann besser. Wenn die Wellen auf den Strand brechen, bringen sie die Goldmünzen mit. Gerade am Strand von Gunwhallow.«

»Hm. Schlechte Zeiten also für Goldgräber.«

»Yep.«

Er kehrte übergangslos zum eigentlichen Thema zurück. »Das Verschwinden der Frau kommt für Bennett zum falschen Zeitpunkt. Er will doch das Dorf zum Freilichtmuseum machen. Da braucht er gute Presse.«

»Aye. Ich hoffe, dass es hier endlich mal vorangeht. Ich verspreche mir einen regelrechten Boom für das Dorf.« Ellis lächelte. »Es werden jede Menge Leute kommen, die ein Taxi brauchen. Ich denke tatsächlich schon über Expansion nach. Er ist zwar ein Arsch, aber es wird Zeit, dass Bennett endlich loslegt.«

Morris überlegte kurz, ob er von seinen eigenen Plänen mit Bennett erzählen sollte. Besser nicht, entschied er. Andererseits wollte er möglichst viel über die Beziehung der beiden Bennetts in Erfahrung bringen. Und wer hatte den besten Zugang zu allen möglichen Informationen, wenn nicht ein Taxifahrer?

Er musste vorsichtig sein, sonst steckte er unversehens in noch größeren Schwierigkeiten als ohnehin schon. Wenn Bennett die Beherrschung verlor, konnte alles passieren. Er wollte unter keinen Umständen mit einer Straftat in Verbindung gebracht werden. Morris konnte sich nicht vorstellen, dass der gehörnte Ehemann so einfach hinnehmen würde, dass seine Frau einen Lover hatte.

»Was erzählen sich die Leute denn so über die Streitereien zwischen den Bennetts?«

»Du bist ganz schön neugierig, Jamie. Witterst wohl eine neue Story, was?« Ellis grinste kollegial. »Na ja. Er ist schnell mit der Hand. Also, er verkloppt sie angeblich regelmäßig. Tun wie feine Pinkel, sind aber auch nicht besser als die Kesselflicker. Na ja, kommen beide ja aus 'nem entsprechenden Elternhaus. Erzählt man sich. Da gehörten Schläge zu einer ordentlichen Erziehung dazu. Schlimmstes Hafengesocks. Wie gesagt, behaupten die, die es angeblich wissen.«

»Was meinst du, hat sie einen anderen?«

Ellis beäugte ihn misstrauisch. »Jetzt willst du es aber genau wissen.« Er starrte in sein Glas, bevor er weitersprach. »Ist wohl eher anders herum. Er hält seine Finger nicht bei sich. Hat es sogar bei Mary Morgan versucht. Da hat er sich aber heftig die Pfoten verbrannt.« Er sah Morris' fragenden Blick. »Die den Dorfladen und das B&B führt.«

»Ein Womanizer also.«

»Schlimmer, wenn du mich fragst. Er soll in ganz heftige Dinge verwickelt gewesen sein, bevor er herkam.«

Nun wurde es interessant. »Ja?«

»Sie sind ja von Manchester hergezogen.« Er zögerte. »Bennett soll da in eine üble Geschichte verwickelt gewesen sein. In ein ganz übles Ding. Aber ich bin fest davon überzeugt, dass an den Gerüchten nichts dran ist. Na ja. Was er privat treibt, geht mich nichts an. Hauptsache, er bringt das Dorf nach vorne.«

»Übles Ding?«

»Ich sag nix mehr.«

»Noch ein Bier?«

»Du bist mir vielleicht einer.« Ellis schlug ihm auf die Schulter. »Klar. Eins geht noch. Aber erzählen werde ich trotzdem nix mehr. Habe schon viel zu viel gequatscht.« Er schob Morris sein leeres Glas hin.

XXVI.

DI Marks saß in seinem Büro und biss ein Stück von seinem Pasty mit Hühnchen ab. Er hatte für das improvisierte Mittagessen die Akten und Vorgänge auf dem Schreibtisch notdürftig beiseitegeschoben. Nun lag die fettfleckige Tüte aufgerissen vor ihm. Während er kaute, las er den Bericht des Forensikers. Sie hatten in einer der

Wunden ein Stück Haar gefunden, das von der Toten stammte. Die DNA aus der Haarwurzel stimmte mit der DNA des Torsos überein.

Die Frau hatte also dunkles Haar gehabt. Weitaus interessanter aber war das Ergebnis der weiteren Analyse. Marks verstand zwar rein gar nichts von Chemie, Elektronenmikroskopen, Spektralanalyse oder der Radiokarbonmethode und was es sonst noch alles gab an Wunderdingen, dafür war die Schlussfolgerung umso interessanter. Die Tote stammte mit an Sicherheit grenzender Wahrscheinlichkeit aus Polen, und zwar aus der Gegend um Koniakow. Er hatte mehrfach nachlesen und im Internet nachsehen müssen, wo genau das in Polen lag, und Detective Constable Easterbrook beauftragt, die zuständigen Behörden dort zu informieren und Vermisstenfälle nachzufragen. Viel Hoffnung machte er sich nicht. Polen war längst zum Reservoir für Saisonarbeitskräfte geworden, aus dem sich ganz Europa bediente. Wenn jemand verschwand, fiel das nicht gleich auf.

Er spülte den letzten Bissen mit dem Rest Tee hinunter. Was war als Nächstes zu tun? Er hatte ehrlicherweise keine Idee. In der Teambesprechung war er auf mehr oder weniger ratlose Gesichter gestoßen. Sie arbeiteten zwar mit der üblichen Konzentration die Routinedinge ab, kamen aber keinen Schritt weiter. Er würde dafür sorgen müssen, dass er das Team bei Laune hielt. Die Mannschaft brauchte jetzt dringend ein Erfolgserlebnis, andernfalls würde die Motivation der Ermittler schnell den Bach runtergehen. Und das war das

Schlimmste: eine Mordkommission, die immer lustloser wurde. Und damit würde der aktuelle Fall zu einem Cold Case.

Er hatte gehofft, dass das Smartphone sie einen entscheidenden Schritt weiterbringen würde. Sie waren voller Zuversicht gewesen, aber die hatte nicht einmal einen halben Tag gehalten. Dann hatte sich nämlich herausgestellt, dass es keine Verbindung zwischen dem Telefon und dem Torso gab. Die Kriminaltechniker hatten WhatsApp-Nachrichten und Bilder gefunden, die eindeutig in die Richtung von Liz Bennett wiesen. Dazu kam die Aussage des Filmemachers.

Marks fasste einen Entschluss. Er zerknüllte die Pastytüte und warf sie in den Abfalleimer. Er würde mit Easterbrook nach Cadgwith fahren und Terry Bennett mit den Ergebnissen der Kriminaltechnik konfrontieren. Wenn sie schon nicht im Fall des Torsos vorankamen, dann vielleicht im Fall der verschwundenen Ehefrau. So könnte er zumindest einen Teil der Dienststelle auf Trab halten. Er musste unwillkürlich lächeln. Bei Easterbrook sollte man das wörtlich nehmen. Der Constable schien von Monat zu Monat an Gewicht zuzulegen.

Ihr Zivilfahrzeug hatten sie auf dem Parkplatz vor dem Dorf abgestellt. Sie klingelten nun schon das dritte Mal an der Haustür des imposanten Anwesens.

»Welch ein Ausblick.« Easterbrook wies über die Bucht. »Leider nicht bezahlbar.«

»Ich möchte nicht hier wohnen. Ist mir zu abgeschieden und zu eng. So ein Dorf sieht alles und vergisst nichts. Wenn Sie hier mal einen über den Durst trinken, ist das ruckzuck rund. Da ist selbst Facebook 'ne lahme Nummer gegen.«

»Hm.« Easterbrook sah an der Hausfassade hoch. »Scheint nicht zu Hause zu sein.«

»Meine Herren, Mr. Bennett ist nicht zu Hause. Sie finden ihn sicher im Dorfladen bei meiner Nichte.«

Die beiden Ermittler drehten sich nach der Stimme um. Sie gehörte zu einer Frau, die gerade den Küstenpfad heraufkam. Sie hielt einen großen Umschlag hoch. »Ich hatte versprochen, ihm noch ein paar Unterlagen für unsere nächste Sitzung in den Briefkasten zu stecken.« Sie sah den Constable neugierig an.

»Und Sie sind?« DI Marks holte seinen Ausweis hervor.

»Margaret Bishop. Ich führe den wichtigsten Verein in dieser Gegend. Wir haben demnächst eine Sitzung, die entscheidend sein wird.« Sie drängte sich an ihm vorbei und stopfte den Umschlag in den Briefkasten. »Polizei sieht man selten bei uns im Dorf. Sie sind sicher wegen Mr. Bennetts Frau hier. Haben Sie sie gefunden? Eine sehr tragische Geschichte.«

»Tragisch?«

»Kann man wohl so nennen, wenn eine unzufriedene Ehefrau ihren armen Mann im Stich lässt.« Sie schüttelte missbilligend den Kopf. »Die Frauen heutzutage wissen einfach nichts mehr von ihren Pflichten. Das Eheleben besteht nicht nur aus Vergnügen. Aber auf mich hört ja niemand.«

»Mr. Bennett finden wir im Dorfladen, sagen Sie?« Diese alte Schreckschraube hatte ihm gerade noch gefehlt.

»Sie haben durchaus richtig gehört. Meine Nichte führt seit dem Tod ihrer Eltern nicht nur ihre kleine Pension, sondern auch den Laden. Der gehört mir und meinem Mann. Aber wir wollen ein wenig kürzertreten, wissen Sie.«

»Danke für den Hinweis. Einen schönen Tag noch.«

»Warten Sie, ich begleite Sie.«

DI Marks und sein Constable hatten keine Wahl. Margaret Bishop hatte sich an ihnen vorbeigedrängt und blockierte mit ihrer kräftigen Statur und ihrer Handtasche, die sie an sich gedrückt hielt, als sei sie an ihr festgewachsen, den Weg zurück ins Dorf.

»Wie ich Ihnen bereits sagte, ich führe mit viel Erfolg seit Jahren den örtlichen Verschönerungsverein, Cadgwiths wichtigstes Gremium. Wir kümmern uns um weit mehr als nur um die jährliche Gartensafari oder die aufwändige Weihnachtsbeleuchtung. Sie sollten mal sehen, was wir da jedes Jahr auf die Beine stellen.«

Marks ließ sie einfach reden. Gartensafari. Er kannte das aus seinem Heimatort. Eine furchtbare Veranstaltung. Hobbygärtner zeigten sich gegenseitig die Gärten und logen sich bei Tee und Scones gegenseitig vor, wie entzückend dieser oder jener Garten sei.

Die Vorsitzende plapperte munter weiter. »Wir kümmern uns auch um die zentralen Dinge. Wir stehen unter anderem in engem Kontakt mit dem National Trust. Denkmalschutz ist so wichtig. Daher kommt Terrys Vorschlag genau zur richtigen Zeit. Unseren Segen hat er bereits. Das werden wir auf der nächsten Sitzung auch vertraglich festlegen.«

Constable Easterbrook klang höflich. Das hatte er sich über lange Jahre als Streifenpolizist antrainiert. »Von welchem Vorschlag sprechen Sie?«

Margaret Bishop blieb stehen. »Schauen Sie sich mal um. Cadgwith liegt am Ende eines kleinen Tals. Diese Ansammlung von mit Reet gedeckten Cottages finden Sie hier so leicht nicht wieder. Vor allem nicht mit diesem entzückenden Naturhafen. Und seit vielen Jahrhunderten leben die Menschen hier vom Fischfang – und von dem, was sie als Piraten eingenommen haben. Nur eine Straße führt rein und raus aus dem Ort.«

Eingenommen. Sie spricht wirklich von eingenommen. Marks wollte es nicht glauben.

»Wirtschaftlich ist das eine Steilvorlage, meint Terry. Unternehmerisch wäre es Wahnsinn, diese Chance nicht zu nutzen. Das Gold liegt hier auf der Straße, sagt er. Und recht hat er.« Sie sah von Marks zu Easterbrook. Ihr »Halten Sie sich fest, Cadgwith wird das erste Museumsdorf in Cornwall« klang wie Regierungserklärung und Kampfansage gleichzeitig. Nachdem sie noch einmal in die erstaunten Gesichter geschaut hatte, setzte sie ihren Weg fort.

»Wir versprechen uns so viel davon. Wenn alles klappt, werden wir in nicht einmal fünf Jahren an den beiden Zugängen zum Dorf Kassenhäuschen aufstellen. Dann werden wir nicht nur wie bisher die kümmerlichen Parkgebühren kassieren. Dann fließt das ganz große Geld. Cadgwith wird wieder so bedeutsam und reich wie zu den Zeiten der großen Sardinenschwärme. Die Pfundstücke werden in der Kasse glitzern wie die

Schuppen der Sardinen. Und das alles werden wir Terry Bennett zu verdanken haben.«

Mittlerweile hatten sie den Dorfladen fast erreicht. Sarah Bishop machte Anstalten einzutreten.

»Sie müssen doch noch Besorgungen machen.« Marks berührte sie am Arm.

Sie stutzte. »Sie wollen doch Terry sprechen?«

»Richtig. Aber allein.«

Die Vorsitzende rümpfte missbilligend die Nase. »Wenn Sie meinen. Allerdings ist meine Nichte im Geschäft.«

»Das regeln wir dann schon.« Marks blieb freundlich.

»Wie Sie meinen.« Pikiert drehte sie ab.

»Auf mich hört ja niemand«, schickte ihr Easterbrook leise und mit breitem Grinsen hinterher.

»Kommen Sie.« Marks schmunzelte. Sein Constable hatte bei aller Behäbigkeit eine besondere Form von Humor.

Die Türglocke ließ ein helles Klingeln hören, als sie eintraten. Allerdings stießen sie nicht wie erwartet auf den Unternehmer, sondern auf Mary Morgan und Simon Jenkins. Die beiden schienen in eine Unterhaltung vertieft und hoben erstaunt die Köpfe.

»Detective Inspector – welch ungewöhnlicher Besuch. Was kann ich für Sie tun?«

Marks warf einen Seitenblick auf Jenkins. »Wir dachten, wir treffen hier auf Mr. Bennett. Ihre Tante …«

»Er ist schon wieder weg«, sagte Mary Morgan.

Marks wandte sich an Jenkins. »Wir haben einige offene Fragen im Zusammenhang mit dem Verschwinden von Mr. Bennetts Frau, die wir gerne mit ihm klären wollen.« Er nickte. »Wissen Sie, wo wir ihn finden können? Hat er etwas gesagt?« Marks hatte sich wieder Mary zugewandt.

»Er hat ein paar Dinge eingekauft, nichts Besonderes. Beim Bezahlen hat er einen Anruf bekommen, und dann hatte er es auf einmal sehr eilig. Er müsse in die Stadt, hat er gemeint. Keine Ahnung, ob er damit Helston oder Truro gemeint hat.«

»Schade.«

»Hoffentlich geht es Mrs. Bennett gut.«

»Wie meinen Sie das?«

»Na ja, Simon hat mir von der Sache in Helston erzählt.«

»Das können wir nun ausschließen.« Marks nickte Jenkins zu.

»Bennett soll seine Frau geschlagen haben«, sagte Mary. »Hoffentlich … hoffentlich lebt sie noch.«

»Sie trauen Bennett so etwas zu?« Marks' Erstaunen war echt.

»Nein. Es ist nur so ein Gefühl. Na ja, und hier im Laden höre ich eine Menge Tratsch.«

Easterbrook räusperte sich. »Wir sollten besser gehen. Vielleicht ist Bennett noch im Dorf.«

Sie standen kaum auf der Straße, als Bennett mit seinem SUV langsam auf sie zurollte. Er musste warten, weil ein Transporter vom Hafen auf die Straße abgebogen war.

DI Marks klopfte an die Seitenscheibe. »Haben Sie einen Augenblick Zeit für uns?«

Bennett machte einen gehetzten Eindruck. »Nein, ich bin in Eile. Sie haben Glück, dass ich hier bin. Ich muss noch mal ins Haus, weil ich Unterlagen vergessen habe.«

Marks warf einen Blick in das Wageninnere. Auf der Rückbank lagen einige Kleidungsstücke und eine Tüte mit Einkäufen, auf dem Beifahrersitz eine aktuelle Ausgabe von *The Helston Packet.* »Das trifft sich gut. Wir folgen Ihnen. Es sind einige Erkenntnisse aufgetaucht, die wir gerne mit Ihnen besprechen wollen.«

Bennett warf einen wütenden Blick auf den Transporter, der ihm nun mit eingeschalteter Warnblinkanlage den Weg versperrte. »Muss das jetzt sein? Ich habe es wirklich eilig.« Er schlug mit der Hand auf das Lenkrad.

Marks ließ keinen Zweifel. »Ja.«

Es dauerte eine Weile, bis der Lieferwagen eines Großhändlers für Meeresfrüchte den Weg frei machte. Die Wartezeit verbrachten sie schweigend. Marks hatte den Eindruck, dass Bennett liebend gerne die Seitenscheibe wieder hochgefahren hätte, sich aber nicht traute. Mit einer Kopfbewegung bedeutete er Easterbrook vorauszugehen und an der Kurve zu warten, von der der Weg zum Anwesen der Bennetts abging. Das minimierte die Gefahr, dass Bennett einfach der Straße weiter folgen und sich so der Befragung entziehen würde. Eine reine Vorsichtsmaßnahme, denn Marks war sich sicher, dass Bennett längst die Vor- und Nachteile seines bisher wenig kooperativen Verhaltens abgewogen hatte.

Nachdem sie das Haus betreten hatten und mit einer unwilligen Geste ins Wohnzimmer gebeten worden waren, kam DI Marks direkt zur Sache.

»Wir haben das Telefon Ihrer Frau gefunden.«

Bennett starrte ihn an. »Wo?«

»In Helston. In einem Papierkorb. Können Sie sich vorstellen, wie es dorthin gekommen sein könnte?«

»Das Smartphone meiner Frau in einem Papierkorb? In der Stadt?« Er hatte anscheinend Mühe, Marks zu folgen.

»Das Glas des Displays ist gesplittert.«

»Woher soll ich das wissen?« Bennett ging zu einem Sideboard, auf dem ein Tablett mit Gläsern und einer Flasche Whisky stand, und goss sich ein.

»Das zersplitterte Glas weist darauf hin, dass es nicht nur einfach so hingefallen, sondern aus Wut absichtlich zu Boden geworfen und zertreten worden sein könnte.«

»Ich verstehe nicht, was Sie meinen.«

»Wir haben unter anderem auch Ihre Fingerabdrücke gefunden.«

»Wie kommen Sie an …? Ich verstehe. Manchester.« Er trank einen Schluck.

»Vielleicht haben Sie es ja Ihrer Frau aus der Hand geschlagen.« Marks startete seinen Versuchsballon.

»Warum sollte ich?« Er sah die beiden Polizisten unsicher an.

»Weil Sie wütend waren?«

»Warum sollte ich wütend sein? Hören Sie, meine Frau ist verschwunden. Darum geht es.« Bennett trank einen Schluck.

Easterbrook hatte die Unterhaltung bisher schweigend verfolgt. »Richtig. Ihre Ehefrau ist verschwunden.«

»Unsere Techniker haben das Telefon entsperren können. Sie haben darauf Bilder und Nachrichten gefunden, die den Schluss nahelegen, dass Sie allen Grund gehabt haben, wütend auf Ihre Frau zu sein.« Marks hob abwartend die Augenbrauen.

Bennett lachte nervös. »Wie? Ich …«

»Möchten Sie die WhatsApps und die Bilder sehen?« Easterbrook machte Anstalten, die Plastiktüte mit dem Telefon aus seiner Uniformjacke hervorzuziehen.

Bennett holte tief Luft, trank das Glas leer und verschränkte die Arme vor der Brust. »Nicht nötig.«

»Dann frage ich Sie noch einmal: Wie kommt das Telefon in diesen Papierkorb?«

Bennetts Augen flogen hin und her. »Wir hatten Streit, das stimmt.« Er zögerte. »Wegen der Dinge, die Sie gefunden haben.«

»Ja?«

»Wir saßen in Helston beim Tee, als Sie einen Anruf bekam. Sie hat ihn angenommen und dann einfach aufgelegt, ohne etwas zu sagen. Das hat mich stutzig gemacht. Na ja, den Rest können Sie sich ja denken.«

»Wir sind ganz Ohr.« Marks ging zum Esstisch und setzte sich. »Wir haben alle Zeit der Welt.«

Bennett sah erneut von einem zum anderen, goss sich einen weiteren Whisky ein und setzte sich ebenfalls. Mit einem kurzen Nicken forderte er auch Easterbrook auf, sich zu setzen. Er sah in das schwere Kristallglas. »Ich habe ihr das Telefon aus der Hand genommen, um die Nummer nachzusehen.«

»Das war alles?«

»Die Betreiberin des Tearooms hat uns gebeten, das Café zu verlassen.«

»Lassen Sie sich doch nicht jedes Wort aus der Nase ziehen.«

»Was wollen Sie denn hören? Ja, es hat einen Riesenkrach gegeben. Wir haben uns angeschrien. Dieses Scheißliebesgeflüster war ja deutlich genug.«

»Und dann?«

»Auf dem Weg zum Wagen habe ich das Telefon quer über den Parkplatz geworfen. Liz ist dann weggerannt.«

»Sie sind ihr nicht hinterher?«

»Nein. Ich habe gedacht, hat eh keinen Zweck. Sie soll sich erst beruhigen. Ich habe das Telefon aufgehoben und weggeworfen. Diese miesen Nachrichten und die Bilder wollte ich nicht mehr sehen.«

»Und dann?«

»Dann bin ich in die Kneipe. Habe getrunken bis last order.«

»Sie sind dann zurück nach Cadgwith?«

»Nein. Ich war zu betrunken und habe ein paar Stunden im Auto geschlafen. Früh am Morgen bin ich dann los. Aber Liz war nicht zu Hause.«

»Vielleicht ist sie zu ihrem Liebhaber gefahren. Haben Sie sie dort nicht gesucht?«

Bei dem Wort »Liebhaber« lief Bennett rot an. Marks sah, dass er sich kaum noch beherrschen konnte.

»Ich kenne den Namen des Scheißkerls nicht.« Er hob das Glas, trank aber nicht.

»Das glaube ich Ihnen nicht.«

»Ich weiß nur seinen Vornamen.« Er spie ihn regelrecht aus. »Steve.«

»Warum haben Sie das Telefon nicht an sich genommen und die Rückruftaste gedrückt?«

»Habe ich doch schon gesagt«, bellte Bennett, »ich war wütend. Ich habe es weggeworfen. Verdammt, das Telefon war sowieso kaputt. Da hätte ich keine Nummer wählen können.«

»Kein Grund, sich jetzt so aufzuregen, Mr. Bennett«, versuchte Easterbrook zu beschwichtigen.

»Niemand fasst meine Liz an.« Bennett stierte in sein Glas und stürzte den Inhalt hinunter. »Liz ist meine Frau. Ich liebe sie, wir lieben uns. Und nun ist sie verschwunden. Wer weiß, ob sie noch lebt. Ob sie überhaupt bei dem Dreckstypen angekommen ist. Vielleicht ist sie ja längst ganz woanders.«

»Beruhigen Sie sich bitte«, mahnte Marks. »So kommen wir nicht weiter.«

Bennett sah mit einem Mal auf. »Wenn Ihre Techniker so fit sind, haben Sie sicher den Namen und den Anschluss des Typen.« Eine Spur Hoffnung lag in seinen Augen. Und eine Verschlagenheit, die Marks bereits zuvor an ihm beobachtet hatte.

»Ich muss Sie leider enttäuschen. Ein Prepaid-Handy. Wenn überhaupt, wird es Tage, wenn nicht Wochen dauern, bis wir daraus eine Spur machen können.«

»Dieser Dreckskerl.«

»Ich will ehrlich zu Ihnen sein, Mr. Bennett. So wie Sie sich hier aufführen, kann ich durchaus verstehen, dass Ihre Frau Sie verlassen hat.«

»Was wissen Sie schon von meiner Ehe? Was erlauben Sie sich? Ihnen steht kein Urteil über meine Ehe zu.« Bennett fuhr sich mit den Händen durchs Gesicht und straffte sich. »Finden Sie meine Frau.«

»Ist der Streit regelmäßig eskaliert?« Marks sah zu Easterbrook. Der Constable hatte seinen Notizblock gezückt. Er saß so, dass er jederzeit aufspringen und Bennett niederringen konnte.

Bennett blieb unbeeindruckt. »Mir ist einmal die Hand ausgerutscht, aber nicht öfter. Und schon gar nicht regelmäßig.«

»Sie haben recht. Ich bin nicht die moralische Instanz, vor der Sie sich rechtfertigen müssen. Ich sammle Fakten und ziehe dann meine Schlüsse.«

»Dann finden Sie Liz.«

Den Weg zurück zum Wagen legten die Ermittler schweigend zurück. Erst als Marks das Auto aufschloss, räusperte sich Easterbrook. »Für mich klang der letzte Satz unvollständig.«

»Was meinen Sie?«

»Dann finden Sie Liz – bevor ich das tue.«

Marks nickte.

XXVII.

»Ich liebe diesen Platz und diese Stimmung.«

»Ich habe solche Nächte in Köln so sehr vermisst. Das habe ich aber erst gewusst, als ich wieder zurück war. Der Vollmond, das silbrige Glitzern auf der tiefschwarzen See. Die absolute Ruhe der Natur. So kitschig das auch klingen mag, die Welt scheint in Augenblicken wie diesen den Atem anzuhalten und ganz bei sich zu sein.«

Simon schwieg.

»Ich könnte ewig so hier draußen sitzen und dieses Glitzern genießen.« *Mit dir*, fügte sie stumm hinzu.

Nun schwiegen beide.

»Ich komme einfach nicht weiter.«

Schließlich drehte Mary ihm den Kopf zu. »Was bedrückt dich?« Sie saß neben ihm auf der Bank, oben auf der Felszunge, die die Bucht in zwei Teile teilte. Gemeinsam hatten sie einen Spaziergang in den Abend hinein gemacht.

Jenkins holte tief Luft. Als stünde er vor einem schwierigen Abschnitt des Küstenpfads und wäre nicht sicher, ob er ihn bewältigen konnte. »Es muss etwas geschehen. Außerdem ...« Er brach ab.

»Ja?«

Simon schwieg lange, bevor er antwortete. »Du kümmerst dich rührend um mich. Das kann ich dir nicht vergelten.« Er sah aufs Meer hinaus. »Dummes Wort, ich weiß. Aber ich war mein ganzes Leben lang auf mich gestellt. Niemand hat sich um mich gekümmert. Und ich hatte das Gefühl, ich brauche niemanden. Moira hat damals alles verändert. Und der Unfall. Ich bin nicht mehr ganz. Ich weiß, dass ich meine Schmerzen ertragen muss. An manchen Tagen macht mir das nichts aus, an anderen bin ich abgelenkt: mein Malen, Luke und seine Scherze, die Musik im Pub. Aber dann kommen die dunklen Nächte, in denen ich auf dem Bett liege, nicht einschlafen kann. Oder ich träume von dem Unfall. Im Augenblick geht es mir einfach nicht gut.« Er seufzte, hielt den Blick aber starr geradeaus gerichtet. »Ich klinge wie ein Weichei. Tut mir leid, Mary.«

»Manchmal muss man sich das auch mal eingestehen und das Gefühl zulassen.« Sie zögerte, ihre Hand in seine zu legen. Sie wusste, dass er zurückzucken würde.

»Du sprichst mit mir wie mit einem kranken Pferd.« Er lachte auf. »Sorry, aber mein Selbstmitleid macht mich gerade wahnsinnig. Ich bin kein guter Gesprächspartner heute.«

»Moira ist tot. Ich wünschte, sie würde leben und ihr könntet glücklich sein.« Der Satz fiel ihr nicht schwer. Obwohl sie lieber etwas anderes gesagt hätte.

»Ich weiß. Und ich komme immer besser damit zurecht. Und daran hast du deinen Anteil. Dafür bin ich dir sehr dankbar. Es ist nur, manchmal trifft mich die Realität wie eine – mir fällt kein anderes Wort ein – wie eine Keule. Ja, ich weiß, Moira ist tot. Und ich weiß, dass ich damit leben muss. Aber ich weiß auch, dass noch eine Rechnung offen ist.«

Mary wusste, was er meinte.

»Wenn ich nur die Kraft hätte, Lehmann aufzuspüren, ich würde ihn zur Verantwortung ziehen. Er ist der Grund für Moiras Tod. Wäre er nicht, hätte es diese verfluchte Verfolgungsjagd nicht gegeben und Moira würde noch leben.« Simon packte seinen Gehstock und stieß ihn hart auf den Felsen. »Ich wünschte, ich hätte für eine kurze Zeit mein altes Leben zurück. Das wäre für Hans Lehmann die Hölle.«

»Ich begreife nicht, wieso man ihn nicht längst dingfest gemacht hat.«

»Er hat Helfer bei der Polizei. Er schmiert mit Sicherheit einige in der Metropolitan. Das habe ich damals schon gesagt, und davon bin ich auch heute noch überzeugt. Lehmann ist eine Krake, die eine Menge Leute im Griff hat.« Simon wies auf die See. Dort fuhr ein Containerschiff vorbei. »Bestimmungshafen vielleicht Spanien, Portugal, vielleicht auch Frankreich. Lehmann hat überall seine Finger im Spiel. Auch im Seehandel. Ich würde mich nicht wundern, wenn das Schiff da draußen Dinge an Bord hat, die nicht in den Frachtpapieren stehen.«

»Vielleicht solltest du auch mit dieser Vergangenheit abschließen«, versuchte Mary ihn zu besänftigen. Seit sie auf der Bank saßen, war Simon immer unruhiger geworden. Sie fand es gut, dass er so deutlich von sich und seinen Gefühlen erzählte – endlich einmal –, und dennoch fühlte sie sich hilflos. Sie wollte ihm so gerne helfen.

»Das kann ich nicht, Mary. Das kann ich tatsächlich nicht.« Er richtete sich schwerfällig auf. »Und das will ich auch nicht.«

»Wie soll das gehen?«

»Ich weiß es nicht.« Simon lehnte den Stock gegen die Bank.

Sie hatte mit einem Mal Angst um ihn – dass er sich in Situationen wiederfinden könnte, denen er nicht mehr gewachsen war. Aber auch das verbat sie sich auszusprechen. Auch weil sie ahnte, dass sie damit nichts ändern würde. Sie sah es an seinem Gesichtsausdruck.

In seinen Augen lag eine Entschlossenheit, die ihr fremd war.

»Diese Friedfertigkeit hier ... wie schön wäre es, wenn sie sich auf uns Menschen übertragen könnte.« Mary legte nun doch ihre Hand kurz auf seine.

»Ich weiß, was du denkst, Mary. Aber es ändert nichts. Das bin ich Moira schuldig. Ich werde Lehmann finden. So lange schon warte ich auf den richtigen Augenblick. Ich war lange nicht stark genug, aber jetzt fühle ich, wie die Kraft zu mir zurückkommt.« Er machte eine winzige Pause. »Und das verdanke ich allein dir.«

Mary erschrak heftig. Wie nur konnte er ihr diese Verantwortung aufbürden? Sie liebte ihn und wünschte ihm alle Kraft der Welt, um mit dem Schicksal fertigzuwerden. Aber doch nicht so! Sie stand auf und hauchte einen Kuss auf seinen Kopf.

»Komm. Es ist doch spät geworden.«

»Lass mich noch eine Weile hier sitzen. Und, Mary, danke für den schönen Abend.«

Mary ließ ihn auf der Bank oben auf dem Todden zurück und strebte schnellen Schrittes ihrem Cottage zu. Sie war wütend. *Dieser Idiot*, dachte sie. *Simon ist so ein verdammter Idiot.*

»Gut geschlafen?« Mary stellte den Teller mit Eiern und Speck vor ihn hin. Wie jeden Morgen gab es Full English Breakfast.

»Einigermaßen«, brummte Krystian.

»Oh, ist etwas nicht in Ordnung mit dem Zimmer oder mit dem Bett?« Mary blieb am Tisch stehen.

»Nein, das ist es nicht.« Er goss sich aus der bauchigen Kanne Tee ein.

»Du machst mich neugierig.« Sie wischte mit den Händen über die Schürze.

»Na ja.« Er trank vorsichtig einen Schluck. »Ich habe wohl einfach nur Glück gehabt.«

»Glück? Was ist passiert? Darf ich mich ein wenig zu dir setzen?«

Er nickte.

Die beiden waren an diesem Morgen allein im Frühstücksraum. Die übrigen Gäste waren bereits früh zu einer langen Wanderung aufgebrochen. Sie wollten den Lizard umrunden, um bis nach Helston zu wandern. Mary hatte sie zwar darauf aufmerksam gemacht, dass sie sich eine sehr lange Tour ausgesucht hatten, aber sie hatten sich nicht von ihrem Plan abhalten lassen. Mary hatte bereits ihr Frühstückgeschirr abgeräumt und frische Blumen auf die Tische gestellt.

»Ich bin beinahe überfahren worden.«

»Um Gottes willen! Wo?«

»Gestern Abend. Ich war auf dem Rückweg vom Pub. Ich wollte in dem Moment von der Hauptstraße in deinen Zuweg einbiegen, als er mich fast erwischt hätte. Er war viel zu schnell.«

»Wer?«

»Er hat angehalten und mich einfach nur angestarrt. Als wäre er nicht ganz bei sich.«

»Hast du ihn erkannt? Jemand aus dem Dorf?«

Krystian schüttelte den Kopf. »Ich kenne hier doch niemanden. Er hat mich angestarrt, als sähe er durch mich durch, als wäre er nicht Herr seiner Sinne. Er war wie in Trance.« Er stockte.

»Das darf doch nicht wahr sein.«

»Er hat sich nicht einmal entschuldigt. Er hat mich nur angestarrt, keinen Ton gesagt. Als habe er ein Gespenst gesehen.«

»Wie furchtbar.«

»Schon gut. Ist ja nichts passiert. Ich konnte in letzter Sekunde zur Seite springen. Das war es nicht.« Er hob die Tasse und setzte sie gleich wieder ab. »Es war das Messer.«

»Das Messer?«

»Er hatte das Seitenfenster offen. Als ich mich vorbeugte, um ihn anzusprechen, habe ich es gesehen. Es lag da.« Er nahm seine Hände zu Hilfe. »So ein großes Messer, wie man es in Restaurantküchen benutzt. Es lag auf einem weißen Handtuch, und es war voller Blut. Das ganze Handtuch war voller Blut.«

»O mein Gott.«

»Ich bin ganz schön erschrocken.« Bei dem Gedanken atmete er heftig ein und aus. »So etwas habe ich noch nie gesehen.« Er runzelte die Stirn. »Doch, einmal bei uns in Polen. Ein Onkel hat mich mit zur Jagd genommen. Er hat damals eine Hirschkuh geschossen, aber er hat sie nicht sofort erlegt. Weil es noch gelebt hat, hat er dem armen Tier die Kehle durchgeschnitten. Ich war damals noch ein Kind und habe geweint. Mein Onkel hat nur gelacht und gesagt, so wirst du nie ein Mann. Du musst begreifen, dass nur der Stärkere die Macht hat zu überleben. Das sei das Gesetz des Lebens. Und die

Hirschkuh habe einfach Pech gehabt. Außerdem sei es nur ein Tier und dazu da, uns als Braten zu schmecken. Er hat es auf die Schulter genommen, und wir haben es nach Hause gebracht. Aber ich habe nichts von dem Tier essen können. Ich konnte den Blick der Kreatur nicht vergessen, als wir sie erreicht hatten. Als habe sie gewusst, was gleich geschehen würde.«

»Das ist ja furchtbar.«

»Ich musste sogar zusehen, wie er dem toten Tier den Kopf abgeschnitten hat. Und dann die Beine. Der Torso hat mich bis in meine Träume verfolgt.«

»Das muss schlimm für dich gewesen sein.«

»Der Mann fährt einen schwarzen SUV. Ich meine, ich könnte ihn ein paarmal im Pub gesehen haben. Du kennst ihn vielleicht auch. Er könnte der sein, der in dem großen Haus oberhalb von dir wohnen.«

Sein abrupter Themenwechsel irritierte sie, daher brauchte sie einen Augenblick, bevor sie fragen konnte: »Bennett? Du meinst Terry Bennett?«

Krystian nickte. »Jedenfalls nennen ihn die Leute im Pub Terry. Macht auf mich nicht gerade einen sympathischen Eindruck. Na ja.« Er zerteilte die Tomate auf seinem Teller. »Vielleicht gibt es ja eine völlig einfache Erklärung. Vermutlich war er ebenso schockiert wie ich. Wäre die Straße beleuchtet, wäre wohl nichts passiert. Auf jeden Fall aber war er zu schnell unterwegs. Und das Blut an dem Messer lässt sich sicher auch erklären. Wenn er die ganze Zeit wie ein Irrer gefahren ist, hat er vielleicht irgendwo ein Tier erwischt, das ihm vors Auto gelaufen ist. Und er hat es von seinen Qualen erlöst. Das wiederum spräche für ihn.« Er trank einen Schluck Tee und spießte dann ein Stück Tomate auf seine Gabel. »Er ist nach der Schrecksekunde einfach weitergefahren.« Er zuckte mit den Schultern. »Ich habe jetzt Hunger.« Er lächelte. »Ich sollte nicht so viele Schauergeschichten erzählen. Du siehst ja ganz blass aus. Trink doch eine Tasse Tee mit mir.«

Ein blutiges Messer auf Bennetts Beifahrersitz. Das konnte alles bedeuten, da hatte Krystian recht, zum Beispiel einen Wildunfall. Mary spürte, wie sich eine Ahnung in ihre Gedanken schlich und dunkle Spuren hinterließ.

Was, wenn er seine Frau aufgespürt und ihr etwas angetan hatte? Sie schüttelte den Kopf. Nein, das traute sie ihm doch nicht zu. Auf Bennett traf eher der Spruch *Hunde, die bellen, beißen nicht* zu. Und doch ließ sie der Gedanke nicht los, er könnte Liz aufgespürt haben. Sie musste nachdenken.

»So, ich hoffe, dass dein Tag heute nicht so düster wird, wie deine Nacht es wohl war.« Sie stand auf. »Ich lasse dich jetzt in Ruhe frühstücken. Weißt du schon, was du heute tun willst?«

Krystian biss ein Stück von seinem Toast ab. »Die Würstchen sind wirklich klasse. Wie bekommt ihr Engländer die so gut hin? Sage noch einer, die Briten hätten keine gute Küche.« Er trank einen Schluck, bevor er weitersprach. »Es gibt da dieses Minack Theatre. Das schaue ich mir an. Bestimmt warst du dort schon.«

Mary nickte. »Und bin jedes Mal aufs Neue beeindruckt von der Kulisse. Wirklich grandios. Die Sitzstufen in den Felsen geschlagen und der weite Blick auf die See.« Sie wandte sich zum Gehen. »Gute Wahl. Wenn du noch etwas möchtest, ich bin in der Küche.«

Dort begann sie Ordnung zu schaffen. Wobei sie nicht ganz bei der Sache war. Bennett und das Messer gingen ihr nicht aus dem Kopf. Sie hatte sein Verhalten ihr gegenüber vor Augen. Seit sie von der Sache in Manchester gehört hatte, war sie nicht mehr sicher, ob sie nicht doch Angst vor ihm haben sollte. Sie wollte sich nach wie vor von ihm nicht einschüchtern lassen, aber sie trat ihm längst nicht mehr so selbstsicher entgegen wie bei ihrer ersten Begegnung.

Sie musste mit Simon reden.

Nachdem ihr Gast sich auf den Weg gemacht hatte, stieg sie ein Stück den Küstenpfad hinauf. Sie war unruhig und wollte nachsehen, ob auf dem Grundstück über ihr Bennetts Wagen stand. Aber sie konnte den SUV nicht sehen. Da Bennett keine Garage hatte, musste er unterwegs sein. Diese Gewissheit beruhigte sie nicht, ganz im Gegenteil.

Als sie umkehrte, kam ihr auf Höhe des B&B Luke entgegen.

»Mary. Ich hab was für dich.« Er hob einen Eimer hoch und lachte sie an. »Ganz frisch. Seehecht. Und schon ausgenommen. Für heute Abend.«

Sie warf einen Blick in den gelben Eimer. »Zwei? Viel zu viel für mich allein.«

Luke grinste. »Och, warum allein? Ich hab mir gedacht, wär doch mal wieder ein feines Abendessen. Nur wir beide – und Simon.«

Sie lächelte. »Das ist wirklich lieb von dir.«

»Überrumple ich dich gerade?« Luke setzte den Eimer ab und sah sie stirnrunzelnd an. »Ist etwas passiert? Hat einer deiner Gäste seine Rechnung nicht bezahlt?« Als er sah, dass sein Scherz nicht zündete, setzte er nach: »Oder ist dir etwa der Frühstücksspeck angebrannt?«

»Tut mir leid, Luke, ich bin gerade ein bisschen durcheinander.«

»Was ist los?« Luke nahm den Eimer wieder auf.

»Ich muss ins Geschäft. Und ich muss Simon sprechen.«

»Schon gut. Ich komme mit.« Er sah auf den Eimer. »Aber erst muss der Fisch in die Kühlung.«

Nachdem Mary ihm den Eimer abgenommen und die beiden Fische in die Tiefkühltruhe gepackt hatte, machten sich die beiden auf den Weg.

Luke hatte ihr bei den wenigen Handgriffen zugesehen, ohne ein Wort zu sagen. Nun hielt er es nicht länger aus. »Willst du mir nicht endlich sagen, was los ist? Du machst ein Gesicht, als hätte deine Tante dir eröffnet, dass sie endlich einen geeigneten Ehemann für dich gefunden hat.«

Sie musste unwillkürlich lachen, wurde aber sofort wieder ernst. »Es ist nicht ganz so schlimm, aber du bist nahe dran.« Sie blieb stehen und sah erst über die Bucht und dann zu Luke. »Einer meiner Gäste, Krystian – ich habe dir von ihm erzählt –, ist gestern Abend beinahe überfahren worden.«

»Du meine Güte.«

»Er hat Glück gehabt. Er konnte zur Seite springen, und der Fahrer hat rechtzeitig gebremst.«

»Wo? Lass mich raten. Hinten in der Kurve? Bestimmt hinten in der Kurve.« Er nickte, als würde er die Antwort bereits kennen.

»Du hast recht. Aber es war kein Auswärtiger, der die Gefahr der engen Kurve nicht kennt. Es könnte gut Bennett gewesen sein.«

»Dieser Spinner.«

Sie schüttelte den Kopf. »Klar. Aber das ist es nicht. Auf seinem Beifahrersitz lag ein Messer voller Blut.« Sie schlang die Arme um den Oberkörper, so als müsste sie sich vor plötzlicher Kälte schützen. »Krystian hat es genau gesehen, das Messer war voller Blut.«

»Mein lieber Schwan.« Luke schob die alte Strickmütze, die er selbst im Sommer trug, ein Stück nach hinten und kratzte sich am Kopf. »Du glaubst doch etwa nicht ...?«

»Doch.«

»Moment mal«, er setzte den Eimer ab und schob seine Mütze zurecht, »verstehe ich dich richtig? Du meinst, Bennett hat seine Frau aufgespürt und sie ... bestraft? Also abgestochen? Meinst du das?«

»Ist doch möglich.« Sie sah seinen zweifelnden Blick. »Du weißt doch auch, was Simon über seine Vergangenheit erfahren hat.«

»Natürlich, Bennett ist ein skrupelloser Arsch. Das hat er hier schon mehrfach bewiesen. Und ja, ich kenne die Geschichte in Manchester – aber seine Frau abmurksen? Hier? Also, ich weiß nicht recht.« Er kratzte sich mit beiden Händen den Kopf, ohne dabei die Mütze zu verschieben. »Was sagt denn Simon dazu?«

»Deswegen will ich ja mit ihm reden.«

Luke wollte sich die Chance nicht entgehen lassen, seinem Freund die Neuigkeit zu berichten. »Geh du schon mal in deinen Laden. Ich werde ihm sagen, dass du ihn unbedingt sprechen musst. Meine Güte, was für eine Geschichte. Und das bei uns im Dorf. Ich fasse es nicht.«

Eine halbe Stunde später standen Luke und Simon vor ihrer Ladentheke.

»Du weißt es sicher schon.«

»Das muss alles nichts heißen.« Simon lehnte seinen Gehstock gegen die Theke.

»Du musst mit ihm reden.« Mary stützte die Hände auf den Ladentisch.

»Moment. Nicht so schnell …«

»Aber vermutlich ist es schon zu spät.«

Luke nickte zustimmend, blieb aber stumm.

»Nun bleibt mal beide auf dem Teppich. Ein blutiges Messer kann in der Tat alles Mögliche bedeuten.«

»Richtig. Auch dass er seine Frau … verletzt hat.« Mary klang trotzig.

»Angenommen, es ist so, wie ihr vermutet und er war es – hätte Bennett das Messer nicht längst entsorgt?«

»Vielleicht hatte er noch keine Gelegenheit dazu. Oder er wollte es auf seinem Grundstück vergraben«, schaltete Luke sich ein.

»Ich kann doch nicht einfach zu ihm hingehen, klingeln und sagen: Ich habe gehört, Sie haben ein blutiges Messer in Ihrem Auto liegen. Haben Sie Ihre Frau getötet?«

»Du brauchst dich gar nicht darüber lustig zu machen. Wir müssen etwas tun. Wenn du nicht handeln willst, muss Marks das tun.« Mary verschränkte die Arme vor der Brust.

»Ich glaube nicht, dass er sich auf einen bloßen Verdacht hin auf den Weg nach Cadgwith macht.«

»Wir müssen etwas tun, findest du nicht?«

»Und was?«

»Mary hat recht, Simon.«

Simon schüttelte den Kopf.

XXVIII.

»Kann ich zu ihm?«

»Nein. Wir haben ihn in ein künstliches Koma versetzt. Sie können jetzt nichts tun. Fahren Sie nach Hause.« Der diensthabende Chirurg schüttelte den Kopf und sah sie mit professioneller Sorge an. »Sie sollten versuchen, ein wenig zu schlafen. Sie müssen sehr erschöpft sein.« Noch bevor er den Standardsatz beendete, meldete sich sein Piepser. Er nahm das Gerät mit einer müden Geste aus der Tasche seines Kittels und warf einen kurzen Blick darauf. »Sie müssen mich entschuldigen. Die nächste OP.«

Liz Bennett sah ihn über den langen Gang in die entgegengesetzte Richtung laufen. Als er um eine Ecke bog, entschwand er aus ihrem Blickfeld. Zurück blieb das Vakuum des neonhellen und trostlosen Klinikflurs. An den Wänden hingen als einzige Farbtupfer ein paar Hinweise auf Besuchszeiten und Blutspenden. Keine Bilder, keine Blumen. Ein grauer Tunnel, der ins Nichts führte.

Liz hatte sich in ihrem Leben nie so schutzlos gefühlt wie gerade in diesem Augenblick.

Unschlüssig blieb sie einen Moment stehen, dann sank sie wieder auf den grauen Stuhl mit den dünnen Metallbeinen und starrte, ohne auf ihre Umgebung zu achten, an die gegenüberliegende Wand.

Langsam sickerten die Bilder der vergangenen Stunden in ihr Bewusstsein. Da war überall Blut gewesen. Schreie. Sie hatte nicht bemerkt, dass es ihre eigene Stimme war, die um Hilfe geschrien hatte. Und dann war da pulsierendes Licht gewesen, schließlich grelle Helligkeit. Zwischen diese Bilder, die ihr zeigten, wie sie über ihn gebeugt hockte, mischten sich andere Bilder. Sie lachte im hellen Sonnenlicht. Es war in einem Garten, sie hob ein Weinglas und prostete ihm zu. Dann beugte sie sich zu ihm, um ihn zu küssen.

Sie spürte plötzlich zwei starke Arme und schreckte auf.

»Kommen Sie. Ich bringe Sie nach draußen an die frische Luft.«

»Was?«

»Zum Glück bin ich gerade vorbeigekommen. Sie wären um ein Haar von Ihrem Stuhl gekippt.« Die Stimme der Frau war weich und freundlich. »Sie machen sich Sorgen um einen Angehörigen?«

Liz ließ sich widerstandslos am Arm nehmen und den Flur entlangführen, Schritt für Schritt. Sie spürte ihre Beine kaum. Sie hatte jegliches Zeitgefühl verloren. »Danke.«

Die Frau neben ihr war eine Krankenschwester. In einer ihrer Kitteltaschen steckten zusammengerollte

Datenblätter. Sie hatte eine füllige Figur und trug das Haar kurz geschnitten. Der Hautfarbe nach stammten ihre Vorfahren aus Pakistan oder Indien. Sie tat ihre Pflicht, ohne ein Wort zu viel darüber zu verlieren. Die meiste Zeit unsichtbar und doch zum richtigen Zeitpunkt immer zur Stelle.

Sie traten nacheinander durch die geräuschlos arbeitende Schiebetür hinaus in die Nacht. Es war sternenklar, im Westen hatten sich ein paar dünne Wolken gesammelt. Die Luft war mild und transportierte noch ein wenig Wärme des Tages.

»Sie werden sehen, gleich wird es Ihnen besser gehen. Kann ich Sie für einen Augenblick allein lassen? Können Sie stehen? Oder wollen Sie sich setzen? Ich gehe nur schnell und hole einen Arzt. Er wird sich weiter um Sie kümmern.«

Liz nickte stumm. Nachdem die Schwester wieder in den langen flachen Gang verschwunden war, der die beiden kastenartigen Gebäude der weitläufigen Klinik miteinander verband, atmete sie hörbar ein und aus. Die Laternen auf dem weitgehend asphaltierten Gelände und an den wenigen Verbindungsstraßen tauchten die Umgebung in ein Licht, das nach den Vorstellungen der Planer so etwas wie Geborgenheit ausstrahlen sollte. Irgendwo blinkten gelbe Lampen. Ein Wagen rollte mit heruntergelassener Seitenscheibe langsam an ihr vorbei. Offenbar suchte der dunkelhäutige Fahrer die richtige Abteilung. Rechterhand parkten mehrere Rettungswagen in Reihe vor dem Eingang zur Notaufnahme, ein Hubschrauber stand startklar auf dem Start- und Landeplatz. Die Rotorblätter hingen leicht durch und gaben dem Helikopter etwas Insektenhaftes.

In einiger Entfernung sah Liz einen Taxistand und ging darauf zu.

Trerice lag in tiefer Dunkelheit. Lediglich in einem Zimmer brannte eine einzelne Tischlampe. Die Polizei hatte offenbar den Tatort abschließend aufgenommen, hatte die transportablen Scheinwerfer abgebaut und wieder mitgenommen. Den einzigen Hinweis, dass das Herrenhaus erst wenige Stunden zuvor der Schauplatz eines blutigen Dramas gewesen war, lieferten die kreuz und quer verlaufenden Reifenspuren der Einsatzfahrzeuge.

Unschlüssig blieb sie mit dem Schlüssel in der Hand vor dem Eingang stehen. Der Taxifahrer hatte sie fragend angesehen, den Fahrpreis kassiert und war dann langsam vom Gelände gerollt. Liz hatte bisher das leise Knirschen des Kieses unter Reifen gemocht. Es hatte ihr die Gewissheit gegeben, von Eleganz und Bedeutung umgeben zu sein. Aber nun machte ihr das harmlose, neutrale Geräusch Angst. Sie wusste, dass sie von diesem Augenblick an allein war. Sie warf einen Blick auf den nahen Wald. Die Büsche und Bäume bildeten eine schwarze, undurchdringliche Wand. Sie wollte sich nicht vorstellen, was sich dort in diesem Augenblick abspielen könnte.

Sie verriegelte die Haustür und schaltete in allen Räumen das Licht ein. In der Küche schloss sie sorgfältig die Treppe zum Keller ab, außerdem klemmte sie einen Stuhl unter die Klinke. Bevor sie sich hinauf in die oberen Räume traute, goss sie sich großzügig einen Whisky ein. Aber er brachte keine Erleichterung, nur ein Brennen in der Kehle, das sie keuchen und husten ließ. Dennoch trank sie das Glas leer.

Sie starrte auf das Porträt ihr gegenüber an der Wand. Die Frau hatte einen hochmütigen Zug um die Lippen, den sie erst jetzt so richtig wahrnahm. Als wollte sie ausdrücken: *Was habt ihr beiden euch auch angemaßt? Nun müsst ihr auch die Folgen tragen.* Liz Bennett wandte sich ab. Was wusste diese Elisabeth schon von ihrer Welt? Und was von dem Mordversuch, der sich auf ihrer Türschwelle abgespielt hatte? Diese Liz, wie Steve sie in seinen romantischen Momenten nannte, bestand in Wahrheit aus nicht mehr als einem Stück Leinwand und einer dünnen Schicht verschiedener an- und ineinanderlaufender Farben, von einem versierten Maler geschickt kombiniert.

Sie goss sich nach. Das zweite Glas vertrug sie besser. Sie legte den Kopf zurück und schloss die Augen.

Sie hatten einen wunderbaren Abend verlebt. Mrs. Fisher hatte ihnen ein leichtes Abendessen zurechtgemacht und war dann nach Hause gegangen. Dazu hatte Steve eine Flasche ihres Lieblingsweins geöffnet. Sie hatten über Gott und die Welt gesprochen, viel gelacht und sich immer wieder versichert, wie glücklich sie waren, sich gefunden zu haben. Und dass das Klischee stimmte, dass das Leben doch die schönsten Geschichten schrieb. Sie hatten sich über das iPhone gegenseitig die Lieblingsmusik ihrer jungen Jahre vorgespielt. Wäre dies eine der entscheidenden Komponenten bei der Partnersuche gewesen, so neckten sie sich gegenseitig, hätten sie wohl nie zueinander gefunden. Während Steve eher auf Nick Cave und Tom Waits stand, war Liz Fan der frühen Madonna und dann von Norah Jones und Amy Macdonald gewesen. Schließlich hatten sie sich auf die Musik der Broken Biscuits geeinigt. Die akustische Gitarre und die raue Stimme des schottischen Sängers und das Spiel der klassisch ausbildeten Geigerin passten auf ebenso einfache wie geniale Weise zueinander. Das Duo coverte die Musik von Nick Cave ebenso mühelos wie die von Prince, Knopfler oder auch Snow Patrol.

Die Erinnerung an den Abend drohte sie zu ersticken. Bei dem Gedanken an das weiche Spiel der Geigerin schossen ihr Tränen in die Augen. Sie hatte sich in den letzten Stunden mit eisernem Willen beherrscht und Stärke bewiesen, aber nun riss der einfache Strich des Geigenbogens ihren hastig errichteten Schutzwall mühelos um. Sie ließ ihren Tränen freien Lauf. Sie fühlte sich erschöpft und ausgelaugt.

Spät am Abend waren sie zufrieden und glücklich eingeschlafen. Der Weißwein hatte ein Übriges getan. Kurz danach war sie wach geworden, hatte gemeint, ein Geräusch gehört zu haben. Steve war seufzend aufgestanden, hatte ihr liebevoll übers Haar gestrichen und mit einer scherzhaften Bemerkung den Golfschläger gepackt. Er würde den Einbrecher, wenn es denn einer war, schon »ordentlich einputten«.

Sie hatte nicht wieder einschlafen können, sondern aufrecht im Bett gesessen und angestrengt Steves Bewegungen im Haus verfolgt. Sie hatte die knarrenden

Geräusche als die der Treppenstufen identifiziert, das Öffnen und Schließen der Türen im Untergeschoss gehört. Bevor Steve die leicht verzogene Außentür geöffnet hatte, war es vor ihrem Schlafzimmerfenster fast taghell geworden; die Lampen der Außenbeleuchtung waren angesprungen. Es war still geblieben.

Beim Gedanken daran stand Liz auf und kehrte mit Glas und Flasche zu ihrem Platz zurück. Sie nahm einen großen Schluck, behielt ihn einen Augenblick im Mund, lehnte sich dann erneut zurück, behielt das Kristallglas aber in der Hand.

Sie versuchte sich zu konzentrieren. Was war dann passiert? Es war still geblieben. Und was dann? Sie wollte nicht denken, was sie doch denken musste. Das Bild in ihrem Kopf kippte einfach nach vorne ins Bewusstsein.

Dort oben in ihrem Bett war ihr die Zeit ausufernd lang vorgekommen. Steve kam einfach nicht zurück. Der verdammte Kerl wollte sie doch bestimmt nur erschrecken. Sie hatte leise gelacht und ihn verwünscht. *Warte, Lieber, wenn du erst wieder im Bett bist, dann kannst du sehen, wohin mit deinen kalten Füßen.* Sie hatte sich wieder aufs Kissen gelegt, die Augen geschlossen und auf Steve gewartet.

Aber er war nicht wiedergekommen.

Sie hob den Kopf und leerte das Glas ansatzlos. Mit einer matten Geste griff sie nach der offenen Flasche und verschüttete beim Einschenken einige Tropfen.

Sie war schließlich aufgestanden, hatte sich ihren dünnen seidenen Morgenmantel übergeworfen und war die

Treppe hinuntergestiegen. Irritiert hatte sie zur Kenntnis genommen, dass der Golfschläger am Treppenpfosten lehnte. Steve musste eine andere Waffe gefunden haben. In der Küche bemerkte sie, dass der Messerblock erneut nicht vollständig war. Dabei hatte Mrs. Fisher erst am Vormittag das fehlende Messer in einem Kellerregal gefunden, wie ihr die Köchin mit einer entschuldigenden Bemerkung über ihre zunehmende Vergesslichkeit erzählt hatte.

Eilig hatte sie die Räume abgesucht und war dann vor die Tür getreten. Sie hatte Steve zunächst nicht gesehen. Der Vorplatz des Herrenhauses war leer. In den Büschen entlang der Gartenmauern bewegte sich nichts. Sie hatte mehrmals nach ihm gerufen, aber er hatte nicht geantwortet.

Erst als sie in die Mitte des Lichtkegels der Außenlampen getreten war, meinte sie eine flüchtige Bewegung Richtung Eingangstor wahrzunehmen. Ohne daran zu denken, dass sie sich möglicherweise selbst in Gefahr brachte, bewegte sie sich vorwärts. Als sie an den Rand des hellen Streifens mit den wenigen Stufen am Ende des Grundstücks trat, sah sie ihn.

Steve lag zwischen den beiden verwitterten steinernen Wächtern von Trerice.

Liz war mit einem lauten Schrei zu ihm hingestürzt, hatte sich neben ihn gekniet – und zunächst nicht gewusst, was sie tun sollte. Steve hatte auf dem Bauch gelegen, der Kopf Richtung Ausgangstor, das rechte Bein ausgestreckt, das linke angewinkelt, so als wollte er jeden Augenblick zum Sprung ansetzen. In Höhe seines Brustkorbs hatte sich auf dem feinen Split aus Sandstein ein dunkler Fleck gebildet.

Sie hatte ihm über den Kopf gestreichelt, hatte immer wieder seinen Namen geflüstert. Dann hatte sie ihre Hand auf seinen Rücken gelegt. Das T-Shirt fühlte sich feucht an. Sie nahm die Finger vor die Augen, und erneut löste sich ein Schrei aus ihrer Kehle. Sie flüsterte und rief seinen Namen, versuchte ihn vergeblich anzuheben. Dann legte sie das Ohr an seinen Kopf und meinte ein Röcheln zu hören. Sie rief ihn an, aber er reagierte nicht. Endlich wusste sie, was sie zu tun hatte, rannte zurück ins Haus und suchte nach einem Telefon. Einen Festanschluss hatte das Haus nicht, und ihr Mobiltelefon hatte sie in Helston beim Streit mit Terry verloren …

Sie fand Steves Telefon auf dem Esszimmertisch. Keine zwanzig Minuten später wimmelte Trerice von Polizisten in Uniform und Rettungskräften. Als sie Steve stabilisiert hatten und in die Klinik bringen wollten, bestand sie darauf, mitgenommen zu werden.

Liz suchte in ihren Hosentaschen nach einem Taschentuch, fand aber keins. Mit dem Ärmel ihrer Bluse fuhr sie sich über die Augen und die Nase. Als sie versuchte aufzustehen, sank sie zurück. Mit Mühe schaffte sie es ins Schlafzimmer, wo sie in einen tiefen Schlaf fiel.

Am nächsten Morgen wurde sie von einem Klingeln geweckt, das penetrant an ihrer Wahrnehmung kratzte. Ohne sich um ihr Äußeres zu kümmern, kroch sie aus dem Bett und arbeitete sich bis zur Haustür vor.

»Mrs. Bennett? DS Collins, das ist meine Kollegin Sue Temple. Polizei Newquay. Ich war gestern Abend Teil des Teams.« Die junge Polizistin in Zivil hielt ihr lächelnd den Ausweis entgegen. Sie ließ nicht erkennen, ob ihr das derangierte Äußere der verkaterten Frau ungewöhnlich vorkam. »Wir haben noch eine ganze Reihe Fragen. Können wir mit Ihnen sprechen? Jetzt? Ist das möglich?«

Liz trat zur Seite. Die verbindlich auftretenden Frauen sahen nicht so aus, als wollten sie unverrichteter Dinge zu ihrer Dienststelle zurückkehren.

»Kommen Sie rein. Tee? Oder lieber etwas anderes?« Sie geleitete die Ermittlerinnen in die Küche. »Unsere Köchin ist noch ni… Wie geht es Steve?« Ihr wurde schockartig bewusst, was in der vergangenen Nacht passiert war und warum die Polizei in ihrer Küche stand. Ihr Schlaf war traumlos und fest gewesen. Sie hatte das Gefühl, noch nicht wieder nüchtern zu sein. In ihrem Kopf begann ein Hämmern. Sie setzte sich an den großen Tisch, stand aber sofort wieder auf. Sie hatte sich auf Tee festgelegt, ohne eine Antwort abzuwarten. »Der Tee. Bitte setzen Sie sich doch.« Sie wies auf die freien Stühle.

»Nach unserem bisherigen Kenntnisstand«, begann DS Collins etwas umständlich, »liegt Mr. Carlton nach wie vor im künstlichen Koma. Ihr Partner hat viel Blut verloren. Milz und Leber sind verletzt. Der Täter muss in großer Wut auf ihn eingestochen haben.« Sie stockte, als sie sah, dass Liz' Gesicht auch den Rest Farbe verloren hatte.

»Reden Sie weiter, bitte.« Sie hatte drei Becher aus der Anrichte genommen und damit begonnen, Teeblätter in die Kanne zu löffeln. Außerdem behielt sie den Wasserkocher im Blick. Die Routinehandgriffe gaben ihr ein wenig Halt.

»Wenn Sie eine Pause brauchen?«

»Es geht schon.« Sie goss heißes Wasser auf die Blätter.

Dennoch warteten die beiden Polizistinnen, bis der Tee gezogen war und Liz Bennett ihnen die Becher hingestellt hatte.

»Sie haben niemanden gesehen letzte Nacht?«

Sie schüttelte den Kopf.

»Ist Ihnen gestern irgendetwas verdächtig oder anders vorgekommen? War etwas anders als sonst? Die Kameras waren offenbar nicht eingeschaltet.«

»Weiß nicht. Es war alles wie immer.« Von ihrer leichten Paranoia und ihren Einbildungen ein paar Tage zuvor wollte sie lieber nichts erzählen. Es war am Ende ja auch nichts passiert außer einer vergessenen offenen Kellertür und einem Messer, das wieder aufgetaucht war. Und die Bewegung vor dem Fenster war nicht mehr als bloße Sinnestäuschung gewesen. Der alte Rosenbusch hatte sich im Nachtwind bewegt. Sie hatten das überprüft. Liz wollte vor der Polizei nicht hysterisch wirken. Steve hatte ja recht gehabt. Ihre ausgeprägte Fantasie hatte ihr an dem Abend einen Streich gespielt. Wieder einmal, wie er neckend behauptet hatte.

»Erzählen Sie uns, wie Sie den Tag und den Abend verbracht haben, Mrs. Bennett.« DS Collins' Kollegin hatte einen kleinen Schluck vom Tee genommen und hielt nun abwartend einen Stift über ihren Notizblock.

»Wir waren den Vormittag über in Newquay, weil Steve dort einige Besorgungen machen wollte. Anschließend haben wir auf dem Rückweg in einem Pub eine Kleinigkeit gegessen. Den Nachmittag und Abend haben wir mit Lesen, Gesprächen und Musikhören zugebracht.« Bei dem Gedanken schossen ihr Tränen in die Augen. Sie wischte sie mit dem Handrücken ab und sah an sich herunter. »O mein Gott. Bitte entschuldigen Sie mich für einen Augenblick. Ich ziehe mir nur schnell etwas anderes an.«

»Nur keine Umstände.« DS Collins hob die Hand, da war Liz aber schon auf dem Weg zurück in ihr Schlafzimmer. Ohne groß nachzudenken, zog sie sich das Erstbeste über, das ihr in die Hände fiel. Als sie wieder in die Küche kam, trug sie eine weite Bluse und Bluejeans. Ihre Füße steckten in Turnschuhen, an denen die Schnürsenkel fehlten.

»Und in der Nacht? Was war da?« DS Collins musterte Liz Bennett eingehend.

»Ich habe ein Geräusch gehört. Und Steve ist dann – O mein Gott.« Sie konnte nicht weitersprechen.

»Der Anblick muss furchtbar gewesen sein.« DS Temple sah sie mitfühlend an.

Liz schluckte. »Das ganze Blut. Wer tut so etwas?«

»Sagen Sie es mir.«

»Was meinen Sie? Ich? Nein. Haben Sie das Messer schon gefunden?«

DS Collins und DS Temple tauschten einen schnellen Blick. »Nein.«

»Aus dem Messerblock da«, sie wies hinter sich, »fehlt ein großes Messer.« Sie schlug sich die Hand vor den Mund. »Steve muss es statt des Golfschlägers genommen haben, den er eigentlich zu seinem Schutz benutzen wollte. Der Täter muss es ihm im Kampf entwunden und dann zugestochen haben. Ich verstehe das alles nicht. Warum nur hat er das getan?«

»Das passt zu den Verletzungen von Mr. Carlton, sie könnten in der Tat Abwehrverletzungen sein, nach erster Einschätzung.« Wieder dieser schnelle Blick zwischen den Polizistinnen. Beide wollten den Begriff Leichenschau tunlichst vermeiden.

Nun wollte sie doch von den Ereignissen um die nicht abgeschlossene Kellertür erzählen. »Vor ein paar Tagen bin ich schon einmal von einem Geräusch wach geworden. Wir sind dann aufgestanden und haben überall nachgesehen. Auch in der Küche. Aber da war nichts. Aber die Tür nach draußen war nicht abgeschlossen, also die Kellertür. Ein Messer hat gefehlt, das hat mich sehr erschreckt. Aber das hat sich geklärt. Unsere Köchin hatte das Messer nur verlegt.« Sie nickte.

DS Temple räusperte sich und hob den Blick vom Notizblock, auf den sie einige Stichworte notiert hatte.

»Haben Sie eine Ahnung, wer der Täter sein könnte?«

»Ich habe nicht die geringste Ahnung.«

»Seit wann sind Sie mit Mr. Carlton liiert?«

»Seit fast zwei Jahren.« Liz korrigierte sich. »So lange kennen wir uns. Ich wohne hier erst seit einigen Tagen.«

»Wie haben Sie sich kennengelernt?«

»Vor einem Geschäft in Newquay. Zufällig. Ich hatte mich beim Betrachten der Auslage dummerweise vertreten, dabei war ein Absatz abgebrochen. Steve hat sich rührend um mich gekümmert. Ich weiß, das klingt kitschig, aber genauso war es.« Ein kaum wahrnehmbares Lächeln huschte über ihre Lippen.

»Ein wunderbares Anwesen, nicht?« DS Temple wies mit dem Stift in den Raum.

»Das stimmt. Wir sind sehr glücklich hier. Steve hat es vom National Trust gemietet. Er produziert Filme. Kinofilme. Und er verdient sehr viel Geld damit.«

»Bennett, das ist Ihr Mädchenname?«

»Nein. Ich bin verheiratet.« Sie sah den abwartenden Blick der Polizeibeamtinnen. Schnell fügte sie hinzu: »Ich habe mich von meinem Mann getrennt.«

Die Polizistinnen wechselten erneut einen schnellen Blick.

»Ich weiß, was Sie jetzt denken: dass Terry der Täter ist. Aber nein«, sie schüttelte heftig den Kopf, »er hat von Steve und mir keine Ahnung. Steve ist sehr diskret, wissen Sie.«

»Wie können Sie so sicher sein?«

Sie runzelte die Stirn, und ihr Blick war weit nach innen gerichtet. Sie zögerte, bevor sie mit fester Stimme sagte: »Ich bin es einfach.« Und mit einem Anflug von Trotz fügte sie hinzu: »Terry, mein Mann, hat sich nur für sein Geld interessiert und für seine Freunde. Ich war immer nur ein Anhängsel. So eine Art Statussymbol. Die hübsche Dumme an seiner Seite, die nie Fragen stellt, nie Kummer macht und immer zur Stelle ist, wenn es dem kleinen Terry mal wieder schlecht ging. Nein, ich war nicht viel mehr als ein Spielzeug. Manchmal habe ich mich gefühlt wie ein Stück Möbel, das er gekauft hat, um damit vor seinen Kumpeln anzugeben.« Sie zählte auf die Solidarität der beiden Frauen ihr gegenüber. »Sie könnten so doch auch nicht leben, oder? Wir sind doch eigenständige Wesen, wertvoller als jede Luxusvilla, oder?«

»Ist Ihr Mann niemals misstrauisch geworden?« DS Collins wollte keine Wertung abgeben.

Nun lächelte sie. »Wenn ich zum Shoppen nach Newquay gefahren bin, hat Terry das nie interessiert. Ihm war lediglich wichtig, dass ich pünktlich wieder zu Hause war und ein bisschen ›hübschen Krimskrams‹ eingekauft hatte. Terry hat mich für seine Zwecke benutzt, mehr nicht. Ich war für ihn kein Mensch aus Fleisch und Blut, sondern ein Accessoire für seine Karriere. Ich war wie eingemauert, wie abgeschnitten vom Leben draußen.«

DS Collins nickte nachdenklich. »Ich kann nicht so ganz glauben, dass Ihr Mann von Ihrer Affäre nichts mitbekommen haben soll.«

»Wir haben uns ja nicht ständig getroffen, Steve und ich. Er war ja viel unterwegs, in Europa und in den USA. Da waren die Gelegenheiten ohnehin rar gesät.«

»Wie muss ich mir das vorstellen?« Temple machte sich Notizen.

»Wir haben uns von Mal zu Mal in Newquay verabredet, immer im gleichen Hotel. Dazwischen gab es absolut keinen Kontakt. Nur so konnte das gelingen. Steve musste allein schon wegen seiner gesellschaftlichen Stellung sehr diskret sein. Skandale kann er sich in seinem Beruf nicht leisten. Die Schmierblätter warten ja nur auf so etwas.«

»Gut, lassen wir das für den Moment so stehen, Mrs. Bennett.« DS Temple legte den Stift auf ihr Notizheft. »Wer sonst könnte ein Interesse am Ableben Ihres Freundes haben? Hat Mr. Carlton Feinde in seiner Branche?«

»Branche?« Liz lachte auf. »Das ist keine Branche, eine Schlangengrube ist das Filmgeschäft, sagt Steve. Alle lieben sich, Küsschen hier, Küsschen da, aber nur solange die Kameras und Lampen an sind. In der Dunkelheit danach regiert allein der Neid und der Hass auf die viel jüngere Schauspielerin, die mit ihrem hübschen faltenfreien Gesicht keinen Zweifel daran lässt, dass du ein Auslaufmodell bist. Produzenten sind immer auf der Jagd nach Kapital für den nächsten Film. Man muss schnell sein, man muss die richtigen Leute kennen und schmieren. Und man muss den richtigen Riecher haben, sonst überlebst du kein Jahr in dem Geschäft. Das habe ich schnell erfahren.« Sie lachte auf. »Im Grunde macht Steve im Filmgeschäft nichts anderes als Terry in seinem Investmentgeschäft. Du musst Illusionen möglichst glaubhaft als zukünftige Realität verkaufen.« Sie sah DS Temple direkt an. »Mit einem Unterschied: Steve ist dabei Mensch geblieben und nicht zum dreckigen Geldhai verkommen.«

»Könnte der Täter etwas mit dem Filmbusiness zu tun haben?«

»Ausschließen würde ich das nicht. Bei der Produktion von Filmen geht es um Millionen. Niemand kann sich einen Flop leisten oder lästige Konkurrenten. Das habe ich schnell kapiert.« Sie zuckte mit den Schultern.

»Das klingt sehr vage. Haben Sie einen konkreten Hinweis für uns? Ohne den fehlt jeder Ermittlungsansatz. Wir werden sicher auch noch Ihren Mann aufsuchen.«

»Wie gesagt, er weiß nichts von Steve. Sprechen Sie lieber mit den Filmfirmen. Steve hat ein Büro in London. Dort haben Sie sicher jede Menge Unterlagen.« Sie fasste sich ans Herz. »Wann kann ich zu ihm?«

»Die Frage können wir Ihnen nicht beantworten. An Ihrer Stelle würde ich die kommenden Tage abwarten. Die Klinik wird sich sicher bei Ihnen melden, wenn es etwas Neues gibt.«

Liz sah auf ihren Teebecher. Der Tee war längst kalt, auf seiner Oberfläche hatten sich bereits Schlieren gebildet.

»Haben Sie jemanden, der sich um Sie kümmert? Eine Freundin vielleicht?«

Sie schüttelte den Kopf. »Aber ich bin sicher, dass Mrs. Fisher, die Köchin, kommt. Sie wird bestimmt von der Tat gehört haben.«

DS Collins legte ihre Hände flach auf den Tisch. »Wir würden uns gerne bei Ihnen ein bisschen umschauen.«

Sie nickte zögernd. »Ja, aber warum?«

»Nun, vielleicht findet sich noch der ein oder andere Hinweis.«

»Worauf?«

»Nun, auf den Täter, auf die genauen Umstände der Tat, auf das Messer …«

»Sie klingen, als würden Sie mir keinen Glauben schenken. Ich habe Ihnen alles gesagt, was ich weiß, was ich gesehen und was ich beobachtet habe. Mehr kann ich nicht tun.« Liz spürte, wie sich Ärger in ihr aufzustauen begann. »Sie müssen unbedingt mit Steves Büro sprechen. Soviel ich weiß, ist es immer besetzt. Man kann Ihnen dort sicher mehr sagen.«

»Wo bewahren Sie Ihre Schmutzwäsche auf?« DS Temple sah sie mit zusammengezogenen Brauen an und stand auf.

»Wie?« Erst dann ging ihr ein Licht auf. »Sind Sie wahnsinnig? Sie glauben doch nicht im Ernst, dass ich Steve etwas angetan habe?« Sie steigerte ihre Lautstärke. »Das ist doch absurd. Was fällt Ihnen ein?«

DS Collins sprach beruhigend auf sie ein. »Wir tun nur unsere Pflicht. Sie brauchen nicht nervös zu werden …«

»Natürlich bin ich nervös. Sie verdächtigen mich, Steve niedergestochen zu haben.« Sie geriet regelrecht in Panik. »Dabei habe ich ihn blutüberströmt vor dem Haus gefunden.« Mit einem Mal wurde sie ganz ruhig. »Fragen Sie doch diesen Filmemacher aus London. Jamie Morris. Er war vor ein paar Tagen bei uns, zweimal. Ein alter Kumpel von Steve.«

Die beiden Polizistinnen setzten sich wieder.

»Jamie Morris?«

»Ja. Jamie ist hier in der Gegend auf Urlaub. Nein, eigentlich ist er auf der Suche nach einem Stoff für einen Film. So sagt er jedenfalls. Steve und er haben sich viele Jahre nicht gesehen. Und da steht er plötzlich vor der Tür. Ein merkwürdiger Vogel. Ist mir gleich aufgefallen.«

»Worüber haben die beiden gesprochen?«

»Alte Zeiten. Buddys, halt. Große Jungs irgendwie. Sie haben die alten Geschichten mit reichlich Whisky aufgewärmt. Ganz große Verbrüderung. Und doch habe ich die ganze Zeit gedacht, irgendwas stimmt mit dem nicht.«

»Das ist alles? Warum hatten Sie den Eindruck, mit ihm stimme etwas nicht?« DS Temple klang nicht sonderlich überzeugt.

»Nur so ein Gefühl. Ich weiß auch nicht. Hat man ja schon mal, oder?«

»Und das ist wirklich alles?«, fragte Collins nach.

»Na ja, das erste Mal hat Jamie bei uns übernachtet; der Whisky. Beim zweiten Mal, also vorgestern, fuhr er spätabends noch zurück.«

»Gibt es irgendetwas, das Ihren Verdacht rechtfertigen könnte?«

Liz schürzte die Lippen. »Steve und er haben mal zusammen im Filmgeschäft angefangen. Aber dann hat sich die Karriere der beiden ziemlich schnell und ziemlich weit auseinanderdividiert. Steve hatte Erfolg, bei Jamie habe ich den Eindruck, dass er von der Hand in den Mund lebt.«

»Hm. Hat es früher zwischen den beiden Streit gegeben? War das ein Thema? Versöhnung nach so vielen Jahren? Und kann es sein, dass Jamie Morris Geldprobleme hat?«

»Das kann ich nicht mit Bestimmtheit sagen. Er erhofft sich von Steve wohl finanzielle Unterstützung bei einem Projekt.«

»Wissen Sie, worum es dabei geht?«

»Nicht wirklich. Irgendwas mit Schatzsuche. Aber ich habe dabei nicht so genau zugehört. Ich habe die beiden irgendwann allein gelassen. Ich war müde. Und beim zweiten Besuch war ich gar nicht dabei.«

»Schatzsuche?«

»Irgend so was.«

»Klingt eher nach einem, na ja, Hirngespinst.« DS Collins warf ihrer Kollegin einen schnellen Blick zu.

»Filmleute sind doch ständig mit angeblich sensationellen Ideen und Projekten beschäftigt.« Sie runzelte die Stirn. »Aber da war noch etwas, fällt mir gerade ein. Wenn ich mich recht erinnere, hatten die beiden tatsächlich mal Streit um eine Frau. Muss aber schon länger her sein. Jedenfalls taten sie so, als sei das alles schon längst vergessen und nicht der Rede wert. Für Steve mag das stimmen. Bei diesem Jamie bin ich mir nicht so sicher.«

An der Tür blieben die beiden Polizistinnen stehen. DS Collins wandte sich zu Liz um. »Derzeit gehen wir davon aus, dass ein Einbruch aus dem Ruder gelaufen ist. Die Spurenlage lässt die Vermutung zu. Um eines möchte ich Sie aber bitten, Mrs. Bennett: Bitte halten Sie sich mit Informationen darüber zurück, in welchem Krankenhaus Ihr Partner behandelt wird.«

»Sie lassen ihn doch sicher bewachen?«

Collins schüttelte den Kopf. »Das ist nach derzeitigem Stand der Ermittlungen nicht vorgesehen.«

XXIX.

»Du musst mir helfen.« Terry Bennett presste den Hörer fester ans Ohr. »Keith, bitte. Ich habe ein Problem.«

Am anderen Ende der Leitung blieb es still.

»Keith?«

»Weißt du eigentlich, wie spät es ist?«

Bennett meinte im Hintergrund ein Kichern zu hören und eine flüsternde weibliche Stimme.

»Tut mir leid, Keith, echt. Aber es ist wirklich dringend.«

»Ja, Süße, der liebe Keith macht's dir gleich.« Obwohl Keith Stone die Hand über den Hörer hielt, war er deutlich zu verstehen.

»Ich verstehe nicht ganz …?«

»Du warst nicht gemeint, Terryboy. Tut mir leid.« Er lachte meckernd. »Dass du dich traust, mich anzurufen, alle Achtung.«

»Hör bitte zu, ich …«

»Hör du zu, Terry Arschloch, hast du deine Liz aufgetrieben? Wann kannst du in Manchester sein?«

»Ich …«

»Beweg deinen Arsch. Was? Nein, Schätzchen, dich habe ich nicht gemeint, du bist gleich dran. Ich habe einen alten Kumpel am Apparat, der möchte aus meinem Geld mehr machen. Zu unser aller Freude, auch zu deiner. Was? Die Gucci-Tasche? Was'n das für'n Zeug?« Er wandte sich wieder an Bennett. »Du hörst, was meine kleine Irina will? Komm endlich her.«

»Keith.«

Es klickte in der Leitung.

Bennett ließ den Hörer sinken. Seine Hände zitterten. Das war's. Er sah hinüber zum Panoramafenster, das nahezu die gesamte Wandbreite einnahm. Draußen war stockfinstere Nacht, und er konnte im Glas sein Spiegelbild sehen. Ein Mann mit offenem Hemd und dicker Goldkette, das Haar wirr vom Kopf abstehend und mit stierem Blick: der ach so erfolgreiche Unternehmer Terry Bennett in seiner dunkelsten Stunde. Er hatte hoch gespielt und verloren. Er war so nahe dran gewesen und hatte es doch nicht zu Ende gebracht.

Er griff nach der Whiskyflasche. Er musste sich konzentrieren, um sie nicht zu verfehlen. Sein Blick war ungenau, außerdem schwankte er verdächtig. Nur mit Mühe konnte er sich an der Lehne des Sofas festhalten. Scheißegal. Er goss das Glas voll und nahm einen großen Schluck. Aber das malzige Brennen brachte keine Erleichterung. Er nahm erstaunt zur Kenntnis, dass er zu schluchzen begann. Tatsächlich. Der harte Terry, dem schon in der Schule niemand zu nahe kommen durfte, ohne fürchten zu müssen, sich eine gehörige Packung einzufangen, schluchzte! Na so was aber auch. Er wurde alt und weich.

Er atmete mehrfach tief ein und aus, versuchte aufzustehen, aber er brachte es nicht zustande. Er lehnte sich auf dem Sofa zurück und merkte, dass sein Kreislauf verrücktspielte. Um ihn herum drehte sich alles. Er warf einen Blick auf die Porträts der Männer in ihren dunklen Anzügen und strengen Blicken, die er kurz vor dem

Einzug ins Haus bei einer Antiquitätenhändlerin in Mullion erstanden hatte. Die Frau war auch schon tot. Ermordet. Er schluckte.

Die unbekannten Honoratioren schienen ihren strafenden Blick fest auf ihn geheftet zu haben. Er schüttelte den Kopf. Bennett musste sich konzentrieren. Sie gehörten nicht in sein Leben. Er musste dieses Ding hier zu Ende bringen, sonst würde er niemals zur Ruhe kommen.

Er hatte schon viel zu viel Zeit verloren. Seine Gedanken wurden zunehmend träge. Wie war das noch mal abgelaufen? Er wollte einen Schluck trinken, um seine Erinnerung zu befeuern, ließ es aber. Er war Jamie Morris gefolgt, von Cadgwith bis nach Trerice. Er musste dem Verdacht, den Morris in ihm geweckt hatte, einfach nachgehen.

Trerice kannte er vom Hörensagen. Er wusste, dass es ein beliebtes Ausflugsziel war, mehr aber auch nicht. Sein SUV fiel auf dem Parkplatz nicht weiter auf, obwohl nur wenige Fahrzeuge dort standen. Auf dem Weg zum Herrenhaus kam ihm ein Pärchen entgegen, das ihn mit Bedauern darauf hinwies, dass Trerice derzeit nicht zu besichtigen sei, lediglich der Park sei geöffnet. Er bedankte sich für die Information und blieb dann im Schatten einiger Eichen und Rhododendren stehen.

Morris hatte also nicht geprahlt. Sein Kumpel residierte in der Tat herrschaftlich. Unschlüssig drehte er ein paar Runden durch das angrenzende Gelände und den Park und warf mit Bewunderung immer wieder einen Blick auf das Haus. Der Filmfuzzi hatte ein sicheres Gespür für Auftreten und öffentliche Wahrnehmung. Er hätte es sicher genauso gemacht. Liz hatte ihn ermutigt, das leerstehende Anwesen über der Bucht zu kaufen und wieder herzurichten. Sie hatte recht behalten, denn es konnte, wie er jetzt feststellte, zwar nicht altersmäßig, aber aufgrund der Lage durchaus mit Trerice mithalten. Ein Solitär mitten in einer überaus herrschaftlichen Landschaft.

Mühsam richtete er sich auf. Von seinen wechselnden Standorten aus hatte er kaum eine Chance, einen Blick ins Innere des Herrenhauses zu werfen. Nervös war er hin und her gelaufen, hatte mal auf einer Bank gesessen und auf die Fenster von Trerice gestarrt, dann wieder war er ein Stück in die waldreiche Umgebung hinaus gegangen, um dann mit bangem Blick auf den Parkplatz zu prüfen, ob Morris' Wagen dort noch stand. Am Ende war er sich wie ein Spanner vorgekommen und hatte die Hoffnung gehabt, dass ihn die Besucher des Parks nicht für einen solchen hielten. Er hatte daher irgendwann beschlossen zurückzufahren.

Bennett war schon auf dem Weg zum Auto gewesen, als er meinte, in einem der Fenster eine weibliche Gestalt zu sehen. Wie vom Blitz getroffen war er stehen geblieben und hatte genauer hingesehen. Das war Liz! An dem Fenster war seine Frau für einen Augenblick zu sehen gewesen. Also doch! Angestrengt starrte er in Richtung des Fensters, in der Hoffnung, dass sie sich noch einmal zeigte. Es vergingen Minuten, in denen er versuchte, näher ans Haus heranzukommen. Mittlerweile war er allein auf dem Gelände. Die letzten Besucher waren längst zu ihren Autos gegangen.

Wie ein stümperhafter Einbrecher hatte er sich schließlich zwischen einer Mauer und einer Buschreihe hindurchgezwängt, bis er endlich einen einigermaßen freien Blick auf die Fassade von Trerice hatte. Eine lange Schrecksekunde hatte er durchstehen müssen, als eine ältere Frau das Haus durch den Haupteingang Richtung Parkplatz verließ. Vom Äußeren her konnte es sich um die Haushälterin oder Köchin handeln.

Hungrig und durstig harrte er in seinem Versteck aus, um endlich sicher sein zu können, dass er an jenem Fenster im Erdgeschoss tatsächlich Liz gesehen hatte. Er wollte ausschließen, dass seine Fantasie ihm einen Streich gespielt hatte. Er spürte Wut, aber sie war nicht so übermächtig, dass er blind losstürmte und die Sache sofort beendete. Ganz im Gegenteil, er war der kühl kalkulierende Finanzjongleur, der sein Opfer erst dann in die Enge trieb, wenn er den richtigen Zeitpunkt errechnet hatte. Übereiltes Handeln war eine Gleichung mit zu vielen Unbekannten. Nach der ersten Überraschung schaltete er automatisch in den Analysemodus. Er würde etwas unternehmen, das keine Rückschlüsse auf ihn zuließ. Wenn sein Plan aufging, würde Morris unter Verdacht geraten. Das war die Ausgangsidee. Der Rest würde sich an diesem Abend finden.

Bennett roch den modrigen Boden, auf dem er hockte, und sah zwei Würmern zu, die sich um Blätter kringelten. In der Großaufnahme, die in seinem Kopf entstand, waren es zwei Schlangen, die um die Vorherrschaft auf diesem Terrain rangen. In Gedanken wettete er auf einen der Würmer – ein Spiel, das ihm die Zeit vertrieb.

Die Frau zeigte sich erst wieder später am Abend am Fenster, nur kurz. Er war sicher, dass es Liz war.

Liz. Was hatte die dreckige Schlampe mit dem Filmmenschen zu tun? Seine rasende Wut flammte wieder auf. Wie hatte die kleine Nutte es geschafft, ihren Lover geheim zu halten? Es ging ihm nicht um die Bilder in seinem Kopf, wie sie nackt unter dem Typen lag. Nein, es war viel eher eine Mischung aus Anerkennung für ihr Versteckspiel und der Gewissheit, dass sie damit ihr Leben verspielt hatte. Sie würde dafür büßen, schwor er sich noch im Gebüsch. Und dann gewann sein Kalkül wieder die Oberhand. Im Grunde entsprach das Ganze ihrer Mentalität. Einmal aus der Gosse nach oben – das hatte sie geschafft. Aber sie hatte dabei ihre niederen Instinkte nicht abstreifen können. Einmal Schlampe, immer Schlampe. Er hätte bei dem Gedanken beinahe lachen müssen.

Er wollte sich schon zurückziehen, als die Eingangstür aufschwang und Morris im Licht der Außenlampe auftauchte, gemeinsam mit dem Mann, dessen Namen er nicht einmal kannte. Aber das wäre das geringste Problem. Die beiden unterhielten sich noch eine Weile laut, ohne dass Bennett etwas davon verstand. Sie schienen angetrunken zu sein. Dann verabschiedete sich Morris und verschwand Richtung Parkplatz.

Bennett wollte ihm folgen und ihn zur Rede stellen, aber auch diesen Impuls unterdrückte er. Morris war nicht wichtig, nicht im Augenblick. Er würde ihn noch brauchen – als perfektes Opfer, um die Ermittlungen der Bullen in die falsche Richtung zu lenken.

Er wartete, bis das Geräusch des abfahrenden Autos verklungen war, dann zog er sich zurück. Er wusste nun, was zu tun war. Er würde wiederkommen und auf eine Gelegenheit hoffen.

Am Abend darauf war er erneut nach Trerice gefahren. Ohne festen Plan. Eher ein Bauchgefühl. Um den Schmerz zu spüren, wenn er die beiden zusammen sah. Und sei es nur beim gemeinsamen Abendessen oder beim Glas Wein auf der Couch. Selbstmitleid? *Wollte* er sich ganz bewusst quälen? Er konnte es nicht sagen. Er konnte jetzt überhaupt nicht klar denken. Sein sonst analytischer Verstand arbeitete nicht. Stand-by.

Er wusste nur, was passiert war. Dass Carlton plötzlich vor ihm gestanden hatte. Mit diesem Messer. Diesem scheißgroßen Messer. Und dass er Carlton die Waffe entwunden hatte, woraufhin der Filmmensch ohne zu zögern nach der Klinge griff. Ein Griff ins scharfe Messer – nur ein Impuls von Carlton? Instinkt? Angst?

Er wusste nur, dass sein Gegenüber zu überrascht gewesen war, um sich erfolgreich gegen den Angriff zu wehren, dass Carlton verwundert auf seine blutenden Hände geschaut hatte, als er in die Klinge gegriffen und zugleich sein Scheitern begriffen hatte.

Das Schreien seiner Frau hatte Bennett für einen Augenblick abgelenkt. Eine Sekunde zu lange gezögert, sonst hätte er sein Werk mit dem langen Küchenmesser beenden können. Eine einzige Sekunde! Er stürzte in der Dunkelheit zu seinem Wagen und fuhr wie von Sinnen zurück nach Cadgwith.

Nun starrte er sein Spielbild im Fenster an. Sein Kopf

dröhnte. Draußen lag das Meer wie ein schlafender Riese friedlich in der Bucht. Für einen winzigen Augenblick hatte er die Sehnsucht nach einem schnellen Tod. Hinunter in die Bucht und im glatt gespannten Tuch der dunklen Wellen, das Geborgenheit und Heilung versprach, wortlos versinken und sich in die Hände des Unbekannten begeben. Der Nebel in seinem Kopf wurde dichter. Er hätte nicht so viel saufen sollen.

Aber dann wandte er sich abrupt ab. Ein Terry Bennett war hart, auch gegen sich selbst. Härte war in seinem Leben und in seinen Unternehmungen die Garantie zum Überleben gewesen. Und so würde es auch diesmal sein.

Aber dazu brauchte er Hilfe.

Bennett wankte zurück zum Sofa, auf dem noch das Telefon lag. Er versank beinahe in den weichen Polstern – auch so eine Art See, er schwankte mächtig –, nahm das Telefon in die Hand und tippte auf Wahlwiederholung. Das Signal glich dem lauten Nebelhorn des Leuchtturms auf dem Lizard. Erschrocken hielt er es ein Stück von sich.

»Was willst du, Arschloch? Hatte ich dir nicht klargemacht, dass du dich verpissen sollst?« Keiths Stimme klang wie durch Watte an sein Ohr.

»Keith, du musst mir helfen, bitte.«

»Hör auf zu flennen. Du bist besoffen.«

»Es ist wirklich wichtig. Soll nicht dein Schaden sein.«

Scheppberndes Lachen am anderen Ende.

»Echt.«

»Was willst du? Mach's kurz. Ich habe zu tun.« Bennett hörte, wie Keith leise fluchend offenbar die Hände seiner Partnerin von sich schob.

Bennett erzählte ihm in wenigen Worten, was er vorhatte. Er musste sich konzentrieren, seine Stimme nicht allzu verwaschen klingen zu lassen.

»Terryboy hat also auf dicke Hose gemacht. Ja, mein Lieber, ist nicht so einfach, wie man denkt.«

»Keith …«

»Ja?«

»Wir sind doch Freunde?«

»Sind wir das?«

»Wir hatten eine schöne Zeit.«

»Hör zu, Arschloch, das kostet.«

»Alles, was du willst.«

»Du solltest nicht versprechen, was du nicht halten kannst.«

»Bitte, ich … es soll dein Schaden nicht sein. Wirklich.«

»Lass mich nachdenken.«

»Du kriegst alles, was du willst.«

»Hör auf zu flennen. Ich habe doch gesagt, ich werde nachdenken. Aber eines kann ich dir schon jetzt versprechen: Das wird nicht billig.«

»K-k-kein Problem.«

»Habe ich dir eigentlich schon gesagt, dass ich immer schon ein Häuschen auf den Klippen in Cornwall wollte? Nichts Großes, nur gerade so passend für mich und meine Süße. Cadgwith soll ja ein nettes, verschlafenes Nest sein. Genau das Richtige für mich und meine Maus. Zum Ausspannen und Nachdenken. Manchester ist tatsächlich viel zu laut geworden in den vergangenen Jahren.«

»Keith …«

Es klickte in der Leitung. Bennett schluchzte und weinte wie ein Kind.

Spät am Vormittag des anderen Tages klingelte Simon Jenkins an seiner Tür. Neben ihm stand dieser Luke. Er hatte sie von seinem Badezimmerfenster den Weg hinaufkommen sehen. Aber er öffnete nicht. Schließlich hatte Jenkins ihm deutlich zu verstehen gegeben, dass er ihm nicht helfen wollte. Er wartete so lange im Bad, bis die beiden wieder auf dem Weg zurück ins Dorf waren. Zwei wie Pat und Patachon. Bennett schnaubte. Ein Krüppel, der sich aus lauter Verzweiflung nun als Künstler verdingte und darauf angewiesen war, dass ein paar Touristen Mitleid mit ihm hatten. Und neben ihm der ach so stolze kornische Fischer, der wie ein eilfertiger Lakai immer dann Arbeit für Jenkins verrichtete, wenn der mit seinem Krückstock nicht weiterkam. Und der ansonsten von den Fischen und Hummern leben musste, die er mühselig aus dem Wasser zog und an die Küche des Pubs oder andere Kneipen in der Umgebung verscherbelte. Armselige Typen.

Er musste wieder an Keith denken. Dieses Schwein. Wollte sich seine Villa unter den Nagel reißen. Auch für ihn würde er sich eine Lösung einfallen lassen. Ihn mit irgendetwas zum Schweigen bringen. Oder ihn ganz aus dem Weg räumen. Hatte er nicht selbst gesagt, der erste Mord sei der schwerste? Und wer einmal Blut gerochen hatte, für den gab es kein Zurück mehr. Das waren genau Keiths Worte. Daran würde er sich messen lassen müssen. Er ballte die Fäuste. Einen Terry Bennett durfte man niemals unterschätzen.

Er schickte Jenkins und Luke ein düsteres Lachen hinterher. Alles zu seiner Zeit.

XXX.

»Wie lange sitzen Sie schon hier? Haben Sie schon etwas gegessen? Sie müssen etwas essen, Mrs. Bennett.«

Die Schwester legte ihr mitfühlend die Hand auf die Schulter und trat dann an das Bett des Komapatienten in dem medizinisch funktional eingerichteten Einzelzimmer. Mit routiniertem Blick und ebensolchen Handgriffen überprüfte sie die Bildschirme und die lebenserhaltenden Maschinen: das Gerät für die Beatmung, den Monitor für EKG, Blutdruck, Sauerstoffsättigung, das Dialysegerät und auch die Infusionssysteme. Rhythmisches Piepen, eine durchlaufende Herzfrequenz, Blutdruck, Zahlen, Gehirnströme, Tropf, Schmerzmittel, Schläuche, Kabel, Hightech gegen das schier Unmögliche.

Ein hagerer, unrasierter und übernächtigt wirkender Arzt hatte ihr medizinisch so neutral und sachlich wie möglich, aber im Telegrammstil das Ergebnis ihrer Arbeit mitgeteilt. Der nicht mehr ganz junge Chirurg, der genauso gut einer TV-Serie hätte entsprungen sein können, hatte dabei an einem offensichtlich längst kalt gewordenen Kaffee genippt, um den Becher schließlich seufzend und mit den Resten des schwarzen Gebräus in den Papierkorb zu werfen. Demnach stand es um Steve nicht sonderlich gut: mehrere Stichverletzungen im Bauch und an den Händen, Verletzungen an Darm und Leber. Die Leberverletzung hatte zu hohem Blutverlust geführt, gute drei Liter. Notoperation mit vielen Bluttransfusionen. Sie hatten Teile des Darms entfernen müssen. Danach multiples Organversagen, künstliches Koma, Dialyse, Beatmung.

Der Arzt hatte ein wenig Optimismus verbreiten wollen: Bei gutem Verlauf würde man mit etwas Glück nach einer Woche das künstliche Koma und die Beatmung beenden. Aber er ließ auch nicht aus, dass man bei schlechtem Verlauf nach ungefähr einer Woche einen Luftröhrenschnitt machen würde. Ein solcher Patient könne auch schon mal Monate auf der Intensivstation verbringen. Nach diesem Bulletin war er aufgestanden und hatte sich mit versucht mitfühlendem, aber fahrigem Blick von ihr verabschiedet, sein Piepser rief ihn zurück zu einem Patienten. Eine leichte Berührung ihrer Schulter und ein letztes »Wir sind auf solche Fälle bestens vorbereitet. Machen Sie sich keine Sorgen, Ihr Mann ist bei uns in den besten Händen«, und schon war er durch die Tür des Besprechungsraums verschwunden. Eine Schwester brachte sie zurück auf die Intensivstation.

Seitdem saß Liz an Steves Bett, ausgestattet mit Mundschutz und Kittel. Sie hielt seine Hand, die sich zugleich warm und doch fremd anfühlte, flüsterte auf ihn ein. Dass sie ihn liebe, dass er gesund werden würde, dass sie eine gemeinsame Zukunft haben würden.

Zum ersten Mal in ihrem Leben wurde ihr schmerzlich bewusst, dass sie keine Kinder bekommen würde. Nie gemeinsam ihr Kind aufwachsen sehen, nie gemeinsam die vielen kleinen und vermeintlich so großen kindlichen Katastrophen bewältigen, kein Lachen hören, keine Kinderarme um ihren Hals spüren, kein Schaukeln im Garten, keine glücklichen Augen. Bei diesem Gedanken traten ihr Tränen in die Augen. Lachend wischte sie sie fort und schalt sich eine dumme Gans, ganz so, als könne Steve sie hören. Aber da waren nur die rhythmischen Geräusche der lebenserhaltenden Maschinen.

Sein Stöhnen, das Blut, die endlosen Minuten, bis der Rettungswagen kam, ihre Verzweiflung, Hilflosigkeit und Angst – die Bilderflut in ihrem Kopf fand kein Ende. Seit der entsetzlichen Messerattacke beherrschte sie nur der eine Gedanke: Wer hatte Steve das angetan? Sie hatte wenig Einblick in seine Geschäfte. Er sprach selten über die Arbeit. Sie redeten über seine Verabredungen, Meetings, Empfänge, Reisen, das schon, aber sie hatte stets den Eindruck, dass er das ganze Business nicht sonderlich ernst nahm, eher als Notwendigkeit betrachtete, und dass er die Schwerpunkte im Leben anderswo setzte. Vor allem bei ihr. Damit hatte sie sich immer zufriedengegeben.

Aber nun war Steve ihr fremder, als sie je für möglich gehalten hatte. Kannte sie ihren Freund und sein Denken wirklich? Was wusste sie über seine Arbeit und damit über sein Leben? Der Anschlag hatte alles verändert. Sie warf einen Blick auf die Schläuche und ließ ihn an ihnen entlang bis zu seinem blassen Gesicht wandern.

Sie suchte darin die Spuren des anderen Steve Carlton. Aber da waren nur die Nabelschnüre aus Kunststoff, die ihn mit lebenserhaltenden Stoffen versorgten. Und da war das leise Flattern seiner Augenlider, so zart und verletzlich wie die Flügel eines Schmetterlings.

Die Schwester verließ das Zimmer, nicht ohne sie noch einmal mit leiser, anteilnehmender Stimme daran zu erinnern, dass sie auf ihre Gesundheit achten sollte.

Liz spürte nicht, wie die Sonne langsam wanderte und der Tag in den Abend hinüberglitt, still und unangestrengt, als wollte er Liz Bennett in ihrem Kummer nicht stören.

Sie spürte weder Hunger noch Durst bei ihrer Suche nach Antworten und Erklärungen. Natürlich hatte es Situationen gegeben, in denen Steve am Telefon die Stimme senkte, wenn sie den Raum betrat. Sie hatte das stets mit dem Gedanken abgetan, dass er Rücksicht auf sie nehmen und sie nicht mit seinen Geschäften belästigen wollte.

Natürlich hatte es Momente gegeben, in denen er lange aus dem Fenster sah, ohne mit ihr zu sprechen, als habe er vergessen, dass sie im Raum war. Ein kreativer Kopf, der sein eigenes Tempo hatte – das hatte ihr als Erklärung gereicht. Und natürlich hatte es Situationen gegeben, in denen er ganz plötzlich das Haus verlassen hatte, mit dem kargen Hinweis, dass seine Anwesenheit in London unumgänglich sei. Solche Situationen hatte es auch bei Terry gegeben. Wenn er ein Geschäft witterte oder in Gefahr meinte, hatte er alles stehen und liegen lassen, um sich einzubringen. Ohne die geringste Rücksicht auf sie. Sie hatte auch das ertragen.

Zum ersten Mal stellte sie sich die Frage, wo das ganze Geld herkam, das Steve in seine Kinofilme oder Dokumentationen steckte. Bei Terry hatte sie irgendwann gewusst, dass sein Kapital nicht ausschließlich aus sauberen Kanälen kam. Es war ihr weitgehend egal gewesen, wenn nur genug davon im Haus war, das sie ausgeben konnte. Terrys *Freunde* waren nicht ihre gewesen. Sie hatte die Mischung aus Arroganz, Angebertum und Rücksichtslosigkeit nicht gemocht. Dafür hatte sie in ihrer Familie zu lange darunter leiden müssen. Es hatte sie nicht weiter gestört, wenn Terry ganze Nächte unterwegs gewesen war, angeblich immer zum Nutzen des Geschäfts.

Bei dem Gedanken stöhnte sie auf. Die Tote. In einer seiner dunkelsten Stunden hatte Terry Andeutungen gemacht, schlimme Andeutungen. Sie hatte sie nicht hören wollen, aber nicht vergessen können. Er hatte immer dann Besitz von ihr ergriffen, wenn es ihr selbst schlecht ging. Die Ahnungen hatte sie mit Alkohol zu ertränken versucht, aber so viel sie auch getrunken hatte, es war nie genug gewesen.

Daher war sie glücklich gewesen, als sie Steve getroffen hatte. Steve, der so ganz anders war als Terry. Ein echter Gentleman und nicht so ein grober Klotz, der mit seinem Benehmen darüber hinwegtäuschen wollte, dass er aus den Docks kam. Steve, der Mann, der ihre Rettung war. So hatte sie jedenfalls gedacht.

Und nun? Nun schlichen sich Zweifel in ihre Gedanken und in ihr Herz. Steve hatte vielleicht zwei Gesichter – das des perfekten Lebenspartners und das des unberechenbaren Tycoons, der blitzschnell zuschnappte wie eine Muräne, wenn Geld in Sicht kam. Sie versuchte den Gedanken zu verdrängen und fuhr sich mit der Hand über die Augen. Aber er ließ sich nicht verscheuchen. Was, wenn die Messerattacke das Ergebnis von, ja, von was war? Hatte Steve Schulden? Hatte er Partner betrogen? Hatte er sich mit dunklen Mächten eingelassen? Hatte er einen Preis für kriminelles Verhalten zahlen müssen? Sie schüttelte vehement den Kopf, obwohl niemand sie sehen konnte. Das war die Erschöpfung. Sie sah Gespenster, wo keine waren. Sie musste einen klaren Kopf bewahren, vor allem für Steve. Er würde sehr lange brauchen, um wieder gesund zu werden. Und jemand musste sich um seine Angelegenheiten kümmern, denn er hatte keine Familie mehr. Seine Eltern waren bei einem Raubüberfall getötet worden.

Jemand musste seine Geschäfte weiterführen. Sie musste bei nächster Gelegenheit unbedingt Kontakt zu seinem Büro aufnehmen. Vielleicht konnte dort jemand Licht in das Ganze bringen. Und sie musste mit Jamie Morris reden. Vielleicht wusste er etwas.

Sie schaute Steve an, sah die Ausschläge und hörte die Geräusche, aber sie konnte sie nicht deuten. Sie sollte vielleicht doch den Rat der Schwester beherzigen. Hier konnte sie ihm nicht helfen. Wenn überhaupt, würde sie dies nur schaffen, wenn sie in seinen Unterlagen nach möglichen Hinweisen suchte. Sie musste zurück nach Trerice.

Sie küsste ihn sanft auf die Stirn.

Auf dem Weg zum Auto begegneten ihr einige Menschen, die sich hilflos auf die Hinweisschilder konzentrierten, die ihnen mit farbigen Segmenten den Weg durch die unübersichtliche Ansammlung von Funktionsgebäuden erleichtern sollten. Niemand schenkte ihr Beachtung. Die Orientierungslosigkeit drohte sich auf sie zu übertragen. Vor ihrem Auto blieb sie einen Augenblick stehen. Sie war froh, der fremden, deprimierenden Umgebung entkommen zu sein. In Truro machte sie schnell einige Besorgungen, obwohl ihr das Einkaufen von Lebensmitteln sowie einiger Flaschen Wein angesichts von Steves lebensbedrohlicher Lage absurd vorkam.

Sie hätte später nicht mehr sagen können, wie sie die knapp dreißig Kilometer zurück nach Trerice bewältigt hatte.

Die Polizei hatte lediglich rund um das Herrenhaus abgesperrt. Der Garten stand den Besuchern nach wie vor offen. Wie sie mit einem Blick aus dem Fenster feststellen konnte, waren es seitdem mehr geworden. Offenbar übte der Ort eines Verbrechens eine Faszination auf die Menschen aus, so als erhofften sie sich durch den Besuch des Gartens, Teil dessen zu sein.

Nachdem sie eine Kleinigkeit gegessen und dazu ein Glas Wein getrunken hatte, ging sie hinauf in Steves Arbeitszimmer. An der Tür blieb sie stehen. Wenn sie es recht bedachte, war sie erst einmal in diesem Raum gewesen. Er war so anders als die übrigen Zimmer des Herrenhauses. Steve hatte ihn ausschließlich mit modernen Möbeln einrichten lassen. Die Farbe Weiß dominierte. An den Wänden hingen keine historischen Gemälde, sondern gerahmte Plakate seiner Filme. Auf einer Anrichte hatten sich verschiedene Auszeichnungen angesammelt. Eine Regalwand mit Unmengen von DVDs. In einer Ecke stand ein alter Kino-Filmprojektor, den er vor Jahren vom Boss einer Filmfirma geschenkt bekommen hatte. Steves Schreibtisch wurde von einem mächtigen Monitor beherrscht.

Langsam tastete Liz sich vor, als betrete sie unerlaubt ein fremdes Land oder verbotenes Terrain und als fürchte sie, jeden Augenblick dabei erwischt zu werden. Der Duft seines Aftershaves hing in dem Raum wie ein vergangenes Versprechen.

Der Schreibtisch war bis auf den Monitor und Steves Smartphone leer. Die Schubladen waren nicht abgeschlossen. Sie scheute sich, die Papiere zu durchwühlen, aber wenn sie ihm helfen sollte, musste sie Klarheit haben. Die erste flüchtige Durchsicht der Unterlagen brachte nur Angebote, Exposés, Flyer zutage, den normalen Papierkram eines Unternehmers. Das Durchblättern brachte wenig Erhellendes. Sie öffnete die leichtgängigen Schiebetüren der Anrichte und fand auch dort nichts, was ihr weiterhalf. Sie würde am nächsten Tag intensiver in den Unterlagen suchen müssen.

Unschlüssig blieb sie vor dem Smartphone stehen, das auf der Anrichte am Ladekabel hing. Dann nahm sie es schließlich doch in die Hand, legte es aber sofort wieder zurück, als habe sie etwas Heißes angefasst. Sie kannte die PIN nicht. Das Gleiche galt für den PC. Liz zog dennoch den Schreibtischstuhl zurück und schaltete den

Computer ein. Er fuhr ansatzlos hoch und zeigte als Desktophintergrund eine Szene aus Monty Pythons *Das Leben des Brian.* Sie lächelte flüchtig. Das war so typisch für Steve: das Leben und das Sterben nicht so ernst nehmen. Bei dem Gedanken kamen ihr die Tränen. Das durfte nicht sein. Steve musste leben. Sie hatten doch noch so viel vor, hatten viele Pläne gemacht. Und nun kämpfte er auf Intensiv um sein Leben.

Wie erwartet, hatte Liz auch beim PC kein Glück. Die Dateien waren passwortgeschützt. Das Londoner Büro musste helfen. Über ihr Smartphone suchte sie im Internet nach der Telefonnummer. Als sie sie wählte, sprang lediglich der Anrufbeantworter an. Sie überlegte, ob sie eine Nachricht hinterlassen sollte, entschied sich jedoch dagegen. Sie würde es morgen versuchen.

Sie starrte auf die gegenüberliegende Wand. Sie musste ihre nächsten Schritte planen. Und irgendwo musste Steve die PIN und das Passwort für den PC versteckt haben. Unschlüssig saß sie noch eine Zeit lang am Schreibtisch, dann stand sie auf und ging hinunter ins Wohnzimmer.

Sie goss ein Glas Wein ein und setzte sich auf das Sofa. Kurz ging ihr der Gedanke durch den Kopf, das Trinken einzuschränken. Mit einem Schulterzucken verwarf sie ihn, schaltete mit der Fernbedienung den Fernseher ein und zappte durch die Programme. Aber sie fand keine Ablenkung.

Erschöpft lehnte sie sich an die Polster. Sie musste an Terry denken. Trotz allem, was sie in den vergangenen Stunden hatte durchmachen müssen, war sie froh, dass sie endlich die Kraft und den Mut gefunden hatte, ihn zu verlassen. Wäre sie länger bei ihm geblieben, wäre sowieso irgendwann ein Unglück passiert. Dann wäre sie mit dem Messer auf ihn losgegangen. Sie hatte am Ende seine ständigen Erniedrigungen und Beschimpfungen nicht länger ertragen. Ebenso wenig die Beteuerungen nach den Wutausbrüchen, nur sie zu lieben und sich zu ändern. Spätestens nach dem »Vorfall« in Manchester war auch die letzte Bindung an ihn gerissen wie der sprichwörtliche seidene Faden. Sollte er doch ohne sie klarkommen. Wenn sie nur an die großspurigen Sprüche dachte, die er im Dorf losließ, kam ihr die Galle hoch.

Sie spülte das bittere Gefühl mit einem großen Schluck Wein weg, arbeitete sich schwerfällig aus dem Polster und ging hinüber zur Audioanlage. Steve war ein Nostalgiker und hielt mehr auf Vinyl als auf CD. Zumindest in Sachen Musik verzichtete er auf Streamingdienste. Eine Langspielplatte aus der Sammlung herauszuziehen und aufzulegen, das traute sie sich allerdings nicht. Mein Gott, wie lange war das schon her, dass sie eine LP auf den Plattenteller gelegt hatte? Mit dem Finger fuhr sie daher über die stattliche CD-Sammlung, die Steve neben dem üppig bestückten Plattenregal untergebracht hatte. Was hatte er zuletzt gehört? Die Musik wollte sie abspielen und ihm damit ganz nahe sein.

Sie griff zu der CD von Mark Knopfler *Privateering*. Beim Song *Miss You Blues* sprang sie allerdings auf und nahm die CD aus dem Player. Das ertrug sie jetzt nicht, dieses Getragene, Betuliche. Ihr Blick flog über die CD-

Rücken. Sie fand endlich, was sie suchte: The Who, *Who's Next, Won't Get Fooled Again.*

Sie drehte die Lautstärke auf und sang den Refrain aus voller Kehle mit. Ganz recht, sie würde sich nie wieder täuschen lassen. Nach dem Ende des Liedes spielte sie es erneut ab, diesen Song, mit dem sie als Teenie spätabends im heruntergekommenen Gemeindesaal ihres Viertels der Zukunft den Stinkefinger gezeigt hatte. Alkohol war in der kirchlichen Einrichtung verboten gewesen, aber sie und ihre Freunde hatten immer Mittel und Wege gefunden, sich gepflegt ins trostlose Wochenende zu trinken.

Das war lange her. Mit Kratzen im Hals und erschöpft vom ungewohnten Mitgrölen des Who-Klassikers, von der Endlosschleife der Gedanken, nach der nahezu schlaflosen Nacht und dem Anblick des hilflosen Steve in der technikkalten Krankenhausumgebung und den Erinnerungen an das Martyrium, das sie mit Terry erlebt hatte, sank sie immer tiefer in die Polster. Ja, es war ein Martyrium, ihr Leben war bis hierhin ein einziger Leidensweg gewesen. Angefangen mit ihrem gewalttätigen Vater bis hin zu Terry, der ihr in der ersten Zeit wie der Erlöser vorgekommen war.

Sie hörte die CD bis zum Ende und leerte den Wein. Sie machte sich nicht einmal die Mühe aufzustehen und ins Bett zu gehen, sondern schlief einfach auf der Couch, mit der leeren Flasche im Arm als ihre Waffe – sollte ein Einbrecher es wagen, in ihre Welt einzudringen.

XXXI.

»Was darf's sein?«

Luke trat unter das improvisierte Vordach und sah in den hell erleuchteten Verkaufswagen, auf dessen weißer Seitenwand in Blau die Werbung *T's Fish & Chips* aufgemalt war. Neben der Durchreiche hing die schwarze Tafel mit dem Menü.

Er musste nicht lange überlegen. »Zweimal. Wenn's geht, Schellfisch.«

»Fein. Hab ich heute Morgen eigenhändig aus dem Tümpel da hinten gefischt. Extra für heute Abend.« Der Imbissbetreiber sah aus dem offenen Fenster des Wagens auf ihn herunter und deutete mit dem Kopf lässig Richtung Nordsee. »Aber du kannst auch Kabeljau oder 'ne frische Scholle haben.«

»Nee, lass mal, Anthony. Ich bleib bei Schellfisch. Und mach große Portionen.«

»Kostet aber extra.« Anthony strich seine blauweiß gestreifte Schürze glatt.

Luke zuckte mit den Schultern. »Wir haben Hunger.«

»Dauert aber.«

»Hab ich je was anderes von dir gehört?« Er grinste.

»Dauert tatsächlich.« Er deutete mit einer großen Gabel, an der Reste der flüssigen Panade hingen, in Richtung der Kunden, die etwas abseits standen und ihre Bestellung vor Luke aufgegeben hatten. »Außerdem sind erst die anderen dran. Sheila, kassier den alten Piraten schon mal ab.« Anthony schob einen Drahtkorb mit frischen Fritten in das siedende Öl und ließ dann mehrere Fischfilets in die zweite Fritteuse gleiten.

»Wenn du drauf warten willst ...?« Er beugte sich zu Luke und sah ihn auffordernd an. »Du kannst aber auch schon ins Vereinsheim gehen. Sheila bringt dir die Portionen rein. Wie ich dich kenne, willst du ein Bier dazu.«

Einer der Wartenden schlug Luke auf die Schulter. »Da fällt mir ein, du wolltest mir doch eins ausgeben. Unsere Wette. Hast du schon vergessen?«

Luke hatte beim letzten Heimspiel des Ruan Minor F.C. auf das falsche Endergebnis getippt. »Ähm, ich musste nach dem Spiel schnell weg. Dein Bier habe ich natürlich nicht vergessen.«

»Hatte mir schon Sorgen gemacht.«

Luke warf einen Seitenblick auf den Mann an der Fritteuse und frotzelte dann: »Dauert aber.«

»Das Pint ist quasi schon gezapft.« Lukes Wettpartner zog ein Gesicht.

Luke stieß ihn beim Weggehen freundschaftlich in die Seite. »War'n Witz, Mann. Bis gleich.«

T's Fish & Chips kam seit einiger Zeit jeden Freitag nach Ruan Minor und hatte sich den verkaufsstrategisch günstigen Platz neben dem Pavillon ausgesucht. Das eingeschossige Haus wurde nicht nur vom Fußballklub als Vereinsheim und Umkleide genutzt, sondern stand auch zu anderen Gelegenheiten Gästen zur Verfügung. Geöffnet hatte der Pavillon in aller Regel freitags. Der Laden war beliebt bei den Leuten, da das Bier hier deutlich preiswerter war als unten im Pub. Auch an diesem

Abend war der große Raum mit Gästen auf der Suche nach dem ersten Wochenendvergnügen gut gefüllt.

Luke trat an den Tresen und bestellte Bier für sich und Simon. »Außerdem kannst du gleich auch Danny ein Pint zapfen. Ich zahl für ihn.«

Der Mann hinter dem Tresen sah ihn erstaunt an.

»Wettschulden, Mike.« Luke grinste, zahlte und trug die beiden Bier zu Simon an den Tisch. »Der Fisch dauert noch.«

Simon nickte. »Cheers.«

»Cheers.« Luke setzte das Glas ab und sah in die Runde. Sie saßen zum Glück allein an dem großen Tisch. So konnten sie sicher sein, dass sie keine Zuhörer hatten. »Und nun? Wie geht es weiter?«

Die beiden hatten sich auf dem Weg zum Vereinsheim über ihren erfolglosen Besuch bei Bennett unterhalten.

Simon zuckte mit den Schultern. »Wir werden abwarten. Bennett kann überall sein. Und dass er ein Messer bei sich hatte, besagt noch gar nichts.«

»Aber wir müssen doch etwas tun. Vor seiner Tür hast du noch ganz anders geredet.«

»Ist ja schon gut, Luke.« Simon sah sich um. Die üblichen Verdächtigen waren alle da: Jan, der sein Pensionärsgehalt mit der Vermietung eines Ferienhauses aufbesserte, Angela, die so ergreifend im Kirchenchor sang, Linda, die einen schwunghaften Online-Handel mit Textilien aus Nepal betrieb, und einige andere, darunter auch die Schwester einer schottischen Abgeordneten des Unterhauses. Simons Blick kehrte zu Luke zurück.

»Wenn er nun mal nicht zu erreichen ist, können wir auch nicht mit ihm reden.«

»Im Grunde soll er mir egal sein. Andererseits macht mich das blutige Messer nervös.«

»Wie gesagt, das kann alle möglichen Gründe haben. Und es kann auch sein, dass Krystian nicht genau hingeschaut hat.«

»Du magst den Polen nicht. Weil er Mary schöne Augen macht?« Luke musste sich ein Grinsen verkneifen. Simon tat zwar so, als sei er bloß Marys guter Freund, Ratgeber und Vertrauter, aber Luke wusste es besser. Simon war in Mary verliebt, wollte sich das aber nicht eingestehen – anderen gegenüber erst recht nicht.

»Ach was. Er ist doch bloß ihr Gast.«

Luke bemerkte, dass seinem Freund eine leichte Röte ins Gesicht stieg. »Aha.«

»Aha – und was soll das bitteschön heißen?« Simon sah Luke nicht direkt an, sondern nickte freundlich Sheila zu, die ihnen die beiden Portionen Fish 'n' Chips brachte. »Danke dir.«

»Essig dazu?« Sie stellte das Körbchen mit der Essigflasche, Salz, Ketchup und Mayonnaise auf den Tisch und entfernte sich mit einem Nicken.

»Ist doch alles Essig, diese ganze Sache mit der Bennett.« Luke öffnete die Kunststoffverpackung und machte sich über den Fisch her. »Hatte ich schon lange nicht mehr. Hm.«

»Wir sollten der Polizei nicht ins Handwerk pfuschen.«

Die nächsten Minuten verbrachten die beiden schweigend mit ihrem Abendessen und hörten den Gesprächen der anderen zu, die sich meist um Fußball, den Brexit und den neuesten Klatsch über das Gezerre mit der EU um Fangquoten drehten.

Schließlich klappte Luke den Deckel der Schachtel zu und schob die Styroporverpackung zufrieden von sich. »Das war mal fällig. Noch ein Bier?«

Simon nickte.

Plötzlich verstummten die Gespräche. Er sah auf und bemerkte Chris Marks, der den Raum betreten hatte. Die Anwesenden kannten den DI von den Ermittlungen im Fall Victoria Bowdery. Ihr gewaltsamer Tod hatte im Herbst vergangenen Jahres das ganze Dorf in Aufruhr versetzt. Neugierig beobachteten sie, wie der Ermittler zielstrebig auf den Tisch von Simon und Luke zusteuerte.

Marks ergriff die Lehne eines Stuhls und zog ihn zu sich. »Darf ich?«

Simon sah, wie einige der Anwesenden die Köpfe zusammensteckten und tuschelten. »Sicher.«

Der Zustimmung hätte es nicht bedurft, denn Marks saß bereits. Er begrüßte Luke mit einem Kopfnicken und beugte sich ein wenig zu Jenkins vor. »Ich würde Sie gerne sprechen.«

»Jetzt? Hier?« Simon deutete kurz mit dem Kopf in den Raum.

»Ich habe Sie den Tag über vergeblich zu erreichen versucht. Im Dorf sagte man mir, dass ich Sie hier finde. Es wäre schön, wenn Sie mich in meinem Büro aufsuchen würden.«

Lukes Augen verengten sich zu schmalen Schlitzen. Für ihn gehörte der Aufenthalt auf einer Polizeistation nicht gerade zu den Wohlfühlmomenten im Leben eines freiheitsliebenden Fischers.

»Keine Sorge, Sie sind nicht gemeint.«

Luke rümpfte die Nase, schnappte sich sein Bier und ging an den Tresen, um ein Gespräch mit Mike Fleetwood zu beginnen. Für ihn war der Abend an dieser Stelle beendet.

»Passt ihm nicht.«

Simon sah, dass Marks sich nur gerade so ein Lachen verkneifen konnte. »Wir können auch in mein Atelier gehen.«

Marks seufzte. »Na schön. Eigentlich wollte ich Feierabend machen und hier ein halbes Pint trinken. Aber ja, ist vielleicht besser so.«

Auf dem Weg hinunter nach Cadgwith brach DI Marks auf halbem Weg sein Schweigen. »Schön haben Sie es hier. Das stelle ich immer wieder fest.«

Simon nickte nur.

»Das Gehen macht Ihnen keine Probleme? Ich meine, es geht ja ein wenig bergab.«

Simon blieb stehen. »Nein. Man gewöhnt sich daran. Was kann ich für Sie tun?« Er nickte im Weitergehen einem Touristenpaar zu, das er flüchtig aus dem Pub kannte.

»Wir sind im Fall des Torsos nicht einen Schritt weiter.« Marks schob die Hände in seine Jeanstaschen. »Das stimmt nicht ganz.« Er zögerte. »Wir haben im Abwasserkanal weder Spuren gefunden, die auf den oder die Täter hindeuten, noch haben die Auswertung der CCTV-Kameras etwas ergeben. Jedenfalls nichts

Brauchbares, sieht man mal von ein paar Jugendlichen ab, die wir beim Dealen erwischt haben. Niemand kennt die Frau oder was von ihr übrig geblieben ist. Niemand hat etwas im Umfeld des Einstiegs ins Kanalnetz gesehen.« Er blieb erneut stehen. »Aber: Auf der Suche nach ähnlichen Fällen sind wir weit in die Geschichte zurückgegangen. Dabei sind wir auf weitere ungeklärte Fälle gestoßen. In London, Birmingham und Glasgow. Sie liegen aber alle mehr als zwanzig Jahre zurück. Alle drei Fälle sind nach wie vor ungeklärt. Das Tatmuster ist ähnlich: drei unbekannte Frauen, denen die Gliedmaßen und auch der Kopf abgeschnitten wurden. Und in allen drei Fällen wurde lediglich der Torso gefunden. Einer auf einem Feld, einer an einem Bahndamm, einer in einem Abwasserkanal.«

Simon blieb ebenfalls stehen und stützte sich auf seinen Stock. »Warum erzählen Sie mir das?«

»Weil Sie jetzt ins Spiel kommen.«

»Was meinen Sie damit?«

»Bei der Frau in Birmingham haben die Kollegen vermutet, dass die Spuren in die Organisierte Kriminalität führen. Es gab ein paar Tipps aus der Unterwelt. Die bösen Jungs hatten Angst, ins Blickfeld der Ermittler zu geraten. Einige von ihnen hatten ein informelles Treffen mit den Kollegen, in dem sie behaupteten, dass die Unterwelt Birminghams sauber sei, zumindest was diesen Fall betraf. Die Tat sei von außen gesteuert und durchgeführt worden. Mehr wollten sie nicht verraten, offenbar aus Angst vor den wirklichen Tätern.«

»Ich verstehe immer noch nicht.«

Marks legte ihm die Hand auf den Arm. »Sie waren in London Teil einer Spezialeinheit der Met. Sie haben gegen das Organisierte Verbrechen ermittelt. Sagt Ihnen der Name Lehmann etwas? Hans Lehmann?«

Ein plötzlicher Schmerz zuckte durch Simons Wirbelsäule, als habe sich seine Muskulatur bei der Erwähnung des Namens jäh verhärtet. Er biss die Zähne zusammen und brachte ein mühsames »Erzählen Sie« hervor.

»Lehmann soll den Auftrag gegeben haben. Zumindest für den Mord in Birmingham.«

Simon setzte sich vorsichtig in Bewegung. »Das ist alles?«

Marks folgte ihm. »Die Ermittlungen sind damals im Sande verlaufen.«

»Wir haben«, Simon schluckte, denn er musste an Moira denken, »viele Hinweise auf Lehmann bekommen zu meiner Zeit bei der Met. Das stimmt. Die Geschichte aus Birmingham ist mir allerdings neu.«

Der Ermittler machte eine abwiegelnde Handbewegung. »Weit vor Ihrer Zeit. Außerdem haben die Kollegen damals nicht konsequent weiterermittelt. Sie waren überzeugt, dass ihre Kundschaft lediglich von sich selbst ablenken wollte.« Marks zuckte mit den Schultern. »Außerdem waren die Behörden damals nicht so vernetzt wie heute.«

Simon nickte nachdenklich. »Sie meinen also, dass die Taten zusammenhängen? Und dass Lehmann dahintersteckt?«

»Ich habe gehofft, Sie könnten mir mehr über ihn erzählen. Es ist zumindest eine Spur, der ich nachgehen will.« Er zögerte und sah hinüber zum Hafeneingang. »Ich habe ja keine Alternative.«

Die beiden schwiegen für den Rest des Weges. Simon spürte immer noch den Schmerz in seinem Rücken. Kurz darauf erreichten sie Simons Cottage. Er bat den Inspektor ins Wohnzimmer und deutete auf das Sofa.

»Stört es Sie, wenn ich ein wenig Musik anmache?« Ohne Marks' Antwort abzuwarten, startete er die CD, die seit dem Vorabend im Player steckte, und setzte sich in den Sessel. Mark Knopflers *Down The Road Wherever.* Das Schweigen der beiden Männer gab den ersten Takten des Eingangsstücks den nötigen Raum: *Trapper Man.*

»Mögen Sie Knopfler?«, fragte Simon dann.

Marks schüttelte den Kopf. »Nach der ersten Dire-Straits-Platte war bei mir Schluss. Ich bin eher der Schlagertyp.«

Simon nickte, legte die Hände zusammen und warf ihm einen fragenden Blick zu. »Was wollen Sie wirklich von mir?«

Marks lehnte sich an das Polster des Sofas. »Ich weiß, dass Sie ein besonderes Interesse an Lehmann haben. Und ich dachte mir, dass Sie vielleicht Dinge wissen, die nicht in den Akten stehen.« Er hob abwehrend die Hand. »Ich weiß, was Sie damals durchgemacht haben. Ich will keine alten Wunden aufreißen. Aber ich muss den Tod der Unbekannten aufklären. Und dabei taucht nun mal der Name Lehmann auf.«

Simon beugte sich vor. »Ich weiß nicht mehr als das, was in den Akten steht. Das ist alles schon lange her. Ich weiß nicht, was ich tun könnte.«

Marks lächelte schief. »Ich schätze Ihren Scharfsinn. Deshalb bin ich gekommen. Ich brauche Ihre Hilfe.« Es fiel ihm sichtlich schwer, diesen Satz auszusprechen.

»Ich weiß wirklich nicht …«

»Er soll der Auftraggeber für eine ganze Reihe von Attentaten sein. Aber bisher haben wir ihm nichts nachweisen können.« Marks seufzte. »Es geht mir nicht um die Organisierte Kriminalität. Mein Thema ist allein der Torso.« Er setzte sich aufrecht hin. »Sie wissen, ich darf Ihnen das eigentlich nicht sagen.« Er machte eine lange Pause, als müsse er erst einen Entschluss fassen. Währenddessen sang Knopfler unbekümmert weiter. »Ich will das so zusammenfassen: Die forensischen Untersuchungen deuten darauf hin, dass die Frau aus dem Kanal aus Osteuropa stammt. Für eine Austauschstudentin ist der Körper zu alt. Eine Erntehelferin schien sie auch nicht gewesen zu sein. Die Gerichtsmediziner tippen eher auf die Servicekraft eines Hotels, eines Restaurants, oder auf die Mitarbeiterin einer Beratungsfirma. Sie schließen aber auch eine Prostituierte nicht aus. Wobei«, er seufzte erneut hörbar, »sie keinen Hinweis darauf gefunden haben, dass die Frau vor ihrem Tod Sex hatte.«

Simon schüttelte den Kopf. »Das ist wirklich nicht viel.«

»Und deshalb bin ich zu Ihnen gekommen.«

Simon holte Luft. »Lehmann hat gute Kontakte in den ehemaligen Ostblock und in den Nahen Osten. Also Menschenhandel, Produktfälschungen, Drogen, Geldwäsche, alles, womit man Geld verdienen kann. Gut möglich, dass er die Frau loswerden wollte und ihren Tod in Auftrag gegeben hat.«

»Nehmen wir mal an, das ist so. Dann stellt sich sofort die Frage, warum ausgerechnet Helston?«

»Keine Ahnung. Ich weiß nur, dass er überall seine Finger drin hat.« Simon zögerte, weil ihm ein Gedanke kam. »Kann aber durchaus auch sein, dass die Frau in einer anderen Grafschaft getötet wurde und nur deshalb im Kanal entsorgt wurde, um Spuren und Hinweise auf den tatsächlichen Tatort zu verschleiern.« Dann schüttelte er erneut den Kopf. Hätte, wäre, wenn. Diese Spekulationen waren verschenkte Zeit. »Es kann aber genauso gut eine völlig andere Geschichte dahinterstecken.«

»Da waren absolute Profis am Werk. Es gibt auf den CCTV-Kameras in der Stadt nicht die kleinste Anomalität. Nichts, was auf ein Verbrechen hindeuten könnte. Wir haben die Aufzeichnungen wieder und wieder ausgewertet. Allein das deutet schon auf Lehmann hin. Oder auf einen der anderen Großen im Geschäft.«

»Tja, wie gesagt, alles lange her. Da sind die Kollegen in London die erste Adresse. Und wenn die schon nicht helfen können – ich kann es auch nicht.« Nach einem Zögern fügte er ein »Leider« hinzu. Er versuchte seinen Rücken zu dehnen, zuckte aber sofort zusammen.

»Schmerzen?«

Simon winkte ab. »Geht schon.«

»Hm.« Marks sah sich um, als suche er etwas. »Sie haben 'ne Menge CDs.«

»Neben meiner Arbeit meine zweite Leidenschaft. Allerdings komme ich zu selten zum Hören. Ich bin derzeit lieber in der Natur unterwegs.«

Marks schlug sich auf die Oberschenkel. Entschlossenheit sah dennoch anders aus. »Nun gut. Ich habe mir gedacht, ich versuche es mal bei Ihnen. Ich mache mich wieder auf den Weg.« Er stand auf.

»Es ist mal wieder die berühmte Suche nach der Nadel im Heuhaufen.« Simon versuchte, ein bisschen Solidarität zu zeigen. »Bevor Sie gehen, fällt mir ein: Was macht eigentlich die Suche nach Liz Bennett?«

Marks blies hörbar die Luft aus. »Sie bleibt verschwunden. Für ihren Mann sicher tragisch. Aber ihr Fall steht längst nicht mehr oben auf unserer Liste. Sie kennen das, zu wenig Personal für zu viel Arbeit. Haben Sie im Dorf etwas gehört? Bisher hat sich niemand bei uns gemeldet. Sie taucht auch auf keiner Krankenhausliste auf.«

»Nur die üblichen Gerüchte.« Simon stand ebenfalls auf und nahm seinen Stock. »Allerdings ist einem von Marys Gästen etwas Merkwürdiges passiert, einem Polen. Er wäre von Terry Bennett beinahe überfahren worden. Als er sich bei ihm beschweren wollte, meinte er, auf dem Beifahrersitz ein blutiges Messer gesehen zu haben.«

»Ein blutiges Messer?«

Simon zuckte mit den Schultern. »Es war dunkel. Die Schneide kann in dem spärlichen Licht nur so gewirkt haben. Das Beinahe-Unfallopfer stand sicherlich unter Schock. Da spielt einem das Gehirn schon mal einen Streich.«

»Möglich.«

»Ich denke, das hat nichts zu bedeuten.«

Marks nickte. Er wusste aus eigener Erfahrung, wie dunkel es in Cadgwith sein konnte, selbst im Sommer. »Sie haben recht. Zur Sicherheit aber soll einer der Constables der Sache mal nachgehen. Ich werde Easterbrook darauf ansetzen.« Er verzog das Gesicht zu einem schiefen Lächeln. »Mein bestes Pferd im Stall.«

»Verstehe.« Simon hatte den ironischen Tonfall verstanden.

Nachdem der DI sich verabschiedet hatte, rief er Mary an.

»Simon.« Sie klang ehrlich überrascht.

»DI Marks war eben bei mir. Wir haben über alles Mögliche gesprochen, auch über den Vorfall mit deinem Gast. Der Inspektor ist zwar meiner Meinung, aber er wird einen seiner Männer auf den Vorfall ansetzen.«

»Gott sei Dank.« Sie schien zu überlegen. »Magst du noch vorbeikommen?«

Er sah zur Uhr. Es war zwar schon spät, aber er fühlte sich mit einem Mal nicht mehr müde. Zudem hatten die Schmerzen nachgelassen. Und die Luft war immer noch warm und mild. »Warum nicht.« Eine plötzliche Freude stieg in ihm auf. »Der Abend ist zu schön, um früh zu Bett zu gehen.«

»Hast du heute schon etwas gegessen?«

»Fish 'n' Chips am Pavillon. Mit Luke.«

»Gut, dann gibt's nur einen Wein.«

Simon legte auf. Ein Gefühl der Geborgenheit machte sich in ihm breit, und das nicht zum ersten Mal in den vergangenen Monaten. Bevor er das Haus verließ, packte er einen Linolschnitt ein, den er erst am Vortag abgezogen hatte: drei Hummer in Blau nebeneinander. Ein bisschen wie Luke, Mary und er, dachte er mit einem Lächeln. Die drei aus dem Dorf.

XXXII.

Liz Bennett streichelte über sein Haar und flüsterte zärtliche Worte. Sie hoffte inständig, dass Steve sie hörte. Seit dem frühen Morgen saß sie wieder an seinem Bett und lauschte angestrengt auf jede noch so kleine Veränderung im Konzert der Maschinengeräusche. Sie hatte dankbar einen heißen Tee akzeptiert, den eine Schwester ihr gebracht hatte. Trotz der immensen Arbeitsbelastung auf dieser Intensivstation – so viel zumindest hatte sie von ihrer Umgebung wahrgenommen –, hatten die Pflegerinnen und Pfleger immer ein offenes Ohr für sie. Liz fühlte sich trotz der Last, die sie zu tragen hatte, auf angenehme Art geborgen.

Sie kam nun schon fast eine Woche lang von Trerice in die Klinik und saß vom Morgen bis zum Abend in diesem Zimmer, das keinerlei private Atmosphäre ausstrahlte, dafür medizinische Kompetenz in hohem Maße. Die Nächte zwischen ihren Besuchen hatte sie nur mit Hilfe von Alkohol überstanden.

In den ersten Tagen hatte sie sich durch die Illustrierten geblättert, die sie wahllos vom Wohnzimmertisch mitgenommen hatte. Aber jedes Mal hatte sie die Versuche, sich an seinem Bett ein wenig zu entspannen, abgebrochen. Sie kam sich unredlich vor, abschalten zu wollen, wo er doch hier um sein Leben kämpfte. Nur widerwillig hatte sie den Ratschlag angenommen, den Raum wenigstens für ein paar Minuten für einen Spaziergang an der frischen Luft zu verlassen.

Sie wollte dem Klinikpersonal nicht zur Last fallen, aber sie kam stets nach wenigen Minuten zurück. Die diensthabenden Schwestern und Pfleger quittierten ihr erschöpftes Lächeln mit aufmunternden Blicken. Wie oft mochten sie schon andere in der gleichen verzweifelten Lage betreut haben? Liz rechnete ihnen hoch an, dass sie im Umgang mit ihr stets den Eindruck von Routine vermieden.

»Steve, mein Liebster, draußen zeigt sich der Sommer von seiner schönsten Seite. Du müsstest mal sehen, wie strahlend blau der Himmel über Trerice ist. Als erwarte dich die Natur jeden Augenblick zurück.« In ihrer Stimme lag alle Wärme und Zuversicht, die sie aufbringen konnte. »Schon bald werden wir wieder auf der Terrasse sitzen und den Eichhörnchen zusehen. Du wirst sehen, alles wird gut.«

Sie seufzte und nahm den Kopf von seiner Brust. Ihr Rücken schmerzte. »Die beiden Damen in deinem Londoner Büro lassen dich herzlich grüßen. Du sollst dir keine Sorgen machen. Sie haben alles im Griff, sagen sie.« Sie lächelte Steve an, obwohl er die Augen geschlossen hatte. »Das neue Projekt in Hollywood ist auf einem guten Weg, soll ich dir ausrichten. Der Drehbuchautor habe seinen Vertrag unterschrieben. Er habe auch bereits mit der Arbeit an dem Stoff begonnen. Deine Anwesenheit in Los Angeles sei daher nicht zwingend notwendig. Alle Zeit der Welt also, um gesund zu werden, meinen die beiden. Ist das nicht schön?«

Sie drückte sanft seine Hand und warf einen Blick auf die Monitore. Die Werte zeigten auf ihre erbarmungslose Art und in gefühlloser Perfektion keine Veränderungen. Alles im normalen Bereich. Auf eine absurde Art machte sich in ihr ein beruhigendes Gefühl breit. Was konnte in einer solchen Situation schon normal sein? Der zuständige Arzt hatte ihr erst gestern – oder war es vorgestern? – wieder versichert, dass Steve Zeit brauche, um ganz gesund zu werden. Das Einzige was helfe, sei Geduld.

Geduld, Geduld, Geduld. Das Auf und Ab der Herzfrequenz und das regelmäßige Piepen gaben den Rhythmus vor, in dem sie das Wort stumm wiederholte. Sie musste sich zur Geduld zwingen, auch wenn es schwer fiel. Noch nie in ihrem Leben hatte sie derart Angst um einen anderen Menschen gehabt wie in diesem Augenblick um Steve. Sie hatte das Gefühl, dass wenn er starb, sie in der gleichen Sekunde ebenfalls sterben würde.

Sie wischte mit einer Hand über ihre Augen. Welch furchtbare Gedanken sie doch umtrieben. Sie musste sie auf der Stelle aus ihrem Denken verbannen, andernfalls würden sich die negativen Energien auf Steve übertragen.

Liz beugte sich vor und strich ihm einmal mehr übers Haar. Wie unschuldig er aussah. Ihr kleiner großer Junge.

»Guten Tag.«

Ein Pfleger stand plötzlich im Zimmer.

»Oh, ich wollte Sie nicht erschrecken. Haben Sie mein Klopfen nicht gehört? Ich wollte nicht zu laut sein.«

»Nein. Schon gut.« Sie war für einen Augenblick irritiert. Sie hatte den freundlich lächelnden Mann nicht bemerkt. »Ich war in Gedanken.«

»Ich will nur die Infusionen überprüfen.« Der Pfleger ging auf den Infusionsständer zu, las die Aufschrift auf dem Beutel und schnippte kurz mit dem Finger gegen die Dosiereinrichtung, die zwischen Infusion und Schlauch geklemmt war. »Scheint alles in Ordnung zu sein.«

Einmal mehr jemand, auf dessen Professionalität man sich verlassen kann, dachte Liz. Sie sah dem Mann interessiert dabei zu, wie er auch die übrigen Geräte kontrollierte.

»Sie sind neu hier, oder? Ich sehe Sie heute zum ersten Mal.«

Der Pfleger lächelte und hielt ihr die Hand hin. »Ich heiße Arthur. Das ist heute meine erste Schicht nach meinem Urlaub. Ich habe gehört, was Ihrem Mann passiert ist. Schlimme Sache.« Er steckte eine Hand in seinen kurzärmeligen blauen Kittel. »In dem ganzen Drama gibt es aber auch eine gute Nachricht.« Er wartete, bis sich Liz ihm mit hoffnungsvollem Blick ganz zuwandte. »Wir haben eben im Team zusammengesessen und die aktuellen Fälle besprochen. Und Dr. Webster hat vorgeschlagen, dass wir Ihren Mann nun langsam aus dem künstlichen Koma holen.«

Sie schlug die Hand vor den Mund. Das war eine großartige Nachricht. »Das ist ja wunderbar, Arthur.« Sie vergaß bei dem Gefühlssturm völlig, ihn zu korrigieren. Sie war nicht Steves Ehefrau. Noch nicht. Aber der Gedanke an eine Hochzeit nach der Scheidung von Terry mischte sich in die Freude über den Heilungsfortschritt.

Arthur zog ein Fläschchen aus der Kitteltasche und umrundete das Bett. »Sie werden sehen, welche Wunder diese wenigen Milliliter wirken.« Mit geübtem Griff zog er den Inhalt auf eine Spritze und steckte die Phiole zurück in seine Tasche. »Bis die Wirkung einsetzt, werden allerdings noch einige Minuten vergehen.« Mit der Kanüle durchstach er den Beutel und injizierte die Füllung behutsam in den Infusionsbeutel. »So, das wär's auch schon.« Er schnippte erneut gegen den Dosiermechanismus. »Sieht gut aus.« Er wandte sich Liz zu. »Kann ich noch etwas für Sie tun?«

Sie schüttelte den Kopf, unfähig, auch nur ein Wort zu sagen, so sehr war sie von ihren Gefühlen überwältigt.

»Gut. Wenn etwas ist, Sie wissen ja, dass Sie jederzeit klingeln können.« Mit einer formvollendeten Verbeugung verließ er das Zimmer.

»Steve, Steve, hast du gehört? Bald wirst du aufwachen. Ich bin so glücklich. So glücklich.« Sie nahm seine Hände, die noch kraftlos auf der Bettdecke lagen, in ihre. Als sähe sie sie zum ersten Mal, ließ sie ihren Blick über die feinnervige Oberfläche wandern. *Wie schön sie doch sind*, dachte sie voller Zärtlichkeit.

Sie sah abwechselnd auf die Monitore und dann wieder in Steves Gesicht, immer und immer wieder. Sie hoffte, dass sie keine Veränderung verpassen würde. Aber es tat sich nichts.

Ich muss Geduld haben, Geduld. Die nächsten Minuten werde ich mich mit Sicherheit gedulden können. Sie hätte vor Freude beinahe laut gelacht. Steve würde sicher bald wieder ganz der Alte ein. *Und wenn er dann aus der Reha zurück ist*, dachte sie übermütig, *fängt das Glück erst so richtig an.* Ihr Leben hatte sich noch nie so richtig angefühlt wie in diesem Augenblick.

Liz streichelte unablässig seine Hände. Sie waren längst nicht mehr so kühl wie am Morgen. Ein sicheres Zeichen, dass das Mittel wirkte. Ängstlich warf sie einen Blick auf die Überwachungseinheiten. Alles gut, alles normal. Alles so, wie es sein sollte.

Sie wusste nicht, wie lange sie so an seinem Bett gesessen hatte. Irgendwann aber färbte sich Steves Haut leicht rosa. Die Durchblutung war angeregt. Sie konnte kaum erwarten, dass er endlich die Augen aufschlug. Es konnte sicher nicht mehr lange dauern. Steve war zurück.

Seine Wangen wurden zusehends dunkler. Wie schön er war. Liz Bennett wischte mit der Hand über seine Haut. Sie kratzte ein wenig. Als Erstes würde er sich sicher rasieren wollen, dachte sie, denn ein wenig eitel war er schon.

Erneut strich sie ihm über die Wange. Die Haut fühlte sich unversehens ein wenig klamm an. Als sie die Handfläche abwischen wollte, erstarrte sie. Ein roter Schimmer.

Sie sah von ihrer Hand zu seiner Wange und wieder zurück. Und dann wieder auf die Wange. Sie hatte längst den rosigen Teint verloren. Aus allen Poren quoll Blut. Steve blutete im ganzen Gesicht. Sie sah auf seine Arme und Hände, auch sie sahen aus, als habe man ihm die Haut abgezogen.

Blut. Blut, wohin sie sah.

Wie konnte das sein? Warum blutete er? Warum wachte er nicht auf?

Sie versuchte zu schreien.

Mittlerweile hatten die ersten Blutstropfen das Kopfkissen und das Oberbett erreicht. Sie musste etwas tun, aber sie war wie gelähmt. Sie musste die Blutungen stoppen. Sofort. Aber wie? Hilflos sah sie sich im Zimmer um. Sie musste handeln, aber sie konnte nicht. Wo war der verdammte Knopf, um Hilfe zu holen? In ihrer Panik konnte sie nicht klar denken, ihre Kehle war wie zugeschnürt. Liz Bennett presste die Hände auf Steves Wangen, auf die Stirn, auf seine Arme und Hände, aber das Bluten hörte nicht auf. Verzweifelt wollte sie sich mit ihrem ganzen Körper auf Steve legen, um das Blut zum Stillstand zu bringen, das unablässig aus allen Poren quoll. Sie musste ihm helfen. Das Blut, das viele Blut.

Er musste aufstehen, sie mussten das Zimmer verlassen. Sie mussten gemeinsam Hilfe suchen. »Komm, Steve, komm«, flüsterte sie und versuchte seinen Oberkörper anzuheben. Aber sie schaffte es nicht.

Verzweifelt schlug sie das Oberbett zurück. Und endlich konnte sie schreien. Aus ihrem tiefsten Inneren löste sich ein Schrei, der nichts Menschliches mehr hatte. Sie blickte auf Horror in Rot. Steve lag inmitten bluttriefender Laken.

Sie sah nur noch Rot, und dann versank die Welt um sie herum.

»Wir haben sie erst einmal in einem Einzelzimmer untergebracht und ihr ein Beruhigungsmittel gegeben. Es hat jetzt wenig Sinn, Mrs. Bennett zu befragen. Sie wird ein paar Stunden schlafen. Die Frau steht unter Schock. Das verstehen Sie sicher.«

DS Collins nickte. Ihr Blick drückte dennoch Enttäuschung darüber aus, nicht unverzüglich mit den Ermittlungen beginnen zu können. Geduld war nicht gerade eine ihrer Stärken. Zusammen mit ihrer Kollegin Sue Temple war sie bereits wenige Minuten nach dem Anruf auf der Intensivstation erschienen. Noch aus dem Auto hatte sie angeordnet, dass niemand die Station verlassen durfte, weder Pfleger und Schwestern noch Ärzte. Das Gegenargument, dass dies auf einer solchen Station wegen der ständigen Notfallgefahr nahezu unmöglich sei, hatte sie ignoriert. Entsprechend angespannt war die Atmosphäre im Dienstzimmer des Arztes.

»Mir ist bewusst, dass Sie zum gegenwärtigen Zeitpunkt wenig zur Todesursache sagen können und natürlich dem Ergebnis der Leichenöffnung nicht vorgreifen wollen, aber haben Sie eine Vermutung? Etwas, mit dem wir arbeiten können?«

Der diensthabende Mediziner ordnete mit fahrigen Handgriffen die Papiere auf seinem Schreibtisch, legte die Hände zusammen, als würde er gleich mit einer

Ansprache beginnen, dann besann er sich, blickte auf die Schachtel mit seinen Zigaretten und den leeren Kaffeebecher, nahm seine dünn gerandete Brille ab, legte sie sorgfältig vor sich auf den Tisch und sah die beiden Beamtinnen lange an. Erst dann sprach er.

»Ich bin dazu da, das Leben der Menschen zu erhalten, und nicht, es zu zerstören. Ich bin durchaus mit allen Medikamenten vertraut, die dazu nötig sind. Ich erspare Ihnen, sie Stück für Stück aufzuzählen.« Er runzelte die Stirn. Das Reden fiel ihm sichtlich schwer. Er wollte auf keinen Fall einen Fehler machen. »Wir wägen sorgfältig ab, und das mehrfach am Tag, wir analysieren den Zustand der Patienten, erwägen und verwerfen die möglichen Schritte, die sich daraus ergeben, bis wir schließlich gemeinsam zu dem besten Schluss kommen. Ich kann mir nicht für eine Sekunde ein solches Szenario vorstellen, das sich heute hier abgespielt hat.« Er fuhr sich mit der Hand durch die Haare. »Ich betone ausdrücklich, dass wir uns penibel an alle Empfehlungen und Vorgaben der für uns zuständigen nationalen medizinischen Richtlinienkommission halten. Das bin ich den Menschen schuldig, vor allem aber auch meinen Kolleginnen und Kollegen. Ich bin seit mehr als zwanzig Jahren Intensivmediziner. Und ich habe so etwas noch nie gesehen. Ich bin, wie wir alle hier, zutiefst schockiert.«

DS Collins hob unwillig die Hand. »Es geht hier nicht um Schuldzuweisungen. Wir stellen fest, was zum Tod von Mr. Carlton geführt hat. Erst danach ziehen wir unsere Schlüsse und dann die nötigen Konsequen…«

Der Mediziner fuhr ungerührt fort. »Wissen Sie, wir sehen hier jeden Tag Dinge, die Sie sich nicht vorstellen können. Das ist völlig in Ordnung, denn wir sind dafür ausgebildet, auf so etwas adäquat zu reagieren. Wir stehen jeden Tag in engem Kontakt mit dem Tod. Und es ist an jedem Tag ein neuer Sieg gegen das Schicksal, wenn wir einen Menschen retten können.«

Sie hörte zu, ohne seinen Redefluss zu unterbrechen. Was der Mann ihr zu erklären versuchte, kannte sie aus eigenem Erleben. Jeden Tag hatten sie und ihre Kolleginnen und Kollegen mit menschlichen Abgründen zu tun, von denen sie jedes Mal dachte, dass es nicht schlimmer kommen könnte. Stattdessen kam es aber immer schlimmer. Ein Zustand, an den sie sich niemals würde gewöhnen können. Während die Worte des Arztes in ihr Gehirn sickerten, ohne dass sie sich auf sie konzentrierte, fokussierte sie die drei dunklen Punkte oberhalb des Namensschildes des Mediziners. Drei Blutspritzer, nahezu perfekt in ihrer runden Form. Und angeordnet zu einem kleinen Dreieck.

Schließlich unterbrach sie ihn doch. »Ich verstehe Sie sehr gut. Bitte, haben Sie einen Hinweis, was die Todesursache gewesen sein könnte?«

Der Arzt hob eine Augenbraue. »Nun, ich kann das nicht mit Bestimmtheit sagen, dazu müssen erst die weiteren Untersuchungen und die Obduktion abgewartet werden. Ich gehe im Augenblick davon aus, dass Mr. Carlton an einer Überdosis eines gerinnungshemmenden Medikaments gestorben ist.«

»Gerinnungshemmend?«

»Ja.«

»Was könnte das sein?« Sie hätte den Intensivmediziner am liebsten geschüttelt. Mit einem kurzen Seitenblick auf ihre Kollegin stellte sie fest, dass es Sue Temple ähnlich zu gehen schien.

»Hirudin.«

»Was ist das?«

»Blutegel. Also, um korrekt zu sein«, er nahm die Brille und setzte sie umständlich auf, »ist Hirudin ein Polypeptid, das aus fünfundsechzig Aminosäuren besteht.« Er registrierte ihren verständnislosen Blick. »Für Blutegel zum Überleben unverzichtbar. Hirudin hemmt die Gerinnung des Blutes und ermöglicht daher das Absaugen von Blut in größeren Mengen innerhalb vergleichsweise kurzer Zeit.«

DS Collins' »Aha« klang nicht überzeugt.

»Nun, im Allgemeinen«, begann der Intensivmediziner seinen Vortrag, »wird Hirudin zur Vorbeugung einer Beinvenenthrombose angewendet, oder bei einem Myokardinfarkt, besser bekannt als Herzinfarkt. Um nur einige therapeutische Anwendungen zu nennen.« Er räusperte sich. »Der Wirkungsmechanismus sieht so aus: Hirudin unterbindet unumkehrbar – ich betone ausdrücklich: unumkehrbar – die Umwandlung des Fibrinogens in Fibrin. Zugleich werden mehrere Gerinnungsfaktoren inaktiviert. Ähm, ja. Das soll an dieser Stelle genügen. Ich erspare Ihnen weitere Details.« Er zögerte kurz. »Eines noch: Hirudin kann subkutan, also in die Unterhaut, oder intramuskulär, also in einen Muskel, injiziert werden.« Mit einem Tonfall, der keinen

Zweifel duldete, fügte er hinzu: »Wir setzen Hirudin in der Therapie naturgemäß mit großer Vorsicht ein, da das Blutungsrisiko damit erheblich ansteigt.«

»Können Sie uns das bitte so erklären, dass auch wir Laien verstehen, um was es bei diesem ... Hirudin geht?«

In den Augen des Arztes zeigte sich ein mildes Lächeln. Dann wurde sein Gesichtsausdruck unvermittelt ernst. »Also, ist die Dosis zu hoch, blutet der Patient nach einer solchen Injektion tatsächlich mit etwas Zeitverzögerung aus allen, nun ja, Knopflöchern. Und in diesem Fall erst recht, wegen der schweren Stichverletzung der Leber.«

»O mein Gott!« DS Collins hatte sich als Erste wieder gefangen. »Daher die Unmengen Blut. Mr. Carlton ist also regelrecht ausgeblutet. Hatte er keine Chance?«

»Nicht die geringste. Wie gesagt, einmal zu viel Hirudin im Körper, und ...« Er vollendete den Satz nicht.

»Wir müssen klären, wie groß die Bestände an Hirudin hier im Haus sind. Und ob etwas fehlt. Wer hatte alles Zugang zu dem Stoff? Wie wurde die tödliche Dosis verabreicht? Wir müssen die Spritze finden.« Ihr ging ein Gedanke durch den Kopf. »Ist er eigentlich leicht zu beschaffen?«

Er zuckte mit den Schultern. »Hirudin ist sehr weitverbreitet. Es gibt Salben, Cremes, und denken Sie an den Einsatz von medizinischen Blutegeln in der Naturheilkunde. Eine jahrtausendealte Therapie. Das Pulver, um eine Injektions- oder Infusionslösung herzustellen, können Sie mit ein bisschen Glück oder krimineller

Energie für ein paar Pfund im Internet bei jeder Versandapotheke kaufen.«

Die beiden Ermittlerinnen sahen sich an. »Wir möchten mit allen sprechen, die heute im Dienst waren oder noch sind.« DS Temple kam dem Arzt zuvor, der bereits aufstehen wollte, als Zeichen, dass seine Zeit begrenzt war.

»Glauben Sie im Ernst, dass einer von meinen Leuten als Täter in Frage kommt?« Der Arzt sank auf seinen Stuhl zurück. »Nein, das ist unmöglich.«

»Wir müssen alles in Betracht ziehen. Hirudin ist ein Wirkstoff, ein Medikament. Und Sie arbeiten in einer Klinik mit Medikamenten. Also werden wir umgehend mit den Beschäftigten reden. Stellen Sie uns bitte dazu einen Raum zur Verfügung.« DS Collins ließ keinen Zweifel, dass sie keine Einwände duldete.

»Ist es nicht auch denkbar, dass Mrs. Bennett das Hirudin benutzt hat, um ihn loszuwerden? Ich meine, so ein künstliches Koma ist doch eigentlich so etwas wie eine Steilvorlage. Wer weiß, vielleicht hat es zwischen beiden schon länger nicht mehr so recht gestimmt.« Er räusperte sich ausführlich. »Müssen Sie das nicht auch in Erwägung ziehen? Ich meine, das wäre doch auch ein mögliches Szenario?«

Sue Temple schlug ihr Notizbuch zu. »Danke, dass Sie uns in unserer Arbeit unterstützen. Wir würden dann gerne beginnen.«

»Ich kümmere mich darum, selbstverständlich.« Der Arzt klang ein wenig enttäuscht. Als sich der Pager in seiner Kitteltasche bemerkbar machte, warf er einen kurzen Blick darauf und stand auf. »Aber erst einmal kümmere ich mich nun um einen Notfall.« An der Tür blieb er kurz stehen. »Ich sage einer Schwester Bescheid. Sie wird sich um Sie kümmern.«

Der hastige Abgang des Mediziners hinterließ ein Vakuum, das sich nur langsam wieder füllte. Die beiden Polizistinnen standen sich etwas ratlos gegenüber.

»Möchtest du auf einer Intensivstation arbeiten?«

Temple schüttelte den Kopf. »Ich könnte das nicht.«

»Hm.« DS Collins nickte. »Ich denke, dazu muss man geboren sein.«

»Wie grausam. Regelrecht ausbluten, ohne die geringste Chance.«

»Da war ein Profi am Werk. Jemand, der sich mit der Wirkung solcher Medikamente bestens auskennt.«

»Wenn das Zeug so leicht zu beschaffen ist, kann es jeder gewesen sein.«

»Mir geht gerade etwas völlig anderes durch den Sinn. Hast du schon etwas Neues zur Systemumstellung gehört?«

DS Collins sah ihre Kollegin erwartungsvoll an. Sue war seit Neuestem mit einem der IT-Experten zusammen, die im Auftrag der Regierung für eine effektivere Vernetzung der Ermittlungsbehörden sorgen sollten. Während die Staatsanwaltschaften in Cornwall längst mit dem neuen System arbeiteten, kam die technische Zusammenführung der einzelnen Polizeieinheiten nicht recht voran. Das lag nicht nur an den unterschiedlichen Programmen, mit denen in den Dienststellen gearbeitet wurde, sondern auch an Engpässen im Personalbereich, und, so wurde intern gerne kolportiert, an den Eitelkeiten einzelner Chief Constables. Es gab nicht wenige Spötter, die behaupteten, es gebe nur deshalb keine Computerpannen bei der Polizei, weil sie immer noch mit Karteikarten arbeitete. Das war natürlich völliger Unsinn, wahr war allerdings, dass die moderne Kommunikation der einzelnen Dienststellen untereinander oft genug zu wünschen übrig ließ. Das System der Ermittlungen war vergleichbar mit einem Schweizer Käse – im ganzen Land. Sehr zum Leidwesen der ermittelnden Beamten und zum Vergnügen all derer, die ihnen durch die Lappen zu gehen gedachten.

»Das wird noch dauern, sagt Mike.« Beim Gedanken an ihren Freund lächelte sie. »Aber um ehrlich zu sein, reden wir nicht viel über unsere Jobs, wenn wir zusammen sind.«

Collins konnte sich ein kurzes Grinsen nicht verkneifen. Sie wollte gerade zu einer scherzhaften Bemerkung ansetzen, als die Tür geöffnet wurde und eine Schwester ins Zimmer trat.

»Ich habe Ihnen ein Büro frei gemacht. Nichts Großes. Wir sind auf solche schrecklichen Dinge nicht vorbereitet.« Die rundliche junge Frau mit erkennbar pakistanischen Wurzeln sprach mit einem leichten Akzent. »Bitte kommen Sie.« Sie hielt den beiden Polizistinnen die Tür auf.

Bis zum Abend hatten die beiden alle Angestellten der Klinik befragt, die an diesem Tag Dienst auf der Intensivstation gehabt hatten. Niemand von ihnen wollte etwas mit dem Vorfall zu tun gehabt haben. Niemand hatte etwas Ungewöhnliches auf oder in der Nähe der Station bemerkt. Und niemand konnte sich erklären, wie der Mord – denn daran bestand kein Zweifel – hatte passieren können.

Es war ein langer Tag gewesen, und beide Polizistinnen waren froh über den nahen Feierabend. Sie waren bereits auf dem Weg zu ihrem Fahrzeug, als DS Collins vorschlug, doch noch kurz Liz Bennett aufzusuchen.

Sie fanden sie in einem spartanisch eingerichteten Zimmer nahe der Intensivstation.

»Wie geht es Ihnen, Liz?« Während sich DS Temple im Hintergrund hielt, trat DS Collins ans Bett.

Liz Bennett hob mit einer matten Bewegung eine Hand von der Bettdecke. In ihrem Handrücken steckte der Zugang zu einer Infusion, die neben ihrem Bett stand. Ihr Teint war noch blasser als ohnehin schon. »Ich fühle mich noch ein bisschen schwach. Aber danke.« Und als ob ihr erst in diesem Augenblick bewusst wurde, dass die Polizei vor ihr stand, fuhr sie auf. »Was ist passiert? Ist … ist Steve tot?« Ihre Stimme war nicht mehr als ein Flüstern, verbunden mit der vagen Hoffnung, dass nicht sein konnte, was doch wohl unabänderlich war.

DS Collins' Schweigen war Antwort genug. Sie schluckte und sank auf das Kissen zurück. Ihr Blick war nach innen gerichtet.

»Wir wissen, wie schwer es für Sie ist in diesem Augenblick. Aber wir müssen Ihnen diese Frage stellen: Können Sie sich daran erinnern, was passiert ist?«

»Da war dieser Mann«, sagte sie mit schwacher Stimme.

»Lassen Sie sich ruhig Zeit.« Collins und Temple wechselten einen schnellen Blick.

»Der nette Pfleger. Sie sind hier alle so nett.«

»Den Pfleger, können Sie ihn beschreiben?«

Liz Bennett schloss die Augen. Sie hatte sichtlich Mühe, sich zu konzentrieren. »Er trug den Kittel, den alle hier tragen. Er ist groß, kräftige Schultern, ein Dreitagebart, dichtes schwarzes Haar. Seine Arme … seine Arme sind muskulös und behaart. Schwarze Härchen.«

Sue Temple schrieb mit. »Sprach er mit einem Akzent?«

»Nein. Ist mir nicht aufgefallen. Ein normaler Pfleger. Sehr nett und zuvorkommend, wie alle. Wir haben uns kurz unterhalten.«

»Worüber haben Sie gesprochen?«

Sie öffnete die Augen. »Dass Steve bald aufwacht. Dass alles gut wird.« Tränen sammelten sich in ihren Augen. »Aber dann war plötzlich das Blut da.« Sie ließ den Tränen freien Lauf.

Die Polizistinnen ließen ihr Zeit. Sichtlich berührt, suchte Temple nach einem Papiertaschentuch für Bennett, ohne Erfolg. Tränen und Verzweiflung waren nicht ihr Ding. Sie hielt sich an die Lehre, die man ihr, manchmal auf schmerzhafte Weise, in ihrer Familie eingetrichtert hatte: niemals im Leben Schwäche zeigen oder akzeptieren. Auch bei anderen nicht. Nur mit Härte und mit Kontrolle der Gefühle behielt man einen klaren Kopf und die Oberhand. Diese Eigenschaften hatten ihr beim Einstieg in den Beruf geholfen, aber sie stellte sie zunehmend infrage.

Collins reichte Liz Bennett ein Tuch, das sie von einer Papierrolle gerissen hatte. Dankbar wischte Bennett sich die Tränen aus dem Gesicht und schnäuzte sich.

»Sie kannten den Pfleger sicher bereits. Sie waren ja jeden Tag hier.«

Bennett sah Temple an. »Nein. Er hat mir erzählt, dass er Urlaub hatte und heute sein erster Arbeitstag war. Aber fragen Sie ihn besser selbst.«

Die beiden Ermittlerinnen tauschten wieder Blicke aus.

»Was hat er gemacht?«

»Er hat die Geräte kontrolliert, die Schläuche und die Infusionen. Dann haben wir geredet, und dann hat er das Mittel zum Aufwachen in einen der Beutel gespritzt.« Ihre Stimme zitterte. »Ein wirklich netter Mensch. Ich habe mich gut aufgehoben gefühlt. Er hat mir so viel Mut gemacht. Er wusste, was er tat.«

»Ja, das wusste er wohl«, meinte DS Temple in einem mehrdeutigen Tonfall.

»Sie haben uns sehr geholfen, Mrs. Bennett. Gibt es etwas, was wir für Sie tun können?«

»Ich will heim.«

»Das besprechen Sie besser mit dem Arzt.« Auch Temple wandte sich zum Gehen. »Wir melden uns wieder bei Ihnen. Eine letzte Frage vielleicht noch: Ihre Beschreibung des Pflegers ist recht allgemein ausgefallen.«

»Warum fragen Sie so hartnäckig nach ihm? Hat er einen Fehler gemacht? Hat er etwas mit Steves Tod zu tun? Mir ist nichts an ihm aufgefallen.« Sie runzelte die Stirn.

Sie hatten kaum das Zimmer verlassen, als Collins

stehenblieb. »Ist dir unter den Pflegern jemand aufgefallen, auf den die Beschreibung passt?«

Temple sah einem Pfleger zu, der weiter hinten im Flur an einem Transportwagen hantierte. »Nein.«

Beide wussten, was das bedeutete.

XXXIII.

»Mission erfüllt, Terryboy.«

Terry Bennett hatte das Gespräch angenommen, ohne auf das Display zu schauen.

»Der Stecher deiner Liz hat es geschafft. Er schwebt jetzt irgendwo da oben. Oder er schmort in der Hölle.« Der Anrufer schickte ein raues Lachen hinterher.

Panik überkam Bennett so plötzlich, dass er zu zittern begann. Was hatte er angerichtet?

»Bist du noch da, Terry? Haut dich die gute Nachricht so um? Jaaa, auf deinen Keith kannst du dich verlassen. Was ist nun, wann bist du hier?«

Keith war ein Teufel. Und er hatte sich dem Teufel verkauft. »Liz?«

»Was soll mit ihr sein? Sie hatte einen Eins-a-Blick auf das kleine Schauspiel.« Er lachte wieder. »Warum fragst du? Soll ich sie etwa auch noch verschwinden lassen? Das machst du mal schön selbst, Terryboy. Ich habe meinen Teil des Deals erfüllt. Nun bist du an der Reihe.«

»Ich …« Weiter kam er nicht.

»Willst du mir was sagen?« Keiths Stimme klang mit einem Mal gefährlich klar und nah.

»Nein. Nein. Es ist nur …«

»Was?«, klirrte es an seinem Ohr.

»Nichts. Es ist nur so … Liz wird sich Gedanken machen. Und sie wird sehr schnell darauf kommen, dass ich dahinterstecke.«

»Sie wird dich nicht verdächtigen. Mach dir nicht ins Hemd, Terry. Du tust doch sonst so cool.«

»Und wenn doch?«

»Was bist du nur für ein armes Würstchen. Machst du dir jetzt in die Hose? Dann sorg gefälligst dafür, dass sie nicht auf dumme Gedanken kommt. Schalte sie einfach ab.« Wieder dieses teuflische Lachen. »Du kannst doch mit dem Messer umgehen.«

Bennett sah durch das Fenster auf das satte Grün vor seinem Haus. Ein wunderbarer Vormittag, die Sonne hatte noch nicht ihre volle Stärke entfaltet. Er ahnte das frohe Zwitschern der Vögel in den Büschen. Und doch war diese Idylle nur die unschuldige Kulisse für eine folgenschwere Entscheidung. In weniger als einer Sekunde hatte er sie getroffen. Es half nichts. Er hatte die Sache ins Rollen gebracht, nun musste er das Spiel auch zu Ende spielen. Das war wie in seinem Business, Zögern hieß Verlieren. Er hatte einen hohen Einsatz riskiert, nun musste er dafür sorgen, dass er nicht zum Verlust wurde. Das durfte auf keinen Fall passieren. Wenn die Polizei auf ihn aufmerksam wurde, käme alles ans Licht. Vor allem auch sein Anteil an der Sache in Manchester. Liz würde bei der Polizei auspacken, da war er sicher. Sie hatte all die Jahre geschwiegen, weil er sie mit harter Hand im Griff gehabt hatte.

Aber nun war sie nicht länger eingepfercht, hatte das Weite gesucht und damit Macht über ihn gewonnen. Sie musste mundtot gemacht werden. Er begann erneut zu zittern. Aber im Grunde war sie selber schuld. Wäre sie bei ihm geblieben, wäre nichts passiert.

»Terryboy! Sag doch was. Du bist doch sonst nicht so schweigsam.«

»Kannst du nicht auch Liz …?«

»Sie kaltmachen? Nee, mein Lieber. Das ist dein Job.«

»Sie weiß alles über Manchester. Jedenfalls einiges.«

»Hör zu, Arschloch, das hättest du mir besser nicht erzählt. Bist du wahnsinnig? Deine Tussi ist eine lebende Zeitbombe.« Keith schrie jetzt. »Wichser, sieh zu, dass du sie kaltmachst. Sonst mache ich dich kalt. Darauf kannst du dich verlassen.« Die Stimme nahm unversehens einen schmeichelnden Klang an. »Terry, sei ein guter Junge. Du fährst nun schön nach Trerice und bringst das zu Ende.«

Bei Keiths weichem, freundschaftlichem Ton stellten sich seine Nackenhaare auf. »Ich weiß nicht, ob ich das wirklich kann.«

»Du weißt, was du zu tun hast.« Die Botschaft war kalt und eindeutig.

»Ich …«

»Und dann kommst du her.«

»Ich kann auch von hier aus arbeiten. Kein Ding, Keith. Ich hätte auch schon eine Idee.«

»Vergiss es. Du kommst her, damit ich dich unter Kontrolle habe. Sonst bringst du uns nur alle in Schwierigkeiten. Und du bringst die Sache mit deiner Schlampe zu Ende. Wenn du es richtig machst, ist es nur eine Sache von ein paar Sekunden. Hast du doch bei Steve gesehen. Wobei«, ein Kichern, »du solltest besser vorher ein bisschen üben. Kauf dir ’n halbes Schwein. Dann stichst du präziser, und wir müssen nicht noch einmal deine Fehler ausbügeln. Ein zweites Mal wird das im Krankenhaus nicht klappen.«

Der Typ hat wirklich eine kranke Fantasie, dachte Bennett. Aber er hatte recht, ein echter Profi hätte nicht so ein Gemetzel veranstaltet.

»Oder du kaufst dir ’ne Knarre mit Schalldämpfer.«

»Ich weiß nicht.«

»Ich weiß nicht. Ich weiß nicht«, äffte Keith ihn nach. »Mit dir wird das nix mehr. Dann nimm eben das Messer. Und lass es nachher bloß verschwinden. Und, Terry, beeil dich. Die Börse wartet auf dich.«

XXXIV.

DC Allan Easterbrook saß schon eine ganze Weile vor dem Smartphone auf seinem Schreibtisch. Sein angespannter Gesichtsausdruck ließ darauf schließen, dass er mit sich rang. Zudem empfand er den Tag als entschieden zu heiß, um einen einzigen klaren Gedanken fassen zu können. Geschweige denn, sich durch den Berg Akten zu wühlen, der sich auf der einen Seite seines Tisches aufgebaut hatte. Er hatte Büroarbeit noch nie sonderlich gemocht. Aktenstudium war nicht gerade das, was er sich vorgestellt hatte, als er sich bei der Polizei beworben hatte. Er war lieber an der frischen Luft – oder in seinem Lieblingspub. Ersatzweise auch in jedem anderen Pub, vorausgesetzt, dort wurde eine trinkbare Hausmarke gezapft.

Bei dem Gedanken lehnte er sich zurück und wählte ihre Nummer. Sie antwortete sofort.

»Hi, Barbara. Wie geht's?«

»Geht so.« DS Collins klang müde.

»Ich habe gedacht, ich rufe dich mal an.« Easterbrook wusste nicht, wie er das Gespräch fortsetzen sollte. War vielleicht doch keine so gute Idee, das mit dem Anruf. Aber es war nun einmal so, dass sie sich auf der ersten gemeinsamen Fortbildung vor ein paar Monaten auf Anhieb verstanden hatten. Auch wenn sie die Ranghöhere war, hatten sie sich wie einsame Verbündete gegen den unbekannten Gegner Systemumstellung gefühlt.

»Was du hiermit getan hast«, neckte sie ihn.

»Viel Arbeit?« Wenigstens war sie nicht unfreundlich, obwohl sie ein wenig gestresst klang.

»Das kann man so sagen, ja.«

Seine Kollegin bewegte sich in Gedanken offenbar in einer völlig anderen Welt. »Wenn ich helfen kann?«

»Danke. Aber das müssen wir hier in Newquay allein lösen.«

»Störe ich? Soll ich später noch mal anrufen?«

»Nein. Schon gut. Es ist nur alles ein wenig viel. Dazu die lästige Systemumstellung. Morgens kommst du noch ins Netz, eine Stunde später geht gar nichts mehr, du kommst weder ins Archiv noch auf Plattformen, geschweige denn, dass du Mails schreiben kannst. Diese Probleme beschäftigen uns bereits seit Monaten und werden uns noch weitere Monate unserer Dienstzeit kosten. Hoch lebe die digitale Welt, KI und die Algorithmen – ein starkes Team.« Nun musste sie lachen. »Könnte mir das Team doch nur bei der Aufklärung meines Mordfalls helfen.«

In Easterbrook erwachte der Jagdinstinkt. Mordfall, das klang nach Abwechslung, Stress, Teamarbeit, Überstunden – alles deutlich besser, als staubige Akten von links nach rechts zu sortieren.

»Erzähl.«

Barbara Collins schilderte in einigen wenigen Sätzen den Mord an Steve Carlton. »Die Messerattacke war allein schon furchtbar, aber der Mord vor den Augen seiner ahnungslosen Partnerin macht uns alle hier sprachlos.«

»Da ist der unbekannte Torso in Helston nichts dagegen. Und dabei haben wir schon gedacht, was für ein spektakulärer Fall. Mein Chef ist nur noch mit dieser einen Sache befasst. Die Frau in der Kanalisation. Du hast sicher davon gehört.«

»Hab's in der Zeitung gesehen. Heftig.«

»Tja, und ich? Ich muss mich mit einer blöden Vermisstensache herumschlagen. Auf dem Lizard ist eine Frau verschwunden. Ihr Ehemann hat sie jedenfalls als vermisst gemeldet. Wenn du mich fragst, ist sie abgehauen, weil sie ihren Alten satthatte. Spektakulär ist anders.«

»Wie geht es eigentlich deiner Frau?«

Warum stellte Barbara ausgerechnet jetzt diese Frage? Er wollte in diesem Moment nicht an seine Frau denken, sondern in angenehmer Stimmung mit Barbara telefonieren.

»Alles bestens.« Um den Faden nicht zu verlieren, schob er nach: »Sie ist die Frau eines windigen Unternehmers. Will aus dem Kaff ein Museumsdorf machen. Millionen investieren, zum Wohl der Menschen. Hast du schon mal einen Investor erlebt, der sich ohne Hintergedanke als Wohltäter aufspielt? Ich nicht. Ist schon ein merkwürdiger Kauz, dieser Bennett. Du solltest mal hören, was die Leute im Pub so über ihn …«

»Hast du gerade Bennett gesagt?«

»Ja?« Easterbrook wunderte sich, dass ihre Stimme mit einem Mal so dienstlich klang. »Die Frau, von der ich dir gerade erzählt habe, heißt auch Bennett.«

»Das gibt's nicht.« Easterbrook setzte sich aufrecht hin. »Wie sieht sie aus?«

»Anfang, Mitte vierzig. Blond, schlank, schmales Gesicht, eine Haut wie Milch oder Perlmutt, beinahe durchscheinend, grüne Augen, insgesamt eine gepflegte Erscheinung. Sie lebte erst seit Kurzem mit Carlton zusammen. Auf seinem Landsitz Trerice.«

»Das ist sie.« Während seine Kollegin sprach, hatte der Detective Constable das Foto hervorgekramt, das ihnen Bennett zur Verfügung gestellt hatte.

»Kannst du's mir schicken?«

»Klar. Wenn dein Computerprogramm funktioniert.«

»Schick es mir auf meinen privaten Laptop. Den nutze

ich im Moment auch im Dienst. Ist deutlich zuverlässiger.« Sie nannte ihm ihre Mailadresse.

»Ich scanne es gleich ein. Ist sozusagen schon unterwegs.«

»Du bist ein Schatz.«

»Keine Ursache.« Er freute sich über ihre Reaktion. »Sag mal, was hältst du davon, wenn wir mal zusammen einen Tee trinken? Von Helston nach Newquay ist es ja keine Weltreise.«

»Allan, ich finde, das ist keine gute Idee.«

Er lief rot an. »Sorry.«

»Dummkopf. Natürlich können wir uns auf einen Tee oder Kaffee treffen. Nur nicht jetzt. Später sicher mal. Hier tobt gerade der Bär.«

Obwohl ihre Antwort unverbindlich ausfiel, war er nicht allzu enttäuscht. Er hatte jedenfalls den ersten Schritt getan. Vielleicht würde es ja auch mal den zweiten geben.

»Gut, dass wir telefoniert haben. So kann ich den Vermisstenfall zu den Akten nehmen. Hatte ich mit meiner Vermutung doch recht. Sie hat ihren Mann verlassen, um irgendwo anders neu anzufangen. Bin gespannt, was mein Chef dazu sagt. Marks hat jetzt kaum noch ein Argument, mich nicht in sein Team zu holen.«

»Ich wünsche es dir. Und, Allan, sag deinem Chef, ihr könnt mich jederzeit anrufen.«

»So machen wir das. Und das gilt natürlich auch umgekehrt. Solltest du Hilfe brauchen, komme ich gerne. Tee kann man auch im Dienst trinken.« Er spürte ihr Lächeln am anderen Ende der Leitung.

»Du, ich muss auflegen. Meine Kollegin steht schon die ganze Zeit in der Tür und macht mir Zeichen. Bis später mal.« Collins trennte die Verbindung.

DC Allan Easterbrook war mit sich zufrieden, hatte das Telefonat doch ein unerwartet gutes Ergebnis gebracht. Er stand auf und ging über den Flur zum Büro von DI Marks. Sein Chef war gerade dabei, die Mappe mit den Lichtbildern durchzublättern, die der Fotograf der Kriminaltechnik von dem Torso gemacht hatte. Als Easterbrook an den Rahmen klopfte, sah er auf.

»Was gibt's, Detective Constable? Ist Liz Bennett endlich aufgetaucht?«

»Das kann man so sagen.« Easterbrook streckte sich und kam näher.

»Geht's auch ein bisschen konkreter? Sie sehen ja, ich habe zu tun.«

»Liz Bennett ist tatsächlich wieder aufgetaucht.« Er zog einen Stuhl zu sich und setzte sich Marks gegenüber. »Ich darf doch?«

DI Marks hob ergeben die Hand.

»Sie lebt jetzt gar nicht weit von hier. Trerice. Sagt ihnen das was? Ist ein Landhaus bei Newquay. Es gehört dem National Trust und wurde von einem vermögenden Filmproduzenten gemietet. Die beiden sind ein Paar. Besser gesagt, sie waren ein Paar. Er ist nämlich tot. Ermordet.«

Marks hatte die Bildermappe zur Seite gelegt und starrte ihn ungläubig an. »Mann, was erzählen Sie mir da?«

Ein Schweißtropfen löste sich und lief von Easterbrooks Schläfe die Wange hinunter. Er zog ein Taschentuch aus der Hosentasche und wischte sie ab. »Sie hat das Ekel von Mann verlassen, um neu anzufangen. Keine schlechte Idee, sich einen reichen Typen vom Film zu angeln. Da hat sie sich auf jeden Fall finanziell nicht verschlechtert.«

»Sie schweifen ab, DC.«

Easterbrook berichtete Marks von seinem Telefongespräch. »Ich werde DS Collins gleich das Foto schicken. Aber wir sind jetzt schon sicher, dass die Partnerin des Toten Liz Bennett ist.«

»Wissen Sie, was Sie da sagen?«

»Dass ich den Vermisstenfall abschließen und Ihnen bei Ihrem Mordfall helfen kann.« DC Allan Easterbrook sah sich bereits eine weitere Sprosse auf der Karriereleiter erklimmen.

»Wie ist der Mann getötet worden?«

»Erst mit dem Messer angegriffen und dann mit einer Überdosis Hirudin.« Er fühlte sich unwohl, weil er seinem Chef nicht präziser Auskunft geben konnte. Er hätte sich besser erst die Akte kommen lassen, bevor er Marks informierte. »Ich fordere umgehend die Akten an.«

Marks schlug mit der Faust auf den Tisch. »Unfassbar. Das ist eine riesengroße Schweinerei.«

Easterbrook brach der Schweiß aus. »Sir, ich habe doch nur …«

»Ach, halten Sie den Mund. Es geht hier nicht um Sie.« Marks suchte auf dem Schreibtisch nach einem

Gegenstand, den er durch das Büro werfen konnte, um seiner Wut angemessen Ausdruck zu verleihen. Schließlich blieb sein Blick an Easterbrook hängen. Er starrte ihn an, ohne etwas zu sagen. Seine Kiefermuskeln mahlten, seine Augen hatten sich zu schmalen Schlitzen verengt.

Der Constable fühlte sich wie das Kaninchen vor der Schlange. Außerdem sah er sich bereits die Leiter wieder hinuntersteigen. Hektisch fuhr er sich mit dem Taschentuch übers Gesicht. Was für ein Scheißtag.

»Da arbeiten beide Kommissariate keine zwei Autostunden voneinander entfernt und sind dennoch nicht in der Lage, sich gegenseitig auf dem Laufenden zu halten.« Seine Augen funkelten. »Oder liegen diese Informationen etwa noch jungfräulich und nicht gelesen auf Ihrem Schreibtisch, Easterbrook?«

Der DC schüttelte den Kopf. »Niemals, Chef, ich bin stets auf dem Laufenden.« Gnade ihm Gott, wenn er etwas übersehen haben sollte. Er würde sofort den Stapel Unterlagen durchforsten. Er spürte, dass sich seine Nackenhaare aufstellten. »Ich habe in der Tat eben erst von der Namensgleichheit erfahren. Bei meiner Ehre als Polizist.«

»Seien Sie vorsichtig mit solchen Schwüren, DC.« Marks' Miene blieb düster. »Ich will aber mal annehmen, dass Sie sich korrekt verhalten und sauber arbeiten. Ich habe eher die Vermutung, dass die Schweinerei passiert ist, weil diese IT-Idioten das ganze System im Land auf den Kopf stellen und damit alles in Unordnung bringen. Sie leben offenbar nach dem Motto: Erst aus dem Chaos kann eine neue Ordnung erwachsen. Ich hoffe, das hat irgendwann ein Ende. Ich hätte nicht übel Lust, mit einer Spezialeinheit bei denen aufzukreuzen und ihnen klarzumachen, dass ihr Leben verwirkt ist, wenn sie nicht umgehend zu Potte kommen.«

»Gute Idee, Chef. Wenn ich helfen kann«, stotterte Easterbrook. Was regte Marks sich so auf? Es ging doch lediglich um zwei völlig verschiedene Fälle, die dazu von verschiedenen Ermittlerteams bearbeitet wurden: eine vermisste Frau und eine Messerattacke auf einen Mann. Da konnte die Namensgleichheit leicht unter den Tisch fallen. Die Kolleginnen und Kollegen wären selbst bei funktionierenden Computer- und Kommunikationsnetzwerken nicht darauf gekommen, nach Gemeinsamkeiten zu suchen. So gesehen konnte Marks froh sein, dass er, Easterbrook, persönliche Kontakte zu anderen Constables hielt.

»Werden Sie nicht albern.« DI Marks hatte sich wieder ein wenig beruhigt. »Ich kann Sie tatsächlich brauchen. Mir ist nämlich zugetragen worden, dass Terry Bennett mit einem blutigen Messer gesehen wurde. Welche Schlussfolgerung ziehen Sie daraus?«

»Dass er es war, der seinen Nebenbuhler überfallen hat.«

Marks zeigte mit dem Finger auf ihn. »Guter Mann.«

Easterbrook war gefühlt schon fast am unteren Ende der Leiter angekommen, und schon ging es wieder aufwärts. Wie gesagt, was für ein Tag.

»Was machen wir jetzt?« Er hatte das *Wir* ohne nachzudenken benutzt.

»Schaffen Sie mir Bennett herbei. Und zwar zügig.«

Easterbrook hätte aus Begeisterung über den wichtigen Auftrag beinahe die Hacken zusammengeknallt. »Ich bin quasi schon auf dem Weg.«

»Aber vorher kontrollieren Sie Ihre Unterlagen. Ich will wissen, ob die Hinweise der Dienststelle in Newquay nicht doch in Ihrem Eingangskorb gelandet sind.«

Um ein Haar wäre Easterbrook die Leitersprosse vor Schreck aus der Hand gerutscht.

»Klar, Chef.«

Aber der hörte schon nicht mehr hin und hatte zum Telefon gegriffen. Beim Hinausgehen hörte der Constable noch, wie Marks sich durchstellen ließ.

»Verbinden Sie mich bitte mit dem Chief Constable. Diese ganze Computerscheiße macht mich noch wahnsinnig.«

Eine Stunde später stand Easterbrook vor Bennetts Haus. Er war tatsächlich kurzzeitig versucht gewesen, erst ins Cadgwith Cove Inn einzukehren, auf ein schnelles Pint; schließlich war die Hitze mörderisch. Außerdem schenkten sie sein Lieblingsale aus. Dann aber hatte er an seine Karriereleiter denken müssen und an sein Pflichtgefühl.

Er stand am Eingangstor, dessen Schloss mit einem Zugangscode gesichert war, und sah zum Grundstück hinauf. Das Haus verbreitete eine Aura, als sei schon länger niemand mehr da gewesen. Trotz der hellen Sonne lag es düster über dem Küstenpfad. Aber das konnte auch an dem grauen Bruchstein liegen, aus dem es gemauert war.

Easterbrook klingelte erneut, diesmal länger, und wartete. Er nahm seine Dienstmütze ab und wischte sich die Stirn. Im Sommer sollten die Ermittlungen auf die frühen Morgenstunden verschoben werden. Und erst nach einem ordentlichen Frühstück, dachte er, als sein Magen zu knurren begann. Er hatte seit dem Morgen nichts mehr gegessen.

Er drückte unmotiviert gegen das Tor, aber nichts geschah. Eine Stille lag über dem Anwesen, die ihn nervös machte. Easterbrook stellte sich auf die Zehenspitzen, aber von seiner Warte aus konnte er nicht in die Fenster schauen.

Er drückte noch einmal den Klingelknopf. Vielleicht war Bennett hinter dem Haus unterwegs. Das Grundstück war jedenfalls groß genug. Während Easterbrook wartete, warf er einen Blick in die Bucht. Die Boote der Fischer lagen bereits auf dem Kies. Ein Traktor stand neben einem Lastwagen, dessen Laderaum geöffnet war. Wenn er es richtig sah, wurde gerade der Tagesfang verladen. Zwischen den Fischern tummelten sich einige Touristen, die mit ihren Smartphones die Arbeit der Männer dokumentierten. Die Sonne brannte vom Himmel, die See lag ruhig vor der Küste. Ihre blaue Farbe ließ Easterbrook an seine Kindheit denken. Seine Eltern hatten ihre Urlaube stets in Yorkshire verbracht, auf einem Campingplatz hoch über den Klippen von Whitby. Er hatte schöne Erinnerungen an diese Zeit.

Achselzuckend drehte er sich um und stieg den Küstenpfad hoch. Weiter oben würde er einen besseren Blick auf Bennetts Anwesen haben. Aber auch von dort oben konnte er nicht viel erkennen. Der Unternehmer konnte sonstwo sein. Easterbrook zückte sein Handy und wählte Marks' Nummer.

»Chef, Bennett ist nicht im Haus.« DI Marks hatte sofort das Gespräch angenommen, als hätte er nur darauf gewartet.

»Sehen Sie zu, dass Sie ihn auftreiben. Mehr kann ich Ihnen nicht sagen. Hier ist gerade der Teufel los.«

Er hörte im Hintergrund ein Stimmengewirr, das darauf schließen ließ, dass er mitten in eine Lagebesprechung geraten war.

»Mir fehlt gerade«, Easterbrook räusperte sich und fuhr mit dem Finger zwischen den Kragen seines kurzärmligen Hemdes und die Krawatte, »der Fahndungsansatz. Haben Sie eine Idee, wo er sein könnte?« Er war eindeutig unterzuckert. Ohne Nahrungszufuhr konnte er nicht denken.

»Menschenskind, Easterbrook. Bei Tesco? In der Kirche? Am Strand? Was weiß ich. Lassen Sie sich was einfallen, Mann.«

Die Karriereleiter! Er schluckte. »Ich werde ihn schon noch auftreiben.«

Als Antwort hörte er ein Klicken in der Leitung. Ratlos ließ er das Smartphone sinken.

Er überquerte die Wiese, die zu den Klippen hin leicht abfiel, und betrat die Terrasse. Das Haus war in L-Form errichtet. Die Sonne stand so, dass sie keinen Einblick ins Haus erlaubte. Er legte die Hände wie Scheuklappen ans Gesicht, um durch die große Fensterscheibe sehen zu können. Der Wohnbereich wirkte verlassen. Auf dem niedrigen Couchtisch entdeckte er ein leeres Glas, augenscheinlich ein Whiskyglas aus schwerem Kristall. Die Einrichtung sah teuer aus. Offener Kamin, weiße Sofas, weißer Teppich, dunkle Fliesen. Alles wie gehabt. Auf einer Anrichte stand eine teure Musikanlage, an einer Wand ein Schrank. Dunkles Holz. Viktorianisch, mutmaßte er. An den übrigen Wänden hingen Ölgemälde in Goldrahmen. Ein Schiff unter vollen Segeln in sturmgepeitschten Wellen, ernst und würdig dreinschauende Honoratioren. Ob das Bennetts Vorfahren waren?

Der DC klopfte an die Terrassentür, aber niemand erschien. Bennett war wohl tatsächlich nicht da. Oder er antwortete bewusst nicht. Easterbrook ging an der Längsseite vorbei in Richtung des kurzen L-Schenkels. Auch hier legte er die Hände ans Gesicht, während er hineinspähte. Eine Küche der Luxusklasse. *Natürlich*, dachte er. Alles andere hätte ihn verwundert. Ihm fiel auf, dass auf dem Tisch benutztes Frühstücksgeschirr stand, zudem eine Milchtüte und ein Teller mit Käse. Der Stuhl davor war vom Tisch abgerückt, die Käsescheiben wellten sich an den Rändern.

Was war geschehen? Hatte Bennett den Frühstückstisch so verlassen, weil er ein schlampiger Hausmann war, oder hatte er ihn so hinterlassen müssen, weil – ja, warum? Weil ihm plötzlich etwas eingefallen war? Weil er gestört worden war? Weil er hatte flüchten müssen? Easterbrooks Unruhe wuchs.

Er rüttelte an den Türen, die er vorfand. Keine gab nach. Im Anbau fand er ein Fenster, das nur angelehnt war. Er schob es auf und sah in eine geräumige Toilette, vermutlich für Gäste. Der Detective Constable überlegte und kaute dabei unbewusst auf der Unterlippe. Er konnte schlecht auf *Gefahr im Verzug* pochen, wenn er jetzt einstieg. Andererseits, vielleicht brauchte Bennett Hilfe, vielleicht lag er mit einem Herzinfarkt hilflos auf seinem Bett. Er überflog die Möglichkeiten, die seine Karriereleiter betrafen, und entschied sich. Allzu glatt konnten die Stufen nicht sein. Er würde schon nicht herunterfallen.

Ein letztes Bedenken jagte durch seine Gedanken, dann hatte er sich entschieden. Etwas unbeholfen wuchtete er sich an der Fassade hoch. Hoffentlich wurde er nicht dabei beobachtet. Ein fülliger Detective Constable, der halb zwischen Himmel und Erde hing. Kein respekteinflößender Anblick.

Schließlich hatte er festen Boden unter den Füßen. Schwer atmend stützte er sich am Wachbecken ab, das die Form einer Muschel hatte. Er würde wohl doch am Sportprogramm der Kollegen teilnehmen müssen.

Vorsichtig öffnete er mit den Fingerspitzen die Tür zum Flur. Im Haus war es still. Totenstill. Behutsam arbeitete er sich vor. In der Küche fand er seinen Verdacht bestätigt. Bennett musste bereits vor mehr als 24 Stunden den Frühstückstisch verlassen haben. Die Milch roch sauer. Er stellte die Packung zurück auf den Tisch. Im Wohnzimmer sah nichts nach Unordnung aus, bis auf das Glas. Er zückte sein Taschentuch, bevor er es anhob und daran roch. Ein ferner Hauch von Whisky stieg in seine Nase. Er sah sich um und fand auf der langen Anrichte eine ganze Batterie Flaschen. Soweit er das beurteilen konnte, durchweg teure Marken. Er stellte das Glas zurück, das mit einem hellen *Klack* die gläserne Tischplatte berührte.

Easterbrook horchte in den Raum hinein, aber im Haus blieb es still. Langsam machte er sich auf ins Obergeschoss der Villa. Auch dort purer Luxus, jedenfalls nach seinem Empfinden. Ein wenig Neid stieg in ihm hoch. Sie würden sich niemals diesen Luxus leisten können. Das Gehalt eines Detective Constable reichte gerade mal zu dem kleinen Reihenhäuschen, das sie im Außenbezirk Helstons bezogen hatten. Keine Villa, aber dafür hatten sie es nicht weit bis zum Supermarkt. Auch eine Art von Luxus.

Easterbrook öffnete eine der Türen in der ersten Etage und fand sich im Schlafzimmer wieder. Das Bett war ungemacht. Auf dem Boden lagen Kleider verstreut. Er strich überflüssigerweise über die Matratze. Kalt. Natürlich. Er öffnete die Tür zum Badezimmer. Auf der Ablage unter dem in Silber gerahmten Spiegel standen die üblichen Utensilien einer Frau. Daneben die von Bennett. Er öffnete einen Flakon Parfüm. Es roch so teuer, wie Barbaras Beschreibung von Liz Bennett geklungen hatte.

Vorsichtig hob er den Deckel der Truhe für die Schmutzwäsche. Und erstarrte. Der Geruch war eindeutig. Blut. Er suchte einen Kleiderbügel und schob stochernd Hemden, Socken und Unterwäsche beiseite. Was er fand, ließ ihn den Atem anhalten.

Mit dem Bügel hob er ein blauweiß gestreiftes Oberhemd mit weißem Kragen an, über und über mit Blut besudelt. Die darunterliegende Hose hatte große dunkle Flecken auf den Beinen. Er schluckte und ließ das Hemd zurück in die Truhe sinken.

Seine Laufbahn bei der Polizei in Helston war bisher in äußerst ruhigen Bahnen verlaufen. Hier eine Schlägerei in einem der Pubs, dort der Einbruch in der Schule, kleine Betrügereien, Mobbing, in jedem Mai ein paar Alkoholleichen beim Flora Day, das war es auch schon. Waren Angehörige der nahen Marinebasis an Auseinandersetzungen beteiligt, war ohnehin die Militärpolizei Herr des Verfahrens. Und nun das. Seine Entdeckung war der Stoff, aus dem Karrieren gemacht wurden, ging ihm blitzartig durch den Kopf. Der unvermutete Anblick des vielen Blutes ließ in ihm das Frühstück hochkommen, aber er unterdrückte tapfer das Würgen. Wenn er jetzt keine allzu großen Fehler machte, würde ihm der Fund in Bennetts Wäschetruhe den weiteren Berufsweg ebnen. Dann kämen seine Vorgesetzten an ihm nicht mehr vorbei, wenn es um Beförderungen ging. Und er wäre dann endlich dort angekommen, wo ihn seine Frau bereits seit Jahren sah.

Easterbrook sah sich genauer im Bad um. Am Waschbecken wurde er fündig. Er beugte sich vor. Wenn er die winzigen dunklen Stellen auf den Kacheln richtig deutete, handelte es sich um eingetrocknetes Blut. Sie konnten beim Händewaschen entstanden sein.

Er richtete sich auf und wählte Marks' Nummer.

»Ja?«, bellte es unwirsch an sein Ohr.

»Hier ist alles voller Blut.« Er ignorierte Marks' schlechte Laune. Er würde sich daran gewöhnen müssen, wollte er mit seinem Chef künftig enger zusammenarbeiten.

»Was ist voller Blut? Wo sind Sie, Mann?«

»In Bennetts Haus.«

»Und das ist voller Blut?«

»Na ja, jedenfalls die Wäsche in der Truhe.« Mit seinem Optimismus war mit einem Mal nicht mehr viel los.

»Wie sind Sie ins Haus gekommen, Easterbrook? Ich denke, Bennett ist nicht dort?« Die Fragen kamen wie Pfeile angeschossen.

»Na ja, also, ich …«

»Was?«

»Ich bin durch ein offenes Fenster rein.«

»Sie sind was?«, brüllte es in sein Ohr.

Easterbrook nahm erschrocken das Telefon herunter, um es doch gleich wieder ans Ohr zu halten. »Ich dachte …«

»Sie dachten?«

Der DC nickte. »Ich dachte, es ist doch Gefahr im Verzug.«

Ein Augenblick Schweigen. »Kommen Sie her. Ich brauche Sie hier. Ich schicke ein Team der Spurensicherung raus.«

»Aha.«

»Ja, aha«, äffte Marks seinen Mitarbeiter nach. Mit einem versöhnlicher klingenden Ton schickte er hinterher: »Im Fall des Torsos gibt es eine neue Spur. Ich brauche hier jeden Mann.«

»Ich bin quasi schon unterwegs. Nur …«

»Nur was?«

»Mit Verlaub, ich habe noch nichts gegessen. Ich besorge mir vorher nur schnell ein Pasty.«

»Meine Güte, Easterbrook, was geht mich Ihr Magen an? Aber meinetwegen. Machen Sie nur schnell. Ich will Sie hier umgehend in der Dienststelle sehen.« Es klickte in der Leitung.

Bei aller Liebe zur Karriereleiter, dachte der Detective Constable, als er verwundert auf das Display des Smartphones starrte, DI Marks würde akzeptieren müssen, dass seine Mitarbeiter auch mal Hunger hatten.

Wenige Minuten später stand er im Dorfladen und wartete darauf, dass die Betreiberin die beiden Kunden vor ihm bedient und Zeit für ihn hatte. Mit einem schnellen Blick hatte er bereits am Eingang bemerkt, dass es noch Pasties gab. Ungeduldig sah er sich in dem kleinen Geschäft um. In den Regalen stand nur wenig von dem üblichen Kitsch, der den Touristen sonst gerne in den Läden an der Küste angeboten wurde. Stattdessen überwog recht geschmackvolles Kunsthandwerk, gepaart mit Postkarten, Reiseführern und Umgebungskarten. Vor allem blaue Linoldrucke fielen ihm ins Auge: Hummer, Boote oder eine Ansicht vom Hafen in Newlyn. *Wer's mag*, dachte er. Er hielt es zu Hause lieber mit Exotischem. An den Wänden hingen drei auf Leinwände aufgezogene Großaufnahmen von den Malediven. Feiner weißer Sand, blaues Meer, blauer Himmel, Palmen. Sie hatten dort die Flitterwochen verbracht. Eine herrliche Zeit, unbeschwert und frei.

»Was kann ich für Sie tun?« Die hübsche Betreiberin holte ihn in die Wirklichkeit zurück.

»Zwei der Pasties dort, bitte.« Easterbrook zeigte auf die Auslage. »Sie sind doch mit Fleisch, oder?«

Sie schüttelte den Kopf. »Tut mir leid. Gemüsefüllung. Die anderen sind bereits ausverkauft.«

Na großartig, dachte er. Er lächelte die Dunkelhaarige an. »In der Not ...«

»Kann ich sonst noch etwas für Sie tun, Detective?« Sie steckte die Pasties in eine Papiertüte und verschloss sie. »Frisch von heute.«

»Danke, nein, das heißt«, folgte er einer plötzlichen Eingebung, »wissen Sie zufällig, wo sich Mr. Bennett aufhalten könnte? Der Mann, der oben auf den Klippen wohnt.«

»Ich kenne ihn, aber tut mir leid.« Sie runzelte die Stirn. »Was ist mit ihm?«

Easterbrook wäre beinahe in ihren dunklen Augen versunken. Hätte er doch nur mehr Zeit, gegen einen kleinen Flirt hätte er nichts einzuwenden. Er machte sich groß. »Wissen Sie, das darf ich Ihnen nicht sagen. Eigentlich.« Er setzte sein bestes George-Clooney-Lächeln auf. »Aber weil Sie so nett fragen, will ich eine Ausnahme machen.« Er sah sich demonstrativ nach allen Seiten um und beugte sich zu ihr. »Wir fahnden nach ihm. Ich war vorhin in seinem Haus. Aber es war niemand dort.«

»Sehr interessant.«

Die Nachricht schien die hübsche Frau nicht sonderlich zu beeindrucken. Deshalb legte er nach und kam ihr noch ein Stückchen näher. »Es geht um einen Mordfall.«

»Was Sie nicht sagen.« Sie rückte etwas von ihm ab.

Hatte er es doch gewusst. Sie schien sich zu gruseln. Er richtete sich wieder auf. »Zumindest indirekt. Seine Frau – Sie wissen ja sicher, dass sie vermisst wird – ist beteiligt. Also, ihr Liebhaber ist vor ihren Augen gestorben. Daher müssen wir Bennett unbedingt sprechen.«

Nun hatte er sie endgültig von sich eingenommen, denn ihre Augen weiteten sich überrascht. »Was hat Bennett damit zu tun?«

»Das wollen wir ja herausfinden. Einzelheiten möchte ich Ihnen ersparen. Das ist nichts für zarte Seelen.« Er zögerte, dann fügte er hinzu: »Nichts für zarte Gemüter. Ich habe Blut gesehen. Viel Blut.«

»Wie gesagt, ich kann Ihnen da nicht helfen. Er kommt nur selten in meinen Laden. Ich weiß lediglich, was alle wissen: dass seine Frau ihn verlassen hat. Wo er sich jetzt aufhält, weiß ich nicht.«

»Sollten Sie es erfahren«, er nestelte umständlich eine Visitenkarte aus seiner Geldbörse und reichte sie ihr mit verschwörerischem Blick, »rufen Sie mich an. Jederzeit. Auch nachts.«

Sie nahm die Karte entgegen und legte sie vor sich auf den Tresen. »Mache ich.«

Easterbrook deutete mit dem Finger auf die untere Hälfte der Karte. »Meine Mailadresse. Sie können mir auch gerne eine Mail schicken.«

»Wenn ich etwas höre, melde ich mich.«

»Wunderbar.« Er deutete eine Verbeugung an. »Ich wünschte, es gäbe mehr Frauen, ähm, Menschen wie Sie.« Er wandte sich mit einem Schwung zum Gehen.

»Nicht vergessen.« Sie hielt die Tüte mit den Pasties hoch.

»Was? Ach so, natürlich. Sie haben recht. Ein leerer Bauch ermittelt nicht gerne.« Er legte zwei Finger an seine Mütze, nahm mit Schwung die Tüte und verließ den Laden.

XXXV.

Nachdem Mary ihren Freunden von der neuen Entwicklung erzählt hatte, musste sie am Ende doch noch lachen. »Ihr hättet ihn sehen sollen. Er kam sich so was von wichtig vor. Als sei er nicht ein einfacher Detective, sondern der Polizeichef höchstpersönlich. Und sein Lächeln. George Clooney für Arme.« Sie wurde wieder ernst. »Ich habe es doch geahnt. Ihr könnt sagen, was ihr wollt.«

»Wo könnte er stecken?« Luke machte eine ratlose Geste und sah Simon an.

»Wenn es stimmt, dass der Detective im Haus war und dort Blut gefunden hat, dann können wir einigermaßen sicher davon ausgehen, dass das Blut an dem Messer, das Krystian gesehen hat, mit einer Tat zusammenhängt. Eine Messerattacke, kein Wildunfall. Wir sollten deinen Krystian fragen, ob ihm Blut an der Kleidung aufgefallen ist. Wenn Bennett auf jemanden eingestochen hat, muss viel Blut an der Kleidung gewesen sein.«

Mary überhörte Simons Anspielung. »Er hat mir nur von dem blutigen Messer berichtet. Es war ja dunkel. Er hat von Bennett nicht allzu viel gesehen.«

»Er ist mit Sicherheit auf der Flucht.« Für Luke schien die Verbindung sonnenklar. »Wir müssen ihn finden.«

»Wo sollen wir ihn suchen?«

»Du warst der Bulle. Sag du es uns.« Luke wurde zunehmend ungeduldiger.

»Ich habe vergessen, den Detective zu fragen, wo Liz Bennett jetzt lebt.« Mary ärgerte sich.

»Du warst nicht auf seinen Besuch vorbereitet«, sagte Simon.

»Wir könnten Marks fragen.« Sie sah Simon an. In ihrem Lächeln schwang ein Hoffnungsschimmer mit.

»Er wird sicher längst Maßnahmen in diese Richtung ergriffen haben«, wiegelte Simon ab. »Wir sollten uns aus den weiteren Ermittlungen heraushalten. Das ist nicht mehr unser Bier.«

»Mich juckt es in den Fingern, Bennett zu stellen und der Polizei zu übergeben.« Lukes Gesichtsausdruck ließ keinen Zweifel, dass er es ernst meinte.

Simon schüttelte den Kopf. »Wir halten besser die Füße still. Ich verstehe ja, dass du ihm das Handwerk legen willst, aber du bringst dich nur unnötig in Gefahr. Die Kollegen sind für solche Fälle bestens ausgebildet.«

Er hat tatsächlich Kollegen *gesagt*, registrierte Mary. »Simon hat wohl recht, Luke. Auch wenn es uns schwerfällt, wir sollten die Finger davonlassen.«

»Ich bin zwar anderer Meinung, aber wenn ihr meint, dann ist es wohl besser so.« Luke wirkte nicht sonderlich überzeugt.

»Wir sollten uns mit angenehmeren Dingen befassen.« Mary legte Simon die Hand auf den Arm. »Du machst seit ein paar Tagen auf mich den Eindruck, dass du nicht mehr so starke Schmerzen hast.«

»Das stimmt. Die Wärme tut mir gut.«

»Außerdem genießt er unsere regelmäßigen Touren auf dem Wasser.« Luke lächelte. »Aus Simon wird noch mal ein echter Fischer. Du solltest mal sehen, wie er mit den Ködern umgeht.«

»Na, ich weiß nicht. Eines steht aber fest: Die Ausfahrten sind pure Medizin. Ich muss ständig die Bewegungen des Bootes ausgleichen, das tut meinen Muskeln gut. Ich glaube, das ist die beste Physiotherapie. Schade, dass ich nicht schon früher darauf gekommen bin. In der Tat, Mary, ich fühle mich fit – für meine Verhältnisse.«

»Er ist vor allem fit, wenn es um Kopffüßler geht.« Luke sah Marys fragenden Blick. »Alle Formen von Tintenfisch eben. Er ist echt gut darin. Besonders wenn es darum geht, sie zu töten. Du solltest ihn mal dabei beobachten. Auch wenn es sicher der falsche Ausdruck ist, er geht mit den Tieren regelrecht zärtlich um in ihren letzten Sekunden.«

Mary sah erschrocken und irritiert zwischen ihren Freunden hin und her.

»Was Luke damit meint«, erklärte Simon, »ist Ike Jime. Die Technik wird schon seit Jahrhunderten in

Japan praktiziert. Der Fisch wird dabei mit einem gezielten Stich ins Gehirn getötet. Diese Art Schlachten ist schonender, weil das Tier sofort hirntot ist. Ich finde, das muss allein aus Respekt vor den Lebewesen so gemacht werden.« Er überlegte kurz, bevor er weitersprach. »Ich habe im Winter viel Zeit gehabt und bin durch Zufall auf diese Methode gestoßen.«

»Der Fisch schmeckt anschließend sogar noch besser als bei der herkömmlichen Schlachtung«, fügte Luke hinzu. »Ich denke, das werden wir mal den Restaurants in der Gegend anbieten.«

Der Tod gehörte zum Leben der Menschen an den Küsten dieser Welt. Ein rauer Beruf in einer in Teilen lebensfeindlichen Umwelt, archaisch. Mary hatte sich darüber nie sonderlich Gedanken gemacht. Fische waren Lebensmittel, und Tiere mussten geschlachtet werden, bevor sie verarbeitet werden konnten. Dennoch spürte sie, dass Simon das Gespräch unangenehm war, und versuchte einen Themenwechsel. »Und deine Kunst? Woran arbeitest du gerade?«

»Im Augenblick geht es eher um Kunsthandwerk. Die Touristen, du weißt ja.«

»Habt ihr eigentlich schon etwas gegessen? Soll ich uns etwas kochen?« Mary sah aufmunternd in die Runde.

Luke stand auf. »Hätte ich fast vergessen. Meine Frau wartet sicher schon auf mich. Ich muss los. Wir sehen uns.« Mit einem kurzen Gruß verließ er den kleinen Frühstücksraum des B&B.

»Und du?«

Simon schüttelte den Kopf. »Ich bin nicht hungrig.«

»Sicher?«

»Sicher. Wann kommen deine neuen Gäste?«

»Übermorgen.« Sie zwinkerte ihm zu. »Krystian beendet seinen Aufenthalt und kehrt nach Deutschland zurück.«

»Ich habe verstanden.«

»Ich wollte nur ein wenig frotzeln.«

»Du hast ja recht. Ich weiß auch nicht, warum ich so auf ihn reagiere. Ich habe mich albern verhalten. Tut mir leid, Mary.«

»Alles gut.« Sie wollte gerade weitersprechen, als Simons Smartphone klingelte. Auf dem Display stand DI Marks' Name. Er sah Mary entschuldigend an und nahm das Gespräch an. »Ja?«

Mary hörte, wie jemand laut in den Hörer sprach und eine Frage stellte.

»Sicher«, antwortete Simon und schaltete das Telefon auf laut, sodass Mary mithören konnte.

»Es gibt Neuigkeiten zum Torso. Vielleicht können Sie mir mit Ihrer Erfahrung aus der Londoner Zeit weiterhelfen. Unsere Techniker haben auf dem Körper der Toten das Fragment eines Fingerabdrucks sicherstellen können. Unterhalb der linken Brust. Nachdem sie mit ihren Analysen fertig waren, bestand für sie kein Zweifel. Dieses Fragment gehört mit an Sicherheit grenzender Wahrscheinlichkeit zu einem Fingerabdruck, der schon seit Langem in einer unserer Datenbanken gespeichert ist. Er gehört einem gewissen Keith Stone. Eine große Nummer, vor allem im Bereich der Organisierten

Kriminalität. Nicht die erste Garde, aber mit besten Kontakten bis nach ganz oben. Er ist in die unterschiedlichsten Delikte verwickelt, ohne dass ihm etwas nachzuweisen ist. Sagt Ihnen der Name etwas?«

»Nein. Muss nach meiner Zeit aktiv geworden sein.«

Mary sah ihn fragend an, aber Simon schüttelte nur den Kopf und bedeutete ihr mit erhobener Hand: *Ich erklär's dir später.*

»Das ist schade. Aber Sie sollten wissen: Er gilt als enger Vertrauter von Hans Lehmann. Soll für Lehmann die schmutzige Arbeit übernehmen. Er gilt als äußerst gewaltbereit und höchst gefährlich. Wir haben ihn zur Fahndung ausgeschrieben. Aber er scheint wie vom Erdboden verschluckt. Mal wieder.« Er machte eine Pause, und Simon und Mary hörten, wie er einen Schluck trank. »Wir vermuten, dass es sich bei der Toten um eine der Nutten handelt, die für Lehmann oder einen seiner Leute angeschafft hat. Die Spur könnte nach Moldawien führen. Wir haben dort ein paar Anfragen laufen.«

»Ich fürchte, ich kann Ihnen nicht weiterhelfen. Der Name Keith Stone sagt mir nichts.«

Mary konnte sehen, was Simon dachte: *Lehmann. Immer wieder Lehmann.*

»Aber das ist noch nicht alles.« Sie hörten, wie Marks seine Hand über den Hörer hielt und einer Person im Hintergrund kurze Anweisungen gab. »Da bin ich wieder. Wir haben in der Klinik einen ebenfalls nur fragmentarischen Fingerabdruck gefunden, auf der Dosiervorrichtung der Infusion. Und bingo, auch er gehört mit größter Wahrscheinlichkeit zu Keith Stone. Und Liz

Bennetts Beschreibung des Pflegers deckt sich mit den wenigen Lichtbildern, die es von Stone gibt.«

»Das heißt, Stone ist das Bindeglied zwischen Hans Lehmann und Terry Bennett?«

Mary konnte sehen, dass Simon mit plötzlichen Schmerzen in der Wirbelsäule kämpfte.

»Wenn Sie so wollen, ja. Was genau die beiden miteinander zu tun haben, wissen wir nicht. Noch nicht. Aber das ist nur eine Frage der Zeit.«

»Rufen Sie die Spezialeinheit der Met an. Sie werden Ihnen alles über Lehmann berichten.«

»Haben wir schon. Eine wirklich schillernde Persönlichkeit, wenn ich das mal so ausdrücken darf. Und ich kann gut verstehen, dass Sie noch eine Rechnung mit ihm offen haben.«

Simon schwieg. Mary registrierte besorgt seinen Blick, der gedankenverloren auf ihr ruhte.

»Nun, ich wollte Sie das wissen lassen, in der Hoffnung, dass Sie mir etwas über Stone sagen können. Die Angaben Ihrer Ex-Kollegen sind sehr dürftig, wie gesagt. Man kennt ihn, und man kennt ihn nicht.«

»Danke.«

»Vielleicht eines noch. Nur um das Bild komplett zu machen. Es gibt deutliche Hinweise, dass die Gelder, die Carlton in seine Filmprojekte gesteckt hat, wohl aus nicht allzu sauberen Quellen stammen. Jemand aus der Firma hat gequatscht, vermutlich um sich sein schlechtes Gewissen von der Seele zu reden und sich eine gute Ausgangsposition zu verschaffen, bevor irgendetwas über andere Kanäle an uns herangetragen wird. Bei einer Reihe von Abrechnungen sind die Geldflüsse nur schwer nachzuvollziehen. Im Klartext: Es könnte sein, dass über Carltons Produktionsfirma Geld gewaschen wurde.«

»Lehmann?«

»Dafür gibt es keine Beweise. Es gibt nur Vermutungen und vage Andeutungen, die in diese Richtung führen.«

»Woher stammen Ihre Erkenntnisse, wenn ich fragen darf.«

»Nun, es gibt einen Bürovorsteher oder auch Geschäftsführer, egal wie Sie ihn nennen wollen, der Carltons Tod als Gelegenheit nutzt auszupacken. Sicherlich, um nicht selbst in Verdacht zu geraten. Er hat sich bei den Ermittlungen, die unsere Londoner Kollegen in Amtshilfe für uns durchgeführt haben, recht umfassend eingelassen. Er behauptet, schon länger den Verdacht der Geldwäsche zu haben, ohne Beweise vorlegen zu können und ohne Carlton darauf angesprochen zu haben. Na ja, wir werden sehen, wohin uns das noch führt.«

»Lehmann tummelt sich auf allen Geschäftsfeldern, die Geld abwerfen.«

»Und soweit wir das bisher wissen, führt er im Nobelviertel Notting Hill nach außen hin das langweilige Leben eines bis in die Knochen unbescholtenen Bürgers. Zumindest ist das der Eindruck, den er zu erwecken versucht. Nichts und niemand kann ihn bremsen. Und niemand traut sich, gegen ihn auszusagen. Selbst die Russen haben Respekt vor ihm.«

»Ich weiß.«

»Das war's für den Augenblick. Und grüßen Sie Mrs. Morgan von mir. Sie hat unser Gespräch sicher mitgehört.« Am anderen Ende der Leitung wurden im Hintergrund Stimmen lauter. »Ich muss auflegen. Die Lagebesprechung steht an. Cheers.«

»Meine Güte«, beendete Mary die Stille, die sich breitgemacht hatte.

Simon hob die Hand wie zur Abwehr.

»Was ist? Du siehst aus, als hättest du in einen Abgrund geschaut. Ich hol uns was zu trinken.«

»Nein, warte bitte.«

Mary setzte sich wieder.

»Lehmann. Du hast es ja selbst gehört. Er ist immer noch Teil meines Lebens. Ich werde ihn nicht los. Er ist wie ein Schatten, der mich verfolgt. Ich muss dem ein Ende machen, Mary. Sonst finde ich keine Ruhe.«

»Das alles macht mir Angst, Simon.« Sie wollte ihn in den Arm nehmen, aber sie wusste zugleich, dass er das nicht erlauben würde. »Wie kann ich dir nur helfen?«

Er schüttelte den Kopf. »Ich weiß es nicht. Ich weiß nur, dass ich handeln muss. Es geht mir nicht um den Torso im Abwasserkanal. Es geht auch nicht um Terry Bennett oder den Mord an Carlton. Es geht allein um mich.« Und nach einer Pause setzte er hinzu: »Und es geht um Moira.«

Mary stand auf und legte nun doch ihren Arm um ihn. »Ich verstehe dich, Simon. Aber dennoch habe ich Angst. Um dich. Und um uns.«

Simon sah sie erstaunt an, sagte aber nichts.

»Ich mache uns jetzt einen Tee.« Entschlossen verließ sie den Frühstücksraum Richtung Küche. An der Tür drehte sie sich noch einmal um. »Ich weiß, dass ich dich nicht aufhalten kann. Du wirst tun, was auch immer du zu tun gedenkst. Das Einzige, was *ich* tun kann, ist, in deiner Nähe zu sein.«

»Danke. Ich werde in Ruhe überlegen und dann einen Plan machen. Luke wird mir helfen müssen.«

Als sie mit den beiden Bechern Tee in den Frühstücksraum zurückkehrte, stand Simon am Fenster und sah auf die See hinaus. Sein Blick verriet, dass er dort die Antwort auf die Fragen suchte, die Marks' Anruf in ihm ausgelöst hatte.

Mary trat neben ihn. »Es gibt Tage, an denen stehe ich an genau dieser Stelle und sehe den Wellen zu. Und dann bin ich mit einem Mal ruhig und voller Zuversicht. Ich weiß dann, dass die Natur ihren eigenen Weg geht. Immer. Unerschütterlich und damit auch zuverlässig und voraussehbar. Und ich spüre dann, dass die Probleme, die mich in solchen Momenten bewegen, klein und unbedeutend und damit lösbar sind.« Sie reichte ihm den Becher. »Ich bin sicher, dass du das Richtige tun wirst.«

Beide standen nun am Fenster und schauten dem Meer zu, das tiefblau und glatt wie ein Tuch mit winzigen Wellen gegen die Bucht des kleinen Hafens lief. So wie schon vor Urzeiten und so, wie es sich auch in Zukunft mit der Natur und der Bucht vereinen würde.

XXXVI.

Luke saß seit dem frühen Abend im Hof des Pubs und sah dem Treiben der Touristen zu. Sie genossen ihren Urlaub, tranken Wein und Bier, lachten, bestellten halbe Hummer, große Krabben mit Pommes oder freuten sich über Fish 'n' Chips. Ihre Welt war weit entfernt von den Verbrechen, die sich direkt neben ihnen abspielten. Es herrschte ein ständiges Kommen und Gehen. In dieser friedlichen Kulisse wurden Gläser und Unterhaltungen in unterschiedlichen Sprachen balanciert.

Das Gespräch in Marys Pension ging Luke nicht aus dem Kopf. Es durfte nicht sein, dass der Täter durch Flucht seiner Strafe entkam. Warum unternahm Simon nichts? Sein Freund kannte doch alle Tricks der Polizei. Wie nur konnte er Marks das Ganze überlassen? Sie kamen doch viel direkter mit Bennett und dem Ganzen drumherum in Berührung. Es musste etwas geschehen, und zwar bald. Sonst spielte ihre Untätigkeit Bennett in die Hände.

Er trank übelgelaunt von seinem Bier.

»Luke. Warum so trübsinnig? Die Sonne scheint. Die Menschen genießen ihren Urlaub. Geht es dir nicht gut?«

Er hatte Martin Ellis nicht kommen sehen.

»Ich störe hoffentlich nicht?« Ellis setzte sich mit seinem Glas ungefragt Luke gegenüber. »Wie gehen die Geschäfte? Wie ich höre, bist du häufiger mit Simon draußen. Und was ist das für eine Methode, mit der er Tintenfische schlachtet?«

»Ike Jime.«

»Aha«, meinte Ellis nickend. Er fragte nicht nach, obwohl er offensichtlich nicht die geringste Ahnung hatte. Er war viel zu sehr mit seinem eigenen Thema beschäftigt. Damit kannte er sich aus. »Hab ich dir eigentlich schon erzählt, dass ich mir einen neuen Detektor kaufen will? Einen richtig guten. Neuestes Modell. Damit kannst du einfach alles aufspüren.«

»Auch Menschen?«

»Wie meinst du das?«

»Ach, vergiss es. Nicht so wichtig.«

»Du nimmst mich nicht ernst. Mich nicht und meine Schatzsuche nicht. Aber ihr werdet euch noch wundern. Alle werdet ihr eines Tages große Augen machen.« Ellis suchte vergeblich nach ein wenig Mitleid. Auf Verständnis hoffte er schon lange nicht mehr.

»Schön für dich.« Luke wollte ihn möglichst schnell loswerden. Fachgespräche über Schätze und *Die Schatzinsel* hatte er mehr als genug mit ihm geführt. Mochte Ellis doch davon überzeugt sein, dass Cadgwith die Vorlage für den Roman geliefert hatte oder es irgendwo sonst in der Gegend Hinweise gab auf Parallelen zwischen Stevensons Fantasie und diesem Flecken Erde in Cornwall.

»Ich meine, dir kann ich es ja ruhig sagen, du bist ja einer von uns: Versuche es doch mal selbst mit einem Detektor. Du wirst sehen, das macht Spaß. Und wenn du was gefunden hast, umso mehr. Ich leih dir meinen, für den Anfang.« Ellis rückte näher an Luke heran. »Den Touris würde ich den Tipp nicht geben. Da kannst du sicher sein.«

Luke winkte ab. »Mir sind die essbaren Schätze des Meeres lieber, Schellfisch, Kabeljau, Seehecht, meinetwegen auch ein Tintenfisch. Wenn du verstehst, was ich meine.«

Unversehens hatte er Martins wunden Punkt getroffen. »Lange her, dass ich mein Boot verloren habe. Einmal Fischer, immer Fischer. Du hast ja recht. Aber, nimm nur mal das Beispiel mit dem Armband, das ich am Strand gefunden habe. Massiv Platin. Hab 'ne hübsche Stange Geld dafür bekommen. Du siehst also, lohnt sich.« Er nickte wie zur Bestätigung und reckte sich. »Noch ein Pint? Ich geb einen aus. Auf die Schätze dieser Welt, auf Cornwall und die Frauen dieser Erde.« Er schlug Luke auf die Schulter. »Trink aus.«

Warum nicht, dachte Luke. *Ich werde ihn ja doch nicht los*. Ergeben reichte er Ellis das leere Glas.

Kurz darauf kehrte der selbsternannte Heimatforscher mit zwei frisch gezapften Pints zurück und deutete mit einem Glas einladend Richtung Tor. »Schau an, unser Filmemacher. Komm, setz dich zu uns. Kommst einen Moment zu spät, sonst hätte ich dir ein Bier spendiert.«

Jamie Morris nahm die Sonnenbrille ab, die er aufs Haar geschoben hatte und kam an ihren Tisch. Er grinste schief. »Wer zu spät kommt … Aber im Ernst, ich wollte nur mal einen Blick in die Runde werfen und dann einen kleinen Abendspaziergang machen. Morgen geht es zurück nach London.«

»Oha. Schon?« Ellis schien nicht sonderlich erfreut über die Nachricht. »Setz dich trotzdem.«

»Urlaub beendet?« Luke rückte ein wenig zur Seite, um Platz zu machen. Die Gegenwart des Londoners würde Ellis' Gegenwart ein wenig erträglicher machen.

»War ja eher ein Arbeitsurlaub.« Morris warf einen Blick auf Ellis.

»Wir hatten uns doch verabredet, dass wir noch mal ganz genau unsere Pläne für den Film durchgehen. Habe schon die vergangenen Tage auf dich gewartet.« Martin Ellis lächelte zwar, konnte den vorwurfsvollen Ton dennoch nicht ganz überspielen.

»Daraus wird wohl nichts. Jedenfalls vorerst nicht.«

Ellis sah ihn fragend an.

»So ist das nun mal im Business. Ich finde gerade keinen Geldgeber.« Und, scheinbar um Ellis zu beruhigen, schob er eine Erklärung hinterher. »Liegt nicht am Stoff. Hat nichts mit dir zu tun. Aber du hast ja sicher von Carlton gehört.«

»Carlton?« Luke wurde hellhörig. Der Fall hatte sich also herumgesprochen.

»Mein alter Kumpel aus frühen Londoner Tagen. Der große Filmproduzent, der, den ich besucht habe, um ihm unseren Film schmackhaft zu machen. Leider ist da etwas Tragisches dazwischengekommen.«

Tragisch? Luke wurde zornig. »Er ist regelrecht geschlachtet worden. Auf übelste Weise abgestochen. Das macht mich wütend, auch wenn ich ihn nicht gekannt habe. Wie kann ein Mensch einem anderen so etwas antun?«

Morris hob beschwichtigend die Hand. »Ja, natürlich. Natürlich ist das nicht *tragisch*. Ein furchtbares Drama.«

Ellis blieb unbeeindruckt. »Und jetzt? Was ist nun mit unserem Projekt?«

»Ich habe eine Menge anderer Kontakte in London. Ich werde schon noch einen Produzenten auftreiben. Du musst nur ein wenig Geduld haben.« Er warf einen wichtigtuerischen Blick in die Runde. »Die Branche ist gerade etwas in Aufregung.« Er machte eine Kunstpause. »Die Gerüchteküche in der Hauptstadt brodelt ganz gewaltig. Dabei kommt einiges nach oben. Wenn es stimmt … Also, ich hätte es niemals für möglich gehalten, aber es soll so sein, dass der Mord an meinem alten Freund aus Kreisen der Organisierten Kriminalität in Auftrag gegeben wurde. Mann, was für eine Story, wenn das stimmt.« Er schüttelte ungläubig den Kopf.

Luke überlegte, ob er sein Wissen über die Zusammenhänge beisteuern sollte. »Na ja«, er zögerte kurz, »ich habe etwas andere Informationen.« Er trank einen Schluck von seinem Bier. »Ich will nicht unnötig Gerüchte in die Welt setzen, aber nach meinen Informationen könnte sich der Anschlag auf deinen Kumpel als etwas völlig anderes herausstellen – als Eifersuchtsdrama.«

Morris schüttelte ungläubig den Kopf. »Wer soll so etwas im Schilde führen?« Er unterbrach sich. »Moment, du willst damit sagen, dass der Ehemann von Liz …?«

Luke hob abwägend den Kopf. »Ich will nichts gesagt haben, aber möglich wäre es. Außerdem ist er nicht an den Folgen der Messerattacke gestorben. Aber das ist eine andere Geschichte. Auf jeden Fall ist Terry Bennett flüchtig. Seit ein paar Tagen schon.«

Bevor Morris nachfragen konnte, mischte sich Martin Ellis ein. »So ein Unsinn.« Er hob sein Glas und nahm einen kräftigen Schluck. »Von wegen flüchtig. Ich habe diesen Spinner erst vorhin noch gesehen. Nicht weit von seinem Haus. Er hat auf mich nicht den Eindruck gemacht, dass er auf der Flucht ist.«

»Du hast was?« Luke glaubte seinen Ohren nicht zu trauen.

»Er war auf dem Weg zu seinem Haus. Er hat mich angesehen, aber nichts gesagt. Ich habe mich noch gewundert, er hat sonst immer ein nettes Wort für mich übrig. Schließlich sind wir ja beinahe Geschäftspartner.« Er sah Lukes irritierten Blick. »Was das Museumsdorf betrifft. Aber wie gesagt, er hat mich nur angesehen und ist dann weiter, so als sei er in Gedanken.«

»An seinem Haus? Bennett?«

»Ich bin ja nicht blind. Warum fragst du?«

»Schon gut. Ich wollte nur sichergehen.« Er wollte das Thema wechseln und sah Morris an. »Und du meinst immer noch, unser Dorf ist einen Film wert?«

Der Filmemacher sah den Schatzsucher mit einem Blick an, der verschwörerisch aussehen sollte. »Na klar. Nach *Fluch der Karibik* nun *Der Schatz von Cadgwith*. In der Hauptrolle Martin Ellis.«

Der ohnehin groß gewachsene Ellis wuchs in diesem Augenblick sichtlich. Allerdings schien er die Ankündigung nicht kommentieren und sich lieber mit dem Inhalt des Glases beschäftigen zu wollen.

»Und das ist von Interesse?«

»Ein einsamer Fischer auf der Suche nach dem Glück. Dazu das Glück der Bewohner dieses Fischerdorfes, weil sich ein Investor in den Hafen verliebt hat und sein ganzes Geld investieren wird. In übertragenem Sinn ein Schatz, der seinen Mitmenschen nur Gutes tun und aus dem Ort für alle eine Goldgrube machen will. Wenn du so willst, kann das Konzept eine Blaupause für den wirtschaftlichen Aufschwung einer ganzen Region sein.«

Ellis nickte beifällig.

Luke verzog den Mund. »Ich bin da nicht so sicher. Aber ich will jetzt nicht wieder die Diskussion anfachen, was uns hier guttun würde. Außerdem, wenn es stimmt, was man sich erzählt, hat Terry Bennett im Augenblick ganz andere Probleme.« Er stand auf. »Es ist schon spät. Ich will dann mal los.« Er wandte sich direkt an den Londoner. »Gute Fahrt. Vielleicht sieht man sich ja mal wieder.«

Die beiden schienen seinen Abschied nicht sonderlich zu bedauern. Als Luke das niedrige Hoftor mit dem eingearbeiteten Steuerrad hinter sich zugezogen hatte, waren Luke und Morris zusammengerückt und unterhielten sich angeregt.

Sollten sie doch. Luke blieb einen Augenblick lang unschlüssig auf der Dorfstraße stehen. Von See her wehte kaum ein Lüftchen, dennoch lag ein feiner Salzgeruch in der Luft. Die beginnende Dunkelheit ließ die Konturen der Häuser in weichem Licht verschwimmen. Ein Sommerabend wie aus dem Bilderbuch. Er sollte heimgehen und den Rest des Abends mit seiner Frau im

Garten genießen. Das taten sie ohnehin viel zu selten. Aber ihm wollte nicht aus dem Kopf, was Martin gesagt hatte. Bennett war also noch im Dorf.

Luke gab sich einen Ruck. Das wollte er überprüfen. Und DI Marks informieren. Er hatte jetzt die einmalige Chance, Bennett zu stellen. Ohne weiter nachzudenken, wandte er sich nach links und folgte der schmalen Straße, die ab dem Pub steil anstieg und sich in der Dunkelheit und dem dichten Blätterwerk der Bäume und Sträucher verlor. Bevor der Vorhof des Pubs aus seinem Blickfeld verschwand, sah er, dass Martin und der Filmemacher gerade von Joss Higham begrüßt wurden, die lange im Dorf gelebt hatte und immer noch ab und an in Cadgwith zu Besuch war.

Lukes Augen hatten sich an die Dunkelheit gewöhnt, als er sich am Ende eines gewundenen Feldwegs dem großen Haus näherte. Die Mauern aus Bruchstein begannen im stärker werdenden Mondlicht zu glänzen, so als wollten sie ihm den Weg zeigen. Ein Fahrzeug konnte Luke nicht erkennen. Er tastete nach seinem Smartphone. Er wollte sichergehen, dass er tatsächlich die Polizei anrufen konnte, wenn er Bennett antreffen würde.

Auf den ersten Blick lag das Haus verlassen da. Selbst bei diesem Licht wirkte es majestätisch und schien die Bucht mit seiner imposanten Fülle zu beherrschen. Luke kam vorsichtig näher, umrundete ein Blumenbeet und gelangte dann auf die Terrasse. Die Zimmer waren dunkel. Er umrundete das Anwesen, soweit ihm dies die Bepflanzung und die Anlage der Wege ermöglichte. Er kam sich vor wie die Helden seiner Kindheit, wenn die Indianer nachts auf Kriegspfad waren, um die bösen Bleichgesichter zu überfallen. Schließlich stand er wieder auf der Terrasse. Nichts. Er wollte sich bereits abwenden und schickte einen Fluch in Richtung Martin, als er eine winzige Bewegung im Inneren wahrnahm. Oder war es nur ein Reflex des Mondlichts auf einem der Ölbilder, die in dem Raum hingen? Luke trat einen Schritt näher. Erst jetzt nahm er wahr, dass die Terrassentür einen winzigen Spalt offen stand.

Luke hielt den Atem an. Ein Einbrecher? Oder hatte Bennett auf seiner überhasteten Flucht vergessen abzuschließen? Er blieb vor der Tür stehen und horchte. Er meinte im Inneren Geräusche zu hören. Dann sah er den dünnen Strahl einer Taschenlampe, der sich über die Bodenfliesen tastete. Ein Einbrecher, tatsächlich. Die Bennetts waren vermögend, und für das lichtscheue Gesindel barg ihr Haus sicher fette Beute.

Luke wurde unsicher. Was sollte er tun? Wieder gehen? Die Polizei von dem Einbruch unterrichten? Er hatte nicht übel Lust, nichts zu tun. Geschah Bennett recht, wenn Einbrecher sich an seinem Besitz vergriffen. Außerdem wollte Luke nicht unnötig mit der Polizei in Kontakt treten. Objektiv gesehen, dachte er, war am Ende der Einbruch nicht sein Bier. Vorsichtig zog er sich zurück. Und blieb im selben Augenblick wie angewurzelt stehen.

Bennett. Warum schlich Bennett in seinem eigenen Haus herum und machte kein Licht? *Weil er tatsächlich auf der Flucht ist und nicht gesehen werden will*, schoss es ihm durch den Kopf. Martin hatte ihnen also doch kein Märchen erzählt. Er trat einen Schritt zur Seite, raus aus dem Sichtfeld, das die Terrassentür bot, und überdachte mit dem Rücken an die warme Hauswand gelehnt seine Möglichkeiten. Er würde jetzt Marks anrufen. Er nestelte sein Handy hervor. Aber hatte er tatsächlich Bennett gesehen? Er lugte um die Ecke. Der Wohnraum war leer. Verdammt.

Kurz entschlossen drückte er die Tür so weit auf, dass er hindurchschlüpfen konnte. Er hielt inne. Aus dem Flur drangen Geräusche an sein Ohr, die darauf schließen ließen, dass Schubladen und Schranktüren aufgezogen und wieder geschlossen wurden. Luke trat einen Schritt in das Wohnzimmer hinein. Dann traf ihn der Strahl einer Taschenlampe. Und er hörte ein Flüstern. Es klang so scharfkantig und so bedrohlich wie der stählerne Dorn, mit dem Simon seinen Fang mit einem Stich zwischen die Augen tötete. Ike Jime.

XXXVII.

Mary saß auf der Bank vor ihrem Cottage. Nachdem Simon sich verabschiedet hatte, war sie mit Aufräumen beschäftigt gewesen, außerdem war sie einige Rechnungen und die Buchungen der kommenden Wochen durchgegangen. Wenn es auch im Herbst so bliebe, würde sie dieses Jahr mit einem dicken Plus abschließen. Dann wäre sogar Geld da für die längst überfällige Reparatur des Daches.

Sie hatte die Buchführung kaum abgeschlossen, als Krystian an ihre Küchentür geklopft und seine Rechnung beglichen hatte. Er war dabei recht einsilbig gewesen. Sie hatte schon befürchtet, er sei mit dem Service nicht zufrieden gewesen, aber das hatte er eilfertig verneint. Sein Aufenthalt in Cadgwith sei doch etwas anders verlaufen, als er sich das vorgestellt hatte. Die Küste Cornwalls sei doch nicht so ganz sein Fall, außerdem lasse ihn die Begegnung mit Terry Bennett nicht los. Seit er das blutige Messer gesehen hatte, habe er schlechte Träume. Das überrasche und ängstige ihn mehr, als er sich zunächst hatte eingestehen wollen. Sie hatten noch eine Weile miteinander geredet, aber dann hatte sie bemerkt, dass ihr Gast doch lieber auf sein Zimmer gehen wollte.

Mary sah hinauf in den Sternenhimmel. Der Blick war ihr seit der Kindheit vertraut, aber sie war jedes Mal aufs Neue fasziniert von der Klarheit und Dichte, mit der sich ihr die Milchstraße darbot.

Unten in der Bucht war es längst still. Das Pub würde bald für die Nacht schließen. Die meisten Touristen waren in ihre Unterkünfte zurückgekehrt, die Möwen und Dohlen hatten schon vor Stunden ihre Landeplätze in den Klippen angeflogen. Das Meer unter ihr war nur als leise Dünung zu hören. Aus den dichten Hecken, die den Küstenpfad säumten, stieg ein Geruch auf, den es nur hier gab. Die Wand ihres Häuschens hatte die Wärme des Tages gespeichert, und Mary spürte, wie sie langsam entwich. Sie lehnte sich zurück. Sie würde diesen Flecken Erde niemals mehr aufgeben. Jedes Mal war sie von Glück erfüllt, wenn sie ihre Gäste verabschiedete, denn sie waren es, die gehen mussten. Sie konnte bleiben.

Sie schloss die Augen und ließ die vergangenen Monate Revue passieren. Sie hatte die schwere Zeit in Deutschland gegen eine Unbeschwertheit eingetauscht, die sie nicht zu erträumen gewagt hatte. Sie war der glücklichste Mensch auf der Welt. Auch wenn sie diesen Begriff kitschig fand, so beschrieb er doch genau ihr Gefühl: Sie war in den Schoß ihrer Heimat zurückgekehrt. Und so sehr ihr Tante Margaret auch auf die Nerven ging, sie war auch in den Schoß ihrer Familie zurückgekehrt.

Und sie hatte Simon getroffen. Wie zerbrechlich und traurig und zugleich sanftmütig war er ihr in den ersten Monaten vorgekommen. Nicht eine Minute hatte sie damals glauben wollen, dass er bis zu seinem schrecklichen Autounfall Angehöriger einer Spezialeinheit der Londoner Polizei gewesen war. Sie hatte schon bald den Stolz und das Selbstbewusstsein zu schätzen gelernt, mit dem er den täglichen Schmerzen begegnete und sein Los annahm.

Sie hatte sich schon bei der ersten Begegnung in ihn verliebt – und hatte doch zugleich registriert, dass ihre Liebe vermutlich nicht erwidert werden würde. Zu stark war sein Trauma, zu eng, auch über den Tod hinaus, seine Verbindung zu Moira. Sie hatte schnell erkannt, dass er sich eine Mitschuld an ihrem Tod gab. Erst Anfang des Jahres, als er Moiras Porträt beendet hatte, war er so offen gewesen, ihr von seinen Schuldgefühlen und Ängsten zu erzählen. Sie hatte ihn in den Arm genommen, aus Glück über seine Offenheit, denn es gab keinen stärkeren Beweis seines Vertrauens. Seither war ihr Miteinander unbefangener geworden. Aber dennoch stand immer noch etwas Unbestimmtes zwischen ihnen. Sie akzeptierte es, und sie spürte, dass diese unausgesprochene Übereinkunft Simon guttat. Den Rest würde die Zeit bringen.

Seit geraumer Zeit stellte sie eine Veränderung in seiner künstlerischen Arbeit fest. Er war nicht mehr so verbissen darauf aus, die Natur Cornwalls, vor allem die sich ständig ändernde Farbe der See, bis ins kleinste Detail, bis in die kleinste Nuance, zu erfassen und abzubilden. Diese neue Gelassenheit tat ihm sichtbar gut. Das Gleiche hatte auch Luke festgestellt und es entsprechend ausgedrückt: Simon sei endlich in Cadgwith angekommen.

Luke. Sie schmunzelte. Er hatte Simon instinktiv unter seine Fittiche genommen, in der Sekunde, in der sie das erste Mal aufeinandergetroffen waren. Denn er hatte erkannt, dass Simon Hilfe brauchte, um im Dorf zurechtzukommen. Und er hatte erkannt, dass Simon jemand war wie er, jemand, der zu seinem Wort stand und für den Freundschaft mehr war als ein Lippenbekenntnis. Luke liebte Simon auf seine Weise. Das hatte Mary einmal mehr gespürt, als sie ihn davon erzählen hörte, wie sehr Simon sich bemühte, den Kreaturen, die er fing, so wenig Schmerzen wie möglich zuzufügen.

Mary schlang die Arme um den Oberkörper. Sie war zwar noch nicht müde, aber sie sollte langsam zu Bett gehen. Krystian wollte möglichst früh am Morgen frühstücken, um rechtzeitig die Rückreise antreten zu können. Und sie musste ausgeschlafen sein, denn es würde ein langer Tag werden. Sie musste noch die Zimmer für die nächsten Gäste vorbereiten, außerdem hatte sie Dienst im Shop, bis Paula sie ablösen würde und sie im Bauernladen um die Ecke und in Helston ihre Vorräte auffrischen konnte. Sie gähnte. Vielleicht würde später am Tag Simon vorbeischauen.

Zuerst nahm sie nur ein Rascheln wahr. Eine Maus, dachte sie, die im Dickicht der Randbepflanzung nach Nahrung suchte oder einem Räuber entkommen wollte. Vielleicht aber auch eine Blindschleiche oder sogar eine Kreuzotter. Die gab es aber eher in Lizard, rund um den Leuchtturm. Wie auch immer, die Tiere gingen auch in der Nacht ungestört ihren Geschäften nach, unmittelbar neben den Zweibeinern. Viele Tiere hatten ihre natürliche Scheu verloren. Als Teenager war sie einmal in London und im Außenbezirk Croydon abends auf einen Fuchs getroffen, der ein paar Meter neben ihr her trottete und sich von ihr nicht stören ließ.

Mit einem Mal meinte sie, ein Keuchen zu hören. Sie öffnete die Augen. Igel machten manchmal Geräusche, die wie Keuchen klangen. Sie versuchte im Gebüsch etwas zu erkennen, aber es war zu dunkel.

Das Geräusch wiederholte sich und klang näher. Es kam jetzt von weiter oben auf dem Küstenpfad. Sie stand auf. Sie hatte zwar keine Angst, aber neugierig war sie doch. Ein später Wanderer konnte es nicht sein. Um diese Uhrzeit war niemand mehr auf dem schmalen

Weg unterwegs. Es konnte also nur ein Tier sein, ein größeres, denn das Keuchen wurde deutlich lauter. Mary ging dem Geräusch ein Stück entgegen. Es kam eindeutig vom Küstenpfad, der hinter dem Cottage einen Knick machte und ihr damit die Sicht auf das nahm, was sich dahinter abspielen mochte.

Als sie um die Ecke bog, blieb ihr beinahe das Herz stehen. Vor ihr lag, halb im Gebüsch, eine Gestalt und krümmte sich. Das Keuchen wurde unregelmäßig, als ob das Atmen unmenschlich viel Kraft kostete.

Mary trat unwillkürlich einen Schritt vor.

»Mar…« Der Rest ging in einem Gurgeln unter, das in einem Husten endete.

Mary presste eine Hand vor den Mund. Luke! Sie eilte zu ihm. »Mein Gott, Luke. Was ist passiert?«

Aber er antwortete nicht. Mary beugte sich zu ihm, um ihm aufzuhelfen. Aber er war zu schwer, außerdem lag er zu verdreht auf der Seite. »Kannst du aufstehen?«

Aber Luke regte sich nicht.

Beherzt legte sie eine Hand auf seinen Bauch und zuckte zurück. Sie hatte in etwas Feuchtes gegriffen. Sie hob die Hand gegen das helle Mondlicht. Blut. Ihre Hand war voller Blut. Luke verblutete. Sie wollte schreien, konnte aber nicht. Es hätte auch nichts genutzt. Niemand hätte sie gehört.

»Luke.« Sie fasste seine Hand und suchte den Puls. Der war kaum zu spüren. Ohne weiter nachzudenken, ließ sie ihn zurück und rannte zu ihrem Haus. Noch in der Tür schrie sie Krystians Name. Gleichzeitig stürzte sie die Treppe hinauf und hämmerte mit der Faust gegen seine Tür.

»Was ist los?« Krystian hatte offenbar noch nicht geschlafen. Er war komplett angezogen.

»Ich brauche deine Hilfe. Luke!« Sie zog ihn ohne Umstände mit sich.

»Was ist passiert?«

Als Antwort hielt sie ihm ihre blutverschmierte Hand hin.

»Großer Gott.«

Abrupt blieb sie stehen. »Hast du dein Handy dabei?«

Krystian nickte.

»Gib her.« Im Weiterlaufen tippte sie die Notfallnummer der Royal Naval Air Station Culdrose ein und gab ihren Standort durch. Sie mussten einen ihrer Hubschrauber schicken. Die Nummer kannte hier jeder an der Küste – eine Lebensversicherung zu Zeiten, in denen das grüne Paradies zur Hölle werden konnte, vorzugsweise während der Herbst- und Winterstürme. Der Helikopter müsste auf dem Feld neben Bennetts Anwesen landen.

Mary sah Krystian an. »Für einen Rettungswagen bleibt keine Zeit. Bis der aus Helston hier ist, könnte es zu spät sein.«

Beide beugten sich über Luke, der kaum noch atmete.

Krystian bemerkte das Blut, das Lukes T-Shirt durchtränkt hatte.

»Wir müssen ihn ins Haus schaffen.« Mary machte Anstalten, Luke auf die Seite zu drehen.

Krystian hielt sie zurück. »Lass das besser. Wer weiß, wie schwer seine Verletzung ist.«

»Wir können ihn doch hier nicht einfach liegen lassen.«

»Unter Umständen machen wir es nur noch schlimmer. Wir sollten besser dafür sorgen, dass er bei uns bleibt. Sprich mit ihm.«

Mary legte ihre Hand auf Lukes Stirn. Sein Schweiß fühlte sich kalt an.

»Luke.« Er reagierte nicht. »Luke? Kannst du mich hören, Luke? Was ist passiert?« Sie fühlte seinen Puls. Er war kaum mehr zu spüren.

»Was mag passiert sein? Das ganze Blut. Sieht nach einem Messer aus.« Krystian hatte sich neben Mary gehockt.

Sie hatte eine Ahnung, konnte sich aber nicht darauf konzentrieren.

»Wo bin ich da hineingeraten?«, fragte Krystian.

Auch darauf wusste Mary keine Antwort.

»Wir müssen ihn beschäftigen, sonst wird er bewusstlos. Wenn er das nicht schon ist.«

Mary versuchte ihr Ohr an Lukes Mund zu bekommen, aber der Kopf lag zu weit in der Hecke, und sie wollte ihn nicht unnötig bewegen. Krystian hatte recht. Nicht, dass sie ihm Schmerzen zufügte oder sogar Schlimmeres auslöste.

»Luke, wir sollten mal zusammen hinausfahren. Du, Simon und ich. Wenn ich es recht bedenke, war ich schon ewig nicht mehr auf dem Wasser. Eigentlich ein Unding für ein Mädchen aus Cadgwith.« Sie versuchte vergeblich einen fröhlichen und unbeschwerten Ton in ihre Stimme zu legen.

»Wo nur der Hubschrauber bleibt?« Krystian sah hinauf in den Himmel.

»Er wird gleich hier sein. Vom Stützpunkt bis hier sind es durch die Luft kaum fünf Minuten.« Sie drehte sich wieder zu Luke. »Luke, hörst du? Die Jungs sind schon auf dem Weg.« Besorgt registrierte sie, dass ihr Freund kein Lebenszeichen mehr von sich gab.

»Da.« Krystian zeigte in die Richtung, aus der das Rotorengeräusch kam.

»Einer ihrer Merlins. Ist doch ein Merlin, Luke, oder? Du kennst die Bezeichnungen der Hubschrauber besser als ich.«

Mary fühlte sich hilflos und war voller Angst. Luke durfte nicht sterben. Sie war mittlerweile fest davon überzeugt, dass er Opfer einer Messerattacke geworden war. Und das konnte nur eines bedeuten.

Wenig später kniete das Rettungsteam der Royal Navy neben Luke. Während er eine Infusion gelegt bekam, begann einer der Sanitäter mit Wiederbelebungsmaßnahmen.

Mary fürchtete, dass es zu spät sein könnte. »Ist er transportfähig?«

Die Antwort des Notarztes fiel knapp aus. »Wir werden sehen.«

Einer der Sanitäter bereitete eine Trage vor, um Luke zum Helikopter bringen zu können. Er wandte sich an Mary. »Bitte, Sie sollten den Einsatzort verlassen. Wir kümmern uns um alles Weitere. Sie haben das Wichtigste schon getan. Sie haben uns informiert.« Der Mann lächelte sein professionelles Lächeln.

»Wohin bringen Sie ihn?«

»Truro.«

Natürlich hätte sie sich das denken können, aber im Augenblick war sie zu keinem klaren Gedanken fähig. Sie blieb einfach neben dem Rettungsteam stehen.

»Komm. Sie haben recht. Für dich gibt es hier nichts mehr zu tun.« Behutsam fasste Krystian sie am Arm. Widerstandslos ließ sie sich wegführen.

Zurück im Cottage, sank sie auf einen Küchenstuhl. Sie wollte weinen, aber sie konnte nicht.

»Soll ich uns einen Tee machen?«, fragte Krystian. Als sie verneinte, fügte er hinzu: »Oder lieber etwas Stärkeres? Ich kann jetzt sowieso nicht mehr schlafen.«

Mary verneinte mit einer müden Handbewegung. Sie konnte nicht sprechen.

Krystian blieb unbeholfen in der Mitte der Küche stehen, bis er sich endlich setzte. »Er wird durchkommen.«

Sie sah ihn mit rot geränderten Augen an. »Woher willst du das wissen? Er hat so viel Blut verloren.«

»Wszystko dobre, co się dobrze kończy. Du wirst sehen.« Er war unversehens ins Polnische verfallen.

»Das verstehe ich nicht.« Mary hatte Mühe zu sprechen.

»Das hat meine Oma immer gesagt, wenn etwas schlimm war: Ende gut, alles gut.« Er versuchte sie aufzuheitern, indem er bewusst Polnisch sprach. »Nie taki diabeł straszny, jak go malują – der Teufel ist nicht so schwarz, wie man ihn malt.«

»Hättest du doch nur recht. Er hat doch kaum noch Puls gehabt und kaum noch geatmet.«

Schweigend legte er seine Hand auf ihren Arm.

»Ich muss zu Simon. Im Dorf haben sie sicher den Helikopter gesehen und wundern sich. Er muss wissen, was passiert ist.«

Im gleichen Augenblick stand Simon in der Küchentür. Er war außer Atem und sein Gesicht schmerzverzerrt.

Mary sah die Fragen in seinen Augen und den Blick auf Krystians Hand. Sie stand auf. »Luke. Ich habe Angst, dass er stirbt.«

Ohne sichtbare Gefühlsregung schob er Mary zurück auf ihren Platz und bedeutete Krystian mit einem Blick, dass er bleiben solle. Simon lehnte seinen Stock gegen den Türrahmen und setzte sich vorsichtig. »Was ist passiert?«

Mary schilderte, wie sie Luke gefunden hatte. Krystian ergänzte ihren Bericht mit wenigen Bemerkungen.

»Eine Stichverletzung?« Simons Blick hatte sich im Verlauf des Gesprächs immer mehr verdunkelt.

»So sieht es aus.« Krystian nickte.

»Einer der Sanitäter hat so etwas gesagt.«

»Hat Luke irgendetwas zu dir ...« Er warf einen Blick auf ihren Gast. »Hat er was zu euch gesagt?«

Mary schüttelte den Kopf. »Ich bin nicht mal sicher, dass er mitbekommen hat, was um ihn herum geschehen ist. Ich weiß nur, dass er ganz zu Anfang versucht hat, meinen Namen auszusprechen. Danach war er still.«

»Er muss bei Bennett gewesen sein.« Simon hatte keinen Zweifel. »Eine andere Erklärung gibt es nicht.«

»Meine Vermutung.«

»Der Dummkopf. Ich hatte schon am Nachmittag den Eindruck, dass er auf eigene Faust losziehen will. Ich hätte auf meinen Bauch hören und ihn zurückhalten sollen. Dieser verdammte Idiot.«

»Was machen wir jetzt?«

»Warten. Wir können nur abwarten.«

»Und wenn er stirbt?« Marys Augen füllten sich mit Tränen.

»So weit ist es noch lange nicht. Luke ist ein zäher Hund.«

»Ich will nicht, dass er stirbt.«

»Wird er nicht.«

Mary war nicht überzeugt. Simon hatte eine Haltung eingenommen, die eindeutig aus seiner Vergangenheit als Polizist stammte: nur Fakten zählen, Sachverhalte neutral bewerten, das Urteil von Spezialisten abwarten, Anfragen von Angehörigen möglichst so beantworten, dass keine voreiligen Schlüsse möglich sind. Sie kannte dieses Verhalten. So hatte sie ihn im vergangenen Herbst erlebt, als er die Morde an den beiden Frauen aufgeklärt hatte. Aber heute war doch alles anders, schrie es in ihr. Wie konnte er nur so nüchtern an die Sache herangehen? Es ging doch um Luke, ihren gemeinsamen Freund.

»Ich sehe dir an, was du denkst, Mary. Aber gerade jetzt müssen wir einen klaren Kopf behalten.« Simon sah sie aufmunternd an. »Als Erstes müssen wir Gill informieren, was mit ihrem Mann passiert ist, bevor es andere tun. Marks wird sicher schon informiert sein.«

Mary nickte und wollte sofort los.

»Du bleibst hier. Das übernehme ich.« Er warf einen Blick auf Krystian. »Du kümmerst dich?«

Krystian nickte.

»Ich möchte mitkommen.« Mary wollte sich nicht sagen lassen, was sie zu tun oder zu lassen hatte.

»Du hast für heute genug durchgemacht, Mary, glaub mir. Du tust Gill keinen Gefallen, wenn du jetzt mitkommst. Auch wenn du mir das nicht glauben willst, du stehst unter Schock.«

»Ich komme mit. Du kannst mich nicht davon abhalten.« Sie stand auf.

»Mary.« Mehr brachte Simon nicht hervor, denn er hatte Mühe, sie aufzufangen. Sie war ansatzlos in seine Arme gesunken. Behutsam trugen er und Krystian sie zum Sofa in der Lounge.

»Ich kann mich auf dich verlassen?«

Krystian nickte.

Am Nachmittag des nächsten Tages saß DI Marks auf eben jenem Sofa, auf dem Mary eine unruhige Nacht verbracht hatte. Krystian hatte neben ihr gesessen und war irgendwann gegen Morgen im Sessel neben ihr eingeschlafen. Nachdem er nicht viel mehr als drei Stunden geschlafen hatte, war er leise auf sein Zimmer gegangen, um sein Gepäck zu holen. Als er die Treppe hinunterkam, hatte sie bereits auf ihn gewartet, um ihm ein Frühstück zu bereiten. Das hatte er mit der Bemerkung abgelehnt, er habe keinen Hunger und würde irgendwo unterwegs etwas essen.

Sie hatten noch einige Sätze über die Vorfälle der vergangenen Nacht ausgetauscht, dann hatte Mary ihn gehen lassen. Allerdings nicht ohne ihm das Versprechen abzuringen, sich zu melden, wenn er wieder in Deutschland war. Erst später war ihr bewusst geworden, dass sie ihn nicht hätte gehen lassen dürfen, denn er war ein Zeuge.

Und genau das musste sie sich nun von Marks anhören.

»Sie hätten ihn zurückhalten müssen.«

»Ich habe nicht daran gedacht. Ich war völlig verwirrt und habe nur gedacht, hoffentlich verpasst er seine Fähre nicht. Und ich denke, dass es ihm ebenso ging. Sein Urlaub ist völlig anders verlaufen, als er sich das vorgestellt hat.« Sie fuhr sich durchs Haar. »Wir haben seine Adresse. Wenn es nötig werden sollte, kommt er sicher zurück.«

»Da bin ich mir zwar nicht so sicher, aber das soll für den Augenblick so sein.« Marks nickte DC Easterbrook zu, der am Tisch saß und sich Notizen machte. »Lassen Sie sich die Adresse geben.«

»Haben Sie etwas aus der Klinik gehört?« Mary traute sich kaum zu fragen.

Easterbrook wollte antworten, aber Marks hielt ihn zurück. »Er lebt, ist aber nicht vernehmungsfähig. Er hat sehr viel Blut verloren. Die Ärzte wissen nicht, ob er durchkommen wird. Seine Frau ist bei ihm. Mehr kann ich Ihnen im Augenblick nicht sagen. Tut mir leid. Ich weiß, dass Sie sich alle drei sehr nahestehen. Und er hat Ihnen nicht sagen können, wer ihn angegriffen hat?«

»Nein. Aber es ist doch offensichtlich, dass Bennett auf ihn eingestochen hat. Wer soll es sonst gewesen sein?«

Marks sah auf seine Armbanduhr. »Die Spurensicherung müsste bald durch sein. Wenn Ihre Vermutung stimmt, werden sie sicher Spuren eines Kampfes oder Blutspuren finden.«

»Sie haben ihn also noch nicht festnehmen können?«

Easterbrook war sicher, er sei befugt, wenigstens diese Frage zu beantworten. »Er ist noch zur Fahndung ausgeschrieben.« Er warf einen Blick auf seinen Vorgesetzten. »Aber es ist sicher nur eine Frage von wenigen Stunden, bis wir ihn haben.«

DI Marks sah den DC tadelnd an. »Sie wollten sich auf die Fakten konzentrieren, Easterbrook. Rufen Sie Jenkins an. Wir brauchen seine Aussage. Wo steckt er eigentlich?«

»Er liegt zu Hause im Bett. Sein Rücken. Ich habe eben mit ihm telefoniert. Er kann nicht aufstehen. Er hat mir gesagt, Sie können gerne vorbeikommen.«

»Verstehe.« Marks nickte seinem Mitarbeiter zu. »Sie haben es gehört. Abmarsch.«

DC Easterbrook packte wortlos seine Sachen zusammen und verließ mit einem kurzen Nicken den Raum.

»Sie glauben nicht, dass Sie Bennett so schnell finden?«, fragte Mary, als sie das Schweigen nicht mehr aushielt, das der Detective Constable hinterlassen hatte.

»Easterbrook soll den Menschen nicht unberechtigt Hoffnung machen. Natürlich fahnden wir auf Hochtouren nach Bennett. Die Flughäfen sind vorsorglich informiert. Dover und die anderen Häfen wissen Bescheid, und auch die Fährgesellschaften. Mehr können wir im Augenblick nicht tun. Und werden wir auch nicht. Denn es ist immer noch nicht klar, dass Bennett tatsächlich als Täter infrage kommt. Wir behandeln ihn erst einmal als Zeugen.«

»Er muss der Täter sein. Es gibt keinen Zweifel.«

»Ich verstehe Sie. Als Polizist bin ich jedoch an bestimmte gesetzlich festgelegte Verfahrensweisen gebunden.«

Natürlich wusste sie das. Aber das Ganze ging ihr nicht schnell genug.

DI Marks sah die Verzweiflung in ihrem Blick. »Sie haben sich nichts vorzuwerfen. Sie haben das einzig Richtige getan und die Rettungsstaffel der Navy informiert.«

Sie konnte mit dem Trost wenig anfangen, nickte dann aber doch.

Marks stand auf. »Für den Augenblick war es das. Ich werde hoch zu Bennetts Haus gehen.« Er sah, dass sie Anstalten machte aufzustehen. »Ich kann Ihnen nicht gestatten mitzukommen. Sie würden nur unnötig …« Er zögerte. »Bitte verstehen Sie das nicht falsch. Sie würden nur im Weg stehen. Und es ist immerhin ein möglicher Tatort, der noch nicht freigegeben ist. Bleiben Sie hier und ruhen sich aus. Das wird das Beste sein.«

Warum meinte jeder, sie schonen zu müssen? Oder schlimmer noch, ihr zu sagen, was richtig oder falsch ist? »Ich … ach, ist schon gut. Es ist wohl besser so.«

DI Marks nickte und verabschiedete sich. »Sollten mir die Kollegen von der Spurensicherung schon etwas

Belastbares über den Tathergang sagen können, komme ich noch einmal bei Ihnen vorbei.«

Marks war kaum weg, als Mary im Flur ein rumpeliges Geräusch hörte, gefolgt von der schrill und hysterisch klingenden Stimme ihrer Tante.

»Mary, Kindchen! Wie geht es dir? Ich kann es immer noch nicht fassen. Arme Mary. Das ganze Dorf ist in Aufruhr.« Sie zerrte ihren Mann in den Raum. »David, sag du doch auch mal was.«

Ihr Onkel stand neben seiner Frau wie ein Mitbringsel und vermittelte den Eindruck, als sei ihm der überfallartige Besuch überaus peinlich. »Ich habe sie nicht aufhalten können.«

»Papperlapapp, David. Unsere Nichte schwebt in höchster Gefahr, da kann ich doch nicht einfach so tun, als gehe mich das nichts an.« Sie warf einen Blick durch den Raum. »Du bist allein? Ich denke, dein Simon war Polizist. Ein sehr fragwürdiger Mensch. Braucht man mal Hilfe, lässt er sich nicht blicken.«

»Er ist krank. Seine alte Verletzung. Er kann sich kaum bewegen.«

»Dummes Gerede. Mir ist es auch oft genug nicht gut.« Sie knallte ihre unvermeidliche Handtasche wie ein Ausrufezeichen auf den Tisch. »Und trotzdem tue ich meine Pflicht. Wo kämen wir denn hin, wenn wir uns Schwächen zugestehen würden?« Sie bellte ihren Mann förmlich an. »David, Mary ist auch deine Nichte. Sag was.«

Ihr Mann schaute nur zwischen den beiden Frauen hin und her und schwieg. Mary wusste, dass Schweigen für ihn die beste Methode war, den furiosen Stimmungen seiner Frau nicht nur zu begegnen, sondern sie auch einigermaßen unbeschadet zu überstehen. Das hatte er im Verlauf seines langen Ehelebens mit Sicherheit unzählige Male unter Beweis stellen müssen.

Tante Margaret quittierte das Schweigen ihres Mannes mit einem vorwurfsvollen Blick und setzte sich ungefragt an den Tisch. »So. Ich will nun von dir hören, was in der Nacht wirklich passiert ist. Im Dorf kursieren die wildesten Gerüchte. Das kann nicht so weitergehen.«

Na klar, dachte Mary, *du willst doch nur deine Neugier stillen, um anschließend als Verkünderin der wahren Geschichte gepriesen zu werden.*

»Ist Luke tot?«

»Tante Margaret!«

»Was redest du denn da, Margaret?« David wusste nicht, wohin mit seinen Händen. Ihm war das Verhalten seiner Frau peinlich. »Also wirklich.«

»Sag du mir nicht, was ich sagen darf.« Sie würdigte ihn keines Blickes. »Ich kann Gill nicht erreichen. Sie wird wohl in der Klinik sein. Die Arme wird es im Augenblick nicht leicht haben. So oder so. Also?«

Mary musste an sich halten, um dieses unverschämte Verhalten wenigstens ansatzweise tolerieren zu können. »Da musst du Gill fragen. Ich kann dir nichts sagen. Außer dass die Polizei in alle Richtungen ermittelt. Und dass die Spurensicherung gerade den Küstenpfad untersucht und auch«, diesen Halbsatz setzte sie mit voller Absicht und Genugtuung hinzu, »das Grundstück von deinem Mr. Bennett.«

Margaret Bishop blieb sichtbar die Luft weg. »Was hat …?«

»Er hat auf Luke eingestochen.«

»Sagt wer? Die Polizei?«

»Sage ich, Tante Margaret. Und die Polizei wird meinen Verdacht bestätigen.«

»Das ist doch …«

»Habe ich dir das nicht von Anfang an gesagt, Margaret? Dieser Mann ist ein Betrüger und Nichtsnutz, brutal und unberechenbar. Du wirst sehen. Er tut dem Dorf nicht gut.«

»Was weißt denn du schon?« Sie wandte sich wieder an Mary. »Du wirst sehen, dass die Polizei nichts findet. Wie kommt ihr nur alle darauf, dass Terry ein Halunke oder sogar Messerstecher ist? Das ist unerhört.« Sie schnaubte vor Wut. »Wir können froh sein, wenn er bei seinen Plänen bleibt und unser Dorf nach vorne bringt. Unerhört, solche Anschuldigungen. Ihr setzt damit die Zukunft unseres geliebten Cadgwith aufs Spiel.«

Nun hatte Mary endgültig genug. »Es ist besser, ihr geht jetzt.« Sie konnte sich nur noch mühsam beherrschen.

Margaret sah sich demonstrativ im Raum um. »Du willst mich wirklich aus dem Haus meiner Schwester werfen? Das kann nicht dein Ernst sein, Mary. Nach allem, was ich für dich getan habe.«

»Margaret, bitte, nun komm.« Ihr Mann warf seiner Nichte einen entschuldigenden Blick zu.

Margaret Bishop stand auf. »Ich habe ohnehin genug gehört. Ich wollte sowieso nicht länger bleiben. Komm,

David.« Sie nahm ihre Handtasche vom Tisch. »Ich werde für heute noch eine Sondersitzung einberufen.«

Auf dem Weg hinaus zuckte ihr Onkel entschuldigend mit den Schultern.

Nachdem endlich Ruhe in ihrem Haus eingekehrt war, spürte Mary eine Müdigkeit, die sämtliche Willensanstrengungen zunichtemachte. Sie würde nicht ein Zimmer mehr herrichten können, nicht mehr heute. Sie wählte Simons Mobilnummer, aber er hob nicht ab. Vermutlich schlief er bereits.

Bevor sie im Schlafzimmer das Licht löschte, nahm sie sich vor, früh aufzustehen und nach der Hausarbeit in die Klinik zu fahren. Simon würde sie sicher begleiten. Sie wollte in Lukes Nähe sein und auch Gill beistehen. Die verzweifelte Hoffnung, dass Luke den Anschlag überleben würde, begleitete sie bis in den Schlaf.

In einem ihrer Träume saßen sie zu dritt im Pub. Die Sonne schien, und sie lachten, bis von einer Sekunde zur anderen sich der Himmel über der Bucht verdunkelte und ein Sturm losbrach. Die See hatte sich in der Bucht aufgetürmt. Sie hatten keine Chance, der tosenden Gischt zu entkommen. Im letzten Augenblick wurden sie von Martin Ellis in ein Boot gezogen. Sie hatte ihn fragen wollen, wo er es so schnell herhatte, aber sie konnte nicht sprechen. Völlig durchnässt klammerte sie sich an Simon, der neben Luke hockte. Luke steckte der Rest eines zerbrochenen Ruders in der Brust.

XXXVIII.

Liz Bennett stand am Fenster. Welch ein Gegensatz. Auf dem Gelände von Trerice flanierten Besucher interessiert durch die sorgsam angelegten Gärten, standen vor den Rabatten und diskutierten angeregt die Zusammenstellung der Pflanzengruppen, erweiterten oder verwarfen in ihrer Fantasie die Anordnung der einzelnen Staudengruppen, ließen das satte Grün auf sich wirken, mit dem die dichten Hecken oder bewachsenen Mauern den Blumenkelchen den angemessenen Hintergrund gaben. Kinderwagen wurden über die Wege geschoben, Selfies oder Familienporträts gemacht. Müßiggang unter freundlicher Sonne, der nichts von dem ahnen ließ, was sich nur wenige Meter weiter hinter den Sandsteinmauern von Trerice abspielte.

Steves gewaltsames Ende zerriss ihr beinahe das Herz. In seiner Nähe hatte sie sich selbst gespürt, so stark wie schon lange nicht mehr. Und nun war da nur noch ein Nichts, so stark und so leer, dass selbst der Alkohol und die Tabletten, die ihr der Klinikarzt verschrieben hatte, nicht mehr wirkten. Sie wusste, es gab nur eine Chance, um dieser Hölle zu entkommen. Aber den Schritt traute sie sich nicht zu tun. Zugleich wusste sie, dass sie ihn tun würde. Vielleicht schon heute, vielleicht erst morgen, in ein paar Tagen.

Zum Glück war das Haus für Besucher gesperrt. Das hatte Steve sich beim Unterzeichnen des Mietvertrags für die Zeiten ausbedungen, zu denen er auf Trerice weilte. Es tat ihr gut, zwischen sich und der Welt da draußen eine Mauer zu wissen. Nicht nur eine aus Stein und Mörtel. Sie gehörte nicht mehr hierher, hatte schon vor Jahren aufgehört, sich zugehörig zu fühlen zu dieser Fassade aus Geld, Macht und Intrigen. Mit jedem neuen *Deal*, den Terry abgeschlossen hatte – angeblich nur, um ihr ein besseres Leben zu bieten –, war die Mauer um sie herum um eine Lage Steine gewachsen. Und sie hatte es zugelassen. Sie niederzureißen, hatte keinen Sinn mehr. Sie kannte sich nicht mehr aus da draußen. Sollte der letzte Stein doch eingefügt werden und ihr Verlies mit Dunkelheit erfüllen.

Liz Bennett entfuhr ein verächtlicher Laut beim Anblick eines verliebten Pärchens; sie trank ihr Glas leer und ging in die Küche. Seit Tagen hatte sie keinen Bissen mehr herunterbekommen. Es war ihr egal gewesen. Aber jetzt spürte sie mit einem Mal einen Appetit, der ihr seltsam erschien, so als rebellierte ihr Körper gegen das Unausweichliche in ihren Gedanken.

Lustlos stöberte sie durch die Küchenschränke und den großen Kühlschrank. In der Tür reihten sich Weinflaschen wie Wächter aneinander. Gedankenlos zog sie hier eine Packung Nudeln hervor, dort ein paar Tomaten. Im kleinen Küchengarten würde sie ein paar Kräuter finden. Im Verlauf der Suche fand sie immer mehr Gefallen an ihrem Tun. Etwas Frisches zubereiten, nur für sich selbst, wann war das das letzte Mal der Fall gewesen? Achtsamkeit, auf sich selbst hören, auf die Seele und den Körper, das war gerade der angesagte Trend in den Hochglanzblättern. Aber was es eigentlich bedeutete abseits aller Küchenrezepte und des allgemeinen Psychologengeschwafels, das stand nicht dort.

Sie hielt inne. Was hatte sie gerade noch gewollt? Sie musste sich konzentrieren. Kochen! Sie öffnete den Kühlschrank, zog eine Flasche hervor und goss sich großzügig ein. Sie hatte sich entschieden. Das Leben genießen, bis der Vorhang fällt. Sie lachte bei dem Gedanken. Ihre Form von Achtsamkeit. Mit Schwung setzte sie einen Topf mit Wasser auf. Die Nudeln sollten sprudeln. Ein Sinnbild ihres Daseins. Ihr Leben hatte gesprudelt und oft vor der Überhitzung gestanden. Und doch hatte es am Ende des Tages geschmeckt.

Liz stellte ihr Glas auf die Anrichte und stützte sich mit beiden Händen ab. Welchen Schwachsinn dachte sie sich da gerade zusammen? Sie blieb so lange in dieser Position, bis sich ihre Gedanken neu aufgestellt hatten und sie wusste, welchen Schritt sie als nächsten tun musste, um diese verdammten Nudeln zu kochen und aus den Tomaten – wie saftig und rot sie doch waren! – eine ordentliche Soße zu machen.

Sie musste in den Garten, Kräuter schneiden. Sie trank einen Schluck und stellte mit einem Blick auf den Herd fest, dass sie ihn noch gar nicht eingeschaltet hatte. Ohne auf der Kellertreppe Licht zu machen, stieg sie hinunter. Den Weg zur Außentür fand sie auch im Dunkeln.

Sie war fast am Fuß der Treppe angelangt, als sie mit der Hand über das Geländer tastete. Es war hier unten doch dunkler, als sie gedacht hatte. Nur noch zwei Stufen, dann hätte sie den Steinboden erreicht.

Entschlossen legte sie ihre Hand auf das kühle Holz – und schrie auf. Sie hatte auf etwas Warmes gefasst.

»Lizzy, Schatz«, drang eine leise Stimme durch die Dunkelheit zu ihr. »Das trifft sich gut. Ich wollte gerade zu dir.«

Sie kannte diese Stimme, und sie kannte diesen Atem, der kurz vor ihrem Gesicht stand.

Der Strahl einer Taschenlampe flammte auf.

»Die Tür stand auf. Diese Einladung konnte ich nicht ablehnen. Gehen wir doch hinauf.«

Das Weiche in seiner Stimme legte sich über ihr Denken wie ein leichtes, rotes Seidentuch.

XXXIX.

»Noch Wein?« Er goss ihr nach.

Wie eingefroren saß sie vor ihm, unfähig, etwas zu sagen oder auch nur den Kopf zu bewegen. Um sie herum war Eis. Egal, was sie ansah, sofort bildeten sich Kristalle und überzogen alles mit einer feinen weißen Schicht. Selbst ihre Angst war umhüllt von einem dünnen Tuch aus Eiskristallen.

Er betrachtete das Etikett. »Du magst diese Marke immer noch?« Er klang beinahe erstaunt. »Erinnerst du dich noch daran, wo wir ihn das erste Mal probiert haben?«

Sie versuchte eine abwehrende Bewegung, aber der Eispanzer hielt sie in ihrer erstarrten Haltung fest.

»Was ist los mit dir, Schätzchen? Ich habe dich immer

für dein Gedächtnis bewundert. Ehrlich. St. Tropez, weißt du nicht mehr? Diese wunderbaren Tage, so unbeschwert. Warum trinkst du nicht?«

Liz hatte Schwierigkeiten, auch nur den kleinsten Gedanken zu fassen. Was war mit St. irgendwas? Was machte Terry hier? Was wollte er von ihr? Warum ließ er sie nicht einfach in Ruhe? Wenn er nur geduldig wartete, würde sie von ganz allein sterben.

»Nun gut.« Terry lehnte sich zurück, sah ihr zu, wie sie zögerte, nach dem Glas zu greifen, und schaute sich dann im Wohnzimmer um. Sein Blick ruhte lange auf dem großen Ölgemälde, bevor er sprach.

»Sie würde gut in unser Haus passen. Achtzehntes oder neunzehntes Jahrhundert, nehme ich mal an.« Er wies mit dem Glas auf das große Frauenporträt. »Mit ein wenig Fantasie könnte man meinen, sie wäre deine Großmutter. Diese Ähnlichkeit mit ihr ist wirklich verblüffend.« Als sie nicht reagierte, fuhr er fort: »Sie passt perfekt nach Trerice. Besser als du jedenfalls.« Er beobachtete sie über ihr Glas hinweg. »Du gehörst zu mir. Zu mir und nach – ja, wie wollten wir doch gleich unser Haus nennen? –, du gehörst nach … jetzt weiß ich's … Cadgwith Hall.« Er ließ sie nicht aus den Augen. »Cadgwith Hall, klingt wirklich gut, nicht? Was war das doch für eine super Idee: Wir geben anlässlich der Namensgebung einen Empfang. Die Honoratioren aus dem Kaff würden entzückt sein, allen voran diese dämliche Margaret Bishop und ihr vertrottelter Mann. Ihr Verschönerungsverein würde uns beide zu Ehrenvorsitzenden machen.« Sein sanftes Lächeln sollte den tödlichen Biss verschleiern, der nun folgte. »Du gehörst mir, Liz. Meine kleine Lizzy.« Er stellte sein Glas ab. »Und du tust jetzt, was ich dir sage.« Aus seinem Jackett zog er einen Briefumschlag und öffnete ihn. »Ich mache dir einen Vorschlag. Ich sehe doch, dass du nicht wegwillst aus diesem steinernen Grab.« Er beschrieb mit der Hand einen Bogen. »Nichts anderes ist das hier. Ein stinkendes, bröckelndes Mausoleum. Mir soll es egal sein. Du unterschreibst diese Papiere – und schon bin ich wieder weg.« Er schlug sich auf die Schenkel. »Na, ist das ein Angebot? Ich sag dir was, Lizzy-Mädchen, das ist das beste Angebot, das ich dir je gemacht habe. Ich stelle keine Forderungen an dich. Dafür verzichtest du auf alle etwaigen Ansprüche an meinem Haus und an meinem Vermögen. Ein Federstrich, und du bist mich los. Eine saubere Lösung.« Er machte ein bekümmertes Gesicht. »Nicht, dass mir der Schritt leichtfällt. Du weißt ja, die dumme Sache letztens. Tja, aber wie mein Vater immer schon gesagt hat: Wo gehobelt wird, fallen Späne.«

»Steve.« Endlich hatte sie ausreichend Kraft gesammelt, um den Namen auszusprechen.

»Steve«, äffte er sie nach. »Was ist mit ihm?« Er schlug sich mit der Hand vor die Stirn, als falle es ihm spontan ein. »Ach, *der* Steve. Dein Liebhaber. Hatte ich fast vergessen. Weißt du, zuerst dachte ich, das kann ich nicht. Aber dann war es ganz einfach. Das scharfe Messer und die weiche Haut – wie Butter. Die perfekte Kombination. Und mit jedem Stich wurde es einfacher. Nur«, er verzog das Gesicht, »das viele Blut. Damit habe ich nicht gerechnet, ehrlich. Das hätte nicht sein müssen.«

Er streckte eine Hand nach ihr aus, ohne sie zu berühren. »Du musst furchtbar gelitten haben, Schatz. Du hast erleben müssen, dass selbst die besten Ärzte ihn nicht retten konnten. Aber es ist eine Gnade, dass du bei ihm warst, als er starb.«

»Hör auf!«, schrie sie unvermittelt und presste die Hände an ihren Kopf. »Hör endlich auf!«

Er zuckte nur leicht zusammen. »Du liebst ihn immer noch? Ich verstehe. Das macht die Sache leichter.« Seine Stimme senkte sich. »Dann unterschreib die Papiere und du bist mich los. Dann kannst du um den Kerl trauern, so lange du willst.« Er machte mit der Hand eine ausladende Geste. »Da fällt mir ein: Wie willst du das alles hier bezahlen? Der National Trust ist kein Wohltätigkeitsfonds für trauernde Witwen. Und du bist ja nicht mal eine. Du wirst hier wegmüssen. Sie werden dir kündigen. Und dann? Dann landest du wieder dort, wo du herkommst, Lizzy-Mädchen. Du landest wieder in der Gosse.« Er strahlte sie mit falschem Lächeln an. »Es sei denn …« Er nickte zufrieden. »Es sei denn, du kämst wieder zu mir – nach Cadgwith Hall.« Sein Blick wurde übergangslos böse. »Aber die Chance hast du verpasst. Du hättest nicht weggehen dürfen.« Er schwieg und sah sie unverwandt an.

Liz Bennett saß in ihrem Sessel und hielt sich immer noch die Ohren zu. Sie presste die Lippen zusammen, als wollte sie mit aller Macht verhindern, dass der Rest Leben aus ihr entwich.

»Tja, mein Schatz, wie gewonnen, so zerronnen. Du kommst von tief unten. Für solche Kreaturen gibt es keine Zukunft aus Licht und Glück. Du kannst kämpfen, so viel du willst, du kannst um dein Leben strampeln, aber der Treibsand wird dich verschlucken. Vielleicht nicht sofort, aber du wirst ihn nicht aufhalten können. Du kommst aus dem Dreck deines Viertels, und du wirst dort enden.« Er machte eine gönnerhafte Pause. »Es sei denn, es ginge dir wie mir. Ich habe die Macht des Geldes auf meiner Seite. Ich habe es aus dem Dreck des Hafenviertels geschafft. Jeden Penny habe ich in den Dreck geworfen, bis der Untergrund fest genug war, mich und meine Schritte zu tragen.«

»Du Schwein.«

»Wie gnädig du doch formulieren kannst. Als Mädchen hattest du sicher andere Schimpfworte parat. Erinnere dich. Los, denk daran, was sie über deine Mutter gesagt haben und was du ihnen geantwortet hast.« Er hob sein Glas Richtung Ölbild. »Verzeihen Sie, Madam, wenn ich gerade ein wenig ungehobelt wirke. In Ihrer Gegenwart sollte ich mich schicklicher benehmen. Sie haben recht. Verzeihung.« Er deutete in Richtung des Bildes eine Verbeugung an, trank das Glas leer und stellte es ab. »So, genug gelabert.« Er strich geschäftsmäßig die Blätter glatt, die er aus dem Umschlag gezogen hatte, und legte einen Stift dazu. »Genug dummes Zeug gefaselt. Du unterschreibst jetzt hier – und dann bist du mich auch schon los.« Er sah auf die Uhr. »Ich habe nicht ewig Zeit. Ich habe ein wenig Druck, wenn du verstehst, was ich meine. Die Sache mit Steve, in der Nacht, da draußen ... Los jetzt, deine Unterschrift.« Er hielt ihr den Stift entgegen.

Liz konnte sich nicht aus ihrer Erstarrung lösen.

»Es ist doch ganz einfach«, er sprach zu ihr wie zu einem Hündchen, das er zu einem Kunststück bewegen wollte. Dann brüllte er sie unversehens an: »Los jetzt, du Drecksschlampe! Deine Unterschrift!«

Sie zuckte zusammen, als wache sie aus einem Albtraum auf. »Nein.«

»Ach, schau an, nun will sie mir zeigen, dass sie stark ist. Lass gut sein, Liz, das bist du nicht. Komm, unterschreib.«

»Du hast Steve getötet. Du warst es. Ich habe es geahnt. Du warst in jener Nacht hier.« Sie war kreidebleich geworden, aber der Satz kam tiefschwarz und kratzig aus ihrer Kehle. »Niemals.«

»Ach. Ehrlich? Ich habe ihn doch nur ein wenig, sagen wir, angeritzt. Er hätte überlebt. Ich habe mich erkundigt, welche Heilungschance es bei solchem Blutverlust gibt. Er hätte es in der Tat überlebt, Liz. Ganz bestimmt. Ich habe ihn nicht ... umgebracht. Was für ein böses Wort.« Er hielt ihr den Stift hin.

Sie regte sich nicht.

»Meine Geduld ist am Ende.«

Sie sah ihn zum ersten Mal direkt an und sagte: »Ich habe eines gelernt in all den Jahren – niemand entkommt seinem Schicksal. Ja, du hast recht, für unsereins ist es fast unmöglich aufzusteigen, Teil dessen zu werden, was wir die bessere Gesellschaft genannt haben. Das wirst auch du lernen. Den Schmutz der frühen Jahre wirst auch du nicht abschütteln können. Da hilft dir kein Geld der Welt. Es kommt nämlich nicht auf schöne

Kleider an, es geht um die innere Haltung. Und das habe ich von Steve gelernt. Ich hätte mir mehr Zeit gewünscht, diese Haltung zu erwerben.« Sie zeigte mit dem Finger auf ihn, als halte sie ihm ein Messer entgegen. »Du wirst sie niemals erreichen. Dafür werde ich sorgen. Du wirst ebenso wieder in der Gosse landen. Nein, du wirst dich zu deinesgleichen gesellen.« Sie sah sein erstauntes Blinzeln. »Du wirst in Wandsworth landen oder in einem der anderen Sammelbecken für Gesindel wie dich. Oder soll ich dir das Höllenloch von Birmingham wünschen?«

Er schwieg.

»Ich werde die Papiere da nicht unterschreiben.« Sie deutete auf die Unterlagen. »Dafür werde ich etwas anderes tun. Etwas, das ich schon längst hätte tun sollen.« Sie stand auf. »Ich werde die Polizei informieren und ihnen all das berichten, was du mir von dem ›Unfall‹ in Manchester erzählt hast. Erinnerst du dich noch, Terry, wie du heulend vor mir gekniet hast und um Verständnis und vor allem um Verschwiegenheit gewinselt hast? Ich werde dem armen Mädchen die Gerechtigkeit zukommen lassen und ihr die Würde zurückgeben, die ihr Schweine ihr in dieser kalten Gasse in Manchester genommen habt.«

»Das tust du nicht!«

»Hast du nicht eben noch gesagt *wie gewonnen, so zerronnen*?« Sie stand nun über ihm, und ihr Schatten fiel wie eine Wand auf sein Gesicht. »Du steckst schon bis zum Hals im Treibsand. Wehr dich nicht, dann sind die Qualen des Erstickens nicht so groß.« Sie lachte laut und beinahe hysterisch. »Du hast weder Würde noch

Größe, du hast nur dich selbst und deine armselige Existenz.« Liz schickte sich an, den Raum zu verlassen.

»Nicht, Liz. Tu das nicht.« Seine Stimme klang kläglich und leise.

»Bleib sitzen oder verschwinde. Aber ich garantiere dir, du wirst nicht weit kommen.«

»Wenn du jetzt gehst, werde ich dich töten müssen.«

»Du machst mir keine Angst mehr, Terry.«

»Ich liebe dich, Liz.« Er klang ehrlich verzweifelt. »Denk doch nur, was wir alles aufgeben, wenn wir jetzt auseinandergehen. Unser sorgloses Leben. Wir haben doch Geld genug. Unser Haus, unsere Träume, unsere Zukunft.«

Sie drehte sich zu ihm um. »Das sind nur *deine* Träume. Nimm doch nur das Dorf. Meinst du im Ernst, du könntest aus Cadgwith ein Museum machen? Und aus den Fischern Museumswärter? Meinst du, sie werden jemals ihre Freiheit und ihren Stolz für das bisschen Sicherheit aufgeben, das du ihnen versprichst? Niemals werden sie das tun. Hast du das noch nicht begriffen? Sie führen ein hartes Leben voller Stolz, und das werden sie ebenso stolz verteidigen. Du kannst die Menschen nicht kaufen. Niemanden, weder sie noch mich. Und du kannst mit keinem Geld der Welt Würde und Anstand kaufen. Begreif das endlich.«

Sie sah ihn an und ging zur Tür.

»Ich werde dich töten müssen.« So drohend der Satz klingen sollte, so trostlos und leer wirkte er.

»Dazu hast du nicht den Mumm. Das weiß ich.« Sie verließ den Raum.

Er starrte Richtung Tür. Er musste handeln. Jetzt. Mit einem Blick zum Fenster stellte er fest, dass es bereits früher Abend geworden war. Das Licht hatte sich verändert, es war die Stunde zwischen Nachmittag und Abend.

Nachdem er den Fischer niedergestochen hatte, war er die ganze Nacht umhergefahren, immer in der Angst, auf eine Polizeisperre zu treffen. Er hatte sein Glück nicht fassen können, dass er unbehelligt geblieben war. Aber er hatte auch ausschließlich die kleinen Nebenstraßen benutzt.

Gegen Morgen hatte er auf einer unbefestigten Zufahrt zu einer abgelegenen Wiese angehalten, die von dichten Hecken umgeben war. In der Morgendämmerung hatte sie so ausgesehen, als läge sie schon länger brach. Im Auto hatte er ein paar Stunden geschlafen, war aber immer wieder unruhig aufgewacht, stets in der Angst, einen Streifenwagen mit eingeschaltetem Blaulicht neben sich zu sehen. Schließlich hatte er im Fahrzeug gesessen und nachgedacht. Aber er hatte sich nicht konzentrieren können. Es war ausweglos. Er saß in der Falle.

Es gab nur eine Möglichkeit: Er musste Liz dazu bewegen, zu ihm zurückzukommen, und sie endgültig zum Schweigen bewegen. Mit schönen Versprechungen, mit Geld. Was einmal funktioniert hatte, würde wieder klappen. Wie er war sie nur an Geld interessiert. Das war damals schon so gewesen, und daran hatte sich bis heute nichts geändert. Entschlossen hatte er den Zündschlüssel umgedreht und war losgefahren. Zuversicht war für die ersten Kilometer sein Ansporn gewesen.

Aber je mehr er sich Trerice genähert hatte, umso stärker war die Verzweiflung zurückgekehrt.

Und nun saß er hier in diesem Zimmer und wusste nicht mehr ein noch aus. Er würde sie töten müssen, aber er konnte nicht. Dabei hatte sie ihn jetzt gänzlich in der Hand.

Er konnte sie nicht einfach gehen lassen, und doch konnte er sich kaum rühren. Bennett stand auf und trat ans Fenster. Er brauchte jetzt einen klaren Kopf. Eine Entscheidung musste her. Noch hatte Liz Trerice nicht verlassen. Er legte die Hände ans Glas der Fenster und schloss die Augen. Die Scheiben fühlten sich noch warm an von der Nachmittagssonne. Wie hatte es nur so weit kommen können?

Das Geräusch einer zuschlagenden Tür drang an sein Ohr. Er musste jetzt reagieren, aber er war wie gelähmt. Langsam öffnete er die Augen.

Was er sah, verstand er nicht. Liz lief draußen über den Weg. Der Sandsteinsplit leuchtete hell. Ihr weißes Sommerkleid verlieh ihr den Anschein, in einen wehenden Seidenschal gehüllt zu sein. Ihr Körper hatte etwas Ätherisches, als sei er durchscheinend wie der wehende Vorhang vor einem offenen Fenster. Eine Szene wie aus einem romantischen Film. Plötzlich wie eingefroren, hielt sie inne, einen Fuß angehoben. Dann sank sie zusammen. Bennett war unfähig, sich zu rühren. Gebannt starrte er auf das Bild vor seinen Augen. Eine Gestalt stürzte auf die am Boden Liegende zu und begann an ihr zu zerren. Er griff unter ihre Achseln und zog sie Richtung Haus zurück.

Nun endlich erkannte er den Mann.

Keith.

Im gleichen Augenblick hörte er im Flur ein Rumoren. Panisch vor Angst stürzte er in den Flur.

»Was hast du getan?« Fassungslos sah er zu Keith, der Liz über den Flur Richtung Küche zerrte.

»Hör auf, hilf mir lieber.« Ohne eine Antwort abzuwarten, zog er den Körper über die Schwelle.

»Was hast du getan?« Bennett verstand immer noch nicht.

»Zeter hier nicht rum. Was ich getan habe?« Er erhob sich und trat so nahe an Bennett heran, dass sich ihre Gesichter beinahe berührten.

»Hattest du mich nicht um Hilfe gebeten?«

»Aber …«

»Ich habe dir noch einmal aus der Klemme geholfen, Terry. Und jetzt ist Zahltag.« Er packte Bennett am Kragen seines Poloshirts. »Seit wann bist du hier? Hat dich jemand gesehen? Los, antworte. Hat – dich – jemand – herkommen – sehen?«

Stumm schüttelte Bennett den Kopf, dann sank er vor dem toten Körper seiner Frau auf die Knie. »Was hast du getan? Liz …« Er war versucht, sie in seine Arme zu nehmen. Sie sah aus, als schliefe sie. Wäre da nicht der runde rote Fleck auf ihrem Kleid in Höhe des Herzens.

Keith beobachtete ihn spöttisch von der Seite. »Kunstschuss, nicht? Man könnte meinen, ich hätte sie nicht getroffen. Fast kein Blut. Ich habe es noch nicht verlernt. Und hör auf zu flennen. Ich kann weinerliche Typen nicht ab. Das weißt du doch.« Er zog seine Waffe mit dem Schalldämpfer aus dem Hosenbund und tätschelte sie liebevoll. »Meine gute Lucille hat mich noch nie im Stich gelassen. Sehr präzise auch auf mittlere Distanzen. Ein echtes Schätzchen.«

»Du hast sie umgebracht. Einfach so.« Immer noch fassungslos strich er seiner Frau eine Strähne aus dem Gesicht. Er hatte sie noch nie so sehr geliebt wie in diesem Augenblick.

»Das war der Plan.« Keith klang beinahe fröhlich und steckte die Waffe wieder weg. »Und nun komm. Reiß dich los. Sie wird nicht mehr lebendig. Da kannst du noch so sehr heulen. So ist das im Leben nun mal. Was man nicht mehr haben kann, vermisst man am meisten.« Lachend meinte er: »Ging mir ähnlich. Als du weg warst und die Kohle weniger wurde, habe ich dich echt vermisst. Also, auf geht's zu neuen Ufern.«

»Liz ist tot.« Eine unpassendere Antwort hätte ihm nicht einfallen können.

»Natürlich ist die Schickse tot. Mausetot wie eine gekappte Telefonleitung.«

»Wie kannst du nur so etwas sagen? Du … du hast gerade einen Menschen erschossen, Keith. Du hast Liz erschossen.«

»Spiel jetzt bloß nicht den trauernden Witwer und Moralapostel. Das ist die falsche Gelegenheit und die falsche Zeit. Komm endlich. Wir müssen los. Wer weiß, ob nicht doch einer aus der Nachbarschaft etwas gesehen hat.« Er versuchte Bennett hochzuziehen.

»Ich kann nicht.«

Mit einer fließenden Bewegung zog er die Waffe hervor und hielt sie dem Knienden an den Kopf. Seine Stimme war so kalt wie die Mündung der Pistole. »Das würde ich mir gut überlegen. Sagt Lucille.«

Bennett erstarrte unter der Berührung des harten Metalls.

»Komm endlich hoch.«

Bennett erhob sich langsam, ohne einen Blick vom Leichnam seiner Frau zu nehmen.

»Terry Heulsuse.« Keith steckte die Waffe hinten in den Hosenbund.

»Du Arschloch.«

»Schau an, der kleine Terry wird mutig.« Er verzog seine Lippen zu einem höhnischen Grinsen, um Bennett im gleichen Atemzug anzublaffen: »Und jetzt sieh zu, dass du deine Fingerabdrücke überall abwischst. Los, überlege, was du alles angefasst hast. Und dann komm.« Er grinste erneut. »Manchester wartet. Du wirst eine Menge Arbeit haben.« Er trat einen Schritt zurück. »Du wirst einen passablen Witwer abgeben, der angemessen um seine Frau und ihr grässliches Schicksal trauert.« Er legte mit einer väterlichen Geste die Hand auf Bennetts Schultern. »Keine Sorge, niemand wird dich ernsthaft verdächtigen. Ein paar unbequeme Fragen, und das war's dann auch schon. Bald wird Gras über die Sache gewachsen sein, und alles ist so schön wie früher. Du wirst sehen, Terry, schon bald wird um die nächste Ecke die nächste Liz auftauchen. Noch jünger und noch schöner.« Er stieß Bennett von sich. »Und nun los, wir haben keine Zeit zu verlieren.«

»Liz …«

»Jetzt hör endlich auf mit dem Gejammer. Die alte Liz ist tot. Es lebe die nächste.«

Terry Bennett schluckte und wollte wieder einen Schritt auf die Leiche zumachen.

»Bist du bescheuert? Hast du mich nicht verstanden? Wir müssen los.« Er nahm einen milden Tonfall an, der Bennett überzeugen sollte. »Es wird sich schon jemand um sie kümmern, noch bevor sie ganz kalt ist. Wird's bald?«

»Liz. Du hast Liz …«

Keith lachte auf. »Aus dir wird nie einer von uns. Du bist einfach zu weich, Terry. Aber dafür liebe ich dich. Dich und dein Händchen für das ganz große Geld.«

Terry Bennett stand wie angewurzelt auf der Schwelle zur Küche.

»Fass sie bloß nicht an, und fang endlich an, deine Spuren zu beseitigen. Lass hier nichts liegen.«

XL.

»Es gibt keinen Hinweis auf Bennett als Täter«, flüsterte Simon, steckte das Telefon ein und setzte sich zu Mary an Lukes Krankenbett. Er war auf den Flur getreten, als der Anruf kam.

»Marks?«, fragte sie mit gedämpfter Stimme, denn Luke schlief.

Simon nickte.

»Und was wird jetzt?«, setzte sie ebenso leise die Unterhaltung fort.

»Die Fahndung läuft. Mit wenig Aussicht auf Erfolg. Außer Bennetts Fingerabdrücken im Haus findet sich, wie gesagt, nicht der kleinste Hinweis. Die Ermittler gehen weiter davon aus, dass Bennett, sollte er doch der Täter sein, ohnehin längst nicht mehr in Cornwall ist. Vielleicht hat er sich nach Irland abgesetzt, meinen sie. Er soll nicht nur nach Manchester gute Kontakte haben, sondern auch in die Docklands von Dublin.« Er sah ihren skeptischen Blick. »Das ist seit den Achtzigerjahren der heißeste Platz, um eine Menge Kohle zu machen. Legal oder illegal. Silicon Docks, du verstehst? Große und sehr große Investmentfirmen. Er wird auch mit denen seine Geschäfte gemacht haben.«

Sie zuckte mit den Schultern. »Das bringt uns jetzt auch nicht weiter.«

»Marks hat mich gefragt, ob ich helfen kann, weil ich doch sicher noch gute Kontakte zu meinen früheren Kollegen habe und damit den Dienstweg verkürzen könnte. Er scheint ziemlich am Ende zu sein mit seinen Kräften. Zwei ungeklärte Mordfälle, die ergebnislose Fahndung nach Carltons Mörder, dazu ein versuchter Mord, die immer wahrscheinlicher werdende Verbindung zur Organisierten Kriminalität, außerdem die ewige chronische Personalknappheit. Kein Wunder, dass er auf dem Zahnfleisch geht.«

»Und? Wirst du?«

Er schüttelte den Kopf.

Für Mary kam das eine Spur zu zögerlich. Sie wandte

den Kopf und betrachtete Luke, dessen regelmäßige Atemzüge ihr mehr Hoffnung gaben als die Äußerungen des behandelnden Arztes. Luke war eine zähe Natur. Er würde es schaffen. Wenn erst der enorme Blutverlust ausgeglichen und verarbeitet worden war, würde sich der Rest finden. Die Stichwunde war das Geringste, sie würde bald verheilen. Wie gut, dass keine inneren Organe massiv verletzt worden waren. Luke hatte großes Glück gehabt, dass das Messer die Bauchschlagader knapp verfehlt hatte.

»Wir sollten heimfahren. Gills Besuch wird ihn sehr angestrengt haben. Die Schwestern werden ihm schon sagen, dass wir bei ihm waren.« Simon legte eine Hand auf ihren Arm.

Mary spürte die Wärme. »Du hast recht.«

So leise, wie sie gekommen waren, verließen sie Lukes abgedunkeltes Zimmer. Das grelle Licht der Flurbeleuchtung blendete sie.

»Ich könnte unter diesen Bedingungen nicht arbeiten. Immer das Neonlicht, die karge Arbeitsumgebung, nein.« Mary hob grüßend die Hand, als sie den Eingang zur Intensivstation passierten, wo ihr zwei freundlich lächelnde Schwestern mit einem Rollwagen entgegenkamen, in ein angeregtes Gespräch vertieft.

Simon stimmte ihr zu. »Nichts für mich. Ich muss gerade an die Monate denken, die ich in den verschiedenen Klinken und Reha-Einrichtungen verbracht habe.« Er warf ihr einen Seitenblick zu. »Immer in der Hoffnung, am Ende wieder der Alte zu sein und mit der immer gleichen Diagnose und Enttäuschung.«

Mary sah ihm an, wie sehr es in ihm arbeitete.

Auf dem Parkplatz wollte sie gerade in ihren Wagen steigen, als Simons Telefon erneut vibrierte.

»Ja?« Er hatte einen müde und erschöpft klingenden DI in der Leitung.

»Liz Bennett ist tot. Erschossen. Die Zugehfrau hat sie im Landhaus gefunden. Sie hatte noch einmal nach ihr sehen wollen. Die Kollegin aus Newquay hat mich gerade informiert. Ich dachte, das sollten Sie wissen.«

»Erschossen?«

»Ja. Natürlich gibt es im Augenblick keinen Hinweis auf den möglichen Täter.« Simon hörte im Hintergrund Stimmen. »Das wird wieder eine lange Nacht. Ich muss dann wieder.«

Simon nickte zögernd und trennte die Verbindung. »Liz Bennett wurde erschossen.«

Mary ließ die Arme sinken. »Das war Bennett.«

»Wie kommst du darauf?«

Sie hob die Schultern. »Ich traue ihm alles zu. Der gehörnte Ehemann. Keine Ahnung. Ist nur so ein Gefühl.« Sie schüttelte nachdenklich den Kopf. Sie wusste längst nicht mehr, was sie glauben sollte.

»Woher soll er die Waffe haben?«

»Das ist heutzutage sicher kein Problem mehr, oder?«

Simon ließ die Frage so stehen. Natürlich war das kein Problem mehr. »Die Obduktion wird Genaueres ergeben. Wenn das Projektil im Körper steckt, sind Rückschlüsse möglich. Vielleicht wurde die Waffe schon einmal benutzt. Das wäre aber ein Glücksfall.«

»Was glaubst du?«

»Carltons Mörder ist ein Profi. Vielleicht ist er auch für Liz Bennetts Tod verantwortlich.«

Mary bemerkte Simons Ungeduld. »Sollen wir los?«

Er nickte.

Die ersten Kilometer legten sie schweigend zurück.

»Ich frage mich die ganze Zeit, warum Marks dir gegenüber so offen ist.« Mary hielt an der Einfahrt in den großen Kreisverkehr, von dem aus sie Richtung Falmouth und Helston abbiegen wollte. Selbst zu dieser Tageszeit war Betrieb. Müde wartete sie, dass die Fahrbahn frei wurde.

»Du hast recht. Wenn man bedenkt, wie er sich noch vor ein paar Monaten mir gegenüber verhalten hat.«

»Du hast ihm damals sehr geholfen. Er wird seine Meinung wohl geändert haben. Vielleicht sieht er dich als eine Art heimlichen Verbündeten.« Sie warf ihm einen schnellen Seitenblick zu, ehe sie Gas gab. »Jedenfalls weiß er, dass du keine falschen Spielchen mit ihm treibst und er sich auf dein Urteil verlassen kann.«

»Das glaube ich ja gerne. Aber ich will das alles nicht, Mary.«

»Da bin ich mir nicht ganz sicher, Simon.« Sie vermied es, ihn anzusehen.

Er ließ etwas Zeit verstreichen und erweckte stattdessen den Eindruck, ihn interessiere die nächtliche Landschaft. Endlich antwortete er.

»Wie meinst du das?«

Mary blickte konzentriert durch die Windschutzscheibe, so als würde sie den Weg nicht kennen. »Ich glaube, dass dir Marks' Absicht entgegenkommt. Du wirst ihm helfen, weil du dir von ihm Informationen über Lehmann erhoffst. Du hilfst Marks, und Marks wird dir helfen, weiter auf Lehmanns Spur zu bleiben, um ihn am Ende aufzuspüren und ihn ... ja, was, Simon? Sag's mir.«

»Du meinst, ich will ihn töten?«

Mary schwieg. Sie hatte schon genug gesagt.

»Wegen Moira? Dass ich Rache nehmen will?«

Sie schwieg weiterhin.

»Ich bin kein Polizist mehr, Mary, und an keine Vorgaben gebunden. Daher ist alles möglich.«

Noch bevor er weitersprach, kannte sie die Antwort.

»Alles ist möglich. Auch Rache.«

Mary wollte das Thema nicht vertiefen. Sie wusste, dass er das nicht zulassen würde. Sie brachte das Gespräch noch einmal auf Luke.

»Gill ist eine starke Frau. Sie gibt Luke die Kraft, die er jetzt braucht.«

Simon schien in der Tat froh zu sein über den Themenwechsel. »Was wären die beiden ohne einander.«

»Sie hat mir erzählt, dass das ganze Dorf in Aufruhr ist. Jeder will ihr helfen. Das ist schon fast zu viel für sie. Meine Tante hat angekündigt, für Luke eine große Wohltätigkeitsveranstaltung zu organisieren.«

»Da hat sie wohl mal einen lichten Augenblick gehabt.«

»Schon, aber Gill will das nicht.«

»Ja. Die beiden brauchen vor allem Ruhe. Es reicht, wenn sie wissen, dass sie nicht allein dastehen.«

Mary setzte den Blinker, um einen Traktor zu überholen, der trotz der späten Stunde noch unterwegs war.

Allerdings war er so breit und hoch, dass ein Überholen an dieser Stelle nicht möglich war. »Ich muss dringend schlafen. In ein paar Stunden kommen die neuen Gäste.«

»Volles Haus?«

Sie nickte. »Übrigens, Krystian hat angerufen. Er kommt natürlich zurück, wenn Marks seine Aussage brauchen sollte.«

»Pass auf!«

Simon stemmte sich mit beiden Armen gegen das Armaturenbrett, als Mary hart auf die Bremse trat. Der Traktor hatte unvermittelt die Geschwindigkeit gedrosselt, ohne dass seine Rücklichter reagiert hätten. Und ohne den Blinker zu setzen, bog er auf eine Einfahrt ein.

»Das war knapp.« Mary atmete tief ein. »Gut, dass ich nicht zu schnell war.« Für den Bruchteil einer Sekunde musste sie an Simons Unfall denken, der so entsetzlich geendet hatte.

»Ich werde Lehmann weiter jagen.« Er setzte sich wieder aufrecht hin.

»Das macht mir Angst.« Sie beschleunigte vorsichtig.

»Du weißt, dass ich nicht anders kann.«

»Ich habe Angst um dich.« Sie hielt den Blick auf die Straße gerichtet. Die fehlende Straßenbeleuchtung und die eng stehenden Hecken links und rechts machten die Strecke zu einem gefährlichen tiefschwarzen Loch.

»Danke.«

In diesem Wort steckte für sie mehr, als er ahnen konnte. Der zärtliche Tonfall verriet ihn und seine Verletzlichkeit. Aber dieses Danke verriet noch viel mehr.

Mary hielt das Steuer fest umklammert, damit sie ja nicht in Versuchung geriet, seine Hand zu nehmen.

»Ich meine das wirklich so. Du gibst mir damit Halt. Ich weiß, dass ich mich in Gefahr begebe. Gerade deshalb ist mir deine Sorge so wertvoll. So absurd das auch klingt.«

Den Rest der Rückfahrt schwiegen sie. Beide hatten das Gefühl, dass genug gesagt war.

Mary stellte den Motor aus, als sie am Weg hielten, der zu Simons Cottage führte, und stieg aus. Schweigend nahmen sie sich kurz in den Arm. Sie vermied die Frage, ob er den Rest des Weges schaffen würde. Sie hatte schon auf dem Parkplatz des Royal Cornwall Hospital registriert, dass er Schmerzen hatte.

Stattdessen konnte sie sich die Frage nicht verkneifen, die ohnehin die ganze Zeit über ihrer Rückfahrt geschwebt hatte: »Was wirst du nun tun?«

»Nachdenken.«

»Sagst du mir, zu welchem Schluss du dann gekommen bist?«

»Sicher.«

»Versprochen?«

»Natürlich, Mary.« Simon wandte sich zum Gehen, drehte sich aber noch einmal zu ihr um. »Gute Nacht.«

Nachdem Mary ihren Wagen abgestellt und zu ihrem Cottage hinaufgegangen war, blieb sie noch einen Augenblick vor ihrer Haustür stehen. Unter ihr breitete sich der Atlantik in seiner schlichten Schönheit aus.

XLI.

»Ich brauche Ihre Hilfe.« Marks klang unsicher, so als sei seine Bitte unmoralisch oder als sei von vornherein klar, dass sie nicht auf fruchtbaren Boden fallen würde. Das »Bitte«, das er hinterherschickte, verstärkte diesen Eindruck noch. Marks musste offenbar aus großer Not über seinen Schatten springen.

Simon nagte an seiner Unterlippe. Es ging nicht darum, dem DI zu helfen oder ihn im Stich zu lassen. Er war tief in seinem Inneren immer noch überzeugter Polizist, der niemanden im Stich lassen würde, der ihn um Hilfe anging. Das war es nicht. Er wusste, sollte er der Bitte nachkommen, wäre er wieder mit Moiras Tod und allem konfrontiert, was damit zusammenhing.

Wollte er das? Er hatte mühsam lernen müssen, sich mit Moiras Tod zu arrangieren. Er hatte sich zwar geschworen, Lehmann zur Rechenschaft zu ziehen, gleichzeitig war ihm aber bewusst gewesen, dass dies aus den unterschiedlichsten Gründen ein Wunsch bleiben würde. Auch damit hatte er sich abgefunden.

Und nun war er unmittelbar mit der Möglichkeit konfrontiert, das Versprechen, das er sich selbst gegeben hatte, umsetzen zu können. Das irritierte ihn und machte ihm Angst, weil er sich der Folgen durchaus bewusst war. Bisher hatte er seine Fantasien wohlgehütet und eingehaust, aber nun konnte er sie freilassen. Es bedurfte nur eines simplen Ja.

Es half kein Zaudern. »Was erwarten Sie?«

»Nun, mein Ermittlerteam ist derzeit nur dünn besetzt. Ich bekomme zum Verrecken nicht das Personal, das ich brauche.«

Marks' Stimme klang gepresst, als könne er die Wut auf seine ignoranten Vorgesetzten nur mit Mühe unterdrücken. Simon kannte solche Situationen nur zu gut. Wichtige Ermittlungen kamen nicht voran, weil die Personaldecke in der Met chronisch dünn war. Sehr zum Vorteil der Gegenseite.

»Ich bin mir nicht sicher, dass ich tatsächlich eine Hilfe für Sie sein kann.«

»Kommen Sie, Jenkins, das kaufe ich Ihnen nicht ab. Sie gelten bei Ihren Ex-Kollegen immer noch als exzellenter Polizist. Aber das habe ich Ihnen schon gesagt.« Er machte eine Pause, in der er nach den richtigen Worten suchte. »Vergessen Sie unsere ersten Begegnungen. Ich konnte damals nicht anders handeln. Das wissen Sie.«

DI Marks klang in Simons Ohren nicht wie jemand, der eine dicke Kröte schlucken musste, um weiter mit ihm im Gespräch zu bleiben. Es war eine ehrlich gemeinte Bitte um Hilfe.

»Ich bin dabei.« Er nickte kurz. Mehr gab es nicht zu sagen.

»Ich bitte Sie um alle Informationen, die Sie über Lehmann und seine Verbindungsleute beschaffen können. Ihre Londoner Kollegen waren, was das betrifft, nicht sehr hilfreich. Angeblich gibt es kaum verwertbare Unterlagen. Geheimhaltung und all das großkotzige behördliche Blabla. Aber Sie kennen sicher all das, was zwischen den Zeilen steht, so nahe wie Sie an ihm dran waren.« Die Erleichterung war Marks deutlich anzuhören.

»Soweit ich mich erinnere, hatten wir damals tatsächlich einige Unterlagen über Lehmanns Aktivitäten unter Verschluss. Sie waren in ihrer Qualität allerdings nicht unbedingt juristisch voll belastbar. Sonst hätten wir ihn damals schon festsetzen können. Vieles basierte auf Indizien, wenigen konkreten Aussagen von Zeugen, Spitzeln oder gar von Lehmanns Gegnern. Wenn sie gekonnt hätten, dann hätten sie ihn ans Messer geliefert, allein, um dann freie Bahn für ihre eigenen Geschäfte zu haben.« Simon lachte grimmig auf.

»Gut, gut.« Marks klang ungeduldig. Das alles kannte er wohl schon. »Setzen Sie da an. Ermitteln Sie. Wir müssen ihn packen. Das hat nicht allein mit den Vorgängen in London zu tun. Die sind ohnehin mehrere Nummern zu groß für mich und meine wenigen Leute.« Der Gedanke ließ ihn auflachen. »Ich will wissen, ob er mit dem Torso zu tun hat – und mit dem Mord an Carlton.« Simon hörte, wie Marks eine Zigarette anzündete und den Rauch tief inhalierte. Danach ein kurzes Husten, gefolgt von einer halbherzigen Erklärung, die er in dieser Form sicher ständig abgab. »Ich sollte wieder damit aufhören. Was ich aber sagen will: Ich will die Verbindung wissen zwischen Lehmann und diesem Keith Stone. Und welche Rolle Bennett dabei spielt. Mein Gefühl sagt mir, dass auch der Tod seiner Frau mittelbar oder sogar unmittelbar mit Lehmann zu tun hat.«

»Sie haben Luke vergessen.«

»Nein, das habe ich nicht. Ich wollte nur nicht, dass Sie mir vorwerfen, ich käme mit billigen Tricks. Ganz im Gegenteil, ich vergesse keine Sekunde, dass Ihr Freund auf der Intensivstation liegt. Seien Sie sicher, dass mir sein Fall ebenso am Herzen liegt wie Ihnen und Ihrer Freundin.«

»Wenn er Glück hat, werden sie ihn in ein, zwei Tagen von Intensiv auf eine normale Station verlegen.« Simon wäre der jungen Ärztin beinahe um den Hals gefallen, als sie ihm die Nachricht überbracht hatte. Als er jedoch Näheres von ihr erfahren wollte, hatte sie ihn mit einem bedauernden Achselzucken und dem Hinweis vertröstet, sie sei mit der Sache nicht wirklich befasst und als Assistenzärztin lediglich damit beauftragt worden, ihm diese Nachricht zu überbringen. Ihr war kein Vorwurf zu machen, und er hatte die kurze Begegnung als weiteren Beleg für die Unzulänglichkeit des National Health Service angesehen.

»Das sind doch gute Nachrichten.« Marks hustete erneut, kurz und unterdrückt.

»Ich will sehen, was ich tun kann. Aber ich kann Ihnen nichts versprechen.«

»Ihre Zusage reicht völlig. Wir werden sehen, wohin uns die Arbeit führt.«

»Und wenn ich nicht mehr kann, steige ich aus.«

»Kein Problem. Ich weiß um Ihre Gesundheit. Es liegt alles in Ihrer Verantwortung. Sie nehmen eine gewaltige Last auf sich, trotz Ihrer …« Er ließ das Wort in der Luft hängen.

»Behinderung. Sprechen Sie es ruhig aus.«

»Sie wissen schon. Ähm, ja. Schön, dass Sie an Bord sind.«

»Ich melde mich, wenn ich etwas Hilfreiches habe.«

»Tun Sie das, tun Sie das.« Marks holte Luft. »Und danke.«

Simon legte auf, ging hinüber in sein Atelier und räumte die Staffelei frei. Die Leinwand zeigte eine halbfertige Szene: Mächtige Wellen rollten gegen Strand und Pier, hoch aufspritzende Gischt vor der Kulisse von Porthleven. Er musste dringend fertig werden, eine lukrative Auftragsarbeit für eine Galerie. Sie ähnelte jenen Postkartenmotiven, die in den Andenkenläden ein Verkaufsschlager waren: der Uhrenturm von Porthleven im Herbststurm. Nichts, was ihn sonderlich interessierte. Aber er nahm sich vor, das Bild zu beenden und auszuliefern. Er räumte einige Leinwände beiseite und hob Moiras Porträt auf die Staffelei.

Minutenlang blieb er vor dem Bild stehen. Er hatte es schon längere Zeit nicht mehr angeschaut. Er hatte immer noch das Gefühl, mit der sehr farbenfrohen Arbeit und dem pastosen Auftrag der Farben tatsächlich ihr Wesen eingefangen zu haben. Simon spürte mit jedem Blick und jedem Atemzug die tiefe Verbundenheit zu ihr, und doch war über die vergangenen Monate etwas anders geworden. Der Schmerz traf ihn nicht mehr in voller Härte. Er konnte das Porträt mit künstlerischer Neugier betrachten als das, was es war: eine gelungene Erinnerung an den Menschen, den er einmal über alles geliebt hatte. Diese Liebe würde bleiben, aber sie würde nicht länger sein Leben überschatten. Schließlich schloss er das Atelier ab und kehrte ins Haus zurück.

Im Wohnzimmer öffnete er den alten zweiteiligen Schrank, in dem er in den oberen Fächern einige Bücher verwahrte, ein paar Romane, in der Hauptsache aber Kunstbände und Ausstellungskataloge. Außerdem war noch Platz für einen Teil seiner CD-Sammlung. Mary hatte ihn schon einige Male damit aufgezogen, dass das historische Möbel, das er nach seinem Einzug in einem Antikladen in Mullion erstanden hatte, dringend einer Renovierung bedürfe und sie ihm gerne ein Angebot machen würde. Das hatte er aber jedes Mal übertrieben entrüstet zurückgewiesen. In Wahrheit konnte der Schrank ein bisschen Aufmöbeln gebrauchen, besonders die Scharniere.

Im unteren Teil fand er schließlich, was er suchte. Der angejahrte Pappkarton stand im untersten Fach ganz hinten, gut verborgen hinter weiteren Kunstbänden und Fotoalben. Ganz so, als würde niemand ihn vermissen, aber noch nicht reif für den Müll.

Der Karton lag schwer in seinen Händen, als er ihn zum Tisch trug und sich setzte. Er sah die graue Pappe lange an und legte die Hände auf den Deckel. Er wollte ihn noch nicht öffnen, als würde er damit einen Geist aus der Flasche lassen, den er nicht mehr bändigen konnte. Er spürte eine Unruhe, die ihn nicht mehr am Tisch hielt. Bevor er sich des Inhalts annahm, stand er auf und ging zum CD-Regal. Er wollte Musik hören, vor allem aber wollte er den Augenblick hinauszögern, in dem er den Karton öffnete. Mit dem Finger fuhr er über die Reihe der CDs und zog schließlich die Musik der Marcus King Band hervor, *Carolina Confessions*. Einen passenderen Soundtrack für den Inhalt der Pappschachtel würde er ohnehin nicht finden. Da konnte es genauso gut der krachende Blues Rock und Southern Rock des jungen Gitarristen aus South Carolina sein. Er hatte ihn im Winter in Truro erlebt, gemeinsam mit Mary. Luke hatte damals, wenig überraschend, dankend abgewunken. Er hielt nicht viel von dieser Art Musik. Ihm reichte völlig das freitägliche Singen der Fischer im Pub.

Bevor er die gesamte CD von Anfang an durchhörte, sprang er zur Einstimmung erst einmal auf *Remember* vor, dem vorletzten Song, akustisch: *When I needed you / Where the hell were you then*. Wo zum Teufel warst du, als ich dich gebraucht habe? Genau diese Frage stellte Simon sich. Wie sollte er Luke erklären, dass er nicht bei ihm gewesen war, als ihn das Messer traf? Warum hatte er ihn nicht aufgehalten, als ihm klar wurde, dass sein Freund auf eigene Faust losziehen würde, um Bennett dingfest zu machen? Er machte sich Vorwürfe und wusste dennoch im gleichen Augenblick, dass er es vermutlich auch dann nicht hätte verhindern können, wenn er versucht hätte, es ihm auszureden. Luke war Luke, weil Luke eben Luke war. So einfach war das und zugleich so kompliziert.

Er hatte Marks auch deshalb seine Hilfe zugesagt, weil er nicht tatenlos im Cottage sitzen konnte, während sein Freund mit den Folgen des Überfalls kämpfte. Außerdem hatte Mary recht, er würde nicht eher ruhen, bis Lehmann gestellt war. Als die letzte Strophe von

Remember verklungen war, drückte Simon die Starttaste und ließ die CD von vorn laufen.

Auf dem Weg zurück nahm er vom Beistelltisch am Sofa sein Glas und die angebrochene Flasche Don Papa mit an den Tisch. Er goss sich einen Fingerbreit von dem Rum ein und trank einen Schluck. Und dann öffnete er die Schachtel. Er war bereit für die Konfrontation mit der Vergangenheit.

Nachdem klar war, dass er den Polizeidienst verlassen würde, hatte er die Unterlagen seines bis dahin größten und schwierigsten Falls gesichtet und von den wichtigsten Schriftstücken Kopien angefertigt. Das war nicht erlaubt, aber er hatte sich eingeredet, die Unterlagen stünden ihm als eine Art Souvenir seiner Dienstzeit zu. Außerdem hatte er sie in gewisser Weise als sein Eigentum betrachtet, denn er hatte damals viel Kraft investiert. Sie standen ihm daher zu, und er hatte beim Kopieren nicht mal ein schlechtes Gewissen gehabt. Und ihm war unbewusst klar gewesen, dass er sie besitzen musste, um irgendwann seine Mission, die durch Moiras Tod unterbrochen worden war, zu Ende bringen zu können. Und diese Zeit war nun gekommen.

Zuoberst lag ein Stapel Fotos. Sie waren bei Observationen entstanden und zeigten Lehmann in verschiedenen Umgebungen, in Restaurants, auf der Straße oder in einer Hotellobby. Stets wie ein Gentleman gekleidet, war er überwiegend im Gespräch mit Männern abgelichtet worden. Bei der Überprüfung hatten sie sich alle als Personen erwiesen, die in der City of London ihr Geld verdienten. Und wenn sie nicht im Finanzviertel aktiv waren, dann gehörten sie auf andere Weise der Finanzwelt an. Unter ihnen auch Russen, die zu Geld gekommen waren und es in England gewinnbringend anlegen wollten.

Lehmann war klug genug, sich niemals öffentlich mit den einschlägigen Akteuren aus Halb- oder Unterwelt zu zeigen. Kein Drogenboss, Geldwäscher, kein Chef eines Mädchenhändlerrings. Nach außen hin war Hans Lehmann sauber. Die abgehörten Gespräche dieser Treffen hatten nie mehr als Small Talk über den jüngsten Society-Klatsch oder über ganz legale Geldgeschäfte zum Inhalt. Seine Tochter hatte er auf ein angesehenes Internat in die Schweiz geschickt, wo sie anschließend Finanz- und internationale Wirtschaftspolitik studieren sollte. Mit Genugtuung hatten sie in der Sonderkommission zur Kenntnis genommen, dass daraus nichts geworden war. Sie hatte im Gegenteil daran gearbeitet, in die Fußstapfen ihres Vaters zu treten – ihre Form des Protests. Sie rebellierte gegen ihre Erziehung, wie jedes andere Mädchen in diesem Land es tun würde.

Sie hatten Lehmanns Tochter damals kurzzeitig festnehmen können, weil sie sich, anders als ihr Vater, zu einer Nachlässigkeit hatte hinreißen lassen. Bei dem Zugriff war sie verletzt worden. Was ihr Vater zum Anlass genommen hatte, ein Exempel zu statuieren und seine Macht zu demonstrieren.

Simon legte die Fotos zur Seite. Es war wie verhext gewesen. Lehmann hatte offenbar einen siebten Sinn für die Präsenz des Ermittlerteams, das allein zu dem Zweck zusammengestellt worden war, ihn für das anzuklagen, was ein paar abtrünnige frühere Gefolgsleute oder Neider über ihn verbreiteten: dass er derjenige in London und auch im Rest des Königreichs war, der bei den allermeisten illegalen Geschäften die Fäden zog.

Simon und das Team aus hervorragend ausgebildeten Ermittlern hatten niemals die Gelegenheit gehabt, ihre Informanten ein zweites Mal zu befragen. Sie waren nach ihren Hinweisen entweder tot im Brackwasser eines Hafenbeckens geendet, oder sie waren spurlos von der Bildfläche verschwunden, was wohl auf das Gleiche hinauslief. Sie hatten damals nicht einmal ihre Zusicherung halten können, die Informanten wirksam zu schützen. Das hatte sich in der Szene wie ein Virus verbreitet. Lehmann hatte seine Augen und Ohren überall, auch bei der Polizei.

Unter dem Stapel Schwarz-Weiß-Aufnahmen lagen die Kopien einiger Dienstpläne. Er war damals erfolglos seinem Verdacht nachgegangen, unter den Ermittlern müsse es einen Maulwurf geben. Er legte die wenigen Blätter zur Seite, als wolle er sie sich aus den Augen schaffen. Stattdessen griff er zu einigen der Protokolle, die sie von den Befragungen der Informanten angefertigt hatten. Auch sie legte er zur Seite. Vielleicht kam er mit dem zeitlichen Abstand von nunmehr gut drei Jahren zu Erkenntnissen, die zu einem neuen Ermittlungsansatz führen könnten.

Ganz zuunterst im Karton lagen ein paar Grußkarten, in denen einige Kolleginnen und Kollegen ihr Bedauern über sein Ausscheiden zum Ausdruck brachten, verbunden mit der Hoffnung, dass sein Abschied kein endgültiger sein würde.

Er wollte den kleinen Stapel schon wieder in den Karton zurücklegen, als sein Blick an der Karte von Megan hängen blieb. Megan war eine Spezialistin für Observationen. Nächte- und wochenlang hatten sie beide immer wieder in einem unauffälligen Fahrzeug oder in einer getarnten Wohnung verbracht, einzig mit dem Ziel, das Objekt ihrer Ermittlungen endlich auf frischer Tat zu ertappen.

In dieser Zeit waren sie sich näher gekommen, als es die Dienstvorschriften vorgesehen oder gar erlaubt hätten. Es war nur ein kurzes Verhältnis zwischen Arbeitskollegen gewesen, das in dem Augenblick beendet wurde, als Moira zum Ermittlerteam gestoßen war. Simon hatte sich Hals über Kopf in die neue Kollegin verliebt.

Er betrachtete Megans Handschrift. Keine überflüssigen Schnörkel, gerade und klar. Eine Frau mit festen Grundsätzen, offen und immer geradlinig. Die perfekte Polizistin, die zwischen Dienst und Freizeit keinen Unterschied machte. Moira hingegen war ganz anders gewesen. Zwar war auch sie auf ein Ziel fokussiert, gerade was die dienstlichen Belange betraf, aber privat konnte sie sehr wohl fünfe gerade sein lassen. Ein Mensch, der sein Leben in vollen Zügen genoss und die Freude daran mit anderen zu teilen wusste. Das war es gewesen, was er so an ihr geliebt hatte: sie war in jeder Sekunde sie selbst gewesen. Simon musste bei dem Gedanken schlucken.

Er griff zu seinem Glas und ließ dem Rest Rum keine Chance. Dann stand er auf und legte eine neue CD ein. The Wave Pictures, *Look Inside Your Heart* von 2018. Vor allem der Song *Shelly* hatte es ihm angetan: *I burned all my bridges / I killed all my chances / I am my own worst enemy / be kind to me.* In der Tat, er hatte mit seinem Weggang aus London alle Brücken hinter sich abgerissen, und er war seither in den dunklen Stunden sein schlimmster Feind. Und er war froh, dass Mary zu ihm hielt.

Simon starrte den offenen Karton an. Er war nicht sicher, wohin ihn die Welt, die sich vor ihm ausbreitete, führen würde. Aber er wusste, dass der Geist nun endgültig aus der Flasche war. Und er hatte keine Ahnung, wie er ihn wieder zurückstopfen könnte. Es war wie mit den Naturgewalten, wenn die See im Herbst vor der Küste tobte. Die riesigen rollenden Wellen, die sich elegant und voller Kraft mit weißen Gischtkaskaden an den Klippen brachen, waren wunderschön anzusehen, aber sie brachten Verderben, wenn man ihnen zu nahe kam.

Schließlich nahm er eines der Protokolle zur Hand. Er sah die mit schwungvoller Hand verfasste Unterschrift, und schon stand ihm ein Gesicht vor Augen. Peter Watts war kurz nach der Befragung filmreif von einer Gruppe Gleisarbeiter in der Morgendämmerung aufgefunden worden – mit eingeschlagenem Schädel zwischen den Gleisen einer der beiden Betriebswerkstätten der Piccadilly Line in Northfields. Sie hatten damals auch nicht die kleinste Spur eines Täters oder einer Gruppe von

Tätern gefunden. Der Tatort, so viel stand fest, war klug gewählt. Denn die nahe U-Bahn-Station wurde im Jahr von mehr als vier Millionen Fahrgästen genutzt.

Watts' Tod hatte einen unglücklichen Lebenslauf beendet. Der 54-Jährige war gelernter Banker mit einer vielversprechenden Karriere gewesen – bis zu dem Tag, an dem er sich an der Börse verzockt hatte. Und wenn Banker eines scheuten wie der Teufel das Weihwasser, waren es Versager. Als würden die einen Virus in sich tragen, der auf sie überspringen könnte. Watts hatte innerhalb kürzester Zeit seinen Job, seine Freundin, seinen 7er BMW und seine Luxuswohnung verloren. Schließlich war er auf der Straße gelandet. *Banker Blues.*

Simon war bei einer Razzia in Mayfair, die Watts als unfreiwilliger Zaungast verfolgt hatte, auf ihn gestoßen. Als Simon der Absperrung nahe gekommen war, hatte Watts ihn angesprochen. Er hatte ihn zunächst für einen der Penner gehalten, die den Mumm besaßen, sich in dem Nobelviertel blicken zu lassen. Andererseits hatte ihn etwas an dem Mann in den viel zu weiten Hosen und dem zerschlissenen Mantel aufmerksam werden lassen. Später hatte er gewusst, dass es die klaren und wachen Augen gewesen waren, die nicht zum Äußeren des Obdachlosen passen wollten. Nach einem Kaffee und einem schnellen Lunch im nahen Pub hatte Watts sich als Informant angeboten. Zunächst hatte Simon es als Prahlerei abgetan, dass in seinem *früheren Leben*, wie er es mit einem bitteren Lächeln genannt hatte, reiche Familien mit viel Grundbesitz in Mayfair Kunden bei ihm gewesen seien.

Als Watts jedoch seine Kontakte zu Oligarchen und in die Schattenwelt des Finanzdistrikts ansprach, war Simon hellhörig geworden. Sie hatten dann weitere Treffen an neutralen und unauffälligen Orten verabredet. Bei diesen Gelegenheiten hatte Watts dann viel mehr erzählt. Zuerst hatte sich der Ex-Banker mit seinen Informationen beinahe unerträglich allgemein gehalten, aber je mehr Vertrauen er zu Simon und seinem Team gefasst hatte, umso offener wurde er. Schließlich war er zu ihnen in die Dienststelle gekommen. Er hatte sich sicher gefühlt. Zu sicher. Und sie waren für einen winzigen Moment unachtsam gewesen. Sie hätten ihn niemals zu sich ins Büro kommen lassen dürfen.

Watts hatte ihnen einiges über die Verflechtungen zwischen Finanzwelt und Organisierter Kriminalität erzählt, hatte Namen genannt und auch den Verlauf von Geldströmen nachgezeichnet. Er hätte so etwas wie der Kronzeuge im Verfahren gegen Hans Lehmann werden können, aber sein Tod hatte ihnen einen Strich durch die Rechnung gemacht. Watts' Aussagen waren nicht mal mehr das Papier wert, auf denen sie standen. Jeder halbwegs clevere Anwalt würde sie als böswillige, opportunistische und vor allem unhaltbare Behauptungen eines am Leben gescheiterten Emporkömmlings klassifizieren.

Selbst jetzt noch, mit dem sachlich verfassten und kopierten Protokoll in Händen, ließ Watts' Schicksal Simon nicht unberührt. Er hatte den Fehler gemacht, die Aussagen nicht auf Video aufzunehmen, sondern lediglich Protokolle anfertigen zu lassen. Damals hatte er sich schwere Vorwürfe gemacht. Der Vorfall hatte sich noch vor Moiras Eintritt in die Spezialeinheit ereignet. Stundenlang hatte er damals mit Megan das am Ende doch sinnlose Was-wäre-wenn diskutiert. Sie waren so nahe an Hans Lehmann herangekommen wie danach nicht mehr. Bis zu dem Tag, als er bei der Verfolgungsjagd mit dem Wagen verunglückt war und Moira ihr Leben verloren hatte.

Simon betrachtete die Kopie. Watts' Schicksal hatte er beinahe vergessen. Nun war alles wieder so klar wie damals. Im Kopf des Protokolls waren Datum und Uhrzeit aufgeführt, neben seinem Namen stand auch der von Megan. Und die Durchwahl ihres Anschlusses. Ihm fiel auf, dass er die Telefonnummer auswendig gewusst hätte. Er legte die Unterlagen zurück in den Karton und verstaute ihn wieder zuunterst im Schrank und legte Fotoalben davor, als müsse er vor ihm eine Mauer aus anderen Erinnerungen errichten. Er hatte für heute genug gesehen.

Er würde Megan anrufen. Sie war die einzig verbliebene Verbindung zu Lehmann.

XLII.

»Wie geht es dir?«

Sie schien kein bisschen erstaunt, als er seinen Namen nannte. Ihre Stimme war angenehm kühl und aufgeräumt. So würde auch ihr Büro aussehen, das wusste Simon.

»Gut.«

»Willst du mich daten?«, fragte sie ihn neckisch.

»Ich brauche deine Hilfe. Du erinnerst dich sicher an Peter Watts?«

»Natürlich. Die Leiche am U-Bahn-Depot. Das muss 2015 gewesen sein. Im Herbst. Keine Festnahme. Die Ermittlungen sind im Sande verlaufen. Cold Case. Warum fragst du?«

»Er war unsere wichtigste Informationsquelle, was Lehmann betrifft.«

»Betraf, Simon. Dich beschäftigt der Fall immer noch?« Ihre Frage klang eher wie eine unwillige Feststellung.

»Kannst du dich erinnern, ob er jemals einen von Lehmanns Handlangern erwähnt hat? Einen Keith Stone.«

»Nicht dass ich wüsste. Dazu müsste ich mir die Akten noch einmal kommen lassen. Von Lehmann haben wir lange nichts mehr gehört.«

»Würdest du das für mich tun, Megan?«

Die Antwort kam ohne Zögern. »Nein.«

»Bitte. Es ist wichtig.«

»Du kennst die Spielregeln, Simon. Du bist nicht länger einer von uns. Ich bin nicht befugt, Privatleuten Auskunft zu geben. Tut mir leid.«

»Du weißt, dass das in meinem Fall anders ist.«

Er hatte nicht mit dieser schroffen Ablehnung gerechnet. Ihr Ton war verbindlich, höflich, nahezu freundschaftlich, und doch schob dieses Nein eine Wand zwischen sie.

»Im Augenblick treiben mich ganz andere Dinge um, Simon.«

»Du bist immer noch auf deiner alten Stelle. Also muss es etwas Größeres sein.«

»In der Tat.«

»Ist auch das ein Geheimnis?«

»Du weißt noch, was Code Blue bedeutet? Ich habe schon zu viel gesagt.«

»Ich ahne es.« Simon wusste, dass sie nicht den Notfallcode meinte, der in Krankenhäusern gebräuchlich war, wenn es um eine sofortige Reanimation ging. Ihre Spezialeinheit nutzte abgewandelt den Code, der vor allem in den USA gebräuchlich war, wenn höchste Alarmbereitschaft gefragt war. Zum Beispiel wenn Staatsbesuche anstanden oder die konkrete Möglichkeit von Terroranschlägen bestand.

»Dann kannst du dir ja vorstellen, was zurzeit hier los ist.«

»Unser Job ist immer stressig, Megan. Es geht lediglich darum, dass du mir ein klein wenig hilfst. Ich bin Lehmann auf der Spur.«

»Das dachte ich mir. Du bist immer noch nicht fertig mit ihm, stimmt's? Du wirst kein Glück haben, Simon. Und sieh zu, dass du dich nicht in etwas verrennst, das du nicht auflösen kannst. Lass los! Wie ich schon sagte, wir haben die Ermittlungen gegen ihn vor Jahren auf Eis gelegt. Es gibt im Augenblick keine neuen Erkenntnisse.«

»Megan …«

Sie sprach ohne Unterbrechung weiter. »Und außerdem, Simon, du hast gesagt ›unser Job‹. Mein Job ist nicht länger dein Job. Du bist raus.«

»Ich brauche nur den möglichen Aufenthaltsort von diesem Keith Stone. Irgendwo wirst du die Information abgespeichert haben. Den Rest kannst du mir überlassen. Ein Freundschaftsdienst. Aus alter Verbundenheit.« Er hatte die letzte Bemerkung vermeiden wollen, aber nun war sie schneller ausgesprochen, als ihm lieb war.

»Du forderst mich gerade zu einem Dienstvergehen auf.«

»Niemand wird davon erfahren.«

»Die Antwort kennst du.«

»Bitte.«

»Was soll das bringen?«

Simon erzählte ihr von den Vorkommnissen in Cornwall. Und dass eine Zeugin Keith Stone erkannt haben wollte. Megan hörte ihm geduldig zu, stellte nur hin und wieder eine kurze Frage. Sie war ihm auf konzentrierte Art zugetan, aber Simon wusste, dass er jeden Augenblick mit dem Abbruch des Gesprächs rechnen musste.

»Das klingt nach einer ziemlich abenteuerlichen Geschichte, Simon. Ein Mann, der Keith Stone sein soll – wobei mir immer noch nicht klar ist, ob er tatsächlich zu Lehmanns Leuten gehört –, dieser Mann bringt einen Patienten vor den Augen seiner Partnerin um. Und dann der Torso in der Kanalisation.«

»Und was ist mit dem Fingerabdruck, den der Rechtsmediziner unter einer Brust der Frau gefunden hat?«

»Du hast selbst gesagt, dass es sich um ein Fragment handelt und es lediglich die größtmögliche Übereinstimmung mit Stones Merkmalen gibt. Ein perfektes Match ist das nicht.«

»Aber du weißt, dass die Wahrscheinlichkeit äußerst hoch ist, dass der Fingerabdruck von Stone stammt.«

»Wir streiten hier um des Kaisers Bart, Simon.«

»Nein. Es geht hier nicht um nichts. Der Fingerabdruck ist entscheidend. Und habe ich erst einmal Stone, habe ich am Ende auch Lehmann.«

Megan seufzte. »Lieber Simon, du weißt, dass ich dich schätze, sehr sogar. Aber du bist nun an einem Punkt, den ich dir so nicht durchgehen lassen kann. Ich kann dir nicht erlauben, dass du auf eigene Faust gegen Lehmann ermittelst. Der Mann ist viel zu gefährlich. Wie stellst du dir das vor? Du klingelst an seinem Landhaus und nimmst ihn einfach fest? Tag, Mister Lehmann, Sie haben sicher schon mit mir gerechnet? Nein, Simon, du wärst nicht der Erste, der seinen Mut, oder wie immer man dieses Verhalten beschreiben soll, mit dem Leben bezahlt.«

Ihre Stimme hatte im Verlauf der Unterhaltung die Färbung gewechselt, von mitfühlend zu offiziell. Hatte sie zu Beginn wie eine alte Freundin geklungen, die sich über eine unerwartete Stimme am Telefon freute, verkörperte sie nun die kühl und sachlich argumentierende Polizeibeamtin, die keinen Raum für Persönliches zuließ.

»Schade.« Er wollte nicht als Bettler dastehen.

»Wir sollten uns mal treffen. Wegen der alten Zeiten.« Ihre Stimme wurde unvermittelt eine Spur wärmer.

»Sicher.«

»Weißt du, als du fort warst, haben wir erst realisiert, wer uns verlassen hat. Du und deine Arbeit fehlen uns – auch heute noch. Und …«

»Warum sagst du das jetzt?«

»Ich muss immer mal wieder an die Zeit denken, die wir gemeinsam auf unseren Observationen zugebracht haben. Manches Mal sind wir uns schon wie ein altes Ehepaar vorgekommen. Erinnerst du dich? Wie wir Witze darüber gemacht und gelacht haben? Wer schon wieder nicht an die Hausschuhe des anderen gedacht hatte.«

Warum dieser Themenwechsel? Hätten sie sich nicht einfach voneinander verabschieden können? Musste sie ihn auf diese Zeit ansprechen, in der sie oft genug unzertrennlich gewirkt hatten?

»Das ist alles schon so lange her, Megan.«

»Nicht nur die Kollegen vermissen dich, Simon.«

»Danke, dass du das sagst.« Ihm fiel keine andere Floskel ein.

»Vielleicht kommst du ja mal wieder nach London. Dann machen wir uns einen schönen Abend im Pub. Wenn du willst, auch mit den anderen zusammen.« Sie machte eine Pause. »Oder ich komme dich in Cornwall besuchen. Ich war seit Urzeiten nicht mehr da unten.« Sie zögerte erneut, als ginge ihr der Gesprächsstoff aus. »Ich kann dich gut verstehen. Das Leben dort ist so ganz anders als in unserem London. Du bist zu beneiden.«

»Vieles ist anders, das stimmt. Aber einfacher ist es nicht unbedingt.«

»Entschuldige, natürlich. Ich habe vergessen, dass du … dass du Hilfe brauchst.«

»Das meine ich nicht. Das geht ganz gut. Ich meine nur, das Leben hier ist anders, die Probleme der Menschen sind andere, aber das Leben an sich ist nicht eben leichter. Wenn du mal nicht durch deine Touristenbrille schaust, merkst du, dass viele zu kämpfen haben, um wirtschaftlich über die Runden zu kommen. Cornwall ist immer noch ein vergleichsweise armer Landstrich.«

»Du hast recht. Du giltst sicher längst als einer von ihnen, oder?«

»Ich bin tatsächlich auf Menschen gestoßen, die mir helfen klarzukommen.«

»Das freut mich für dich.«

Die Feststellung ließ Raum für den Satz, der sich unter anderen Umständen sicher angeschlossen hätte und von dem Simon wusste, wie er lautete. Aber er wollte mit Megan nicht über den langen Weg sprechen, auf den er sich gemacht hatte. In Richtung Mary. Das ging sie nichts an.

»Manchmal frage ich mich, ob aus uns ein Paar hätte werden können, wenn es anders gekommen wäre. Aber«, Megans kurzes Auflachen klang unecht, »was rede ich denn da? Vergiss es, Simon. Ich bin lediglich ein bisschen neben der Spur. Die letzten Nächte waren nicht eben entspannt. Wie gesagt, Code Blue.«

»Du musst dich nicht erklären, Megan.«

»Nein, das muss ich nicht.« Sie schwieg unvermittelt.

Simon stellte sich vor, wie sie sich über das Haar strich, eine ebenso hilflos wie nachdenklich wirkende Geste, die er damals oft an ihr beobachtet hatte.

»Simon?«

»Ja?«

»Keith Stone. Er muss irgendwo in Cornwall sein. Soweit wir wissen, ist er dort unten schon seit geraumer Zeit so etwas wie ein Stadthalter Lehmanns. In der Vergangenheit ist er immer wieder mal in Helston, Falmouth oder Truro gesehen worden.«

»Dank…«, sagte Simon überrascht, aber da hatte sie schon aufgelegt.

Er musste nachdenken und sah zur Wanduhr. Später Vormittag. Er ging hinüber in sein Atelier und packte die Malutensilien. Der Küstenpfad war in diesem Augenblick der passende Ort, um einen klaren Kopf zu bekommen. Und die Konzentration auf ein Motiv, egal welches, würde zusätzlich helfen.

Er verließ das Haus und folgte dem Fußweg Richtung Dorf. Erst als er auf das Asphaltband traf, das sich den Hügel hinabwand, um zur Dorfstraße zu werden, wurde ihm klar, dass er die denkbar ungünstigste Zeit für den Malausflug gewählt hatte. Am Rand der ohnehin schmalen Straße parkten die Autos der Tagesausflügler dicht an dicht, zudem passierten ihn einige Wanderer. Dennoch wandte er sich in der Kurve nach rechts und stieg den Weg hinauf, der vom Dorf weg zum Küstenpfad führte. Er würde es – wieder einmal – an der Teufelspfanne versuchen. Bis dahin war es nicht weit, und das Felsentor, das den ehemaligen Eingang zu einer eingestürzten Höhle markierte, war immer ein dankbares Motiv. Er hatte die im Volksmund *Teufelspfanne* genannte Formation schon so oft gemalt, dass er sie aus dem Gedächtnis auf die Leinwand bringen könnte. Simon sah hinauf zum Himmel. In der Sonne würde es heiß werden, aber er war im Grunde ja auch nicht zum Malen hergekommen. Zur Not konnte er die Staffelei wieder zusammenpacken und von der Bank aus die Aussicht genießen und dabei nachdenken.

Nachdem er die leichte Staffelei und die kleine Leinwand aufgebaut hatte, skizzierte er mit wenigen Bleistiftstrichen grob die Umrisse des Motivs. Er nahm sich vor, dass, wenn ihn zu viele Wanderer störten, er den Rest im Atelier vollenden würde.

Aber er hatte Glück. Die meisten Touristen waren wohl bereits vom Küstenpfad hinunter ins Dorf gegangen oder mit dem Auto gekommen. Nur vereinzelt passierten ihn Spaziergänger, die im Vorbeigehen einen Blick auf seine Arbeit warfen. Mehr als ein kurzes Nicken hatten sie nicht für ihn übrig. Sie lasen wohl an seiner Körpersprache ab, dass er wenig Lust auf ein Gespräch hatte.

Es dauerte nicht lange, und er hatte die Leinwand mit den verschiedenen Grün-, Braun- oder Blautönen gefüllt. Die See war heute so ruhig, dass selbst die Wellen, die an anderen Tagen heftig in dem kleinen Kessel schäumten, nur einen kaum wahrnehmbaren weißen Saum zeigten.

Obwohl ihm die Motivation fehlte, war er mit seiner Arbeit einigermaßen zufrieden. Die Proportionen stimmten, außerdem wirkten die aufgetragenen Farben so harmonisch wie der Verlauf der Pinselstriche. Die Kunden der kleinen Dorfgalerie *Crow´s Nest* würden das Bild lieben.

Er war so sehr vertieft in seine Arbeit, dass er zunächst keinen Gedanken an das Gespräch mit Megan verschwendete, aber nun fühlte er, dass sich seine Kreativität für den Rest des Tages erschöpft hatte. Die abschließenden Verbesserungen an dem Bild wären nur mehr Handwerk.

Er konnte Megan auf gewisse Weise verstehen. Sie hatte ihm nicht nur nicht helfen wollen, weil die Dienstvorschriften sie daran hinderten. Ein gewichtiger Grund war sicherlich auch, dass er bei ihr eine plötzliche Lücke hinterlassen hatte. Sie hatten zwar kein Verhältnis im klassischen Sinne gehabt, aber Megan hätte sicher nichts dagegen gehabt. Was für Simon jedoch in dem Augenblick, als er Moira kennengelernt hatte, völlig ausgeschlossen war. Er hatte sich nichts vorzuwerfen, denn er hatte Megan – zumindest wissentlich – niemals dazu ermutigt, etwas in diese Richtung zu denken. Jedenfalls hatte er das immer so gesehen.

Harmonie war ein flüchtiger Zustand. Das hatte er schmerzlich erfahren müssen, als Moira starb. Und diese Erkenntnis begegnete ihm immer wieder bei der Arbeit an seinen Bildern. Besonders, wenn er in der Natur malte. In dieser einen Sekunde konnten das Licht, der seidige Glanz der tiefblauen ruhigen See, das Grün der Klippen perfekt harmonieren, und in der nächsten Sekunde schob sich eine Wolke vor die Sonne und zerstörte den Zauber des Augenblicks.

Simon legte den Pinsel ab und setzte sich auf die Bank am Wanderweg. Wie sollte er nun vorgehen? Luke lag mit einer Stichverletzung in der Klinik. Er musste unbedingt jemand anderen finden, der ihn fuhr. Ohne Auto war er aufgeschmissen. Und wo sollte er mit der Suche nach Stone beginnen? Bennett konnte er im Augenblick vernachlässigen. Es war nur eine Frage der Zeit, möglicherweise von sehr kurzer Zeit, bis er von Marks' Team aufgegriffen würde. Er hatte nun die Gelegenheit, sich völlig auf die Suche nach Stone zu konzentrieren.

Megan hatte ihm den Hinweis auf die Region um Truro gegeben. Wo konnte ein Mann wie Keith Stone unterkommen? Er würde Luke besuchen und ihn nach einem möglichen Unterschlupf fragen. Sein Freund mochte es zwar nur ungern zugeben, aber er verfügte über Kontakte in bestimmte gesellschaftliche Kreise, zumindest in deren Peripherie, die selbst Simon immer wieder in Erstaunen versetzten.

Konnte er Mary bitten, ihn zu begleiten? Sie hatte in ihrem B&B viel zu tun, zudem musste sie sich um den Dorfladen kümmern. Er wollte sie daher nicht in die Sache hineinziehen. Vor allem aber wollte er sie vor Problemen bewahren. Stone und Lehmann standen für tödliche, kompromisslose Gewalt.

Aber wen könnte er sonst noch fragen? Vielleicht Martin Ellis? Nein, der schied aus. Er war zu sehr mit seiner Schatzsuche und den Forschungen zur *Schatzinsel* beschäftigt. Außerdem bestand die Gefahr, dass er durch sein unkonventionelles, geradezu groteskes Verhalten die Sache nur komplizierter machte. Simon ging in Gedanken weitere potenzielle Helfer durch, aber er kam zu keinem Ergebnis.

Er brauchte jemanden, der ihn nicht nur von A nach B brachte, sondern zudem resistent gegen Stress war und von einem Moment auf den anderen mit gesundem

Menschenverstand die jeweilige Situation bewerten und bewältigen konnte. Da blieb nur Luke. Oder aber Mary.

Simon stand auf und packte zusammen. In seinem Kopf schwirrten die Gedanken. Und er hatte Durst.

Im Dorf war wie so oft in der Sommersaison viel Betrieb. Urlauber machten unten im Hafen an der Wasserlinie Fotos, Kinder quengelten um ein Eis. Ein paar Wanderer saßen mit ausgestreckten Beinen auf der schmalen Bank vor dem Restaurant The Old Cellars und hielten ihre Gesichter der Sonne entgegen. Gegenüber, am Maschinenhaus und Geräteschuppen, stand eine Gruppe Fischer und unterhielt sich. Es roch nach Öl und Tang. Einige Möwen trudelten träge über der Hafenszene.

Simon machte kurz Halt bei der kleinen Galerie, um einen Liefertermin für seine neuen Arbeiten zu vereinbaren. Als er die hellblau gestrichene Holztreppe wieder hinunterstieg, gewahrte er Mary, die mit eiligen Schritten auf ihren Laden zuhielt.

Als sie ihn bemerkte, kam sie ihm entgegen.

»Bin spät dran, hätte schon längst Paula ablösen müssen. Wie geht es dir? Hast du was von Luke gehört?«

»Es gibt nichts Neues. Ich will Gill anrufen. Sie wird sicher etwas wissen.« Simon stellte seine Umhängetasche und die Staffelei ab. Die steile Treppe zur Galerie war immer eine Herausforderung. Sein Rücken machte sich bemerkbar. Beim nächsten Malausflug würde er nur einen Skizzenblock mit hinausnehmen.

Mary nickte nachdenklich und sah ihn mit prüfendem Blick an. »Geht es dir nicht gut?«

Simon legte den Kopf ein wenig schief. »Alles in Ordnung. Ich sollte nur mal die Bauaufsicht rufen. Diese Treppe ist ja schlimmer als jedes Fallreep.«,

»Das ist es nicht allein.« Ihr Blick blieb aufmerksam. »Es beschäftigt dich doch etwas.« Sie schob sich eine Haarsträhne hinters Ohr.

Mary hatte die Gabe, bis auf den Grund seiner Seele zu blicken. Er hätte wissen müssen, dass bei ihr sein Ablenkungsmanöver nicht verfangen würde.

»Es ist nichts. Wirkl…«

»Tee?« Marys dunkle Augen funkelten vergnügt. Mit dem Kopf deutete sie auf den Laden. »Paula wartet schon. Wenn du magst, können wir ein bisschen reden – soweit die Kundschaft das zulässt.« Sie sah ihn aufmunternd an.

»Ich bringe meine Sachen ins Atelier und komme vorbei«, versprach er.

Seine Ankündigung musste halbherzig geklungen haben, denn als Mary sich abwandte, schob sie hinterher: »Die Pasties sind frisch.«

Simon legte seine Malutensilien auf den großen Tisch im Atelier und lehnte die leichte Staffelei daneben. Dann ging er hinüber in die Küche und brühte eine Kanne Tee auf. Mit einem dampfenden Becher in der Hand wechselte er ins Wohnzimmer. Einem plötzlichen Impuls folgend, stellte er den Becher ab und legte sich aufs Sofa. Nur ein paar Minuten, nahm er sich vor, um den Rücken zu entlasten. Unmittelbar darauf war er eingeschlafen …

»Simon?« Es war nicht mehr als ein Flüstern.

Etwas rüttelte sanft an seiner Schulter. Er hielt die Augen geschlossen und sog die Luft ein. Es roch nach Pasties. Sein Magen begann augenblicklich zu knurren. Ihm fiel ein, dass er seit dem frühen Morgen nichts mehr gegessen hatte.

»Simon?«

Er öffnete die Augen und sah in zwei dunkle Pupillen, die ihn voller Wärme anschauten. Daneben eine braune Papiertüte, die leicht hin- und herschwang. Daher kam also der Geruch.

»Ich muss wohl eingeschlafen sein.« Er richtete sich auf und sah sich um. »Ist schon Abend?«

Mary nickte leise lächelnd.

»Tut mir leid.«

»Schon gut. Ich hatte mir schon so etwas gedacht. Du hast so erschöpft ausgesehen wie schon lange nicht mehr. Der Anschlag auf Luke setzt dir sehr zu, nicht?« Sie schwieg einen Augenblick. »Ich hätte übrigens ohnehin doch keine Zeit für dich gehabt. Der Laden war die ganze Zeit über voll. Die Touris haben sich regelrecht auf den Füßen gestanden.« Sie richtete sich auf. »Hunger? Leggy's Pasties.«

Als Simon nickte, ging sie Richtung Küche. »Ich habe mir auch eins mitgebracht. Hast du Wein?«

XLIII.

Keith Stone drückte den Seehecht mit der linken Hand fest auf das Brett. Das offene Maul ließ einen qualvollen Tod vermuten. Mit einem kräftigen Schnitt trennte er den Kopf vom Rumpf.

»Was glotzt du so? Fressen und gefressen werden. Das ist das Gesetz des Stärkeren, Terry.«

Bennett sah von Stone zum Fisch und wieder zurück. War es das? Das Gesetz des Stärkeren? Es widerte ihn an, sich so erniedrigen zu müssen. Ekelhaft. Er war sich sicher, dass Keith sich absichtlich so verhielt, um sich an seiner Not und Verzweiflung weiden zu können. Er hatte ihn so in der Hand, wie er diesen Fisch in der Hand hatte. Und er, Bennett, war ebenso handlungsunfähig wie das tote Tier.

»Wann geht es endlich los? Vielleicht sollten wir noch heute fahren, was meinst du?« Er kroch förmlich vor Keith. »Ich kann nicht mehr in Cadgwith bleiben, das weißt du.« Er versuchte, einen optimistischen Ton anzuschlagen. »Niemand wird dich verdächtigen. Sie werden bestimmt nur hinter mir her sein, Keith. Du hast doch nichts zu befürchten. Und in Manchester mache ich mich sofort an die Arbeit, versprochen.«

Stone nahm den Fisch mit konzentrierter Miene fachgerecht aus und warf die Innereien und den Fischkopf in den Abfalleimer unter der Arbeitsplatte. Er schien völlig im Hier und Jetzt zu ruhen, als gäbe es den Mord an Liz Bennett nicht, oder eine der anderen Taten, die er bis zu diesem Tag begangen hatte. Bennett hatte Angst vor dem Killer, aber er wusste zugleich, dass er seine Versicherung war. Wenn sie doch nur schon weg wären aus Cornwall.

Keith sah ihn mit einem Blick an, der Bennett unwillkürlich an die Augen des Seehechts erinnerte. »Terry, du wirst es nie lernen.« Er stützte die Hände auf die Küchenarbeitsplatte und sah Bennett an wie einen Idioten, um den zu kümmern sich nicht lohnte. »Dein kleines Problem ist genau das: Die Bullen werden dich suchen, landauf, landab. Es ist viel zu gefährlich, mit dir gesehen zu werden, geschweige denn in eine Polizeikontrolle zu geraten. Du bist wie Blei an meinen Füßen. Wenn ich nicht achtgebe, ziehst du mich mit hinunter in deine Hölle.« Er beugte sich noch ein Stück vor. »Ich muss eine Entscheidung treffen, eine, die du verstehen wirst. Aufwand und Ertrag – das sind die Pole, zwischen die du deine Eier hängst. Die Frage, welches Investment und in welcher Höhe den höchsten Ertrag verspricht. Lohnt der Aufwand überhaupt? Ist es nicht sinnvoller, sich aus diesem oder jenem Geschäftsfeld zurückzuziehen, bevor die ganz großen Verluste eingefahren werden? Ist es nicht so?«

Bennett wusste nicht, worauf Keith hinauswollte.

»Ich hab dich was gefragt. So funktioniert dein Geschäft doch, oder? Einsatz gegen Gewinnerwartung gegen Risikoerwartung. So geht Geschäft doch?«

Er nickte zögernd.

»Sag ich doch. Im Grunde weißt du, wie der Hase läuft. Ich muss die Entscheidung treffen, ob ich mich nicht doch besser von dir trenne. Hier und jetzt.« Er legte seine Hand auf das blutverschmierte Messer. »Schau, Terry, den Fisch habe ich frisch gekauft, der nette Verkäufer hat ihn mir zum Sonderpreis überlassen, als ich ihn freundlich darum gebeten habe.« Keith lächelte. »Mein Einsatz war denkbar gering.« Er fixierte Bennett erneut. »Aber ist es in deinem Fall ebenso? Lohnt der Aufwand, dass ich dich beschütze, damit du mir Kohle ranschaffst? Sollte ich mich nicht besser mit dem zufriedengeben, was ich habe? Die Aussicht auf jede Menge Money gegen die Armada aus Bullen, die hinter dir her ist? Wenn es schlimm kommt, über Jahre? Ständig die Angst aufzufliegen. Ist es das wert?« Er richtete sich wieder auf. »Ohne dich hätte ich weniger Stress. Das weißt du sicher selbst.«

»Keith …«

»Sag, wozu würdest du als Investmentgenie mir raten?«

Bennett brachte kein Wort heraus. Keith hatte gerade so etwas wie sein Todesurteil gesprochen. Es fühlte sich jedenfalls so an. Er hätte nach der Flucht von Trerice dem Impuls nachgeben sollen, Keith bei der ersten sich bietenden Gelegenheit zu verlassen. Zu flüchten, egal wohin. Jetzt saß er in diesem Cottage nahe Helston in der Falle: auf der einen Seite Keith Stone, auf der anderen Seite die Polizei.

Keith hatte ihn vom Landhaus aus in einen Seitenweg gezogen, er hatte gewusst, wo die CCTV-Kameras hingen. Dort parkte ein unauffälliger grauer Vauxhall Corsa. Über Seitenstraßen waren sie schließlich zu dem

Cottage gelangt, das abseits der anderen Bebauung Teil einer Dorfsiedlung war. Wobei der Begriff Cottage stark übertrieben war. Das Haus war nicht mit Reet gedeckt und machte einen leicht heruntergekommenen Eindruck. Eine unauffällige Behausung, irgendwo in einem belanglosen und von der Welt vergessenen Kaff zwischen Helston und Redruth. Der perfekte Unterschlupf. Niemand würde Keith hier für das Mitglied eines Londoner Kartells halten, das für seinen Boss die Drecksarbeit machte. Eher für einen mürrischen Eigenbrötler, der am Gemeindeleben nicht teilnahm und dem man instinktiv aus dem Weg ging.

»Hör zu, Arschloch. Ich habe dich was gefragt.« Keith begann mit dem Messer die Schuppen von dem Fisch zu kratzen.

»Ich weiß nicht.«

»Ich auch nicht, Terry. Aber ich habe eine Idee. Ich werde den Boss fragen. Er wird entscheiden.« Er stieß das Messer in das Holz der Arbeitsplatte, wo es mit leichtem Vibrieren stecken blieb. »Aber erst mache ich uns ein leckeres Abendessen. Das Rezept meiner Mutter. Immer wenn ich einen Seehecht sehe, muss ich an sie denken. Sie war eine wunderbare Frau.«

Keith hatte noch nie von seiner Mutter gesprochen. Was hatte das zu bedeuten?

»Du kannst dich nützlich machen. Press schon mal die Zitrone aus.« Er maß den ausgenommenen Fisch mit den Augen ab. »Gut zwei Kilo. Wird für uns wohl reichen.«

In Gedanken ging Bennett die verschiedenen Möglichkeiten durch, wie er aus dem Haus, aus dem Dorf und aus Cornwall flüchten konnte. Keine Chance ohne Auto. Dummerweise war er in den Vauxhall gestiegen, ohne an die Folgen zu denken. Die Polizei wusste nun, dass er in Trerice gewesen war. Und sie hatten seinen SUV selbstverständlich beschlagnahmt.

»Warum hast du Liz erschossen?« Seine eigene Stimme erschien ihm jämmerlich.

»Trauerst du der Schlampe immer noch nach? Hast du schon vergessen, dass du mich um Hilfe angefleht hast? Lieber, lieber Keith, bitte, bitte, du musst mir helfen. Na? Erinnerst du dich?«

»Du hast sie erschossen, weil sie den Bullen eine sehr gute Beschreibung von dir gegeben hat. Du wolltest dir eine unliebsame Zeugin vom Hals schaffen. Das ist der Grund.«

Bennett rückte ein Stück von ihm ab, für den Fall, dass er ausrasten und mit dem Messer auf ihn losgehen würde. Wenn er es allerdings recht bedachte, würde Keith ihm nichts tun. Er war derjenige, der mit Geld umgehen konnte, die Tricks und Schliche des Marktes kannte. Und auf diesen Goldesel würde Keith nicht verzichten wollen. Er nicht und wer sonst noch an der Sache dranhing. Bennett wusste längst, dass Keith nicht auf eigene Rechnung unterwegs war. Er kannte nur nicht die Namen der Hintermänner.

Keith hatte es immer verstanden, seine Kontakte vor ihm geheim zu halten. Aus zufälligen und zu verschiedenen Gelegenheiten mitgehörten Gesprächsfetzen, die mit der Zeit ein Puzzle ergaben, wusste Bennett aber, dass es mächtige Männer gab, die von London aus operierten. Auf der anderen Seite war er auch nicht erpicht darauf, Einzelheiten zu kennen. Das machte ihn nur unnötig zum Zielobjekt von Gewalt und Tod. Besser, er wusste nicht mehr als das, was Keith bereit war preiszugeben. Das war seine Lebensversicherung auf diesem gefährlichen Terrain.

»Hast du Angst vor mir?«

»Warum sollte ich?« Bennett wich noch ein Stück weiter zurück. Er begann unversehens zu schwitzen.

Keith kam grinsend auf ihn zu und fuchtelte mit dem Messer vor seinem Gesicht herum. »Keine Angst, Terryboy, noch brauche ich dich. Ich will Reis zum Fisch. Und du?«

Bennett beobachtete, wie rote Flüssigkeit an der Messerschneide herablief. Der plötzliche Themenwechsel irritierte ihn. »Reis?«

»Bist du jetzt mein Papagei? Das kann ja ein lustiger Abend werden.«

»Eigentlich habe ich gar keinen Hunger.« Bennett straffte die Schultern.

»Brauchst gar nicht deine Federn zu spreizen. Ich kann deine Angst riechen. Mach dir nur nicht in die Hose.« Keith kehrte zum Fisch zurück und nickte entschieden. »Also Reis.«

Beim Essen schwiegen beide. Während Keith zufrieden grinsend Fisch und Reis in sich hineinschaufelte und dazu Dosenbier trank, musste Bennett an Liz denken. Sie hatte wie schlafend auf dem Steinboden gelegen. Der weiche Fluss ihres Seidenkleids stand in deutlichem Gegensatz zum Schwarz des Granits. Fast schön hatte die Szene ausgesehen, wie arrangiert von einem talentierten Maler der Romantik. Die Kugel aus Stones Waffe hatte tatsächlich nur ein fast unbedeutendes Loch hinterlassen, aus dem kaum Blut floss. Sie musste innerlich verblutet sein.

Seine Gedanken wirbelten. Trerice. Es ging immer nur um Trerice. Und es ging um Geld. Um das Geld der Adligen, die sich einen so herrschaftlichen Sitz hatten leisten können, der die Jahrhunderte in seiner ganzen Pracht überdauert hatte. Um das Geld, das seine Familie nie gehabt hatte und um das sie hatte kämpfen müssen. So sehr, dass er sich geschworen hatte, eines Tages aus diesem Elend zu entkommen. Und es ging um das Bargeld in seinem Koffer, das er für die Flucht aus seinem Haus hatte holen wollen. Dass er dabei auf Jenkins' Kumpel getroffen war, sah er als unvermeidlichen Kollateralschaden an. Was musste sich der Typ auch in sein Haus schleichen? Bennett spürte kein Bedauern, als er an das Blut dachte, das aus Lukes Bauch geflossen war. Er schüttelte bei dem Gedanken amüsiert den Kopf. War er schon so abgebrüht, dass ihn der Tod eines Unbeteiligten kaltließ? Er war sicher, dass der Mann den Angriff nicht überlebt hatte. *Sei's drum*, dachte er, *wer sich in Gefahr begibt …*

»Was brütest du aus, Terry? Wie du mich los wirst?« Keith fixierte ihn. »Du stocherst in deinem Essen wie in einem Müllhaufen. Dabei habe ich mir so viel Mühe gegeben. Meine Mutter wäre nicht erfreut. Schmeckt's dir nicht?«

»Doch.«

Keith brummte etwas Unverständliches, ließ ihn aber für die restliche Zeit des Essens in Ruhe.

»Wie geht es weiter?« Bennett hatte bereits vergessen, dass sie darüber schon gesprochen hatten. In seinem Kopf war nur noch Watte, durchtränkt mit Angst.

»Schon vergessen? Wir warten hier, bis es neue Entwicklungen gibt.« Keith sah zum Fenster, hinter dem die Nacht heraufzog, dann deutete er auf den Kühlschrank. »Wir werden hier schon nicht verhungern.« Er zog die Waffe hervor, auf die immer noch der Schalldämpfer montiert war, und legte sie neben seinen Teller. »Komm ja nicht auf die Idee, von hier verschwinden zu wollen.« Dann grinste er. »Meinst du, ich wüsste nicht, was in deinem Schädel vorgeht?« Er tätschelte den Schaft der halb automatischen Waffe. »Lucille findet immer ihr Ziel. Aber keine Angst«, schickte er jovial hinterher, »wenn sie dich trifft, wird es wie eine Erlösung sein. Und morgen werde ich uns ein Kaninchen schießen oder einen Fasan.« Er nickte ihm aufmunternd zu. »Wonach steht dir der Sinn? Karnickel oder ein Federvieh?«

»Was werden die Leute hier sagen?«

Keith lächelte. »Nichts. Sie halten mich für einen Sonderling. Du kennst doch den Spruch: Und ist der Ruf erst ruiniert, lebt es sich … Na, wie geht er weiter?«

Bennett antwortete nicht. Keith hielt das Ganze offenbar für ein Spiel. Mit jedem Satz, den er sprach, sanken die Chancen, sich jemals gegen ihn wehren zu können.

Die nächsten Stunden verbrachte Keith vor dem Fernseher, die Waffe neben sich, daneben eine Tüte Salz-und-Essig-Chips. Selbst Killer hatten Spaß an Rateshows, wie Terry Bennett erschöpft feststellen musste. Er hatte sich auf die zweite Couch gelegt, aber er fand zunächst keinen Schlaf.

Die Nacht verbrachte er in einem unwirklichen Zustand zwischen unruhigem Schlaf, halbwacher Alarmbereitschaft und Angst, begleitet von Keiths Schnarchen. Es erschien ihm beinahe als Erlösung, als die Sonne aufging und er von der Couch aufstehen konnte. Er bewegte sich geräuschlos bis zur Tür und öffnete sie. Vor ihm breitete sich der Morgen in seiner ganzen Frische aus. In den Büschen sangen noch keine Vögel, das satte Grün der Blätter zehrte noch von der Feuchte der Nacht, der Himmel war an den Rändern noch rosa. Ein dünner Kondensstreifen zerschnitt das zarte Blau des Himmels. Bennett genoss die Ruhe vor dem Lärm des Tages und atmete die unverbrauchte Luft des Morgens tief ein. Er hatte völlig vergessen, dass solch ein Morgen Unschuld und Verheißung zugleich versprechen konnte. Er dachte an Liz, an ihre schlanke Gestalt, die unschuldig und doch seltsam verdreht vor ihm gelegen hatte. Er hatte ihren Körper geliebt. Damals. Eine kurze Zeit lang. Als es noch eine Zukunft gegeben hatte.

Er wollte den Kopf wenden, um dem Kondensstreifen zu folgen und dem Flugzeug nachzuschauen, als er an seinem Hinterkopf etwas Hartes, Rundes spürte. Eine fast zarte Berührung. Er zuckte dennoch zusammen und hörte zugleich ein metallisches Klicken, leise und gefährlich. Der Druck auf seinen Schädel wurde ein bisschen größer.

»Du kommst besser wieder rein, Arschloch.«

XLIV.

»Megan?« Simon meinte, nicht recht gehört zu haben. Aber es war Megan. Sie klang ein wenig gehetzt, so als würde sie mit vorgehaltener Hand in den Hörer sprechen.

»Ich weiß nicht, warum ich das tue. Aber ich will es auch gar nicht wissen, schätze ich.« Sie unterdrückte ein Lachen. »Und du, frag mich bloß nicht.«

»Was ist passiert?« Simon hatte im Atelier am Arbeitstisch gesessen, um ein neues Motiv in Linoleum zu schneiden. Wieder einmal ein kleines Boot auf hohen Wellen, das in einer Flasche gefangen war. Seine Allegorie auf das Leben. Er saß nun da, in einer Hand das Messer, in der anderen das Mobiltelefon.

»Ich habe nachgesehen.« Sie räusperte sich. Es klang verlegen oder war nur der Versuch, Zeit zu überbrücken, bis jemand wieder aus ihrer Nähe verschwand. »Wie ich schon sagte, derzeit ruhen die Ermittlungen gegen Lehmann und gegen Stone. Es ist wie zu deiner Zeit: Es gibt keinen wirklich vielversprechenden Ansatz, um ihn festzunageln.« Sie flüsterte nun. »Wäre euer Einsatz damals erfolgreich gewesen, dann würden wir sicher jetzt nicht telefonieren.« Ihre Stimme wurde wieder lauter. »O Gott, was sage ich da? Tut mir leid. Ich habe nicht daran gedacht, dass …«

»Du tust nur deine Arbeit.«

»Nein. Ich tue dir gerade einen Gefallen, Simon. Der alten Zeiten wegen. Das hier kann mich den Kopf kosten.«

»Ich weiß.«

»Nein, nichts weißt du. Kommen wir zum Grund meines Anrufs.« Ihre Stimme klang so neutral wie die eines Regierungssprechers. »Es gibt in Cornwall drei Orte, an denen sich Stone aufhalten könnte. So steht es jedenfalls in den Akten. Keine Gewähr, dass dem immer noch so ist.«

»Ich weiß sehr wohl, was du für mich tust.«

Sie reagierte nicht auf sein Bekenntnis. »Stithians, Helford oder St. Just.«

»Das ist alles in der Nähe.«

»Ich weiß.«

»Warum ausgerechnet hier unten?«

»Weil Cornwall weit genug von London weg ist? Weil er vielleicht für Lehmann dort die Geschäfte führt? Weil einer wie er bei euch nicht weiter auffällt, wenn er den einsamen Wolf gibt? Der Landstrich ist doch bekannt für die schwierige wirtschaftliche Lage seiner Bewohner. Außerdem gelten in Cornwall in manchen Bereichen bekanntermaßen andere Gesetze als anderswo in unserem schönen Land.« Sie klang wie eine frustrierte Buchhalterin. »Ich habe keine Ahnung.«

»Wie auch immer, das ist mehr, als ich erwarten konnte. Danke, dass du für mich recherchiert hast.«

»Wir haben keine Erkenntnis darüber, wo genau er sich aufhält. Das ist dein Job.« Sie zögerte erneut. »Suche ihn auf einer abgelegenen Farm, in einem unauffälligen Cottage und immer in der Nähe einer guten Straßenverbindung.«

»Megan …«

»Mehr habe ich nicht für dich.«

»Ich möchte mich ...«

»Schon gut, Simon. Mehr geht aber wirklich nicht.« Im Hintergrund waren jetzt Stimmen zu hören und ein unterdrücktes »Ja, gleich« von Megan. Zu ihm gewandt erklärte sie: »Sonderlage. Du kennst das ja. Besprechung. Ich muss los. Viel Glück. Und – sei vorsichtig, Simon.«

Es klickte in der Leitung.

Was war das gerade?, dachte Simon. Der informelle Austausch unter Ex-Kollegen? Oder war es der Hinweis, sich mehr um Megan zu kümmern? Er zuckte unentschlossen mit den Schultern. Megan hatte sich mit ihren Hinweisen auf jeden Fall ziemlich weit aus dem Fenster gelehnt, das war ihm klar. Aber so war sie immer schon gewesen. Unter der harten, unnachgiebigen Schale, die sie sich über die Jahre angeeignet hatte, um in der Männerwelt der Polizei bestehen zu können, war sie eine Seele von Mensch. Er zuckte erneut mit den Schultern und verscheuchte den Gedanken an eine Vergangenheit, die niemals eine Zukunft gehabt hatte.

Stone war in der Nähe, sozusagen vor seiner Nase. Er hätte es wissen können, denn Lehmann hatte eine Zeit lang seine Finger auch im Fischereigeschäft gehabt: verbotene Netzgrößen, illegaler Fang, heimlich verschoben an zahlungswillige Abnehmer, die keine Fragen stellten. Allerdings hatte er sich damals, soweit Simon sich erinnerte, die Finger verbrannt. Es gab genug Fischer, die darauf aus oder sogar darauf angewiesen waren, ein paar schnelle Pfund nebenbei zu machen. Und sie hatten genügend Tricks drauf, zum Beispiel eben diese Netze mit nicht zugelassenen Maschengrößen. Luke hatte ihm darüber schon so einiges erzählt.

Luke. Er würde ihn aufsuchen und fragen müssen. Das Netzwerk der Fischer in Cornwall war äußerst dicht gestrickt und überaus reißfest. Wenn einer Informationen über den Aufenthaltsort von Stone besorgen konnte, dann war das Luke.

Er saß noch eine ganze Zeit in Gedanken versunken im Atelier und warf hin und wieder einen Blick auf die angefangene Arbeit. Schließlich stand er auf, vorsichtig, denn die Schmerzen in seinem Rücken wurden unversehens stärker.

In der Küche verabreichte er sich die Dosis Schmerzmittel, die er jeden Vormittag einnehmen musste. Eine schon mechanische Handlung, die er kaum wahrnahm. Dann holte er erneut den Karton mit den alten Unterlagen hervor. Vielleicht fanden sich dort ein paar Hinweise auf eine Farm, ein einsam stehendes Haus oder nur auf einen Campingplatz. Aber das Ergebnis war negativ. Achtlos warf er die Papiere wieder hinein und trug den Karton zurück. Ohne es wahrzunehmen, lief er eine Zeit lang unruhig zwischen Küche, Wohnzimmer und Atelier hin und her, bis er schließlich vors Cottage trat und Mary anrief.

»Simon?« Ihre Stimme klang besorgt.

»Alles gut. Ich … ich wollte dich fragen, ob du mich nach Truro fahren kannst … ob wir in die Klinik fahren können«, verbesserte er sich.

»Jetzt?«

»Es geht nicht. Richtig?«

»Ich kann jetzt wirklich nicht aus dem Laden weg. Tante Margaret hatte zugesagt, mir zu helfen. Die Touristen, du verstehst. Aber sie lässt mich mal wieder hängen. Außerdem kommen heute neue Gäste.«

Natürlich. Es war Samstag, der Tag des Bettenwechsels. »Ja, schade. Da kann man nichts machen. War nur eine Frage.«

»Was ist los? Dich bedrückt doch etwas.«

»Ich habe eben mit Megan telefoniert.«

»Megan?«

»Eine ehemalige Kollegin bei der Met.«

Als er nicht weitersprach, fragte Mary nach. »Heißt?«

»Sie hat mir drei mögliche Orte in Cornwall genannt, wo sich Keith Stone aufhalten könnte.«

»Die willst du jetzt absuchen?« Ihre Stimme klang skeptisch. »Weiß Marks davon? Der hat von den Londonern sicher längst die nötigen Informationen. Warum kümmert sich die Polizei Helston nicht?«

»Die Informationen habe ich exklusiv. Offiziell ruhen die Ermittlungen gegen Stone und Lehmann, und das schon seit Jahren. Für Megan, besser gesagt für die Spezialeinheit der Met, ist die Sache Lehmann im Augenblick eine Art Cold Case. Dass einer seiner Handlanger für einen Mord in Cornwall verantwortlich sein soll, also für den Torso, und er angeblich von einer Zeugin dabei gesehen wurde, wie er ihren Partner umbringt – für die Kollegen der Spezialeinheit ist das kein Grund, aktiv zu werden. Das überlassen sie den örtlichen Ermittlern. Mary, die Londoner spielen in einer ganz anderen Liga. Offiziell gibt es die Gruppe gar nicht. Marks würde niemals an sie rankommen. Die Kollegen sind mittlerweile der Regierung direkt unterstellt. Wenn es hart auf hart käme, würde die Met tatsächlich leugnen, dass es sie gibt. Selbst wenn Kollegen nachfragen.« Simon ereiferte sich immer mehr. »Und wenn ich ehrlich bin, kann ich sie verstehen. Sie haben klare Anweisungen. Ich würde ebenso reagieren, wäre ich noch im Dienst.«

»Das verstehe ich alles nicht. Ich dachte, dass jeder jedem hilft. Was ich aber sehr wohl verstehe, ist, was du vorhast.« Mary atmete heftig in den Hörer. »Und ich helfe dir. Natürlich. Aber nicht mehr heute. Morgen.«

»Entschuldige, Mary. Ich wollte dich nicht in Bedrängnis bringen. Es ist nur …«

»Ich weiß. Dein Jagdinstinkt oder wie immer man das nennen mag. Du kannst nicht aus deiner Haut. Wenn du nicht warten kannst, vielleicht fährt Stevyn Collins dich.«

»Nein.«

»Du hast recht. Es hängen schon genug Leute in der Sache drin. Wir würden Stevyn nur unnötig in Gefahr bringen.«

»Ich werde mich bis morgen gedulden. Mach dir keine Sorgen. Ich …« Ihm fehlten die Worte.

»Du musst dich nicht entschuldigen, Simon. Ich muss jetzt Schluss machen. Der Laden steht voller Kunden.« Sie legte auf.

Eine Nacht warten. Das bedeutete unter Umständen eine Nacht mehr Vorsprung für Stone. Er war versucht,

Marks anzurufen und sich nach den Ermittlungsfortschritten zu erkundigen. Vielleicht hatte seine Rumpftruppe doch einen neuen Ansatz entdeckt. Der DI könnte seinen Constable auf die drei Dörfer ansetzen. Easterbrook war sicherlich in der Gegend aufgewachsen und kannte eine Menge Leute. Er verwarf den Gedanken sofort wieder, denn der Constable trug Uniform, was die Menschen misstrauisch machte. Solange sie keine Probleme hatten, die auf Keith Stone oder anderes Gesindel zurückzuführen waren, würden sie den Mund halten. Das war das lang geübte stille Übereinkommen der Bewohner dieses Landstrichs.

Simon wollte nicht länger über die verpasste mögliche Chance nachdenken, sondern griff nach seinem Stock und machte sich auf den Weg ins Dorf. Er musste sich ablenken, und das ging am besten im Pub. Hier allein im Cottage würden seine Gedanken nur um Lehmann, Stone, um Luke und Bennett kreisen.

Cadgwith war tatsächlich voller Besucher, Müßiggänger wie auch Wanderer, die im Dorf kurz Rast machten. Simon schlenderte hoch zum Todden, wo alle Bänke besetzt waren. Er wusste, warum. Es konnte nicht mehr lange dauern, bis die ersten Fischerboote heimkehrten. Und es war immer das gleiche Spektakel. Die ohnehin nicht sonderlich großen Boote mit ihrer Kajüte, die kaum mehr Platz bot als für das Ruder, das Radar und den Bootsführer, sahen von oben noch kleiner aus. Aber das war es nicht, was das Einlaufen der Fischer so besonders machte. Es war die Art des Einlaufens: Die blau, weiß oder orange gestrichenen Boote stoppten kurz vor der Einfahrt in den Hafen, um dann mit Volldampf auf den Strand aufzufahren. Das erzeugte bei den Schaulustigen, die diese Prozedur das erste Mal verfolgten, ungläubiges Staunen. Noch im Wasser sprang einer der meist zweiköpfigen Besatzung ab und befestigte eine Stahltrosse am Bug. Anschließend wurde das Boot unter lautem Knirschen und Kreischen von einer Winde ganz aufs Trockene gezogen.

Danach begann sofort das Entladen, begleitet von Möwen, die beinahe wie Schaulustige in Mengen auf Felsnasen, Vorsprüngen oder Kaminen gesessen und gewartet hatten, um ihrerseits den einen oder anderen Fang zu machen. Aufmerksam beäugt von Dohlen, die ebenfalls nicht nur Beobachter sein wollten.

Das Ganze hatte von oben betrachtet die Anmutung eines Marionettentheaters, eine über viele Jahre eingespielte Vorstellung, die längst Routine war und dennoch jeden Tag so wirkte, als sei gerade erst Premiere gewesen.

Simon wollte die Felszunge schon wieder verlassen, die den Hafen von dem winzigen, steinigen Badestrand trennte, als ihn jemand ansprach.

»Faszinierend. Ich kann mich gar nicht sattsehen. Welch großartige Regie und Dramaturgie. Perfekt. Die perfekte Blaupause für das Leben an der kornischen Küste. Die Armut und harte Arbeit der Fischer als Pittoreske, einzig und allein geschaffen für den Mythos Cornwall.«

Der Filmemacher. Auch das noch. »Wenn Sie das so sagen.«

»Habe ich Ihnen eigentlich schon erzählt, dass ich eine Doku und auch ein Spielfilmprojekt angestoßen habe? Das Material für große Geschichten liegt hier quasi auf den Klippen. Man muss sie nur erzählen. Ich komme mir vor wie einer der Schatzsucher, die hier herumlaufen. Mit dem Unterschied, dass ich meinen Schatz bereits gefunden habe.« Sein Blick verdunkelte sich. »Ich hatte schon einiges in trockenen Tüchern. Ein alter Kumpel von mir ist Filmproduzent. Kurz nachdem ich ihn besucht habe, wurde er allerdings umgebracht. Nicht weit von Newquay. Gruselig. Armer Steve. Sie haben sicher davon gehört. In der Filmszene gibt es gerade kein anderes Thema.«

Simon nickte lediglich knapp.

»Grausame Geschichte. Wenn die Gerüchte stimmen, muss es ihn schlimm erwischt haben.« Er schob seine Sonnenbrille aufs Haar. »Na ja. Und ich hatte extra meinen Urlaub verlängert, um die Sache ordentlich einzustielen. Macht nix. Ich werde schon noch Geldgeber finden.« Er unterbrach sich. »Warum erzähle ich Ihnen das alles?« Er musterte Simon, als nähme er ihn erst jetzt bewusst wahr. »Heute keine Staffelei dabei?« Er dachte kurz nach. »Sagen Sie, das wäre doch auch eine nette Geschichte: der Maler der kornischen Küste – vom Polizisten zum Künstler. Wäre das nicht mal was?«

Er sah Morris erstaunt an.

»Kommen Sie, das wäre wirklich was. Sie sind hier eine große Nummer im Dorf.« Der Filmemacher beugte sich vertrauensselig zu Simon. »Ich kenne Ihre Geschichte. Margaret hat sie mir erzählt.«

»Aha.«

»Und ich bin tatsächlich auch fasziniert von den Plänen, die sie mit diesem Bennett vorantreibt. Das wird sicher eine riesengroße Sache – für das kleine Dorf hier. Darf ich Sie zu einem Bier einladen? Bei dem Wetter die Gelegenheit, ein bisschen in den Schatten zu kommen.«

Unter anderen Umständen hätte Simon abgelehnt, aber der Londoner erschien ihm als die Ablenkung, die er gesucht hatte.

Auf dem Vorplatz des Pubs fanden sie zwei freie Plätze unter dem überdachten Sitzbereich. Schatten war damit garantiert, aber die halbhoch gemauerte und hell gestrichene Begrenzung des Pubbereichs reflektierte die Sonne derart, dass Abkühlung nicht zu erwarten war.

Morris verschwand mit einem kurzen Nicken in den Gastraum. Simon saß mit dem Rücken zum Eingangsbereich und bekam erst mit, dass Stevyn Collins den Hof betreten hatte, als ihm dieser die Hand auf die Schulter legte.

»Schlimme Sache mit Luke.« Collins setzte sich zu ihm.

»Eigentlich sitzt der Londoner Filmemacher hier, der seit Tagen das ganze Dorf mit seinen Filmprojekten nervt.« Simon war gespannt auf Morris' Reaktion, wenn er seinen Platz besetzt sah.

Collins nickte. »Du hast recht. Fand die Idee zuerst auch spannend. Scheint aber ein Schwätzer zu sein.« Er strich sich unschlüssig über sein helles Hemd aus grobem Leinen, das sich über dem mächtigen Bauch spannte und ihm, zusammen mit dem Backenbart, die Anmutung einer Figur aus *Die Schatzinsel* verlieh oder aber die einer Romanfigur von Charles Dickens. »Könnte einen Rum vertragen.«

»Da kommt Morris mit dem Bier.« Simon nickte in Richtung Windfang.

»Oh, der Herr Bürgermeister. Schön, Sie zu sehen.« Morris stand mit zwei Pint abwartend vor Collins. Der machte nicht die geringsten Anstalten aufzustehen. Er warf einen Blick über den Tisch. »Wenn wir alle ein bisschen zusammenrücken …«

»Ich steh sowieso auf. Will mir einen Drink holen.« Collins sah Morris nicht eben freundlich an.

»Warten Sie.« Der Filmemacher stellte die vollen Gläser ab. »Sie sind natürlich eingeladen. Was darf's denn sein? Ein Pint Doom?«

»Lieber einen Rum.«

»Kommt sofort.« Morris drehte ab.

Collins grinste.

»Bürgermeister von Cadgwith?« Simon schüttelte lächelnd den Kopf.

»Die Geschichte funktioniert immer. Bringt mir meist einen kostenlosen Rum ein.«

»Der Zweck heiligt die Mittel.« Sein Freund hatte eine unglaubliche Chuzpe. Wohl das Ergebnis seiner jahrzehntelangen Arbeit als Kapitän eines Versorgungsschiffs.

Collins quittierte die Bemerkung mit einem lässigen Schulterzucken. »Was gibt es Neues von Luke? Ist er über den Berg? Habe eben versucht, seine Frau zu erreichen. Aber geht keiner ran. Gill ist vermutlich in der Klinik.«

»Davon gehe ich aus. Nein, ich habe noch nichts gehört. Mary und ich werden ihn morgen besuchen.«

»Er kann jeden Besuch gebrauchen. Ist ein zäher Hund, aber so ein Krankenhausaufenthalt macht ihn sicher wahnsinnig. Ist es ja nicht gewohnt still zu sitzen, geschweige denn zu liegen. Und dann auch noch mit dieser Verletzung. Möchte mal wissen, welches Schwein das getan hat.«

Simon wusste, dass Collins' Äußerung die Aufforderung war, über den Täter zu spekulieren, oder – das wäre ihm sicher noch lieber – von Simon zu hören, wen er für den Täter hielt. Aber den Gefallen wollte er Stevyn nicht tun, auch wenn der pensionierte Kapitän zu seinen Freunden zählte. Er wollte nicht noch mehr Unruhe in die Ermittlungen bringen, indem er alle Welt wissen ließ, was er von Marks erfahren hatte.

Collins ließ nicht locker. »Erst der nackte Torso in der Kanalisation, dann, wie ich hörte, der Mord auf Trerice, ist ja quasi um die Ecke, und dann der Anschlag auf Luke. Dazu Bennett, der verschwunden ist und seine Frau, die immer noch nicht aufgetaucht ist.«

»Hm.«

Nun ließ Collins die Katze aus dem Sack. »Was denkst du? Bisschen viel auf einmal, oder?«

»Dinge passieren. Mal weniger, dann wieder gehäuft.«

»Du hast doch mal selbst zu dem Verein gehört – was sagst du dazu? Du als ehemaliger Bulle. Du musst doch eine Meinung haben.«

»Es ist alles möglich, Stevyn. Ich will mich nicht an wie auch immer gearteten Spekulationen beteiligen. Ich weiß nur, dass die Polizei gute Arbeit macht und sie am Ende den Fall, oder die Fälle, lösen wird.«

»Aha. Es gibt also einen Zusammenhang zwischen den Taten?«

»Das habe ich nicht gesagt.«

»Aber das hast du gemeint. Du hast gesagt, der Fall oder die Fälle.«

Simon schüttelte den Kopf. »Lass die Polizei ihre Arbeit machen. Jetzt geht es allein darum, dass Luke möglichst bald wieder auf die Beine kommt. Der Rest wird sich finden.«

»So. Ihr Rum, der Herr.« Morris bot Collins das Glas an und runzelte die Stirn. »Habe ich etwas verpasst? Sie sehen beide so ernst aus.«

»Nur ein Gespräch unter Freunden.«

»Es geht um Ihren Freund Luke, habe ich recht? Ich habe gerade an der Theke von der Tat gehört. Der Ärmste wäre oben auf dem Küstenpfad fast verblutet. Was ist nur los bei Ihnen hier unten in Cornwall?«

»Wirklich schlimme Geschichte. Aber er ist wohl schon auf dem Weg der Besserung. Die Fahndung läuft auf Hochtouren.«

»Wenn Sie das sagen, Herr Bürgermeister, dann brauche ich ja keine Angst um mein Leben zu haben. Cheers.«

Sie prosteten sich zu.

Morris sah in die Runde. »Wo wir hier so nett beisammensitzen, ich möchte mein Angebot wiederholen: Ich bringe Cadgwith in den Medien ganz groß raus. Das mache ich sehr gerne, Herr Bürgermeister. Das Dorf und die Umgebung sind voller Schätze.«

Simon musste den Kopf abwenden. Hätte er Stevyn ins Gesicht gesehen, hätte er nicht länger an sich halten können.

XLV.

»Wo fangen wir an?« Mary beugte sich mit Simon über die Karte, die er auf dem Küchentisch ausgebreitet hatte.

»Ich würde vorschlagen, St. Just lassen wir für den Augenblick außen vor. Der Ort ist zu groß, Stone könnte sich dort überall verstecken. Lass uns in Helford suchen oder in Stithians. Aber zuallererst brauchen wir Lukes Kontakte.«

Mary nickte und trank einen Schluck Tee. Dann zeigte sie auf Stithians. »Der Ort liegt auf dem Weg. Entweder werfen wir vorher schon mal einen Blick ins Dorf oder auf dem Rückweg von Truro.«

»Ergibt Sinn. Lass uns zuerst dort unser Glück versuchen.« Simon stützte sich auf seinen Stock, um den Rücken zu entlasten.

»Worauf warten wir dann noch?« Mary trank den Rest Tee und trug den Becher zur Spüle.

Simon zog gerade die Haustür hinter sich zu, als sein Mobiltelefon klingelte. Es war DI Marks.

»Nur ganz kurz, Jenkins, die Fahndung nach Bennett haben wir ausgeweitet. Er kann nicht weit kommen.

Wir haben ja seinen SUV. Er ist also nicht mobil. Es sei denn, er hat ein weiteres Fahrzeug zur Verfügung, von dem wir nichts wissen. Allerdings sind unsere Bemühungen bisher ohne Erfolg geblieben. Bis auf die bekannten Spinner oder Möchtegernermittler im Internet oder am Telefon, die ihn entweder auf den Scillys gesehen haben wollen, an der Kasse vom Edinburgh Castle oder auf der Fähre nach Calais. Aber es kommt noch abstruser: auf dem Petersplatz in Rom.« Er ließ ein verächtliches Schnaufen hören. »Das Übliche halt.«

Simon kannte solche Situationen. Voyeure, Jäger nach dem verlorenen Nervenkitzel, Verschwörungstheoretiker, Spinner aller Art verstopften die Infokanäle der Polizei. Und es war eine Heidenarbeit, die Fahndungshinweise auszusortieren. Am Ende des Tages blieben nur wenige oder gar keine Spuren übrig, die tatsächlich mit der Tat und ihren Umständen zu tun hatten.

»Sie kennen das, Simon. Ist auch nicht der Grund meines Anrufs. Unsere Jungs haben in Bennetts Wagen Blutspuren gefunden. Sie lassen sich eindeutig Carlton zuordnen.« Er ließ Raum, damit Simon einhaken konnte. Als dies nicht geschah, fuhr er fort. »Damit ist klar, dass es zwischen ihm und Stone eine Verbindung geben muss. Und es ist nicht auszuschließen, dass Stone auf Ihren Freund und Partner Luke eingestochen hat, wenn Bennett es nicht sogar selbst getan hat. Es wurde zumindest zweimal ein Messer eingesetzt.« Marks schien in seinem Inneren eine Liste möglicher Fakten abzuhaken. »Ob aber Terry Bennett auch für den tödlichen Schuss auf seine Frau verantwortlich ist, bleibt vorerst noch offen.

Es wurde ja eine andere Tatwaffe verwendet.« Es klang, als müsse Marks ein weiteres Indiz aus seinem Gedächtnis hervorkramen. »Unsere Forensiker gehen davon aus, dass der Schütze ein Profi ist. Darauf deutet das Kaliber hin, das bei dem Anschlag benutzt wurde. Und die Tatsache, dass nur ein Schuss abgegeben wurde und dies aus einer gewissen Entfernung.«

»Ich schließe daraus, dass Sie noch immer kein eindeutiges Täterprofil haben.«

»So ist es. Entweder handelt es sich um einen Einzeltäter, oder wir haben es mit mehreren zu tun.«

»Das macht die Sache in der Tat nicht leichter.«

»Bevor ich in die nächste Sitzung muss, haben Sie Ihre Kontakte bei der Met anzapfen können? Gibt es eine Neuigkeit, ein Indiz, einen Hinweis, irgendetwas, das ich mit in die Sitzung nehmen kann?«

Simon überlegte. Er könnte Marks von Megan erzählen. Aber war das sinnvoll? Was hatte sie ihm schon erzählt? Nur, dass Stone sich irgendwo in der weiteren Umgebung aufhalten könnte. Es hieße aber in jedem Fall, dass er seine Quelle öffentlich machen würde und damit Megan der Gefahr aussetzte, für die Weitergabe von Dienstgeheimnissen belangt zu werden. Marks würde nämlich in jedem Fall ihren Namen ins Spiel bringen, sogar müssen, wenn er von seinen Vorgesetzten weitere Unterstützung für seine Fahndung einfordern würde. Den daraus erwachsenden Konsequenzen mochte er Megan nicht aussetzen. Es käme Verrat gleich. Nein, er würde weiter ohne Marks' Unterstützung vorgehen. Er musste Megan raushalten.

»Nein. Ich bin keinen Schritt weitergekommen. Außer dem Austausch von Höflichkeiten, den Fragen nach meiner Gesundheit und der Möglichkeit, dass ich irgendwann wieder zur Met stoße, habe ich nichts erreicht. Ich bin einfach schon zu lange aus dem Geschäft, fürchte ich.«

»Verstehe.«

»Tut mir leid.«

»Das muss es nicht. Ich habe nicht wirklich damit gerechnet, dass Sie aus London Informationen bekommen. Aber es war immerhin einen Versuch wert.« Marks' Stimme klang niedergeschlagen, müde und frustriert von den ewigen Sackgassen, in die er seit Beginn seiner Polizeiarbeit immer wieder geriet. »Dann werden wir eben alle Berichte noch einmal durchgehen und darauf hoffen, etwas zu finden, was wir bisher übersehen haben. Und auch noch einmal allen Hinweisen nachgehen.« Er zögerte. »Ehrlich? Je länger ich diesen Job mache, desto mehr kotzt er mich an, Jenkins. Niemals ist ein Fall auch nur ein wenig einfacher als der vorherige. Ganz im Gegenteil. Ich beneide Sie tatsächlich ein bisschen.«

Er kannte aus seiner Dienstzeit zur Genüge solche Polizisten, die an irgendeinem Punkt der Karriere das Vertrauen in ihre Fähigkeiten verloren und sich am Ende in Zynismus und/oder Alkohol flüchteten, statt das zu tun, was sie gelernt hatten und im Grunde perfekt beherrschten: den Schuldigen draußen zu suchen, im Umfeld der Tat, in den gesellschaftlichen Zuständen oder einfach nur in der Unfähigkeit der Vorgesetzten. Er war drauf und dran, das Marks zu sagen, aber er ließ es bleiben. Das stand ihm weder zu, noch würde das irgendetwas ändern. Stattdessen wünschte er ihm viel Glück bei der weiteren Arbeit.

»Und Sie?« DI Marks wollte das Gespräch offenbar noch nicht beenden.

»Wir sind auf dem Weg ins Krankenhaus.«

»Wir?«

»Mary fährt mich. Wir wollen Luke besuchen.«

»Aha. Das klingt nach einem kleinen Ausflug. Bestellen Sie Grüße und gute Besserung von mir.«

Simon verabschiedete sich mit gemischten Gefühlen von dem Inspector. Marks tat ihm in gewisser Weise leid. Vielleicht hätte er ihm doch von Megans Hinweisen erzählen sollen.

»Was ist passiert? Du machst ein Gesicht, als sei ein neuer Mord passiert.«

Das war in gewisser Weise auch so. Zumindest hatte er Marks' Engagement und Pflichtbewusstsein mit seiner Geheimniskrämerei verletzt. »Marks wollte lediglich wissen, ob meine alten Kontakte in London etwas Produktives beitragen konnten.«

»Du hast ihm nichts von Megan gesagt.«

Diese nüchterne Feststellung klang wie die Nachfrage einer Anwältin, die ihren Mandanten vertrat. Simon erzählte ihr von seinen Bedenken. Mary quittierte es mit einem zustimmenden Nicken.

»Ich hätte vermutlich ebenso gehandelt, Simon.«

Mary hatte ihren Wagen auf dem nahen Parkplatz abgestellt, von dem aus die Besucher des Dörfchens leicht den Ortskern von Cadgwith erreichen konnten.

Auf dem kurzen Weg dorthin waren sie allein auf dem staubigen Pfad, der bei Regen gefährlich glitschig sein konnte.

Bis weit hinter Helston hingen die beiden schweigend ihren Gedanken nach.

Simon genoss die Bequemlichkeit des Vauxhall, den Mary erst vor Kurzem angeschafft hatte. Er war deutlich bequemer als der alte Pick-up, den Luke fuhr. Trotzdem hätte er eine Menge dafür gegeben, wieder neben seinem Freund sitzen zu können.

»Denkst du an Luke?« Mary warf einen kurzen Seitenblick auf Simon.

»Eigentlich ständig.«

»Vielleicht hat er den Angreifer ja doch erkannt.«

»So wie der Stich ausgeführt wurde, muss er direkt vor ihm gestanden haben.«

»Er hat mir etwas sagen wollen, als wir auf den Hubschrauber gewartet haben. Er war ein paar Sekunden bei Bewusstsein. Aber ich habe ihn einfach nicht verstanden. Er hat ein starkes Herz, und er hat diesen unbedingten Überlebenswillen. Das hat ihm das Leben gerettet. Starker Luke.«

Simon sah aus dem Seitenfenster. Glatte Flächen, die fast lebensfeindlich wirkten. Die Landstraße A 394 zog sich über eine Anhöhe. Ein paar Häuser. »Ich habe mich schon lange nicht mehr so hilflos gefühlt.«

»Er wird es schaffen.«

Es gab eine Pause, dann sagte Mary: »Tante Margaret wird sich ein neues Opfer für ihre Cadgwith-Fantasien suchen müssen. Bennett wird definitiv kein Geld ins

Dorf investieren. Bei all den Problemen, denen wir mittlerweile gegenüberstehen, ist das doch schon mal eine gute Entwicklung.«

»Hm.«

Sie hatte mit mehr Enthusiasmus gerechnet. Aber Simon hatte sicher recht. Dieser Aspekt spielte in der ganzen Sache nun wirklich eine äußerst untergeordnete Rolle. Wenn als Nebenprodukt das Aus für Cadgwith 2.0, wie Bennett seine Vision einmal genannt hatte, abfiel, umso besser.

Mary setzte kurz hinter dem Half Way House bei Rame Cross den Blinker und bog nach links ab auf die South Road. Bis Stithians war es nicht mehr weit. Sie deutete nach links. »Da hinten liegt das Stithians Reservoir.« Sie musste lachen. »Ich klinge wie eine Reiseführerin.«

Simon rückte sich im Sitz zurecht. Seine Anspannung wuchs. »Ist doch gut, dass sich wenigstens einer von uns auskennt. Ich war noch nie hier.«

Mary drosselte die Geschwindigkeit. Simon beobachtete nun noch aufmerksamer die Gegend, durch die sie fuhren. Ein unauffälliges Dorf mit unauffälligen Strukturen, unauffälligen Häusern und umso unauffälligeren Hinweisschildern, zum Beispiel zu Ferienwohnungen oder zu P J Taxis oder einer Arztpraxis. Es waren um diese Uhrzeit nur wenige Menschen unterwegs. Der ideale Ort für ein unauffälliges Versteck.

An der Kreuzung New Road und Tregonning Road bog Mary von der South Road links ab. Die New Road wurde zur Church Road, und sie passierten das Seven Stars Inn, die Grundschule des Dorfes und das benachbarte Gemeindezentrum. An der Kirche bog sie auf einen freien Parkplatz und stellte den Motor ab. Der Sakralbau bildete an der Stelle, an der die Church Road eine Kurve beschrieb und zur Hendra Road wurde, die Mitte des Dorfes.

»Und? Was sagt dir deine Spürnase, Bulle?«, neckte sie ihn.

»Typisches englisches Dorf, würde ich mal sagen. Ich bin sicher, dass man uns bereits beobachtet. Jeder kennt den Wagen des anderen. In dieses Nest verirrt sich vermutlich niemand von außerhalb.« Simon nickte in Richtung einer älteren Frau, die in einem Garten stand und sie, auf eine Harke gestützt, musterte. Als sie sich von Simon entdeckt sah, gab sie sich wieder ihrer Gartenarbeit hin.

»Du willst sicher eine Runde durchs Dorf drehen.« Mary machte Anstalten auszusteigen.

»Deshalb sind wir hier. Lass und mal ein bisschen Dorfluft schnuppern. Mal sehen, was Stithians für uns bereithält.« Simon bedachte den massiven Turm jenseits der Windschutzscheibe mit einem abschätzenden Blick, als wollte er die Mühe einordnen, ihn zu besteigen. Er deutete mit seinem Stock auf die Kirche. »Hast du eine Ahnung?«

»St. Stythians Church. Gehört zu The Eight Saints«, kramte sie ihr Wissen über die Kirchenlandschaft der Diözese Truro hervor und passierte entschlossenen Schrittes das steinerne Kreuz für die Gefallenen beider Weltkriege, das den Aufgang zum Kirchen- und Friedhofsgelände flankierte.

»Was hast du vor?«, wunderte sich Simon.

»Keine Ahnung. Irgendwo müssen wir ja beginnen.«

Er lächelte. Mary war eindeutig auf dem Kriegspfad. Langsam folgte er ihr.

»Ich dachte, von hier haben wir einen guten Blick auf die Gegend.« Sie deutete auf die umliegende Bebauung, als Simon neben sie trat. »Allerdings ist der mickrige Kirchenhügel dazu wohl doch nicht so optimal.« Sie klang ehrlich enttäuscht.

»Wir müssen nachdenken.« Simon steuerte auf eine Bank zu und setzte sich. »Was wissen wir über Stithians? Und was wissen wir über Stone und seine Vorlieben?« Den zweiten Teil seiner Frage beantwortete er selbst. »Nichts. Also bleibt uns nur, das mögliche Versteck einzugrenzen.«

Auch Mary setzte sich. Nachdenklich betrachtete sie die Kirche, die sich mit ihren grauen Natursteinquadern und dem typischen untersetzten eckigen Turm mit vier Eckzinnen nicht im Geringsten von anderen Kirchen in Cornwall unterschied. Ihr fielen einmal mehr die alten Grabsteine auf. Die überwiegende Zahl war von der Zeit, der Bodenbeschaffenheit oder der Witterung über die Jahrzehnte angegriffen und nach vorne oder zur Seite gekippt. Ein pittoreskes Fotomotiv.

»Ich glaube nicht, dass Stone, oder wer auch immer aus der Organisation, ein Haus gemietet oder gekauft hat. Die Einwohner würden den Besitzer kennenlernen wollen. Und sie würden sich wundern, dass Stone nicht dauerhaft hier wohnt. Also viel zu auffällig.«

Simon stimmte ihr zu. »Ich glaube eher, dass wir nach einem Ferienhaus suchen müssen. Nach einem Cottage oder Häuschen, das einen Besitzer hat, der nicht dauerhaft vor Ort ist. In dem Fall würde sich niemand wundern, wenn es nur ab und an bewohnt ist.«

»Stithians liegt ziemlich günstig im Dreieck zwischen Redruth, Helston und Falmouth. Außerdem ist Truro nicht weit.« Sie nickte bei dem Gedanken. Eine ideale Ferienregion, zumal mit dem großen See, der jede Menge Möglichkeiten für Wassersport bot. »Wir werden alle Ferienwohnungen und -häuser abklappern müssen.«

»Das ist viel zu auffällig. Und zu aufwendig dazu. Wir müssen uns umhören, ob irgendjemandem Ungewöhnliches aufgefallen ist im Zusammenhang mit dubiosen Feriengästen, auffälligen Fremden, mysteriösen Fahrzeugbewegungen, was auch immer.«

»Schau dich doch um. Niemand ist auf der Straße. Wir werden an den Haustüren klingeln müssen.« Auch die Gärtnerin war nicht mehr zu sehen.

»Pubs sind immer gute Orte für Begegnungen.« Simon erhob sich. »Außerdem habe ich Durst.«

Mary nickte und stand ebenfalls auf. »Du hast recht. Nicht weit von hier gibt es das Golden Lion Inn, am See. Ist ein Stück zurück. Da gibt's jede Menge Campingplätze.« Sie erinnerte sich an Nachmittage ihrer Kindheit, an denen sie mit ihren Eltern zu Ausflügen in die Gegend gekommen war. Sie beschattete die Augen und warf einen Blick auf die zackige Krone des Kirchturms, die mit scharfen Konturen in den fleckenlosen blauen Himmel stach. »Außerdem muss ich aus der Sonne raus.« Sie zögerte kurz. »Wir könnten auch erst ins Seven Stars. Liegt quasi um die Ecke.«

Aber Simon hatte sich bereits entschlossen. »Lass uns an den See fahren.«

Mary folgte der Hendra Road, um dann später in einem Bogen um den See zu fahren. Über einen Damm erreichten sie schließlich ihr Ziel. Der Parkplatz des Inn war gut gefüllt, ebenso die Plätze auf den Holzbänken im improvisierten Biergarten vor dem Pub. Es war schließlich Hochsaison.

»Draußen oder drinnen?«

Simon nickte lächelnd Richtung Eingang. »Würden wir einen Ausflug machen, würde ich lieber draußen sitzen. Aber wir sind ja nicht zum Vergnügen hier.« Beim Vorbeigehen strich er leicht über den üblichen Aufsteller eines Ausflugslokals, der mit bunter Schrift versprach, dass den ganzen Tag über Essen angeboten wurde.

Im Inneren des Pub herrschte das gleiche Bild. Durch das angeschlossene Campinggelände war das Lokal überwiegend von Urlaubern bevölkert. Der Anblick der uniformen Kleidung ließ kaum Zweifel. Die Gäste waren entweder mit dem Zelt, dem Wohnwagen oder dem Wohnmobil angereist. Männer in kurzen Hosen saßen vor ihren Pints, T-Shirts spannten über Bäuchen, daneben ihre Ladys, nicht selten in überaus knappen Tops, die luftigen Sommerkleider ließen sonnenverbrannte Schultern frei. Kinder, die gelangweilt in ihre Limonadengläser starrten.

Er hatte schon vermutet, dass sie hier nichts erreichen würden, aber er hatte wenigstens seinen Verdacht überprüfen wollen.

Mary schmunzelte. »Ich weiß, was du jetzt denkst.«

Er hob eine Augenbraue. »So? Tust du das? Jedenfalls glaube ich, dass wir hier keine Hinweise finden werden. Die Fluktuation der Gäste ist zu groß. Und Stone würde unter diesen Campingjüngern mit Sicherheit auffallen. Das wird er wissen.«

»Also doch das Seven Stars? Das hätten wir einfacher haben können«, monierte Mary.

»Du wolltest doch etwas trinken.«

Sie schüttelte den Kopf. »Lass uns fahren. Es riecht mir hier zu stark nach Sonnenmilch und nach zu viel Frühlingsrollenfett.«

Sie fuhren den Weg zurück, den sie gekommen waren, folgten der Hendra Road, die an der Kirche wieder zur Church Road wurde. Kurz danach lag das Seven Stars Inn auf der linken Seite.

Vor dem historischen Gebäude luden aufgespannte Sonnenschirme zum Verweilen ein. Niedrige, mit Blumen bepflanzte Natursteinmauern machten den Vorplatz zu einem kleinen Biergarten. An der rechten Seite blühte blau eine große Hortensie. In den Fenstern der nahezu honigfarbenen Fassade standen Blumenkästen mit Petunien und anderen Blumen. Auch hier flankierten Aufsteller mit kulinarischen Angeboten den Zugang zum Pub. Einer kündigte in bunter Schrift regelmäßige Livemusik an.

»Feuer sind wie Männer. Lässt man sie unbeaufsichtigt, gehen sie aus.«

Simon runzelte die Stirn. »Wie meinst du das?«

Mary deutete auf den Ofen, der in dem gemauerten Kamin stand und in früheren Zeiten den Gastraum beheizt hatte. Der Spruch war unkonventionell auf die Abdeckung der schmiedeeisernen Feuerstelle gemalt worden.

Über dem Kamin hing eine angejahrte Schiefertafel mit den gängigen Angeboten eines kornischen Pubs nach dem Geschmack der Touristen: gebratener Lachs mit Kartoffeln, Spinat und Sauce Hollandaise. Im Angebot auch: Schinken, Eier von freilaufenden Hühnern, Pommes Frites und Erbsen.

Das Pub war leer. Gegenüber der langen Theke und an der Stirnwand bot eine gepolsterte Bank über die gesamte Länge und Breite des Raums ausreichend Platz. Davor Tische und Stühle. Die Barhocker waren im gleichen Muster gepolstert. Simon warf einen Blick in den angrenzenden Raum, der sich übergangslos anschloss. Auch dort gab es einen aus groben Steinen gemauerten Kamin, dazu einige Sitzgelegenheiten. Auf einem Regal neben der Feuerstelle warteten zahlreiche Bücher auf Leser. Der Boden des Pubs war mit großformatigen Steinplatten ausgelegt. Sie ließen erahnen, dass dieses Haus bereits seit vielen Generationen Gäste beherbergte.

»Gemütlich.« Mary warf unternehmungslustig einen Blick auf die Zapfhähne. »Warum war ich noch nicht hier? Ich glaube, ich könnte einen Cider vertragen. Und du? Bier?«

Simon nickte. Unschlüssig blieb er im Raum stehen. Das Pub machte den Eindruck, als bewirte man hier trotz der Speisekarte mit den Kompromissen an den Allerweltsgeschmack eher die Einheimischen. Der größte

Teil des Tourismus spielte sich offenbar im Bereich des Sees ab.

Mary stellte sich an die Theke und wartete. Der Wirt war nirgends zu sehen. »Wollen wir nicht auch eine Kleinigkeit essen?«

Simon schüttelte den Kopf. »Lieber später.«

Aus dem Nebenraum, der offenbar zum Küchenbereich gehörte, war ein unbestimmtes Geräusch zu hören, unmittelbar darauf erschien der Wirt. Sein T-Shirt hing über dem Hosenbund und trug den Schriftzug einer bekannten Biermarke. Während er die beiden Gäste begrüßte, wischte er seine Hände an einem Handtuch ab, das er anschließend unter der Theke verschwinden ließ.

Mit der Routine eines langjährigen Landlords nahm er die Bestellung entgegen und hielt die Gläser unter die Zapfhähne.

»Auf der Durchreise?«, fragte er über die Theke hinweg. Die Frage klang, als wüsste er bereits die Antwort.

Mary schüttelte den Kopf.

»Dachte ich mir. Wie Touristen seht ihr nicht gerade aus.« Er musterte ungeniert Simon, der immer noch in der Mitte des Raumes stand. »Künstler?«

Simon reagierte nicht auf die Frage. Stattdessen trat er an die Theke. »Sie kennen sicher die Menschen hier genau.« Er lächelte. »Natürlich kennen Sie sie.«

Der kräftig gebaute, untersetzte Wirt gab ein undeutliches Gebrummel von sich und strich sich mit einer Hand über das spärliche Haar, das sich über die Jahre mehr und mehr zu einer Halbglatze zurückgezogen hatte. Seine dunklen Augen flogen von einem zum anderen. Vielmehr, es war nur ein Auge, das sich hektisch bewegte, stellte Simon fest. Das andere blickte starr geradeaus.

»Kann ich sonst noch etwas für euch tun? Ein Lunch?«

Mary schüttelte den Kopf und zahlte.

»Da habe ich Glück.« Das linke Auge musterte Simon. »Der Koch kommt erst am Abend.« Er deutete in den Raum. »Ist nicht viel zu tun tagsüber. Erst später wird es hier voll.«

Simon nahm sein Bier auf und hob das Glas Richtung Mary. »Um ehrlich zu sein, wir suchen nach ungewöhnlichen Begebenheiten in Stithians.«

Der Wirt, der sein Handtuch aufgenommen hatte, um die Theke zu wischen, hielt mitten in der Bewegung inne. »Ungewöhnliche Begebenheiten?«, echote er. »Das Dorf an sich ist eine einzige ungewöhnliche Begebenheit, um ehrlich zu sein. Polizei? Oder seid ihr zwei dieser Spinner, die in den alten Minen oder den Höhlen an der Küste nach Schätzen suchen?«

»Weder das eine noch das andere«, sagte Simon möglichst unverfänglich. »Wir sind auf der Suche nach einem Bekannten, der vor ein paar Tagen verschwunden ist. Und von dem es heißt, er könnte hier in der Gegend sein. In einem der Ferienhäuser zum Beispiel.«

Der Wirt nickte. »Verstehe schon.« Er beäugte Mary mit aufflammendem Interesse. »Knatsch in der Beziehung«, stellte er lakonisch fest. Er trat einen Schritt zurück und lehnte sich an das Regal hinter ihm. »Nicht mein Bier. Aus solchen Dingen halte ich mich heraus.«

Er verschränkte die Arme. »Da bin ich ein gebranntes Kind. Ich kann es mir außerdem nicht leisten, Partei zu ergreifen. Als Wirt muss ich zuhören können, vieles unkommentiert hinnehmen und dann hier drin abspeichern.« Er tippte sich an die Schläfe. »Hier steckt 'ne Menge drin. Viel zu viel, wenn ihr mich fragt.«

»Nein, es geht nicht um mich«, beeilte sich Mary zu sagen. »Vielleicht können Sie dennoch helfen. Es kann sein, dass der Betreffende bei einem Freund untergekommen ist. In einem Cottage, vielleicht in einem, das etwas abseits liegt. Vielleicht ist es ja auch eine Ferienwohnung, die sich ein wenig vom Normalen unterscheidet, wo nicht klar ist, welcher Besitzer dahintersteckt. Vielleicht gibt es hier ja eine Behausung, auf die das zutrifft, ein Haus, von dem niemand so genau weiß, wem es gehört. Wo nur selten Betrieb ist und die Gäste merkwürdige Gestalten sind. Wo besonders nachts Fahrzeuge ankommen – so was suchen wir.«

Simon hatte sie unterbrechen wollen, schwieg aber. Mary mochte etwas vorschnell gewesen sein, aber im Kern stellte sie die richtigen Fragen. Sollte der Wirt Verbindungen zu Stone haben, wäre ihre Mission an dieser Stelle beendet. Er glaubte aber nicht, dass dem so war. Er hielt den Betreiber des Seven Stars Inn nicht für einen Informanten dunkler Kreise. Er war ein Gastwirt bester Güte. Er sah viel, hörte viel und schwieg viel.

»Ich kann euch nicht helfen. Hier gehen so viele Menschen ein und aus, da kann ich beim besten Willen nicht auf alle achten.« Er überlegte und verzog dabei den Mund. »Soweit ich weiß, gibt es kein Haus und keine

Wohnung, die in irgendeiner Weise suspekt sind. Ich weiß nur, dass in den vergangenen Jahren einige Objekte zu überhöhten Preisen verkauft wurden. Aber das ist ja nichts Ungewöhnliches in einer boomenden Touristenregion wie Cornwall. Außerdem ist das Privatsache. Wer immer seinen Schnitt machen kann, der tut es. Wenn er klug ist.« Er bekräftigte seine Einschätzung mit einem Kopfschütteln. »Ich weiß wirklich nichts.«

»Sollte Ihnen noch etwas einfallen …« Simon wollte schon reflexartig nach seiner Visitenkarte greifen, besann sich dann aber. Er war ja längst nicht mehr bei der Met. Er lächelte schief.

Mary nickte dem Wirt zu und zog Simon nach draußen. Sie setzten sich unter einen der Sonnenschirme. »Das bringt doch nichts«, meinte sie wenig zuversichtlich.

»Wir werden weitersuchen müssen.«

»Glaubst du, der Wirt weiß etwas? Auf mich machte er einen nervösen Eindruck.«

Simon schüttelte den Kopf. »Das hat mit seinem Glasauge zu tun, dass er seltsam auf dich wirkt. Der kalte Blick des Fischs. Nein, ich denke, dass er keine Ahnung hat. Und was haben wir denn gefragt? Ob ihm etwas Ungewöhnliches aufgefallen ist im Dorf. Nun, ihm als Wirt fallen tausend ungewöhnliche Dinge im Kneipenleben auf. Das ist normal in einer Kneipe.«

»Werden wir jetzt philosophisch?«, neckte sie ihn.

Simon schwieg. Er hatte das Gefühl, all das Wissen und all die Fähigkeiten verloren zu haben, die ihn einmal ausgemacht hatten. Er hatte das Vertrauen in sein kriminalistisches Gespür verloren. Stone, und damit auch Lehmann, waren vor ihm sicher. Er fühlte sich taub und sah auf seinen ärgsten Feind wie durch eine Milchglasscheibe. Er konnte nur spekulieren, wo sich seine Gegner aufhielten. Lehmann hatte ihn *abgeschaltet*. Er seufzte laut, denn er hasste Selbstmitleid.

»Tut mir leid«, schob Mary hinterher, »ich hätte das nicht sagen sollen.«

»Du hast ja recht. Wir vertun hier bloß unsere Zeit.« Er trank einen großen Schluck. Die Welt jenseits der niedrigen Mauer mit ihrer blühenden Krone erschien ihm mit einem Mal abweisend und kalt trotz der Nachmittagshitze. Ein Dschungel aus Möglichkeiten und falschen Fährten, aus düsteren Blicken und verdeckten Fallen.

»Lass uns nach Truro zu Luke fahren.« Mary spürte, dass Simon im Begriff war, sich in dunklen Gedanken zu verlieren. »Er hat bestimmt eine Idee.«

»Ich weiß, dass wir hier auf der richtigen Spur sind. Ich kann sie nur nicht sehen.« Er fuhr sich mit den Händen mehrfach durchs Gesicht. »Ich muss mich verdammt noch mal konzentrieren.«

»Megan hat doch auch von Helford und St. Just gesprochen. Noch haben wir mehrere Chancen.« Sie litt mit Simon.

»Lass uns nach Truro fahren.« Er wollte nicht länger unter dem Sonnenschirm vor dem Pub sitzen, der auf ihn so einladend und abweisend zugleich wirkte. Wie das Tor zu einer anderen Welt, nur dass er nicht wusste, wie er es öffnen sollte.

»Du wirst sehen, wir werden Stones Versteck aufspüren. Hier oder anderswo. Wir stehen erst am Anfang, Simon.« Ihre Zuversicht reichte kaum über den Tisch.

Sie saßen eine Zeitlang schweigend vor ihren Getränken. Während Simon tief in Gedanken versunken war, sah Mary hin und wieder auf, wenn ein Fahrzeug vorbeifuhr. Oder sie verfolgte mit den Augen die Fußgänger, die das Pub passierten, in der Hoffnung, dass sich eine überraschende Wendung ihrer vertrackten Lage ergab. Aber nichts dergleichen geschah. Der Enthusiasmus, den sie noch am Morgen verströmt hatte, als sie sich über die Umgebungskarte gebeugt hatte, war endgültig verflogen.

Schließlich stand sie auf und ging zurück in den Gastraum. Der Wirt war nirgends zu sehen. Auf ihr »Hallo« bekam sie keine Antwort. Stattdessen vernahm sie ein sattes Klacken, das aus einem Raum kam, der an den Thekenbereich angrenzte und der ihr vorher nicht aufgefallen war. Als sie dem unregelmäßigen Geräusch folgte, kam sie in einen unerwartet großen Raum, der ganz offensichtlich als Billardzimmer genutzt wurde. Die Wände waren dunkelgrün gestrichen. Neben dem Tisch stand ein Kicker, in einer Ecke war auf einem Regal ein Flachbildschirm platziert, an der Längswand hatte der Wirt eine Musikbox aufgestellt. Unter der Decke waren unter anderem zwei Flaggen Cornwalls aufgehängt.

Der Wirt stand über den Billardtisch gebeugt und brachte gerade sein Queue in Position, als Mary eintrat. Langsam richtete er sich auf, als fühlte er sich bei der wichtigsten Tätigkeit des Tages gestört. »Möchten Sie noch einen Cider?«

Sie schüttelte den Kopf. »Nein, ich möchte Ihnen bloß unsere Telefonnummer dalassen. Für den Fall, dass.«

Der Wirt schien tatsächlich wenig erfreut, legte aber den Billardstock auf die grün bespannte Tischplatte. »Kein Problem.«

Kurz darauf trat sie wieder vor das Pub. Simon schien ihr Fehlen noch nicht bemerkt zu haben. Irritiert schaute er auf, als sie ihn ansprach.

»Ich habe ihm unsere Telefonnummern dagelassen. Kann ja nicht schaden. Wir sollten jetzt wirklich los.«

Die Fahrt zur Klinik verbrachten sie weitgehend schweigend.

Als sie auf das Klinikgelände bogen, kam ihnen ein Rettungswagen mit eingeschaltetem Blaulicht, aber noch ohne Sirene entgegen. Auf dem Landeplatz nahe des Eingangs zur Notaufnahme stand einsatzbereit ein Helikopter. Die Parkplätze auf dem Klinikgelände waren gut gefüllt.

Auf dem Weg zu Lukes Zimmer begegneten ihnen einige Besucher und Patienten, eine Krankenschwester schob einen leeren Rolli vorbei.

»Ist richtig Betrieb hier«, wunderte sich Mary. »Die Klinik scheint gut belegt zu sein.«

Simon nickte nur. Er war in Gedanken bereits bei Luke. Als sie sein Zimmer erreichten, schloss gerade Gill die Tür hinter sich. Sie sah erschöpft aus. Um ihre sonst lebenslustig dreinblickenden Augen hatten sich dunkle Schatten gelegt. Das Haar war nachlässig gekämmt, Jeans und T-Shirt sahen aus, als habe sie in ihnen die Nacht verbracht.

»Hi.« Ihre leise Stimme klang matt.

Mary nahm sie in den Arm. »Wie geht es ihm?« Auch Simon drückte sie.

Gill strich sich eine Strähne aus dem Gesicht, die aber sofort wieder zurückfiel. »Die Ärzte sagen, dass er es schaffen wird.«

»Das ist doch großartig.« Mary versuchte einen optimistischen Ton anzuschlagen, aber angesichts von Gills Verfassung geriet ihre Bemerkung eher zu einer Frage.

»Er ist so schwach.« Gill lehnte sich an die Flurwand.

»Das ist doch nur verständlich«, versuchte Simon sie zu beruhigen.

»Er hat großes Glück gehabt. Ein paar Millimeter weiter, und die Messerklinge hätte die Bauchschlagader durchtrennt. Er hat Glück im Unglück gehabt«, wiederholte sie. »So ist ›nur‹ die Milz verletzt, aber keine anderen Organe.« Sie sah Simon fragend an, so als habe er Einfluss auf Lukes Schicksal. »Er wird doch wieder gesund?«

»Natürlich.« Mary legte ihre Hand auf Gills Arm.

»Meinst du, wir könnten kurz zu ihm?« Simon tat etwas für ihn Ungewöhnliches. Nie zuvor war er Lukes Frau derart nahe gekommen. Er strich Gill sanft über die Wange.

Sie sah ihn dankbar an und nickte. »Der Arzt war eben bei ihm. Er wird sicher erschöpft sein und schlafen wollen. Aber er wird sich freuen, euch zu sehen.«

»Willst du nicht mit hineinkommen?«, fragte Mary.

»Nein. Ich muss hier raus. Ich habe das Gefühl, keine Luft zum Atmen zu haben. Nein. Ich fahre heim. Es gibt doch noch so viel zu regeln.«

Mary wusste, was sie meinte. Gill arbeitete mit einer halben Stelle in der Grundschule von Ruan Minor. Solange Luke nicht arbeiten konnte, würden sie mit nur wenig Geld auskommen müssen. »Wenn ich helfen kann?«

»Danke, es wird schon gehen«, antwortete sie mit halbherziger Zuversicht und stieß sich von der Flurwand ab. »Ich werde dann mal fahren.« Sie sah von Mary zu Simon. »Danke, dass ihr für mich da seid. Vor allem aber, dass ihr für Luke da seid.«

»Schsch«, machte Mary. »Es wird alles gut.«

Sie warteten, bis Gill gegangen war, und klopften dann an Lukes Tür. Als sie eintraten, drehte Luke erstaunt den Kopf.

»Hi, Folks.« Seine Stimme klang so rau und kratzig, als habe er eine Nacht mit einer Flasche Rum zugebracht. Seine Arme lagen über der Bettdecke neben dem Körper ausgestreckt, als müsse er sich ganz schmal machen. Der Rest seines Körpers war unter dem Bezug nur zu erahnen. Ein absurder Gedanke schoss Simon durch den Kopf. Sein Freund lag da wie eine der Galionsfiguren, die er bei Sarah Stephens gesehen hatte. Seine Gesichtszüge sahen durch die Auswirkungen der Verletzungen aus wie grob geschnitzt. Nur die wichtigsten Merkmale waren herausgearbeitet. Das Gesicht wirkte ausgemergelt. Das Dunkle der Augen war durch die weiße Umgebung noch dunkler. Die Stoppeln auf seinem Gesicht verstärkten den Eindruck eingefallener Wangen. In seinem Körper steckten mehrere Schläuche.

Mary und Simon traten ans Bett. Luke war immer noch an Überwachungseinheiten angeschlossen, außerdem an Schmerzpumpen und an einen Tropf.

Er bemerkte ihren Blick. »Der Arzt meint, wenn ich weiter solche Fortschritte mache, bin ich vielleicht schon übermorgen die ganze Takelage hier los. Ich fühl mich regelrecht gefangen.« Seine Stimme war nur ein Flüstern. Er versuchte sich an einem Grinsen, das es kaum bis in seine Augen schaffte. Er atmete angestrengt und ließ den Kopf wieder in die ursprüngliche Position zurückrollen. Dann schloss er die Augen.

»Luke.« Mehr brachte Simon nicht hervor.

Sein Freund öffnete die Augen wieder. »Schon gut, Partner. Ich werde schon nicht sterben. Ich bin nur so verdammt müde.«

»Wir haben gerade Gill getroffen. Die Ärzte sind zufrieden mit dir, sagt sie.« Mary versuchte mit einem optimistischen Lächeln ein bisschen Normalität zu schaffen, was ihr aber nicht gelingen wollte.

»Ein toughes Mädchen, meine Gill. Sie gibt mir eine Menge Kraft.«

»Das ist sie.« Mary griff nach Lukes Hand und drückte sie.

Luke sah Simon an. »Na los. Sag schon. Ich seh dir doch an, dass du Fragen hast.« Er schloss erneut die Augen, um sie sofort wieder zu öffnen. Obwohl sie vorerst ihren Glanz eingebüßt hatten, konnte Simon in ihnen einen Funken Entschlossenheit entdecken.

»Ich glaube, es ist besser, wenn wir dich in Ruhe lassen.«

»So'n Quatsch«, ereiferte er sich. »Also, ich weiß nur, dass ich in Bennetts Haus war.« Er hob mit einer matten Bewegung die Hand, als Simon seinen Unmut über Lukes Alleingang äußerte. »Du hast ja recht. Das habe ich nun davon. Jedenfalls, ich habe aus der Küche ein Geräusch gehört. Ich habe zumindest gedacht, dass es die Küche ist. Und das Nächste, woran ich mich erinnere, ist ein Schatten, der auf mich los ist. Und dann war da dieser Schmerz, als habe man mir ein glühendes Eisen in die Eingeweide gerammt. Ich bin erst wieder im Helikopter zu mir gekommen. Von dem ganzen Krach. Mann, ich war schon lange nicht mehr in der Luft.« Er hustete leicht. »Ich habe den Angreifer nicht gesehen. Aber es kann nur er gewesen sein. Wer sonst hat sich dort aufgehalten?«

Er sah Simon eindringlich an. »Ich war so nahe an ihm dran, ich hätte ihn beinahe gehabt. Ich hab's versaut.«

»Du hast dir nichts vorzuwerfen. Wenn, müsste ich mir Gedanken machen. Ich hätte auf dich aufpassen sollen, denn ich habe geahnt, dass du allein losziehen würdest. Aber ich habe dich nicht gestoppt.«

Luke musste ein Husten unterdrücken. »Habt ihr das Schwein schon?«

Die beiden schüttelten die Köpfe. »Ist jetzt auch nicht so wichtig. Er wird uns nicht entkommen.« Simon hatte das Gefühl, Luke wollte sich aus seiner Position aufstemmen, und legte eine Hand auf seinen Arm. »Wir werden ihn erwischen. Ist nur eine Frage der Zeit.«

Luke sah ihn forschend an. Dabei musste er immer wieder die Augen schließen.

»Wir sollten dich jetzt besser allein lassen. Du brauchst Ruhe.« Mary sah Simon bittend an.

»Wartet. Ich sehe doch an seinem Gesicht, dass ihn noch etwas bewegt. Was ist los? Spuck es schon aus, Simon.«

Simon warf einen kurzen Seitenblick auf Mary und nickte kaum merklich. Mit wenigen Sätzen erklärte er, was sie bisher über Stone und den Anteil, den er an dem Ganzen hatte, wussten. Und wonach sie gerade suchten.

»Ich hatte schon vermutet, dass es hier nicht allein um dieses arrogante Arschloch geht. London ist die Verbindung, nicht? Das ist der Grund, warum du wie ein Bluthund aussiehst, der eine Fährte aufgenommen hat.«

»So ungefähr. Die Verbindung ist das Geld. Und damit gibt es eine Verbindung zu Lehmann.«

»Lehmann«, echote Luke, »natürlich geht es immer um Lehmann.«

Simon wusste darauf nichts zu erwidern. Natürlich hatte er ihm von seiner Vergangenheit erzählt und auch die Rolle Lehmanns in seinem persönlichen Drama nicht ausgespart.

»Was willst du von mir?« Luke klang auf seine Art ungeduldig. Er verbesserte sich. »Wie kann ich helfen?« Er hob die Hände, um zu signalisieren, dass er das gerne tun würde, aber die Chancen gering standen, dass er wirklich von Nutzen sein würde.

Simon wirkte verlegen. »Um ehrlich zu sein, wenn es nicht so wichtig wäre, also …«

»Spuck's einfach aus«, baute Luke ihm die Brücke.

»Wenn sich einer hier in der Gegend auskennt und wenn hier einer spezielle Kontakte hat, dann du.«

»Das heißt?«

»Wenn es dir besser geht, kannst du dann den einen oder anderen deiner Informanten kontaktieren? Die wissen doch sicher, was in der Szene los ist.«

Luke wollte lachen, aber ein Hustenanfall verhinderte das. Er brauchte eine Weile, bis er wieder reden konnte. »Spinnst du? Ich habe keine ›Informanten‹. Wann begreifst du das endlich? Ich kenne halt viele Leute, das ist alles. Du willst mich doch nicht etwa in die Halbwelt stecken? Aber mal im Ernst, ihr müsst nicht lange warten. Alles, was ich brauche, ist mein Handy.« Er sah sich suchend um. Als er Marys Protest bemerkte, wiegelte er ab. »Ich bin nicht so schwach, dass ich nicht telefonieren könnte. Müssen ja keine Dauergespräche sein.« Er brachte nun tatsächlich ein Grinsen zustande. »Ich habe Gill ohnehin um mein Mobiltelefon gebeten. Ich komme mir nämlich vor, als säße ich hier auf einer einsamen Insel. Auch wenn mir die hübschen Schwestern jede Anstrengung verbieten, möchte ich den Kontakt zur Außenwelt nicht verlieren.«

»Ich finde, du hast schon viel zu lange geredet«, befand Mary. »Du brauchst jetzt Ruhe.« Ihre Stimme nahm einen resoluten Ton an. »Wir muten dir schon viel zu viel zu.«

»Aye, Captain.« Er hob die Hand.

»Mary hat recht. Vergiss meine Bitte. Werd einfach gesund.«

»Wir sehen uns.« Luke schloss die Augen – seine Art, ihnen mitzuteilen, dass die Audienz beendet war. Für den Augenblick.

Auf dem Parkplatz hielt Mary einen Moment inne, bevor sie die Tür des Wagens aufschloss. »Sehe ich das richtig? Wir tun gerade die falschen Dinge?«

Simon runzelte die Stirn. »Falsch oder richtig – das zeigt sich immer erst hinterher. Aber natürlich, wir hätten nicht herkommen dürfen, jedenfalls nicht mit dieser Absicht. So wie ich ihn kenne, wird er keine Ruhe geben, bis er eine Antwort auf unsere Fragen hat.«

»Das war dir doch von Anfang an klar.«

Mary hatte recht. Er hatte darauf spekuliert, dass Luke so reagieren würde.

Sie quittierte sein Schweigen mit einem Kopfschütteln.

Zwei Tage später stand Simon in Marys Küche. Luke hatte sich noch nicht bei ihnen gemeldet, und Mary und er hatten sich für den heutigen Tag verabredet, gemeinsam nach Helford zu fahren, um dort ihr Glück zu versuchen. Mary hatte ihre Arbeit weitgehend beendet, die Gäste waren unterwegs, und sie hatte für den Rest des Tages frei. Paula McMinn hatte sich bereit erklärt, sie im Dorfladen zu vertreten.

»Ich bin gleich soweit.« Mary räumte das letzte gespülte Frühstücksgeschirr in den alten Küchenschrank. Der Schlüssel quietschte im Schloss. Sie wandte sich zu Simon um. »Wie geht es dir?«

»Alles gut.« Er stützte sich auf den Stock, um einen unternehmungslustigen Eindruck zu machen. In Wahrheit hatte er die vergangenen beiden Nächte so gut wie nicht geschlafen. Immer wieder war er seine alten Aufzeichnungen durchgegangen und hatte stundenlang aus dem Fenster gestarrt, als läge dort draußen der Plan, den er so dringend brauchte. Mit dem immer gleichen Ergebnis: Er fand keinen neuen Ansatz, um über die Suche nach Stone hinaus Lehmann ein Stück näher zu kommen.

»Lügner«, sie knuffte ihn in die Seite. »Aber ich will dir ausnahmsweise mal glauben.«

»Was macht eigentlich die Kommode, die du aufarbeiten wolltest? Steht sie immer noch auf dem Rollbrett im Schuppen?«

»Lenk nicht ab, Bulle.« Mary hatte gute Laune. Der Tag versprach sonnig und warm zu werden, am Himmel zeigten sich keine Wolken, die See lag wie ein Seidentuch vor der Küste, ihre Gäste, die aus verschiedenen Teilen Europas kamen, verstanden sich auch untereinander: die besten Zutaten für ihr Glücksgefühl. »Von mir aus können wir los. Oder möchtest du lieber vorher einen Tee?«

»Wenn ich ehrlich bin, könnte ich in der Tat einen Becher vertragen. Mein Vorrat an Teebeuteln hat sich auf unerklärliche Weise erschöpft.«

»Und dein Vorrat an Toast? Hat der sich auch verflüchtigt?« Da sie die Antwort bereits kannte, steckte sie zwei Scheiben in den Toaster und stellte neben Butter auch ein wenig Käse und Orangenmarmelade auf den Tisch. »Selbst gemacht, von Debbie. Altes Hausrezept.«

Simon verspürte mit einem Mal tatsächlich Hunger und setzte sich umstandslos an den alten Küchentisch. Geborgenheit war ein großartiges Gefühl.

Während er mit wachsendem Vergnügen frühstückte, berieten sie ihr Vorgehen.

»Helford ist längst nicht so groß wie Stithians. Wir werden sicher jemanden finden, der einen Überblick über das Geschehen im Dorf hat.« Mary hatte sich zu ihm gesetzt und sah ihn über den Rand ihres Bechers an. »Ich kenne Laura und Roger ganz gut, die beiden betreiben das Shipwrights Arms.«

»Gibt es in Helford viele Feriendomizile?«

»Das ist wirklich überschaubar. Die Bucht ist ja ziemlich eng. Wenn Fremde dort anlanden, sind das zumeist Tagesgäste. Das höre ich jedenfalls auf unseren Versammlungen der regionalen Anbieter von Ferienobjekten. B&Bs, Wohnungen und Cottages. Der Ort hat ja nicht wirklich viel Abwechslung zu bieten.«

»Na ja, immerhin lebt er davon, dass Daphne du Maurier ihn in ihren Romanen unsterblich gemacht hat.«

»Immerhin.« Mary schmunzelte. In der Tat kannte sie einige Wanderer, die auf den Spuren der Autorin unterwegs gewesen waren.

»Von mir aus können wir los.« Simon lehnte sich in seinem Stuhl zurück. »Ich sollte häufiger zum Frühstück kommen.«

»Du bist stets willkommen.«

Simon registrierte, was er mit seiner spontanen Äußerung in Mary ausgelöst hatte. »Mit einem guten Frühstück im Bauch kann eine Gangsterjagd nur gelingen«, beeilte er sich, die Kurve zu kriegen.

Zwischen den beiden entstand ein Augenblick des Schweigens, den Mary mit »Guter Hinweis, Bulle« entschärfte.

Für die knapp zehn Kilometer brauchten sie eine halbe Stunde. Als sie in dem kleinen Ort ankamen, der etwa auf der Hälfte des tiefen Einschnitts lag, den der gleichnamige Fluss in die Küste gegraben hatte, parkten sie auf der freien Fläche oberhalb der zumeist weiß gestrichenen Häuser, dicht an der Wasserlinie. Über einen kleinen Übergang gelangten sie auf die andere Seite des Helford River.

Das Pub war gut besucht. Die Gäste saßen bevorzugt auf der sonnigen Terrasse, die einen direkten Blick auf den Fluss bot. Auf dem Weg zur Theke trafen sie auf Laura, die sie mit einem freundlichen »Mary!« elegant umkurvte, um zwei Teller mit Fish 'n' Chips nach draußen zu bringen.

Mary hatte nicht zu viel versprochen. Nachdem die Gastwirtin noch einige andere Bestellungen an die Tische gebracht hatte, stand sie den beiden zur Verfügung und gab bereitwillig Auskunft.

»Und du meinst, das Cottage weiter oben, dort wo

der Wanderweg ins Landesinnere abbiegt, könnte so ein Ort sein?«

Die Wirtin nickte. »Ist schon eigenartig. Erst die Tage habe ich mit Roger darüber gesprochen. Niemand weiß so richtig, wem das Haus gehört, seit es vor gut zehn Jahren verkauft wurde. Es soll an jemanden aus London gegangen sein. Jemand mit Geld an den Füßen. Irgend so ein Magnat, hat es geheißen. Aber gesehen hat ihn niemand. Ich glaub nicht dran, so wie das Grundstück aussieht. Könnte mal ein bisschen Ordnung gemacht werden. Und das Haus könnte einen Eimer Farbe gebrauchen. Also, ich glaube nicht, dass es einen reichen Besitzer hat. Der hätte sicher längst was an dem Ganzen getan. So wird das auf Dauer sicher nichts.« Sie warf pflichtschuldig einen Blick hinüber zur Theke, aber dort schien ihre Hilfe nicht gefragt zu sein. Daher fuhr sie fort. »Das Haus steht die meiste Zeit leer. Ab und an kommt mal jemand und macht sauber. Aber auch die Putzkräfte haben keine Ahnung, wer der Besitzer ist.« Sie beugte sich zu Mary. »Und dann, wenn niemand damit rechnet, ist abends Licht im Haus. Wer dann dort ist, woher der oder die kommen, darüber gibt es nur Spekulationen. Die Gäste oder Besitzer sind jedenfalls im Dorf nicht präsent. Also hier haben wir noch nie jemanden von denen gesehen. Ist schon komisch, oder? Genauso überraschend, wie die auftauchen, sind sie auch wieder verschwunden. Wie Geister.« Sie schmunzelte. »Zu Anfang haben wir gedacht, dass das ein verstecktes Liebesnest ist. Aber eine Frau haben wir nie gesehen. Meist sind es nur Männer, die hierherkommen.

Wir schließen das aus den dicken Autos, die dann oben auf dem Parkplatz stehen. Die SUVs passen nicht auf die Sträßchen hier. An denen kommt kein Mensch vorbei.«

»Und sie kommen immer erst am Abend?«

»Eher spät am Abend, so wie mir erzählt wird. Ich habe zu den Zeiten im Pub zu tun und krieg dann eh nix mit, was im Dorf so los ist.«

Simon nickte und sah Mary an. Dann wandte er sich wieder an die Wirtin. »Sie haben keine Idee, wer mir ein bisschen mehr über das Cottage erzählen kann?«

Sie zuckte mit den Schultern. »Wie gesagt, Sie können hier jeden fragen. Alle wissen etwas, aber niemand mehr als das, was ich Ihnen sagen kann.«

»Hm.«

»Und ist das Cottage gerade bewohnt?«, fragte Mary.

Sie zuckte erneut mit den Schultern. »Von den dicken Autos habe ich bisher keins gesehen. Aber das muss ja nichts heißen.« Sie dachte einen Augenblick nach, und dann hellte sich ihr Blick auf. »Vorgestern habe ich Ruth auf der Straße getroffen. Kennst du Ruth, nein? Sie ist schon über achtzig, sie schläft nachts kaum noch. Na ja. Und sie hat mir erzählt, dass wieder Licht war und dass sie für einen kurzen Moment zwei Männer am Fenster hat stehen sehen.«

Simon spürte eine wachsende Unruhe. »Interessant.«

Mary bemerkte, dass er das Cottage am liebsten sofort in Augenschein nehmen würde. »Ich denke, wir sollten uns einmal umschauen.«

»Worum geht es eigentlich, Mary? Du hast mir noch gar nicht gesagt, warum ihr so scharf auf den Besitzer des Cottages seid und auf die Belegung.« Die Wirtin wurde nun doch neugierig.

»Das ist eine längere Geschichte.« Simon stand auf und verabschiedete sich.

»Ich denke, das erzähle ich dir bei der nächsten Gelegenheit. Du siehst ja, wir müssen jetzt los. Und grüß Roger von mir. Übt er immer noch fleißig Bass?« Mary nickte Simon zu. »Wir sollten demnächst mal zu einem der Konzerte hierherkommen. Die beiden haben ein Händchen dafür, gute Acts nach Helford zu locken. Ciao, Laura.«

Die Wirtin des Shipwrights Arms sah den beiden kopfschüttelnd hinterher. Dann hörte sie von der Bar her ihren Namen.

»Komme.«

Kurz darauf schlenderten die beiden über die schmale geteerte Straße Richtung Wald. Unbedarfte Beobachter hätten sie für ein Touristenpärchen halten können. In Wahrheit nutzte Simon das langsame Tempo, um möglichst viele Eindrücke in sich aufzunehmen. Er blieb stehen und warf einen Blick zurück.

Helfords Lage war traumhaft. Nach Osten hin weitete sich der Fluss und wurde fast zu einer Meerenge. Derzeit herrschte Ebbe, und mehr als zwei Dutzend Segelboote unterschiedlichster Größe lagen, zur Regungslosigkeit verdammt, auf dem Schlick. Es war windstill, sodass nicht einmal das typische Geräusch zu ihnen hinüberwehte, das entstand, wenn Leinen gegen Metallmasten schlugen. Ein paar Möwen hockten im Schlick und suchten nach Beute, die hilflos auf die Flut wartete. Andere sondierten das Terrain aus der Luft. Simon verschwendete keinen weiteren Blick auf das ewig gleiche Spiel: fressen und gefressen werden.

Das Cottage lag etwas oberhalb des schmalen Weges. Das Reetdach war fast schwarz und voller Moos. Die Fenster zum Sträßchen waren leer, keine Blumen oder sonstige Dekorationen. Simon versuchte im Vorübergehen einen schnellen Blick ins Innere des Hauses zu werfen, aber er konnte nichts erkennen. Vor eines der Fenster war ein Vorhang gezogen. Im oberen Drittel der dunkel gestrichenen Holztür saß ein angelaufener, fleckiger Türklopfer in Form einer schmalen Hand. Der kleine Garten, der sich an der Seite des Hauses anschloss, war der Hanglage angepasst und machte einen verwilderten Eindruck. Der Übergang des Geländes zum Wald war fließend. Sie passierten das Grundstück, als würden sie sich für die Form des Cottages und die besondere Lage des Hauses interessieren. Zwei Touristen auf der Suche nach den Schönheiten Cornwalls. Schließlich verengte sich das Teerband zu einem Pfad, der weiter hügelaufwärts führte. Etwa dreißig Meter hinter dem Haus blieben sie stehen und drehten sich um.

»Wirklich schön hier. Bin viel zu selten hier. Ich kann Daphne du Maurier verstehen.« Mary war versucht, sich an Simon zu kuscheln. »Vielleicht ein bisschen zu feucht, selbst jetzt im Sommer.« Sie deutete auf den Boden. »Die Bäume stehen zu eng. Möchte mal wissen, wie es im Herbst oder Winter hier aussieht.«

»Hast du die Bewegung am Fenster in der ersten Etage gesehen?«

Mary schüttelte den Kopf.

»Jemand stand am Fenster und hat uns beobachtet. Aber so, dass ich sein Gesicht nicht sehen konnte.«

»Das Haus ist also tatsächlich bewohnt. Was tun wir jetzt?«

Simon sah sich um. »Wir suchen uns eine Stelle, von der aus wir das Haus beobachten können. Vielleicht zeigt sich ja jemand an der Tür oder im Garten.«

»Auf dem Parkplatz habe ich keinen SUV gesehen.«

»Das heißt nichts. Stone kann auch ein anderes Fahrzeug benutzen. Wir müssen auf jeden Fall vorsichtig sein.«

»Ob er allein ist?«

Simon zuckte mit den Schultern. »Vermutlich. Ich denke, dass er ein Einzelgänger ist und nur im Notfall mit mehreren seine Operationen durchführt. Mehr Personen bedeuten auch mehr Aufmerksamkeit.« Er versuchte seine Augen auf die Fenster zu fokussieren, aber sie waren zu weit weg, um eine Bewegung im Haus erkennen zu können.

Anerkennend ließ er den Blick über das Gelände schweifen. Das Cottage war klug gewählt. Der Hang oberhalb des Hauses war zu steil, um sich dort für eine Observation einzurichten. Gegenüber bot sich auch keine Gelegenheit. Das Buschwerk war nicht dicht genug, um sich zu verbergen. Er wünschte sich sein altes Team herbei. Sie waren damals so ausgestattet gewesen, dass sie die Situation problemlos bewältigt hätten. Er war mit seiner Gehbehinderung nicht in der Lage, das Objekt dauerhaft im Blick zu behalten, außerdem hatte er Mary dabei. Sie war nicht trainiert, geschweige denn ausgerüstet, um ihm eine Hilfe zu sein. Ihnen blieb nichts anderes übrig, als sich noch ein wenig tiefer in das Gelände zurückzuziehen und eine Rast vorzutäuschen. Wobei dies wenig glaubhaft erschien angesichts der Geländesituation und der Möglichkeiten, die sich im Ort boten. Simon fühlte sich im wahrsten Sinne des Wortes behindert. Das Gefühl war so stark wie schon lange nicht mehr.

»Sollten wir nicht doch Marks und seine Leute informieren?«

»Und was sollen wir ihm sagen? Dass wir der Meinung sind, Stone könnte sich hier aufhalten? Dass er möglicherweise allein ist? Dass wir aber null Sicherheit haben, dass dem so ist?« Simon schüttelte den Kopf. »Nein. Die Indizien reichen nicht, um die Polizei in Marsch zu setzen. Solange wir keinen Beweis haben, dass Stone tatsächlich hier untergekrochen ist, können wir nichts tun außer warten und beobachten.« Simon stützte sich auf seinen Stock. »Ich fühle mich wie amputiert.«

Mary sah ihn irritiert an, dann hellte sich ihr Blick auf. »Du vermisst dein Team.«

Er nickte.

»Wenn wir hier doch nichts erreichen, können wir auch wieder gehen.«

»Lass uns warten.« Simon setzte sich auf einen umgefallenen Baumstamm und sah den Weg entlang Richtung Haus. »Vielleicht haben wir ja Glück.« Er begann seinen Stock in der Hand zu drehen. Er sah aus wie ein Periskop, das nach allen Seiten Ausschau hielt.

Es war schon spät, als sie zurückfuhren.

Terry Bennett hatte das Warten satt. Er fühlte sich wie auf dem Präsentierteller. Es war doch nur eine Frage der Zeit, bis sie aufflogen. Den Morgen über hatten die beiden abwechselnd in der Küche und im Wohnzimmer gesessen. Wie wilde Tiere waren sie umeinander geschlichen und hatten sich argwöhnisch beobachtet. Keith hatte so gut wie nicht gesprochen. Er hatte zum x-ten Mal seine Waffe kontrolliert oder hatte prollig mit einem Zahnstocher im Mund herumgestochert. Gerade saß er vor dem Fernseher und amüsierte sich bei einer Soap auf BBC One. Bennett sah nicht hin, sondern blätterte in den Büchern, die er auf einem kleinen Regal im Flur gefunden hatte.

»Was, wenn sie uns schon längst beobachten?«, unterbrach er das lähmende Schweigen. Aber Keith reagierte nicht. Er wiederholte seine Frage, diesmal lauter. »Was, wenn sie uns schon längst beobachten? Die Bullen können überall da draußen sein. Sie warten nur auf einen günstigen Moment, um das Haus zu stürmen. Ich will hier weg.«

Stone drehte den Ton leiser. »Halt's Maul. Was bist du nur für eine Pussy, Terry. So kenne ich dich gar nicht.«

»Lass uns fahren, Keith.«

»Wir warten.« Er drehte den Ton wieder lauter.

»Das sagst du schon seit Tagen.«

»Dann beruhige dich endlich. Wir warten, bis ich neue Anweisungen bekomme. Punkt.« Er warf einen geringschätzigen Blick auf die Bücher, die Bennett um sich gesammelt hatte. »Lies weiter in deinen Schnulzen.«

Auf welchen Anruf mochte er warten? Bisher war Bennett stets davon ausgegangen, dass er weitgehend autonom handelte. Jedenfalls was die Geldgeschäfte betraf. Er hatte Keith immer für jemanden gehalten, der anderen sagte, was sie zu tun hatten. Dass er bestimmten Kreisen in London gegenüber als Vermittler auftrat, dass seine Geschäftspartner von ihm abhängig waren. Aber das schien in Wirklichkeit überhaupt nicht der Fall zu sein. Keith war ein Befehlsempfänger. Aber von wem?

»Keith …« Er unterbrach sich und machte eine Handbewegung, die signalisieren sollte: nicht so wichtig. Keith hatte ohnehin nicht aufgeschaut. Die Serie über die Vorgänge in einer Arztpraxis schien ihn zu fesseln. Dabei wusste Terry genau, dass er ihn im Blick hatte. Er würde nicht einmal bis zur Haustür kommen, ohne gleich die Waffe im Nacken zu spüren.

Aber wo sollte er hin? In Manchester konnte er sich nicht blicken lassen, es sei denn, er käme in einer Wohnung unter, die Keith gehörte. Er könnte in London abtauchen. In der Metropole gab es jede Menge Rückzugsmöglichkeiten. Dort würde niemand nach seinem Namen fragen, solange er bezahlen konnte. Aber auch da fingen die Probleme an. Keith hatte das Geld an sich genommen, das er aus seinem Haus geholt hatte. Außerdem, wie sollte er ungesehen in die Hauptstadt kommen? Von Newquay aus den Flieger nehmen? Unmöglich. Der Flughafen wurde ebenso überwacht wie die Zugverbindungen. Ein Auto hatte er auch nicht zur Verfügung. Also war er auf Gedeih und Verderb an Keith gekettet. Er würde ihn kaltmachen müssen, um fliehen zu können. Aber wie sollte er das bewerkstelligen? Nein, Keiths Schicksal war auch sein Schicksal. Ihm blieb nichts anderes übrig, als dafür zu sorgen, dass es Keith gut ging.

Missmutig blätterte er in einem Roman von Daphne du Maurier. Den Namen der Autorin hatte er schon einmal gehört, den Titel des Buches noch nie: *Die Bucht des Franzosen.* Eine Abenteuer- und Liebesgeschichte, die im 17. Jahrhundert spielte. Es ging auch um Piraten an der Küste Cornwalls. Nichts, was ihn interessierte.

Er warf das Buch zur Seite, stand auf und ging hinüber zum Fenster. Draußen war wenig Betrieb. Nur ab und an ließ sich mal jemand blicken. Das Cottage lag zwar mitten im Touristengebiet, aber gerade hier war wenig los. So gesehen hatte Keith das Haus klug gewählt.

»Komm da weg.« Er zog Bennett vom Fenster in den Raum hinein und steckte seine Waffe zurück in den Hosenbund. »Wie oft soll ich dir das noch sagen?« Dann warf er selbst einen schnellen Blick hinaus. Auf dem Weg zurück zum Fernseher reckte er sein Kinn Richtung Bennett. »Ich hab Hunger. Geh in die Küche und koch uns was.« Ohne weiter auf ihn zu achten, widmete er sich wieder der Fernsehserie.

In der Küche öffnete Bennett alle Schränke. Außer Reis und Nudeln fand er nur ein paar Gewürze, und auch der Kühlschrank war bis auf einige Packungen Milch und ein angebrochenes Glas Mixed Pickles leer.

»Wir müssen einkaufen«, rief er ins Wohnzimmer.

»Dann suchen wir mal nach einem Supermarkt«, kam es als Antwort zurück.

XLVI.

Mary stand im Frühstückszimmer und schloss für einen Moment die Augen. Durch das große Panoramafenster fielen die Sonnenstrahlen wärmend auf ihr Gesicht. Sie genoss die kurze Zeit zwischen der Verabschiedung der Gäste und dem Aufräumen der Zimmer. Sie nahm ihren Becher mit Tee und schob einen Stuhl näher an das Fenster. An manchen Tagen erschien ihr dieses wie ein übergroßer Flachbildschirm. Vor ihr breitete sich die ganze Schönheit ihrer Heimat aus.

In der Bucht war nicht viel los. Die Boote waren draußen zum Fischfang. Nur wenige Freizeitkapitäne machten ihre Boote für einen Ausflug klar. Ein friedliches Bild, das sich schon in wenigen Wochen komplett ändern würde. Dann kochte die See in den Herbststürmen und trieb die Wellen durch den Hafen bis hoch an die Mauern des Dorfladens, wo sie sich endlich brachen. Die Fischer würden ihre Fangboote auf die Dorfstraße ziehen, um sie zu schützen. Aber bis dahin würde es zum Glück noch eine Weile dauern.

Auf dem Weg in die Küche klingelte ihr Mobiltelefon.

»Mary. Ich bin's, Luke.«

Sie setzte sich. »Wie geht es dir?«

»Ich sag's mal so wie mein Vater: Schlechten Leuten geht's immer gut.« Er lachte verhalten.

»Das klingt ja fast nach dem alten Luke.«

»Es geht von Tag zu Tag besser. Dank meiner Gill, der weltbesten Krankenschwester. Wenn ich nicht schon längst mit ihr verheiratet wäre, ich würde ihr glatt einen Antrag machen.«

Luke machte eine kleine Pause. Sie hörte ihn hinter vorgehaltener Hand tuscheln.

»Sie lässt dich schön grüßen. Aber warum ich anrufe, Mary: Ich habe mich umgehört in meinen ›Kreisen‹, wie Simon jetzt sagen würde.« Er hustete leicht. »Ich habe mit ein paar Leuten sprechen können, aber ich war nicht sonderlich erfolgreich, fürchte ich. Bist du noch da, Mary?«

»Klar, ich höre dir zu.«

»Wenn ich das kurz zusammenfasse: Es gibt in der Tat eine Menge Ecken hier in der Gegend, wo man sich prächtig verstecken kann. Vor der Polizei oder vor wem auch immer. Und ich habe einige Adressen genannt bekommen. Aber keiner meiner sogenannten Informanten konnte mir einen verwertbaren Tipp geben. Ihr werdet die sprichwörtliche Nadel im Heuhaufen suchen müssen. So leid es mir tut.«

Mary konnte hören, dass ihm das Sprechen zunehmend schwerfiel. »Lass gut sein, Luke. Es ist schon großartig genug, dass du dich überhaupt kümmerst.«

»Kein Ding. Weißt du, wo Simon steckt? Ich habe ihn anrufen wollen, um ihm zu berichten, aber er hat das Gespräch nicht angenommen.«

»Vielleicht ist er im Dorf unterwegs und hat sein Telefon nicht mitgenommen.«

»Das wäre eher untypisch für ihn.«

Mary erzählte ihm von dem enttäuschenden Abstecher nach Helford und dass sie Simon anschließend in schlechter Stimmung im Dorf abgesetzt hatte. »Ich werde ihn nachher besuchen. Im Augenblick bin ich hier im B&B beschäftigt.«

»Läuft's gut? Gill hat mir so was berichtet.«

»Tatsächlich, ja. Von Monat zu Monat besser.« Sie zögerte, weil sie nicht den Eindruck vermitteln wollte, Almosen zu verteilen, sagte aber dann doch: »Ich könnte Hilfe gebrauchen. An den Vormittagen in der Saison. Wenn Gill also Lust und Zeit hat …? Aber das werde ich sie noch persönlich fragen.«

»Ich weiß dein Angebot zu schätzen, Mary. Und Gill sicher auch. Wir besprechen das.« Luke hustete erneut.

»Ich denke, du brauchst jetzt wirklich Ruhe. Und grüß Gill von mir.«

»Mach ich. Ich muss mich jetzt ausruhen. Schade, dass ich euch nicht helfen kann.«

Nachdem er die Verbindung getrennt hatte, setzte Mary ihre Arbeit fort. Die Zimmer mussten noch aufgeräumt und die Bestände in der Vorratskammer und im Kühlschrank kontrolliert werden. Und sie musste Noddy anrufen, der endlich die Zu- und Ableitung der Heizung reparieren sollte, die im Schuppen untergebracht war. Die Anlage hatte pünktlich zum Beginn der Saison den Geist aufgegeben. In einer Art Notoperation hatte er sichergestellt, dass das Heißwasser für die Duschen funktionierte, aber die Komplettsanierung der Heizung stand noch aus. Und der Herbst war schneller da, als man jetzt im Hochsommer vermutete.

Bevor sie eine gute Stunde später das Haus verließ, notierte sie Noddys Namen auf die schmale Schiefertafel, die ihr als To-do-Liste diente.

Auf ihr Klopfen reagierte Simon nicht. Sie drückte leicht gegen die Tür, denn sie wusste, dass er selten abschloss. Im Haus war es still. In der großzügigen Küche stand sein Frühstücksgeschirr noch auf dem Tisch, daneben lagen aufgeschlagen ein paar Kataloge und Bände über verschiedene Malstile und -epochen. Auf dem niedrigen Tisch im Wohnzimmer lagen einige offene Medikamentenschachteln neben einer fast leeren Flasche Rum. Am CD-Player leuchtete ein rotes Lämpchen. Der Raum wirkte, als sei seit Tagen nicht aufgeräumt worden. Auf dem Boden vor dem offenen Schrank stand eine graue Schachtel mit verrutschtem Deckel.

Unruhe überkam sie. Mary bückte sich, hob den Karton auf und nahm den Deckel ab. Schriftstücke, der Anmutung nach Papiere und Unterlagen einer Polizeibehörde. Fotos, augenscheinlich mit einem Teleobjektiv aufgenommen. Die meisten zeigten ihr unbekannte Personen in unterschiedlichen Situationen: im Gespräch an einem Fahrzeug, in einem Restaurant, vor einem Hotel oder anderen Gebäuden. In irgendeiner Großstadt. Sie tippte auf London.

Wo war Simon? Sie ging hoch in die erste Etage, denn dort war sein Schlafzimmer. Sie hatte das Haus noch nie vollständig gesehen. Entsprechend unwohl fühlte sie sich. Die Tür zum Badezimmer war angelehnt. Es war leer. Die Tür zum Schlafzimmer stand offen.

Das Bett war zerwühlt, aber leer. Die Tür des Kleiderschranks war geöffnet. Marys Unruhe wuchs. Hastig stieg sie die Stufen hinunter und suchte Simons Gehstock, aber er war nirgends zu sehen. Er war dann wohl doch unterwegs. Sie musste an die Medikamente und den Rum denken.

Sie fand ihn schließlich im Atelier. Auf der Staffelei stand Moiras Porträt, davor Farbtöpfe und Flaschen mit Farbe. Die über und über mit Farbe bestrichene Palette lag auf dem Stuhl vor der Staffelei. Auf dem großen Tisch lagen haufenweise Skizzen, dazu das Werkzeug und Platten für Linolschnitte. Auf einer Leine über dem Tisch hingen frisch abgezogene Drucke zum Trocknen. An einem Schrank mit schmalen Schubladen für Papier waren alle Fächer aufgezogen.

Simon lag mehr über dem Tisch, als dass er saß. So wie sein Oberkörper lag, mochte er über der Arbeitsplatte zusammengebrochen sein. Sein Mobiltelefon lag wenige Zentimeter vom Kopf entfernt.

Mary trat erschrocken näher und fasste ihn an der Schulter, aber er rührte sich nicht. Sie rüttelte ein wenig kräftiger, aber ohne Erfolg. Panik überfiel sie.

»Simon?«

Er rührte sich immer noch nicht.

»Was ist? Simon!« Sie hätte ihn beinahe vom Stuhl gestoßen.

Langsam hob er den Kopf und sah sie an. Sie war nicht sicher, ob er sie tatsächlich sah. Seine Augen waren schmal und von einem seltsamen Schleier überzogen.

»Simon.« Ihre Stimme wurde unvermittelt leiser.

»Was ist …?«

»Was hast du getan?«

Er versuchte sich aufzurappeln, scheiterte aber an seiner Körperhaltung. Mary griff ihm unter die Achseln und half ihm, sich aufzurichten.

»Ich … ich muss eingeschlafen sein.« Er versuchte ein Lächeln zur Entschuldigung, das aber gründlich misslang.

»Simon, ist alles in Ordnung? Ich …«

Sein »Ja, ja« klang eher wie ein Lallen.

Mary lief hinüber zum Wasserhahn und füllte ein Glas. Das drückte sie ihm in die Hand. »Trink erst einmal.«

Simon versuchte zu schlucken, aber er verhielt sich so, als habe er verlernt, was er mit einem Glas Wasser anfangen konnte.

Sie zog einen zweiten Stuhl heran, setzte sich neben ihn und wartete schweigend darauf, dass er sich ein wenig erholte. Sie legte ihm die Hand sanft auf den Rücken.

Es dauerte eine gefühlte Ewigkeit, bis Simon sprechen konnte. Seine Worte kamen zunächst nur stoßweise.

»Wir müssen weitersuchen.«

»Sag mir lieber, was mit dir passiert ist.«

»Nichts.«

»Die Medikamentenschachteln und der Rum – das ist nichts?«

»Was meinst du?«

»Wolltest du dich umbringen?«

Simon schwieg.

»Was ist passiert, verdammt? Rede mit mir, Bulle.«

Er wandte ihr den Kopf zu. »Es geht nicht mehr.«

»Was geht nicht mehr?«

»Ich bin ein Krüppel. Es hat keinen Sinn, Lehmann, Stone oder auch nur Bennett zu jagen. Ich habe längst keine Kraft mehr. Verstehst du? Ich will, aber es geht nicht. Es ist, als würde ich in Watte fassen, egal wo ich ansetze. Ich bin kein Polizist mehr, ich bin nur noch die Hülle eines Bullen.«

»Höre ich da Selbstmitleid?« So hatte sie ihn noch nie erlebt. Ihn in dieser Verfassung zu sehen, machte ihr Angst, und diese Angst wandelte sich in Ärger über sein verantwortungsloses Verhalten.

Simon blieb stumm.

»Wie viel von dem Zeug hast du geschluckt?«

Er sah sie verwundert an. »Du meinst doch nicht im Ernst, ich wollte eine Überdosis nehmen?« Er schüttelte langsam den Kopf. »Ich habe lediglich in den Beipackzetteln gekramt. Warum? Ich habe keine Ahnung. Zugegeben, ich hätte den Rum weglassen sollen.«

»Und der Karton in deinem Wohnzimmer, was hat es mit dem auf sich?«

»Der Beweis meines Scheiterns.« Er lachte kurz auf.

»Es geht dir nicht um Bennett oder um Stone, es geht dir nur um Lehmann und um deine Rache.«

Er sah sie an. Seine Hilflosigkeit versetzte ihr einen Stich.

»Das hatten wir doch schon alles, Simon.«

»Aber ich kann nicht anders.«

Diesen Blick würde sie so schnell nicht vergessen.

»Das bin ich mir schuldig. Und das bin ich Moira schuldig.«

Mary stand auf. »Dann tu, was du tun musst. Aber jage mir nie wieder einen solchen Schrecken ein. Das verkrafte ich nur dieses eine Mal, Simon.«

Er nahm stumm ihre Hand.

»Luke hat angerufen. Er konnte dich nicht erreichen. Da hat er mich angerufen.«

In Simon erwachten die Lebensgeister. »Und?« In seinen Augen stand wieder der alte Glanz, gepaart mit einem hoffnungsfrohen Funkeln.

»Nichts. Seine Kontakte haben ihm nichts Auffälliges berichten können.« Sie legte die andere Hand auf seine.

Simon sank in sich zusammen. »Siehst du, hat doch alles keinen Zweck.«

»Und welche Konsequenz ziehst du nun daraus?«

»Ich überlasse Marks den Rest. Entweder er stellt Bennett und Stone oder eben nicht.«

»Ich wünschte, ich könnte dir glauben.«

Simon stand mühsam auf und ging hinüber zur Staffelei. Mit einer müden Bewegung schob er das Tuch, das neben dem Gestell auf dem Boden gelegen hatte, über Moiras Porträt. »Ich habe mir ihr Porträt angesehen«, sagte er, während er sich zu Mary umdrehte, »und ich bin davon überzeugt, dass es gut so ist. Mit dem Bild ist auch meine Vergangenheit abgeschlossen. Endlich ...« Er machte eine müde Handbewegung in den Raum hinein. »Meine Zukunft liegt hier in meinem Atelier.« Er deutete auf die Abzüge auf der Leine. »Ich finde, sie sind ganz gut gelungen, oder?«

Mary schüttelte ungläubig den Kopf. »Ist dir Lehmann so wichtig, Simon? Hat er so sehr Besitz von deinem Leben ergriffen, dass du dich nur noch in Selbstmitleid verlierst?«

Er stand mit hängenden Armen mitten im Raum.

»Kämpfe, Bulle, kämpfe. Denn das ist es, was dich gesund werden lässt. Ich bin an deiner Seite.«

Simon trat auf sie zu und nahm sie in den Arm. Er hob sanft ihren Kopf und beugte sein Gesicht ihrem zu. Mary lehnte sich ihm entgegen. Ihre Lippen waren nur noch Zentimeter voneinander entfernt. In diesem Augenblick klingelte Simons Telefon.

Er nahm den Kopf zurück und griff zum Telefon.

»Jocelyn Higham, hier. Hallo?«

Simon musste erst wieder aus der Dimension seiner Träume zurück in die Realität, bevor er etwas sagen konnte. »Ja.«

»Ich rufe aus Stithians an.«

Der Name des Orts elektrisierte ihn. Mit geweiteten Augen sah er Mary an. »Ja?«

»Ich habe Ihre Telefonnummer vom Wirt unseres Pubs.« Die Anruferin wartete eine Reaktion ab und setzte dann hinzu: »Das Seven Stars Inn.«

Nun war Simon wieder konzentriert und in der Wirklichkeit angekommen. »Sie haben eine Information für mich?«

»Ich war gestern Abend mit meinem Ex-Mann auf ein Pint im Pub. Dabei sind Jan und ich mit dem Wirt ins Gespräch gekommen. Über die Saison und über die wachsende Zahl der Touristen, die immer merkwürdiger werden. Er hat mir dann Ihre Nummer gegeben, weil Sie hier bei uns nach solch merkwürdigen Figuren suchen.«

Ihr Lachen klang, als könne sie diese Information immer noch nicht so ganz glauben.

»Das stimmt«, bestätigte Simon zurückhaltend.

»Also, in meiner Nachbarschaft, da hat über Jahre ein Cottage leer gestanden. Das ist dann vor etwa fünf Jahren verkauft worden. An einen potenten Investor, hat es damals geheißen. Seither ist nichts passiert. Das Haus verkommt im Gegenteil immer mehr. Also, ich behaupte, dass der Investor das Haus als Abschreibungsobjekt gekauft hat. Andererseits wohnt ab und zu jemand dort. Meist, sag ich mal, lichtscheues Gesindel. Man weiß, dass jemand dort wohnt, aber man sieht nie jemanden im Dorf. Ist doch merkwürdig, oder?«

»Sicher.«

Sie klang unsicher angesichts von Simons Einsilbigkeit. »Das ist es doch, was Sie wissen wollten? Bin ich überhaupt richtig bei Ihnen? Mr. Jenkins?«

»Absolut. Ich habe Ihnen sehr interessiert zugehört, Mrs. Higham. Kann ich zu Ihnen kommen?«

Die Frage schien sie zu überraschen. »Ja – warum nicht? Wenn ich Ihnen eine Hilfe sein kann?«

Sie verabredeten sich für den Nachmittag des kommenden Tages. Nachdem er das Gespräch beendet hatte, blickte er Mary abwartend an.

»So gefällst du mir besser, Bulle.«

Mary bog auf die Straße ab, an der das Seven Stars Inn lag. Simon hatte sich mit der Frau am Pub verabredet. Ihr Häuschen liege nicht weit vom Seven Stars Inn entfernt, allerdings ein wenig versteckt und mit dem Auto nicht so gut zu erreichen.

»Schau, das muss sie sein. Wie abgesprochen.« Mary deutete durch die Windschutzscheibe.

Als sie auf den Parkplatz bogen, folgte ihnen die Frau. Sie war etwa eins siebzig groß, hatte eine schmale, zierliche Gestalt und trug ihr Haar zu einem Bob geschnitten. Das machte sie deutlich jünger, als das von grauen Strähnen durchzogene Haar andeutete. Die Frau wirkte auf irritierende Weise vornehm und machte einen durch und durch sportlichen Eindruck. Wären da nicht die Gummistiefel gewesen, die sie an den Füßen trug.

»Wie pünktlich. Ich war nicht sicher, ob Sie tatsächlich kommen.« Sie hielt ihnen eine schmale Hand hin und begrüßte sie mit offenem Blick. »Ihr Anliegen ist ja nicht gerade alltäglich. Bevor ich es vergesse: Jocelyn Higham.« Sie sah an sich hinunter. »Wundern Sie sich nicht über meine Wellies. Ich finde Gummistiefel einfach praktisch.« Sie kicherte ein wenig.

»Ich freue mich, dass Sie Zeit für uns haben«, erwiderte Simon.

»Ich habe extra einen kleinen Kuchen vorbereitet, und einen Tee gibt es auch. Lassen Sie uns also keine Zeit verlieren.« Sie ging voran, ohne weiter auf sie zu achten.

Fakten zu schaffen, war für sie offenbar nicht ungewöhnlich, dachte Simon amüsiert. Aber vielleicht gehörte sie auch zu jenen Rentnern, die jeden Tag dachten, die Zeit sei viel zu kostbar für Firlefanz.

Sie übernahm auch in ihrem Wohnzimmer die Initiative, nachdem sie ihnen das Versprochene serviert hatte.

»Nicht dass Sie jetzt meinen, ich spioniere den Leuten hinterher. Ich halte es schon immer so: leben und leben lassen. Diese Einstellung hat mich ziemlich weit gebracht, wissen Sie.« Das sollte wohl als Einleitung genügen, denn sie fuhr ohne Unterbrechung fort. »Allerdings verhält es sich mit dem besagten Grundstück etwas anders. Greifen Sie ruhig zu.«

Simon und Mary nickten, ohne aber ihrer Aufforderung nachzukommen. Das schien sie nicht weiter zu stören.

»Ich lebe schon eine ganze Weile hier, wissen Sie. Nach meiner Scheidung – mein Gott, ist das schon lange her – habe ich mir dieses Häuschen gekauft.« Sie strahlte die Gewissheit aus, den absolut richtigen Schritt getan zu haben. »Für eine Person gerade groß genug. Mir ging es vor allem um den Garten.« Sie lächelte bei dem Gedanken. »Aber ich schweife ab.«

»Wir haben alle Zeit der Welt«, ermutigte Mary sie.

»Nun, es ist so: Ich habe die Besitzerin des besagten Hauses noch kennengelernt, kurz bevor sie starb. Ihr Garten war ein kleines Paradies. Wunderbar, mit allen nur denkbaren Stauden und Büschen. Aber ihr Neffe wollte das Anwesen möglichst schnell loswerden. Er hat getönt, dass er es zu einem Sensationspreis an einen Londoner verkaufen würde, der Großes damit vorhat. Eine Schande.« Sie balancierte ein Stück Zitronenkuchen auf ihren Teller und teilte mit der Gabel ein Stück ab. »Aber«, sie kaute genüsslich an dem kleinen Bissen, »seither ist nichts passiert.« Sie sah die beiden mit großen Augen über die Teetasse hinweg an. »Können Sie sich das vorstellen? Ein wahrer Garten Eden, einfach verkauft. Seither ist er mehr und mehr verwildert. Ich wünschte, ich hätte damals mehr Zeit mit Martha verbracht. Sie hätte mir viele Tipps geben können. Nun ja.« Sie zuckte mit den Schultern und leitete damit eine kleine Pause ein. »Sie müssen den Kuchen wirklich probieren. Er ist mir außergewöhnlich gut gelungen.« Ihr Eigenlob ließ einen roten Schimmer über ihre Wangen fliegen, der ihr Gesicht wie das einer jungen Frau wirken ließ. »Nun ja.« Unvermittelt wurde sie wieder ernst. »Der Garten verwildert von Tag zu Tag mehr. Das Haus verkommt. Niemand hat den ›reichen Londoner‹ je zu Gesicht bekommen. Geschweige denn Marthas Neffen. Er hat das Schild ›Zu verkaufen‹ aus dem Boden gezogen und ward nicht mehr gesehen. Eine Schande. Ich wiederhole mich.« Sie drückte die Gabel dermaßen heftig in den Kuchen, dass der Teller bei der Berührung mit dem Metall ein hässliches Geräusch von sich gab. »Sie sind natürlich nicht gekommen, um sich den Ärger einer alten Gartenliebhaberin über den Zustand eines der Vorzeigegärten in Stithians anzuhören. Das verstehe ich schon. Wie auch immer, der Investor wurde im Dorf nie gesehen. Allerdings ist dennoch Leben im Haus, wenn auch nur sporadisch und zu den unmöglichsten Zeiten. Es heißt, das Cottage sei ein Ferienhaus, wie so viele hier in der Gegend. Entschuldigen Sie den Ausdruck, aber das Ganze stinkt zum Himmel, wenn Sie mich fragen. Dafür gibt es mehrere Gründe: Erstens ist es nur ab und an belegt. Zweitens kommen die Gäste meist nachts – tagsüber wurden noch nie Ankömmlinge gesehen. Drittens sind es ausschließlich Männer. Jedenfalls kann man davon ausgehen. Wenn man überhaupt mal jemanden am Fenster stehen sieht, dann immer nur ein, zwei Männer. Und viertens wird das Anwesen nicht gepflegt.« Sie nahm die Hand herunter, die ihr das Abzählen erleichtert hatte. »Niemand mäht den Rasen oder stellt den Müll raus. Wir Nachbarn haben schon mal geunkt, dass die Bewohner ihren Abfall wieder mitnehmen. Sie müssen ihn probieren.« Ohne zu fragen, legte sie ihren Besuchern jeweils ein Stück Kuchen auf den Teller, bevor sie fortfuhr. »Überhaupt – die Männer kommen und gehen, ohne Spuren zu hinterlassen. Ihre Autos parken irgendwo im Dorf, nur nicht am Haus. Im Pub sind sie nie zu sehen, und auch in den Geschäften bekommt niemand sie zu Gesicht. Entweder bringen sie alles mit oder versorgen sich vor ihrer Ankunft in einem der Supermärkte. Wenn sie wieder weg sind – wobei niemand weiß, wann genau sie das Haus verlassen –, deutet nichts darauf hin, dass jemals einer hier war.«

»Und das finden Sie seltsam?«

Mrs. Higham sah Simon verwundert an. »Sie etwa nicht?«

Mary mischte sich ein. »Das ist schon merkwürdig, da muss ich Ihnen recht geben. Die Gegend ist bekannt dafür, dass viele ihr Häuschen zu Feriendomizilen umbauen und es doch immer noch nicht genug davon gibt. Da ist es nicht einfach zu verstehen, weshalb so ein Objekt nicht ordentlich genutzt wird.«

»Das sind, wenn ich ehrlich sein darf, Mrs. Higham, nur Vermutungen. Beweisen lässt sich das nicht so einfach. Es gibt vermutlich eine ganz einfache Erklärung«, warf Simon ein.

»Und was soll das sein?« Jocelyn Higham stellte die Tasse eine Spur zu heftig auf die Untertasse zurück. Ihre Augen blitzten Simon an.

»Nun, es ist doch durchaus möglich, dass der reiche Londoner das Anwesen lediglich als Abschreibungsobjekt nutzt oder er gar nicht so reich ist, wie der Verkäufer behauptet hat, und ihm einfach nur das Geld ausgegangen ist.«

»Wenn dem so wäre: Warum verkauft er es dann nicht?«

»Das Argument ist nicht von der Hand zu weisen.« Simon nickte.

»Wann war denn zuletzt jemand im Haus, Mrs. Higham? Wissen Sie das?« Mary hatte selten zuvor einen besseren Zitronenkuchen gegessen.

»Nennen Sie mich Joss. Das Mrs. klingt, als sei ich schon weit jenseits des Verfallsdatums.« Sie kicherte. »Ich habe mich gefragt, wann Sie mir endlich diese Frage stellen. Ich habe erst gestern jemanden am Fenster stehen sehen.« Sie bemerkte Simons Blick. »Es ist nicht, was Sie denken, junger Mann, ich spioniere nicht. Meine tägliche Spazierrunde führt zufällig an dem Haus vorbei.«

»Was genau haben Sie beobachtet?«

»Nun, viel sieht man ja nicht, wenn man vorbeigeht und nicht neugierig erscheinen will. Ich habe jemanden am Fenster stehen sehen. Den Mann habe ich dort noch nie gesehen. Gerade als ich vorbeiging, wurde er von einem zweiten Mann vom Fenster weggezogen. Wenn ich mich nicht irre, habe ich den aber sehr wohl schon mal dort gesehen. Kommt mir jedenfalls so vor.«

»Können Sie ihn beschreiben?«

»Sie meinen den, den ich schon mal gesehen habe?«

Simon nickte.

»Man sieht ja immer nur den Oberkörper. Also, ein kantiges Gesicht, die Wangen ein wenig eingefallen. Ein hagerer Typ, würde ich sagen, mit einer ungesunden Gesichtsfarbe, so als käme er selten an die frische Luft, Raucher vielleicht. Eng stehende Augen, kurzes schwarzes Haar. Eher ein Städter. Insgesamt jemand, dem ich nicht im Mondschein begegnen möchte, wie man so schön sagt.«

»Und der andere?« Simon bedachte sie mit einem aufmunternden Blick.

»Wie gesagt, nie gesehen. Ich würde mal sagen, das war so ein untersetzter Typ. Offenes Hemd, Goldkette, rundes Gesicht, beinahe feist, wenig Haare. Ich habe beim Vorbeigehen noch gedacht, ein Angebertyp, der seinen protzigen SUV dazu nutzt, Frauen aufzureißen.« Sie kicherte erneut. »Wobei ich natürlich nicht weiß, ob er so eine Karre überhaupt fährt.« Sie goss sich mit Blick auf die vollen Tassen ihrer Gäste Tee nach. »Ich dumme Gans sollte nicht in Klischees verfallen. Er sah aus wie ein Städter. Durchaus wie einer mit Geld. Die beiden passen nicht zusammen, ist mir noch aufgefallen.«

Mary und Simon sahen sich an. Die Beschreibung könnte auf Bennett passen.

»Sie haben eine gute Beobachtungsgabe.« Simon stach die Gabel in sein Stück Kuchen.

»Ich war bei der Royal Navy.« Sie hob bescheiden die Hände. »Bevor Sie was Falsches denken, ausschließlich meteorologischer Dienst. Da lernt man automatisch zu beobachten. Das können Sie mir glauben.«

»Der Kuchen ist übrigens ausgezeichnet.« Simon lächelte sie an.

Sie winkte ab. »Sehr freundlich. Aber ich denke, Sie sind nicht hergekommen, um mit einer alten Frau ein Kaffeekränzchen abzuhalten. Wir sollten gehen.«

Mary lächelte, und auch Simon ließ die Tatkraft der alten Dame schmunzeln.

»Nach dieser ausgiebigen Kuchenschlacht ist so ein kleiner Verdauungsspaziergang vermutlich genau das Richtige.« Sie sah mit verschmitztem Lächeln von einem zum anderen. »Oder?«

Mary musste lächeln. »Sie machen mir Freude.«

»Es ist nicht weit. Wir drehen eine kleine Runde, dann können Sie sich selbst einen Überblick verschaffen. Und vielleicht habt ihr ja Glück und seht sogar einen der beiden.« Sie war unversehens ins komplizenhafte Duzen verfallen.

Mary wollte ihr beim Abräumen helfen, aber Joss betonte, das gehöre ebenfalls zu ihrem »Fitnessprogramm«.

Von ihrem Haus war es in der Tat nur ein kurzes Stück, dabei überquerten sie schon bald ein Brückchen. Nachdem sie das Wohnviertel hinter sich gelassen hatten, ließen sie das Gelände des Stithians Cricket Club links liegen und folgten kurz darauf einem schmalen Feldweg in Richtung eines kleinen Wäldchens, das sie durchquerten. Man hätte sie tatsächlich für Müßiggänger halten können, die die Umgebung erkunden wollten. Hinter dem Waldstück stießen sie auf einen schmalen Fahrweg, dem sie in westlicher Richtung folgten.

»Da vorne.« Jocelyn Higham vermied es wohlweislich, auf das Cottage zu zeigen.

Sie hat nicht übertrieben, dachte Mary. Sie waren bis hierher tatsächlich nicht länger als fünfzehn Minuten unterwegs gewesen, und das mit einem flotten Schritt, der keinen Zweifel an Jocelyn Highams Fitness ließ und an ihrer Verbundenheit mit den Gummistiefeln. Simon hatte große Mühe, ihr zu folgen.

Als unauffälliger Unterschlupf war das Haus klug gewählt, befand Simon. Das frei stehende Cottage hatte keine direkten Nachbarn. In seinen Rücken drängte sich ein größeres Waldstück. Der kurvenreiche, schmale Fahrweg ließ erahnen, dass hier nur wenig Autoverkehr herrschte. Ein idyllisches Fleckchen Erde, das perfekt in die Urlaubsregion passte.

In der Grundstückseinfahrt stand kein Fahrzeug. Die Nutzer des Cottages mussten ihren Wagen außerhalb abgestellt haben, auf einem der unverdächtigen Parkplätze im Ort.

Die drei verlangsamten ihren Schritt zu einem Flanieren. Simon hatte zwar nicht damit gerechnet, Bennett oder gar Stone am Fenster oder vor der Tür zu sehen, dennoch war er ein wenig enttäuscht, dass weder hinter den Fenstern noch im Garten eine Bewegung zu erkennen war. Die Fensterhöhlen waren wie schwarze Augen, in denen sich die Umgebung spiegelte.

Ansonsten war alles so, wie die Seniorin ihnen berichtet hatte: Das Cottage musste dringend renoviert, zumindest das Dach und der Anstrich erneuert werden. Und der Garten war weit davon entfernt, als *paradiesisch* bezeichnet zu werden. Simon sah, dass an einer Stelle eine verrottete Galionsfigur stand. Er musste an Sarah Stephens denken und was sie damit alles anstellen könnte.

In einem Bogen kehrten sie schließlich zu Joss' Haus zurück.

»Ich hätte euch die Männer gerne präsentiert.« Sie hatte die Einsilbigkeit der beiden auf dem Rückweg richtig gedeutet.

»Schon gut. Damit durften wir ja nicht wirklich rechnen«, beschwichtigte Simon etwas lahm.

»Und habt ihr den Garten gesehen? Ein Jammer. Das denke ich jedes Mal, wenn ich dort vorbeikomme. Die schönen Blumen. Wenn ihr wüsstet, wie es hier früher einmal ausgesehen hat. Ein wirkliches Unglück.« Sie blieb kurz stehen. »Habt ihr die Galionsfigur gesehen? Sie wird kaum den nächsten Winter überstehen, so wie sie aussieht. Sie gehört ins Museum und nicht in einen Garten, wo sie Wind und Wetter ausgesetzt ist. Eine Schande und eine Sünde ist das. Marthas Neffe hat sie irgendwann einmal angeschleppt, aber sich nicht weiter gekümmert. Keine Ahnung, wo er die aufgetrieben hat.« Sie schüttelte den Kopf. »Ich rege mich jedes Mal neu auf.«

»Der Garten ist wirklich eine Schande.« Mary musste an ihre Tante denken. Margaret hätte mit ihrer Truppe vermutlich sofort mit der Sanierung begonnen.

»Ich bin nicht wirklich eine Hilfe, habe ich recht?« Jocelyn Higham wies auf ihr Haus. »Ich habe noch einen Tee für euch, wenn ihr mögt.« Ihr Blick wurde zu einem listigen Blinzeln. »Oder steht euch der Sinn nach Gin? Ich habe einen wirklich hervorragenden Gin im Regal stehen.«

Simon wiegelte ab. »Ich denke, wir haben für den Moment genug gesehen. Auf den Gin kommen wir vielleicht ein anderes Mal zurück. Aber danke.«

»Was werdet ihr nun tun?« Ihr vertraulicher Ton hatte sich verfestigt.

Die beiden sahen sich an. Ein ratloser Blick ging hin und her.

»Ich denke, dass wir erst einmal gründlich nachdenken müssen«, meinte Simon.

»Wir sollten die Polizei Helston hinzuziehen«, ergänzte Mary.

»Auch das werden wir besprechen müssen.« Simon blieb vage.

»Es stimmt natürlich. Mehr als – wie sagt man? – Indizien habe ich nicht liefern können. Daher habe ich auch zuerst gezögert, mich zu melden. Andererseits muss ich gestehen, ich würde schon gerne wissen, was dort im Haus vor sich geht. Und ihr glaubt tatsächlich, dass das Cottage ein Gangsterversteck ist? Klingt in meinen Ohren immer noch irgendwie nach Räuberpistole.«

Simon zuckte mit den Schultern. »Wie gesagt, tatsächlich gibt es im Augenblick nicht mehr als Indizien.« Er warf Mary einen kurzen Blick zu. »Aber wir sind davon überzeugt, dass die beiden tatsächlich in ein schwerwiegendes Verbrechen verwickelt sind.«

Jocelyn Higham hob lediglich eine Augenbraue. Sie war zu abgeklärt, um in Panik zu verfallen. »Dann seht zu, dass ihr Fleisch an das Gerippe bekommt. Sollten die beiden Dreck am Stecken haben, gehören sie schleunigst hinter Schloss und Riegel. Viel Glück. Und wenn ihr Hilfe brauchen solltet – jederzeit.« Sie hob eine Hand zum Abschied. Es sah aus, als stünde sie auf der Brücke eines Schiffes.

»Was machen wir nun?« Sie waren noch nicht weit entfernt von Joss' Häuschen, und doch hielt Mary Simons Schweigen nicht länger aus.

»Wir werden uns auf die Lauer legen.«

Mary sah ihn an und schwieg.

XLVII.

Bennett saß auf einem der beiden Küchenstühle und war kalkweiß im Gesicht. Er starrte auf seine Hände, die unruhig über den Tisch wanderten. Um seinen Hals zog sich eine unsichtbare Klammer immer enger zu.

»Was ist mit dir? Hast du den Leibhaftigen gesehen?« Keith kam in die Küche und zog den Reißverschluss seiner Jeans hoch.

»Ich habe ihn gesehen.«

»Den Teufel?« Keith lachte meckernd und legte seine Waffe auf die Anrichte, um beim Teekochen die Hände frei zu haben.

»Jenkins. Ich habe Simon Jenkins gesehen.«

»Du spinnst doch, Terry. Niemand weiß, dass wir hier sind.« Keith zog die Stirn in Falten.

»Und ich habe Mary gesehen.«

Nun wurde Stone endgültig stutzig. »Ist das die Schlampe von dem Ex-Bullen?« Er schüttelte den Kopf. »Du musst sie verwechseln. Hier kommen eine Menge Wanderer und Hundebesitzer durch. Du wirst jemanden gesehen haben, der ihr ähnlich sieht.« Sein plötzliches Grinsen war so schmierig wie eine der ungeputzten Fensterscheiben im hinteren Teil des Hauses. »Sei ehrlich. Wunschdenken, was, Terryboy? Hattest du nicht erzählt, dass sie dich nicht ranlässt?«

»Ich habe sie gesehen.« Bennett blieb stur und sah von seinen Händen auf. »Kein Zweifel. Und sie haben so getan, als würde sie dieses Haus nicht sonderlich interessieren. Aber ich spüre, dass sie wissen, dass wir hier sind.«

»Nun lass mal die Kirche im Dorf.« Keith trat seitlich ans Fenster und lugte hinaus. »Da ist nichts. Bist du sicher? Haben sie dich gesehen?«

»Ich glaube nicht. Ich kam gerade aus dem Wohnzimmer und habe sie von der Küchentür aus gesehen. Keith, das waren die beiden. Sie hatten eine Frau dabei.«

»Eine Frau, die du auch kennst?« Keiths Gesichtsausdruck hatte nichts Schmieriges mehr, eher etwas Lauerndes.

»Nein. Sie ist schon älter. Schlank, nicht sehr groß, eher zierlich. Das Haar kurz geschnitten. Sie tat so, als würde sie den beiden die Gegend zeigen.«

»Gummistiefel?«

»Du kennst sie?«

»Im Dorf wohnt eine Alte, auf die könnte die Beschreibung passen. Die kommt hier öfter vorbei, und immer bleibt sie stehen und beguckt sich den Garten. Ich hab schon gedacht, irgendwann erwische ich sie dabei, wie sie durch die Beete trampelt.« Er ließ das heiße Wasser über den Teebeutel in seinen Becher laufen, wartete einen Augenblick und fischte ihn dann mit spitzen Fingern heraus. Mit der anderen Hand nahm er seine Pistole und steckte sie hinten in den Hosenbund. Er lehnte sich an die Anrichte und sah Bennett nachdenklich an. »Wir bleiben eh nicht mehr lange.«

»Lass uns noch heute verschwinden.«

Keith stellte den Becher achtlos auf die Anrichte. Mit einem Schritt war er bei Bennett. Wie aus dem Nichts hatte er plötzlich die Pistole in der Hand und drückte sie gegen Bennetts Schläfe, dessen Kopf sich unter dem Druck schief legte.

»Ich sage, wann es losgeht. Kapier das endlich.« Er steckte die Waffe zurück. »Die Lage in Manchester ist noch nicht so, wie wir sie brauchen. Lehmann braucht noch einen Tag, um die Luft zu reinigen. Kapier das endlich.«

Bennett rieb sich die Schläfe und schwieg.

Als habe er einen Schalter umgelegt, lachte Keith auf. »Ich mach uns was zu essen. Das vertreibt die Zeit.

Worauf hast du Lust, Terry? Die Kühltruhe ist nach unserem Großeinkauf das reinste Schlemmerparadies. Chicken Tikka? Oder lieber Pizza? Ich kann auch Omelett.«

»Ich habe keinen Hunger.«

»Och, Terry.« Er strich Bennett über den Schädel, als habe er ein schmollendes Kind vor sich. »Dir ist die Aufregung auf den Magen geschlagen. Aber macht nix, dann esse ich die Pizza eben allein.« Stone öffnete das Tiefkühlfach des Kühlschranks.

»Wie kannst du jetzt ans Essen denken? Jenkins sitzt uns im Nacken.« Ihm wurde bereits bei dem Gedanken an Essen übel.

Keith drehte sich zu ihm um, eine Fertigpizza in der Hand, und schob mit dem Hinterteil die Tür zu. »Du machst dir wirklich Sorgen, oder? Mann, der Typ ist ein Krüppel. Dem blas ich mit meiner Lucille ein Loch in die Bullenbirne, und gut ist.«

»Er ist gefährlich. Unterschätz ihn nicht.«

Keith riss die Verpackung auf und schob die Pizza in den Backofen. Dann setzte er sich zu Bennett an den Tisch und rückte so nahe an ihn heran, dass Bennett seinen Atem riechen konnte. »Aber das ist doch nur der halbe Spaß. Wir schnappen uns die beiden. Und bevor ich ihnen das Licht ausknipse, verpacken wir sie schön zu einem handlichen Paket. Dann nehme ich mir seine Schlampe gehörig vor, und er darf dabei zusehen.« Da war wieder sein schmieriges Lächeln, gepaart mit einem kumpelhaften Stoß gegen Bennetts Arm. »Und wenn du brav bist, Terry, darfst du auch mal ran.«

Bennett versuchte, von ihm abzurücken, aber es klappte nicht. Keith rückte wie Treibsand einfach nach.

»Und anschließend machen wir das Ganze zu einem richtigen Fest.« Er sah Bennetts fragenden Blick. »Um ehrlich zu sein, die Kleine ist so etwas wie ein Schatz, der überraschend dann vor einem auftaucht, wenn man am wenigsten damit rechnet.«

Bennett wollte nicken, aber er hielt inne. Er hatte keine Ahnung, was Keith meinte.

»Du hast keine Ahnung, stimmt's?«

Bennett schüttelte zögernd den Kopf.

»Ich sag nur, Helston. Der Kanal.« Keith sah ihn gespielt erwartungsvoll an. »Na? Hast du's jetzt?«

»Du meinst …?«

»Der Kandidat hat hundert Punkte. Volltreffer, mein süßer Terry. Du hast's erraten.«

»Du willst doch nicht wirklich …?«

»Doch.« Keith nickte langsam. »Doch, das will ich. Und das werde ich. Ich freu mich schon darauf. Wir machen aus der kleinen Schlampe eine noch kleinere Schlampe.« Er schlug Bennett auf die Schulter. »Wirst sehen, ist ganz einfach. Erst ich, ein Bein und ein Arm. Dann du, erst ein Bein und dann den Arm.« Er hob die Hand. »Aber nicht, dass du jetzt denkst, du hast sie dann für dich allein. Nix da. Der Kopf gehört mir. Ich werde ihr ganz langsam den Kopf abschneiden. Und der Bulle wird zusehen. Danach schieße ich ihm erst je eine Kugel in die Fußgelenke, danach in die Knie, dann in die Ellenbogen. Und zum Schluss kriegt er die volle Ladung zwischen die Augen. Ich werde drei Sekunden warten und erst dann abdrücken. Das wird ein Fest.« Er stand auf. »Mal sehen, was die Pizza macht. Ich hab vielleicht Hunger, Mann.«

Auch Bennett stand auf.

»Nicht so schnell, Terry. Wir haben hier noch etwas zu erledigen. Ein bisschen Spaß muss sein.«

»Was meinst du? Jenkins und Morgan?«

»Auch.« Keith trat ans Fenster und warf vorsichtig einen Blick hinaus. »Vielleicht haben wir ja Glück und es geht gleich los.«

»Ich verstehe nicht ganz.« Sein Blick flog zwischen Stone und der Tür hin und her.

»Das wundert mich nicht, Arschloch.« Keith zog die Waffe hervor und kontrollierte routiniert ihre Funktionen. »Hast du die Alte schon gesehen?«

»Welche Alte?«

»Die mit den Gummistiefeln.«

Bennett spürte, wie ihm Magensaft die Speiseröhre hinaufkroch. Er schluckte sie hinunter. Der bittere Geschmack hinterließ einen Brechreiz.

»Wir wechseln uns ab. Komm her. Du setzt dich ans Fenster und gibst mir Bescheid, wenn du sie siehst.«

»Was hast du vor?«

»Abwarten, Terry, sei nicht so neugierig.« Keiths Stimme klang spielerisch. Er nahm die Pizza aus dem Ofen und ging hinüber ins Wohnzimmer. Sekunden später hörte er den Fernseher plärren.

Die nächste Stunde verbrachte Bennett auf einem ans Fenster gerückten Stuhl. Er saß so, dass er hinaussehen konnte, aber selbst nicht sofort gesehen wurde.

Er schätzte seine Lage ab und dachte an die Vergangenheit. An die Jahre in Manchester, als er noch sicher war, die Welt erobern zu können. Mit der schönsten Frau an seiner Seite. Mit dem wachsenden Erfolg hatte sich jedoch unmerklich der Horizont verdunkelt. Das Geld und seine Gier auf immer mehr Geld waren wie schwarze Wolken und hatten sein Leben und seine Ehe vergiftet. Er hatte die falschen Leute zur falschen Zeit getroffen und sich von ihnen abhängig gemacht. Er hatte das viel zu spät begriffen. Und dann hatte er den Absprung gewagt und versucht, den *dunklen Mächten* zu entkommen.

Zu der Zeit hatte er Liz längst verloren. Sie hatte sich mit Luxus betäubt, weil seine Welt nicht länger die ihre war und all ihre Versuche, ihm die Augen zu öffnen, ins Leere gelaufen waren.

Ja, das wusste er nun, Liz hatte ihm helfen wollen, auf ihre Art. Aber er hatte das nicht verstanden und in seiner Arroganz auch nicht sehen wollen. Liz hatte sich in den Alkohol geflüchtet, und er hatte sich mit seinen Freunden, seinem Geld und den Nutten betäubt. Das war ebenso einfach wie sinnlos gewesen. Die tote Frau in Manchester war ein Fanal gewesen: die Einsicht, sein Leben verspielt zu haben.

Der Umzug nach Cadgwith war der allerletzte Versuch gewesen, dem Leben eine neue Richtung zu geben. Aber auch das hatte nicht funktioniert. Bis auf die durchgeknallte Vorsitzende des Verschönerungsvereins war er mit seinen Plänen nur auf Ablehnung gestoßen. Niemand hatte verstanden, dass er tatsächlich das Wohl der Dorfbewohner im Blick hatte. Sein Versuch der Reue und Buße für all die Verfehlungen war gescheitert.

Er hatte Liz geliebt wie sonst niemanden. Er hatte in ihr eine Wesensverwandte gefunden, einen wahren Schatz. Aber er hatte diesen Schatz nicht halten können.

Er war gescheitert, und er würde seinen Weg bis zum Ende gehen müssen.

»Was stierst du in die Gegend? Du sollst die Straße beobachten.«

Bennett zuckte zusammen, denn er spürte das kalte Eisen an seiner Schläfe. Keith hatte sich auf leisen Sohlen angeschlichen.

»Hab ich dich aufgeweckt?«

»Nein, nein. Ich bin voll konzentriert.« Bennetts Rücken schmerzte. Er nahm den Kopf zur Seite, um dem Druck des Pistolenlaufs zu entgehen.

»Das will ich dir auch geraten haben.«

Bennett hörte ein Klicken, als Keith die Waffe wegsteckte.

»Sie wird nicht kommen.«

»Sie wird. Früher oder später. So wie sie jeden Tag hier vorbeispaziert und den Garten bemitleidet.« Keith lächelte und ging zum Kühlschrank. »Ich dachte, wir hätten noch kaltes Bier.«

»Keith?«

»Was ist?« Stone stellte geräuschvoll ein Sixpack in den Kühlschrank, das er aus dem Flur geholt hatte.

»Keith.«

»Was ist, Arschloch?«

»Da.«

Keith war mit einem Satz am Fenster. »Hab ich's doch gewusst.«

»Was willst du nun tun?«

»Das wirst du gleich sehen.« Er legte seine Hand schwer auf Bennetts Schulter. »Du wartest hier.«

Bennett wandte sich wieder dem Fenster zu. Er sah, wie die Frau nun vor dem Grundstück ankam und unvermittelt stehen blieb. Sie legte den Kopf ein wenig schief und sah aufmerksam zur Haustür. Sie runzelte fragend die Stirn, dann nickte sie und kam zögernd näher.

»Wir könnten das Ganze auch abkürzen«, sagte Simon, bevor er und Mary nach Stithians aufbrachen. »Du bringst mich hin und fährst wieder zurück. Ich werde mir ein Plätzchen suchen, von dem aus ich das Haus im Blick habe.«

»Und dann? Du kannst sie nicht verfolgen. Und sie allein zu stellen, das ist viel zu gefährlich.« Sie schüttelte energisch den Kopf. »Nein, es war ausgemacht, dass ich dich begleite, und dabei bleibt es.«

Auf dem Weg nach Stithians stellten sie fest, dass Cornwall gerade mal wieder fest in der Hand der Touristen war. Jeder zweite Wagen hatte ein ausländisches Kennzeichen.

»Wo ich gerade die deutschen Kennzeichen sehe – würdest du noch einmal nach Deutschland fahren?« Simon drehte sich zu ihr um.

Marys Stirnrunzeln ließ erkennen, dass sie mit so einer Frage nicht gerechnet hatte. Sie dachte einen

Moment über die Antwort nach. »Warum nicht? Ich habe mich nur von Michael getrennt, nicht von Deutschland.«

»Entschuldige, ich wollte dir nicht zu nahe treten.«

Sie blickte angestrengt durch die Windschutzscheibe. »Nein, alles gut. Ich bin nach wie vor von der Kultur begeistert. Die Kunst, die Museen. Du kennst meine Begeisterung für den Jugendstil und meine Liebe zu den deutschen Expressionisten. Warum sollte ich mir das versagen? Würde ich das tun, hätte er mich immer noch unter Kontrolle. Nein, das werde ich nicht zulassen. Ich werde Deutschland wieder besuchen. Irgendwann, wenn es das B&B erlaubt.« Sie sah hinüber zu Simon und lächelte. »Manchmal möchte ich deine Gedanken lesen können.«

»Die sind doch längst ein offenes Buch für dich.«

»Na, ich weiß nicht.« Sie rollten in Helston auf eine Ampel zu. »Lass uns einen Plan entwerfen, wie wir vorgehen.«

»Da gibt es nicht viel zu planen. Wir werden auf die Situation reagieren.« Simon fuhr sich durchs Haar. »Sollten sie das Haus verlassen, nehmen wir – wenigstens für eine gewisse Zeit – die Verfolgung auf.« Er spürte ihren Blick. »Und ja, keine Sorge, Mary, wir werden DI Marks informieren.«

»Überzeugend klingt das nicht gerade.« Mary fuhr an und schaltete die Gänge hoch.

»Ich weiß. Aber etwas anderes fällt mir gerade nicht ein.« Er war versucht, seine Hand auf ihren Arm zu legen. »Außerdem ist ja noch gar nicht klar, ob es sich bei den Gestalten tatsächlich um Bennett und Stone handelt.«

»Hättest du nicht diese Megan kontaktieren müssen?«

»Das ist noch zu früh. Außerdem ist das eher ein Fall für Marks als für die Abteilung in London.«

Das sah sie zwar etwas anders, aber Mary schwieg.

»Ich bin jedenfalls froh, dass sich diese Joss gemeldet hat. Das hat mir Auftrieb gegeben. Ich war schon nahe daran aufzugeben und«, nun legte er seine Hand doch auf ihren Arm, aber nur kurz, »in Selbstmitleid zu verfallen. Ich weiß auch nicht, was mit mir los ist.«

So offen sprach er selten über seine Gefühle, dachte Mary und vermied es, ihn darauf anzusprechen. Es war besser, sie hörte einfach nur zu.

Aber Simon schwieg für den Rest des Weges. Sie konnte an seinem Gesicht erkennen, dass es heftig in ihm arbeitete.

»Los, rein da.« Keith schob die Frau vor sich her in die Küche. Seine Waffe hatte er ihr in den Rücken gedrückt.

Jocelyn Higham schwieg, allerdings stand ihr der Schrecken ins Gesicht geschrieben.

»Die Lady hier stattet uns einen netten kleinen Nachbarschaftsbesuch ab. Wir haben uns am Gartenzaun echt nett unterhalten. Sie findet unseren Garten ein bisschen – ja wie soll ich es ausdrücken? – arg zerzaust.« Keith dirigierte sie auf den freien Küchenstuhl.

»Was soll das, Keith?«

»Halt's Maul und mach der Dame einen Tee. Das gehört sich doch so.« Er beugte sich zu ihr und hielt seinen Mund nahe an ihr Ohr. »Das kommt davon, wenn man in Sachen herumschnüffelt, die einen nichts angehen.«

Keith beobachtete, wie Bennett Tee bereitete. »Zuerst habe ich gedacht, sie geht mir nicht ins Netz. Aber als sie dann auf die alte Galionsfigur gezeigt hat, die draußen vor sich hin rottet, habe ich gewusst, ich hab sie.« Er lachte meckernd. »Ich hab sie ihr geschenkt. Du hättest ihre Augen sehen sollen. Sie behauptet, sie kennt jemanden in Cadgwith, der sich auf die Restaurierung versteht. Ich habe sie dann in den Garten gebeten, um sich die Figur näher anzusehen. Und zack – sitzt sie in unserer gemütlichen Küche.«

»Ich möchte gehen.« Die Stimme der Frau klang fest, ließ aber erahnen, dass sie sich sehr zusammenreißen musste.

»Wenn Sie brav bleiben, können Sie bald wieder gehen. Ich habe nur eine kleine Bitte.« Keith hielt ihr die Pistole an die Brust. »Rufen Sie Ihre Freunde an, sie sollen herkommen.«

»Was?«

»Schnauze, Arschloch. Oh, Entschuldigung, Lady Arschloch.«

»Welche Freunde meinen Sie?«

»Das wissen Sie ganz genau.«

»Ich habe mein Telefon nicht dabei.«

»Dann wird unser lieber Gastgeber Sie durchsuchen, bevor er Ihnen den Tee in die Kehle kippt.«

Bennett war mit dem Becher heißen Tee an der Anrichte stehen geblieben. Die Luft in der Küche war aufgeladen von Schweiß und Aggression. Er konnte keinen Schritt tun.

Jocelyn Higham saß mit geradem Rücken stocksteif auf dem Stuhl. Sie konnte nur mit winkligen Bewegungen ihr Smartphone hervorziehen.

»Geht doch. Versuchen Sie das nie wieder, Lady, hören Sie?« Keith stieß ihr die Waffe gegen die Brust. »Und jetzt rufen Sie sie an.«

Sie suchte nach der Telefonnummer. Der Wählton schien die Küche zu überfluten, so laut kam er Bennett vor.

»Mary. Ja, hallo. Gut, danke. Ich …«, sie sah zu Keith, »… ich habe … mir sind noch ein paar Dinge eingefallen. Könnt ihr vorbeikommen? Bitte. Oh, das ist schön. Das Seven Stars Inn? Nein, wir können uns …«, sie sah noch einmal zu Keith, »… wir können uns dort treffen, wo wir waren. Ja. Wenn ihr am Cottage vorbeigeht, dann ist ein Stück weiter oben eine Bank. Nein. Ja, es ist alles ruhig. Das erzähle ich euch, wenn ihr da seid.« Sie trennte die Verbindung.

»Was sollte das mit der Bank? Ist das ein Codewort? Verarschen Sie mich nicht. Sonst ist das Ihr letzter Tag, Lady.« Keith hantierte mit der Waffe.

»Sie sind bereits auf dem Weg. Sie wollten ohnehin herkommen.«

»Allein?«

»Es klang, als säßen sie im Auto.«

»Ob sie allein kommen. Hab ich mich nicht klar ausgedrückt?«

»Das weiß ich nicht. Aber es klang so.«

»Haben sie gesagt, was sie hier wollen?«

Sie schüttelte stumm den Kopf.

»Haben sie gesagt, wann sie hier sein werden?«

Sie schüttelte erneut den Kopf.

»Terry, steh hier nicht so blöd herum. Die Lady hat Durst. Und setz dich wieder ans Fenster. Ich muss überlegen.« Keith zog sich zur Küchentür zurück, von wo aus er die beiden und zugleich die Straße im Blick hatte. Draußen war niemand zu sehen. Eine Amsel kratzte am Straßenrand nach Nahrung.

Die Sonne versprach einen heißen Nachmittag.

»Ich habe ein ungutes Gefühl. Da stimmt was nicht.«

»Was hat sie gesagt?«

»Es ist nicht, was sie gesagt, sondern wie sie es gesagt hat.«

Simon sah Mary fragend an.

»Sie klang so anders. Als wir sie kennengelernt haben, erschien sie mir wie eine klar strukturierte Frau, die mit beiden Beinen fest in ihrer Welt steht. Und gerade klang sie fahrig, unkonzentriert, so als müsse sie während des Gesprächs noch auf etwas anderes achten.«

»Vielleicht hatte sie Milch auf dem Herd stehen.«

»Ich weiß nicht. Sie klang irgendwie bedrückt.«

»Bedrückt? Hast du irgendwelche Geräusche im Hintergrund gehört? Stimmen? Irgendwas?«

Mary schüttelte den Kopf. »Du klingst besorgt.«

»Vielleicht ist es ja nichts. Vielleicht hat sie am Haus etwas beobachtet, das sie uns zeigen will. Und am Cottage kann sie uns ja schlecht erwarten.«

»Hm.«

Gerade als sie von der Hauptstraße Richtung Stithians abbogen, klingelte Simons Mobiltelefon. Er schaute auf das Display. Es war DI Marks. Er drückte ihn weg.

»Warum gehst du nicht ran?« Mary hatte die Nummer erkannt.

»Ich rufe ihn später zurück.«

»Und wenn es wichtig ist?«

»Später.« Simon klang, als würde er jeden Augenblick das Blaulicht auf seinem Polizeiwagen einschalten. Für Diskussionen war jetzt keine Zeit mehr.

Mary machte der unerwartet harte Ton in seiner Stimme Angst.

»Du rollst am besten langsam am Haus vorbei, so als würdest du dich hier nicht auskennen.«

»Und dann?«

»Werden wir sehen.« Simon hielt die Umgebung im Blick, obwohl sie noch nicht in der Nähe ihres Zielortes waren. Seit ihrem letzten Besuch hatte sich nichts verändert, und doch meinte er eine Spannung zu spüren, die ihn wachsam werden ließ.

Mary hatte recht. Was wollte ihnen Jocelyn Higham sagen, was sie nicht auch am Telefon hätte sagen können? Die Frage machte ihn unruhig.

»Was denkst du?«

»Ich habe mich umentschieden. Wir stellen den Wagen an der Kirche ab und nähern uns dem Haus zu Fuß.«

»Wir sollen doch zur Bank kommen.«

»Ich will mir erst unbemerkt das Haus ansehen.«

Mary sagte nichts und lenkte stattdessen den Wagen auf den Platz neben der Kirche St. Stythians, auf dem sie vor vier Tagen schon einmal gestanden hatten.

»Hast du eine Taschenlampe im Wagen?«

»Ja, sie liegt im Kofferraum.«

»Nimm sie mit.« Simon war bereits ausgestiegen, stellte sich unter dem nahen Baum in den Schatten, stützte sich auf seinen Stock und sah sich um. Das Dorf lag wie ausgestorben da. Auf den Zinnen des Kirchturms saßen ein paar Dohlen. Die Kirchturmuhr war stehen geblieben und zeigte eine Stunde, die nicht sein konnte. Auf der obersten Stufe des Mahnmals für die Gefallenen der Weltkriege bemerkte er einen frischen Blumenstrauß, der in einer Glasflasche steckte. Ein Flügel des Gittertors zum Kirchhof stand einladend offen.

Mary nahm die Stabtaschenlampe an sich und schloss den Wagen ab.

Simon wandte sich zum Gehen. An der Einmündung zum Sträßchen, das am Cottage vorbeiführte, bog er unvermittelt in den dünnen Waldstreifen ab, der das schmale Asphaltband begleitete. Obwohl er auf dem unbefestigten Untergrund seinen Stock kaum einsetzen konnte, kam Mary ihm nur mit Mühe hinterher. Abrupt blieb er stehen und hielt Mary, die hinter ihm zum Stehen kam, zurück.

»Wir sollten darauf achten, dass wir dem Weg fernbleiben. Ich möchte erst das Haus beobachten.«

Mary nickte stumm. Sie fühlte sich unbehaglich.

Bennett hörte Keith im Wohnzimmer rumoren. Die Türen des Schranks wurden aufgerissen und wieder zugeworfen.

»Wusst ich's doch, dass eins da ist.« Keith kam in die Küche und richtete das Fernglas auf die Straße, ohne weiter auf Bennett oder Jocelyn Higham zu achten, die immer noch auf ihrem Stuhl saß, schon seit geraumer Zeit mit Klebeband fixiert. Auch ihr Mund war mit schwarzem Tape verklebt.

Bennett trat neben ihn. »Lass uns hier verschwinden.« Er warf einen Seitenblick auf die Gefesselte und beugte sich raunend zu Keith. »Sie ist eine alte Frau. Wer weiß, ob sie uns hier nicht kollabiert.«

Keith zuckte bloß mit den Schultern und drehte am Rädchen für die Scharfstellung des Fernglases. Schweigend suchte er die Umgebung ab. Mit einem Mal hielt er inne und nahm kurz das Glas von den Augen. »Da sind sie.« Triumphierend blickte er auf Bennett herab. »Du passt jetzt schön auf die Mrs. auf. Und ich vertrete mir mal die Füße.«

»Keith ...« Bennett traute sich nicht, ihn zurückzuhalten.

»Wie geht noch mal der Abzählreim? Auf der Mauer, auf der Lauer ...« Keith sah zu Higham. »Müssten Sie doch kennen.«

Jocelyn Higham sah ihn mit schreckensweiten Augen an und gab ein dumpfes Murmeln von sich.

Keith grinste, legte das Fernglas zur Seite und zog die Pistole aus dem Hosenbund. Mit einem »Hasta la vista« verschwand er Richtung Hinterausgang.

Jocelyn gab ein paar unverständliche Laute von sich und zerrte mit den Armen an dem Klebeband, das sie am Stuhl festhielt. Da auch ihre Füße fest zusammengebunden waren, konnte sie sich kaum bewegen.

»Hör auf.« Bennett hob drohend die Hand.

Sie ließ sich jedoch nicht beeindrucken und zerrte weiter an den Fesseln.

Mit einer kurz ausgeführten Bewegung traf seine Hand hart ihr Gesicht. Sofort schwoll ein Auge zu, und Mrs. Higham verstummte.

Zentimeter um Zentimeter bewegten sie sich durch das Unterholz. Der Boden war hier trotz der anhaltenden Hitze feucht und roch nach altem Laub. Nach jedem Schritt blieben sie stehen und suchten Deckung. Sie kamen nur langsam voran.

Simon deutete stumm auf eine Stelle, an der das Gestrüpp dichter war, und forderte Mary mit einer Kopfbewegung auf, ihm zu folgen.

»Von hier aus haben wir das Haus gut im Blick«, flüsterte er, als sie das Gebüsch erreicht hatten.

»Scheint alles ruhig zu sein«, gab sie ebenso leise zurück. »Ich habe das Gefühl, dass sie längst weg sind.«

Simon schüttelte den Kopf, kniete sich hin und legte seinen Stock neben sich. »Nein. Sonst hätte Joss nicht angerufen. Sie müssen noch im Haus sein.«

Sie kniete sich neben ihn. Bis zum Haus waren es keine zehn Meter. »Was sollen wir jetzt tun?«

»Warten. Ich will erst sicher sein, dass uns von dort keine Gefahr droht.«

»Gut.«

Die nächsten Minuten verbrachten sie mit Beobachten und Abwarten. Jedes unbekannte Geräusch ließ Mary zusammenzucken. Aber es war entweder nur ein Vogel, der im Unterholz nach einem Wurm suchte, oder es rieben Äste im leichten Wind aneinander.

»Das Haus liegt da wie tot.«

Simon schob einige Zweige beiseite. »Mir gefällt das nicht.«

»Wird Joss nicht langsam ungeduldig? Sie wartet doch schon so lange.«

»Ich glaube nicht, dass sie auf uns wartet.«

»Wie kommst du darauf?« In ihrem Flüstern lag eine Mischung aus Zweifel und Erstaunen.

»Ich glaube eher, dass die beiden sie in ihrer Gewalt haben.«

»Um Gottes willen.«

»Anders kann ich mir ihren Anruf nicht erklären.«

»Wir müssen Marks informieren.«

Er schüttelte den Kopf. »Wir müssen erst sichergehen.«

»Wem willst du was beweisen? Dass du mehr drauf hast als er? Polizistenstolz? Ist es das? Du bist doch wohl nicht ernsthaft davon überzeugt, dass du hier allein etwas ausrichten kannst?«

Er wandte sich zu ihr. »Wir warten noch ab. Ein paar Minuten noch.« Er legte ihr leicht die Hand auf die Schulter. »Und dann gehen wir ins Dorf zurück, und ich telefoniere mit Marks. Einverstanden?« Er lächelte sie an.

Sie nickte. Der Druck seiner Hand gab ihr die Zuversicht, dass er vernünftig sein würde.

Simon stöhnte unvermittelt auf und setzte sich. »Mann, meine Wirbelsäule. Ich kann nicht länger knien.«

»Komm, lass uns abbrechen.« Sie versuchte ihm aufzuhelfen.

»Noch einen Augenblick – bitte.«

Sie ließ ergeben den Arm sinken. »Du bringst mich noch um den Verstand, Simon.«

Er hatte aber schon wieder den Eingang und den Vorgarten des Cottages im Visier. Alles war ruhig, zu ruhig. »Habe ich dir eigentlich schon gesagt, dass ich gerade im Internet auf eine Galionsfigur steigere? Nachdem ich die Figuren bei Sarah gesehen habe, habe ich ein wenig recherchiert.«

»Wie kommst gerade jetzt darauf?«

»Hast du nicht die alte gesehen, die dort hinten im Garten steht? Ist fast nur noch ein Haufen Holz, in dem die Würmer fröhlich hausen. Wird wohl nicht mehr zu retten sein. Aber tatsächlich findest du auf diversen Plattformen solche Schätzchen.«

Mary hob erstaunt die Augenbrauen. »Aha.«

»Platz im Atelier hätte ich.« Er lächelte sie an. »Ja, ich weiß, ein Original ist unbezahlbar, jedenfalls für mich. Aber es gibt Kopien, die sind auch für meine Geldbörse erschwinglich.«

Sie schüttelte den Kopf. Simon und sein neues Leben als Seemann.

»Ich weiß, ich bin verrückt.«

»Das würde ich nicht sagen.« Sie drückte sich kurz an ihn.

»Komm. Wir brechen ab.« Er zog sich an seinem Stock hoch, mit sichtlicher Anstrengung. »War 'ne ebenso hilflose wie unnötige Aktion.«

Sie erhob sich ebenfalls. »Lass uns auf dem Rückweg bei Joss vorbeischauen.«

Als sie sich abwenden wollten, um zur Kirche zurückzukehren, hörten sie hinter sich ein metallisches Klicken.

»Scheiße«, entfuhr es Simon.

Sie blickten in die Mündung von Stones Waffe.

»Na, das war ja vielleicht mal ein nettes Pläuschchen. Welch ein Liebespaar, habe ich gedacht.« Stone verbeugte sich spöttisch, dann wedelte er mit seiner Waffe. »Schluss mit dem Gequatsche. Ihr seid doch verabredet. Alte Menschen sollte man nicht warten lassen. Bewegt euch. Und schön langsam, Mädchen, sonst puste ich dir deinen Knackarsch weg.«

Simon warf ihr einen beruhigenden Blick zu. Er hatte Stone nicht kommen hören. Er musste das Haus über einen Hinterausgang verlassen und sie im weiten Bogen umgangen haben.

»Habe ich mich nicht deutlich genug ausgedrückt?« Stone drückte Mary die Waffe in den Rücken, und sie zuckte unter der Berührung zusammen. »Wird's bald? Und du, Krüppel, du hältst gefälligst Abstand. Lass den Stock fallen – das gute Stück taugt nur noch für den Ofen. Du wirst ihn nicht mehr brauchen.«

Simon zögerte und wog die Chancen gegen die Risiken ab. Wenn er sich auf Stone werfen würde, hätte der immer noch Zeit genug, um abzudrücken. Auch den Stock einzusetzen, schien ihm zu gefährlich. Er musste auf eine andere Chance warten. Außerdem, was würde aus Mary? Langsam legte er den Stock ab. Er fühlte sich schutz- und wehrlos, aber er wusste zugleich, dass seine Chance kommen würde, wenn sie erst mal im Haus waren.

Während er die verschiedenen Möglichkeiten abwog, wirbelte Mary ansatzlos herum und schlug mit der Taschenlampe nach Stone. Sie verfehlte ihn nur um Millimeter, denn er war geschmeidig zurückgewichen.

»Du hast ja scharfe Krallen, Kätzchen. Da steh ich drauf. Wir werden heute noch eine Menge Spaß haben.«

Sie hielt die Taschenlampe wie eine Waffe Richtung Stone. Aber es war aussichtslos. Er dirigierte die beiden mit der Pistole in Richtung Haus, nötigte sie durch den Haupteingang und ließ sie in die Küche vorgehen. Dort trafen sie auf die gefesselte Joss und auf Terry Bennett.

Joss ging es sichtlich schlecht. In Simons Kopf wirbelten die Gedanken.

»So sieht man sich wieder.« Bennett lachte hässlich. In seinen Augen glitzerte eine Mischung aus Vorsicht, Stress und Gier.

»Quatsch nicht, fessle die beiden. Zuerst die Schlampe.« Stone hielt Simon in Schach. Er bemerkte Marys Blick hin zu dem Messer, das auf der Arbeitsplatte lag. »Wage es nicht. Sonst fliegt dir das Gehirn deines Lovers um die Ohren.« Er hob die Waffe an.

Hilflos musste Simon mitansehen, wie Bennett Mary

mit Tape fesselte und wie zufällig mit den Händen über ihre Brüste strich.

Mary spuckte ihn an, dann flog ihr Blick panisch zu Joss.

»Mach ruhig weiter, Mary. Das macht mich an.« Bennett band ihr die Hände auf den Rücken und wich dabei geschickt ihren Tritten aus. Mit einer schnellen Bewegung klebte er ihr den Mund zu.

»Auf die Knie mit dir.« Stone hielt immer noch die Waffe an Simons Kopf.

Mary sah mit aufgerissenen Augen zu ihm.

»Wird's bald?« Stone schwenkte die Waffe mit einer kurzen Bewegung von Simon zu Mary.

Simon bedeutete ihr mit einem Blick, Stones Aufforderung Folge zu leisten. Zögernd ließ sie sich mit dem Rücken an der Küchenzeile auf den Boden sinken.

»Im Flur hängt ein Leinenbeutel. Den zieh ihr über ihr hübsches Gesicht.«

Bennett folgte stumm der Anweisung. Vergeblich versuchte Mary das Überstülpen zu verhindern, aber sie hatte keine Chance. Simon sah, wie sie unter dem Stoff heftig atmete.

»So. Die Mädels sind versorgt. Nun zu dir, Krüppel.« Stone drückte die Pistole hart gegen Simons Schläfe. »Was mach ich jetzt mit dir? Hast du eine Idee, Terry?« Er sah hinüber zu Bennett, der unverhohlen aus großen Augen Mary ansah. »Das macht dir Spaß, was? Komm, du hast die einmalige Gelegenheit, diesem Ex-Bullen das Licht auszublasen. Such dir was aus. Soll es das Messer sein? Oder Nahschuss? Willst du ihm eine schnelle Kugel durchs Genick schießen? Na, was meinst du?« Der letzte Satz war an Simon gerichtet. »Wie hättest *du* es gern?« Sein Lachen klang irre. »Nein. Ich weiß, was Terry jetzt denkt: Der Ex-Bulle hat es verdient, sein Sterben bis zum Schluss auszukosten. Jede einzelne Sekunde, jeden einzelnen Tropfen. Ganz, ganz langsam. Was, Terry?«

Bennett nickte wie im Rausch. Seine Erregung war nahezu greifbar.

Simon sah von Mary zu Joss Higham. Von den beiden konnte er keine Hilfe erwarten. Joss beobachtete die Szene aus großen Augen. Sie schien etwas gefasster. Als Stone sie in die Küche geschoben hatte, hatte Simon eine Spur Hoffnung in ihren Augen aufflackern sehen. Er musste allein handeln.

»Sie haben Carlton das Gift in die Infusion gespritzt.«

»Willst du gepflegte Konversation machen?« Er lachte und drehte sich zu Bennett. »Lektion eins: Das führt zu nichts. Lass ihn nicht zu lange quatschen. Er will nur Zeit gewinnen. Oder hast du Angst vor den Schmerzen, Krüppel?« Stone stieß die Mündung der Pistole hart gegen Simons Kopf.

»Vielleicht sollten wir ihn besser erst fesseln.« Auf Bennetts Stirn hatten sich Schweißperlen gebildet. Das Haar klebte ihm feucht am Kopf.

»Nein. Das wäre nur der halbe Spaß. Lektion zwei: Soll er doch die Hoffnung haben, noch handlungsfähig zu sein. Das erhöht für uns den Reiz, du wirst sehen. Ich habe doch recht, Krüppel, oder?«

Simon sagte nichts. Er versuchte seine Energien auf einen Punkt zu konzentrieren. Er musste sich damit in

Trance versetzen, nur so würde er die Schmerzen wenigstens für eine kurze Zeit aushalten können.

»Was schlägst du vor, Keith?« Bennetts Augen waren fiebrig.

»Lektion drei: Verwirrung stärkt Aufmerksamkeit. Ich hab's mir anders überlegt.« Stone wies mit dem Kopf zum Klebeband. »Verschnür ihn zum Paket. Er soll erst zusehen, wie wir seine hübsche Freundin auf das Wesentliche reduzieren.«

»Sie haben die Frau in den Kanal geschafft, stimmt's?«

Als Antwort stieß Stone seine Faust in Simons Rücken. Der jähe Schmerz jagte die Wirbelsäule entlang.

»Lassen Sie die Frau gehen. Sie hat nichts damit zu tun.«

»Die alte Schachtel? Ich glaube, die ist in ihrem Alter froh über jedes bisschen Abwechslung.«

»Lassen Sie sie gehen.«

»Halt's Maul. Du willst sie doch nicht um ihren Spaß bringen.«

Jocelyn Highams Augen war anzusehen, dass sie nun Todesängste ausstand.

»Der Torso im Kanal, das waren Sie.«

»Warum willst du das wissen?«

»Warum musste sie sterben?«

»Hör zu, wir sind hier nicht auf deinem Revier in London. Diese Zeiten sind längst vorbei. Seit dem Unfall. Wie hieß die Kleine noch?«

Simon spürte eine plötzliche urgewaltige Wut. Das Blut schoss ihm in die Schläfen, die Schmerzen in seiner Wirbelsäule nahmen ihm die Luft, und trotzdem schnellte er vor. Ihm war nicht bewusst, dass er dabei brüllte wie ein todgeweihtes Tier.

Aber Stone hatte das offenbar erwartet. Wie ein Stierkämpfer drehte er sich zur Seite und ließ ihn ins Leere laufen. Simon senkte den Kopf und wollte zum zweiten Angriff ansetzen, aber Stone schlug ihm mit der Waffe quer über den Rücken. Simon stöhnte auf. Die Schmerzen lähmten ihn.

»Habe ich deine wunde Stelle gefunden, was, Krüppel?« Stone hob die Waffe und drückte sie erneut gegen Simons Schläfe. »Noch einmal, und die Alte da wird als Erste dran glauben.«

Simon krümmte sich unter den Schmerzen. Im Nebel aus Wut, Hass, Erinnerung und rasendem Schmerz sah er Moiras Gesicht im Augenblick ihres Sterbens. Um ihn herum waren jetzt nur noch Flammen, Schmerz und dämonisches Lachen.

»Aufregende Sache, was? Ihr wart uns ganz schön dicht auf den Fersen. Um ein Haar – nun, dann kam uns die Kurve zu Hilfe. Wir haben die Bilder später in den Nachrichten gesehen. Muss ein hübsches Feuerchen gewesen sein.«

Stone hatte also mit im Wagen gesessen. Sie hatten damals nur von Lehmann gewusst und dass ein noch unbekannter Komplize im Wagen gesessen hatte. Nun hatte er endlich einen Namen.

»Verschnür ihn und schaff ihn endlich ins Wohnzimmer. Setz ihn aufs Sofa, damit die Show beginnen kann.«

Bennett umwickelte Simons Hände und Füße mit Tape. Seine Bewegungen waren fahrig. »Keith …«

»Lektion vier: Wenn du zu schwach bist, setz ich dich neben ihn. Dann gehst du mit ihm über den Jordan.« Stone zielte auf Bennetts Kopf. »Ich versprech's dir.«

Bennett hob abwehrend die Hände. »Schon gut, ist ja schon gut.«

Simon blinzelte angestrengt. Er versuchte einen klaren Kopf zu behalten, aber die Schmerzen raubten ihm fast den Verstand. Er ertrug Moiras verzweifelten Blick nicht mehr. Über Monate hatte er sie nicht mehr so vor sich gesehen. Aber jetzt musste er das Bild verdrängen. Er spürte, dass eine Energie im Raum war, die er würde nutzen können. Er musste sich konzentrieren. Es war Bennett. Seine einzige Chance war Terry Bennett. Er musste Zugang zu ihm finden.

»Nun mach endlich hin und halt keine Maulaffen feil, Terry. Oder hast du es dir anders überlegt? Dann sag es mir jetzt. Dann kann ich mich darauf einrichten. Aber eins sage ich dir: Du kannst nicht duschen, ohne nass zu werden. Du sitzt mit im Boot.«

Bennett nickte müde.

»Dann verhalte dich auch so.«

Simon musste es wagen. Wenn er die falschen Worte wählte, würde er prompt dafür bestraft werden. Das war ihm klar. Aber es war seine einzige Chance. »Wer hat Ihre Frau getötet? Waren Sie das? Oder war es Ihr Freund? Haben Sie ihm den Auftrag gegeben?« Simon ließ Bennett nicht aus dem Blick. »Luke wird übrigens den Anschlag überleben. Er ist auf dem Weg der Besserung.«

»Halten Sie endlich den Mund.« Bennett zerrte Simon aus der Küche.

»War es Stone? Hat er Liz getötet?«

»Woher wissen Sie davon?«

»Sie vergessen, dass ich ein ehemaliger Bulle bin. Und Sie kennen meine Beziehung zu DI Marks.«

Bennett stieß ihn ins Wohnzimmer. Simon taumelte. Durch die zusammengebundenen Füße und Hände hatte er keine Möglichkeit, das Gleichgewicht zu halten. Er stürzte auf das Sofa zu und fiel vornüber. Er spürte keinen neuen Schmerz mehr. Seine Wirbelsäule war nur mehr eine einzige glühende Stange im Rücken. Absurderweise musste er an seinen Arzt denken, der ihm bei der Entlassung den Rat gegeben hatte, ungewöhnliche Bewegungen und Situationen zu vermeiden, wollte er sich nicht der Gefahr aussetzen, querschnittsgelähmt im Rollstuhl zu landen. Seine Halswirbel seien eine Art Wundertüte.

Er drehte sich um und versuchte eine sitzende Haltung einzunehmen. »Sagen Sie es mir: Wer hat Liz erschossen?«

Bennett stand über ihm und funkelte ihn an. Er wollte etwas sagen, tat es aber dann doch nicht.

»Sie haben sie geliebt.«

»Seien Sie still.«

»Sie haben Ihre Frau geliebt. Sie war Ihr wertvollster Besitz.« Simon flüsterte und verdrängte den Schmerz in seinem Rücken. Er musste sich auf Bennett konzentrieren. Wenn er ihn ablenken konnte, gar auf seine Seite ziehen, hatten Mary und Joss eine Chance. »Stone ist ein Monster. Er wird uns alle töten, auch dich.«

»Halt endlich dein Maul.« Bennett holte zum Schlag aus, führte ihn aber nicht aus.

Er durfte nicht nachlassen. Er musste Bennett beschäftigen. »Es muss dich bis ins Mark getroffen haben, deine Frau tot zu sehen. Ihr hattet Träume, damals, am Anfang. Und du hattest die Hoffnung, dass es wieder so werden könnte wie früher. Du hättest Liz immer noch überzeugen können.« Bennett hatte vorgehabt, seine Frau zu töten, daran zweifelte Simon nicht, aber er musste ihn so weit treiben, dass Terry Bennett Stone für seine Lage verantwortlich machte und er zum Ziel seiner Trauer, Wut und Enttäuschung wurde. Ihm war klar, dass auch Bennett nicht lebend aus diesem Haus entkommen würde. Für Stone war er längst Ballast. Simon hoffte, dass er mit seiner Einschätzung richtig lag. Lehmanns Komplize war ein Killer mit eiskaltem Verstand. Ihn interessierte allein sein eigenes Überleben.

»Willst du tatsächlich mitansehen, wie Stone die Frauen tötet? Hast du schon einmal gesehen, was mit einem Menschen passiert, wenn er bei lebendigem Leib zerteilt wird? Kannst du dir die Schmerzen vorstellen, das knirschende Geräusch, wenn das Messer auf die Gelenke trifft? Das ganze Blut. Die Schreie. Das wirst du dein Leben lang nicht vergessen. Die Szenen werden dich bis in dein Grab verfolgen. Willst du das?« Simon redete immer weiter. »Bisher hast du lediglich Luke schwer verletzt und Carlton. Zusammen mit der Beihilfe wird dir das ein paar Jahre einbringen. Aber das wirst du verschmerzen. Mit deinem Geld kannst du dir danach ein neues Leben aufbauen. Aber das Wichtigste:

Du kannst dich aus Stones Fängen befreien. Wenn du aber jetzt weitermachst, dann …«

»Was stehst du hier herum, Terry? Stopf ihm doch endlich das Maul. Merkst du nicht, dass er dich umdrehen will? Du sollst ihm helfen. Dieses Arschloch.« Stone stand urplötzlich neben Simon. »Ich sollte dich einfach wegpusten. Warum habe ich das nicht längst getan?«

»Weil du nicht weiterweißt. Lehmann lässt dich im Stich. Sonst hättest du längst das Weite gesucht. Er lässt dich fallen. Du steckst mitten in der Scheiße, und das ist das Letzte, was er will: hineingezogen werden.«

»Du kannst mich nicht verunsichern, Jenkins. Du nicht. Deine billigen Psychotricks funktionieren bei mir nicht.« Stone grinste spöttisch und wandte sich an Bennett. »Mögen die Spiele beginnen. Schaff die Alte her.«

Bennett nickte unterwürfig und ging zurück in die Küche. Von dort war zu hören, wie er Jocelyn Higham mitsamt Stuhl über den Boden Richtung Wohnzimmer zog. In der Tür kam er zum Stehen.

Stone schob den Wohnzimmertisch zur Seite. »Hier rüber, los.«

Bennett drehte den Stuhl und kippte ihn nach hinten, um ihn dann wie eine Sackkarre über die Schwelle bis in die Mitte des Raumes zu ziehen.

Joss hatte die Augen geschlossen und war merkwürdig ruhig.

»Womit fangen wir an?« Stones unternehmungslustiger Ton ließ Bennett zusammenzucken. »Na?«

»Keith, ich …«

Stone lachte auf. »Ich wusste es. Du bist ein armseliges Würstchen. Memme. Schneid ihr endlich die Hände ab. Das ist so einfach wie Kreditlinien kürzen. Oder Verluste realisieren. Diese Sprache verstehst du doch, Terry. Los jetzt.« Er schüttelte den Kopf, als ärgere er sich über ein dummes Kind.

Joss schien in Schockstarre verfallen zu sein. Keine Bewegung, kein Blinzeln der Augen, eine fast demutsvolle Haltung, bereit für das Ende.

»Hör mit dem Theater auf, Stone.« Simon versuchte vergeblich sich aufzurichten. Natürlich war ihm klar, dass er nichts ausrichten konnte, aber er würde nicht aufgeben, bis zuletzt nicht.

»Deine Lage ist so verzweifelt wie aussichtslos.«

Stone schenkte ihm nur ein abfälliges Grinsen.

»Wo steckt Lehmann jetzt?« Er musste Stone ablenken, solange es ging. Er hoffte auf Mary. Natürlich wusste er, dass sie nichts tun konnte, aber dennoch. Vielleicht geschah noch ein Wunder.

»Lehmann? Dein Schicksal hängt an seinem Schicksal. Weißt du was, Bulle? Er hat dich im Blick, die ganzen Jahre schon. Seit dem Tag, an dem deine kleine Schnalle dran glauben musste. Er war seitdem über jeden deiner Schritte im Bilde. Was sage ich da? Du konntest ja lange Zeit keinen Schritt tun. Er hat sich über jede deiner Aktivitäten berichten lassen, hat sogar der Reha-Einrichtung gespendet.« Er lachte auf. »Als anonymer Gönner natürlich. Er hat sich gefreut, als du entlassen wurdest. Denn er hat sich dich aufgespart. Er wollte, dass du wieder im Leben ankommst, um dich endgültig zu beseitigen. Das erst macht den richtigen Spaß aus. Er hat nicht vergessen, was ihr seiner Tochter angetan habt. Familie ist ihm heilig.« Er wies mit dem Kopf Richtung Küche. »Und er will, dass du ihr beistehst auf ihrem letzten Gang.« Sein lautes Lachen legte sich über den Raum wie ein zäher Film aus Dreck und Öl. Es drang in jede Ritze und in jede Zelle seines Körpers. »Du hättest dich nicht mit ihm anlegen dürfen, Bulle.«

Weiter. Stone musste weiterreden.

»Seine Tochter hat überlebt«, sagte Simon. »Also, was soll's? Sag mir eines: Ihr wart uns immer einen Schritt voraus. War das Glück, oder gibt es einen Maulwurf in der Met?«

Stones Lachen brach abrupt ab. »Einen? Was glaubst du, Jenkins? Dass wir nur einen von euch auf der Lohnliste stehen haben?« Er tippte sich mit der Waffe an die Stirn. »Ich sag dir was. Nicht nur die Met gehört uns. Wir haben überall im Land unsere Zuarbeiter sitzen. Ihr werdet uns nicht los.«

Allmachtsfantasien, dachte Simon. Sein Gehirn arbeitete auf Hochtouren. Er warf einen Blick auf Bennett. Sein Mund stand offen. Er war sichtlich fasziniert von der Show, die er geboten bekam.

»Ende der Märchenstunde. Nimm endlich das Messer, Terry, und schneid ihr die Hände ab!«

Aus der Küche drang ein dumpfer, entsetzter Schrei bis ins Wohnzimmer.

Stone lachte nur vergnügt.

Bennett griff das Heft des Messers fester. Es war eins mit einer langen, schmalen Klinge. Konzentriert sah er nach vorne. Sein Atem ging keuchend. Wieder und wieder lockerte er den Griff, um dann wieder fest zuzugreifen. Eine unschlüssige Geste. Mit der anderen Hand wischte er sich den Schweiß von der Stirn. Er begann auf den Fußballen zu wippen. Sein Blick flog zwischen Stone, Higham und Simon hin und her. Er schloss die Augen und öffnete sie wieder.

»Worauf wartest du?«

»Ich ... ich ...«

»Du bist zu nichts zu gebrauchen, Bennett.« Stone nahm ihm das Messer aus der Hand und schob ihn beiseite. Er steckte die Pistole hinten in den Hosenbund und trat auf Joss zu. Mit entschlossenem Griff drückte er ihre rechte Hand auf die Lehne des Küchenstuhls und setzte das Messer an.

Jocelyn Higham zuckte nicht einmal mehr. Ihr Gesicht hatte jegliche Farbe verloren.

»Keith!« Bennett versuchte ihn zur Seite zu schieben, aber Stone war in dem Gerangel stärker. Er schob ihn beiseite wie einen leeren Stuhl.

Stone visierte Joss' Handgelenk an und setzte zum Schnitt an.

In diesem Augenblick ließ ein großer Stein die Fensterscheibe krachend zersplittern. Die Scherben flogen bis weit ins Zimmer hinein. Stone war irritiert und für einen Augenblick abgelenkt. Die Zeit reichte den beiden Polizeibeamten, nacheinander ins Wohnzimmer zu stürmen.

Für den Bruchteil einer Sekunde herrschte Verwirrung. Stone hatte sich als Erster im Griff. Er nutzte geistesgegenwärtig die Situation, stieß Joss Higham samt

Stuhl um, die halb auf Simon fiel, legte seinen Arm mit einem harten Griff um Bennetts Hals und hielt ihm die Waffe an den Kopf.

»Schön ruhig, sonst habt ihr ihn auf dem Gewissen.«

»Keith«, presste Bennett mühsam hervor, »ich krieg keine Luft. Lass mich los.«

Stattdessen verstärkte Stone den Griff. »Dich hat keiner gefragt.«

DI Marks hob die Hände. »Schon gut, Stone, schon gut.« Er bedeutete DC Allan Easterbrook, das Gleiche zu tun.

»Los, auf die Seite. Alle beide. Und schön langsam.« Stone hielt Bennett wie einen Schutzschild vor seinen Körper. »Am besten, wir entspannen uns jetzt, dann passiert euch auch nichts.«

Die beiden Polizeibeamten blieben stehen, wo sie waren. »Sie haben keine Chance, Stone.«

»Machst du Witze? Du und dein lächerlicher Constable wollt mich allen Ernstes aufhalten?« Stone schüttelte ungläubig den Kopf. »Was sagst du dazu, Jenkins?«

Simon sagte nichts. Marks und sein Constable. Er hätte mit allem gerechnet, aber nicht mit ihnen. Wo kamen die auf einmal her? Er bemerkte, dass Marks ihn fokussierte. Er schien zu fragen, ob im Haus noch andere waren. Kaum merklich schüttelte er den Kopf. Marks' Blick sagte ihm, dass er verstanden hatte.

»Wird's bald? Rüber da.« Stone unterstrich den Befehl mit einer kurzen Bewegung seiner Waffe. Er legte den Mund an Bennetts Ohr. »Im Augenblick bist du mein Hauptgewinn.« Langsam schob er sich und Bennett an den Beamten vorbei, die sich in eine Ecke des Zimmers bewegt hatten. Unter seinen Schuhen knirschte Glas.

»Sie werden nicht weit kommen.«

»Lass das mal meine Sorge sein, Bulle.« Er zog verächtlich die Nase hoch. »Ich habe meine Spiele noch immer gewonnen. Das wird auch dieses Mal so sein.« Er zielte auf die beiden Polizisten. »Das seht ihr doch auch so?«

Stone hatte mittlerweile die Tür erreicht. Bennett war krebsrot im Gesicht und keuchte. Er hatte die Hände an Stones Arm gelegt, traute sich aber nicht, ihn von seinem Hals zu reißen. Stone schaute in die Runde. »So mag ich das. Alles schaut auf mich.« Er bewegte den Arm hin und her und schüttelte Bennett wie eine Gliederpuppe.

Gerade als Stone einen weiteren Schritt rückwärts machen wollte, sah Simon Mary aus der Küche taumeln. Trotz der Fessel und dem Leinenbeutel über dem Kopf hatte sie sich irgendwie auf die Beine gestellt. Auf dem Weg in ihre Richtung hatte sie sich an den Stimmen orientiert.

Mary! Simon hatte gewusst, dass von ihr Hilfe kommen würde. Sie ließ sich gegen Stone fallen, der von dem Angriff völlig überrascht wurde. Wütend rammte er den Ellenbogen in ihre Brust und drückte gleichzeitig mit einer heftigen Bewegung Bennett von sich in den Raum hinein. Mit einem schnellen Blick stellte er fest, dass Mary keine Gefahr mehr für ihn darstellte. Der Stoß hatte ihr die Luft genommen, und sie lag am Boden.

Er streckte langsam den Arm und hob die Pistole, das Gesicht zu einer höhnischen Fratze verzerrt. Wie in Zeitlupe brachte er die Waffe in Bennetts Richtung und schoss ihm in den Kopf. Der Krach der explodierenden Munition ließ den engen Raum förmlich zerbersten. Simon hatte das Gefühl, seine Trommelfelle seien zerplatzt. Er hörte nichts mehr. Wie durch eine Wasserblase sah er, wie Bennetts Gesicht zurückgerissen wurde. Eine rote Masse flog Marks ins Gesicht. Bennetts Körper schleuderte durch die Wucht des Projektils nach hinten und fiel Marks und Easterbrook direkt vor die Füße. Mit aufgerissenen Augen sah er von unten herauf die beiden Ermittler an. Ungläubiges Staunen hatte sich als letzte Mimik in sein Gesicht eingebrannt. Simon starrte auf den leblosen Körper. Dann kam der zweite Schuss. Er traf den Detective Constable in den Oberschenkel.

Stone hatte erreicht, was er wollte. Bennett lag wie eine Schranke vor den beiden Ermittlern. Er warf einen letzten kalten Blick auf den toten Körper und stieg beim Rückwärtsgehen über Marys Körper hinweg. Dabei hielt er seine Waffe auf die Beamten gerichtet.

Schließlich drehte Stone sich um und war verschwunden.

XLVIII.

Gill schob Luke über die Schwelle. Seinem Gesicht war anzusehen, dass es ihm überhaupt nicht passte, keine Kontrolle über seine Bewegungen zu haben.

»Schön, dass du da bist.« Mary stand auf und beugte sich zu ihm, um ihm einen Begrüßungskuss auf die Wange zu geben.

»Du hast doch nicht im Ernst geglaubt, ich lasse mir die Party entgehen.« Luke lächelte und fasste über die Schulter nach Gills Hand. »Gill hat mich heute Morgen abgeholt. Die Klinikärzte sind super zufrieden mit dem Heilungsverlauf. Den Rollstuhl werde ich nicht lange brauchen, darauf könnt ihr euch verlassen.«

»Das sehen wir dann.« Seine Frau lächelte und schob den Rolli nahe an den Tisch heran. »Vorerst tust du das, was die Ärzte sagen.«

»Seht ihr nicht? Gill hat sich mit den Quacksalbern verbündet. Sie meint wohl, sie hat mich jetzt für die nächste Zeit am Haken. Ich bin ein armer, gebeutelter Fischer. Ich leide.« Luke ließ theatralisch den Kopf hängen, um ihn gleich darauf mit einem Grinsen wieder zu heben.

»Dann nimm doch erst mal ein Getränk. Danach sieht die Welt schon ganz anders aus.« Simon war in diesem Augenblick im Windfang des Pubs erschienen und trug ein Tablett Ale an den Tisch unter der hölzernen Pergola. Dann verschwand er Richtung Theke, um für die Neuankömmlinge Getränke zu besorgen.

»Wie ich das vermisst habe.« Luke beugte sich vorsichtig vor und griff nach dem Pint. »Cheers.« Er trank einen großen Schluck und ließ ein langgezogenes »Ahhh« hören.

»Man könnte meinen, du verdurstest gerade«, neckte Mary.

»Nach der künstlichen Ernährung der ersten Tage und dem Einerlei der Klinikküche ist das ja wohl nachvollziehbar.« Lukes Blick ging über die Brüstung des kleinen Hofes zwischen zwei Häusern hindurch, hinaus auf die See, und er sog tief die Luft ein. »Wie ich mein Cadgwith vermisst habe.« Er nickte wie zur Bestätigung und hob erneut sein Glas.

Es war früher Nachmittag, und der kleine Vorhof des Pubs war bis auf die Freunde leer. Die Ereignisse von Stithians lagen nun schon vier Tage zurück.

Nachdem DI Marks mit einem Blick auf den Constable registriert hatte, dass Easterbrook nicht lebensgefährlich verletzt war, hatte er Stones Verfolgung aufgenommen. Allerdings war er bereits nach wenigen Minuten zurückgekommen. Bennetts Mörder war durch das Wäldchen und einen anschließenden Sprint über die angrenzenden Felder entkommen. Stone musste irgendwo im Ort sein Fluchtfahrzeug geparkt haben. Inzwischen hatte Simon bereits über Bennetts Mobiltelefon die Rettungskräfte alarmiert. Über Stunden war es in dem kleinen Cottage wie in einem Taubenschlag zugegangen. Die Spurensicherung hatte das Haus regelrecht auf links gedreht, der Coroner hatte sich am Tatort umgesehen und das Nötige veranlasst, darunter natürlich den Abtransport der Leiche. Außerdem hatten sich Sanitäter um Detective Constable Allan Easterbrook gekümmert, der eine große Fleischwunde davongetragen hatte, sowie um Mary und Jocelyn Higham. Dabei hatte die alte Dame eine erstaunliche Konstitution und einen derben Humor an den Tag gelegt und jede weitergehende Betreuung abgelehnt. Mary war zwar erschöpft gewesen, hatte sich aber ebenso wenig in ärztliche Behandlung begeben wollen. Der Notarzt hatte Simon ein starkes Schmerzmittel verabreicht. DI Marks war zu jedem Augenblick Herr der Lage gewesen, das hatte ihm Simons Respekt eingebracht. Erst sehr spät am Abend wurde der Tatort versiegelt, und er und Mary kehrten nach Cadgwith zurück. Nicht ohne Joss das Versprechen zu geben, sie möglichst bald wieder zu besuchen und ihr vom Fortgang der Ermittlungen zu berichten. Mit einer ungewöhnlich langen und innigen Umarmung hatten sich Mary und Simon voneinander verabschiedet.

Nun erschien Simon mit einem weiteren Tablett. Neben Ale hatte er eine Karaffe Weißwein mitgebracht. »Jetzt müssten alle fürs Erste versorgt sein.« Mary registrierte mit Freude, dass er offenbar im Augenblick schmerzfrei war.

»Cheers.« Luke prostete in die Runde.

»Cheers.«

»Wer hätte das gedacht?« Luke sah in sein Glas. »Erst Liz, dann Terry Bennett.« Er wies mit dem Kopf Richtung Bennett-Anwesen. »Wer weiß, was jetzt damit wird.«

»Das Haus ist erst einmal beschlagnahmt«, sagte Simon. »Es wird nach wie vor auf den Kopf gestellt. Vielleicht finden sich in Bennetts Hinterlassenschaften Hinweise auf Stone oder Lehmann, auf andere Hintermänner oder was auch immer.«

Mary musste bei dem Gedanken lachen. »Für meine Tante Margaret ist eine Welt zusammengebrochen. Sie eilt von einer Sondersitzung zur nächsten. Wird nun wohl doch nichts mit dem Museumsdorf. Ich glaube, sie hat sich schon als Präsidentin der Bennett-Cadgwith-Stiftung gesehen.«

»Nicht schade drum.« Luke sah versonnen einer Möwe hinterher, die sich vom Dach des gegenüberliegenden Hauses aufgeschwungen hatte und nun unter lautem Schreien in den Hafen hineinsegelte. »Wir brauchen niemanden, der uns ein Kassenhäuschen vor die Nase setzt und uns gegen Eintritt begaffen lässt.« Er schnaubte verächtlich. »Dafür bin ich nicht Fischer geworden. Es reicht, dass mir die Touris unten im Hafen dumme Fragen stellen.«

»Na ja, immerhin bringen sie ein bisschen Geld ins Dorf.«

Luke schaute Mary an und nickte dann. »Du hast ja recht. Ist schon okay, muss nur nicht Überhand nehmen.«

»Weiß die Polizei mittlerweile, wer die tote Frau aus dem Kanal ist?«

Simon sah Gill an. »Nein. Nicht mit letzter Sicherheit. Klar scheint, dass Stone der Täter ist – wenn er denn allein gehandelt hat.«

Lukes Frau zog die Schultern hoch, als wehe eine plötzliche kalte Brise über das Pub hinweg. »Ich darf gar nicht daran denken. Dieses arme Wesen.«

»Wann fahren wir wieder raus?« Luke wollte das Thema wechseln. Er wusste, dass Gills Fantasie gerade mit ihr durchging. Sie konnte schlecht mit schlimmen Ereignissen umgehen.

Simon angelte sich seinen Stock, der am Tisch lehnte und langsam abzurutschen drohte, und legte ihn vorsichtshalber auf die Bank des Nebentischs. »Erst wenn du wiederhergestellt bist. Mit solchen Wunden ist nicht zu spaßen.«

Luke machte ein betrübtes Gesicht und brummelte etwas Unverständliches.

Gill sah ihn liebevoll an. »Das haben seine Ärzte auch gesagt. Aber der alte Sturkopf will ja nicht hören.«

Luke hob ergeben die Hand. »Ja, ja, ihr habt ja recht.«

»Ich würde gerne wissen, warum die Polizei auf einmal bei euch aufgetaucht ist. Woher wusste sie, dass ihr in Stithians seid? Ich meine, sie hat euch immerhin das Leben gerettet.« Gill konnte ihre Neugier nicht länger zügeln.

Simon runzelte die Stirn. »Also, das ist …«

»Eine gute Frage, die ich aber gerne beantworte.« DI Chris Marks hatte die verschränkten Arme von außen auf die Umgrenzungsmauer gelegt und sah die kleine Gruppe aufmunternd an. »Darf ich mich dazugesellen?«

»Klar«, kam es wie aus einem Mund.

Marks setzte sich umstandslos zu ihnen.

»Bier?«

Der Polizist nickte, und Gill machte sich auf den Weg.

Zunächst tauschten sie ein paar Höflichkeiten und Neuigkeiten aus, bei denen es auch um Easterbrook ging. Der Constable war natürlich nicht im Dienst und kurierte seine Schusswunde aus. Marks hatte ihn an dem Abend eigenhändig nach Hause gebracht und dann Easterbrooks Frau beruhigen müssen, die wegen der Verletzung ihres Mannes und des großen Verbands einen Schock erlitten hatte. Dann aber kam Marks zur Sache.

»Die Antwort darauf ist relativ einfach.« Er sah besonders Simon an. »Ich hatte noch keine Zeit, Ihnen davon zu berichten. Stone und Bennett haben mich in den letzten Tagen ziemlich auf Trab gehalten.«

Simon musterte ihn aufmerksam.

»Bei mir hat sich eine Frau gemeldet. Sie leitet eine der besonderen Abteilungen der Londoner Met. Megan Baxter. Sie kennen sie.«

Simon nickte verblüfft.

»Sie hat mir die Sachlage erklärt. Dass Sie miteinander telefoniert haben und all die Sachen, die damit zu tun haben. Also auch aus der Vergangenheit. Ihre Dienstzeit und so. Und dass sie eigentlich nicht befugt war, mir Auskunft zu geben.« Marks wirkte mit einem Mal nicht mehr ganz so souverän. »Also, langer Rede kurzer Sinn, sie hat mir gesagt, wo Stone sich aufhalten könnte. Der Rest war dann Glück und Technik. Wir haben nämlich Ihr Mobiltelefon orten lassen.« Er sah, dass Simon etwas sagen wollte, und hob abwehrend die Hand. Dann schaute er zu Mary. »Moment. Es klärt sich alles auf. Das Ganze wurde sozusagen beschleunigt, weil mich Mrs. Morgan angerufen und mir ihre Sorgen geschildert hat. Wir haben dann eins und eins zusammengezählt. Als Sie auf dem Weg nach Stithians auf meinen Anruf nicht reagierten, haben wir gehandelt.«

Simons Blick verdüsterte sich zusehends. Warum hatte Mary das getan? Hinter seinem Rücken mit Marks zu telefonieren – er fühlte sich in diesem Augenblick tatsächlich hintergangen.

»Du hast kein Recht, so zu gucken, Simon«, meldete sich Luke zu Wort. »Mary hat das einzig Richtige getan. Ohne die Polizei säßest du nicht hier. Mary auch nicht und auch nicht eure Informantin.«

Simon schüttelte stumm den Kopf und schwieg. Ein betretenes Schweigen entstand. Für kurze Zeit beschäftigte sich jeder mit seinem Glas und nahm einen Schluck. Lange würden sie diese Situation nicht mehr ertragen. Dann hellte sich Simons Gesicht auf.

»Vermutlich habt ihr recht. Nein, ganz sicher habt ihr recht.« Er legte seine Hand auf Marys Arm. »Du hast tatsächlich das einzig Richtige getan. Ich habe mich wie ein verbohrter Trottel benommen. Danke, Mary, dass du dich nicht hast beirren lassen.«

»Und was ist mit Stone?« Gill sah von ihrem Mann zu Simon und dann zu Marks.

»Das ist das Unangenehme an der ganzen Sache. Stone ist uns entwischt. Er ist irgendwo untergetaucht. Wir vermuten, dass er längst aus Cornwall fort ist, sich irgendwo im Land aufhält, in einer ähnlichen Behausung wie der in Stithians. Ich habe noch einmal mit Megan Baxter telefoniert, aber auch sie konnte nicht helfen. Sie haben die Fühler ausgestreckt. Mehr können sie im Augenblick nicht tun. Allerdings werden sie die Ermittlungen gegen Lehmann wieder aufnehmen. Wenigstens das.«

Simon stimmte ihm zu. »Stone ist clever, und er ist Teil eines sehr effektiven Netzwerks. Aber eines Tages wird er müde sein und sein Blatt ausgereizt haben. Dann wird er sich für seine Verbrechen verantworten müssen.« Er war nicht sicher, ob er glauben sollte, was er da gerade gesagt hatte. Er warf einen kurzen Blick auf Marks. »Oder er taucht irgendwo als Leiche auf, weil er für Lehmann zu einem unkalkulierbaren Risiko geworden ist.«

Marks hob sein Glas. »Soll dieser Lehmann uns doch die Arbeit abnehmen. Meinen Segen hat er.«

Der Tag wurde noch lang. Als sich das Pub immer mehr mit Gästen füllte, zogen sie um. Mary hatte sie zu sich eingeladen. Bis tief in die Nacht saßen sie bei Kerzenlicht vor dem Haus: Simon, Mary, Luke und Gill, dazu DI Marks. Wie aus dem Nichts zauberte Mary ein Abendessen herbei, unterstützt von Gill. Bier und Wein fanden auf den beiden Tischchen kaum noch Platz. Und irgendwann war der Anlass vergessen, der sie hier hoch über der Bucht von Cadgwith und unter dem sternenklaren Himmel zusammengebracht hatte. Und irgendwann war auch das förmliche Sie vom Tisch.

Es war bereits tiefe Nacht, als DI Marks klar wurde, dass er längst den Punkt überschritten hatte, an dem er zurück nach Hause hätte fahren können. Für Mary war es keine Frage, dass sie ihm ein Bett in ihrem B&B und ein reichhaltiges Frühstück anbot. Glücklicherweise war eines der Zimmer frei, sodass sich Marks mit der Bemerkung zurückzog, diesen Abend unbedingt als Überstunden abzurechnen. Sein Aufbruch war auch für die anderen das Zeichen, den Abend zu beenden.

»Kaffee?« Mary trat neben Simon, der auf dem schmalen Weg stand und auf die See hinausschaute. Die Schwärze der Nacht erlaubte keinen Horizont. Der

Himmel und das ruhige Meer gingen ansatzlos ineinander über.

»Es gibt Tage, da raubt mir die Milchstraße schier den Atem.«

»Ich sitze manchmal hier draußen und bin mit meinen Gedanken dort oben. Stundenlang könnte ich mich in diesem Sternenmeer verlieren. Wir müssen in unserer Welt allein zurechtkommen, jeder für sich, wenn auch mit mehr oder weniger Hilfe von Freunden oder freundlichen Menschen. Aber am Ende sind wir allein. Das ist das Leben. Aber wenn ich hinaufschaue zu den Sternen und Galaxien, die wir unser Universum nennen, sehe ich, dass ich nicht allein bin. Das ist tröstlich.« Mary legte die Arme um den Oberkörper. »Das Leben ist schön, man muss es nur sehen.«

Danksagung

Die Zeit, in der ich *Klippengrab* geschrieben habe, war, ich formuliere es mal vorsichtig, sehr turbulent. Das Virus hat einen Besuch Cornwalls, und damit meine Recherche, unmöglich gemacht. Und die Sehnsucht nach Cadgwith musste unerfüllt bleiben.

Einige Handlungsorte konnte ich noch vor der Pandemie besuchen. So zum Beispiel das Royal Cornwall Hospital in Truro. Mein ganz besonderer Dank gilt daher Kevin Hammett, Mortuary and Bereavement Services Manager. Er hat mir auf freundlich britische Art wichtige Fragen beantwortet.

Die gleiche Hilfsbereitschaft habe ich vom Intensivmediziner Dr. Tim Lange erfahren. Seine Expertise war äußerst hilfreich.

Sehr herzlich danke ich Sarah Justine Stephens. Sie lebt in Cadgwith und hat mir die Bedeutung von Galionsfiguren für die Seefahrt nahegebracht.

Ohne die Anteil nehmende, Mut machende Unterstützung von Linda Wilkinson, Joss und Jan Morgan, Mary Keeley und Brian Jenkins, vor allem aber auch von Simon Bradley, hätte ich den Roman nicht schreiben können. Das gilt in besonderer Weise auch für Martin

Ellis. Er betreibt in Cadgwith und Umgebung unermüdlich seine ganz eigenen Forschungen zum legendären Roman *Die Schatzinsel* von Robert Louis Stevenson.

Meine Erstleserin Sandra Meier hat auch diesmal nicht mit Anmerkungen, kritischen Nachfragen und Wohlwollen gespart, die mich immer wieder aufs Neue motiviert haben. Und was wäre ich ohne meine Lektorin Magdalena Heer und meinen Lektor Ralf Reiter! Es ist jedes Mal eine Freude, mit ihnen zu arbeiten.

Meine Familie teilt meine Liebe zu England. Dennoch strapaziere ich bei der Arbeit an jedem neuen Manuskript ihre Geduld. Für ihre Nachsicht bin ich sehr dankbar.

Wer mehr über Englands Schönheit, kulturellen Reichtum und Kuriositäten erfahren möchte, dem empfehle ich die Lektüre von »Ingos England-Blog«. An jedem Tag schreibt Rolf-Ingo Behnke auf so liebevolle wie kundige Weise über Kurioses, Spannendes und Seltenes auf der Insel.

Für mich gilt, was Simon Bradley einmal so formuliert hat: »Wenn du schreibst, dann gibt es keine Grenzen und Entfernungen, dann bist du ganz hier.«

Ruan Minor, Frühjahr 2022

Sie hat dein Leben schon einmal zerstört ...

Als Libby einen Flyer für einen Haustausch im Briefkasten findet, kann sie ihr Glück kaum fassen. Denn ihr Mann und sie brauchen dringend eine Auszeit. In Cornwall angekommen, sind sie überwältigt von der hochmodernen Villa, die dort einsam über der Steilküste thront. Doch dann steht nach einem Strandspaziergang die Tür der Villa offen, obwohl sich Libby sicher ist, sie geschlossen zu haben. Immer häufiger hat sie hat das Gefühl, dass jemand sie beobachtet. Und Libby weiß, das kann nur eines bedeuten: Ihre Vergangenheit ist dabei, sie einzuholen. Und das könnte sie alles kosten …

PENGUIN VERLAG